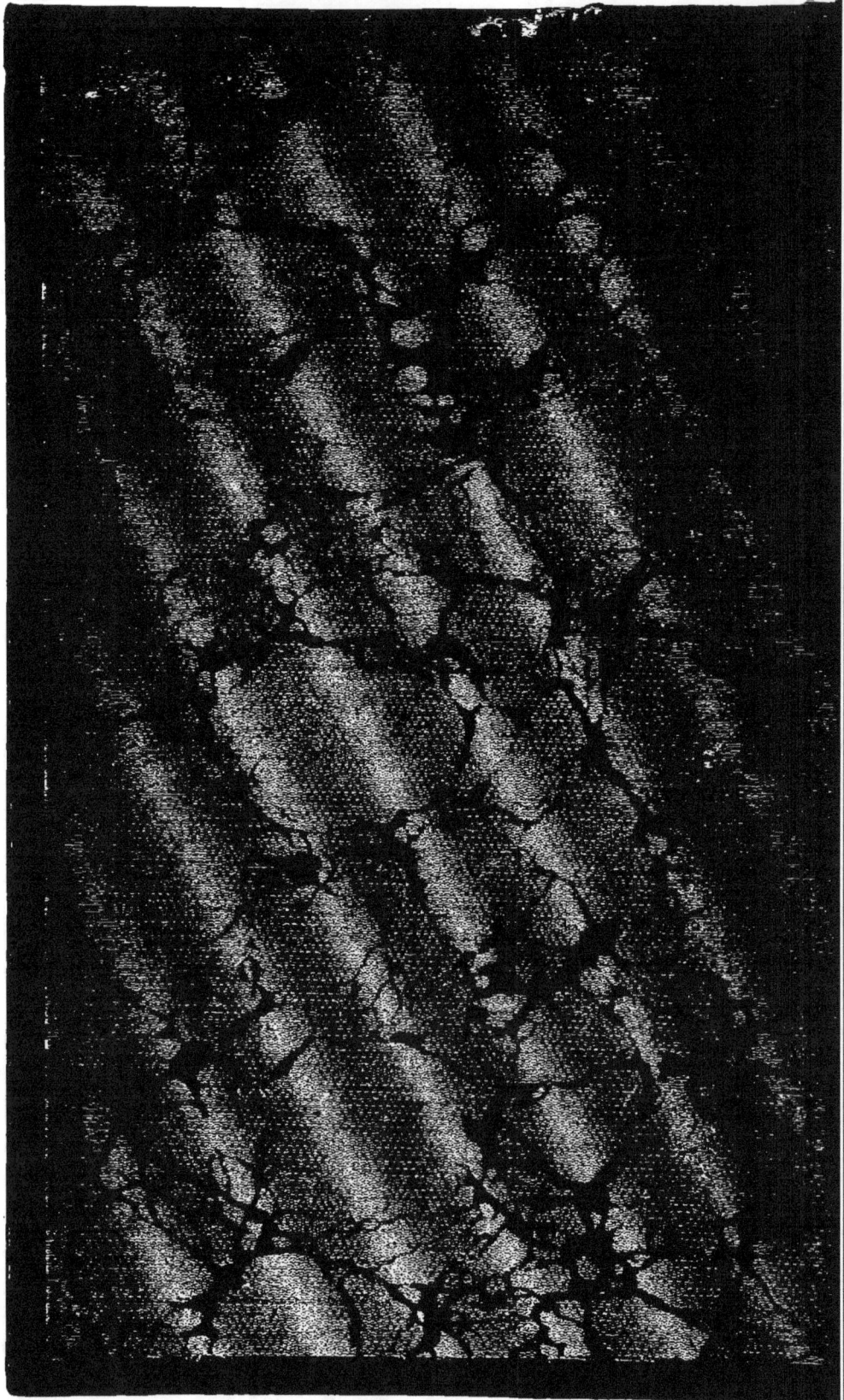

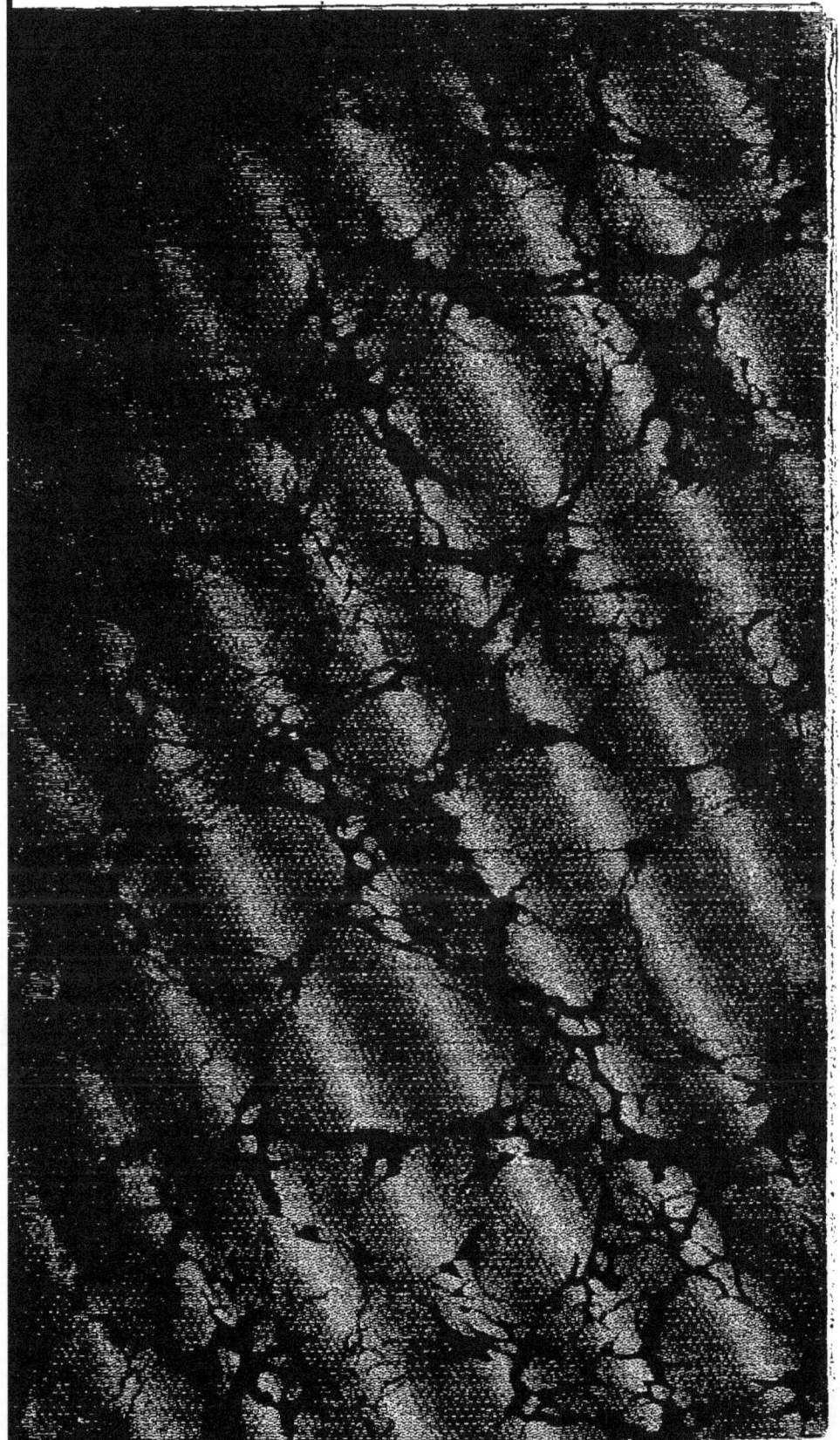

# A. CACCIANIGA

PARIS
LIBRAIRIE HACHETTE ET Cⁱᵉ

79, BOULEVARD SAINT-GERMAIN, 79

# LE BAISER

DE

# LA COMTESSE SAVINA

Coulommiers. — Typog. ALBERT PONSOT et P. BRODARD.

# A. CACCIANIGA

# LE BAISER

DE

# LA COMTESSE SAVINA

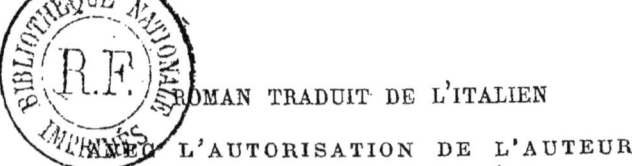

ROMAN TRADUIT DE L'ITALIEN
AVEC L'AUTORISATION DE L'AUTEUR

PAR

## LÉON DIEU

————•◦❂◦•————

## PARIS
LIBRAIRIE HACHETTE ET C<sup>ie</sup>
79, BOULEVARD SAINT–GERMAIN, 79

——

1877

# LE BAISER

DE

# LA COMTESSE SAVINA

## I

J'avais à peine dix-huit ans quand commença le roman de ma vie. Je passais alors une grande partie du jour à la fenêtre dans la maison de mon oncle le chanoine.

A cette époque la comtesse Savina de Brisnago entrait dans sa seizième année, et brodait assise sur le balcon qui faisait face au mien. C'était une belle jeune fille, d'un profil très-doux, avec un petit nez provocant, une bouche mignonne, des cheveux d'ébène relevés sur le front et des yeux noirs qu'eût enviés une déesse.

On aurait dit un ange descendu des cieux, tant ses mouvements étaient empreints de grâce et de majesté. Je ne me rassasiais jamais de la contempler ; de temps en temps elle levait la tête, passait la main sur son front, se lissait les cheveux ; puis, d'un air distrait, elle regardait le ciel, les maisons d'en face et les rideaux de la fenêtre. Son regard en parcourant cette ligne rencontrait naturellement mon balcon, et, bien qu'il fût rapide comme l'éclair, il me troublait jusqu'au fond de l'âme. Une sorte d'attraction mystérieuse et indéfinissable me liait à cette

1

enfant comme un fil invisible et me retenait immobile pendant des heures entières. Véronique rompait souvent le charme en entrant dans ma chambre, comme une avalanche, pour m'annoncer le dîner.

Alors je descendais et je me mettais à table en face de mon oncle qui mangeait avec grand appétit, pendant que du bout des lèvres j'effleurais à peine chaque mets. Il m'interrogeait sur mes études, me parlait d'instruction, de mathématiques ; je répondais comme un étourdi, pensant toujours à ma fenêtre. Le dîner fini, mon oncle se retirait pour faire sa sieste, et je retournais à mon extatique contemplation. Dans la maison Brisnago on dînait beaucoup plus tard que chez nous et quelquefois, avant le dîner on allait faire un petit tour de promenade sur le Corso. Elle se levait alors de sa chaise, donnait un coup d'œil au dehors, et regardait à la dérobée notre maison ; je sentais aussitôt une pointe aigüe m'entrer au cœur et le déchirer. Elle disparaissait et, quelques instants après, le piétinement des chevaux et le bruit de la voiture m'avertissaient du départ.

Je prenais immédiatement mon chapeau, et m'en allais faire le tour des rues de Milan à la recherche de mon étoile. Je la trouvais presque toujours sur les remparts, nos regards se croisaient rapidement, et je restais comme abasourdi, les yeux fixés sur cette calèche qui emportait dans sa course quelque chose de moi-même. Si je rencontrais en ce moment un de mes amis et qu'il s'arrêtât pour me parler, j'étais tellement absorbé qu'il me restait tout juste assez de bon sens pour m'apercevoir de sa présence.

Mon oncle le chanoine ne se doutait de rien ; renfermé dans ses habitudes, il en accomplissait le cycle quotidien avec une exactitude exemplaire. La messe et le déjeuner, les fonctions sacrées et le dîner, le bréviaire et la promenade, la sieste et le sommeil se succédaient chez lui avec une telle régularité que nos voisins réglaient là-dessus leurs horloges et disaient : « Le chanoine Carletti va dire la messe, il est huit heures ; le chanoine va chanter les vêpres, il est deux heures. » Notre vie avait une régularité de chronomètre ; Véronique était la seconde roue, comme j'étais l'échappement qui recevait l'impulsion, et la machine marchait sur un signe du moteur principal, le maître de la maison.

Mon oncle plaçait le bonheur dans la précision des mouvements; c'était pour moi un véritable désespoir, tant je sentais le besoin d'agir suivant les impulsions de ma mobile nature. Mais il fallait me résigner à traîner la chaîne qui m'était imposée par mon bienfaiteur, car je n'étais qu'un orphelin. Privé, dès mon enfance, des caresses de mes parents, mon oncle m'avait recueilli et sauvé de la misère; mon seul héritage était une petite médaille de bronze que ma mère portait au cou par dévotion et qui après sa mort resta suspendue au-dessus de mon lit, comme le talisman de mon enfance. La soumission était donc pour moi un devoir, et en même temps une nécessité si je voulais conquérir par l'étude mon indépendance à venir.

Je me dédommageais de la servitude du corps par la liberté de l'esprit. Allongé sur le canapé de ma petite chambre, j'allumais un cigare et je lâchais la bride à mon imagination vagabonde.

Mon rêve quittait la fenêtre à la suite des spirales que décrivait la fumée de mon cigare, et volait vers l'immense horizon avec la rapidité de la pensée. S'il m'était possible de me rappeler ces pérégrinations fantastiques, j'écrirais facilement un volume.

Mon oncle me destinait à l'enseignement, j'acceptais son plan comme un moyen d'émancipation, mais je croyais entendre en moi une voix qui m'appelait à de plus hautes destinées. Ce sentiment d'amour qui m'agitait l'âme avait allumé une étincelle qui me révélait un monde nouveau; mes pensées s'élevaient à une hauteur sublime, leur expression traduite avec art aurait fait naître une admiration universelle. L'amour me montrait du doigt le chemin de la gloire et des richesses.

J'avais commencé une tragédie, *Lucchino Visconti*, où j'essayais de dévoiler le secret d'une âme passionnée; et il me semblait que l'apparition de mon travail introduirait une réforme radicale dans le théâtre italien. Je voyais déjà le public, exalté par l'enthousiasme, me rapporter en triomphe à la maison.

Le lendemain, les invitations, les honneurs et l'argent devaient naturellement pleuvoir sur moi; à chaque production, mon écritoire se transformait en une mine d'or. Une poésie nouvelle voyait la lumière ayant pour compagne la fortune; le poète traditionnel méprisé, avili et ridicule, faisait place au prince des lettres, dont chacun ambitionnait les faveurs. Lui, il donnait la vie à ses étonnantes créations dans sa splendide demeure, au milieu des bronzes, des marbres, des peintures et du luxe d'un palais enchanté.

L'âme remplie de ces rêves d'avenir, je me mettais à la fenêtre; les yeux de ma muse se levaient; un fluide céleste m'enveloppait comme d'un nuage de gloire. Rien ne me paraissait impossible dans la vie, je sentais une flamme qui me rendait tout-puissant.

Un jour entre autres, j'étais absorbé dans une de ces extases éthérées, quand Véronique entra dans ma chambre.

« Daniel, me dit-elle, avez-vous pensé que l'hiver s'avance, que le froid s'approche? Savez-vous que votre habit est décousu, vos bottes hors de service et vos pantalons rapiécés?

— Véronique, répondis-je gravement en me frappant la poitrine, j'ai là-dedans des trésors qui peuvent me procurer tous les agréments de la vie... »

Elle me regardait avec des yeux démesurément ouverts, croyant sans doute que je faisais allusion à mon porte-feuille; puis elle me demanda avec anxiété :

« Vous avez donc beaucoup d'argent en poche?

— Moi?... je n'ai que cinquante centimes...

— Mais de quels trésors parlez-vous donc?

— Je vous parle des sentiments du cœur qui inspirent mon esprit et le rendent capable de produire un de ces ouvrages qui excitent l'admiration des hommes et enrichissent leurs auteurs. Je suis sûr de l'avenir.

— Tant mieux... mais l'avenir est dans la main de Dieu, tandis que vos habits sont dans les miennes chaque jour, que j'en connais les accrocs et les pièces, et qu'il est absolument nécessaire que le tailleur vous en fasse de neufs. Monsieur vous aime, mais les chanoines ne peuvent connaître tous les besoins de la jeunesse. C'est à vous de demander ce qui vous manque... Voulez-vous que je lui en parle ?

« — Chère Véronique, que vous êtes bonne ! vous avez remplacé ma mère sur la terre, que le ciel vous bénisse mille fois ! »

Et pensant à ma misère et à l'excellent cœur de cette femme, je pleurai comme un enfant. Elle me calma aussitôt en me disant que j'étais fou, stupide, fantasque, épithètes qui lui servaient généralement à exprimer son affection. Puis elle courut énumérer mes besoins à mon oncle et le bon vieillard m'ouvrit aussitôt sa bourse. Je me limitai au strict nécessaire ; aussi, après avoir payé les dépenses, se loua-t-il de ma discrétion et de ma modestie.

Ma vie s'écoulait ainsi, tranquille en apparence, mais au fond bien troublée.

Cet hiver passa rapidement. A part quelques heures d'école et de promenade, je vivais à la maison retiré dans ma petite chambre, l'imagination toujours en voyage. Une fenêtre et des livres me donnaient plus d'occupations, de joies, d'angoisses, d'inquiétudes, que n'en éprouvent les voyageurs les plus ardents à la recherche du Nil ou de l'intérieur de l'Afrique. Par le fait, la perspective de cette fenêtre où se tenait la comtesse Savina, remplaçait pour moi les plus brillants panoramas du globe, et ma fantaisie errait à travers les riantes régions des songes, plus belles pour moi que le pays le plus beau. Si les voyageurs avaient à craindre les sauvages et les bêtes féroces, je n'avais, du moins, à redouter que les puissants rivaux qui entouraient mon idole. Elle fréquentait les cercles, les bals, les théâtres, où je ne pouvais la suivre qu'en pensée ; mon imagination enflammée la voyait entourée des jeunes gens de sa caste, dans les salons élégants, dans les loges des théâtres, ou enlevée dans leurs bras à travers les tourbillons de la danse, au milieu des lustres étincelants, du parfum des fleurs et de l'ivresse d'une musique entraînante.

Lorsque, vers le soir, j'entendais de ma chambre le roulement du coupé qui la conduisait aux plaisirs du monde, je me sentais frissonner comme un homme assailli par la fièvre. Que de nuits sans sommeil ai-je passées à me retourner dans mon lit, combien d'étranges projets j'ai conçus dans mon esprit malade, en pensant au poignard d'Othello et à tous les amants qui se sont vengés des outrages de maîtresses adorées! La seule diversion à mes maux, mon unique secours, je le trouvais dans un travail assidu et excessif.

La bibliothèque de mon oncle ne me fournissait que des livres classiques, mais un professeur qui m'aimait me procurait une ample moisson de productions modernes. Je me plongeais dans la méditation, et je passais les longues soirées d'hiver, enveloppé dans un vieux manteau du chanoine, à lire et à annoter les plus célèbres travaux de l'esprit humain. Et quand la divine enfant rentrait, après minuit, des fêtes du grand monde et montait à sa chambre princière dans le palais Brisnago, elle pouvait apercevoir la pâle lumière de l'étudiant qui veillait transi de froid, pour enrichir son esprit de ces connaissances qui élèvent l'homme sage au-dessus des nobles, des riches et des élus de la fortune.

Je me couchais assez tard, exténué de fatigue, grelottant, le cœur oppressé de rêveries douloureuses et d'atroces soupçons, mais le lendemain un regard de ma bien-aimée ramenait le calme dans mon esprit et chassait les ombres qui obscurcissaient ma pensée, comme le soleil à son aurore chasse les ténèbres et rend à la terre la splendeur et la vie.

Cependant un doute funeste venait souvent dans ma solitude m'infliger de cruels tourments. Cette enfant, qui d'un regard allumait dans mon âme une flamme céleste, qui remplissait mon esprit de sublimes inspirations, qui me parlait le secret langage des yeux, sentait-elle son cœur battre à l'unisson du mien et recevait-elle de moi les mêmes impressions? Ou m'étais-je trompé en scrutant les abîmes de ce cœur pour en déchiffrer les mystérieux hiéroglyphes? Un pareil soupçon m'effrayait et changeait en un profond désespoir les rêves couleur de rose de mon imagination.

Alors j'attendais avec impatience le moment de la voir reparaître, pour lire avec un redoublement d'attention dans ses yeux mystérieux dont l'influence sur moi était si fatale.

Immobile à mon balcon, je comptais les heures qui passaient lentement, jusqu'à ce qu'un léger mouvement des rideaux de soie annonçât la présence de mon sphinx !

Mon Dieu, quels moments !... Elle regardait ailleurs, dans la rue; mon cœur battait à me rompre la poitrine, j'étais obligé d'y porter la main pour en comprimer les battements, le terrible doute allait devenir une certitude, je sentais que j'allais m'évanouir, et, si elle fût partie sans lever les yeux, on m'aurait peut-être trouvé mort à ma place. Mais elle tournait la tête tranquillement à droite, à gauche et peu à peu la dirigeait de mon côté avec ce regard profond, rapide et pénétrant qui m'inondait d'amour et de félicité. Ah oui !... ce regard était bien une expression vive et sincère de l'âme, expression qu'aucun langage humain ne saurait décrire : il était plus suave qu'un parfum, plus harmonieux qu'une mélodie; c'était un fluide céleste qui m'envahissait, quelque chose de vague, d'indéfinissable, de subtil, d'impalpable, mais de réel comme la lumière et l'électricité.

J'étais rassuré comme par enchantement, mais peu à peu, par suite de nouvelles réactions, je sentais revenir mes doutes avec les heures qui fuyaient, avec le soleil qui descendait à l'horizon, avec les ombres de la nuit qui couvraient la nature de leurs sombres voiles. Le lendemain, nouvelle épreuve et nouveau triomphe; puis encore, nouvelle lutte entre l'espérance et la raison, entre la foi et le doute.

Cette situation pleine d'orages dura jusqu'au printemps. Alors la semence commence à germer, le bourgeon s'épanouit, la plante fleurit, le cœur s'épanche. Un courant invisible traverse la vie, l'agite, l'anime, la renouvelle. Je sentais le sang circuler dans mes veines avec une violence inconnue. Les luttes intérieures de mon âme devaient avoir un terme. Mais comment y parvenir ? Un rendez-vous était impossible, un billet était dangereux. Craignant le ridicule à l'excès, j'éprouvais une insurmontable répugnance à employer les moyens vul-

gaires. Ce muet langage des yeux exigeait une explication discrète, compatible avec le mystère qui l'avait
accompagné jusqu'alors, sans imprudences, ni audaces
intempestives, dont le résultat infaillible eût été de briser
la chaîne qui unissait secrètement deux âmes dans une
céleste harmonie.

Mais cette solution, il me la fallait absolument, car
d'elle devait dépendre pour moi l'avenir, c'est-à-dire la
vie ou la mort.

Je réfléchis pendant plusieurs jours au procédé le plus
convenable et je le trouvai en me rappelant mes songes
orientaux. Le langage des fleurs m'offrait un moyen analogue à celui des yeux, mais plus positif et plus sûr pour
interroger l'oracle.

Je voyais chaque jour la comtesse Savina se promener
quelques instants dans le jardin qui longeait son palais
et la rue. Je pris la résolution de me procurer quelques
fleurs, d'en faire un bouquet et de le jeter à ses pieds,
espérant lire mon sort dans sa contenance. Si elle ne
m'aimait pas, elle passerait son chemin avec dédain et
même avec mépris. Cette résolution prise, j'allai chez un
jardinier et je fis l'acquisition de violettes et d'héliotropes. Le bouquet voulait dire : MODESTIE, JE VOUS AIME
AVEC IVRESSE.

Comprendrait-elle ou devinerait-elle ma pensée ? C'était
douteux, mais en tout cas mes fleurs avaient une signification évidente et cela suffirait pour me donner la preuve
ou qu'elle acceptait mon hommage ou qu'elle le refusait.

Je revins à la maison décidé à tenter le sort, quand
Véronique accourut à ma rencontre pour m'annoncer
que mon oncle s'était mis au lit avec la fièvre. Je déposai
le bouquet dans ma chambre et me précipitai chez un
médecin que je ramenai aussitôt à la maison.

Le docteur, qui connaissait mon oncle depuis de longues années, l'examina attentivement, lui tâta le pouls et
lui demanda ce qu'il ressentait ; mon oncle répondit qu'il
éprouvait une prostration générale et de grandes souffrances nerveuses.

« Monsieur a peut-être observé avec trop de rigueur
les jeûnes du carême ? »

Véronique, derrière les rideaux du lit, remuait la tête en signe de négation.

Mon oncle répliqua que, ne pouvant changer ses habitudes sans danger pour son salut, il avait toujours vécu de la même façon.

« Mais au moins, insinua le docteur, vous avez dû commettre quelque infraction à votre façon régulière de vivre.

— Certainement, répondit Véronique, depuis que monsieur a changé l'heure des vêpres, sa santé a décliné.

— En effet, ajouta le malade, depuis ce moment il m'a fallu modifier de même l'heure de la messe, du déjeuner, de la promenade et du dîner. Le retard des vêpres a changé l'ordre de ma vie et a troublé mes fonctions.

— Voilà, riposta le médecin, la cause de la maladie découverte. Nous remédierons facilement à ce trouble, mais il faut absolument que Monsieur se décide à modifier son genre d'existence. Il n'est pas bon de se rendre trop esclave de ses habitudes, parce qu'à chaque changement on risque de tomber malade. Monsieur a besoin de prendre de l'exercice et de respirer l'air pur des montagnes. »

Il écrivit la consultation en ajoutant : « Je crois que Monsieur possède une petite ferme en Valteline? — Oui, répliqua mon oncle, une petite maison et un petit champ.

— Très-bien. L'été prochain, il faut visiter votre maison et aller aux bains de Bormio.

— Il y a tant d'années que je n'ai quitté Milan !

— C'est précisément à cause de cela que, pour rétablir vos forces, il vous faut rompre avec des habitudes trop régulières. Vous êtes encore jeune, mais la vie sédentaire nous affaiblit et nous prépare une vieillesse précoce et pleine de souffrances. Résignez-vous donc à aller chaque année prendre des bains et respirer l'air vivifiant des montagnes.

— Nous verrons, nous verrons, » dit mon oncle.

Le docteur ayant donné ses instructions à Véronique, recommanda le repos au malade et s'en alla; mais ses idées avaient porté le trouble dans la maison.

Mon oncle, à la seule pensée d'un voyage, éprouva une

recrudescence de toutes ses souffrances, et le soir la fièvre redoubla.

Véronique ne savait plus à quel saint se vouer.

« Ces bons docteurs, s'écriait-elle, ils trouvent tout facile, ils ordonnent avec la même indifférence une décoction de camomille et l'amputation d'une jambe. Il ne faut pas connaître Monsieur pour lui imposer un voyage en Valteline... Miséricorde!... Il suffit de dire qu'il reçoit les visites l'œil fixé sur la pendule et, quand l'aiguille des minutes indique le moment précis destiné à d'autres occupations, il se lève sous un prétexte, interrompt le colloque le plus intéressant et oblige les visiteurs à s'en aller.

« Un jour, il me raconta qu'ayant trouvé l'archevêque, qui l'avait invité à le suivre pour l'entretenir d'une affaire importante, il le laissa en pleine rue au plus beau de son discours en s'excusant, parce qu'il avait entendu sonner l'heure du dîner.

« S'il trouve sur son assiette que la serviette a été pliée en long au lieu de l'être en carré, ce désordre inouï lui fait perdre l'appétit. Si, quand il va se coucher le soir, il trouve les allumettes sur la toilette, il me fait une scène du diable en m'énumérant tous les inconvénients auxquels je l'expose, si, par hasard, il avait besoin d'allumer sa bougie pendant la nuit. Imaginer d'exposer un tel homme aux retards des diligences et des bateaux, il y a de quoi le faire mourir ! »

Je cherchais à la consoler de mon mieux, mais en vain.

Le jour suivant, le médecin trouva le malade plus tranquille, écrivit une autre consultation, ordonna une diète moins rigoureuse, et deux doigts de vin vieux, puis il ajouta : « Monsieur se trouvera mieux après avoir pris les bains de Bormio, et quand il aura fait son voyage dans les montagnes. »

Véronique levait les yeux au ciel et hochait la tête.

Par bonheur le malade ne tarda pas à se rétablir et à reprendre ses habitudes.

Mais pendant que j'étais occupé à secourir mon oncle, je n'eus pas le temps de faire l'expérience projetée et mon bouquet se flétrit. Pauvres fleurs!... J'ai passé une

soirée à les contempler comme un triste présage. Elles
me représentaient l'image de la jeunesse qui passe, pendant que mon étoile brillait peut-être dans quelque fête
mondaine, répandant partout autour d'elle l'éclat et le
parfum de sa beauté! Tout en faisant ces réflexions, je
m'appuyai à la fenêtre en respirant machinalement mon
bouquet fané. Elle apparut à l'improviste et je crus découvrir dans son rapide regard un léger mouvement de
surprise, bientôt dissimulé, mais pas assez promptement
pour m'empêcher de deviner, par un sévère froncement
de sourcils, une marque de mécontentement que j'inter-
prétai comme un effet de jalousie. Qu'elle était belle avec
ce froncement de sourcils qui semblait me dire : Qui donc
vous a donné ces fleurs?... En cet instant passait dans
la rue un balayeur, je jetai adroitement mon bouquet
dans sa charrette; elle vit mon action, sa physionomie
changea d'expression, elle sourit du bout des lèvres, me
regarda d'un air satisfait, et disparut.

J'avais lu sur son visage une nouvelle preuve d'amour.
Léger comme un homme heureux, je descendis l'escalier
vivement, et courus chez le marchand de fleurs. Je me
fis préparer un nouveau bouquet plus beau que le premier. Il se composait de violettes et d'héliotropes avec
une rose au milieu. Ces fleurs exhalaient un parfum délicieux et disaient clairement : BEAUTÉ ET MODESTIE, JE VOUS
AIME AVEC IVRESSE. Rentré à la maison, j'attendis l'heure à
laquelle la comtesse Savina avait l'habitude de se promener dans le jardin. En attendant, je déposai un baiser
sur mes fleurs, en enviant leur sort; je leur appris ce
qu'elles devraient dire si elles étaient jugées dignes d'être
reçues; et je parlai à ces êtres délicats comme à des enfants qu'on charge d'une commission importante. Je pensais aussi à ce destin de ma vie, à cette bonté de la nature qui mettait dans ma main ces symboles d'une âme
remplie d'amour pour qu'ils fussent, sous les yeux d'une
ravissante jeune fille, les interprètes de mon affection juvénile, avec leurs magnifiques couleurs et leurs parfums
pénétrants. Enfin il était deux heures de l'après-midi,
lorsque, de ma fenêtre, je la vis entrer dans le jardin
comme une apparition céleste.

Il faisait une splendide journée de mai, et elle paraissait aspirer avec volupté l'air vif et imprégné des principes féconds de la vie. Elle regarda les plantes avec admiration, leva au ciel un pur regard, puis, tournant la tête, me vit à la fenêtre avec les fleurs.

Elle s'était arrêtée un instant, allongeant le bras avec une nonchalance pleine de grâce pour casser une branche, quand mon bouquet tomba à ses pieds. Elle fit un léger mouvement comme si elle avait eu peur, le vit, resta quelque temps indécise, pendant que la respiration me manquait. Puis se baissant lentement, elle le prit, le sentit, le mit sur sa poitrine, leva la tête en me lançant un regard ineffable... et je ne vis plus rien. Un nuage m'obscurcit la vue, et je tombai évanoui dans la chambre.

Quelques instants après, je revins à la fenêtre, elle était partie!

––––––––

## II

Ce moment trop court de bonheur datait déjà de quelques jours, quand je commençai à remarquer une tristesse inaccoutumée sur le visage de la comtesse Savina.

Oh! que j'aurais voulu l'interroger, connaître la cause de son trouble et la consoler! Hélas! c'était impossible. Je lisais bien dans ses yeux une expression de chagrin, mais comment en discerner la cause? Un soir, je crus comprendre qu'elle ne pouvait se détacher de la fenêtre, son regard mélancolique ne prenait plus la précaution de décrire son cercle ordinaire pour arriver jusqu'à moi, il me cherchait directement et s'arrêtait languissant et douloureux. Bientôt, quand l'obscurité de la nuit succéda au crépuscule, les objets apparurent confus, je ne distinguai plus ses traits, je discernai seulement sa taille gracieuse, flexible comme la tige d'une fleur, appuyée à la fenêtre;

je crus la voir mettre une main sur ses yeux, l'autre sur
son cœur, et peu après elle disparut.

Le lendemain toutes les portes du palais étaient closes,
elle était partie. Partie de Milan!........ et les voitures
continuaient de circuler dans les rues, chacun allait et
venait comme d'habitude, les magasins étaient ouverts,
le soleil brillait radieux sur le clocher de la cathédrale...
et cependant Milan me paraissait mort, les rues tristes, le
ciel noir, la foule n'était plus qu'une réunion de fantômes.
Je ne pouvais croire que la vie pût encore subsister dans
un vide pareil; il me semblait que les âmes de mes conci-
toyens étaient sorties de la cité, et que leurs corps continuaient matériellement une vie automatique dans un
monde éteint. Il y avait en dedans de moi un trouble profond; mon âme était malade, comme s'il s'en était échappé
une partie, et la meilleure. Je circulai toute la journée
dans les rues comme un insensé, heurtant les passants
et regardant machinalement les voitures où je croyais
voir assises des femmes de bois avec des yeux de verre.

Les mandolines me mettaient en fuite, la musique me
brisait la tête comme l'aurait fait un marteau; je prenais
pour des fous les hommes qui riaient, et j'en avais peur.

Je me traînai à la maison pour l'heure du dîner, afin
de ne pas causer par un retard une rechute à mon
oncle, et je me mis à table sans pouvoir avaler une bou-
chée

A toutes ses observations, je répondis en me plaignant
d'un violent mal de tête.

Après le dîner, Véronique se mit à raconter, comme la
chose la plus naturelle du monde, que nos voisins étaient
partis pour la campagne. Les comtes de Brisnago quittaient Milan chaque printemps et ne revenaient qu'à la
fin de l'automne. Je n'en savais rien. J'avais vu la comtesse Savina pour la première fois en novembre dernier,
et, avant cette époque, j'ignorais qui habitait le palais, et
je n'avais jamais remarqué s'il était ouvert ou fermé.
Après l'avoir aperçue, je ne vis plus qu'elle seule dans
Milan, et dans mon cœur. Je ne m'étais jamais préoccupé
de connaître sa famille, ni son père, ni sa mère, ni ses
parents.

Je voyais bien une dame âgée à côté d'elle, dans le salon ou dans la voiture, mais je la voyais comme une ombre, sans arrêter sur elle ni mes yeux ni ma pensée.

Les remarques de Véronique me remplissaient d'étonnement, comme si elle avait raconté une chose extraordinaire, tant il me paraissait impossible que la comtesse Savina fût une femme comme les autres.

Le soir, quand je fus couché, pensant aux longs mois que j'aurais à passer dans la solitude, je me mis à pleurer à chaudes larmes, et restai quelques jours comme insensé, en proie à un profond désespoir. Le départ de mon oncle fut la première diversion qui vint me mettre de nouveau en communication avec les événements vulgaires de la vie. Malgré la constante opposition de Véronique, le docteur avait persévéré dans son opinion et démontré la nécessité d'envoyer mon oncle aux bains de Bormio. Comme il y avait nombre d'années que mon oncle n'avait vu sa petite maison de la Valteline, louée à un vieux maître d'école, il comptait s'arrêter deux jours chez le curé du village de X*** et, de là, aller aux bains.

Les préparatifs du départ furent longs et laborieux. Depuis un mois on ne parlait pas d'autre chose : mon oncle prenait continuellement des informations sur les heures de départ et d'arrivée des voitures, sur les haltes, sur le prix des places, sur les correspondances avec les bateaux du lac, sur le voyage de Colico à Bormio, sur les hôtels et le régime des bains, ainsi que sur les analyses chimiques des eaux. Puis il énumérait les bienfaits, les inconvénients, les périls, les incommodités de la cure ordonnée, et les espérances qui devaient le soutenir dans son entreprise. Véronique apprêtait les sacs de nuit avec toutes les précautions imaginables, mettant en ordre les manteaux de toute espèce, et tous les accessoires habituels, les pastilles pour la toux, la magnésie en poudre, le tabac à priser et les allumettes. Enfin on s'attachait à ne pas oublier les objets indispensables, à rappeler les précautions les plus minutieuses à prendre, pour suivre de point en point les recommandations du docteur.

La diligence pour Côme partait à dix heures, et, au

jour fixé, mon oncle me fit réveiller dès l'aube, avant
le lever du soleil, pour ne pas se trouver en retard,
ayant mille commissions à me donner. Nous avions
quitté la maison une heure avant le départ, précédés
d'un commissionnaire qui portait les bagages et le parapluie, et suivis jusqu'à la porte par Véronique qui pleurait en recommandant à mon oncle de se garantir des
courants d'air, du froid et du chaud, et lui demandait
s'il avait dans sa poche la tabatière, les lunettes, le
portefeuille, les gants de laine, le priant enfin de nous
écrire aussitôt son arrivée.

Il voulait paraître calme; cependant on voyait à sa
physionomie, qu'il comprenait toute la gravité de sa résolution. Il essayait de se montrer rassuré, mais il était
plus agité que nous; il s'en allait énumérant ses commissions, la lettre de l'archevêque-chancelier, le livre à
remettre à monsieur le Doyen, un petit paiement à faire,
une étrenne à donner et les compliments pour l'abbé Y***
et pour sa sœur.

Enfin, grâce à Dieu, on arriva au bureau de la diligence. Là encore mille demandes pressées aux employés
qui répondaient froidement sans même lever les yeux
de leurs registres. Puis recommandations répétées aux
commissionnaires sur le placement des bagages, qu'ils
jetaient sur la voiture sens dessus dessous, avec une
maladresse à faire frémir Véronique si elle les avait
vus.

Quand les voyageurs montèrent en voiture, mon oncle
me donna deux gros baisers sur les joues; je lui recom-
mandai d'avoir soin de sa santé, et je restai arrêté dans la
rue, répondant à ses saluts et à ses signes jusqu'au moment où la voiture disparut. Je compris alors combien
j'aimais ce pauvre vieillard, en retenant avec peine un
gros sanglot. Quelquefois je le trouvais ennuyeux et ridicule, mais des impressions aussi passagères ne me rendaient pas ingrat envers celui qui m'avait recueilli comme
un fils et me comblait de bienfaits.

La vie en commun nous accoutume à l'affection, mais
la séparation seule nous la révèle dans toute son étendue.
En revenant à la maison, je faisais des vœux ardents

pour sa santé, et je priais le ciel de le récompenser de tout le bien qu'il m'avait prodigué.

La maison me parut déserte sans lui ; Véronique et moi nous n'étions pas les seuls à sentir le vide produit par son absence : son chat préféré le cherchait aussi à travers les chambres en miaulant avec une douloureuse persistance. Pauvre bête ! Moi qui d'abord n'y faisais pas attention, j'éprouvais le besoin de la caresser et de lui donner quelque petite friandise en récompense de l'affection qu'elle montrait pour son bon maître.

Oh oui ! la vie tout entière est un mélange d'affections et de séparations, de joies et de douleurs, de victoires et de défaites, et le cœur vieillit comme le vétéran qui a perdu les jambes sur le champ de bataille.

Je passai l'été à étudier et à préparer mes derniers examens ; j'eus le bonheur de les subir avec succès, et j'éprouvai une réelle satisfaction en prenant la plume pour annoncer à mon oncle que j'avais obtenu le brevet de maître, avec des témoignages flatteurs.

Mes études étant terminées, je me remis vivement à ma tragédie pour faire diversion à la passion qui me consumait.

L'expression d'un amour contenu donnait des ailes à mon imagination poétique, et, bien que le palais Brisnago fût toujours fermé, ma divine muse m'apparaissait comme une vision céleste ; l'éloignement avait idéalisé mon amour. Je la voyais en imagination, entourée d'une auréole de feu, m'envoyer une pensée qui, traversant rapidement l'espace, arrivait dans ma petite chambre comme un rayon vivifiant.

Un jour, mon esprit errait dans ce monde fantastique qui souriait à ma solitude comme un présage de gloire et d'amour, quand Véronique, ouvrant violemment la porte, m'annonça le retour de mon oncle, et descendit précipitamment l'escalier pour aller au-devant de lui. Je tâchai de mettre un peu d'ordre dans mes idées, comme un homme brusquement tiré du sommeil, et je courus à sa rencontre en chancelant. Il se jeta dans mes bras et me serra affectueusement sur son cœur. Il avait une mine superbe. Le docteur ne s'était pas trompé ; le voyage et les bains lui avaient fait le plus grand bien ; il me dit que d'abord il avait un peu souffert du changement d'habitudes, mais que l'air des montagnes, l'exercice, un bon régime, et une société agréable avaient complétement rétabli sa santé.

Après les embrassements réciproques, lorsque la curiosité de Véronique sur les moindres incidents de l'absence et du voyage fut satisfaite, mon oncle me prit par la main avec une gravité inaccoutumée, me conduisit dans son cabinet de travail, ferma la porte, s'assit sur le vieux fauteuil de cuir qui était son siége de prédilection, me fit asseoir en face de lui, et, d'une voix affectueuse, se mit à parler en ces termes : « La lettre qui m'annonçait le résultat final de tes études m'a apporté une grande consolation, et j'étais heureux de revenir pour t'adresser de vive voix mes sincères félicitations. Tu as parcouru d'une façon honorable la première étape de la vie, celle qui prépare l'avenir, celle dont dépend en grande partie toute notre existence. L'âge mûr et la vieillesse peuvent être considérés comme la conséquence légitime de la jeunesse. Les premières impressions sont les plus durables, précisément parce qu'elles sont les premières ; elles trouvent le champ libre, le naturel simple et droit, l'âme préparée à recevoir toute espèce d'empreintes. Dans le repos et la solitude de cette maison, tu n'as reçu que de bonnes impressions ; tu les a cultivées par une étude assidue, les longues heures passées dans ta chambrette donneront leur résultat, j'en suis sûr. Maintenant, le moment est venu d'entrer courageusement dans la vie sociale, et d'y prendre la place que la Providence t'y a réservée. Y as-tu pensé, Daniel ?

— J'y ai souvent pensé, répondis-je, et je compte bien, mon cher oncle, que vous n'aurez pas à vous repentir un jour de m'avoir recueilli et de m'avoir aidé à compléter mes études.

— J'en suis sûr et j'espère d'aussi bons résultats de ta conduite que de ton savoir. Mais, pour arriver à un but, il faut se mettre en chemin, et accomplir le labeur que le Seigneur a prescrit à Adam : « Tu mangeras ton pain à la sueur de ton front. »

— Je suis prêt, répliquai-je, à montrer ma bonne volonté à la première occasion.

— L'occasion se présente et elle est favorable, ajouta-t-il, c'est même ta lettre qui t'a ouvert la porte.

— Comment cela ?

— Je l'ai communiquée à quelques personnes influentes, qui m'ont honoré de leur bienveillance, pendant mon séjour aux bains de Bormio, où nous vivions en contact journalier. Elles m'ont promis la place de maître précisément dans le village de X***, où tu iras habiter ma petite maison...

— En Valteline ?

— En Valteline ! Le vieux maître, mon locataire, a obtenu une pension de la commune ; il se retire à Sendrio dans sa famille. Je mets à ta disposition ma maisonnette, mes petits champs, une petite somme d'argent pour les réparations nécessaires, je te recommande à mon bon ami le curé don Vincent Lizerio, et à l'excellente famille Bruni, que je connais depuis longtemps. Tu vas donc vivre heureux et tranquille dans cet air vivifiant des montagnes, qui aiguise l'appétit et conserve la santé... Voilà ce que j'avais hâte de te communiquer ; je crois que tu seras content d'une aussi bonne nouvelle !... »

Je restai étourdi, sans pouvoir prononcer un mot, en pensant à la fenêtre du palais Brisnago, qui bientôt s'ouvrirait de nouveau, à l'espoir de revoir mon idole, à la joie de son retour, et au bonheur de reprendre ces délicieuses contemplations, aussi indispensables à mon cœur que l'air à mes poumons. Milan m'apparaissait dans toute sa beauté, et je voyais dans un songe rapide, éblouissant, toutes les splendeurs de la ville, le luxe, les promenades, les théâtres, comme une scène de spectacle éclairée par un regard qui animait toutes choses ; tandis que les paroles de mon oncle me montraient confusément et dans le lointain un pauvre village désert au pied des Alpes, ayant pour horizon un épais rideau de montagnes couvertes de neiges éternelles. Mon oncle me regardait en silence, attendant tranquillement une réponse. Je comprenais toute l'horreur de ma position, et une bataille terrible se livrait en moi. Enfin, voyant mon hésitation, il ajouta :

« J'avoue que j'attendais un tout autre accueil à ma proposition, et que ton silence me surprend beaucoup.

— Mon bon oncle, l'idée de quitter Milan me fait tant de peine, que peut-être je ne comprends pas bien les avantages de la proposition que vous me faites. Une profession qui me permettrait de continuer à vivre près de vous serait mon vœu le plus ardent ; mais m'éloigner de votre maison, de Milan, seul, pour aller dans un village inconnu, c'est un projet qui m'épouvante... je l'avoue en toute humilité.

— Mais comment veux-tu qu'un jeune homme, ayant à peine obtenu le brevet de maître, trouve moyen de s'établir à Milan ? C'est, à la vérité, une idée bien étrange ! Il faut que chacun suive sa route, en commençant par les premiers pas. Quand tu auras acquis des titres plus élevés, tu pourras obtenir de l'avancement grâce à ton mérite et au temps, et revenir ainsi à Milan. Mais devant commencer avec un emploi modeste, dis-moi où tu pourras être plus heureux que dans un village où tu trouveras, sans bourse délier, une maison, des champs et de vieux amis de notre famille disposés à t'accueillir à bras ouverts, comme une vieille connaissance ?... Tout le monde n'a pas ce bonheur, mais personne ne serait aussi difficile à contenter, et, je dois te le dire en toute franchise, personne ne serait aussi ingrat envers le sort !... »

Le mécontentement de mon oncle était évident, mais d'un autre côté l'obligation de quitter Milan équivalait pour moi à une sentence de mort.

Cependant, pour renoncer à un emploi auquel étaient attachés des avantages particuliers, il fallait donner des raisons sérieuses.

Il était indispensable d'avouer le vrai motif qui m'empêchait de reconnaître comme je l'aurais dû le nouveau bienfait offert avec tant de cordialité. Croyant que l'amour irrésistible qui m'enflammait, devait justifier pleinement ma conduite et expliquer la foi qui encourageait mes travaux littéraires, les seuls qui pussent m'ouvrir le chemin de la fortune, je jugeai le moment venu d'ouvrir sincèrement mon cœur à celui qui me tenait lieu de père. J'espérais l'émouvoir et le convaincre par une confession sincère, et trouver dans son cœur généreux un conseil et un appui. Décidé à cette révélation, je rompis le silence et lui dis :

« Mon oncle !... ma reconnaissance pour toutes les bontés que vous m'avez prodiguées ne finira qu'avec la vie... mais je ne puis quitter Milan ; mon départ est impossible. Une force supérieure à ma volonté décide de ma destinée ! Je ne m'appartiens plus ! »

Le pauvre chanoine, les yeux démesurément ouverts par l'étonnement, la bouche à moitié béante, me regardait en face avec attention sans prononcer une parole ; mais son regard douloureux et sévère m'interrogeait avec une ardente inquiétude. Je compris la nécessité d'abréger son supplice et j'ajoutai :

« Je ne crains rien pour mon honneur ; je n'ai commis aucune action mauvaise ; ma conscience ne me reproche rien... mais j'aime, j'aime tendrement une jeune fille et tous mes vœux tendent à mériter son affection ; ayez pitié de mon cœur... »

Mon oncle se dressa d'un bond sur ses pieds, et fit le tour de la chambre, comme s'il voulait calmer son esprit agité avant de me répondre. Je m'étais levé aussi, et, debout dans un coin de la chambre, tourné vers mon juge, les mains jointes et d'une voix brisée par l'émotion, je répétais ces mots :

« Ayez pitié de mon cœur. »

Après deux ou trois tours, il s'arrêta en face de moi, en s'écriant à plusieurs reprises :

« Je ne m'y attendais pas... sitôt ! O jeunesse, jeunesse ! qui ne sait pas mettre un frein à ses passions, qui se laisse tomber si facilement dans le danger... qui ne se défie pas des précipices... Oh ! fragilité de la nature humaine !... » et il continuait à marcher à grands pas. Après un long soupir qui parut le soulager d'un grand poids, adoucissant peu à peu la voix, comme un homme résigné qui a pris une détermination décisive, il ajouta :

« Eh bien... patience ! patience ! nous verrons à arranger cela. Tu es encore bien jeune... mais sans famille, et quelquefois une bonne compagne peut sauver un jeune homme de grands périls. Dieu bénit les bonnes familles, et mon désir est de te voir content ! »

Joyeux et confus tout à la fois de tant de bonté, je tombai à ses genoux. J'éprouvais une immense reconnaissance ; la vie me souriait ; je pris les mains de mon oncle, je les couvris de baisers, et je vis deux grosses larmes tomber sur les joues du pauvre vieillard, ému de démonstrations aussi affectueuses. Je me sentais renaître.

Après une courte pause, me regardant d'un œil bienveillant :

« Allons, me dit-il, tu peux maintenant compléter ta confession, et me déclarer sans réticence le nom de ton adorée... » Je me levai, en souriant naïvement ; mais j'hésitais à prononcer son nom. Il m'encouragea en disant avec bonhomie :

« Voyons, dépêche-toi... finissons-en. »

Alors je balbutiai :

« C'est la comtesse Savina de Brisnago. »

A ces mots il s'arrêta comme foudroyé, sous le coup d'une surprise imprévue, puis il poussa un éclat de rire si impétueux et si violent que je craignis un moment qu'il n'eût perdu complétement la raison. Il eut comme cela trois accès successifs, éclatants, irrésistibles, inextinguibles, qui le faisaient évidemment souffrir ; mais il lui était impossible de se calmer. Il se tordait sur sa chaise, en proie à de véritables convulsions, paraissait se calmer un instant ; sa respiration devenait moins brusque, puis un autre accès survenait encore, plus fort que le premier, accompagné de sanglots et de larmes. C'était une véritable torture.

Debout, immobile, atterré, j'étais resté cloué à ma place ; un frisson me parcourait les membres, comme s'il m'était tombé sur le dos une douche d'eau glacée.

« Mon Dieu ! je n'en puis plus... » telles furent les premières paroles de mon oncle... Puis le pauvre homme me demandait pardon, et voulait reprendre son sérieux, mais le rire le reprenait de plus belle. Après de longues

alternatives de ce rire tour à tour comprimé ou éclatant,
il parvint enfin à se calmer entièrement et me dit :

« Vois-tu, Daniel, ce n'est pas pour t'offenser, mais ta
naïve révélation m'est arrivée d'une façon si imprévue,
si étrange, si extraordinaire, que j'en suis resté saisi ; ensuite, j'ai été pris de mouvements convulsifs si violents
que j'ai cru en mourir. Que veux-tu ?... si tu étais un
sot, rien n'aurait pu m'étonner ; mais avec ton intelligence, ton bon sens, ta modestie, ta modération en toutes
choses, te voir aussi tranquillement prononcer le nom
de la comtesse Savina comme la chose la plus naturelle
du monde... j'en suis resté pétrifié... et tu m'as fait terri-
blement souffrir. Maintenant que je suis revenu de ma
stupéfaction, dis-moi, je te prie, comment a pu entrer
dans ta tête une pareille absurdité ?... Tu n'ignores certainement pas le nombre de millions que l'on attribue à
la famille Brisnago ?

— Je n'y ai jamais pensé ?...

— Tu n'as donc jamais vu les douze chevaux des écuries, le luxe des équipages, la magnificence princière de
la maison, les nombreux domestiques...

— J'ai vu et je n'ai pas vu... J'ai vu matériellement
avec les yeux, mais je n'y ai pas pensé autrement. Je n'ai
jamais songé à la différence sociale qui nous sépare... ni
à ma pauvreté... ni à son opulence... J'ai aimé !... j'ai
adoré avec enthousiasme... Voilà tout ! »

Alors je me mis à raconter tout au long les particularités les plus minutieuses de mon aveugle passion, ces
regards modestes, mais constants, qui m'avaient si profondément remué ; tous les faits que j'avais interprétés
à mon avantage, et qui avaient porté le trouble dans mon
cœur ; l'évidente jalousie à propos des fleurs fanées ; le
bouquet ramassé dans le jardin ; la tristesse manifestée
la veille du départ ; le mystérieux adieu du soir, mon désespoir et mes espérances...

Il m'écouta avec une attention profonde et dit :

« Ce n'est que trop vrai, chez les jeunes gens l'amour
naît de rien, s'alimente de tout et ne raisonne jamais.
Les jeunes filles ont l'instinct de la coquetterie. Elles se
font belles, veulent plaire à tout le monde indistincte-

ment, et croient qu'un regard ne signifie rien ; puis, quand
elles voient qu'elles ont frappé juste, elles éprouvent une
satisfaction qui les pousse à recommencer l'épreuve. Ignorant les conséquences de cette récidive, peu à peu elles
s'avancent avec une coupable légèreté dans ce chemin
dangereux, excitées par des sentiments divers de sympathie, d'ambition, de reconnaissance, entraînées surtout
dans ce jeu fatal par le plaisir du mystère. Au fond elles
ne cherchent d'autres trophées que ceux de l'orgueil
satisfait ; mais pour les obtenir elles s'en vont lançant
leurs flèches ; or ces flèches peuvent blesser grièvement,
et les blessés n'ont d'autre ressource que d'aller à l'ambulance, d'endurer avec résignation toutes les douleurs,
pendant qu'un héros prédestiné par le sort triomphe
sans avoir combattu. Quelquefois il arrive que celle qui
a attaqué avec tant d'audace devient victime de sa propre
imprudence ; alors elle porte toute sa vie la cicatrice
d'une blessure reçue en s'amusant à ce jeu d'enfant.
C'est pour cela que la candeur de l'âme est une chose
rare et précieuse, et que la prudence est une des premières vertus que les mères devraient enseigner à leurs
filles. Tu es devenue la victime, mon pauvre Daniel,
d'une de ces plaies sociales si répandues et si dangereuses, dont on ne se garantit qu'avec la raison et avec
l'expérience. Mais quand on est blessé sur le champ de
bataille, il faut se retirer pour éviter d'autres dangers.
Ton malheur me donne de nouveaux et plus forts arguments pour te dire : Il faut partir ! Tu ne tarderas pas
longtemps, je l'espère, à ouvrir les yeux ; en attendant,
retire-toi tranquillement, repose ton esprit, rappelle ton
bon sens ; un autre jour nous parlerons de tout cela avec
calme. »

Je sortis du cabinet de mon oncle, honteux et confus de
la triste figure que j'avais faite ; et, n'ayant plus assez de
force pour endurer une nouvelle semonce, je ne touchai
pas un mot de mes espérances littéraires. La façon dont
mon amour était accueilli ne m'encourageait pas à parler
de gloire avec un chanoine qui ne voulait rien comprendre ni sur ce chapitre ni sur l'autre.

Rentré dans ma chambre, je me jetai sur mon canapé,

en pleurant à chaudes larmes, et je finis par m'endormir accablé de fatigue.

---

# III

Mon oncle eut la délicatesse de ne plus me parler de ses projets, ni de mes amours, laissant au temps et à la réflexion le soin de tout arranger. Cependant je passais les jours dans la tristesse, et les nuits dans l'insomnie, me retournant continuellement dans mon lit sans pouvoir goûter le repos. Il me serait impossible de me rappeler toutes les pensées confuses de ces nuits sans sommeil qui inauguraient ma jeunesse, comme les nuages orageux d'avril annoncent le printemps. Mon idée fixe était celle-ci : M'aime-t-elle ou ne m'aime-t-elle pas? Les railleries et les réflexions de mon oncle n'avaient pu obtenir d'autre résultat.

L'amour a toujours été le même sur la terre, comme le prouve bien l'allégorie antique qui le représente sous les traits d'un jeune homme avec des ailes, et un bandeau sur les yeux.

L'amour continue toujours à voltiger sans savoir où il va ; il n'aperçoit les obstacles que quand il s'y brise la tête, comme les guêpes aux vitres des croisées. L'amour ne connaît aucune des inégalités produites par les vicissitudes du sort ou par les lois sociales ; c'est une impulsion naturelle et une aspiration de l'âme à la recherche d'un complément qui lui manque.

Je ne pensais donc pas plus qu'auparavant à ma misère, ni aux millions des Brisnago ; je me demandais simplement ceci : M'aime-t-elle ou ne m'aime-t-elle pas ? Je sentais intérieurement qu'elle m'aimait ; une voix secrète me le disait, c'était comme une intuition indéfinissable, un frémissement irrésistible qui me faisait tressaillir jusqu'au fond de l'âme, non-seulement à sa vue, mais même en entendant prononcer son nom, à l'aspect d'un objet quelconque qui lui avait appartenu. Mais pour convaincre les profanes, comme mon oncle, il fallait évidemment une preuve matérielle, palpable, certaine. Un regard, un soupir, un sourire, une larme, sont des preuves suffisantes pour celui qui aime. Le monde demande plus que cela. Et le bouquet ramassé? Cela peut passer pour une marque de politesse, d'estime, de déférence, voire même de sympathie ou d'amitié... mais d'amour? Qui oserait le soutenir? Un fait certain et précis était donc nécessaire pour convaincre mon oncle de l'amour de la comtesse Savina, et cette preuve devait être décisive pour moi.

Oui, mais si elle ne soutenait pas l'épreuve? Si elle allait confirmer l'accusation de coquetterie lancée par mon oncle! Les soupçons sont contagieux de leur nature, et je commençais à douter d'elle, de moi-même, de tout enfin. Si je m'étais trompé! si elle s'était moquée de moi! Quelle atroce dérision! Cependant une jeune fille riche et belle ne peut-elle aimer sincèrement un déshérité du sort! un pauvre orphelin sans fortune!..... Et encore si elle m'aimait, qu'en penseraient ses parents? Peut-être me prendraient-ils pour un vil ambitieux, poussé par la cupidité, amoureux des millions! Quelle humiliation! Y aura-t-elle pensé? Quels peuvent être ses projets? M'aime-t-elle comme je l'aime, sans penser à autre chose qu'à l'amour? Que de doutes, que d'incertitudes, que de soupçons m'envahirent! Si de pareils soupçons devaient se changer en réalités, je partirais de Milan à l'instant. Mais si, au contraire, son amour était pur et naïf comme le mien, si elle avait confiance dans ma bonne foi, dans mon désintéressement, dans mon intelligence, si elle me croyait capable de m'élever jusqu'à elle par le travail, je pourrais l'abandonner, trahir ses espérances, partir, briser son âme! Non, jamais! Une dernière épreuve est donc indispensable et elle doit être concluante et décisive.

Une fois ma détermination prise, j'attendis son retour avec anxiété, discutant intérieurement les divers projets qui se présentaient à mon esprit comme les plus convenables.

Mais chacun de mes plans rencontrait d'insurmontables obstacles. Lui parler était impossible, lui écrire était difficile; j'éprouvais d'ailleurs une grande répugnance à me confier à des domestiques et à la compromettre. Je cherchais une combinaison qui ne laissât pas de trace, et qui n'eût d'autre témoin que Dieu. Enfin, après un mûr examen, je décidai d'attendre son retour et de lui envoyer un baiser aussitôt qu'elle se présenterait à sa fenêtre. Je me disais : Si elle rend le baiser, personne ne pourra mettre en doute son amour. Mon devoir sera dès lors tracé : mériter son affection et lui être fidèle à tout prix. Nous sommes jeunes l'un et l'autre; nous pouvons attendre; avec le temps et la patience, on peut faire des miracles. On voit tant de malheureux qui, avec leur intelligence et une volonté opiniâtre, ont conquis les positions sociales les plus élevées : ce n'est donc pas une folie que d'essayer de les imiter! Si elle m'aime, j'ai trouvé le point d'appui que demandait Archimède, et je puis remuer le monde!... Si elle ne m'aime pas, j'aurai au moins la force de partir et de me conformer aux intentions de mon oncle, car alors peu m'importe dans quel coin de terre j'irai mourir. « Comtesse Savina de Brisnago, voilà un homme en votre pouvoir; vous pouvez le sauver ou le tuer. Si vos yeux ne m'ont pas trompé, vous m'aimez. Si vous m'aimez, je vous demande un baiser à dix mètres de distance..... un baiser de vous me donnerait la vie, même à travers l'Océan ! Revenez donc à votre fenêtre et décidez de ma destinée. »

Le lendemain matin, je repris ma place au balcon, mais les portes du palais Brisnago étaient toujours closes; j'avais fait mes invocations en pure perte.

Les jours se succédaient sans amener aucun changement; mon oncle, tout en me laissant le temps de réfléchir sur ma situation, m'observait sans mot dire pour tâcher de découvrir mes pensées, que je dissimulais. Quant à moi, j'attendais, ballotté entre la crainte et l'espérance, le moment fatal qui devait décider de mon sort. Enfin un matin, m'étant levé de bonne heure, je vis beaucoup de fenêtres ouvertes au palais Brisnago. Les domestiques mettaient les appartements en ordre et tout annonçait un prochain retour des maîtres.

Cette journée me parut une longue série de siècles;

chaque minute durait une année, une année de pensées, de rêves, de projets, d'enthousiasme et de douleurs ! Je regardais l'horloge en me disant : Elle sera peut-être ici dans deux heures. Si elle sent comme moi les effets irrésistibles d'une violente passion qui, après avoir été longtemps comprimée, éprouve impérieusement le besoin de s'épancher, elle répondra à mon baiser ardent par un chaste baiser, doux comme le parfum d'une fleur agitée par la brise d'été.

Ce rapide instant suffisait, à mes yeux, pour donner du génie à l'âme la plus froide ; c'était le souffle créateur qui animait mon enveloppe d'argile, m'élevait au-dessus des autres mortels, m'inondait de cette lumière divine qui, faisant l'homme l'égal des dieux, l'a rendu quelquefois capable de produire des œuvres magnifiques qui font l'étonnement des siècles. Franchissant les degrés de l'échelle avec mon imagination enflammée, j'escaladais les nuages et après les plus étranges pérégrinations, j'arrivais à l'apothéose !... Mon songe terminé, je regardais l'horloge, l'aiguille paresseuse n'avait avancé que de quelques minutes !... Elle marchait avec une lenteur désespérante, pendant que mon imagination parcourait d'immenses espaces avec la rapidité de l'éclair.

Si j'étais mort ce soir-là, j'aurais cru certainement avoir vécu longtemps. Car tout est relatif dans la vie, le temps et l'espace, la misère et la richesse, la nuit et la lumière.

Enfin, un piétinement de chevaux, accompagné d'un bruit de voitures qui s'arrêtaient, me tirèrent de ma léthargie. Je m'élançai à la fenêtre et je vis s'ouvrir la grande porte du palais Brisnago, où les équipages entrèrent aussitôt. Résolu à l'acte solennel, je prends ma place au balcon et j'attends. Quelques instants après, j'entends un bruit de portes, et j'aperçois une ombre dans le lointain : c'était elle ! Ayant encore son chapeau sur la tête, elle venait à la fenêtre en souriant pour me donner le salut du retour.

Elle eut à peine le temps de m'apercevoir, que, déposant un baiser passionné sur l'extrémité des doigts de la main droite collée à mes lèvres, je le lui jetai comme un objet qu'elle pût réellement recevoir en plein visage. Elle ouvrit de grands yeux, resta un instant interdite et s'enfuit..... Sa subite disparition me cloua sur place, privé de respiration, et devenu aveugle comme un homme qui, ébloui par une lumière soudaine, rentre tout à coup dans les ténèbres.

Illusions, espérances, amour, tout était évanoui ! La vie me semblait une ironie affreuse, un mensonge, un supplice !... Je me traînai sur une chaise, et me laissai tomber, la tête appuyée sur la table, les bras pendants. Je ne sais combien de temps je restai dans cette position ; quand je levai la tête, il faisait nuit.

Je pris une résolution décisive, je courus chez mon oncle, je lui annonçai l'arrivée de la famille Brisnago, et mon départ pour le lendemain.

Il applaudit à ma détermination et s'occupa aussitôt de me préparer des lettres de recommandation, pendant que je courus arrêter une voiture et prendre les dispositions nécessaires. Le soir tout était prêt ; Véronique avait fait ma valise, et placé dans une malle les livres, les papiers, les vêtements, et tout ce qui m'appartenait. Mon oncle me donna l'argent nécessaire pour mon voyage et pour mon installation, avec les lettres pour le curé don Vincent Lizerio et monsieur Nicolas Bruni, y ajoutant des instructions et des recommandations sans nombre, sur les affaires de la maison et des champs et sur la façon de me conduire. Puis, avec des larmes dans les yeux, il me donna sa bénédiction et me congédia, ne voulant pas se lever avant l'aube, pour ne rien changer à ses habitudes. Je lui baisai les mains tendrement, l'assurant de ma reconnaissance pour tous ses bienfaits, de ma ferme volonté de marcher dans le chemin de l'honneur, et je le quittai en balbutiant mes derniers mots d'une voix étranglée par l'émotion.

Je me couchai la tête bouleversée et ma nuit se passa dans les larmes. A quatre heures du matin, j'allumai la bougie et me levai. Je pris la médaille qui était supendue depuis tant d'années au-dessus de mon lit et lui donnai un baiser, croyant recevoir ainsi la bénédiction de ma mère. Je mis dans ma poche cette sainte relique avec un religieux respect. C'était le seul héritage du pauvre orphelin, qui allait de nouveau se trouver seul sur la terre.

J'ouvris la fenêtre au moment où les étoiles commençaient à pâlir sous la lumière du jour naissant. La fenêtre d'en face était close; je la contemplai longtemps, sentant bien que je ne pourrais détacher de moi la partie de mon âme qui restait rivée à ce palais.

Cependant elle dormait, certainement d'un sommeil tranquille, sous les blancs rideaux de son lit; et pendant que, dans l'alcôve élégante, voltigeaient les songes aux couleurs de rose, le pauvre orphelin, mortellement blessé, abandonnait un toit hospitalier, et s'en allait à la rencontre de l'inconnu, désillusionné de ces regards funestes qui, après lui avoir promis le ciel, l'abandonnaient errant sur la terre.

Véronique entra dans la chambre pour m'apporter du café au lait chaud, du pain rôti et du beurre, afin que je ne partisse point à jeun. Soins affectueux d'une pauvre femme qui ne me devait rien, et qui cependant eut toujours pour moi le dévouement le plus tendre!

Je ne pouvais m'arracher de ma chambre, témoin muet de tant de rêves, et je tournais les yeux de tous côtés, comme pour dire un dernier adieu à ces murs qui, pendant tant d'années, avaient abrité mon enfance, m'avaient vu grandir, aimer, souffrir et vivre d'illusions.

Mais la voiture était arrivée depuis un instant; il fallut bien me résoudre à descendre l'escalier, accompagné de Véronique qui sanglotait. Au moment de franchir la porte, il me fut impossible de lui dire un mot; je lui serrai la main; elle se jeta à mon cou, nous nous embrassâmes en pleurant..... et je partis.

En traversant les rues de Milan, je me prenais d'un fol amour pour les maisons, les pavés, les arbres, les bancs de pierre; je les connaissais tous; je me rappelais les avoir vus si souvent, qu'il me semblait impossible de pouvoir les quitter. Mais j'étais entraîné par le destin, représenté par une affreuse voiture de louage et une mauvaise rosse ornée de grelots. Quelques moments après, à la sortie de la ville, cheminant sur la route de poste de Milan à Côme, je me nichai au fond de mon grotesque véhicule, et je fermai les yeux pour méditer avec recueillement sur mes infortunes.

Je ne connais pas l'intensité de la douleur qui accompagne le voyage des exilés en Sibérie, mais je ne puis me persuader que leurs souffrances puissent dépasser tout ce que j'endurai ce jour-là. Comme eux je perdais la patrie, la famille, les affections et les espérances de la vie et je me dirigeais vers les froides régions de l'exil et de la solitude.

C'était mon premier voyage ; je n'étais jamais sorti de Milan qu'à pied, et je n'avais guère parcouru que quelques milles en dehors des portes. L'idée d'un voyage, qui autrefois m'aurait enflammé d'enthousiasme, m'épouvantait aujourd'hui ; les montagnes de la Valteline se présentaient à moi comme la limite extrême du monde. Renfermé dans ma douleur, je n'en sentais pas moins le besoin de regarder les champs qui bordaient la route et le pays varié qu'elle traversait. Le voiturier s'arrêtait à chaque auberge ; le cheval ne marchait pas, et nous arrivâmes à Côme après le départ des bateaux à vapeur.

Contraint d'attendre le lendemain pour continuer mon voyage, j'aurais pu visiter la ville et ses monuments, parcourir les délicieux environs qui excitent l'admiration des voyageurs, mais je préférai m'enfermer dans une chambre d'auberge, seul avec mes pensées.

La première désillusion est peut-être la plus grande des douleurs, parce que nous ne sommes pas encore habitués à souffrir. Lorsque les teintes couleur de rose qui embellissent l'horizon à l'aurore de la vie, comme le ciel pur à l'aube d'un jour serein, se changent brusquement en sombres nuages, elles produisent en nous un étrange effroi. Cependant au printemps comme dans la jeunesse, l'horizon change souvent d'aspect, et quelquefois un rayon de soleil chasse les nuages de la tempête. Ce rayon de soleil apparut à mon esprit sous la forme d'un doute !... Si elle n'avait pas osé me rendre mon baiser !... Je m'étais préparé par une longue réflexion à cet acte décisif ; elle, au contraire, elle avait été prise à l'improviste. Il est naturel de supposer que mon audace extraordinaire et inattendue l'avait plongée dans la stupéfaction. Et puis, qui sait sous quel aspect se présentait mon visage, agité et bouleversé par une exaltation fébrile, supportée pendant plusieurs heures !... Peut-être lui ai-je fait peur... En outre, une jeune fille qui ne s'effarouche pas d'un tel acte a évidemment perdu cette retenue modeste qui est la fleur la plus délicate de la jeunesse... Elle ignorait complétement les péripéties diverses qui m'avaient amené à cette suprême tentative. Elle arrivait, calme et tranquille, de la campagne, désireuse de me voir, et m'en donnait une preuve en se présentant sans tarder à la fenêtre. Dès l'abord je devais me montrer reconnaissant de sa bonté, reconnaissant de sa politesse, et peu à peu l'amener, la conduire par degrés à cette démonstration décisive. Au contraire, par un acte brusque et violent, j'ai précipité la catastrophe; j'ai commis une action grossière, vulgaire, injustifiable, qui devait produire évidemment un effet contraire à mon désir. Que prouve donc sa fuite?... Pouvait-elle agir autrement?.. Je ne suis qu'un sot; j'ai ébranlé les fondements d'un édifice, et je m'étonne que le bâtiment croule! Je suis un imbécile, voilà la vérité!... Cette sympathie irrésistible, alimentée par d'assidues contemplations, qui grandissait chaque jour davantage en prenant l'aspect d'une passion sincère, révélée par de profonds et longs regards et par mille preuves qui n'échappent pas au jugement subtil d'un amant, cette passion qui progressait lente mais tenace dans son cœur, qui déjà prouvait qu'elle avait résisté à l'éloignement et aux distractions variées d'une saison entière, cette passion délicate, je l'ai obligée par un acte violent, imprudent, inexplicable, de s'arrêter, de mesurer le danger, de fuir épouvantée !....

Imbécile!... et j'ai déserté la place au premier revers, sans réparer ma faute, sans tenter une nouvelle épreuve! Le lendemain j'aurais pu montrer mon repentir et elle m'aurait pardonné. La première émotion calmée, elle pense peut-être à réparer ce trop brusque mouvement de répulsion, que son cœur lui reproche, et elle m'attend à la fenêtre, pour me consoler avec un regard divin de son cruel refus!... Oh non! il n'est pas possible d'hésiter un instant de plus, je dois repartir tout de suite pour Milan, et réparer le tort que m'a fait ma fuite précipitée ; une résolution insensée ne doit pas décider du sort de toute la vie. Avec ces idées en tête, je sortis de l'auberge pour courir à la recherche d'une voiture.

Je cheminai longtemps par les rues sans savoir où j'allais, me débattant entre des sentiments opposés. Que dirais-je à mon oncle pour justifier mon retour? Comment me recevrait-il? Avais-je le droit de dissiper l'argent qu'il m'avait donné pour mon voyage et pour mon installation, en me montrant léger, capricieux, vain, insensé! Une fois entré dans la voie des réflexions, les arguments ne me manquèrent pas pour me persuader qu'il était temps d'en finir avec ces folies bizarres et de réfléchir sérieusement. D'ailleurs en énumérant dans mon esprit les sages observations de mon bienfaiteur, je sentais se réveiller en moi ce sentiment de dignité que l'amour avait assoupi. Je pensais qu'il ne faut pas mendier les grandes faveurs de la fortune, mais les mériter; je songeais que dans la solitude qui m'attendait, je trouverais peut-être de nouvelles forces pour tenter l'épreuve littéraire qui me restait comme un rayon d'espérance pour l'avenir. Alors je compris pour la première fois que mon *Lucchino Visconti* contenait des nouveautés et révélait des hauteurs de conception propres à m'ouvrir l'accès d'une splendide existence littéraire. Une telle confiance dans l'avenir me poussa à tenter de nouvelles épreuves et décida de mon sort. « Je partirai pour la Valteline, me dis-je intérieurement; quelques mois de travail suffiront pour achever ma tragédie et la retravailler. Je retournerai à Milan avec mon trésor en poche; et quand j'aurai recueilli la palme du triomphe, quand tous les journaux auront proclamé l'immense succès de *Lucchino Visconti*... je me présenterai à la fenêtre, je recommencerai l'épreuve; alors la gloire me donnera droit à l'amour, alors peut-être je pourrai espérer un baiser de la comtesse Savina. »

<hr />

## IV

Après avoir longtemps erré dans les rues, comme la nuit approchait, me sentant fatigué, moulu, je rentrai à l'auberge. Dans la jeunesse les passions les plus violentes enlèvent l'appétit et le sommeil jusqu'à une certaine limite au delà de laquelle la nature se révolte et réclame ses droits. Je demandai à dîner et de suite à boire, tant je me sentais la gorge desséchée. On me servit un petit vin blanc qui me parut le nectar des dieux ; il y avait quelque chose dans ce vin qui calmait l'âme agitée, réveillait l'esprit, disposait aux illusions, raffermissait les espérances. Je mangeai avec un appétit très-convenable pour un amoureux ; et, l'estomac bien lesté, comme j'éprouvais une grande lassitude, je rentrai dans ma chambre et je me couchai. Le manque de sommeil de la nuit précédente, le départ matinal, la fatigue d'une longue promenade, une nourriture substantielle et un vin excellent, me plongèrent dans un sommeil si profond que je ne me réveillai qu'à l'aube. Il faisait une délicieuse matinée d'automne ; le repos m'avait rendu des forces, je me sentais réconforté par l'espoir de mes succès futurs, et comme prédisposé par l'amour à comprendre les beautés de la nature. A vingt ans, on ne peut se trouver dans de meilleures conditions pour jouir du sublime spectacle que présente au voyageur le lac de Côme. Monté sur le pont du bateau à vapeur, je ne savais où arrêter mes regards. Quand je sortis du port, ma surprise dépassa tout ce que j'avais rêvé, et mon attention fut singulièrement surexcitée.

Un ciel parfaitement serein, un air léger et transparent permettaient à l'œil de distinguer avec précision les montagnes les plus éloignées avec leurs cimes nuancées de violet par les rayons du soleil, les collines boisées qui viennent mourir aux bords du lac et se mirent dans ses eaux limpides, avec leurs villas somptueuses et les paysages pittoresques qui encadrent les rives. Quelques barques pavoisées voguaient sur les eaux calmes, qui paraissaient vertes ou bleu d'azur, selon qu'elles étaient éclairées par la lumière du ciel ou obscurcies par les ombres du rivage.

J'admirais ce délicieux paysage dont l'aspect varie à mesure qu'on avance, et je sentais quelle douce influence exerce la vue d'un beau paysage sur les cœurs affligés, quelle résignation et quel calme ils y puisent.

La tristesse de mes pensées me rendait plus sensible au charme de ces lieux enchanteurs qui semblaient me sourire, et me dire qu'il y avait encore de la joie pour moi en ce monde. Ma rêverie se reportait souvent vers celle que j'aimais d'un amour si pur, et mon imagination juvénile se plaisait à me dépeindre ce que serait la vie à côté d'elle dans une de ces splendides villas, entourées des ombrages mystérieux de plantes touffues et ornées de fleurs aux couleurs éclatantes et aux parfums délicieux. Par moments, je me figurais qu'elle était devenue ma compagne, et que, après une absence de quelques jours, je rentrais à notre villa; il me semblait la voir accoudée sur une terrasse, attendant mon arrivée, et j'avais une envie irrésistible de lui annoncer ma présence, en agitant mon mouchoir.

Mais ce qui pour moi n'était qu'un songe, était pour d'autres une réalité. A chaque escale du bateau, au moment où on prenait terre, on voyait des visages souriants accueillir les hôtes, les amis, les époux, ou saluer les passagers. Moi seul je ne voyais aucune main amie se tendre vers moi pour m'envoyer un salut; moi seul, pauvre orphelin, j'allais gagner mon pain dans un village désert des montagnes; moi seul je fuyais loin de celle qui aurait pu faire le bonheur de ma vie. Pendant que je méditais ainsi sur les destinées humaines, mon regard s'arrêtait sur les pauvres cabanes des pêcheurs; je croyais voir une main mystérieuse me montrer du doigt ces lieux sauvages pour me prouver que partout la misère côtoie la richesse, et que parfois même elles se suivent l'une l'autre sur la roue de la fortune. La misère est souvent le produit de l'ignorance, comme les richesses sont le fruit du travail et de l'intelligence, et précisément beaucoup de ces petites maisons de campagne des bords du lac sont le témoignage de l'opulence de grands artistes qui, avec leur génie, ont su réunir la célébrité à la fortune.

Alors il me sembla encore que *Lucchino Visconti* serait pour moi une source de richesses et que ces richesses me permettraient un jour d'acquérir une de ces charmantes villas pour y conduire la comtesse Savina.

Peu à peu le lac devint plus solitaire et plus grandiose.

Aux villas princières succédaient les champs cultivés et les rochers dénudés. Il en est toujours ainsi dans la vie : aux sourires de la jeunesse succèdent les pensées de l'âge mûr; après la poésie qui embellit le printemps de la vie, surviennent les graves soucis des affaires. L'existence est moins agréable ; mais plus sérieuse et plus utile; en jetant un coup d'œil en arrière, nous apprécions le chemin parcouru, et si nous regardons en avant, nous pouvons calculer la courte distance qui nous sépare encore du but. Sur ces entrefaites, le bateau arriva en vue de Colico et s'y arrêta, mettant ainsi un terme à mes divagations poétiques et à mon voyage.

Le poète devient positif dans les événements vulgaires de la vie ; je dus abandonner mes rêveries pour courir après mon bagage, et quand je m'aperçus qu'il fallait descendre à terre, le pont du bateau était déjà désert : les voyageurs s'étaient précipités sur le rivage. Je ne pouvais détacher mes yeux de ce splendide panorama du lac, et pendant que j'embrassais du regard les collines et les bois environnants, les rochers dépouillés et les cimes blanches de neige, mes compagnons de voyage entraient en ville. Un commissionnaire m'offrit ses services que j'acceptai, et je débarquai avec mes malles quand les autres passagers étaient déjà bien loin.

Entre autres recommandations, mon oncle m'avait fait celle de ne pas m'arrêter à Colico, à cause des fièvres paludéennes.

Je m'enquis donc tout de suite d'un moyen de transport.

« La diligence correspond avec le bateau, me dit le porte-faix.

— Très-bien. Conduisez-moi à la diligence.

— C'est à deux pas d'ici. »

Nous y arrivâmes un quart d'heure après ; mais l'impériale était déjà au complet, et les voyageurs plus rusés que moi avaient pressé le pas pour s'emparer des meilleures places. Le coupé était également au complet et il ne restait qu'une seule place à l'intérieur. Je regarde au vasistas et je vois cinq personnes entassées, attendant avec résignation un dernier compagnon d'infortune, comme la souche du chêne abattu attend le coin qui doit la briser.

Une énorme matrone rassemblait les gigantesques plis de sa robe pour préparer un véritable cercueil à côté d'elle. Je reculai terrifié; la mort ne m'épouvante pas, mais l'idée de me trouver enseveli vivant me fait horreur!...

Je laissai partir la diligence sans moi, et j'y gagnai les bénédictions des voyageurs, qui me parurent infiniment plus agréables que leur compagnie dans de pareilles conditions.

Il ne me restait d'autre moyen de transport que mes jambes ; à vingt ans c'est encore le meilleur de tous, surtout dans les régions montagneuses, où l'aspect de la nature compense largement la fatigue. Je mis mon bagage en consigne au bureau de la diligence avec ordre de me l'expédier le lendemain à Tirano, où je le ferais prendre en temps utile. Je déjeunai ensuite au restaurant, et je partis.

Je n'oublierai jamais ce voyage à pied, réellement merveilleux pour un habitant de Milan qui n'était jamais sorti de la ville. L'aspect du lac de Côme avait mis mon attention en éveil, comme l'ouverture mélodieuse d'un opéra en vogue.

J'entrais pour la première fois dans les magnifiques régions des Alpes, à pas lents et avec un respectueux recueillement, semblable à celui du dévot qui pénètre dans le temple de Dieu.

Les vallons ondulés aux flancs inaccessibles, les bois de sapins qui grimpaient le long des rochers et des ravins escarpés, le murmure retentissant des eaux qui se précipitaient en bondissant pour former de profonds et rapides torrents, arrêtèrent longtemps mes regards éblouis.

Seul dans cette solitude grandiose, j'entendais des voix et des sons inconnus qui me remplissaient de surprise et de respect.

Le vent sifflait à travers le feuillage des sapins avec des intonations humaines ; les eaux imitaient le fracas du tonnerre ; les petits oiseaux joignaient leurs gazouillements et les variations de leurs chants mélodieux à ces bruits mystérieux. Tout excitait ma curiosité, depuis le précipice affreux qui se perdait dans un abîme sans fond, jusqu'à la jolie fleur des Alpes qui en émaillait les bords.

Arrivé près d'un site enchanteur, aux environs de Morbegno, je m'assis sur les bords du torrent de Bitto, et je restai longtemps en contemplation.

A la vue de ces montagnes, au delà desquelles on apercevait d'autres sommets lointains, plus élevés et plus escarpés, dans cette solitude complète, je sentais la petitesse de l'homme, et la conscience de mon isolement attristait mon cœur.

J'étais comme perdu dans l'espace, loin de la société et de ses agitations; un seul fil m'attachait à la terre, un fil invisible qui m'unissait à une fenêtre lointaine de Milan où une jeune fille attendait mon retour, regardait à la dérobée le balcon de ma chambre déserte, songeait tristement à mon abandon, s'apercevait de mon départ et cachait une larme.

Ce fil invisible était cependant assez puissant pour relier deux pensées à une pareille distance, pour faire battre à l'unisson deux cœurs séparés violemment par de fatales circonstances. A ces deux extrémités tombaient deux grosses larmes pour la même douleur, produite par le déchirement de deux âmes que la nature voulait réunir et que la société condamnait à une éternelle séparation. Je ne pouvais savoir ce que pensait sur ce point la comtesse Savina; cependant j'aurais parié ma vie entière qu'elle pensait à moi comme je pensais à elle; la grande distance ne mettait aucun obstacle à cette secrète correspondance des âmes; je le sentais avec une certitude qui défiait le doute. Les pressentiments de l'amour sont des révélations prophétiques. Pendant que mon étoile m'attirait par son rayonnement dans le coin unique de l'univers où je pouvais être heureux, je cheminais solitaire par monts et par vaux, dans une direction opposée, abandonnant le certain pour aller sur les traces de l'inconnu! Ce n'est que trop vrai, telle est l'humaine destinée! Ma compagne, celle que la nature m'avait choisie, m'attendait en vain; j'étais perdu dans un désert, seul et pauvre, seul au monde!... J'en étais là de mes réflexions, lorsqu'un léger bruit de pas sur les feuilles sèches me fit tourner la tête. Un chien noir me regardait avec des yeux attendris en remuant la queue. Je le considérai d'abord avec méfiance, puis avec sympathie. Il s'aperçut du changement, et s'approcha tout doucement, comme pour me demander ce que je faisais là. Je le caressai, il en profita aussitôt pour appuyer ses deux pattes de devant sur mes genoux, allongea le museau, se mit à me lécher le visage, et s'assit ensuite sur son train de derrière, en continuant à me regarder. Il me vint à l'idée que peut-être son maître le cherchait ; je me levai et je revins sur la route ; il me suivit de près. Je jetai les yeux à droite et à gauche sur les escarpements des montagnes et sur les pentes de la vallée, je ne vis personne. Alors je lui montrai du doigt le chemin de Colico, en lui disant : « Va chercher ton maître ; allons, va. »

Le chien, voyant que je le menaçais pour le faire partir, se jeta à terre sur le dos, les pattes en l'air, en me regardant d'un œil piteux.

« S'il ne veut pas aller vers Colico, me dis-je, c'est que son maître a pris la direction de Sondrio ; comme c'est mon chemin, nous le trouverons, » et je continuai ma route. Le chien me suivait tranquillement. A un détour de chemin, je rencontrai un cantonnier qui empierrait la route et je lui demandai :

« Connaissez-vous ce chien ? »

Il le regarda machinalement et me répondit :

« Je ne l'ai jamais vu. »

Je me décidai à l'abandonner, pour ne pas l'empêcher de retrouver son maître ; je pris un sentier qui, serpentant sur les flancs de la route, grimpait sur la montagne ; mais le chien me suivait toujours. Je m'arrêtai alors, et l'idée me vint que cette pauvre bête était peut-être seule au monde et que son instinct la poussait à chercher un compagnon. Il était plutôt laid que beau, mais ses deux yeux si doux et si bons étaient fixés sur moi avec tendresse, et semblaient me dire : « Nous sommes seuls tous deux, ne m'abandonnez pas, nous pouvons vivre ensemble. »

Je me rappelai avoir entendu raconter plusieurs fois que deux hommes s'étant rencontrés par hasard, et s'étant liés d'amitié sans se connaître, il en résulta de graves complications, des vols, des malheurs ; mais, n'ayant jamais entendu dire que de pareilles conséquences fussent survenues de l'intimité de l'homme avec le chien, je résolus de conserver mon compagnon, au moins, jusqu'à ce qu'il eût retrouvé son maître.

Supposant qu'il n'avait peut-être pas mangé depuis longtemps, je m'arrêtai devant une auberge précédée sur la route d'une sorte de véranda couverte de paille, garnie d'une table et de sièges de bois formés de planches clouées sur quatre pieux. Je demandai du pain, du vin et de l'eau.

Pauvre bête! avec quelle voracité il se jeta sur les premières bouchées! Nous mangeâmes ensemble tranquillement, je lui donnai ensuite de l'eau dans une assiette et il but avidement. On lisait dans ses yeux, dans ses mouvements, dans sa façon de remuer la queue, la plus vive reconnaissance.

Ainsi réconfortés, nous reprîmes notre voyage et nous passâmes toute la journée à cheminer sur la grande route, nous arrêtant fréquemment pour voir les précipices près desquels m'attirait soit le besoin de repos, soit l'envie d'observer une cascade ou un point de vue pittoresque. Au coucher du soleil, nous arrivâmes à Sondrio où j'avais résolu de passer la nuit. J'entrai dans une auberge dont le rez-de-chaussée et la cour étaient encombrés d'une foule de gens, et dans cette mêlée je ne vis plus le chien.

Je crus qu'il avait trouvé son maître, et j'en éprouvai un véritable chagrin, tant l'affection est facile à se réveiller dans les cœurs meurtris, qui sentent le besoin d'un compagnon dans la vie.

Le domestique me servait à souper dans le coin d'une chambre quand je vis le chien dans la salle voisine, inquiet, haletant et flairant la terre à la piste du chemin que j'avais parcouru. Il me cherchait, me rejoignit peu après, et, ne pouvant réprimer sa joie, il sauta sur moi, me léchant les mains avec des aboiements qui exprimaient la douleur de m'avoir perdu et son évidente satisfaction de m'avoir enfin retrouvé. Je confesse ma faiblesse: sa perte m'avait fortement attristé, son retour me consolait comme une heureuse aventure.

Je sentais que je n'étais plus seul au monde, puisque j'avais gagné l'amitié d'un chien.

Après avoir soupé de compagnie, nous dormîmes de compagnie, lui couché à mes pieds, comme s'il n'avait jamais fait autrement.

En me réveillant le matin, je remarquai qu'il ne dormait plus, mais il me regardait sans bouger, pour ne pas troubler mon sommeil. Aussitôt qu'il me vit remuer, il vint me donner un bonjour affectueux. Je m'habillai et je sonnai pour demander mon compte. Dès qu'il entendit le garçon frapper à la porte, il se mit à aboyer avec colère, voulant probablement montrer par là qu'il était capable de me défendre.

Après une petite collation, nous sortîmes de Sondrio par cette route pittoresque qui passe le long de l'Adda, pour aboutir à Tirano. Cette seconde journée fut plus gaie que la première, à cause de la compagnie de mon chien. Il allait et venait joyeusement sur la route. Quelquefois il montait sur un rocher, et observait avec attention les objets placés au-dessous, puis revenait en arrière, me faisant toutes sortes de démonstrations d'amitié; on voyait clairement qu'il était aussi content que moi d'avoir trouvé un ami.

Je crus utile de donner un nom au compagnon que j'avais adopté et je cherchai longtemps. Je ne me serais jamais imaginé combien il est difficile de trouver un nom pour un chien, quand on veut éviter en même temps la vulgarité et la prétention.

Pour un chrétien, le calendrier vous aide, et puis le nom d'un homme n'indique jamais rien. et on ne trouve aucun inconvénient à appeler Candide un fourbe, Amadeo un athée, Adonis un boiteux, Fidèle un voleur, et Félix un ministre. L'homme se classe par sa conduite, par sa moralité, par son intelligence, par tous ses actes de la vie; son nom n'est dû qu'au hasard, mais pour le chien il n'en est pas ainsi. Essayez d'appeler Lesbino un molosse, ou Turc le petit havanais d'une dame. Dans une pareille perplexité, je m'assis sur les rives de l'Adda, et je demandai à mon chien :

« Comment dois-je t'appeler, cher ami? »

Il me regardait tranquillement et n'avait pas l'air de comprendre. Fidèle?... c'est trop commun... Faucon?... cela ne veut rien dire... Azor?... ce nom me déplaît. Quant à lui, il continuait à se montrer indifférent. Je voudrais un nom qui nous rappelât notre heureuse rencontre sur les rives du Bitto. Si je t'appelais Bitto?... « Bitto... Bitto, lui dis-je tout en riant, veux-tu que je t'appelle Bitto? »

Il remua la queue en signe d'assentiment, je lui fis une caresse affectueuse, il vint me lécher la main ; c'est ainsi que je lui donnai et qu'il reçut le nom de Bitto.

Ce jour-là nous dînâmes joyeusement à Tirano, et, au sortir de cet endroit, nous prîmes une petite heure de repos à l'ombre d'un chêne séculaire sur la lisière d'un bois.

Le village de X*** où je me dirigeais, se trouvait entre Tirano et Bormio; il me restait quelques milles à parcourir avant d'arriver et j'avais résolu d'y faire mon entrée à la brune pour éviter les curieux qui m'auraient importuné de leurs regards indiscrets.

Je me remis en route, et à l'approche du lieu de mon exil, je ressentais cette inquiétude vague qui naît de l'inconnu ; j'étais en même temps désolé d'arriver à la fin d'un voyage aussi pittoresque. Avec la seule société de mon chien et de mes pensées, je ne me serais jamais fatigué de parcourir le monde. Mais tout voyage commencé doit avoir une fin.

Les voyages nous rappellent ainsi la vie humaine. Une fois le pèlerinage commencé, chaque heure qui passe nous rapproche du but.

En proie à ces idées mélancoliques, je vis pour la première fois de loin le clocher pointu, les cabanes et les chaumières de X***. Je fis mon entrée dans le village au moment où le soleil se cachait derrière les montagnes, colorant de nuances rougeâtres les nuages épars dans le ciel bleu.

Les troupeaux rentraient des pâturages en saluant le crépuscule naissant de leurs mugissements prolongés. Les moineaux se rassemblaient sur les arbres en gazouillant, et en se racontant leurs caquetages du jour.

Les cheminées fumaient, les familles se réunissaient pour le souper. Je sortis de mon portefeuille la lettre de recommandation de mon oncle pour l'excellent Monsieur Nicolas Bruni et je demandai son adresse au premier passant.

« C'est ce petit cottage blanc, isolé, sur la colline à droite, à côté duquel vous voyez empilés plusieurs tas de bois d'essences diverses.

— Je vous remercie. »

Je pris le chemin indiqué sur cette colline et, arrivé à la porte, je frappai. Un enfant m'ouvrit.

« Monsieur Nicolas Bruni est-il à la maison ?

— Quoi ?

— Je vous demande si Monsieur Nicolas Bruni est chez lui.

— Non, monsieur... il n'est pas à la maison... S'il était à la maison, il ne serait pas dans la cour, mais il est dans la cour... » Une voix tonnante l'interrompit :

« Imbécile, pourquoi laisses-tu les gens à la porte ?

— Voilà Monsieur Nicolas qui m'appelle, dit le gamin; il est dans la cuisine, si vous voulez lui parler, le voici. » Au même instant, je vis un homme de grande taille venir vers nous, la tête coiffée d'un chapeau à larges bords, avec un pourpoint de futaine et un pantalon de même étoffe qui entrait dans ses bottes. Il vint à ma rencontre le visage ouvert en me disant :

« Qui demandez-vous ?

— Monsieur Nicolas Bruni.

— C'est moi... Entrez donc.

— Je suis Daniel Carletti, le neveu de monseigneur Jos... »

Il ne me laissa pas le temps de continuer, se jeta à mon cou, et m'embrassa sur les deux joues, avec la plus cordiale affection.

« Bravo, morbleu ! cher monsieur Daniel, bravo ! entrez et asseyez-vous; mais vous n'êtes pas seul, je pense ?

— Non, monsieur, je suis en compagnie de mon chien.

— Eh bien, entrez tous les deux; mais où est votre bagage, la voiture, le cheval ?

— Martino, va donc, cours vivement ouvrir la grande

porte de la cour ; fais entrer la voiture qui a amené Monsieur... Allons, dépêche-toi. »

Il n'y avait pas moyen de placer un mot ; et Martino était déjà en route pour ouvrir la porte, quand je pus lui dire que j'étais venu à pied, et lui en expliquer la raison.

« Oh ! per Bacco ! quel malheur ! Si vous m'aviez écrit, j'aurais envoyé ma voiture vous prendre. Je suis comme vous, je ne puis souffrir les diligences. »

Je lui assurai que je m'étais bien diverti, et que ce voyage avait eu pour moi un grand attrait.

« Très-bien, très-bien... c'est parfait. » Il alla ensuite auprès de l'escalier et cria à pleins poumons : « Giovanna, Agathe, Marthe, descendez de suite, et vivement ! »

Nous étions entrés dans une petite salle du rez-de-chaussée ; Bitto s'était tapi dans un coin, essoufflé, haletant, la langue pendante. M. Nicolas me fit asseoir sur le canapé, et commença à me demander des nouvelles de mon oncle et des effets produits par la cure balnéaire. Quand Giovanna entra suivie d'Agathe, il se leva pour les présentations et me dit :

« Ma femme... ma fille ; » puis se tournant vers elles : « Monsieur Daniel Carletti, neveu de Monseigneur le chanoine, le futur maître d'école du village. »

Je fis la révérence, les dames m'adressèrent les compliments d'usage ; et on s'assit en cercle pour causer de mille choses.

M. Nicolas ouvrit la fenêtre qui donnait sur la cour, et appela :

« Martino ?

— Voilà... répondit le domestique en s'approchant.

— Que fais-tu ?

— J'ai ouvert la grande porte.

— Et tu n'as pas vu qu'il n'y avait pas de voiture ?

— Mais si.

— Alors que fais-tu ?

— J'attends la voiture.

— Comment ? Où as-tu trouvé que les voitures qui conduisent les voyageurs arrivent après eux ? Ferme la porte... appelle Menica, allume le feu, et lestement, imbécile !

— Oui, monsieur! »

M. Nicolas ferma la fenêtre et me dit :

« Cher monsieur Daniel, il ne faut pas juger le pays par l'échantillon que vous avez vu. Nous avons une population intelligente et laborieuse; mon domestique est un âne, mais je n'en ai pas trouvé de meilleur. Nos montagnards sont vifs et éveillés, mais ils préfèrent la vie aventureuse de l'émigration aux emplois domestiques et aux maigres ressources du village. Tous les hommes valides s'en vont chercher fortune, et il ne nous reste que les imbéciles pour nous servir. On ne trouve plus de bons domestiques! »

Sa femme levait les yeux au ciel, confirmant par des mouvements de tête et des épaules les assertions de son mari; Agathe riait.

Agathe était une jeune fille blonde avec des yeux clairs, et pour moi une blonde n'était pas une femme, ou était une femme incomplète et incolore.

J'avais toujours présent à l'esprit comme unique modèle de beauté féminine la comtesse Savina, avec ses cheveux noirs, avec ses yeux et ses sourcils couleur d'aile de corbeau. Agathe ne pouvait donc me plaire, et de plus elle était habillée comme une poupée de Nuremberg, sans grâce et sans élégance; elle ne pouvait évidemment soutenir la comparaison avec les dames élégantes de Milan, auxquelles mes yeux étaient habitués.

La nuit étant venue, Menica vint placer sur la table une vieille lampe de cuivre qui donnait une lumière rougeâtre, et fit un signe à la maîtresse de la maison qui la suivit avec sa fille.

Bitto sortit aussi de la chambre, attiré peut-être par l'odeur de la cuisine, et je restai seul avec M. Nicolas qui me mit au courant de ce qui pouvait m'intéresser.

Nicolas Bruni, vieil ami de mon oncle, qui était lui-même originaire de la Valteline, était devenu depuis nombre d'années l'administrateur honoraire du petit patrimoine du chanoine, consistant dans la petite maison louée au maître d'école, avec un petit coin de terre contigu, et à laquelle venait se joindre un hectare de ter-

rain, divisé en six lots dispersés dans la montagne. Les
impositions payées ainsi que les réparations ordinaires de
la maison, la terre rendait environ un et demi pour cent
de sa valeur. D'ailleurs cet hectare de terre ainsi frac-
tionné se serait vendu sans la maison, quatorze ou quinze
mille francs sonnants, tant on apprécie dans la montagne
le droit de propriété. La terre était donnée à ferme, et
produisait des châtaignes, des pommes de terre, du bois,
du foin, des haricots, et un peu de vin. Je pouvais compter, terme moyen, sur un revenu d'environ deux cents
francs par an. Les gages du maître d'école étaient fixés à
six cents francs, sans compter le casuel, consistant dans
les cadeaux des parents des écoliers et une petite gratifi-
cation de la commune; je pouvais donc compter sur un
revenu fixe de neuf cents francs par an, avec logement
gratuit.

« De quoi vivre convenablement, » conclut M. Nicolas.

Je pensais en ce moment aux millions de la maison
Brisnago, et à mon intention de revenir un jour ou l'autre
à Milan pour renouveler la tentative du baiser !

En attendant, avec mon intelligence, je devais étudier
le moyen de parfaire la différence existant entre mes
revenus et ceux de la comtesse Savina ! Mais j'étais un
amoureux trop convaincu, et le mot *impossible* ne se
trouvait pas dans mon dictionnaire.

En outre, j'avais sur le chantier mon *Lucchino Visconti*, et personne ne pouvait deviner où me conduirait
le succès de ma tragédie.

« La maison, continua M. Nicolas après une courte
pause, la maison a besoin de quelques réparations; mais
l'année a été bonne et j'ai fait des économies que votre
excellent oncle m'a autorisé à dépenser pour mettre votre
demeure en état convenable.

— Si cela ne suffit pas, ajoutai-je, je possède aussi une
petite somme d'argent que le bon vieillard m'a donnée au
moment du départ pour le voyage, pour les premiers
besoins, et pour meubler la maison.

— Allons, je vois que vous êtes un homme de précaution, dit monsieur Nicolas, et avec un peu d'économie,

quand on est raisonnable, dans ces montagnes, on vit comme un pape. Tout consiste à ne pas avoir d'idées au-dessus de sa position, à se contenter de son état et à ne pas ambitionner ce qu'on ne peut atteindre. »

Je tournai la tête, je sortis mon mouchoir et me mouchai violemment pour cacher ma confusion, me figurant naturellement que M. Nicolas avait lu mes pensées sur ma figure. Heureusement entra Menica qui se mit à étendre sur la table une nappe éblouissante de blancheur, puis plaça les serviettes, les assiettes, les couverts, en un mot mit tout en ordre pour le souper. M. Nicolas sortit d'une armoire plusieurs bouteilles, en me disant :

« Voilà le vin de Sassella, l'honneur de notre Valteline ; nous goûterons aussi d'autres vins de nos montagnes qui ne sont pas sans mérite. »

Peu après entrèrent les dames, portant chacune une chose. Je remarquai que Bitto, qui d'habitude ne faisait pas attention aux dames, suivait Agathe avec des démonstrations non équivoques de sympathie ; il s'approcha de moi, en continuant à observer ses mouvements, puis me regarda d'une certaine façon qui voulait dire : « Fais attention, si tu as faim, cette jeune fille est bonne ; » et il se pourléchait les moustaches avec volupté.

Enfin Menico apporta au milieu de la table une superbe soupe de poulet, fumante, qui répandait une odeur appétissante.

Nous nous assîmes tous en cercle autour de la table ; à la soupe succéda un excellent rôti de bécasses, du jambon, du fromage, des fruits, et mon arrivée fut splendidement célébrée par ces agapes domestiques. M. Nicolas me versait continuellement à boire ; Agathe caressait Bitto, et lui donnait de bons morceaux qu'il dévorait consciencieusement, en continuant à me regarder avec une expression de joie, qu'on pouvait traduire ainsi : Bravo, Daniel ! tu as trouvé une maison où on fait bien les choses.

Après le souper la conversation devint animée.

Je racontai les épisodes de mon voyage, omettant ce que je croyais inutile, et insistant sur ce qui me paraissait le plus propre à intéresser mes hôtes. Mon admiration pour les montagnes produisit un effet excellent.

« Vous verrez, vous verrez tout petit à petit, me répétait en tressaillant d'aise M. Nicolas ; comme montagnes nous avons des merveilles ; des plus riantes aux plus sauvages ; depuis le gras pâturage jusqu'aux affreux précipices, aux rochers nus, escarpés, couverts de neiges éternelles ! Vous verrez nos troupeaux, nos vignes, nos bois de châtaigniers et de sapins ; » et il paraissait tout heureux d'avoir trouvé un admirateur de son pays. Je racontai aussi ma rencontre avec Bitto, et la joie réciproque de deux pauvres vagabonds, qui avaient voyagé ensemble en bon accord, se consolant réciproquement de leur isolement ; mais je dus bientôt couper court à mon récit, parce que je crus voir sur le visage de la jeune fille des signes non équivoques d'émotion, et je n'entendais pas troubler la fête en faisant verser des larmes.

Cela me surprit cependant de voir une jeune fille pâlir et se montrer sensible pour si peu.

Je ne tardai pas, non plus à m'apercevoir qu'Agathe faisait les délices de tous. Sa mère la contemplait avec tendresse ; son père lui choisissait les morceaux les plus délicats et les lui offrait avec empressement ; Menica, en faisant le tour de la table, la regardait en souriant ; Martino la servait avec une attention pleine de complaisance ; Bitto ne la quittait pas, c'était réellement un chien qui avait du flair. Moi seul ne lui trouvais aucun attrait. Mes yeux n'avaient de regards que pour une jeune fille brune, devenue un rêve par la distance, et mon cœur avait toujours soif d'un baiser non rendu, dont elle était mon débiteur. Ce soir-là la veillée fut prolongée par mille discours arrosés de copieuses libations qui me donnèrent une haute idée des mœurs de la Valteline. Moi qui à Milan m'étais figuré ces montagnes comme les régions glacées du pôle nord et de la mer glaciale, je fus bien surpris, le premier soir de mon arrivée, d'y trouver la température du Sénégal, en allant me coucher dans un lit si chaud que je respirais comme un soufflet de forge, et qu'il me fut impossible de supporter les couvertures.

Le lendemain matin, qui était un dimanche, je me levai de bonne heure ; j'ouvris la fenêtre, pour respirer à pleins poumons la brise matinale, en contemplant le splendide panorama des Alpes qui se déroulait devant moi, et pour voler en imagination à travers la route parcourue de Tirano à Sondrio, Morbegno, Colico, Côme et Milan. Je voyais comme en songe mon oncle le chanoine qui allait dire sa messe ; le chat de la maison qui miaulait en se frottant aux jupes de Véronique pendant qu'elle préparait le déjeuner ; j'entrais dans ma chambre déserte, j'ouvrais la fenêtre, et j'attendais que la comtesse Savina apparût à son balcon pour payer sa dette, en me rendant mon baiser. Pour me faire descendre de ces régions éthérées, il ne fallut pas moins que le concert discordant qui s'élevait de la cour au-dessous de ma fenêtre. Je baissai les yeux et je vis Agathe accroupie qui émiettait de la polenta [1] en appelant les poulets. A sa voix le coq, les poules, les couveuses et les poussins accouraient de toutes parts en sautillant, en voltigeant, en chantant, et se précipitaient autour d'elle tout joyeux, en lui volant les morceaux des mains. Elle leur parlait, encourageant les timides, grondant les effrontés, corrigeant les indiscrets ; je la regardai avec surprise sans me faire voir.

Peu après apparut Menica, les jupons relevés jusqu'aux genoux, les jambes nues, les pieds chaussés de sandales de bois, les manches de la chemise rabattues jusqu'au coude, portant une cuvette remplie d'eau ménagère, dans laquelle elle jeta une poignée de son ; après quoi, elle ouvrit le toit à porcs. Il en sortit un monstrueux cochon qui poussait des grognements peu harmonieux, en sautillant lourdement ; il plongea son groin dans cette bouillie et l'en retira barbouillé et dégoûtant, tout en répandant à terre une partie de son déjeuner, et il avait encore l'air de s'en amuser, l'imbécile !... Hélas ! comme j'étais loin de Milan, du Corso, de ces rues si propres, de cette vie élégante de la grande ville !...

J'éprouvais une profonde tristesse, en même temps un

1. Polenta, bouillie de farine de maïs dont les paysans italiens font leur principale nourriture.

certain orgueil de ma patrie, et de la noble mission que j'allais entreprendre, en apportant la civilisation à ces grossières populations des montagnes. Allez donc imaginer une jeune fille qui se lève le matin pour s'adonner à ces burlesques occupations !... Les poulets me faisaient rire, les cochons me donnaient le frisson. Je n'en avais jamais vu ; si ! quelquefois une tête, mais seulement la tête, proprement rasée, couronnée de myrte, dans les vitrines de nos charcutiers, et je ne me serais jamais figuré l'immonde animal qui se trouvait devant moi, suivi de deux femmes, comme un seigneur.

Agathe donnait des conseils à Menica, entrait et sortait ; à la fin elle appela Martino. A sa voix, Bitto, qui dormait avec délices aux pieds du lit, leva la tête, et écouta attentivement.

« Martino, Martino, » répétait-elle. Bitto se mit à agiter sa queue, sauta à terre, courut gémir près de la porte, qu'il grattait avec les pattes, puis il me regarda en aboyant. Je lui ouvris, et en deux sauts il fut en bas. Il fallait voir les grimaces que ce vil flatteur faisait à la jeune fille ! L'attachement, l'affection et la reconnaissance pour celui qui leur donne à manger, sont les vertus des bêtes, et particulièrement des chiens. L'homme, au contraire, conserve son indépendance, oublie le bienfait, et se fait gloire de son ingratitude.

---

## V

En descendant je rencontrai M. Nicolas, qui me serra la main comme à un vieil ami de la maison. Après le déjeuner, il me conduisit visiter mes propriétés éparses dans tous les coins du pays. Les sites me parurent sauvages ; je les aurais volontiers cédés pour un sourire de ma lointaine divinité, qui aurait ri certainement si elle avait vu mes fiefs microscopiques.

4

La maison se composait de deux étages et était entourée d'un lopin de terre mal cultivé, où croissaient en liberté les chardons et les ronces.

Le vieux maître vint à ma rencontre en qualité de collègue, et aussi par amabilité, en me narrant sur un ton larmoyant les misères des maîtres d'école et des cultivateurs. M. Nicolas, pour me consoler, me parlait de réformes, de plantations, de réparations et de l'augmentation des revenus, si je savais m'y prendre. J'entrai dans ma future habitation, que je trouvai en désordre, dégradée, malpropre, et j'en éprouvai un amer sentiment de tristesse. Pour M. Nicolas elle était commode, facile à réparer à peu de frais ; les chambres lui paraissaient bien éclairées. Cela se comprend naturellement ; tous les carreaux étant cassés, l'air circulait librement. La cuisine était ornée de casseroles..... dessinées sur le mur avec du charbon. Le petit salon était garni de têtes de guerriers avec la pipe à la bouche, œuvre remarquable, dont le style appartenait aux temps préhistoriques de l'âge de pierre, et révélait un artiste primitif. Le carrelage des planchers formait des rigoles, les murs étaient percés de trous et irrégulièrement sillonnés de clous ; les greniers étaient tellement dégradés que le vent y entrait de toutes parts ; les araignées avaient pris possession des angles, et il était facile de voir que le balai avait été impitoyablement banni de cette demeure.

Pendant que M. Nicolas causait avec mon honorable prédécesseur, je faisais le tour des chambres en pensant à part moi : « Quel splendide appartement pour la comtesse Savina, et quel beau jardin ! » Et je me passais la main dans les cheveux.

Nous fûmes bientôt d'accord sur les conditions du déménagement, qui était bien facile ; si le vieux maître s'en allait, et les ordures aussi, la maison pouvait être livrée tout de suite aux ouvriers pour qu'ils la rendissent habitable pour le nouveau maître d'école et pour son chien. Mais, pour un pareil déménagement, il me demanda quatre jours, qui lui furent accordés. Il crut alors le moment venu de me faire connaître son système professionnel et ses habitudes domestiques. Les écoliers, chacun à leur tour, nettoyaient la maison (comme nous l'avons vu!), travaillaient au jardin, et allaient chercher l'eau à la fontaine. Pour la nourriture il s'était arrangé avec la famille de l'organiste, homme honnête et bon, qui demeurait à côté. Probablement ce brave homme consentirait à me rendre le même service, si nous pouvions nous mettre d'accord sur le prix.

« C'est bon, nous parlerons de tout cela chez moi, tranquillement, avec les dames, » dit M. Nicolas.

Mais quand le vieillard se mit à parler de l'enseignement, de la méthode, de la sévérité des préceptes, des livres employés, mon compagnon commença à me tirer par les basques de mon habit. J'eus pitié de son ennui, je saluai le bonhomme en le remerciant de ses informations, et nous prîmes congé de lui pour aller à la messe paroissiale.

Les cloches annonçaient la cérémonie, et l'écho s'en répercutait au loin dans la vallée, remplissant l'air de ses ondes sonores. Les montagnards descendaient des hauteurs, avec leurs femmes aux vêtements éclatants de diverses couleurs. Il faisait une belle journée d'automne; la population rassemblée devant le péristyle de l'église donnait au village un aspect des plus gais. On me regardait avec curiosité, en saluant respectueusement M. Nicolas.

Aux derniers coups de cloche, parut Mme Giovanna avec Agathe; sur leur passage tous les fronts se découvraient; il était facile de juger, à la franche cordialité des saluts, que cette famille était aimée de tous.

Après la messe nous allâmes faire une visite à la cure, et je fus présenté à don Vincent Lizerio, curé du village, auquel je remis la lettre de mon oncle. Il m'accueillit avec politesse, en ma qualité de maître d'école et comme neveu d'un chanoine, mais avec la réserve calculée d'un homme qui mesure ses paroles pour ne pas se compromettre, tout en me regardant à la dérobée pour étudier ma physionomie.

Il me fit de ces offres de services banales, qu'on n'accepte jamais parce qu'on les apprécie tout de suite à leur juste valeur.

De retour à la maison, nous entrâmes au salon, et après une courte conversation en famille, Menica appela Mme Giovanna, et Martino se montra à la porte.

« Qu'est-ce que tu veux? lui demanda M. Nicolas.

— Jacques est ici qui attend vos ordres depuis ce matin

— Jacques? qui ça, Jacques?

— Jacques, le frère de Périna, la femme de Pietro, le cousin de Baptiste... celui qui a un fils soldat et un autre qui a émigré en Allemagne le jour qu'il allait à...

— Je ne le connais pas...

— Monsieur ne se rappelle pas qu'hier au soir il m'a ordonné de le faire venir avec des oiseaux?

— Ah! c'est le marchand d'oiseaux!

— Bien sûr. »

M. Nicolas se leva les poings serrés, le visage terrible.

Agathe, qui entrait en ce moment, adressa à son père un regard qui eut la propriété de changer l'expression de colère répandue sur sa figure en une sorte de rire strident et moqueur. Il sortit comme une trombe en poussant violemment la porte. Martino s'était sauvé. M. Nicolas avait un caractère emporté, et, dans le premier moment, il aurait écrasé un homme comme une mouche, mais heureusement sa fureur ne durait guère que deux minutes. Quand Martino, qui connaissait bien son maître, voyait dans ses yeux les premiers éclairs qui annonçaient l'ouragan, il disparaissait aussitôt et ne se montrait pas de cinq minutes. M. Nicolas se précipitait contre les murs, heurtait les portes, bousculait les chaises et tout ce qui se trouvait devant lui, en lançant de violents coups de pied, que ces objets inanimés ne sentaient guère.... et le domestique encore moins. Et on disait que c'était un imbécile! Agathe m'expliqua alors que son père, la veille au soir, ayant commandé des oiseaux pour le dîner, le marchand les avait apportés de bonne heure, mais que Martino l'avait retenu plusieurs heures dans l'écurie pour attendre les ordres de son maître qui était sorti avec moi. Cependant les dames attendaient avec impatience le futur rôti, qui attendait lui-même pour être mis à la broche l'arrivée de celui qui devait le manger.

On dut retarder le dîner d'une heure, rappeler le fugitif pour qu'il vînt au moins plumer le corps du délit, et pendant que M. Nicolas et sa femme étaient occupés ailleurs, Agathe vint me tenir compagnie au salon. Elle me questionna avec curiosité et intérêt sur Milan ; je lui décrivis les fêtes, les promenades, les spectacles de la ville, l'élégance des toilettes, le luxe des équipages....

Je vis bientôt qu'elle connaissait non-seulement les principaux monuments, mais aussi la vie intellectuelle et artistique de la ville, et je ne fus pas médiocrement surpris d'entendre une jeune fille qui passait son temps avec des poules, parler de choses sérieuses avec un jugement sain.

Elle me dit que ses parents l'avaient conduite à Milan, quand elle avait quitté la pension de Côme, où elle avait fait ses études. Je rougissais en pensant que j'avais traversé Côme sans le visiter. Puis, pour me faire passer le temps en attendant l'heure du dîner, elle me conduisit au jardin. Dans le potager, mon ignorance commença à se faire jour dans des proportions désolantes. Je ne distinguais pas les pommes de terre des tomates, les carottes du persil ; je confondais le romarin avec la lavande, les citrouilles avec les melons. Elle riait de tout son cœur et me disait :

« Cependant on trouve à Milan toutes sortes de légumes ; j'en ai vu de très-beaux sur le marché.

— C'est vrai ; mais je ne les reconnais que quand je les vois cuits. »

Alors elle me donna la description des plantes potagères, en me faisant remarquer avec force détails l'élégance et la variété de leur structure, les plis, les découpures, les teintes différentes des feuilles, la bizarrerie des formes, la diversité des parfums. Elle me fit sentir le thym, la sauge, le romarin, la fenouil, le cerfeuil, l'estragon, le réséda, la marjolaine, la menthe, tout en me disant : « Vous voyez ici la grande variété des aromes indigènes avec lesquels nous pouvons assaisonner nos mets, sans le secours des drogues que nous allons chercher aux Indes. Considérez donc combien est mignonne la fleur de la bourrache, et dites-moi s'il est possible de trouver un bleu plus transparent, un blanc plus pur, un noir plus brillant; admirez le fruit du poivrier et la beauté délicate de l'asperge quand elle est parée de ses baies aussi rouges que le corail. Regardez les feuilles pâles et découpées des artichauts, comme elles sont belles! Les melons et les citrouilles ne sont-elles pas des plantes magnifiques, et les fleurs de tous ces légumes ne réjouissent-elles pas la vue? Regardez les pois chiches, les haricots, les petits pois! Croyez-moi, monsieur, celui qui n'apprécie pas la beauté de la nature dans un jardin, ne la voit pas mieux sur le lac de Côme... Dans la nature comme dans les arts, il ne suffit pas d'apprécier l'ensemble, il faut encore savoir connaître la valeur de chaque détail considéré isolément.

Celui qui n'aime que le bruit dans une symphonie, et ne sait pas comprendre un motif mélodieux, ne peut prétendre connaître la musique; celui qui n'admire que la majesté des montagnes et n'a jamais contemplé la petite fleur qui croît dans leurs crevasses profondes, ne connaît pas la nature. Tout le monde peut voir les spectacles grandioses; la musique bruyante frappe toutes les oreilles; mais les âmes délicates savent seules découvrir le beau dans le petit, et goûter les délices de la nature et de l'art devant des objets qui passent inaperçus aux regards du vulgaire.

J'étais confondu de l'entendre parler ainsi! Nous passâmes au jardin, où elle recommença la leçon, en me montrant tout ce que j'ignorais des beautés des plantes. Croyant alors opportun de montrer enfin quelque connaissance :

« Je suis sûr que vous connaissez le langage des fleurs? lui dis-je.

— Je le connais, me dit-elle, mais je le trouve puéril.

— Et pourquoi?

— Parce que les fleurs parlent un langage que comprend celui qui aime la nature, et vit dans son intimité, sans qu'il soit nécessaire d'en demander la signification à des emblèmes conventionnels. Une fleur quelconque, la plus modeste fleur du pré, parle à notre cœur, si elle nous rappelle un instant mémorable de notre existence, un pays, un ami, un mot, si sa vue réveille le souvenir assoupi d'une personne absente ou d'un jour heureux. »

Ces paroles rappelaient naturellement à ma mémoire, le bouquet jeté à la comtesse Savina.

« Qui sait, pensais-je, si, voyant une rose, des violettes et des héliotropes, elle aura un souvenir pour le pauvre exilé qui ne voit qu'elle au monde!... » Et je marchais, triste et silencieux, dans ce jardin, suivi d'Agathe; nous avions l'air de deux ombres errant dans les Champs-Élysées. Cette conversation et ces fleurs qui nous entouraient m'avaient plongé dans une douce mélancolie, empreinte d'une certaine poésie, quand Martino vint annoncer que le dîner était servi. C'est ainsi qu'en ce monde tout finit prosaïquement.

Pendant le dîner, on vint à causer de ma prochaine installation, et du genre d'existence qui serait convenable pour moi. M. Nicolas rappela le conseil que m'avait donné le vieux maître de m'arranger pour la nourriture avec l'organiste, et dit en se tournant vers Agathe :

« Qu'en penses-tu ?

— Le vieux maître, dit-elle, était dans une situation différente; sa femme était la sœur de Tobie, l'organiste; les liens de famille facilitaient leurs relations; mais je ne sais si ce qui convenait à deux vieux beaux-frères de la Valteline, peut offrir les mêmes avantages à un jeune Milanais habitué à un autre genre de vie. En outre, M. Daniel ne connaît pas Tobie, il ne l'a pas encore vu; c'est un brave homme, mais un peu original, et il a une langue trop longue. Les deux beaux-frères étaient d'accord sur beaucoup de points, par exemple, pour regarder l'ordre et la propreté comme choses de luxe; la preuve en est dans l'habitude du maître d'école de se faire servir par les écoliers, qui mettaient sa maison sens dessus dessous, et en faisaient un véritable fumier.

— Alors il faut songer à autre chose, dit M. Nicolas. Vous nous permettez, n'est-ce pas, Daniel, de vous traiter en ami et de nous occuper de vos affaires ?...

— C'est le plus grand service que vous puissiez me rendre.

— Eh bien, qu'en dis-tu, Agathe ?

— Il me semble qu'il serait possible de trouver pour M. Daniel une bonne femme de charge, qui tiendrait sa maison en ordre, ferait son dîner et la lessive. En somme, la dépense sera la même, sinon moindre; sa santé s'en trouvera mieux, et, si par hasard il tombe malade, il ne sera pas seul. »

Il me semblait étrange qu'une personne qui s'occupait de poulets et de légumes, pût avoir tant de bon sens. J'approuvai entièrement son plan et tous les conseils qu'ajoutèrent ses parents, occupés si cordialement de mon bien-être.

« Mais comment trouver facilement une femme qui me convienne? demandai-je.

— Je me charge de ce soin, » répliqua Agathe. Puis elle se montra d'une bonté si naturelle, elle m'expliqua avec tant de grâce ce que je devais faire et comment il fallait conduire mon petit ménage, que véritablement, si elle n'eût pas été aussi blonde, je l'aurais peut-être trouvée jolie.

Comme c'était jour de fête, il ne fut pas possible d'envoyer à Tirano chercher mes bagages; mais cette excellente famille ne me laissa manquer de rien et on mit à ma disposition le plus beau linge de M. Nicolas. Une seule chose me manquait, un livre pour le soir; habitué depuis de longues années à lire au lit, je m'étais forcément abstenu de cette distraction pendant mon voyage. Après une assez longue hésitation, je présentai ma requête à la jeune fille.

« Vous êtes si bonne que je voudrais bien vous prier d'ajouter une nouvelle faveur à toutes les autres.

— Tout ce que nous avons est à votre disposition.

— Comme vous êtes aimable!... Je désire simplement vous demander de vouloir bien me prêter un livre.

— Bien volontiers. Voulez-vous de l'histoire, des romans, des voyages, des poésies ou des drames?

— Je vous laisse le choix, persuadé que vous me donnerez l'ouvrage qui me conviendra le mieux.

— Très-bien. Je ferai mon possible pour vous choisir une lecture agréable.

— Et à votre goût.

— Parfaitement. »

Après le souper, elle me remit le livre, je la remerciai avec effusion et montai tout heureux dans ma chambre. A peine entré, je m'approchai de la lumière pour regarder le titre de l'ouvrage, qui me surprit et me fit réfléchir. Était-ce naïveté ou malice? était-ce une marque d'affection ou une leçon ironique? Profond mystère! Le fait est que ce livre était : *Le savant jardinier de Philippe Re.*

## VI

Le lendemain Martino alla à Tirano chercher mes bagages, il ne manqua pas d'oublier au bureau de la diligence mon parapluie, que je pus recouvrer quelques jours après, par l'intermédiaire d'un ami de M. Nicolas. On ne saurait se figurer les ennuis et les tracas que nous causent les imbéciles dans toutes les circonstances de la vie : comme on ne peut les employer qu'à des besognes insignifiantes, et qu'ils s'en acquittent fort mal, ils nous obligent à réparer leurs sottises, et notre temps se trouve ainsi absorbé par des occupations frivoles, pour lesquelles nous les avons payés. Mais, dans toutes les conditions sociales, nous sommes malheureusement condamnés à traverser l'océan de la bêtise humaine; cette navigation désolante nous enlève des heures précieuses qui diminuent d'autant notre existence déjà bien courte.

Maudits soient les imbéciles !.....

J'étais arrivé à point dans ce village pour détruire l'ignorance et la bêtise : je me promettais de grands résultats de cette noble et sainte mission, et j'attendais avec impatience l'ouverture de l'école pour me jeter à corps perdu dans les soucis de l'instruction publique.

En attendant, la prose du *Savant jardinier* me produisait chaque soir son effet infaillible, qui consistait à me procurer un sommeil lourd, profond, persistant; quelquefois même il me faisait voir en rêve une jeune fille blonde, le sourire de l'ironie aux lèvres, entre un chou-navet et un chou-rave. Je n'avais pas jugé à propos de me montrer offensé du choix de ce livre, et je me tus jusqu'à un certain jour où Agathe me demanda si je faisais des progrès en horticulture.

Je ripostai d'un ton légèrement piqué que je ne me croyais pas précisément appelé à ce genre d'études.

« Vous avez tort, dit-elle.

— Que voulez-vous ? Si je préfère Monti, Foscolo, Alfieri à Philippe Re ; la traduction d'Homère, les drames et les tragédies aux melons et aux citrouilles ; ce n'est pas ma faute..... chacun son goût !

— Il ne s'agit pas de préférences, mais d'une absolue nécessité. Toute personne de bon ton, après le dîner, préfère un bouquet de fleurs à un morceau de pain ; mais si le fleurs sont jolies, parfumées et agréables, elles ne sont pas nécessaires comme le pain. Pour cultiver les fleurs, il faut vivre ; pour vivre, il faut manger ; donc le nécessaire doit passer avant l'agréable, les champs avant les jardins, le potager avant la poésie. La poésie est une chose sublime, un ornement de la vie, mais pour vivre il faut travailler sur le positif et sur le solide.

« La vie est une chose sérieuse ; elle a des devoirs et des nécessités dont on ne se dispense pas sans s'exposer à de graves mécomptes. Connaissez-vous l'histoire de cet astronome qui, marchant absorbé dans la contemplation des astres, tomba dans un puits? Il est permis de regarder en l'air, mais il ne faut pas tomber dans les puits ; il y en a tant sur la terre !

« Il y a aussi certains poètes qui cherchent leurs inspirations dans le ciel et qui, emportés sur les ailes de leur imagination éthérée, ne savent pas admirer les trésors que la nature étale à profusion devant leurs yeux et dédaignent, comme vulgaire, la simple poésie de la vie. Pour moi, la poésie se trouve dans la cour comme dans le jardin, où je puis observer tous les dons de la nature, qui croissent pour le bien-être de l'homme et me rappel-

lent ce moment heureux du repas en commun qui,
réunissant la famille et restaurant les forces, procure
aussi les plaisirs de l'intelligence, résultat obligé de
l'échange des pensées et des affections »

Ces paroles provoquaient en moi de sérieuses réflexions ;
je la priais d'excuser mon inexpérience ; je pleurais mes
idées étroites, sottes et sans suite ; je me frappais le front
avec désespoir. Elle en riait, et pour me consoler, se mettait à louer mes goûts littéraires, m'encourageait à étudier
toujours, mais en me conseillant de partager mon temps
entre la prose et la poésie, entre l'utile et l'agréable.

« Si vous devez vivre à la campagne, ajoutait-elle, il
vous faut un jardin ; si vous savez le cultiver, vous
chercherez à en tirer un résultat utile, ensuite vous
apprendrez à cultiver les fleurs. »

Je promettais de m'en occuper sérieusement, mais
quand j'ouvrais mon *Savant jardinier* et que je lisais ces
élucubrations sur la culture des choux, le livre me tombait des mains, et malgré moi je m'endormais.

Le vieux maître était parti, et ma maisonnette était
en réparation. M. Nicolas l'avait livrée aux maçons,
aux menuisiers, aux serruriers, et chaque jour nous
allions ensembles visiter les travaux. Je ne voyais que
marteaux qui frappaient, scies et haches qui fendaient et
ébauchaient le bois, rabots qui polissaient les tables,
limes, râpes, tenailles qui rongeaient et déclouaient,
truelles qui maçonnaient, pinceaux qui blanchissaient,
et tout cela en l'honneur de ma personne. M. Nicolas
voyait mieux que moi qu'une crevasse réclamait de la
chaux, qu'un mur surplombait, que les planches des
lambris étaient disjointes. Il recommandait aux maçons
d'économiser la chaux, aux manœuvres de boucher les
profonds interstices du plancher, et de balayer les copeaux
qui jonchaient l'escalier. Il examinait l'enduit des murs,
le travail du menuisier et faisait ses observations. Le
jour suivant il revenait pour voir si ses ordres avaient été
exécutés et si tout se faisait conformément aux conven-
tions stipulées avec les ouvriers.

Nous faisions ensuite de longues excursions pour visiter les bois, les pâturages, les fermes. M. Nicolas me

parlait des améliorations à introduire, des rendements
susceptibles d'être augmentés. Je l'écoutais en admirant
les beaux points de vue qui sollicitaient nos regards.
Bitto nous suivait partout, et allait en avant explorer le
terrain.

Un soir que nous faisions une promenade sur le versant
d'une colline, j'observai attentivement mon chien, très-
occupé à faire la chasse aux oiseaux qui s'envolaient des
buissons; il aboyait comme un furieux, parce qu'ils ne se
laissaient pas prendre.

« La naïveté de Bitto vous surprend, me dit Agathe ;
mais beaucoup d'hommes font comme lui : ils voudraient
voler sans avoir des ailes et se lamentent parce qu'ils ne
peuvent rattraper ceux qui s'élèvent par leur génie supérieur. »

Je la regardai en face d'un air soupçonneux, persuadé
qu'elle voulait faire allusion à ma situation ; mais je vis
bientôt que sa physionomie ne respirait aucune malice.
Réfléchissant d'ailleurs qu'elle ignorait évidemment mes
aspirations, je me tus et méditai longuement sur la simi-
litude de mes goûts avec ceux de mon chien.

Quand ma petite maison fut à peu près en ordre, je
priai les dames Bruni de vouloir bien m'honorer d'une
visite pour m'aider de leurs conseils sur les dernières
dispositions à prendre. Ma proposition fut acceptée avec
plaisir et nous y allâmes ensemble ; mais, tandis que je
m'attendais à des compliments sur mon bon goût, il me
fallut, au contraire, subir les justes critiques d'Agathe.
Enfin je fus contraint de reconnaître que j'avais complétement oublié les choses les plus indispensables à la vie
domestique.

« Voilà les poëtes ! dit en souriant la jeune fille ; plus
heureux que Bitto, ils ont des ailes pour planer au-dessus
des mortels, avec cette différence que les oiseaux, plus
positifs, n'oublient pas de se bâtir un nid confortable ; car
le confort a une grande part dans la poésie de la vie. »

Agathe était trop bonne pour avoir l'intention de me
blesser ; cependant, chaque fois qu'elle me mettait en
comparaison avec des animaux quelconques, elle me plaçait toujours au-dessous d'eux !..... Je ne pouvais sup-

porter tranquillement ces attaques, ni dissimuler mon
dépit; mais, au lieu de se montrer affligée de ma mauvaise
humeur, elle en riait. A la fin, convaincu par ses explica-
tions que les hommes ont moins d'aptitude que les
femmes pour mettre une maison en ordre, je la priai de
vouloir bien venir à mon secours, comme une bonne
sœur, en se chargeant de compléter mes dispositions et
de terminer un ouvrage qui était évidemment au-dessus
de mes capacités. Elle accepta cordialement mon offre
avec l'assentiment de ses parents; je lui remis aussitôt ce
qui me restait d'argent, avec pleins pouvoirs de le dépenser à son idée et suivant ses goûts.

Deux jours après, elle partit pour Sondrio avec son père
pour y faire les achats nécessaires, et, à son retour, un
chariot fut envoyé pour prendre les objets achetés, qui
arrivèrent en bon état, peut-être parce que Martino ne
faisait pas partie de l'escorte.

Agathe engagea une femme nommée Rosa à mon service, et il fut convenu entre nous que je ne mettrais plus
les pieds dans mon futur logis avant que tout fût terminé.
De cette façon, pendant qu'Agathe et Rosa, escortées de
M. Nicolas, de sa femme et de Martino, allaient travailler à mon profit et s'occupaient de mettre tout en
ordre, je n'avais d'autre souci que de me promener, le
cigare à la bouche, comme un vrai sybarite.

En peu de temps l'installation fut menée à bonne fin,
et j'obtins la permission de visiter la maison. Je la trouvai transformée, et ma satisfaction fut complète. Elle
respirait une aisance modeste et pleine d'attraits.

On voyait partout la main de la femme; on reconnais-
sait son influence et son admirable entente des petits
détails de la vie. Chaque chambre avait des rideaux, des
meubles convenables, d'un bel aspect et disposés avec
goût. Au rez-de-chaussée un joli petit salon, avec un
beau tapis devant le canapé, une table ronde au milieu;
un cabinet de travail avec un poêle, une petite armoire-
bibliothèque; une salle à manger avec son buffet à vitrage
où on voyait poteries, tasses et cristaux étincelants de
propreté; une cuisine bien fournie de marmites, pots,
casseroles et rôtissoires. Sur les rayons étaient rangés

en ordre une foule d'objets nécessaires aux usages
domestiques, depuis le moulin à café jusqu'à la bassi-
noire, depuis la cafetière jusqu'aux lampes, aux assiettes
et aux écuelles. Devant le foyer, deux superbes fauteuils
engageaient à s'asseoir près du feu. Une pelle, des pincettes et une paire de chenets bien luisants étaient à leur
place. Derrière la cuisine se trouvait un petit garde-
manger placé au nord, et bien aéré pour conserver les
viandes; il y avait encore un grenier servant de bûcher
et une cave bien garnie.

Au premier étage, on voyait deux belles chambres à
coucher, une pour moi, une autre à la disposition de mon
oncle lorsqu'il jugerait à propos de s'arrêter en allant aux
bains de Bormio, puis une petite chambre pour Rosa, une
autre pour servir de garde-robe, et enfin une dernière
disponible et vide. Toutes les chambres avaient le nécessaire; mais ce qui me frappa le plus, ce fut de voir les
petits tableaux suspendus aux murs, les vases de fleurs
sur les tables, et d'autres menus objets d'aspect varié
pour mettre les cigares et les allumettes. Dans le cabinet
de travail l'œil était attiré par les plus belles vues de
Milan, que je contemplai avec un serrement de cœur
inexprimable.

La salle à manger était ornée de deux beaux panoramas
du lac de Côme, et sur les murs du salon on voyait les
portraits de quelques-uns des grands bienfaiteurs de
l'humanité. A la porte de la cuisine était fixé un calendrier de jardinier, qui indiquait les travaux et les semences
à faire chaque mois. Cette bonne jeune fille, si sensée et
si positive, m'avait déclaré, étant donnés mes moyens
bornés, qu'elle ne s'occuperait que du nécessaire. Elle
avait donc trouvé nécessaire de couvrir la nudité des
murs, de reposer mes regards sur les chers souvenirs de
la patrie absente, de ramener de temps en temps mon
esprit au milieu des rues de Milan, de me rappeler l'aspect
riant de la nature, les plus beaux sites du lac, et de fixer
dans ma mémoire le souvenir des hommes dont les vertus
ont honoré l'humanité.

De cette pauvre maison, si déserte, si morne, si nue,
elle avait fait un nid charmant, commode, peuplé de

souvenirs, riche d'enseignements, meublé de coquets ouvrages d'art, un refuge tranquille et calme, qui invitait
au recueillement et à l'étude.

Ému et reconnaissant, je ne savais comment lui prouver
ma gratitude.

Elle avait préparé la demeure du pauvre exilé, elle s'é-
tait occupée de lui rendre moins sombre la vie solitaire.
Comme une bonne sœur, elle avait prodigué les soins les
plus affectueux dans l'arrangement de chaque chambre,
avec la prévoyance la plus délicate et le tact le plus fin.
Je me demandais quel petit cadeau je pourrais bien lui
offrir pour lui témoigner ma vive satisfaction ; mais je me
trouvais dans l'impossibilité d'acheter un objet quelconque au village. Il me vint à l'idée de lui offrir la médaille de ma mère. C'était tout ce que je possédais de
plus précieux, et j'y tenais tellement que d'abord je re-
jetai cette idée comme coupable. Je ne pouvais me résoudre à me priver de ce souvenir sacré ; j'étais perplexe,
hésitant et agité de mille pensées confuses, quand Rosa
vient me dire qu'Agathe m'attendait, inquiète de savoir
l'effet qu'avaient produit ses dispositions. Je dus me décider à partir avec la médaille ou les mains vides, la
médaille ou rien !... Dans une aussi pénible alternative,
plutôt que de passer pour un ingrat, je préférai me briser
le cœur : je pris la médaille, résigné à la douleur de me
séparer du dernier souvenir de ma famille, de l'unique
objet qui me rappelât ma mère, et je courus à la maison Bruni.

Agathe était dans son jardin, attendant mon retour,
quand je parus devant elle tout bouleversé par la lutte
intérieure qui s'était livrée en moi. En me voyant dans
cet état, son front s'assombrit, elle crut n'avoir pas réussi
à me satisfaire. Je la rassurai plutôt du geste que de la
voix, car je ne me sentais pas la force de prononcer une
parole. Puis je lui présentai la médaille.

« Voici, lui dis-je, l'objet le plus précieux que je possède, et l'unique souvenir qui me reste de ma mère ;
voulez-vous l'accepter comme un témoignage de ma vive
reconnaissance ? »

Elle resta un moment surprise et fit un signe de refus ;

une grosse larme coula le long de ses joues et elle répondit :

« Votre joie me récompense largement du peu que j'ai fait. L'installation de votre maison a été pour moi un véritable amusement ; le don que vous voulez me faire me prouve que j'ai réussi au delà de mes espérances ; j'en suis très-heureuse et ne désire pas autre chose.

— Je vous en prie, ne refusez pas d'accepter cette faible marque de ma reconnaissance.

— Je ne voudrais pas vous priver d'un souvenir aussi sacré.

— Cependant, Agathe, je sens en moi une inspiration qui me pousse à insister, j'entends comme la voix de ma mère qui m'ordonne de remettre cette médaille entre vos mains, comme un dépôt sacré ; refuserez-vous d'écouter la prière d'une pauvre morte ? »

Alors, me voyant humilié et affligé de son hésitation, elle tendit la main.

« Je l'accepte comme un simple dépôt, » fit-elle. Elle prit la médaille, la regarda attentivement, lui donna un baiser, la mit sur son sein et ajouta : « Elle me donnera le droit de vous traiter en frère... tant que nous serons voisins.

— Ma mère vous entend et vous bénit, » répliquai-je.

Je lui baisai la main avec une affection fraternelle, et me retirai dans ma chambre, sentant le besoin de me trouver seul pour pleurer en liberté.

---

## VII

Le jour suivant je pris possession de mon nouveau logis, après avoir témoigné de mon mieux ma profonde reconnaissance pour la cordiale hospitalité que j'avais reçue dans cette excellente famille. Le départ de la maison Bruni me fut douloureux comme si j'y avais vécu de longues années. Il y a dans ce monde des endroits auxquels on ne peut s'habituer, même après un long séjour, et d'autres où on se trouve à l'aise dès la première heure et qu'on ne voudrait jamais quitter. Généralement dans ceux-ci on ne fait guère qu'y paraître, et dans les autres on y passe sa vie entière ! Tel est notre sort !

Je priai ces braves gens de me continuer leur amitié.

« Rien n'est changé, me répondit M. Nicolas ; vous avez deux maisons au lieu d'une, voilà tout !... » Je voulais lui baiser la main, il s'y refusa et m'embrassa sur les deux joues. Toute la famille m'accompagna jusqu'à la porte et chacun me serra affectueusement la main.

Martino portait mon sac de nuit, et les dames me disaient :

« Au revoir... au revoir.

— A ce soir, » répondis-je, et je partis en les saluant une dernière fois, suivi de Bitto qui, la queue basse, montrait ainsi clairement qu'il n'était plus content de son maître.

Rosa, qui m'attendait sur la porte de la maison, vint au-devant de moi, prit le sac de nuit des mains de Martino et m'introduisit dans ma nouvelle propriété.

Je montai au premier étage, suivi de la servante ; j'ouvris la fenêtre qui donnait sur la cour, et je vis aussitôt un superbe coq à plumes multicolores qui secouait sa crête avec orgueil, en surveillant quatre jolies poules qui grattaient la terre.

« Où avez-vous trouvé ces belles poules ? demandai-je à Rosa.

— C'est un don de Mlle Agathe, qui a voulu peupler votre poulailler avec ses élèves. Vous avez trouvé à votre déjeuner les œufs bien frais, et comme vous lui en avez fait compliment, elle ne l'a pas oublié, et a voulu que votre table en fût fournie également.

— Excellente créature ! cœur d'or !

— Et tête fine, murmura Rosa.

— Certainement ! certainement ! me disais-je ; mais c'est dommage qu'elle soit blonde ! »

J'étais toujours éperdûment amoureux de la comtesse Savina, à qui je n'avais jamais parlé et qui avait refusé de me rendre mon baiser. Mais !... Mais ! et je m'en allais rôdant à travers les chambres comme un homme qui cherche quelque chose. Je cherchais en effet la solution d'un problème : étant données deux jeunes filles également aimables, l'une éloignée et inaccessible à cause de la distance, de la noblesse, de la fortune, de la condition sociale, l'autre tout près, facile à approcher à cause des relations de famille et de mille autres raisons, un jeune homme devient amoureux de la première et dédaigne la seconde. Quelle est la force qui le pousse de préférence vers celle qu'il ne peut atteindre? voilà l'inconnue. J'ai passé les premiers jours, dans mon nouveau domicile, exclusivement occupé de ce problème, qui représentait pour moi une équation algébrique des plus compliquées et des plus difficiles. Enfermé dans mon cabinet, les coudes appuyés sur mon bureau, la tête dans les mains, je méditais sur la vie humaine et sur ses passions incompréhensibles. J'entendais à la porte des gens qui demandaient à Rosa :

« Monsieur le maître d'école est-il chez lui ? »

Elle répondait invariablement :

« Monsieur y est, mais je ne puis le déranger. Vous savez que les savants sont absorbés par des occupations et des études sérieuses... revenez plus tard. »

Je laissais faire ; en somme, quoi de plus intéressant à mes yeux que la recherche de mon problème ? N'était-il pas le mystère de ma vie ?

La comtesse Savina était pour moi la plus belle, la plus séduisante, l'unique femme! Agathe était une sœur; son visage, je ne le connaissais pas. Celui de la comtesse Savina était gravé dans mon cœur en traits indélébiles. Pour la voir vivante devant moi, je n'avais qu'à fermer les yeux. Elle était là, à sa fenêtre, avec ses cheveux noirs relevés sur le front, avec son regard pénétrant... avec cette étincelle qui enflamme et consume !... Mais les obstacles ? Dans le dictionnaire de l'amour, obstacle signifie excitation, aiguillon. Et la raison, et le bon sens ! Quelle raison ? L'amour n'est-il pas une folie ? Je comprends dans mes moments lucides que raison et bon sens sont inutiles. Après un instant de répit, la folie reprend son empire, et me fait voir les choses à l'envers. L'impossible me semble facile, et je me figure naïvement qu'à un moment donné je puis devenir un héros... ou un imbécile !

Le fait est que quand le cœur est absorbé par l'amour, on n'a plus d'autre souci ; les yeux ne voient rien ailleurs, le cerveau est tout entier à la remorque du cœur ; prétendre pouvoir éprouver en même temps deux amours, c'est croire à l'impossible, à l'absurde.

Celui qui croit aimer deux femmes à la fois, peut être sûr qu'il n'en aime aucune. J'aime la comtesse Savina, je l'aime parce qu'elle a été le premier rayon de soleil de ma vie, parce que la première elle a fait battre mon cœur, je l'aime...

« Monsieur est servi, me dit Rosa en frappant légèrement à la porte ; je regrette de le déranger, mais il est l'heure précise que m'a fixée Monsieur.

— J'y vais, » répondis-je, et j'ajoutais en moi-même : Maudite prose de la vie !... Ces ménagères endiablées sont toutes les mêmes. De Véronique à Menica, de Menica à Rosa, de Rosa à ses pareilles ! Chaque jour elles ramènent nos pensées sur la soupe, et abaissent nos rêveries au niveau de leur fourneau !...

« Le menuisier a apporté sa dernière note, dit Rosa quand je me mis à table. Le cordonnier voulait remettre aussi la sienne, mais je n'ai pas voulu déranger Monsieur. Tobie l'organiste m'a dit que les professeurs sont comme les saints apôtres ; il faut les laisser en paix, pour qu'ils se préparent à instruire leur prochain ; est-ce bien dit ?

— Très-bien, très-bien, mais où est Bitto ?

— Bitto ! Ah ! si Monsieur savait comme j'ai eu peur de l'avoir perdu ! Je me suis mise à sa poursuite et, après l'avoir longtemps cherché dans tout le village, j'ai fini par le trouver.

— Où donc ?

— Chez M. Bruni. Cela se comprend ; pendant que Monsieur étudiait, il s'est rappelé que c'était l'heure du dîner à la maison Bruni, et voyant que le feu était encore éteint, il est allé demander à dîner à Mlle Agathe. Elle m'a dit : « Laissez la pauvre bête finir son repas ; elle m'aime, elle se souvient de moi ; je lui en sais gré et ne puis la renvoyer à jeun. » Il fallait voir comme il la regardait, avec quelle joie il remuait la queue ! On aurait dit qu'il comprenait ce qu'elle disait et qu'il lui répondait : Merci. »

Quelque temps après, Bitto revint à la maison en jappant joyeusement et en sautant sur moi comme pour me raconter ses prouesses.

Depuis il continua de la sorte, allant régulièrement dîner à la maison Bruni, avec la scrupuleuse exactitude que mettait mon oncle le chanoine à se rendre à vêpres. J'étais destiné à avoir toujours sous les yeux l'exemple de l'ordre chez les hommes ou chez les animaux, sans en faire mon profit. Après le dîner, Bitto revenait à la maison monter la garde à la porte, et gare à celui qui s'approchait ! Il aboyait aussitôt avec colère et montrait les dents pour tenir l'importun en respect. Il se calmait à ma voix, laissait passer les visiteurs que j'invitais à entrer et barrait la porte aux autres. Il m'accompagnait dans mes promenades, et si j'allais chez M. Bruni, il le devinait à moitié chemin, arrivait avant moi, et m'attendait sur le seuil de la porte. La nuit il dormait toujours au pied de mon lit ; le matin il partageait mon déjeuner, mais me quittait régulièrement pour le dîner, en ayant l'air de me dire : « Ma fidèle amitié ne te sera pas trop à charge, pauvre maître ; tu crois que le cœur ne peut contenir qu'un seul amour : je te prouverai que l'amitié est moins exigeante, et peut très-bien vivre en se partageant. »

Aussitôt que je fus installé dans le pays, M. Nicolas me conduisit faire les visites d'usage aux autorités municipales, qui demeuraient au chef-lieu de la commune, à quelques milles de notre section. Je fus accueilli partout avec politesse, et on me remit ma nomination de maître d'école, délibérée en conseil communal depuis les premiers jours de mon arrivée.

Pendant les vacances je me mis à travailler assidûment à ma tragédie. En relisant les pages écrites à Milan, je jugeai nécessaire de corriger, de refaire, d'introduire de nouveaux incidents et de nouvelles scènes. Je fuyais l'imitation servile, je voulais me montrer poète original ; les personnages d'Alfieri me paraissaient des types de convention ; il était de toute nécessité d'étudier l'homme sur le vif, mais je craignais de ne pas trouver dans ce petit village de la Valteline les modèles qui convenaient à mes scènes du moyen âge. Cependant, dans la persuasion que le cœur humain a toujours été le même à toutes les époques de l'humanité, je me décidai à étudier les passions humaines sur les sujets qui m'entouraient, en tenant compte des différences.

La distance était immense, formidable ! Mais l'anatomiste qui étudie l'homme sur le cadavre me paraissait dans des conditions beaucoup moins favorables. Il est en effet évident qu'il doit exister beaucoup plus de ressemblance entre deux hommes ayant vécu à plusieurs siècles d'intervalle qu'entre un vivant et un mort.

Le temps modifie les passions, mais la mort les annule complétement. Le mort n'est plus qu'un misérable reste inanimé de l'homme. Entre l'homme vivant et le cadavre la différence est beaucoup plus grande qu'entre frère Jacob qui trompe son père avec des peaux d'agneaux, et le Juif Isaac, marchand d'habits, qui vole ses pratiques.

Ces réflexions m'engagèrent à nouer connaissance avec les notables du village, à qui j'allai faire visite et que je reçus chez moi, avec l'intérêt d'un professeur d'histoire naturelle qui s'entoure de toutes sortes d'animaux nécessaires à ses études. J'observais attentivement mes interlocuteurs, je scrutais leur caractère, leurs inclinations, j'analysais minutieusement leurs instincts, la dépravation, les vices de leur nature ; je les classais méthodiquement d'après un système adopté pour mon travail. Chaque individu qui manifestait des tendances vertueuses ou perverses en rapport avec celles d'un personnage de ma tragédie, recevait son nom relatif et était soumis à un examen détaillé.

Absorbé par ces observations intéressantes, il m'arrivait souvent de répondre d'une façon inconsidérée à leurs bavardages frivoles ; cela me valut bientôt la réputation d'homme superficiel, léger et distrait, et pendant qu'ils me croyaient ainsi le cerveau à l'envers, je voyais clair au contraire dans leurs pensées et dans leurs cœurs. A

l'aide de ce procédé, je parvins à trouver dans le village
tous les modèles vivants de mes personnages.

Le docteur Marco Canziani me servit de type pour
*Lucchino Visconti*, et fournit des traits magnifiques à
mon mari tyran ; Mme Pasquetta, femme du docteur,
devint une Isabelle Fieschi incomparable. Elle aimait secrètement Ugolino Gonzaga, sujet représenté au naturel
par le jeune pharmacien Gaspard Zapolini.

Les caractères des amants, leurs préoccupations continuelles, les regards passionnés qu'ils échangeaient, les
embûches tendues au mari, les inquiétudes de la femme
coupable, les désirs impatients du séducteur, se présentaient à mon observation dans les circonstances variées
qui me mettaient en présence de mes modèles. Leur ingénuité me les livrait complétement ; loin de soupçonner
l'intérêt particulier qui me guidait, ils n'avaient d'autre
souci que de se soustraire aux dangers qui les menaçaient directement; si bien qu'en fuyant le mari, ils tombaient dans les bras du tragédien. Le curé don Vincent
Lizerio devint l'archevêque de Milan, Jean Visconti. Ni-
cólas Bruni, qui se trouvait souvent en désaccord avec
le médecin, surtout pendant les graves préoccupations
du tarot où il étudiait le moyen de le battre, convenait
très-bien comme type du conjuré Francesco Pusterla.
Mais le meilleur de tous était mon voisin Tobie, petit
propriétaire, mais grand philosophe et organiste. Il passait dans le pays pour une mauvaise langue, un médi-
sant venimeux; mais pour moi c'était un modèle accompli de Gibelin, toujours en lutte avec le curé, avec la
camarilla, avec les cléricaux; prompt à battre en brèche
la cure, le clocher, la sacristie et tout ce qui appartenait
au clergé. Il s'incarnait à merveille dans mon Uguccione
de Fagiola et se montrait à moi, sans s'en douter, comme
un type très-original et digne de figurer parmi les meilleurs de ma tragédie. Il avait un air tout à fait martial
lorsque, raide comme un piquet, les bras arrondis en
demi-cercle, la tête haute en signe de provocation, il faisait décrire un moulinet à sa canne, mise en mouvement
par ses mains sèches et nerveuses. Cheveux rares, sourcils en croix, de larges oreilles détachées de la tête, telles

étaient les lignes caractéristiques de son visage. Le nez
était long et droit comme une pointe d'épée, les lèvres
grosses, les joues maigres, les pommettes saillantes, la
barbe rasée. Il avait le ton sentencieux, les gestes brusques, décidés, tranchants; son œil injecté de sang lui
donnait un regard féroce.

Il est certain qu'il fallait une grande force d'imagination pour confondre le chapeau à cylindre, droit, long, à
bords étroits, rouge, pelé, sale, déchiré, de Tobie avec le
casque à plumes d'Uguccione; le pourpoint et les larges
pantalons de futaine de l'organiste avec la cuirasse, les
cuissarts et les jambières du guerrier; mais les vêtements ne sont que l'écorce de l'homme, et je trouvai
sous ces misérables nippes un superbe Uguccione de
Fagióla, le cœur rempli de sentiments venimeux et d'une
haine profonde pour le prochain.

Je m'étais ainsi formé un moyen âge artificiel et tra-
vesti dans lequel je vivais, étudiant et méditant les passions humaines, et en tirant des inspirations pour mon
travail. C'était une espèce de carnaval de Milan transporté en Valteline pour mon usage personnel, qui m'en
rendait le climat moins triste, en même temps que mes
études sur l'humanité et les vers de ma tragédie y trouvaient leur profit.

L'école communale était située à une petite distance
de ma maison; je l'avais ouverte à l'époque fixée par le
règlement, et je m'y rendais régulièrement chaque
matin. Un peu avant midi, Bitto passait pour aller dîner
à la maison Bruni, et, à son départ, les écoliers se préparaient à sortir; à l'arrivée du maître commençaient les
leçons, à celle du chien elles étaient closes : la commune
était donc servie à merveille par deux individus et n'en
avait qu'un seul à payer.

Je rentrais à la maison pour dîner, je faisais ensuite
un tour de promenade en fumant un cigare, puis je
m'enfermais dans mon cabinet pour recueillir mes inspirations, prendre des notes, et composer les vers de ma
tragédie. Je passais ma soirée à la maison Bruni ou à la
pharmacie, et il résultait de mes observations que tous
les hommes sont agités des mêmes passions, variables

dans leur nature et dans leur intensité, mais toujours semblables au fond.

De l'époque où se passait ma tragédie jusqu'à nos jours, on comptait environ cinq siècles, et quoique la scène eût été en outre transportée de Milan dans un petit village de la Valteline, les caractères étaient identiques.

Cependant hommes et passions étaient bien petits en comparaison d'autrefois. L'amant Ugolino Gonzaga, au lieu de courir les tournois la lance en arrêt, brandissait tranquillement la spatule et faisait des pilules ; mais son coupable amour avait les mêmes allures, les mêmes ruses, la même violence.

Le duc de Milan était le médecin de la commune ; il tirait le sang et l'or de ses sujets et condamnait à mort les innocents, comme au moyen âge. La nature tolérante de l'archevêque Jean cadrait à merveille avec la résignation de don Vincent Lizerio qui laissait aux membres de la fabrique le soin d'administrer l'église et limitait son autorité aux choses spirituelles. Uguccione de Fagiola avait abandonné le bruit des armes pour celui de l'orgue, mais il continuait la guerre aux Guelfes et leur faisait avec sa langue acérée de profondes blessures.

Pusterla conspirait toujours contre Lucchino Visconti, en cachant avec soin les épées, les bâtons, les couleurs et l'argent qui devaient le vaincre. La puissance ducale était battue en brèche par mille embûches et menacée par des ruses imprévues qui absorbaient toute l'attention du tyran ; Uguccione de Fagiolo soulevait les Gibelins, l'archevêque prenait parti pour son frère ; la lutte des partis atteignait à son paroxysme, le tarot était disputé jusqu'à la dernière carte. Pendant ce temps, Ugolino Gonzaga, profitant de l'ardeur de la mêlée, se retirait adroitement, fermait lestement la porte de son laboratoire, et courait sous les fenêtres d'Isabelle Fieschi !...

Je le suivais de loin avec précaution, et l'entendais converser avec sa belle :

« Où sont-ils ?

— Tous occupés du tarot ! Ouvre, il n'y a rien à craindre !... »

Isabelle fermait la fenêtre, descendait précipitamment,

et, dans l'obscurité de la nuit, on voyait la lumière parcourir les escaliers. La porte s'ouvrait et Ugolino entrait en cachette dans l'antre du tyran...

Je retournais tranquillement à la pharmacie ; Lucchino se débattait en vain, la partie était perdue !.....

O monde pervers ! Il en est toujours ainsi !...

Une partie de tarot !

Dans les combats avec le fer, ou avec les cartes, il y a toujours eu les couleurs et les épées, les maris bonasses et les nuits sombres, les capitaines d'aventure et les apothicaires. Depuis Ève jusqu'à sa sœur Pasquetta, les femmes ont toujours été tentées par le serpent et par la pomme. La vertu de la résistance est le précieux prestige de la femme honnête ; et bien heureux les tyrans, les médecins et tous les joueurs de tarot, dont les femmes ne peuvent servir de type ni à la comédie ni à la tragédie. J'étudiais consciencieusement mes modèles et en tirais parti. Quand le médecin passait devant moi avec son air grave et hautain, les joues emprisonnées dans un faux-col bien empesé, et le toupet hérissé comme les pointes d'un porc-épic, je me disais en moi-même :

« Voilà Lucchino Visconti. »

Il déplorait continuellement l'égoïsme des paysans, l'ingratitude de ceux auxquels il prétendait avoir sauvé la vie, et qui croyaient s'acquitter d'un tel bienfait en lui offrant en don un piètre morceau de beurre rance ! Je saisissais clairement sa pensée dominante et la traduisais ainsi en vers tragiques :

> Peuple ingrat et cruel ! Pour prix de mon courage,
> Tu me sers en retour la trahison, l'outrage !

Un dimanche, à l'issue de la grand' messe, les paroissiens causaient amicalement sur la place de l'église. Gaspard le pharmacien s'approcha sans affectation de Pasquetta, et, pendant que le docteur échangeait une prise de tabac avec un client, la dame dit à demi-voix à son amant :

« Ce soir ils font le tarot à la maison Bruni... je serai seule...

— Au revoir, » dit l'autre.

Je courus tout de suite chez moi prendre la plume et j'écrivis :

> Quand la lune apparaît, quand le bruit de l'acier,
> Vers le castel voisin fait courir le guerrier,
> Viens, ô mon bien-aimé, l'ombre couvre la terre,
> La nuit aux yeux jaloux oppose son mystère.

Un autre jour, Tobie courut après moi tout haletant pour soulager sa colère contre le curé qui, l'ayant reçu pendant son dîner, avait eu l'audace de découper sous son nez un poulet rôti encore fumant sans lui en offrir un morceau, et avait vidé une bouteille de vin tout entière sans même lui en donner un verre. Il déclamait contre l'avidité du clergé, et moi, aussi prompt que mon Uguccione de Fagiola, de m'écrier :

> O race insatiable! Abominable engeance
> Dont la main sans pitié poignarde l'innocence!
> Vampire! cache-moi ton aspect repoussant!
> Toi qui ne laisses pas une goutte de sang
> Dans le cœur généreux de mon ami fidèle,
> Vois-tu pas la fureur dont mon œil étincelle!
> Un jour tu diras « grâce! » il ne sera plus temps.
> L'heure de la vengeance approche, et je l'attends!

Uguccione de Fagiola ne voyant pas dans mon regard ces éclairs de mépris qui, selon ses idées, auraient dû jaillir de l'indignation provoquée par son récit, s'en allait par le pays disant que j'étais un sceptique, un homme sans cœur, un caractère étrange, une énigme vivante !...

En tirant ainsi des vers tragiques de la prose vulgaire du village, en observant au microscope les hommes si petits de mon temps et les habillant à l'antique, je passai le premier hiver, avec le corps en Valteline, la pensée au moyen âge, et le cœur à Milan, partagé en trois parties, une qui tremblait de froid sous les Alpes, l'autre ensevelie dans les ténèbres du passé, et la meilleure au balcon de mon oncle le chanoine, attendant le baiser de la comtesse Savina. Enfin le printemps parut, et avec la tiède brise d'avril je sentis dans mon cœur s'élever aussi

la température de l'amour, assoupi par le froid de
l'hiver.

---

## VIII

Celui qui nie l'influence du printemps sur l'amour n'a
jamais étudié la nature ; vivant dans un milieu tout différent, il n'a jamais senti son cœur s'épanouir au parfum
des premières violettes et aspiré au bonheur que donne
un amour pur.

Celui dont le cœur s'ouvre dans la saison des neiges,
a vécu certainement dans l'atmosphère artificielle des
cercles, des bals et des théâtres ; et, comme une plante
exotique en serre chaude, il s'est épanoui prématuré-
ment, par l'effet des calorifères. Mais dans le libre domaine des montagnes, des champs et des mers, les animaux et les végétaux, soumis aux mêmes phénomènes,
dépendent des mêmes agents et subissent en même temps
l'influence des révolutions du globe. Quand, dans les
belles soirées d'hiver, on se promène seul, à la pâle
clarté de la lune, par des chemins déserts, quand la bise
nocturne forme des stalactites de glace sur les gouttières
avec les eaux qui s'écoulent dés neiges du toit, quand les
arbres couverts de gelée blanche offrent l'aspect éblouissant des rosiers blancs, quand souffle des montagnes ce
zéphyr du pôle à dix degrés au-dessous de zéro, qui soli-
difie les cascades, je défie un amoureux quelconque,
loin de sa belle, de ne pas se sentir le cœur froid et le
bout du nez rouge.

Au contraire, quand notre planète s'approche de l'é-
quinoxe du printemps, quand les neiges fondent sur les
montagnes en gonflant les torrents, quand la terre et les
arbres se parent de fleurs comme pour célébrer le réveil
de la nature, le sang court plus rapide dans les artères, le
cœur bat plus violemment, le cerveau se dilate sous l'in-

fluence de douces pensées. C'est dans un moment pareil
que je sentis mon cœur subir de plus en plus l'attraction
magnétique de la fenêtre du palais Brisnago.

Était-ce magnétisme ?.... Je ne saurais le dire, mais
c'était un fait en harmonie avec la vie de la nature ; le
réveil de mon cœur se trouvait à l'unisson avec celui des
plantes ; et le soir, en feuilletant le *Savant jardinier*, je
me suis trouvé d'accord avec la floraison des carottes.

Mon oncle m'écrivait régulièrement le quinze de chaque
mois, sans jamais changer d'un jour l'époque précise de
sa correspondance périodique. Ses lettres remplissaient
une page un quart du papier ; je crois même que le
nombre de lignes était invariable. Le 13 avril je reçus
une lettre de lui. Jour néfaste ! Rien qu'à la regarder
mes cheveux se dressèrent sur la tête. Il était impossible
que mon oncle eût anticipé de deux jours sa correspondance mensuelle sans un grave motif. J'ouvris la
lettre d'une main tremblante ; elle portait un post-scriptum : autre nouveauté menaçante ! En parcourant ce
post-scriptum, mes yeux tombèrent presque aussitôt sur
le mot « Savina ».

Je m'appuyai au mur pour ne pas tomber, et je lus :
« Ce matin, dans l'église de Saint-Babylas, est célébré
solennellement le mariage de la comtesse Savina de Brisnago avec le comte Azzone de Montegaldo. »

Le papier m'échappa des mains, je fus obligé de m'asseoir, et, la tête sur mon bureau, je restai longtemps
étourdi comme frappé de la foudre !... Adieu, beaux
songes du printemps qui souriaient à mes pensées et illuminaient mon âme comme le soleil qui se lève sur les
fleurs des champs. Adieu, espérances de joie suprême,
adieu ma foi dans l'amour de la femme ! Adieu, vaines
illusions de la jeunesse !... Voilà la première désillusion et
la plus amère !......... Ah ! mon oncle avait bien raison de
rire de mes sottes prétentions ! O vanité des vanités ! j'avais
cru aux regards d'une jeune fille, comme on croit à la
sainteté d'un serment..... mais ces regards n'étaient que
mensonge ! C'était seulement le parfum d'une fleur qui
exhale ses aromes, qui emplit l'air de senteurs embau-
mées, qui enivre, et qui s'évapore !..... J'avais cru sentir

une voix secrète me [parler d'amour... Cette voix n'était
que l'écho de mon cœur ! Je rêvais une existence céleste,
où l'amour était une mélodie de deux âmes qui, comme
deux harpes à l'unisson, produisent le même son !...
Hélas ! vaines illusions de l'esprit humain, qui confond
les désirs avec l'amère réalité !... Les deux harpes, après
un suave prélude , cessaient leur chant harmonieux ;
la corde de l'une d'elles était brisée !... L'accord rompu,
ce n'était plus qu'un chaos de sons rauques, discordants,
qui me donnaient le vertige.

Pour me remettre, je repris la lettre de mon oncle, et
relus ces paroles fatales, comme l'oraison funèbre de mon
cœur... Il était mort !... mort !..... tué par trahison !...
Par qui ?... par qui ?... qui a tué si cruellement mon
cœur ?... qui l'a tué ? Je demandais... comme le juge d'instruction qui cherche un assassin : .. Qui a tué mon cœur ?

Une voix mystérieuse me répondait : La comtesse
Savina ?... Impossible !... Cet ange de bonté !... Le sourire
de ma vie !... Le rayon de ma jeunesse !... L'image suave
de la douceur, l'expression sincère et profonde de la première affection ! Impossible, cette divine créature n'est pas
capable de tuer un cœur... un cœur qui l'adore... qui a
eu foi dans son amour !... Elle n'est pas capable d'un pareil
crime contre nature !... Elle m'aime... je le sens... Oui,
cette voix secrète que j'entendais était la sienne... Non,
ce n'était pas un écho de mon cœur, c'était celui de son
âme naïve, poussée par une impulsion irrésistible à venir
à la rencontre de la mienne ! Qui nous a séparés ? Elle
n'est pas coupable ; comme moi, c'est une victime !... Qui
donc a tué nos cœurs innocents ? qui a imposé l'affreux
sacrifice ?... Où sont donc les assassins ?

Je me tordais dans les convulsions du désespoir, je
m'arrachais les cheveux ! J'ai passé des heures affreuses à
demander compte à la société de sa félonie, parce qu'elle
me ravissait ce que la nature m'avait donné.

Dans l'abattement de la fatigue, quand la prostration
succéda à cette lutte horrible, et qu'il me fut permis de
réfléchir sur ma destinée, je trouvai les assassins ! C'é-
taient les millions... ces maudits millions !... ces millions
odieux qui, affluant dans les coffres-forts des Brisnago,

soumettaient cette enfant à leur inexorable despotisme,
et l'obligeaient à renoncer aux aspirations de son âme,
pour la traîner aux gémonies des riches, sur le chemin
fatal où leur destinée les entraîne, en déchirant leurs
cœurs, dont elle jette les fragments à d'autres million-
naires, leurs pareils, contraints par la nécessité de faire
comme eux, de former des familles où le cœur est pétrifié, où l'amour est inconnu... Maudits, misérables millions !...

Les aboiements persistants et réitérés de Bitto calmèrent le délire de mon cerveau exalté, et Rosa entra
m'annoncer la visite du meunier Zaccheo qui voulait
absolument me parler.

« Je ne reçois personne !... dites-le au meunier. » Mais
celui-ci, qui l'avait suivie avec insistance, força la consigne et se présenta sur la porte avec son chapeau à larges
bords, les habits et le visage enfarinés comme un pail-
lasse.

Impossible de l'éviter, il me fallut subir sa présence.

« Venez, lui dis-je.

— Que Monsieur m'excuse de le déranger, je n'ai que
deux mots à lui dire... Nous en sommes au quatrième
sac de farine, et j'ai absolument besoin d'être payé.

— C'est très-juste, mais aujourd'hui il m'est impossible
de vous satisfaire. J'attends de l'argent de Milan ; quand
je l'aurai reçu, je vous paierai.

— C'est bien désagréable, j'avais compté dessus... La
dernière fois que je suis venu, Monsieur m'avait promis
de me payer dans les premiers jours du mois ; nous sommes à la moitié... J'ai aussi des dépenses !

— Vous avez raison de vendre... mais un pauvre maître d'école n'a pas le droit de battre monnaie... Je vous
répète que je n'en ai pas ; que voulez-vous que j'y fasse ?
Il faut patienter...

— Patienter... patienter, répétait le meunier avec impatience... mais je suis pauvre ; ce retard me nuit beaucoup... Cependant, si Monsieur ne peut me payer aujour-
d'hui, je reviendrai demain...

— Demain !... demain ! il est probable que je serai dans
la même situation qu'aujourd'hui ; en vingt-quatre heures

on ne fait pas des miracles... Vous n'avez donc pas confiance dans ma probité ?

— Par exemple, que croit donc Monsieur ? Qu'il veuille
bien m'excuser ; si je n'étais pas si pauvre, si je n'avais
pas un besoin pressant d'argent, je ne serais pas venu le
déranger...

— Prenez patience quelques jours... j'irai moi-même
au moulin régler mon compte.

— C'est inutile ; je passe par ici deux fois par jour,
cela ne me dérange pas de m'arrêter.

— J'irai moi-même, vous dis-je, dans quelques jours ;
je vous le promets...

— Eh bien, j'y compte, et me recommande à Monsieur.

— C'est dit... Que Dieu vous bénisse... et que le diable
vous emporte ! » murmurai-je entre les dents, quand cet
importun passa la porte et me laissa enfin tranquille.

Mon Dieu ! me disais-je, j'ai quatre sacs de farine à
payer et pas un sou en poche !... Je mange le pain à crédit, harcelé par ce meunier. Et qui sait combien d'argent
a été dépensé en bouquets et en pâtisseries pour célébrer
les noces... sans amour... de la comtesse Savina !...

Maudits millions !... Ils sont la ruine du genre humain... la ruine de celui qui les a... et de celui qui ne les
a pas !... Ce meunier, me jetant à la face ses quatre sacs
de farine, me faisait voir plus clairement ma position !...
J'étais décidément un insensé ! un homme qui, dans l'a-
mour, ne voyait que la femme sans regarder dans sa poche !... un homme qui se permettait une affection... et
qui manquait de farine !... avec une femme millionnaire !
un aspirant millionnaire sans le savoir... qui adore un
ange et trouve devant lui une barricade de millions !...
Misérable ! la société se moque de pareilles folies ; elle
m'aurait traité d'ambitieux, de cupide, de fourbe, de séducteur ; et je ne suis qu'un imbécile !... qui croyait à
l'amour idéal, mystérieux, imprévu, sans autre désir qu'un
regard, sans autre ambition qu'un baiser... l'amour pour
l'amour... imbécile !... La société condamne sévèrement
de telles aspirations !... Et cependant, quel mal y avait-il ?
Avais-je pensé à tout cela ? Ma conscience était bien inno-

cente. Mais le monde ne l'aurait pas cru. Il se serait imaginé que mon amour était un prétexte; le véritable motif,
les millions; et la société croit que celui qui a de l'argent
demande la main d'une jeune fille pour ses beaux yeux ?
C'est pourtant le contraire qui est vrai !... Ainsi le veut
tout le monde, l'or s'accouple avec l'or, comme les haillons avec la misère. Voilà les mariages bien assortis.
Mon amour me conduisait tout droit à l'infamie !... la
société ne me pardonnerait jamais de devenir millionnaire
sans y avoir pensé ; mon oncle m'avait montré le précipice, mais je marchais le nez en l'air, les yeux fixés sur
une étoile, et la terre avec sa fange se dérobait à
ma vue !

De mon premier amour, naïf, fervent, céleste, il ne
m'est resté qu'un voyage aérien.

La pointe d'une épingle avait percé le ballon qui me
transportait dans les nuages ; le gaz était sorti par ce
petit trou, j'étais précipité sur le sol, tué sur le coup !..

« Il vaut mieux qu'il en soit ainsi! m'écriai-je; tout est
perdu, hors l'honneur. »

Mais si l'âme s'est envolée vers les cieux, la matière
reste. Me voilà encore au monde, seul devant la froide
réalité !... seul... avec quatre sacs de farine à payer, et
la bourse vide! Seul !.. quel mot affreux!

---

## IX

Bitto, qui se trouvait à côté de moi, me regardait avec
ses grands yeux compatissants, se frottait dans mes jambes, et me léchait les mains comme pour m'accuser d'ingratitude envers sa race, et me dire : Il ne faut pas se
lamenter dans la vie, les hommes sont égoïstes, les femmes
légères, mais les chiens sont fidèles !...

Nous sortîmes ensemble comme deux vrais amis qui
ne se quittent pas dans le chagrin, et veulent partager

toutes les aventures de la vie. En me promenant dans le village, je dissimulais aux indifférents, par mon calme d'emprunt, le trouble profond qui m'agitait. Mon cœur, que je croyais mort, n'était que mortellement blessé; il avait des soubresauts violents, comme une baleine expirante qui, agitée par les dernières convulsions de l'agonie, trouble les profondeurs de l'océan, pendant que la surface conserve son calme. Mais malheur au bâtiment qui navigue dans ces parages! Tandis qu'il court à pleines voiles sur la mer paisible, sous un ciel sans nuages, la baleine, prenant un suprême élan, s'élève du fond des abîmes et projette le navire dans les airs. Je m'attaquai au docteur qui représentait le bâtiment. L'ayant rencontré en chemin occupé à faire des visites, avec son air habituel d'homme satisfait de lui-même et des autres, sa physionomie doucereuse me fit paraître mon chagrin plus amer. Il m'arrêta pour me raconter ses prouesses. Le moment était mal choisi, très-mal choisi.

« Écoutez, me dit-il, un beau cas d'aliénation mentale.

— Un beau cas!

— Oui, un cas de folie furieuse... avec des soubresauts convulsifs à rompre les cordes les plus solides, presque impossible à maîtriser malgré les efforts réunis de quatre gardiens...

— Un beau cas!

— Très-beau. Saignées, douches, vomitifs... j'ai pu le dompter, l'abattre, le guérir... il ne bouge plus de son lit... il est tranquille comme un enfant...

— Je le crois bien, si vous l'avez tué!

— Cela ne fait rien, le sang revient; mais la folie a disparu. Figurez-vous que le pauvre homme s'était mis dans l'idée qu'il était un Dieu!...

— Et vous l'avez guéri!... m'écriai-je.

— Parfaitement guéri, ajouta-t-il en se rengorgeant.

— Eh bien! lui dis-je, c'est vous qui êtes fou!... »

Le docteur resta un instant étourdi, me regarda en face avec ses deux gros yeux de chouette, devint rouge comme un coq, leva la tête, et avec l'accent d'un juge aux assises :

« Que voulez-vous dire? s'écria-t-il.

— Je veux dire que celui qui d'un Dieu a fait un homme est un malfaiteur. Vous avez trouvé un être heureux, et vous en avez fait un malheureux, un misérable. L'homme n'est réellement que ce qu'il croit être. Toutes les félicités humaines ne sont que des rêves ! Celui qui réveille l'homme heureux n'est qu'un idiot ou un coquin !... Votre science n'est que méchanceté... votre prétendue guérison n'est qu'une insanité. Vous devez maintenant comprendre ce que j'ai voulu dire. Le savant a disparu, votre triomphe n'est qu'une ironie, vous avez fait un malheureux de plus, voilà votre ouvrage ; le fou subsiste toujours et celui qui d'un Dieu a fait un homme... le fou c'est vous !... » A chacune de mes paroles, le docteur faisait un bond, et ses yeux lançaient des éclairs.

« Monsieur Daniel Carletti?...

— Monsieur Março Canziani?...

— Vous avez besoin d'une saignée... je ne vous en dis pas plus long ; vos yeux sont injectés de sang, votre raison s'égare... votre vie est en danger...

— Allez au diable ! vous et vos saignées et votre folie ! mais laissez donc vivre et mourir les gens en paix ; ayez un peu de pitié pour l'humanité souffrante qui vous sert de jouet. Guérissez-vous vous-même de votre manie, de votre présomption, qui vous pousse à croire que vous donnez la vie à vos victimes. Vous n'êtes qu'une plaie sociale, la maladie des maladies... le tyran de la nature qui vous renie. Vrai tyran en chair et en os, avec l'héroïsme en moins et le ridicule en plus ! Un pauvre tyran en caricature, avec le col empesé, le chapeau à cylindre, et les balancements de l'horloge qui battent sur le ventre l'heure perpétuelle de la bêtise ! Un vrai fou qui prétend guérir les fous heureux, et qui est plus fou qu'eux... mille fois fou entre tous !... »

La baleine avait exécuté son bond à la surface. Le docteur, chancelant comme un navire qui va sombrer sous les eaux, me faisait véritablement pitié. Je le plantai là, dans cette affreuse position, et, retournant sur mes pas, je rentrai à la maison. Je dis à Rosa qu'une affaire urgente m'obligeait à partir tout de suite, que j'ignorais l'époque de mon retour, et pour ne pas répondre à ses questions où perçait l'inquiétude, je quittai promptement le village, accompagné de mon fidèle Bitto, pour suivre un sentier qui conduisait à la montagne.

Les hommes étaient devenus pour moi un objet de haine, les femmes un objet de mépris, la société me faisait peur; je courais sur les cimes des Alpes avec l'espérance de trouver une tribu d'ours, au milieu desquels je pusse élire domicile et vivre en paix et en liberté. Le silence et la solitude étaient les seuls remèdes à mes maux. La sérénité grandiose des Alpes convient aux victimes de l'humanité, aux exilés, aux fugitifs, aux malheureux qui pleurent, aux amants délaissés qui cherchent des scènes en rapport avec l'immensité de leur douleur. Le spectacle que présentent les siècles accumulés devant les grands phénomènes géologiques, rend plus tolérables les souffrances d'ici-bas, les désillusions de la politique, de l'ambition, de l'amour, l'ingratitude de la patrie et de la femme aimée. Sur la cime des montagnes les mollusques même deviennent fossiles, et le souffle des glaciers peut aussi pétrifier le cœur. Plongé dans cet abîme de pensées amères, j'errais sur les sommets déserts, cherchant ma tribu d'ours pour devenir sauvage. Je ne trouvai que des bergers qui faisaient paître leurs troupeaux, comme les anciens patriarches, et vivaient dans la solitude en perpétuelle contemplation devant les chefs-d'œuvre de la nature. Je m'assis à côté d'eux, regardant silencieusement l'horizon lointain perdu dans les nuages et confondu avec la voûte céleste. La nature parle un langage qui calme les esprits agités et apporte la consolation aux malheureux auxquels il est permis d'admirer ses sublimes créations.

L'âcre senteur des plantes alpines assoupit les douleurs morales, comme leurs sucs guérissent les blessures.

Je me promenai longtemps dans ces déserts avec le pauvre Bitto, me reposant à l'ombre embaumée des bois, dormant sur les feuilles sèches, bercé par le bruit monotone des cascades, réveillé par le sifflement aigu des oiseaux de proie, me nourrissant de lait et de pain dans les cabanes des bergers. Mais l'homme n'est pas fait pour vivre longtemps dans la solitude; la société le réclame, sa destinée le condamne à lutter avec ses semblables, à employer ses forces pour le bien commun. Ces sages réflexions me furent suggérées par l'effet débilitant du lait, que je recommande énergiquement aux jeunes amoureux sans espérance.

Je revins à la maison exténué de fatigue et de faim. Les victimes de Cupidon qui ont perdu l'appétit peuvent tenter une excursion sur le mont Viso ou sur le mont Rosa avec beaucoup de chance de le recouvrer.

A mon retour, Rosa me dit que le pharmacien était venu à plusieurs reprises pour me parler, qu'il voulait me voir le plus tôt possible et qu'il attendait mon retour avec impatience.

Comme je me trouvais dans l'absolue nécessité de réparer par une nourriture solide mes forces épuisées, je donnai l'ordre à Rosa de me faire à dîner et je remis à un autre moment la visite à la pharmacie. Après le dîner, je sentis le besoin d'un liquide fortifiant. Comme à la maison il me faisait défaut, j'allai le chercher dans un lieu où les buveurs les plus intelligents du pays le trouvaient excellent. Je me rappelais très-bien qu'à Côme j'avais trouvé un remède efficace à mes chagrins amoureux dans le fond d'une bouteille; je voulus en renouveler l'épreuve.

En ouvrant la porte de l'auberge, la fumée du vin et du tabac me firent hésiter, et j'aurais rétrogradé si la voix rauque d'Uguccione de Fagiola n'eût prononcé mon nom avec un accent de surprise.

« Oh!... oh! entrez donc, cher maître... n'ayez pas peur... le docteur n'est pas ici... il fuit ces sombres lieux... entrez, l'asile est sûr. » Et tous les assistants riaient en chœur.

J'entrai, je demandai à l'hôte son meilleur vin, et m'assis en souriant tranquillement, comme un idiot qui ne comprend pas ce qui se passe autour de lui.

« Allons, ne faites pas l'ignorant... nous tenons aussi à notre peau...

— De quoi s'agit-il donc? demandai-je.

— Vous voulez décidément faire le mystérieux! Mais

c'est trop tard, cher ami! Tout le village sait que vous
avez insulté le docteur... et que vous avez ensuite pris la
fuite, par crainte d'un duel!... »

Et tous de rire de nouveau avec un ensemble remarquable. Je compris alors l'énigme, je me levai d'un bond,
et frappant du poing sur la table, je m'écriai d'un ton
résolu :

« Si le docteur s'est offensé de mes paroles, je suis prêt
à lui donner la satisfaction qu'il voudra ; je n'ai jamais
fui, parce que je n'ai peur de personne, et la preuve en
est que je tiens pour un lâche celui qui soutiendra le contraire, et que je suis prêt à me battre avec une arme
quelconque, même avec le couteau. Quiconque ne me
croit pas n'a qu'à se lever. »

Tous restèrent assis sans mot dire. Alors je racontai
simplement ma discussion avec le docteur ; je dis que je
le croyais assez puni de sa sottise par mes paroles, que
j'étais allé faire une excursion sur les montagnes sans
songer à lui, que si le docteur n'était pas content, j'étais
disposé à lui rendre raison aussitôt qu'il le voudrait.

Les visites réitérées du pharmacien me revinrent en
mémoire ; je soupçonnai qu'elles avaient quelque rapport
avec cet incident, et je priai l'organiste de me suivre
pour avoir la preuve de mes assertions.

Il fit quelques objections, mais j'insistai, et, après avoir
bu un verre de vin, nous allâmes ensemble à la pharmacie. Le pharmacien me raconta ce qui était arrivé.
D'abord le docteur croyait que je divaguais ; et, me supposant menacé de congestion cérébrale, il me proposa
une saignée ; puis, piqué au vif par mes réponses imper-
tinentes, il s'en était offensé hautement et hésitait sur
un parti à prendre... lorsque la baleine lui donna une
secousse telle qu'il alla faire naufrage à la pharmacie.

« Il est entré en trébuchant comme un homme ivre...
disait le pharmacien, et il est tombé sur cette chaise avec
une telle rapidité que je l'ai cru frappé d'apoplexie. Je lui
apportai tout de suite de l'eau fraîche, je voulais lui bai-
gner le front : il m'en empêcha, et tout haletant me raconta
vos invectives... à vrai dire un peu trop vives !... Ensuite
il me demanda conseil sur la conduite à tenir. Je fis mon

possible pour le calmer : je lui dis que vous étiez un jeune
homme d'un caractère un peu étrange, mais honnête au
fond, que j'étais convaincu que tout cela s'arrangerait
sans scandale, ni rancune. Il se montrait inquiet, agité
et répétait :

— C'est un cerveau brûlé !... C'est une vraie provocation !... Qui sait ? Il a peut-être besoin de faire montre de
bravoure, et m'a choisi comme bouc émissaire...

Cette idée de bouc émissaire me fit sourire ; le pharmacien baissa les yeux et continua :

— Il a peut-être soif de mon sang ! s'écriait-il ; le duel
est devenu une manie du jour, un besoin indispensable
pour la jeunesse à la mode... Ces jeunes Milanais s'en
font une nécessité : gare à celui qui ne peut se vanter
d'une pareille fanfaronnade ! Il est certain que je devien-
drai son trophée, la victime de son ambition... je serai
assassiné !!...

Ses yeux étaient hagards, ses traits altérés, sa figure enflammée, et la sueur lui coulait du front à grosses gouttes.

« Pour le tranquilliser, je lui proposai de lui servir d'intermédiaire et de terminer ainsi cette malheureuse affaire
sans qu'il en résultât aucun malheur et sans que l'honneur en souffrît.

— Allez, allez, me disait-il, il doit être chez lui ; tâchez
de le rejoindre avant que commencent les commérages,
les complications... C'est un exalté, tâchez de l'adoucir...
Demandez-lui une simple rétractation ; qu'il déclare seulement que je ne suis pas un fou... qu'il n'a pas voulu
m'offenser... je ne demande rien autre chose que de
sauver l'honneur... qu'il me respecte, c'est tout... nous
avons tous le droit d'être respectés... je ne lui demande
pas autre chose... allez... allez, allez vite.

« Je courus chez vous, et Rosa me dit que vous étiez
rentré un moment, très-agité, inquiet, en lui annonçant
un voyage subit, imprévu... puis, que vous étiez parti
en courant, sans même prendre un sac de nuit, et qu'elle
ne savait pas quand vous seriez de retour. Je revins plusieurs fois pour voir si vous étiez rentré ; elle me répétait
toujours la même chose, ajoutant chaque fois quelque
nouvelle expression d'inquiétude sur votre départ préci-

pité, sans indiquer ni la durée de votre absence, ni le but
de votre voyage; enfin, pour dire vrai, les paroles de votre
domestique indiquaient plutôt une fuite qu'un voyage,
et je fus contraint de raconter ainsi la chose.

« La première fois le docteur devint perplexe; il m'engagea à vous chercher avec plus de soin; à la seconde et
à la troisième fois, il reprit peu à peu courage, et quand
je lui communiquai mes soupçons sur votre fuite ainsi
que les paroles exactes de votre domestique, il commença
à lever la tête, à parler avec une gravité magistrale, en
ajustant son faux-col, en relevant son toupet, en mettant
les pouces dans l'échancrure de son habit, qu'il rejetait
en arrière, les lèvres contractées, et en se demandant s'il
pouvait se risquer à proclamer son indignation. Enfin, il
s'approcha de moi d'un air mystérieux, et me heurtant la
poitrine avec son coude, il me dit :

— Il a fui... il a fui... qu'en pensez-vous? ajouta-t-il.

— En effet, répliquai-je, il est à supposer qu'il a pris
la fuite !

— Il s'est sauvé, répétait-il en élevant la voix de plus
en plus, il a fui ma juste indignation,... Je l'avais mal
jugé, ce n'est pas un rodomont... c'est un lâche! Un
insolent de mauvais aloi, qui vous insulte en face, puis
se cache; mais les choses ne peuvent se passer ainsi...
On n'offense pas impunément le docteur Marco Canziani...
Monsieur Daniel Carletti m'a offensé; par ses paroles il
entendait évidemment outrager mon honneur et nuire à
ma réputation... je le défie au dernier sang; vous êtes
mon premier témoin, trouvez-en un second, dressez procès-verbal, et constatez l'action honteuse et déshonorante
de mon adversaire, qui a quitté le terrain et a fui lâchement, se rendant ainsi indigne de toute réparation ulté-
rieure.

— Il vous a parlé ainsi? dis-je au pharmacien.

— Exactement!... les mêmes paroles; en ajoutant encore ceci : Les voilà, les voilà, ces jeunes gens qui portent haut la tête, qui font les bravaches avec les gens
timides ou peureux, voilà comme ils se montrent devant
celui qui sent sa propre dignité, devant celui qui ne
tolère aucune injure, et relève la tête; ils fuient comme

des lapins! Cher Gaspard, vous êtes témoin de mon défi et de sa fuite ; il ne vous reste plus qu'à dresser un procès-verbal dans lequel vous constaterez les faits, en les certifiant par les signatures. Je vous prie d'en faire plusieurs copies, à mes frais, et vous recommande d'y insérer la vérité, c'est-à-dire mon défi à l'insulte, la fuite précipitée de l'adversaire ; cela suffit. Maintenant vous voyez, tout est fini ; l'opinion publique prononcera.

« Il me laissa à cette occupation et partit fier comme un paon pour parcourir le village, racontant à tous avec un malin sourire la provocation, sa réponse et votre fuite ; il concluait toujours en levant les mains qu'il agitait fiévreusement, par ces mots : Disparu ! enfin, domicile inconnu ; il court, il court!... il court et ne revient pas. — Tout le village en fit des gorges chaudes. »

La conduite du médecin avait rendu impossible toute espèce d'accommodement ; je déclarai immédiatement qu'une satisfaction à l'honneur était indispensable. Je n'étais ni un insolent, ni un spadassin, ni un lâche ; j'avais exprimé mon opinion et la soutenais : je disais qu'étant donné un homme qui croit être un dieu, celui qui lui enlève une aussi heureuse illusion est un fou ; je déclarais regarder comme malfaisante la médecine qui détrompe un homme heureux, je déclarais imbécile celui qui soutient le contraire. Quant à ma prétendue fuite, elle n'était réellement qu'une excursion dans les montagnes pendant deux jours de vacances, et j'étais rentré au village, ignorant les caquetages du docteur et ses intentions. Que lui à son tour m'avait gravement offensé dans mon honneur, mon seul bien, et qu'entendant le conserver intact, j'acceptais son défi au dernier sang, décidé à lui prouver qu'il s'était complétement trompé sur mon compte ; que je faisais très-peu de cas de la vie, et que j'offrais mon sang pour soutenir mon honorabilité attaquée.

Je priai l'organiste Tobie de vouloir bien me servir de parrain, et lui donnai pour règle de répéter ces déclarations au docteur, lui laissant le choix des armes, à condition qu'il maintînt le défi au dernier sang.

Le pharmacien se réunit à Tobie ; Ugolino Gonzaga et

Uguccione de Fagiola se présentèrent ainsi à Lucchino Visconti.

---

## X

Le tyran venait de se mettre à table devant un superbe plat de macaroni au jus ; il avait logé dans sa cravate un coin de sa serviette pour conserver vierge de toute tache sa chemise éblouissante de blancheur ; la sérénité de son visage indiquait un homme évidemment satisfait de lui-même... et de son macaroni.

La nouvelle de mon retour lui fit tomber la fourchette des mains ; celle de l'acceptation de son défi lui causa une émotion qui lui étreignit la gorge comme si une corde l'eût étranglé. Adieu le macaroni ! il avait maintenant l'honneur à sauver, et cela pouvait lui coûter la vie. Voilà donc mon jugement sur la folie fortifié par un nouvel argument ; où est le fou ?... Est-ce celui qui croit manger paisiblement un plat de macaroni, où celui qui le rappelle à la triste réalité de la vie ?... Laissez donc ce malheureux à son macaroni, et n'allez pas vous glorifier de lui enlever ses plus belles illusions en lui montrant le canon d'un pistolet ou la pointe d'une épée. Cet incident, qui condamne la philosophie réaliste, condamne aussi le duel. Le duel ne prouve rien. En arrachant un homme à son macaroni pour le livrer à la mort, quel résultat aurez-vous obtenu ? Qu'avez-vous sauvé ? l'honneur, la vérité, la justice ? Croire qu'un homme qui abandonne un plat succulent pour tuer ou être tué, puisse sauver quelque chose, c'est une véritable folie, qui répugne au bon sens. Il ne peut rien sauver, et peut en revanche tout perdre, le macaroni et la vie. Deux bonnes choses dont on doit cependant tenir compte, et dont malheureusement on se joue souvent pour une chimère ! Mais tant que durera le préjugé social du duel, il sera nécessaire de laisser les macaronis pour se battre avec un adversaire ; c'est pour cela que le docteur Marco Canziani devait quitter la table et se disposer à ce double sacrifice.

Cependant cette résolution lui pesait beaucoup ; il ne pouvait se décider, et comme dans les plus grands malheurs l'espérance ne nous abandonne jamais, il fixa sur les témoins d'un œil scrutateur, et, croyant lire sur leurs visage le calme de l'homme qui n'a pas de préoccupations, un rayon d'espoir l'illumina, il se mit à rire cordialement, se rassit, aspira avec volupté l'odeur appétissante qui s'exhalait du plat de macaroni, et dit :

« J'ai deviné !... c'est une plaisanterie !... » Le calme des témoins l'avait trompé, les témoins sont toujours impassibles ; ils n'ont rien à perdre : ni l'honneur, ni la vie, ni le macaroni. La réponse ne se fit pas attendre.

« Très-cher docteur, il ne s'agit pas de plaisanteries, mais d'un fait réel et des plus sérieux ; » et Tobie ajouta :

« Vous avez accusé le maître de lâcheté, vous l'avez tourné en ridicule dans tout le village, vous l'avez défié au dernier sang. De pareilles provocations excluent toute possibilité d'arrangement ; ayez donc la bonté de nous suivre dans un endroit plus convenable pour régler les conditions du combat. »

Alors le tyran, prenant une pose tragique, se leva et, sans même enlever sa serviette, commença à déclamer sur l'absurdité de ce raisonnement.

« C'est trop tard !... disait-il, en se démenant comme un furieux et en agitant la serviette qui couvrait son abdomen. C'est trop tard ! le temps fixé par les ordonnances est écoulé, le procès-verbal est rédigé régulièrement ; j'ai suffisamment attendu l'adversaire, le délai voulu pour toute réclamation est expiré ; mes graves occupations professionnelles réclament mes soins, et je ne puis ni ne dois transgresser les devoirs de mon état pour satisfaire un caprice. » Et il s'agitait comme un damné, regardant de côté le macaroni qui refroidissait.

Tobie haussait les épaules avec impatience, et quand le docteur eut fini de parler, il répondit :

« Cette fois la prescription du docteur n'a aucune

valeur, elle est en tous points arbitraire, et sans aucun droit. Aucune loi, aucun usage, aucune convention n'ont limité le temps de demander une réparation, pour celui qui a reçu un outrage.

« Le maître ignorait le défi et les insultes qui l'ont accompagné ; à peine de retour d'une excursion, voyant qu'on se moquait de lui, il en a demandé la raison, et a appris ainsi les calomnies qui le rendaient si ridicule.

« Il n'a pas perdu un instant, et nous a envoyés vous prévenir que non-seulement il accepte le défi , mais encore qu'il exige que le duel ait lieu dans des conditions telles, que son honneur reçoive pleine et entière satisfaction. »

Le docteur piqué au vif, et ne sachant comment échapper à la situation qu'il s'était créée lui-même par sa sottise, arracha sa serviette, et s'écria sourdement : « Puisqu'il veut absolument du sang, eh bien, soit... Ce n'est pas la justice, mais le hasard qui décidera de la vie d'un homme... et peut-être d'un homme innocent, assailli sur la voie publique par un torrent d'injures sans nom... » Il ouvrit en même temps la porte qui donnait sur son cabinet, et pria les témoins d'entrer.

« Mon Dieu !... Mon Dieu !... ils veulent assassiner mon mari !... se mit à crier Mme Pasquetta, qui jusqu'à ce moment avait assisté à cette scène, sans prononcer un mot et comme anéantie... Mon Dieu! Gaspard... pour l'amour du ciel... Tobie... calmez-les, faites la paix... »

Tobie la regardait, impassible sur le seuil de la porte ; le médecin sortit en s'arrachant les cheveux ; sa femme éperdue se précipita dans les bras du pharmacien qui cherchait en vain à la calmer...

J'allais éclater de rire, me dit Tobie en me racontant la scène, quand la cuisinière attirée par le bruit entra dans la salle à manger juste à point pour recevoir dans ses bras sa maîtresse évanouie. Nous avons profité de l'occasion pour entrer dans le cabinet du docteur... Il nous attendait dans l'attitude d'un homme déterminé... à ménager sa peau. Il voulut d'abord se montrer prêt à tout en disant :

« Puisqu'on exige absolument que je tue un homme, eh bien, je le tuerai !...

— Un de plus... un de moins, ce n'est pas une affaire ! » riposta Tobie.

Le malheureux docteur, exaspéré par ce nouveau trait, foudroyait l'organiste de ses regards furibonds... Il essaya cependant un nouveau subterfuge.

« Et que ferait ce jeune homme, s'écria-t-il, si je refusais de me prêter à ses caprices... qui l'exposent à commettre un délit , et à être mis en prison pour homicide !...

— Ce qu'il ferait ? conclut Tobie, il vous donnerait tout simplement un soufflet en public !... »

Le docteur fit un bond, se rua avec colère sur Tobie, et voulut le mettre à la porte.

« Insolent !... provocateur !.. hurlait-il ; c'est vous, avec votre langue de vipère, qui mettez tout le pays en feu... c'est vous avec vos médisances... avec vos calomnies, qui répandez votre venin sur les familles tranquilles, qui attisez les haines, qui exagérez les offenses... qui inventez mille mensonges pour susciter la discorde et exciter à la vengeance. Vous êtes la peste du pays !... »

A ces mots Tobie, tremblant de colère, ne put se contenir plus longtemps ; il lança au loin le chapeau à cylindre qu'il faisait tourner dans ses mains avec une agitation fébrile, retroussa ses manches en un clin d'œil, leva les poings en l'air et s'élança sur le médecin.

Celui-ci se réfugia au plus vite derrière une table; le pharmacien prit Tobie par les épaules pour l'arrêter, et dans l'ardeur de la lutte, les chaises, les livres, l'encrier et tout le mobilier de la chambre furent renversés pêle-mêle. Ce fut un vacarme indescriptible pendant quelques minutes. D'après ce que j'appris depuis, Uguccione de Fagiola était devenu une hyène, Lucchino Visconti un serpent à sonnettes, et Ugolino Gonzaga se trouvait transformé en dompteur de bêtes féroces, dont la cage était figurée par le cabinet du docteur. L'organiste voulait battre la mesure sur la tête du médecin, qui, par contre, essayait de pratiquer sur son adversaire une saignée que l'autre trouvait superflue. Le pharmacien, privé de tout moyen thérapeutique pour faire cesser cette lutte homérique, avait judicieusement imaginé, à défaut d'autre remède pratique, de les frapper tous les deux, et il distribuait avec une rare impartialité des coups de poing à droite et à gauche pour séparer les combattants.

Il lui fallut du temps et de la fatigue pour atteindre son but, et certainement la musique de l'avenir est moins assourdissante que celle de l'organiste ; la médecine antiphlogistique est anodine, à coup sûr, en comparaison de celle que voulait appliquer le médecin sur son adversaire.

« Égorgez-vous, au nom du ciel!... mais en gens comme il faut, criait le pharmacien ; il n'est pas permis de se briser la tête à coups de poing ; les convenances exigent que les honnêtes gens se battent à armes courtoises. Cessez donc ces soufflets et ces coups de poing pour vous servir d'armes plus nobles! » Tobie brandissait un dictionnaire pour le lancer à la tête du docteur... « Arrêtez, hurlait à perdre haleine Ugolino Gonzaga, en empoignant le bras levé de l'assaillant... respectez cette maison, respectez l'hospitalité, écoutez-moi, tuez-vous en règle, en temps et lieu convenables... » Enfin, après des efforts inouïs, il parvint à calmer ces forcenés et à les séparer.

Réfugiés aux deux extrémités de la chambre, ils se regardaient comme deux chiens en colère, quand Gaspard, au milieu, étendit vers eux ses bras menaçants : « Je comprends, leur dit-il, que toute conciliation soit devenue impossible... mais il faut cesser cette lutte ignoble, il faut que ce débat soit loyalement porté sur le terrain, pour le régler convenablement et honorablement. Alors d'un commun accord seront fixées les conditions du duel et le choix des armes. Tobie trouvera un autre témoin pour le maître, Gaspard un second pour le médecin. Après le premier duel on pourra voir s'il y aura matière à un second entre le médecin et Tobie ; à présent ne nous occupons que de la première rencontre. L'heure ?... demain matin au lever du soleil. Le lieu ?... le Pré des Chênes, derrière le cimetière. Les pistolets ordinaires, à quinze pas de distance, avec le droit de tirer à volonté et

de s'avancer pour décharger les armes, même à brûle-
pourpoint. »

Le docteur ayant accepté toutes les conditions, les deux
témoins vinrent me rendre compte de la conclusion de
l'affaire, en me racontant exactement les plus minutieuses
particularités de cet épisode tragi-comique, qui s'était terminé de part et d'autre par quelques horions, précur-
seurs des combats à venir!...

J'écoutai avec amertume le récit de ces scènes vulgaires, de cette bataille de rustres qui servait de prélude
à la lutte et enlevait ainsi au duel son caractère chevaleresque, seule condition qui puisse le rendre acceptable.
Mais que faire?.. Il ne m'appartenait pas de décider combien ces coutumes grossières du village avaient fait de
tort à cette malheureuse affaire, en la rendant ridicule.
Je ne pouvais que déplorer le sort qui me condamnait à
subir une loi absurde en elle-même, devenue burlesque
par les circonstances. Mais il ne m'était pas possible de
me retirer sans faire retomber sur moi seul les torts d'autrui. J'acceptai donc toutes les conditions sans commen-
taires, et j'approuvai la résolution prise par les témoins
d'en choisir deux autres pour se compléter.

La nuit était déjà avancée quand ils me quittèrent; il
me restait peu de temps pour atteindre le moment du
rendez-vous sur le terrain.

Je me jetai tout habillé sur mon lit, en pensant à ce
qui m'était arrivé, et j'avoue en toute franchise avoir
passé une mauvaise nuit. Le mariage de la comtesse Savina était la cause de tous mes malheurs. Elle avait
éteint les illusions de ma jeunesse, avait excité ma colère,
m'avait enlevé mon bon sens, et peut-être allait m'ôter la
vie!... Qu'étais-je venu faire en ce monde?... Aimer une
jeune fille, à vingt mètres de distance, pour la fuir ensuite sans motif, et me la voir ravir injustement... et
puis mourir de la main d'un médecin!... je trouvai cette
conclusion assez naturelle, et elle n'avait rien qui me
surprît. Mais les prémisses me paraissaient incomplètes,
évidemment il manquait quelque chose... Ah! si au moins
j'avais obtenu ce baiser, ce baiser et mourir... La vie ne
m'aurait pas paru si incomplète.

En faisant mon examen de conscience comme un mori-
bond, je fis d'abord cette réflexion que j'aurais pu mieux
employer mon temps, et que, si je n'avais commencé à
vivre de chimères, peut-être ne risquerais-je pas aujour-
d'hui de mourir pour une imprudence. Puis descendant
encore plus profondément dans mon cœur, j'y découvris
des mystères... je comprenais que la jeunesse, l'amour de
la vie, en dépit des désillusions et des douleurs, me tenaient encore attaché à la terre. La vie m'apparaissait
sous un nouvel aspect au moment où j'allais la perdre ; je
ne la regardais plus comme assez affreuse pour la quitter sans regrets. Était-ce lâcheté ?... Avais-je peur ?... je
l'ignore ; mais, en fouillant au plus profond de mon cœur,
j'y trouvais ce qu'il y a de plus vil, j'y trouvais de la
fange ! hélas ! oui, de la fange ! un désir coupable qui sur-
nageait dans les bas-fonds !... « La comtesse Savina n'est
pas morte, pensais-je ; tant qu'elle vivra je n'ai pas perdu
tout espoir de la revoir... en la revoyant... et elle aussi...
peut-être... qui sait !... » Qui peut prévoir les hasards de
la vie ?... Ainsi un atome d'espérance agitait encore mon
cœur : un espoir coupable, l'espoir d'un baiser !... Voilà la
fange ! Ce désir était presque imperceptible, comme l'in-
fusoire, mais il était vivant !

L'approche de la mort me faisait l'effet d'une loupe et
grossissait les objets sous mon regard... l'espérance prenait un corps, s'agitait, devenait visible ! la fange fermen-
tait, comme la vase des marais, et me donnait la fièvre !

La nature humaine est ainsi faite, et je n'en suis pas
cause !

La mort seule détruit tout espoir d'amour ; encore est-
ce bien certain ?

L'amour appartient à la tribu des anthropophages qui
se mangent entre eux. La mort refroidit, mais ne détruit
pas l'anthropophage ; la destruction n'a lieu que quand
l'anthropophage vivant dévore l'anthropophage mort ;
alors seulement il ne reste plus rien... tout est fini.

J'en étais là de mes réflexions sur les anthropophages,
lorsque la lumière du jour naissant vint me rappeler à
la dure réalité. J'ouvris la fenêtre ; l'air embaumé du
matin entra dans ma chambre ; la nature se réveillait

de sa léthargie et envoyait un sourire au ciel bleu. La fauvette chantait sur l'aubépine en fleurs, les feuilles nouvelles des arbres, à peine épanouies, se courbaient sous la brise matinale et brillaient au soleil. La vie me semblait belle... et il fallait se préparer à la quitter, à son printemps...

J'envoyai une pensée affectueuse à mon oncle le chanoine, et une autre non moins tendre à Bitto. Pourquoi cacher la vérité? J'ai fait des sottises, mais je ne suis pas un hypocrite, je dis toujours ce que je ressens. Je ne rougis pas d'avoir aimé un chanoine... ni un chien. Tous deux m'ont donné des preuves d'affection, et j'éprouve une égale reconnaissance pour tous ceux qui me font du bien. Si quelqu'un prétend qu'on doit faire une distinction entre les hommes et les animaux, qu'il me prouve que les premiers l'ont toujours emporté sur les seconds. En attendant, moi qui ai trouvé maintes fois la bête supérieure à l'homme, je les mets ensemble, et ne crois faire tort à personne.

Décidé à mourir d'une façon honorable, je fis mes adieux à la vie, et ne pensai plus qu'à la quitter avec toute la dignité convenable.

Je m'habillai comme pour une fête, et je me dirigeai tranquillement au lieu du rendez-vous. Je vis bientôt après arriver Tobie en compagnie de M. Nicolas Bruni, suivis à quelque distance par le pharmacien et son élève. La présence de M. Nicolas me surprit quelque peu; ce n'était pas à mes yeux l'homme qu'il fallait dans de pareilles circonstances; mais l'imprévu n'est qu'une hallucination du cerveau, parce que tout ce qui arrive doit naturellement arriver.

M. Nicolas me donna une poignée de main, en me disant d'un ton bref, qu'il était mon second témoin.

« Voyant la chose inévitable, me dit-il, bien qu'avec un profond regret, je n'ai pas voulu vous refuser mon assistance en ce moment... »

Je le remerciai cordialement de sa bonté, et exprimai à Tobie ma satisfaction du choix qu'il avait fait.

Pour compléter la mise en scène, il ne manquait plus que le tyran...

« Il est capable de ne pas venir, dit Uguccione de Fagiola.

— Vous serez toujours une mauvaise langue, repartit le pharmacien, en montrant du doigt un bouquet d'arbres derrière lequel apparaissait le docteur.

— Pardon du retard, dit le tyran à son arrivée...; mais les affections de famille ont aussi leurs droits... j'ai dû tromper ma femme. »

Tobie haussa les épaules, un sourire imperceptible effleura les lèvres du pharmacien pendant que le docteur continuait :

« J'ai dû lui persuader que le différend s'était aplani amicalement, et que M Daniel ne m'avait pas refusé sa main... » Ce disant, il me tendit la main droite dans une attitude aussi humble que suppliante.

En ce moment, oubliant tout autre sentiment, je ne vis plus que le tyran de ma tragédie, devenu ridicule par cette démarche; j'en fus dépité, et pirouettant sur mes talons, je lui tournai le dos.

« Allons, en garde! » dit Uguccione.

Les témoins mesurèrent la distance, chargèrent les pistolets, nous les tendirent ensuite, et chacun se mit en garde. En cet instant, craignant d'avoir peur, je ne pensai plus à rien. Je regardai le docteur bien en face; il avait les cheveux hérissés et il était pâle comme la mort. Sa tête était plus que d'habitude étayée par son faux-col, sa bouche était contractée par un horrible rictus. Il se tenait immobile, le pistolet tendu. Je marchai lentement vers lui, et, arrivé environ à la moitié de l'espace qui nous séparait, je m'arrêtai pour viser. Nous n'étions plus qu'à six pas. Sentant le péril imminent, il se décida à tirer le premier, éleva le pistolet à hauteur de ma poitrine, et pressa la détente. Je ne fus pas atteint, et, sans bouger, je continuai à l'observer; il était devenu vert. Je m'avançai lentement, lentement, la main ferme et le premier doigt sur la détente; à chaque pas que je faisais, ses traits s'altéraient, son visage devenait noir et j'avançais toujours. Il était livide, lorsque je lui mis la bouche du pistolet sur le cœur. Il ferma les yeux, leva la tête, et laissa tomber les bras comme un homme qui va s'évanouir.

« Monsieur le docteur, lui dis-je d'un ton calme et froid, si je n'étais pas fou, je vous tuerais ; mais je suis fou, et je vous donne la vie ; apprenez à respecter les fous et ne cherchez plus à les guérir. » En prononçant ces mots, je jetai le pistolet sur l'herbe et lui tendis la main. Il la serra fortement dans la sienne qui était glacée, et allait proférer quelques paroles, quand Uguccione, qui avait ramassé le pistolet chargé, s'écria :

« Maintenant, à mon tour ! Moi aussi j'ai été offensé par le docteur, et j'exige qu'il me fasse des excuses… ou qu'il s'apprête à mourir… »

Le tyran, les sourcils froncés, balbutiait des paroles inintelligibles. Ses mains étaient agitées de contractions nerveuses, il était prêt à sauter à la gorge d'Uguccione, mais le pharmacien intervint et s'écria :

« Finissons-en… En voilà assez !…

— Non, répondit l'obstiné, il est trop orgueilleux, je veux le corriger. Docteur, je représente ici tous les cadavres que vous avez envoyés au diable avant l'heure. Je représente la conspiration de l'enfer contre l'homicide ; recommandez votre âme à Dieu… vous allez mourir. »

Sur ces mots il le visa à moins de quatre pas et pressa la détente. Je crus que l'organiste avait perdu subitement la tête ; je m'élançai pour détourner son bras, mais trop tard, le coup était parti, et quand la fumée me permit de voir le docteur, il chancelait… les mains appuyées sur la poitrine comme un homme qui se sent grièvement blessé, il criait d'une voix éteinte et entrecoupée :

« Je suis as… sas… si… né ! »

Tobie riait à se démonter les mâchoires.

« C'est une vilaine plaisanterie, dit M. Nicolas, il n'est pas assassiné.

— Mais je suis blessé !… soupira le médecin d'une voix lamentable.

— Par la bourre seulement, répliqua M. Nicolas… les pistolets n'étaient chargés qu'à poudre. »

Je levai la tête, indigné, en entendant ces mots ; j'allais protester contre cette supercherie, mais M. Nicolas appuya sa main sur mon épaule et me força à me taire.

« Jeune homme, me dit-il, en voilà assez. Aucun de

nous ne serait venu ici pour assister à un meurtre. Si
vous avez perdu la tête, j'ai conservé la mienne. Les
bavardages n'ont pas d'importance, mais la vie est chose
sérieuse, et on n'a pas le droit de la risquer pour si peu.
Nous nous devons tous à la famille, et au pays. Le droit
de mourir honnêtement s'acquiert par le travail, par
l'emploi de ses facultés pour le bien commun ; mais
mourir en fanfaron est une légèreté coupable, tuer son
semblable est un crime. Dans toute querelle il y a des
torts réciproques, il faut les reconnaître avec impartialité et les réparer honorablement. Dans le cas présent,
le maître a offensé le docteur avec ses paradoxes habituels,
le docteur a offensé le maître en l'accusant de lâcheté, ils
ont eu tort tous les deux... Le médecin fait son devoir en
soignant les malades et le maître est incapable d'une
lâcheté.

« La maladresse des témoins a envenimé les offenses, il
n'était plus possible de calmer les adversaires, il fallait
une satisfaction, mais la moins meurtrière possible. Nous
ne pouvions aller jusqu'à permettre un assassinat. Il
fallait seulement sauver l'honneur et la vie des deux
rivaux. J'ai accepté d'être témoin à cette condition, et les
autres témoins se sont rangés avec empressement à mon
avis. Gaspard le premier a employé toute son influence
sur Tobie pour le convaincre de la nécessité de ne pas
commettre de délit, de ne pas verser le sang, d'épargner
des larmes aux familles, et enfin de ne pas donner aux
tribunaux un motif pour entamer une procédure qui viendrait troubler la paix de notre tranquille village.

« Tobie est un peu mordant quelquefois, c'est une tête
chaude ; mais il a bon cœur et il ne s'est pas trop fait
prier pour imposer silence à sa rancune et se ranger à
notre avis. D'ailleurs, comme les deux partis ignoraient
entièrement notre plan, il en résulte que le duel a été
loyal et s'est passé d'une façon satisfaisante pour les combattants les plus pointilleux. Les champions n'ont certainement pas passé une bonne nuit, ni l'un ni l'autre ;
je dis ceci sans vouloir offenser leur honneur, puisque
sur le terrain ils se sont montrés courageux et décidés.
En résumé, c'est une bonne leçon, et il y a eu un moment

terrible... N'en parlons plus, l'honneur est entièrement satisfait... Serrez-vous tous la main : de même que vous avez été adversaires loyaux, soyez maintenant amis fidèles ; quant à nous, en préservant vos deux existences, nous avons été utiles à la société, et nous avons fait notre devoir. » Nous nous serrâmes tous la main et la paix fut faite.

Cependant un doute me restait dans l'esprit, à savoir si cette mystification était digne d'approbation ou de blâme, et si les arguments les plus sérieux contre le duel autorisaient une pareille supercherie. Je croyais que non. Empêcher un duel est une très-bonne pensée, mais le rendre illusoire me paraissait peu honorable. La nature des circonstances pouvait seule justifier la conduite de nos témoins. Les choses étaient venues à un tel point qu'une preuve de courage était devenue indispensable pour laver notre honneur de tout soupçon offensant. Ils ont donc eu raison de nous mettre à l'épreuve et en même temps d'éloigner de nous tout danger.

Pendant que ces réflexions me trottaient par la tête, nous entendîmes les cloches du village annoncer un enterrement. En effet, peu après entrait au cimetière le mort porté par les fossoyeurs, suivi des amis et des parents qui l'accompagnaient, en pleurant, à sa dernière demeure.

Le drap noir qui couvrait la bière, les prières des prêtres, la fosse ouverte qui attendait le cadavre, me firent frissonner jusqu'à la moelle des os, et cette scène fut l'argument final qui me convainquit de la coupable absurdité du duel. En effet le duel n'aplanit aucun différend ; il tue cruellement, à la légère, injustement ; il est aveugle. Un seul mot, un malentendu, un incident dû au hasard suffit pour condamner un homme à perdre la vie, pendant que les philosophes et les jurisconsultes les plus distingués accumulent arguments sur arguments pour prouver la nécessité d'abolir la peine de mort, même pour les assassins !... Nous fîmes halte d'un commun accord devant cette fosse pour assister, le chapeau à la main, à la lugubre cérémonie, et avec la pensée que le lendemain l'un de nous aurait pu subir le même sort, sans y être appelé par la nature, mais pour un funeste préjugé, qui continue à moissonner ses victimes en pleine civilisation.

---

## XI

La triste cérémonie terminée, M. Nicolas nous annonça que les dames nous attendaient à dîner, pour cimenter la conclusion de la paix en vidant quelques bouteilles de Sassella. Don Vincent Lizerio fut invité à nous suivre; chemin faisant, on lui raconta le motif de notre réunion, qu'il apprit avec les marques de la plus grande stupéfaction; aussi il nous accabla d'un déluge de questions jusqu'à notre arrivée au village. Pour rendre hommage à la vérité, je dois ajouter qu'il nous adressa de sincères félicitations sur le dénoûment pacifique de la querelle.

L'assemblée réunissait les principaux personnages de ma tragédie; je me comparais intérieurement à un impresario dans l'exercice de ses fonctions, conduisant sa troupe sur la scène. Par le fait nous allions assister à une comédie et à une farce chez M. Bruni. Nous étions à peine rentrés que la représentation commença.

Isabelle Fieschi, qui attendait avec inquiétude le retour de son mari, pour lui témoigner sa joie de le revoir sain et sauf, se précipita dans ses bras, en prenant une attitude digne de figurer dans un tableau de genre.

Ugolino Gonzaga, trouvant cet enthousiasme exagéré, se mordait les lèvres comme s'il se repentait d'avoir contribué à sauver la vie du tyran. Uguccione, à qui rien n'échappait, me montrait d'un regard oblique et avec un sourire sardonique ce mari satisfait, cette femme affectueuse, et cet ami mécontent : sans oublier d'attirer en même temps mon attention sur la physionomie pleine de béatitude de l'archevêque Jean, qui prenait texte de ces embrassades pour admirer la sainteté des liens du mariage.

Francesco Pusterla conspirait comme d'habitude, en
préparant une série de bouteilles, destinées, comme la
machine infernale de Fieschi, à faire sauter en l'air ou à
coucher sous la table toute la société.

Uguccione de Fagiola, à l'aspect de ces préparatifs,
devenait plus aimable, et montrait un visage souriant où
la satisfaction la plus complète apparaissait sans voiles.
Pour se donner un maintien convenable, il essayait,
avec son avant-bras adroitement manœuvré, de donner
un peu de brillant à son interminable chapeau à cylindre,
qui, ayant pris depuis longtemps le caractère rugueux
de la tête qu'il protégeait contre les intempéries, se montrait rebelle à tout embellissement et tenait à conserver
ses poils hérissés en pointes de porc-épic. Le tyran avait
repris l'aspect rempli de dignité de l'homme important;
Mme Pasquetta, rassurée sur la vie de son mari, craignait d'avoir outrepassé les limites de l'enthousiasme, et
s'occupait de reconquérir le terrain perdu en faisant
converger un faisceau de tendres regards sur Ugolino
Gonzaga, qui, les trouvant irrésistibles, oubliait sa jalousie illégitime, pour répondre consciencieusement à
ces nouvelles avances.

En fait, tout paraissait rentrer dans l'ordre... ou le
désordre habituel, lorsqu'un tapage imprévu provenant
de la cuisine nous annonça un nouvel incident. La
comédie finie, la farce commençait. Attirés par le vacarme,
nous nous précipitâmes tous à la cuisine et nous vîmes
une fenêtre brisée, une dame-jeanne renversée, un lac de
vin sur le carreau, Menica s'arrachant les cheveux,
Martino en fuite pour se soustraire à la fureur de son
maître. Qu'était-il donc arrivé ? Bien peu de chose pour
produire ces terribles effets, exactement comme dans
beaucoup de duels. Chaque moment qui passait apportait son enseignement. Voici le fait : Un rat était entré
dans la cuisine, Menica avait appelé Martino au secours, celui-ci s'était armé d'un bâton, et tout rempli
d'ardeur contre l'ennemi, avait lancé, dans un moulinet
superbe, un coup décisif qui avait renversé la dame-
jeanne, en la brisant en mille morceaux; puis il était
tombé sur la fenêtre et avait cassé quatre carreaux,

ouvrant ainsi une large brèche, par laquelle le rat épouvanté, mais sain et sauf, avait battu en retraite. Tout le monde de courir : nous sur le théâtre de l'événement, le vin dans la cuisine, le rat à travers champs, Martino dans la cour, M. Nicolas à la poursuite de Martino, Menica après M. Nicolas, qu'elle rejoignit juste à temps pour sauver le domestique d'un coup de bâton, que le rat aurait plus justement mérité.

« Calmez-vous, cria Ugolino Gonzaga, il vaut mieux répandre du vin que du sang !

— Ce n'est pas mon avis, dit Uguccione, et cette fois je suis d'accord avec le médecin...

— Que voulez-vous dire? demanda le docteur, vexé de se trouver d'accord en quelque chose avec un individu qui lui était antipathique.

— Je veux dire que vous, avec vos saignées, répandez plus de sang que de vin, et vous avez raison, parce qu'un excès de sang peut enlever la vie, tandis qu'un excès de vin ne peut que rendre gai, ou tout au plus procurer quelques heures d'un sommeil tranquille. Il vaut mieux par conséquent répandre le sang... et réserver le vin, pour le boire en bonne compagnie. Quant à moi, j'aurais préféré que Martino eût cassé la tête au rat et sauvé la dame-jeanne. Si vous êtes d'un autre avis, les opinions sont libres... les animaux ont aussi le droit de se défendre... » Et s'approchant de moi, il me dit à demi-voix en regardant le docteur : « Les animaux aussi ont le droit de se défendre réciproquement. »

Le docteur ne lui répondit pas, mais lui lança un regard furibond qui signifiait :

« Langue de vipère, si je pouvais te saigner, je te tirerais jusqu'à la dernière goutte ! »

M. Nicolas, sa colère passée, revint tranquillement à la cuisine et reprocha à Menica d'avoir appelé Martino pour tuer le rat.

« C'est un imbécile, dit-il, capable de démolir une maison pour tuer une mouche. » Le docteur ajouta d'un ton sentencieux :

— Pour nous défaire des ennemis intérieurs, nous ne devons jamais compter sur l'intervention des étrangers.

— Qu'en dit Tobie ?... » demanda M. Nicolas à l'organiste. Celui-ci répliqua aussitôt :

« Je pense toujours le contraire de ce que pensent les médecins... et je m'en trouve très-bien.

— Mauvaise langue! » dit M. Nicolas en riant. Le médecin feignit de rire aussi pour se donner un air dégagé, mais sa physionomie trahissait sa mauvaise humeur. On aurait dit un homme qui mâche du fiel et veut faire croire qu'il lui trouve le goût du sucre.

Pour attendre l'heure du dîner, on se mit à jouer aux cartes sur deux tables; le docteur et le curé en face du pharmacien et de l'organiste, Mme Pasquetta et M. Nicolas vis-à-vis de Mme Giovanna et de l'élève en pharmacie qui avait servi de second témoin au docteur.

J'accompagnai Agathe à la recherche du fugitif, pour lui annoncer l'amnistie qu'elle avait obtenue de son père.

Désirant savoir comment s'étaient passés les préliminaires relatifs au duel, je lui demandai quelques renseignements et elle me dit simplement :

« Après le départ des témoins de chez le docteur, Mme Pasquetta est accourue à la maison dans un état d'exaspération incroyable.

— Vite... vite par pitié... Appelez M. Nicolas... qu'il nous sauve tous... Ils veulent tuer mon mari.... mon mari veut tuer Daniel et Tobie! Demain aura lieu un massacre qui fera frémir d'horreur tout le pays.

« Pendant qu'elle racontait la bataille épouvantable du soir et le défi pour le lendemain, arrivèrent les témoins qui me demandèrent si mon père était visible, pour tenir conseil avec lui sur la conduite à suivre. Mme Pasquetta fut congédiée, avec la promesse formelle que tout s'arrangerait, recommandation lui étant faite toutefois d'éviter de nouveaux scandales avant qu'une décision fût prise, de garder tranquillement son mari jusqu'au lendemain, et de se fier entièrement aux témoins.

« La conférence des témoins se prolongea bien avant dans la nuit et n'avait pu aboutir à une solution satisfaisante, quand on me pria de donner mon avis.

« Empêcher le duel, dis-je, me paraît impossible; les

laisser se tuer est encore pire, pourquoi ne donneriez-vous pas aux combattants deux pistolets chargés seulement à poudre ; il n'en sauront rien, et éprouveront toutes les angoisses du duel, sans en subir les terribles conséquences. » Après une longue discussion, la proposition fut acceptée ; on jura solennellement de conserver le secret jusqu'à l'issue de l'affaire... Ce programme a été exécuté à la lettre.

— De sorte, dis-je, que vous avez inventé un nouveau genre de duel ; mais ce système est bon pour une fois.

— Il me suffisait de sauver la vie et l'honneur de deux personnes ; le reste m'importait peu.

— Et comment avez-vous eu cette idée singulière ?

— Ce fut une inspiration, l'inspiration d'une âme sainte qui veille sur vous du haut des cieux. Pendant que mon père discutait avec Gaspard et Tobie et cherchait à leur persuader d'éviter un malheur, je sentais sur mon sein la médaille de votre mère, qui m'adressait une prière en votre faveur... Je crus qu'elle me disait : « Sauvez l'honneur et la vie de mon fils. » Toujours est-il que mon projet me fut suggéré par cette puissance souveraine d'une mère. »

Elle prit ensuite la médaille et me la présenta en disant :

« Donnez-lui un baiser, et une autre fois, soyez plus sage. »

Je baisai la médaille avec émotion, elle la remit sur sa poitrine, et nous marchâmes longtemps en silence. Ma gorge contractée m'empêchait de proférer une parole.

A midi précis, Bitto arriva, comme d'habitude, pour annoncer l'heure du dîner.

La réunion autour de cette table hospitalière fut joyeuse et pleine d'entrain. Le vin excellent servi à profusion nous fit oublier celui qui avait été versé par le malheureux Martino. Ainsi va le monde : les plaisirs des sens nous font oublier les souffrances morales.

A la fin du dîner, on appela Martino, pour entendre de sa bouche le récit de sa lutte avec le rat ; mais, à l'endroit le plus intéressant, il y mit une animation telle, que, dans la crainte de voir se renouveler la catastrophe, nous dûmes en remettre la suite à un autre jour... comme il arrive pour les feuilletons des journaux.

« Assez de dangers ! m'écriai-je, il ne faut pas trop défier le sort. Aujourd'hui il devait y avoir des blessés et des morts, et tout le monde est sain et sauf... hommes et bêtes.

— Moins la dame-jeanne, » ajouta piteusement Uguccione qui avait encore soif, quoiqu'il eût bu copieusement.

Bientôt la conversation devint générale, et tout le monde parla à la fois. Agathe, qui était assise à côté de moi, en profita pour me dire à l'oreille :

« Les hommes ont été sauvés, sans s'en douter ;... la bête, au contraire, a dû son salut à sa seule intelligence, en se dérobant adroitement au danger et en profitant du moment opportun pour fuir par la seule issue possible, sans négliger d'esquiver les coups maladroits d'un imbécile.

— L'homme, répliquai-je, ne se fait pas gloire d'éviter les dangers par la fuite, il préfère au contraire sauver son honneur au risque de sa vie.

— Mais si les bêtes n'éprouvent pas le besoin de demander réparation, c'est parce qu'entre elles il n'est pas d'usage d'insulter son semblable. Elles vivent en meilleur accord que les hommes; elles ont le courage de se défendre contre leurs ennemis, mais ne s'exposent pas légèrement à des périls inutiles.

— Parce qu'elles ne peuvent compter sur l'intervention de la femme, ajoutai-je, qui joue le rôle de la Providence et trouve souvent le moyen d'arranger avec le cœur ce que l'homme gâte avec la tête!... » Elle baissa les yeux et se tut.

Le soir, en nous séparant, nous étions tous réconciliés... au moins en apparence.

## XII

Un sommeil réparateur me fit oublier toutes les secousses morales de cette journée. Le sommeil est cet
espace vide qui sépare les strophes du poëme de la vie.
Le chant finit le même jour qu'une période grave de
notre existence. Le lendemain du duel, j'entonnai donc
un autre chant avec sa nouvelle série de strophes, c'est-
à-dire que je recommençai la vie, avec ses notes gaies et
tristes, avec ses rimes obligées et monotones, avec la
mesure inflexible de la prosodie, positive comme la brutale régularité du vers.

Les notes gaies me venaient de la nature en fleurs, qui
consolait mes yeux avec les sourires du printemps; les
notes tristes étaient l'écho du premier amour perdu, des
espérances trompées, des doux songes évanouis; je trouvais la monotonie à l'école où un troupeau d'idiots apprenait à lire pour connaître aussi les malheurs passés, à
écrire pour offenser la grammaire, à faire des calculs
pour tromper le prochain. Le côté positif de la vie m'était
représenté par quatre sacs de farine qui pesaient sur mes
épaules, comme sur l'âne du meunier!... Bitto, qui n'avait
aucune de ces préoccupations, ronflait tranquillement à
mes pieds, attendant l'heure du dîner, et ne le trouvait
pas amer, bien qu'il allât le chercher chez autrui.

J'avais le temps de penser à l'amour trompé, l'école marchait toute seule; mais il fallait songer à payer la farine.

Je me décidai à faire exécuter la coupe d'un petit bois,
qu'il eût été plus convenable de retarder de quelques
années; mais quand on a un besoin absolu d'argent, et
qu'on peut le trouver dans un bois sans assassiner un
chrétien, on assassine le bois, et on laisse déblatérer les
journalistes qui déplorent le déboisement des montagnes,
parce qu'ils n'ont pas de bois à couper..... ce qui ne les

empêche pas de faire de fortes entailles à la réputation d'autrui, comme si elle avait moins de valeur qu'une montagne.

Le bois vendu et l'argent en poche, je partis pour régler mon compte avec le meunier.

Le moulin est situé dans un endroit pittoresque, au pied d'une montagne couverte de sapins, et sur les bords escarpés d'un torrent qu'alimente une cascade.

Le bruit monotone et régulier des roues qui frappent l'eau et le tictac du moulin se confondent avec le sourd fracas de la cascade, avec le murmure éclatant des eaux qui se brisent en écumant sur les rochers et serpentent capricieusement entre les pierres et les graviers du torrent. Ces bruits divers forment un accompagnement grave et solennel au chant mélodieux des oiseaux perchés sur les arbres voisins, et au craquement des ais de fer qui tournent sur leurs pivots rouillés. Ceci est pour l'oreille.

Pour les yeux, c'est un luxe de couleurs à en rester ébloui. Depuis le frêle arbuste qui s'agite au souffle du vent sur les bords du torrent, jusqu'à l'arbre gigantesque à la cime frappée de la foudre, qui étend son ombre séculaire dans les crevasses des roches couvertes de ses racines entrelacées; depuis la mousse qui tapisse de velours les pilotis pourris du moulin, jusqu'à la couleuvrée vagabonde qui se traîne en rampant sur les plantes voisines et retombe en festons; depuis le lierre qui couvre d'un inextricable rideau de verdure les vieux murs en ruines, jusqu'aux sombres ramifications des sapins qui masquent les précipices, on peut compter toutes les nuances du vert, et ses gradations successives du jaune brun au jaune d'or, du bleu le plus foncé au bleu céleste. La blancheur de l'écume du torrent éclairé par le soleil, la transparence limpide des eaux dans leur lit de cailloux, les rochers nus aux couleurs cendrées, forment un frappant contraste avec les teintes sombres des coteaux boisés d'alentour, avec les ombres épaisses qui enveloppent, dans une obscurité uniforme, l'eau, la terre et les pierres, avec le feuillage touffu des arbres qui encadre la maison d'une luxuriante chevelure comme pour la dérober à la vue.

Le spectacle était magnifique, mais le personnage que j'allais voir m'était antipathique comme un créancier trop pressé, comme un croquemitaine qui avait dévoré mon bois. Mais quelle fut ma surprise lorsque, en approchant du moulin, je vis apparaître sur la porte la plus belle tête de femme qu'ait jamais pu rêver un peintre à la recherche d'un modèle dans la campagne de Rome! C'était un de ces beaux types de la Sabine, qu'on voit souvent aux expositions de peinture sous le délicieux costume des Romaines. Cheveux noirs, teint d'un brun mat, de grands yeux vifs ombragés de longs sourcils, le buste vigoureux, deux bras bien arrondis aux extrémités desquels étaient attachées deux mains mignonnes, une physionomie avenante, voilà le portrait de la meunière. Une fleur de géranium rouge, placée avec coquetterie dans ses cheveux, se mariait à ravir avec des pendants d'oreilles, et un collier de corail qui entourait son cou. Une légère couche de farine couvrait cette délicieuse apparition, et donnait à son visage le velouté d'une pêche non encore cueillie. Il est certain que c'est la vue d'une belle meunière qui a inspiré la mode de la poudre sur les cheveux et sur la peau. On aurait dit qu'une divinité propice voulait me dédommager, et au-delà, de la pâle brunette de Milan, en plaçant devant mes yeux cette brune caractérisée, et poudrée par-dessus le marché. Je souris de cette bizarrerie du sort, et si je m'étais contenté de l'admirer de loin comme la première, il n'y aurait rien eu de bien répréhensible; mais une idée infernale me traversa l'esprit, une tentation du démon!... « Si je me vengeais!... » pensais-je... Ah! l'homme qui a reçu les leçons de l'amour apprend à vivre.... et passé vingt ans, l'amour platonique n'est plus de saison.... « Je n'entends pas, répétais-je intérieurement, je n'entends pas passer ma vie à adorer les femmes à vingt mètres de distance.... pour qu'on se moque ensuite de moi, et qu'on me tourne le dos... » Et, réfléchissant à l'abandon de la comtesse Savina.... à l'offense que m'avait faite le meunier.... je me confirmai dans mon idée diabolique : « Si je me vengeais du même coup des outrages de l'amour... et de la farine!... de la comtesse Savina.... et du meunier!... »

Comme si la comtesse Savina était obligée de m'aimer par force,... et le meunier de me fournir de la farine par amour!... Mais la nature perverse de l'homme lui fait confondre souvent le désir avec le droit, et il bouleverse la société pour mettre en pratique ses aspirations coupables. Le fait est que la vue de la meunière réveillait mes mauvaises inclinations, en excitant en moi une envie féroce de représailles. Ce n'était pas un nouvel amour qui me poussait, c'était l'amour trompé qui me montrait une victime sur laquelle je pouvais exercer ma vengeance. On aurait dit que le hasard voulait offrir un soulagement à mes rancunes. Une brunette m'avait glissé des mains, un mari me tourmentait pour me tirer de l'argent, et voici une brune appétissante.... et peut-être une faible femme... qui pouvait rassasier ma soif de vengeance.

Il fallait faire la conquête de cette meunière comme la plus belle des vengeances possibles!...

Le cœur rempli de ces sentiments peu avouables, j'entrai au moulin.

J'espérais que le meunier serait absent, mais j'avais compté sans mon hôte.

Il était à la cuisine, tenant sur les genoux un marmot auquel il donnait la bouillie.

« Malepeste!... Zaccheo, je vous trouve en plein dans l'exercice de vos fonctions de nourricier... »

Il me regarda en souriant, continua tranquillement son opération et répondit :

« Que voulez-vous! après les fatigues, j'ai bien le droit de me donner quelque plaisir; l'affection de mon bambin et sa joie quand je lui donne la bouillie, voilà mon bonheur le plus grand... Voyez comme il mange avec appétit !

— C'est un vrai Gargantua, un loup-cervier. ...

— Il se porte comme sa mère.... le pauvre petit!... » En même temps il se tournait vers le poupon, et lui disait : « Mange, mange, mon chéri; la fatigue de gagner ton pain m'est plus chère que le repos du millionnaire sans enfants. »

J'interrompis ces considérations paternelles pour dire :

« Zaccheo, je suis venu régler ma dette.

— Vous avez eu tort de vous déranger vous-même pour faire un pareil voyage, il fallait simplement m'envoyer prévenir.

— J'ai fait cette promenade avec un véritable plaisir... Maintenant, voici l'argent.

— Prenez une chaise et asseyez-vous, » répondit-il. Puis il appela : « Justine ! Justine... »

La belle meunière parut sur le seuil, la tête haute, les mains sur les hanches, les coudes en dehors :

« Eh bien !..... quoi de nouveau ?.... » et elle me fit une révérence en m'apercevant.

« C'est M. Daniel Carletti.

— Soyez le bienvenu, monsieur le maître ; comment allez-vous ? me demanda-t-elle comme à une vieille connaissance.

— Très-bien, je vous remercie.

— Tant mieux... la santé est le premier des biens en ce monde... Qui se porte bien est riche... parce que, quand on se porte bien, on travaille.... et on mange.... » ajouta-t-elle en regardant avec complaisance son marmot qui ouvrait la bouche toute grande en agitant joyeusement les bras et les jambes, pendant que Zaccheo prenait la soupe avec une cuiller de bois, soufflait dessus, l'approchait de ses lèvres pour sentir si elle était brûlante, et la poussait ensuite lentement avec le doigt dans le gosier de son fils.

« Justine, dit le meunier, fais le compte du maître, qui s'est dérangé pour venir nous payer.....

— Comment? fit-elle avec surprise, vous êtes venu dans ces lieux sauvages pour une pareille babiole?.... le chemin est si mauvais et si fatigant !

— Je ne m'en suis pas aperçu, repris-je. Le pays me plaît beaucoup ; j'ai suivi une route charmante, pour arriver dans un éden..... où on voit les plus belles choses du monde ! » Et ce disant, je la regardai avec un sourire significatif..... Elle ne comprit pas et resta indifférente, et même surprise de mon enthousiasme ; aussi répliqua-t-elle en riant :

« Chacun son goût... ces sites affreux plaisent bien rarement... aucun voyageur ne s'arrête au milieu de nos précipices... les bergers seuls les traversent rapidement pour conduire les brebis sur les hauteurs. Ce sont des bois et des montagnes sans habitants..... excepté les meuniers qui ont besoin d'eau pour faire tourner le moulin.

— Pour moi, ce sont des sites délicieux... enchanteurs... j'y passerais volontiers ma vie... » et je lui lançai une œillade assassine... mais en vain! C'est comme si j'avais lancé un œuf sur une pierre! Cette femme était de marbre!... Elle haussa les épaules en riant et dit en matière de conclusion :

« Si vous veniez ici dans la saison des neiges et du froid, vous prendriez bientôt la fuite, épouvanté. »

Il n'y avait pas moyen de la convaincre; pendant ce temps le marmot avait vidé l'écuelle de soupe et pleurait. Zaccheo le prit dans ses bras et le berça doucement en lui disant quelques mots sans suite, mais si tendres qu'ils le calmèrent aussitôt.

Sa femme prit sur un rayon un gros registre enfariné, un vrai dictionnaire de l'académie de la Crusca, parce qu'il contenait tous les comptes du moulin, où s'enregistraient les trésors de la langue : le pain et la polenta qui nourrissent les habitants de la contrée. Elle plaça le volume sur la table, s'assit gravement, et feuilleta les pages pour chercher mon nom parmi les débiteurs en retard. Le mari était debout derrière elle, avec le bambin dans les bras, et je m'assis à ses côtés pendant qu'elle faisait mon compte, ce qui me permit de contempler à mon aise le fin duvet qui ombrageait sa lèvre supérieure, tout en pensant que je lui donnerais volontiers beaucoup plus qu'elle ne me demandait... Je lui remis l'argent, qu'elle empocha tranquillement; elle trempa ensuite une plume d'oie dans un encrier de bois, et inscrivit le paiement avec le plus grand sérieux. Le compte réglé, on se mit à causer et à rire. Je plaisantais Zaccheo sur ses fonctions féminines; il me répondait, en caressant le bambin, que les jeunes gens se moquent de ce qu'ils ne connaissent pas, que dans les affections de famille l'âge et le sexe sont confondus; le père est comme la mère, le grand'père est comme le petit-fils. Il me raconta

que sa femme s'occupait des affaires, et qu'il fallait s'entr'aider pour vivre. Je fus ainsi fixé sur leurs habitudes ; la
femme était l'âme de la maison, et lui le bras ; elle or-
donnait, dirigeait, enregistrait les entrées et les sorties ;
le mari la servait comme un domestique, allait chercher
le grain dans les villages voisins, le jetait dans la trémie
et le rapportait en farine. En somme la femme avait la
haute direction des affaires, le mari et l'âne faisaient le
reste.

Le teint pâle du meunier, rendu plus pâle encore par
l'épaisse couche de farine qui couvrait toute sa personne,
faisait un contraste étrange avec le frais visage de sa
femme, dont la rare beauté était rehaussée par une santé
si florissante, qu'on se demandait en la regardant si sa
robe n'allait pas craquer.

En l'observant avec attention, je persistai de plus en
plus dans mon projet d'en faire la conquête, et pour me
faciliter les opérations du siége, je crus nécessaire de
prendre quelques précautions. J'arrangeai les choses de
façon à rendre les approches de la forteresse facilement
praticables. Je prétendis que je m'occupais de peinture
pendant les heures de liberté que l'école me laissait et je
manifestai l'intention de peindre la cascade ; ce premier
stratagème me réussit à merveille. Elle répliqua que je
n'étais pas le premier qui aurait mis à exécution un
pareil projet, qu'elle avait déjà vu plusieurs fois des artistes assis pendant des journées entières sous un arbre,
occupés à dessiner le paysage. On m'offrit même l'hospitalité, au cas où j'aurais besoin de me reposer, et la
franche cordialité de ces braves gens aurait dû me faire
renoncer à mes intentions criminelles.

Je n'entends pas me justifier d'une action qui maintenant réveille mes remords et me fait rougir de honte ;
mais je crois avoir le droit de réclamer le bénéfice des
circonstances atténuantes. Si la beauté de Phryné la fit
sortir de l'Aréopage blanche de toute accusation, je suis
convaincu qu'à l'aspect de la meunière mes juges ne
seraient pas plus sévères que les sénateurs d'Athènes, et
qu'ils seraient pleins d'indulgence pour le jeune homme
de vingt ans qui aspirait à la conquête de la Phryné du

moulin. Quoi qu'il en soit, quelques jours après la première visite, je poussai quelques reconnaissances aux environs de la forteresse, pour me mettre au courant des
mouvements de l'ennemi, et je réussis à découvrir les
heures exactes des sorties quotidiennes de la garnison.

La garnison ennemie ne se composait naturellement
que du meunier. Caché derrière une roche, je le vis plusieurs fois paraître à la même heure avec son âne, sur
le versant de la colline qui abritait le moulin. Il y a
bien des années de cela, il me semble le voir encore.
L'âne, le sac, le meunier formaient un groupe de cette
demi-teinte uniforme particulière au marbre travaillé par
le ciseau du sculpteur; il se détachait d'une façon pittoresque sur le vert obscur du bois qui servait de fond au
tableau. Il me fut donc facile de m'introduire dans le
moulin au moment favorable, et de lancer quelques fusées
incendiaires pour tâter le terrain. Vaine tentative!... La
menace d'une vigoureuse riposte m'engagea à battre
vivement en retraite et à attendre une meilleure occasion
pour retourner à l'assaut.

Le siége continuait régulièrement, selon toutes les
règles de l'art. Le matin, j'allais dessiner la cascade ;
c'était une feinte nécessaire pour tromper l'ennemi sur
mes mouvements ; en suite je rentrais au bivouac, c'est-
à-dire que je déjeunais au moulin avec les vivres que
j'avais apportés pour nourrir la troupe de siége. A plusieurs reprises, je me procurai quelques morceaux délicats et d'excellent vin... dans l'espoir de la prendre par
la gourmandise, mais ces procédés n'eurent aucun succès.
La meunière acceptait volontiers mes victuailles, les dévorait sans cérémonie, et, avec la même candeur, m'offrait des fruits secs, du poisson frit, et la polenta du
moulin. C'était un échange réciproque de courtoisies
sans conséquence. Je profitais de l'occasion pour tâcher
d'avancer de quelques pas dans les parallèles du sentiment, elle ripostait avec une artillerie qui les boulever-
sait de fond en comble, et rendait infructueuses mes
petites escarmouches.

Fatigué et ennuyé de perdre mon temps sans résultat,
un beau jour j'exécutai un rapide mouvement tournant

sur l'aile gauche pour essayer d'emporter la place par un hardi coup de main. Mais ce stratagème eut une issue malheureuse et surtout dangereuse. J'échappai par miracle à un revers qui m'aurait causé de grandes pertes si je n'avais été aussi habile que le prince Charles d'Autriche dans sa retraite devant les terribles armées du premier Napoléon. J'ai pu sauver ma tête par un coup d'audace extraordinaire ! Mais les difficultés devenaient de plus en plus grandes, la forteresse présentait une résistance insurmontable, et je rentrais souvent dans mes retranchements, blessé dans mon orgueil et quelquefois ailleurs, excité par chaque nouvelle défaite à tenter un nouvel assaut.

Un soir je rentrais d'une attaque, ruminant dans ma pensée quelque ruse de guerre, lorsque j'entendis au loin Bitto japper joyeusement, comme il avait l'habitude de le faire à l'approche d'un ami. En effet, au détour de la montagne, j'aperçus un groupe de personnes qui se dirigeaient de mon côté. Je reconnus bientôt la famille Bruni, et le docteur avec sa femme qui faisaient leur petite promenade du soir.

Quand ils furent près de moi, je les vis échanger des coups d'œil d'intelligence, accompagnés de sourires significatifs.

« Oh !... quelle surprise ! s'écria M. Nicolas; maître Daniel par ici... à cette heure !...

— Il n'y a pas de surprise... répondis-je... car si je ne me trompe, vous êtes venus au-devant de moi.

— Oui... non.... ce n'est pas vrai. » C'était à qui dissimulerait la vérité ; la franchise de ma réponse avait jeté le désordre dans le camp ennemi.

« Serait-il indiscret, ajouta M. Nicolas, de vous demander ce qui vous attire en ces lieux ?...

— Per Bacco, croyez-vous donc que j'en fais mystère ?... Je viens étudier une cascade...

— Ah !... Ah !... Ah !... Ah !... très-bien, bien trouvé, s'écria M. Nicolas. »

— Il vient prendre des douches, observa le docteur.

— Le maître a raison, la jeunesse doit se divertir, continua Mme Pasquetta, toujours disposée à l'indulgence pour les peccadilles inhérentes à la faiblesse humaine.

— Croiriez-vous, ajoutait M. Nicolas, que cette mauvaise langue de Tobie prétend que vous avez des intérêts au moulin !...

— Hélas ! pauvre Zaccheo !... pauvre Zaccheo ! » dit le docteur, et il accompagna ces paroles d'une pantomime si grossière et si facile à comprendre que je ne pus m'empêcher de rougir ; Mme Pasquetta n'était pas rouge, elle était violette de confusion.

Les autres riaient ; mais, à la vue du visage décomposé de Mme Pasquetta, on laissa là ce sujet scabreux et on se mit à parler d'autre chose.

Comme le soleil était sur son déclin, pour rentrer au village avant la nuit on abandonna la grande route et l'on prit un sentier tortueux, tracé entre deux haies touffues, qui abrégeait le chemin. Ce sentier très-étroit ne pouvait donner passage qu'à deux personnes de front. Je précédais la société avec Agathe, venait ensuite M. Nicolas avec Mme Pasquetta ; le docteur et Mme Giovanna fermaient la marche. Bitto allait de la tête à la queue de la colonne, à la manière habituelle des chiens... et des amoureux.

Le soleil dardait ses derniers rayons derrière la montagne, et teignait de pourpre et d'or les nuages épars dans le ciel bleu.

« Quel beau spectacle que ce coucher du soleil au milieu des montagnes ! dis-je à Agathe pour entamer la conversation.

— Seulement après une belle journée... répondit-elle. Mais les jours d'orage ont un crépuscule sombre, sans lumière, sans éclat, avec un cortége de nuages noirs, menaçants... Avez-vous jamais remarqué combien il y a de points de ressemblance entre la durée d'un jour et le cours de notre vie ?

— J'y ai souvent pensé, et si cela dépendait de moi, chaque jour qui s'écoule serait beau, la vie entière serait heureuse, et sa fin aussi belle que le coucher du soleil.

— Il faut prendre le jour comme la nature le fait, dit la jeune fille ; mais il dépend de nous que notre vie soit

calme ou orageuse, sans taches, sans remords, et sans
nuages à son couchant, comme le soir d'un beau jour. »

Je la regardai en face, sans parler; son attitude était
grave et sévère. Je marchais en silence depuis quelques
instants, quand un magnifique faucon traversa la vallée
rapide comme l'éclair, s'enfonça dans le bois voisin, et
bientôt après on entendit le bruit d'un combat dans le
feuillage et les cris perçants des petits oiseaux qui s'en-
fuyaient épouvantés.

« Le beau faucon !... dis-je.

— Il est beau, mais cruel ! la beauté est un don du
hasard, ce n'est pas un mérite ; et si la beauté n'est pas
accompagnée d'un cœur bon et honnête, je la plains.
Quand je vois un faucon, je ne pense pas à sa beauté,
mais à la douleur des pauvres petits oiseaux dont le nid
sera envahi par ce ravisseur. Il enlève la mère par trahison, met le père au désespoir et les petits sont à l'abandon... Mon Dieu ! que de victimes pour une seule
proie !... »

Je compris l'allusion un peu dure; mais elle était mé-
ritée...

Je réfléchis alors sérieusement à la coupable légèreté
qui me valait cette sévère leçon. Moi aussi, comme le faucon, j'essayais de troubler la paix d'une honnête famille...
qui, dans sa solitude au pied des Alpes, n'était pas encore à l'abri de la rapacité d'un cœur sans pitié... Le faucon, du moins, cherchait une proie pour vivre... moi, je
faisais le mal pour satisfaire un vain caprice... pour satisfaire un désir coupable... Je voulais me consoler d'une
douleur par une infamie... me venger, sur des innocents,
des maux produits par ma bêtise !... Et voilà comment je
paraissais toujours pire que la bête... plus cruel que le
faucon !... Et même j'étais moins heureux que lui, car je
ne possédais pas son adresse pour enlever sa proie, ni ses
ailes pour fuir les malédictions des victimes !... J'enviais
le sort de cet oiseau de rapine qui, son crime consommé,
pouvait au moins voler vers de lointaines régions, où on
ignorait ses prouesses sanguinaires, pendant que je ne
pouvais dissimuler ma honte devant mes juges.

Je voulais cependant répondre quelque chose ; mais en

mesurant l'étendue de mes torts, je ne trouvais aucune justification possible, et je me reconnus si coupable, que je lui dis brusquement :

« Vous avez raison, Agathe, méprisez-moi, je suis un être abject !... Si j'étais près d'un précipice, vous me verriez disparaître à vos yeux...

— On ne répare pas une sottise par un crime, » dit-elle froidement.

Il me vint alors à l'idée qu'elle me croyait plus coupable que je ne l'étais en réalité, et je voulus me justifier pour ne pas être condamné... par défaut. Je lui avouai avec franchise mon admiration pour la beauté plastique de la meunière, en lui affirmant toutefois que cette admiration n'avait eu d'autre résultat que quelques visites sans conséquence... Je passai sous silence le siége infructueux que j'avais entrepris, la courageuse résistance et l'artillerie formidable de l'ennemi, et je lui promis d'abandonner à tout jamais le moulin et l'étude des cascades !...

« Vous me le promettez sérieusement ?

— Sur ma parole d'honneur.

— J'accepte la promesse au nom de votre mère, dont vous m'avez délégué l'autorité, » et elle me tendit la main.

Je la serrai avec émotion, en lui demandant humblement si elle me pardonnait.

« Je vous pardonne, dit-elle, mais à une condition : Vous serez honnête homme... Vous n'oublierez pas que le ravisseur de la femme d'autrui est plus infâme que le malfaiteur vulgaire qui dérobe l'argent de son voisin... L'argent volé peut laisser les victimes dans la misère ; mais la femme qui trahit son mari le plonge dans le déshonneur... ce qui est pire que la misère !... »

Nous étions arrivés au village, et, après les politesses d'usage, chacun rentra chez soi.

## XIII

J'ai donc levé le siége, et, ma tente repliée, adieu les marches forcées, les espérances, les craintes, et toutes les émotions de la lutte.

J'ai battu en retraite pour reprendre la vie monotone du soldat en garnison.

A vingt ans j'avais déjà éprouvé les souffrances de l'amour idéal, et j'avais recueilli une amère désillusion ; j'avais essayé de l'amour positif, matériel, du fruit défendu : j'en rapportais quelques blessures et des remords. En somme, j'inaugurais la vie par deux superbes fiascos, qui me faisaient prendre en grippe les jeunes filles et les femmes.

A vingt ans, sans un amour qui réchauffe le cœur, comment peut-on vivre dans un froid village de la Valteline ?...

L'école ?... j'en appelle à tous les maîtres impartiaux, l'école, pour le maître comme pour l'élève, n'est qu'une fabrique d'ennui perfectionnée. La tragédie ? elle était abandonnée sur la table, l'inspiration avait fui ; le feu sacré s'était éteint avec la disparition de la vestale. La poésie n'existe pas sans muse, l'art sans la femme n'est qu'un mot vide de sens ! Le jardin ? il était inculte ; les chardons et les orties croissaient en liberté. Sans famille il n'y a ni fleurs ni légumes. L'homme seul vit à droite et à gauche, sans centre ni circonférence. J'aurais pu chercher quelque distraction dans la culture des plantes ; mais j'en ignorais les premiers éléments, car j'en étais encore à la première page du *Savant Jardinier*.

Je ne savais plus à quel saint me vouer ; Psyché, Vénus et Melpomène m'avaient abandonné, et, du divin Olympe, Bacchus seul me restait : j'entrepris de l'adorer, dans l'espoir qu'il me serait propice.

Ce dieu bienfaisant aux malheureux, exilé des autels par l'ingratitude humaine, s'en alla errant et fugitif sur la terre, s'arrêtant de préférence sur les coteaux riants, plantés de vignes, où il continue secrètement l'exercice de ses rites sacrés. Tous les biens et tous les maux de ce monde, l'amour et la haine, la joie et les larmes, la poésie et les douleurs de la vie, l'encens parfumé, tout s'évapore, tout monte vers les cieux, et se confond dans les airs. Les météores recueillent toutes les émanations de la terre, matérielles et morales, visibles et invisibles ; le vent et le tonnerre les agitent, l'éclair les réchauffe, l'humidité les dissout ; et quand il pleut, tout retombe sur la terre. C'est le mouvement éternel de l'esprit et de la matière ; rien ne se perd dans l'univers, tout se renouvelle. Avec la pluie féconde, reviennent sur notre globe les éléments vitaux de l'âme et du corps humains. Les plantes absorbent les éléments, les travaillent, et ils retournent à l'homme comme nourriture. Les pluies bienfaisantes apportent la joie ; les tempêtes sont des malédictions rétrospectives ; les rosées sont les baisers du matin qui brillent sur la surface de la terre, et ornent de pierreries chatoyantes l'herbe et les fleurs des champs. C'est ainsi que la terre produit toujours les mêmes plantes, les mêmes animaux et les mêmes passions ; c'est ainsi que se répètent les mêmes vicissitudes.

Chaque plante a ses facultés absorbantes, non-seulement à cause des principes matériels que lui fournit la terre, mais aussi à cause des principes spirituels qui sont en suspension dans l'air réchauffés par le soleil. Le blé n'absorbe pas seulement les phosphates ; il recueille aussi les éléments confondus du bien et du mal, et l'homme, en se nourrissant de pain, s'assimile non-seulement un aliment substantiel, mais encore les principes des joies et des douleurs qui se manifesteront dans le cours de sa vie.

Quelques plantes jouissent du privilége particulier de n'absorber qu'un seul principe. Si c'est le principe du mal, ce sont des plantes vénéneuses, comme la ciguë, la belladone, la jusquiame ; si c'est le principe du bien, ce sont des plantes bienfaisantes, comme l'oranger, le quin-

quina du Pérou, la vigne. Les premières tuent, les secondes guérissent.

Il est certain que, suivant la dose, leur action est mo-
difiée. Ainsi une petite dose de poison peut être utile et
profitable ; et une forte dose de vin produit souvent un
effet meurtier. Dans le monde moral, c'est la même
chose : un excès de joie tue, et quelquefois un chagrin
corrige d'un vice.

La vigne a la spécialité de ne recueillir avec ses racines et de n'absorber avec ses feuilles que des principes
doux et bienfaisants : l'esprit, la gaieté et l'enthousiasme.
C'est le motif pour lequel je me suis voué à Bacchus, et
dans les circonstances critiques où je me trouvais, l'assistance de ce dieu me paraissait des plus nécessaires.
En effet il distille dans le suc des grappes de raisin la
quintessence de la félicité humaine. Elle s'assimile au
vin, entre dans les tonneaux et dans les bouteilles, brille
dans les verres, comme le rubis et la topaze, exhale dans
l'air les effluves embaumés de ses aromes subtils. Bon
vin et bonne humeur sont synonymes ; il faut en user
modérément pour en jouir longtemps, fermer les bouteilles avec de solides bouchons de liége d'Espagne, et
mettre des capsules métalliques sur les bouchons pour
conserver scrupuleusement le parfum et l'essence de la
félicité humaine. Au fond de toute bonne bouteille on
trouve de secrètes consolations, complétement inconnues
à celui qui ne boit que de l'eau. Mais les passions, toujours intempérantes, excitent l'homme à abuser de tout.
Il empoisonne l'air qu'il respire, trouble les sources les
plus pures et gâte les meilleurs sucs de la vigne. Avec
de bonnes pensées on peut écrire de mauvais vers, avec
le meilleur raisin on peut faire un vin exécrable; la faute
est toute à l'homme, ce bourreau de la nature.

Mais il ne suffit pas de faire de l'excellent vin, il faut
encore savoir en user avec modération. Quoi de plus
agréable pendant les ardeurs de la canicule qu'une im-
mersion dans un bain froid ! Mais l'homme ne se contente pas de se plonger dans l'eau jusqu'au cou, il court
à l'endroit où le fleuve est le plus rapide, où la mer est
le plus profonde ; il ne se borne pas à nager à la surface,

il veut mettre la tête sous l'eau, et trouve quelquefois un poisson qui le dévore... ou une touffe d'herbe qui lui enlace les jambes... et alors il se noie.

L'intempérance humaine fait de la vie un supplice insupportable, tandis qu'on pourrait en jouir comme d'un d'un rêve délicieux! Ainsi le vin lui-même a subi le sort de tant de choses excellentes et salutaires devenues malfaisantes et dangereuses. Bacchus nous offre un fruit qui contient les doses d'un élixir de longue vie, nous trouvons le moyen de dénaturer l'essence de cette divine matière pour produire un toxique ingrat et meurtrier!... Les législateurs qui condamnent aux travaux forcés le faux monnayeur, n'ont pu trouver la plus petite peine pour ceux qui falsifient le vin ; et cependant ils sont cause de grands malheurs sociaux, ceux qui empoisonnent leurs semblables : ils gâtent les estomacs et les cerveaux ; ils produisent des coliques et des délits !

L'aubergiste de mon village, comme tous les aubergistes qui jouissent de cette impunité, avait de bon et de mauvais vin. Dans le principe je préférai la qualité à la quantité, et j'en éprouvai des effets bienfaisants au corps et à l'âme. Le bon vin facilitait ma digestion et me disposait à la bienveillance envers mon prochain ; je me sentais disposé à pardonner les offenses, à tolérer les impôts les plus lourds ; j'oubliais les maux passés, et j'avais foi dans l'avenir.

Les pensées les plus douces voltigeaient dans mon imagination comme sur un tapis de fleurs ; un esprit de conciliation m'animait, et je m'endormais content et heureux, en rêvant que la comtesse Savina me donnait un baiser, que la meunière m'en donnait deux, qu'elles s'embrassaient entre elles, et qu'enfin nous nous embrassions tous les trois. C'étaient de vrais songes du Paradis !...

Malheureusement je n'ai pas su me contenir dans les limites prescrites par la raison, par le bon sens et par l'honnêteté !...

Mais, avant de raconter les particularités de cette nouvelle erreur de ma jeunesse, je dois réclamer encore les circonstances atténuantes, même en faveur de Bacchus, accusé injustement de complicité dans mes fredaines.

Non, le vin n'est pas la cause de mon intempérance, pas plus que l'eau n'est responsable des suicides qui se commettent dans son sein.

Ce n'est pas l'usage du vin, mais l'abus qui m'a traîné... sous la table.

La justice doit passer avant tout ; ni le vin ni l'hôte ne sont coupables, je dois seul encourir le blâme d'une conduite irrégulière. Si j'avais pris ce vin à la maison, pour le boire à table, il m'aurait fait du bien. Il m'a fait du mal parce que j'ai gobelotté à l'auberge sans raison ni mesure.

Le vin a reçu l'absolution... parlons maintenant de l'hôte.

Quand le pauvre homme s'aperçut que ma tête était en feu, il fit comme le pompier, il mit charitablement de l'eau dans mon vin pour modérer l'incendie qu'il ne pouvait éteindre.

Il est juste de dire qu'il m'a fait payer le vin baptisé comme vin sans mélange. Mais en cela il est encore digne d'éloges, si on lui tient compte de l'intention qui doit l'avoir guidé, d'infliger une amende à mon intempérance. Qui lui a donné le droit de faire payer à ses pratiques plus qu'il ne lui est dû ? Peut-être l'agent du fisc, qui, lui attribuant un revenu imaginaire, supérieur à son revenu réel, et l'imposant en proportion, a ouvert la porte à l'arbitraire, devenu indispensable pour payer cette injuste taxation ! Donc l'hôte mérite également l'absolution.

Les vrais coupables furent les faux amis, et la mauvaise société. A leur tête je place Uguccione de Fagiola qui, ayant découvert en moi les germes d'une nouvelle passion en vòie de se développer, au lieu de me montrer les périls auxquels je m'exposais, m'encouragea au contraire à persévérer dans ces déplorables habitudes. Il était beaucoup plus âgé que moi, et l'expérience devait lui tenir lieu d'éducation. Il aurait pu me dire amicalement : « En voilà assez, Daniel ; tu cherches constamment le danger, et tu passes avec la légèreté la plus

inconcevable de l'amour de la femme à l'amour de la
bouteille. Prends-y garde ; toutes deux commencent par
nous bercer d'illusions ; toutes deux produisent des émotions délicieuses, brillent à nos yeux de vives couleurs,
sourient à nos regards, exaltent notre esprit avec un
premier baiser, nous promettent un bonheur sans limites ! Et ensuite ?... à mesure que la passion s'échauffe,
elles abusent de leur fatale influence, troublent notre
organisme, nous exposent à mille dangers, et nous font
perdre le sens et la raison !... Daniel, ne te fie ni à la
femme ni à la bouteille ; tu ne sais pas combien leur parfum est trompeur ; tu ne connais pas les instincts mauvais qu'elles recèlent dans leur sein et les poisons
funestes qui circulent dans leur sang. Fuis la femme et
la bouteille. » S'il m'avait parlé ainsi, je me serais fait
moine et tout était fini ; renonçant aux joies de la terre,
je m'assurais ainsi le paradis pour l'autre monde ; mais
Uguccione tint un autre langage.

« Bois, bois, me disait-il ; le vin console de tout ; la vie
n'est qu'un tissu de chagrins et de douleurs ; au fond de
la bouteille on trouve les illusions et la joie ; bois, et le
verre te fera oublier la misère, les trahisons, l'amour
malheureux, les ennuis de la solitude, les cruautés du
destin ; bois, et tu seras heureux. »

Et je buvais... non content de boire, je jouais aussi. Je
me garderai bien d'insister sur des exploits de nature à
révolter le lecteur ; je dirai donc, par manière d'aveu,
qu'un beau jour je me réveillai sous la table du cabaret,
à moitié vêtu parce que j'avais joué et perdu la moitié de
mes habits. De plus, je me trouvais débiteur du cabare-
tier, pour une somme assez importante.

Je sortis avec Bitto qui, me voyant à demi vêtu, me regardait avec compassion.

Je rougissais devant mon chien.

Je respirais avec délices l'air frais du matin ; le ciel
était pur, l'aurore dorait les montagnes d'un rose éclatant. Ce sourire de la nature me faisait mal. J'avais en
poche la clef de ma maison, j'entrai comme un voleur,
en me glissant avec des précautions infinies dans ma
chambre pour ne pas être surpris dans ce triste état par

Rosa. Le soleil se levait au moment où j'appuyais sur l'oreiller ma pauvre tête alourdie, accablée de pensées douloureuses et humiliantes.

Le lendemain tout le village parlait de mon aventure. Uguccione de Fagiola l'avait racontée sur la place; le sonneur de cloches au presbytère; le crieur de ville à la maison commune; les femmes à leurs maris. Les autorités civiles et ecclésiastiques blâmaient hautement la conduite scandaleuse du maître d'école ; chacun causait, commentait, embellissait, exagérait la chose et en faisait des gorges chaudes.

Deux fois j'avais approché de mes lèvres la coupe de l'amour; deux fois j'avais été trompé ; maintenant, à moitié chemin d'une bouteille, je faisais fiasco !.... C'était trop de trois désillusions successives ! elles auraient suffi à terrasser un géant; moi qui n'étais qu'un insecte, j'étais pulvérisé, anéanti !

Ce qui m'irritait le plus, c'était la préoccupation de ce que la famille Bruni pouvait penser de mes sottises ; j'envoyai sous un prétexte Rosa pour sonder le terrain. A son retour je courus à sa rencontre, ne pouvant maîtriser mon inquiétude.

« Ils disent, fit-elle, que vous êtes un bon garçon, honnête et doux, victime des méchants, des intrigants, des débauchés qui abusent de votre bonhomie pour vous rendre complice de leurs désordres, de leurs vices, vous dénigrer ensuite et vous tourner en ridicule. Mademoiselle Agathe vous attend après le dîner pour faire un tour avec sa mère, M. Nicolas ne pouvant les accompagner à cause de ses occupations. »

# XIV

Je me rendis chez Agathe à l'heure fixée. Je m'attendais à une semonce et je fus véritablement surpris de n'entendre aucune allusion à ma honteuse aventure. Les dames m'accueillirent avec leur bienveillance habituelle, s'excusèrent même de m'avoir dérangé ; mais, sachant combien j'étais complaisant et aimable, elles me priaient de les accompagner dans un endroit écarté de la montagne, en l'absence de M. Nicolas occupé ailleurs ; car elles n'osaient pas, ajoutaient-elles, s'aventurer seules avec Martino dans ces lieux déserts.

Nous partîmes immédiatement, suivis du domestique qui portait un panier et précédés de Bitto ; fidèle à ses habitudes, il explorait le terrain et aboyait après les brebis qui paissaient sur les versants des collines et nous regardaient passer avec défiance : il paraît que certains animaux n'ont pas une très-bonne opinion de l'homme. La route fut longue et fatigante ; il fallait suivre un chemin escarpé ; mais la bonne société, l'air frais et vivifiant, l'aspect pittoresque et varié du paysage me la rendirent agréable et courte. Chemin faisant, j'avais demandé où nous allions et Agathe avait répondu :

« Nous allons faire un peu de bien.... ne vous en déplaise.

— J'en suis très-content, et j'en sens le besoin.... moi qui fais si souvent le mal. »

Elle feignit de ne pas entendre, et peu après continua :

« Nos montagnards ont l'habitude d'émigrer au loin pour venir en aide à leurs familles et réaliser quelques épargnes. Quelquefois ils reviennent à la maison riches, ou du moins avec le nécessaire ; d'autres fois, au contraire, affaiblis par les fatigues, par les privations, malades et plus pauvres qu'à leur départ. C'est notre cas. Il s'agit d'un père de famille revenu malade et dénué de tout. »

Tout en causant, nous étions arrivés devant une masure enfumée qui surgissait comme une vedette au fond de la vallée, sur un petit monticule situé à droite de la route. Nous étions à une grande hauteur ; on voyait en bas le torrent serpenter comme un ruban d'azur au milieu des champs cultivés ; puis, sur une sorte d'amphithéâtre à gradins, où poussait un maigre froment dans de petits carrés de terre, soutenus par des murs en pierres sèches, quelques cabanes blanchâtres au milieu des

buissons ; et plus haut les pâturages au bord des précipices, avec quelques rares châtaigniers gigantesques qui
s'accrochaient aux crevasses par leurs énormes racines ;
des roches de toutes dimensions précipitées du sommet,
à la suite de quelque cataclysme, gisaient éparses sur les
tapis de verdure. L'œil distinguait au loin les montagnes
dénudées et arides, avec leur manteau de neige, éclairées
par le soleil, se détachant en silhouettes capricieuses sur
le fond bleu de l'horizon.

A gauche de la route, un bois de sapins occupait les
courbes sinueuses de la montagne, et allait se perdre au
loin dans les gorges. A la lisière du bois, sur le sommet
d'un mur qui soutenait la tranchée de la route, broutait
une chèvre, près de laquelle était assise une fillette blonde
et frisée, dont le teint blanc et rose faisait plaisir à voir.

A notre approche, la chèvre leva la tête en poussant un
bêlement prolongé, et l'enfant se leva pour fuir. La porte
de la chaumière s'ouvrit, et sur le seuil parut une femme
jeune encore, mais chétive, le visage sillonné de rides
précoces, les vêtements déchirés, affaiblie par les fatigues,
pâle de misère.

En voyant Agathe, elle leva les mains et les yeux au
ciel en s'écriant : « Dieu soit béni ! voici la providence !... »
Agathe l'interrompit en lui demandant avec inquiétude :

« Comment va le pauvre Beppo ?

— Toujours la même chose, mademoiselle ! toujours la
fièvre et les douleurs. Si mademoiselle veut seulement
se montrer sur la porte, sa présence lui fera du bien.

— Entrons, entrons, dit Agathe. » Et la pauvre femme
nous conduisit dans la chambre du malade.

Un jour pâle et voilé pénétrait dans ce galetas à travers
une seule fenêtre tapissée de papier. Le malade, décharné,
le teint jaune, les yeux enfoncés dans leur orbite, entourés
d'un cercle de bistre, les pommettes saillantes, les lèvres
violacées, les cheveux hérissés, l'œil à demi éteint, était
assis sur son lit les bras étendus, étreignant dans ses
doigts amaigris l'extrémité d'un drap de grosse toile. A
la vue d'Agathe il ouvrit les lèvres pour sourire, ses yeux
parurent se ranimer, et deux grosses larmes coulèrent le
long de ses joues. Il nous salua d'un signe de tête accom-

pagné d'un mouvement de la main, et dit d'une voix rauque :

« Merci..... merci..... j'ai prié pour vous toute la journée..... je ne puis faire autre chose, merci pour mes pauvres petits enfants... et pour les femmes... qui grâce à votre charité n'ont plus souffert de la faim !... Dieu vous préserve du malheur ainsi que votre famille, c'est mon souhait le plus ardent... Pour moi, que sa volonté soit faite !... il a souffert aussi pour l'humanité... » En parlant ainsi il montrait du doigt le Christ suspendu à la tête de son lit, un Christ à la tête penchée, couronnée d'épines, avec les plaies sanglantes et qui avait les pieds usés par les baisers de plusieurs générations.

La pauvre femme nous raconta alors les longues souffrances de son mari. Il était parti avec un profond regret de sa chaumière, où il laissait ce qu'il avait de plus cher au monde, sa vieille mère, sa femme, et trois enfants qu'il adorait. La fille, son idole préférée, l'accompagnait à la montagne, dans la saison de la coupe des foins. Pendant qu'il travaillait, elle s'endormait à l'ombre d'un sapin. Il la couchait dans son pourpoint. et lui couvrait le visage pour la préserver des insectes. Le soir il la portait dans ses bras à la maison ; c'était la plus grande joie de l'enfant. Quitter de telles habitudes, de telles affections, et s'en aller errant dans de lointains pays, c'était pour lui une amère douleur, un supplice horrible. Mais le travail manquait et le pain aussi. Le cœur brisé, il se décida à partir, quand déjà la mauvaise saison approchait à grands pas. Un matin, ayant pris un petit paquet sur ses épaules, il embrassa sa mère et ses enfants, et, suivi de sa femme, il sortit de la cabane où il aurait vécu heureux, s'il avait pu y vivre de son travail. Sa femme l'accompagna jusqu'au bas de la vallée. Mais quand il ne vit plus sa maison, il devint sombre et la renvoya. Ils se quittèrent avec un signe de tête, sans pouvoir proférer une parole, tant la douleur les suffoquait. Pendant l'hiver, les malheureux restés à la cabane, presque ensevelis sous la neige, reçurent des secours de l'exilé. Le facteur de la commune apportait les lettres, et la pauvre femme, en dépit du mauvais temps, descendait la montagne, prenait l'argent déposé à la poste, faisait ses provisions et remontait lentement, marchant dans la neige jusqu'aux genoux, les épaules courbées sous le poids de la hotte chargée de vivres. Elle savait au moins que le mari se portait bien, qu'il pensait à eux et les aidait du fond de son exil; les enfants l'attendaient sur la porte, battaient des mains à son arrivée, lui faisaient fête en voyant toutes les bonnes choses qu'elle apportait, et ils avaient de quoi vivre en attendant la bonne saison. La solitude, l'isolement, le froid, au milieu de ces montagnes couvertes de neige, n'épouvantaient pas cette pauvre famille quand elle avait de la farine et du sel, du fromage et du pain. Pendant le jour, si le soleil brillait dans le ciel bleu, les enfants jouaient sur la neige, construisaient des bancs, des grottes, des édifices fantastiques; et, lorsque la tempête grondait, ils se rassemblaient autour du foyer, accroupis sous le manteau de la cheminée, comme des poussins sous l'aile de la mère. Ils brûlaient les branches odorantes des sapins et des genévriers, faisaient cuire des pommes de terre sous la cendre; la lueur de la flamme remplaçait pour eux le soleil absent.

Le soir, ils se mettaient à genoux pour faire les prières en commun. Ils priaient pour la famille, pour les voyageurs, les émigrés, les malades; ils invoquaient pour eux la santé et les bénédictions du ciel. Ils demandaient à la divine Providence de les couvrir de sa protection pendant leur vie et de les rendre dignes de mériter la vie éternelle qui est la récompense des souffrances d'ici-bas. Puis, s'adressant à la Madone, ils la suppliaient de leur faire la grâce de revoir bientôt leur père, leur mari, leur fils en bonne santé... Ils se couchaient ensuite tranquilles, pleins de foi, d'espérance et de charité.

Enfin arriva le printemps si désiré. Sous les tièdes rayons du soleil, la glace fondit, les feuilles reparurent sur les arbres, les pâturages reprirent leur verdure printanière. Avec l'arrivée des hirondelles, la mère de famille attendait le retour de l'absent, et, plusieurs fois dans la journée, jetait un long regard sur la route, pour voir si au loin n'apparaissait pas quelque voyageur. Les

9

bambins surtout attendaient le papa, et se réjouissaient à
l'idée des bonnes friandises avec lesquelles serait célébré
le retour tant désiré. Assise au soleil, la grand'mère
regardait aussi sur la route et priait tout le jour pour lui.
Mais les hirondelles volaient depuis longtemps dans la
vallée en donnant la chasse aux insectes ; les feuilles
prenaient tout leur développement, l'herbe et le blé croissaient rapidement... et l'émigré ne revenait pas. Et non-
seulement il ne revenait pas, mais encore il n'envoyait
plus ni lettres, ni argent. Les premiers jours qui dépas-
sèrent le terme supposé de son retour, on chercha à
tromper les angoisses de l'attente par toutes sortes de
suppositions : un travail imprévu, un retard produit par
des nécessités invincibles, les mauvais chemins, le mauvais temps, et autres accidents qui se présentent dans
un voyage. Mais, en même temps que l'inquiétude
augmentait, les vivres commençaient à manquer.

Heureusement la chèvre mit bas, le petit cabri fut porté
au marché et le prix qui en fut donné servit à acheter les
objets les plus nécessaires. Mais bientôt ces petites provisions s'épuisèrent, bien que soigneusement ménagées, car
on distribuait à chacun juste de quoi ne pas mourir de
faim. Il fallait se contenter d'un peu de *polenta* sans sel,
baignée dans le lait de la chèvre. Les pauvres femmes
auraient pris volontiers patience si au moins elles avaient
eu le cœur content; mais le profond chagrin qui les brisait leur faisait arroser de larmes cette triste nourriture.

Enfin vint une lettre, écrite par un de ses compagnons
d'infortune : il leur annonçait que celui qu'elles aimaient
languissait dans un hôpital au fond de l'Allemagne. Les
fatigues d'un travail excessif, un climat meurtrier, les
privations qu'il s'était imposées pour subvenir aux besoins
d'une famille qu'il chérissait, avaient altéré sa constitution, et il était tombé victime de son courage. Sa répugnance pour l'hôpital l'avait forcé de dépenser au commencement de sa maladie toutes ses économies. Affaibli
par le mal, et dénué de ressources, il dut enfin se résigner
à entrer à l'hospice. Il y passa deux mois de souffrances
terribles, aggravées par les chagrins qui l'obsédaient.

Ces douloureuses nouvelles jetèrent les pauvres femmes

dans la consternation. Nous ne le reverrons peut-être jamais... telle fut leur première pensée, à laquelle une seconde succéda bien vite.

Il est loin, pauvre et infirme, et nous n'avons aucun moyen de le rejoindre, de lui envoyer des secours, de lui prodiguer nos soins affectueux! Livré à des mains étrangères, il est encore plus malheureux que nous, qui sommes dans la misère! Il mourra de chagrin, et son agonie ne sera pas adoucie par un seul regard des siens.

Elles faisaient ces réflexions amères, et sa femme nous les raconta simplement, avec le langage du cœur.

Dans une situation aussi pénible, il fallait penser aux enfants qui avaient faim, il fallait se tirer d'affaire coûte que coûte, et travailler, l'âme brisée de douleur, le corps miné par les veilles et les souffrances de toutes sortes.

La pauvre femme ramassait le bois sec dans la forêt, au risque d'être arrêtée par les gardes et conduite en prison; elle l'apportait de loin sur ses épaules à travers les précipices et les ravins, les pieds ensanglantés par les pierres aiguës. Quand elle avait vendu son fagot, elle rapportait un peu de pain à sa famille, pour recommencer le lendemain les mêmes tribulations.

Que de peines, de misères et de douleurs! Dans les villes on n'a pas idée de pareilles souffrances... Et cependant cette pauvre famille se prosternait chaque soir pour remercier Dieu de la laisser vivre, pour lui offrir ses chagrins, ses angoisses et sa faim en expiation de ses péchés. Elle suppliait tous les saints de prendre pitié de tant d'infortunes. Les trois enfants priaient les mains jointes et les yeux levés vers le ciel comme la mère et la grand'mère, parce que la douleur est de tous les âges, et qu'elle fait hommes avant le temps les enfants qu'elle accable.

Un soir, pendant qu'ils étaient tous à genoux devant le Christ, la porte s'ouvrit et sur le seuil apparut un spectre qui chancelait sur ses jambes... C'était lui.

« Merci, mon Dieu! vous qui m'avez permis de venir mourir dans mon lit. » Les femmes se levèrent d'un bond, et arrivèrent à temps pour le soutenir dans leurs bras, au moment où il allait tomber évanoui.

L'envie de revoir sa famille lui avait donné assez de forces pour quitter le lit de l'hôpital, malgré l'insistance des médecins qui voulaient le guérir ; il avait demandé comme une suprême faveur de revenir dans son pays. On ne put le convaincre qu'il mourrait en route, il voulut partir.

Affaibli par la fièvre, la bourse vide, il avait fait le voyage à pied, demandant l'aumône sur son chemin, et dormant sur la terre nue quand, à son aspect sordide, les paysans effrayés refusaient de lui laisser passer la nuit dans leurs granges. Une pensée le soutenait dans sa misère ; embrasser encore une fois sa femme et ses enfants. Il traversa les montagnes, trébuchant à chaque pas, marchant à petites journées, assis quelquefois sur une charrette où le conducteur, ému de pitié à la vue de son état, lui permettait de monter.

Son énergique volonté vainquit les obstacles, le soutint dans l'accomplissement de son projet, fut plus forte que le mal, et il put se traîner jusqu'à la porte de sa chaumière. Son évanouissement dura longtemps, mais il en revint. La vue des visages qui le contemplaient en pleurant, le récompensa au delà, des efforts surhumains que lui avait coûtés son voyage. Il avait atteint son but, il était heureux de ces regards d'amour et il se laissait mourir en paix.

A peine leur était-il rendu, que les femmes cherchèrent ce qu'elles pouvaient offrir à leur cher malade. Hélas ! elles manquaient de tout, et n'avaient à offrir au mourant que de l'eau ! Mais c'était l'eau de son torrent, l'eau qui coulait au pied de la montagne qui l'avait vu naître, celle que buvaient sa mère, sa femme, ses enfants ; c'était plus qu'une eau bienfaisante... c'était une eau sacrée !

Il la but avec volupté, parut en ressentir un grand bien, et s'endormit quelques heures. Mais, après l'effort surnaturel qu'il avait accompli, le mal reprit dans toute son intensité. Cependant il bénissait Dieu, le remerciait de la faveur suprême qu'il lui avait accordée, et se confiait à sa miséricorde. Celui qui avait fait le miracle de le ramener à la maison pouvait aussi lui sauver la vie, et assister sa famille pendant sa maladie. C'est ce qui arriva. Les femmes coururent chercher le docteur Canziani, qui examina le malade, se fit raconter sa douloureuse histoire, et s'émut à la vue de tant de misères. Il recommanda la pauvre famille à Agathe, dont il avait plusieurs fois invoqué la protection compatissante pour les malheureux.

Agathe envoya immédiatement les premiers secours, fit venir la femme à la maison pour la voir et lui donner les choses les plus indispensables au malade et de quoi nourrir la famille. Enfin elle se décida à visiter le malade et y alla avec son père, chargée de nombreux présents.

Quand elle eut appris que je passais mes soirées dans l'orgie, elle pensa que l'aspect des souffrances de l'humanité pourrait être un remède salutaire à celui qui faillit sans avoir l'âme corrompue ; elle profita donc de cette occasion pour faire deux bonnes actions, en soignant deux malades d'un seul coup, l'un frappé au physique, l'autre au moral.

C'était le motif de notre promenade ; Agathe voulait me le cacher, mais il me fut révélé par ma conscience. Son but était atteint ; j'étais ému jusqu'au fond de l'âme. J'éprouvais de cuisants remords de ma conduite ; pendant qu'un homme laborieux languissait dans un hôpital étranger et lointain, pendant que sa pauvre femme désolée, une vieille mère impotente, des enfants innocents souffraient du froid et de la faim sous la neige, je dissipais au jeu en une nuit d'orgie, dans une société crapuleuse, ce qui aurait suffi à soulager ces misères, à faire vivre ces malheureux quelque temps, à payer une voiture qui aurait ramené chez lui sans accident un pauvre invalide.

Celui qui dissipe l'argent dans le vice devrait quelquefois se rappeler que dans le monde il ne manque pas de misères à secourir, ni de malheurs à réparer.

Pendant que je me livrais à ces réflexions, Martino vidait le panier, et il en sortait des provisions de toute espèce. Les bénédictions de cette famille étaient une récompense bien douce pour l'excellent cœur de ces dames, qui retenaient à grand'peine leurs larmes.

Quand nous fûmes sortis de la chambre du malade, nous rencontrâmes les deux autres enfants qui rentraient avec la grand'mère, chargée d'herbes pour le souper et de bois pour le feu. La mère présenta aux dames Bruni les enfants et la vieille aïeule ridée et courbée, qui pleura de joie en les voyant, pendant que la petite fille frisée, surmontant sa timidité à force de curiosité, descendait tranquillement de la montagne avec sa chèvre pour compléter la famille, et recevoir les bonbons d'Agathe et nos baisers.

Le soleil était presque couché quand nous nous remîmes en route, et il faisait nuit noire à notre retour au village. Le chemin, déjà plus facile à la descente, nous parut d'autant plus court que les pensées qui nous absorbaient nous faisaient oublier la fatigue. Arrivés à la porte de la maison Bruni, je saluai Mme Giovanna, et dis à sa fille :

« Merci, Agathe, de la bonne soirée que vous m'avez fait passer. Je savais que la bienfaisance est un devoir, mais j'ignorais qu'elle fût une des plus grandes jouissances de la vie, un de ces plaisirs qui vont à l'âme et y laissent un souvenir délicieux. Merci de la leçon !... elle ne sera pas perdue. Du remords au repentir il n'y a qu'un pas. Je vous promets que je n'aurai plus à rougir de ma conduite.

— Votre mère vous entend ! » répondit-elle, en me lançant un regard significatif, et elle disparut derrière sa mère.

Je rentrai à la maison, je soupai avec appétit parce que j'avais le corps fatigué et le cœur joyeux, et quand Bitto, selon son habitude, me fit ses caresses, je compris que ce jour-là je n'étais pas indigne de l'affection de mon chien.

<hr>

## XV

Pour réparer au moins en partie mes torts passés, j'allai voir souvent le pauvre infirme et porter mon obole à la chaumière, avec quelques douceurs pour les enfants, qui me prirent bientôt en amitié. Leur naïve affection m'était mille fois plus précieuse que celle de mes compagnons de désordre : je m'asseyais près des précipices avec la petite fille, en contemplation devant la chèvre qui rongeait les feuilles de myrte et les ronces, et devant Bitto qui courait à travers le bois à la chasse de tout ce qui s'agitait sur la terre et sur les arbres ; le calme rentrait dans mon cœur, l'air pur et réconfortant de la montagne réveillait en moi de tendres sentiments et des pensées élevées, le silence solennel de ces solitudes me portait aux douces rêveries et il me paraissait incroyable d'avoir quelque temps suspendu mes promenades et mes contemplations pour vivre en mauvaise société, dans l'atmosphère enfumée de l'auberge, qui exalte le cerveau et abrutit le cœur.

Uguccione de Fagiola n'était pas content : il essaya vainement de m'engager à ne pas abandonner les amis et la partie ; il me renouvela à cette occasion son panégyrique du vin, et conclut en disant qu'un soldat ne doit pas se décourager pour une bataille perdue. Je lui répondis avec une fermeté qui n'admettait pas la discussion, que j'avais renoncé pour toujours au jeu et à l'auberge, sans renoncer pour cela aux bons amis et au bon vin, mais je pris soin d'ajouter que je ne regardais pas comme bons amis ceux qui me dépouillaient quand j'étais ivre, ni comme bon vin celui qui m'envoyait rouler sous la table.

Comme il me comparait à un soldat, je lui répondis qu'ayant la tête brisée, j'avais bien le droit de prendre mes invalides, et que, quant au courage, il en fallait quelquefois plus pour soutenir une retraite que pour retourner au combat. Je parlais par expérience, ne pouvant compter dans ma vie une seule victoire à mon actif, mais de nombreuses défaites.

Uguccione ne se montrait pas persuadé de mes arguments, mais il ne savait que répondre ; il agitait furieusement son affreux chapeau en signe de désapprobation, et comme il était entêté et organiste en même temps, il me répétait continuellement le même motif avec peu de variations, fort mauvaises d'ailleurs, en s'arrêtant seulement sur une note, comme il avait l'habitude de le faire à l'orgue. Ma résolution inébranlable lui causait une véritable déconvenue.

« Vous ne voulez pas essayer au moins une revanche ?
me disait-il ; tentez donc une revanche !... et vous verrez
les caprices de la fortune.

— La revanche, répliquai-je, je l'ai gagnée le jour où
j'ai solennellement juré de ne plus toucher une carte ;
depuis ce jour, j'ai regagné tout ce que j'aurais perdu en
jouant, sans compter l'argent gaspillé à boire..... et la
santé ébranlée à force de débauches, et la bonne réputation perdue.

« Voyez-vous, cher Tobie, il me suffit d'une seule
leçon, de la perte d'une seule montre, d'une seule nuit
aussi funeste !... »

Uguccione, voyant qu'il était impossible de me convertir, essayait de sourire en ouvrant démesurément sa
large bouche, et m'accusait de subir l'influence malfaisante du clergé.

Ce gibelin enragé avait en partie raison ; en effet, deux
jours après cet entretien, mon oncle était au village, et
l'arrivée du chanoine me mettant dans la nécessité de
revoir le curé, je me jetai de nouveau dans les bras des
guelfes, commandés par l'archevêque Giovanni.

Uguccione, avec ses amis, plaisantait sur mon apos-
tasie : ... il avait perdu sa vache à lait.

Mon oncle, qui se rendait aux bains de Bormio, voulut
bien s'arrêter quelques jours au village ; je lui fis admirer
les réparations de sa maison, la modeste aisance qui
avait remplacé le désordre sordide de mon prédécesseur ;
il s'en montra satisfait. Je l'accompagnai à la maison
Bruni pour remercier ces excellentes gens de toutes les
bontés qu'ils m'avaient prodiguées ; on donna un dîner en
son honneur, et on eut la délicatesse non-seulement de
lui cacher ma mauvaise conduite, mais encore de lui
faire mon éloge.

J'étais content de revoir mon vieil oncle, et tout glorieux de lui faire les honneurs de mon logis ; j'étais heureux de lui prodiguer les attentions les plus délicates et
tous les soins d'une affectueuse hospitalité.

J'avais donné à Rosa des instructions en conséquence :
ne pas regarder à la dépense, choisir les meilleurs plats,
les vins les plus fins, et faire des dettes en cas de besoin.

J'étais assis en face de mon oncle, je le servais avec une prévoyante sollicitude ; je mettais sur son assiette les meilleurs morceaux ; je veillais à ce que son verre fût toujours plein. Il me faisait signe de m'arrêter, mais n'en buvait pas moins, et était il content. Tout allait à merveille. Rosa se surpassait, Bitto léchait les mains de mon oncle et lui faisait fête. Le chien a un instinct qui ne le trompe pas : il flaire les amis et les ennemis du maître, remue la queue ou aboie selon les cas.

Agathe, à qui Rosa s'était recommandée pour avoir des conseils sur la cuisine, envoyait en réponse des mets exquis, succulents et prêts à mettre sur la table. Ah ! si tous ceux qui donnent des conseils faisaient de même !

Véronique m'avait envoyé par mon oncle d'excellents pâtés de Milan dont elle me savait friand ; aussi chaque jour nous faisions bombance, et nous restions longtemps à table. Je voyais dans mon oncle non-seulement mon plus proche parent, mon bienfaiteur et mon père, mais aussi la providence qui devait me délivrer de mon cruel exil en Valteline, désormais sans objet.

La comtesse Savina mariée, je pouvais retourner à Milan. C'était mon ambition, mon rêve ; je me proposais de développer mes meilleurs arguments pour amener mon bon oncle à cette solution ; je ne voyais aucun motif pour craindre un refus. Il me demanda compte naturellement de mes occupations et de mes études, je lui répondis :

« Mon cher oncle, l'école du village est un supplice, une pénitence, une expiation. Ma vie est un continuel sacrifice, et tout accès m'est fermé à une carrière honorable. A quoi peut me servir d'enseigner l'alphabet aux petits idiots des montagnes ? N'ayant pas d'avenir en perspective, je n'ai pas le courage d'étudier. Pour travailler, il faut avoir un but ; tout travail a besoin d'un excitant. Ici je ne peux espérer aucun résultat, aucune compensation à mes fatigues. »

Dans l'intention d'éviter toute allusion au passé, j'affectai d'attribuer mon exil uniquement au dessein de remettre en ordre l'administration de la petite propriété, d'acquérir un titre en débutant dans l'enseignement par le premier échelon, et je poursuivis :

« Aujourd'hui la maison est réparée, il devient plus facile de louer le terrain plus avantageusement ; j'ai fait mes premières armes dans l'instruction ; je peux aspirer à un poste supérieur. Si je ne travaille pas, je n'apprends rien, je suis loin de mes chefs et des occasions de me distinguer, je me décourage, je ne vis pas, je végète !... »

Mon oncle m'écoutait sans parler ; son silence me donnait sur les nerfs ; or, quand on a les nerfs agités, on n'est pas loin de divaguer ; ma conclusion le démontra.

« Vous croyez peut-être qu'en me livrant à l'oisiveté, en me promenant, en fumant le cigare, je puis attendre un meilleur avenir.... à la grâce de Dieu ! »

Je ne sais si ce fut l'absurdité de ma phrase, ou mon invocation déplacée à la Providence, qui fit tressaillir mon oncle : le fait est qu'il parut s'émouvoir.

Il est certain qu'il était bizarre de supposer que la Providence fût assez mal inspirée pour protéger un paresseux qui attendait ses bienfaits le cigare à la bouche, ou dans le farniente de la promenade ; mon oncle, qui pour moi représentait la Providence, fut probablement de cet avis.

« Tu as tort de déraisonner, me dit-il, et de ne pas préparer ta route en travaillant et en cultivant ton esprit, mais tu as raison de désirer un sort meilleur ; je te promets de m'en occuper et de te satisfaire. Sois convaincu que ton retour à Milan me ferait plaisir, puisque je n'ai pas de parents plus proches que toi, pour me tenir compagnie et soutenir ma vieillesse. Prends un peu de patience, il ne faut rien précipiter ; à mon retour je m'empresserai de m'occuper de toi et de te trouver à Milan une position qui te permette de te faire connaître. »

Cette promesse me rendait la vie ; je me levai, je pris les mains de mon oncle, je les couvris de baisers ; je les baignai de larmes ; l'idée de retourner dans ma petite chambre à Milan m'avait transporté.

M'apercevant cependant que mon oncle me regardait avec une certaine surprise, je calmai mon enthousiasme excessif pour ne pas éveiller ses soupçons, et peu après je changeai de conversation.

L'heure du dîner était celle des causeries intimes, des

confidences. Le lendemain, mon oncle me racontait les nouvelles de Milan, me parlait de nos amis, de nos connaissances, de nos voisins.

« A propos, dis-je avec indifférence, que dit-on du mariage de la comtesse Savina ? »

Mon oncle me regarda dans le blanc des yeux, avant de me répondre. J'affectai une si parfaite indifférence qu'elle dut lui inspirer confiance, car il répondit en hésitant un peu :

« A dire vrai, on la croit bien à plaindre.

— C'est donc un mariage malheureux ?

— On en juge ainsi dans le monde.

— Sitôt !.... » m'écriai-je. Puis, voulant dissimuler ma surprise et mon émotion, je me versai à boire ; j'affectai de me montrer froid et distrait ; je laissai écouler un moment, en avalant un morceau qui ne voulait pas passer, et j'ajoutai :

« Si je ne me trompe, la comtesse a épousé un noble.....

— Oui, et même de la plus haute noblesse, très-riche, mais un dissipateur, un homme perdu de vices, un débauché, un ivrogne..... un mauvais sujet.

— Mon Dieu ! comment a-t-elle pu avoir de l'amour pour un tel homme ?

— Avoir de l'amour, dit mon oncle en haussant les épaules ; tu sais bien que les grands seigneurs se marient sans se connaître ; ils regardent au nom et à l'argent, voilà tout.

« Le comte Azzone de Montegaldo avait toutes les qualités requises pour faire un excellent mariage. Il appartient à une famille très-riche et d'antique noblesse, et il aurait pu choisir parmi les meilleurs partis ; mais il n'y pensait guère, car il passait une grande partie de l'année à Paris, où on dit qu'il avait une famille illégitime. Il paraît que de grandes pertes au jeu l'ont contraint de chercher une dot, parce qu'il se trouvait dans l'impossibilité de se procurer de l'argent sur ses propriétés couvertes d'hypothèques. Grâce à son mariage, il a retrouvé un peu de crédit et a pu boucher quelques trous. Il n'y aurait pas eu grand mal, s'il s'était amendé ; mais à Milan on prétend qu'il continue à mener joyeuse vie, et qu'il n'a renoncé ni au jeu, ni à la débauche. En attendant, sa pauvre femme au désespoir paie les frais de ses folies.

— C'est une infamie! m'écriai-je.... ce n'est pas un mariage, mais bien la prostitution légale de la femme!..... Si les lois étaient justes pour tous, le comte de Montegaldo devrait être condamné au cachot comme ceux qui trahissent la bonne foi et l'innocence!..... comme les voleurs..... comme les faussaires....,. comme les sacriléges!... » Et, incapable de retenir ma colère, hors de moi à force d'indignation, je donnai un si violent coup de poing sur la table que je fis sauter en l'air les assiettes, les couverts, les verres, que je brisai une bouteille en inondant la table de vin.

Mon oncle fut abasourdi, Rosa accourut au bruit; je baissai la tête, honteux et repentant de mon exaltation.

Je cherchai à me disculper par tous les arguments possibles, mais il était trop tard. Mon oncle avait ouvert les yeux et lisait dans mon cœur; je ne devais plus compter sur lui pour m'aider à retourner à Milan. Tout était perdu!.... Je connaissais trop ses scrupules pour pouvoir douter un seul instant de sa résolution. Il était évident qu'il me condamnait à un exil perpétuel pour me soustraire au danger et pour épargner à sa conscience le remords d'avoir contribué à favoriser un amour coupable. Je ne pouvais plus compter que sur moi-même; la pensée de l'infortune de celle que j'aimais me donnait le courage de tenter mon émancipation, à tout prix, sans le secours de personne. Quand on est jeune et amoureux, tout semble facile; les yeux fixés sur le but à atteindre, on ne prévoit pas les obstacles; l'amour est un sentiment trop élevé et trop sublime pour qu'on songe aux obstacles matériels; après le dîner, quand l'estomac est satisfait, on ne réfléchit pas qu'il faut dîner tous les jours.

Je passai une nuit affreuse à me retourner comme un damné dans mon lit, sans pouvoir trouver le repos. Je voyais la comtesse Savina malheureuse, abandonnée, plongée dans les larmes; je songeais aux moyens de la venger, de la consoler. Notre sainte affection, inspirée par une sympathie réciproque, nous aurait rendus heureux dans toutes les circonstances de la vie. Les richesses étaient la première cause de son malheur, comme la misère était le seul obstacle qui me tenait éloigné d'elle. Si j'étais riche, pensais-je, j'irais m'installer à Milan, je retrouverais une fenêtre en face du palais Montegaldo, et, un beau matin, je paraîtrais devant elle comme aux temps heureux où j'étais en adoration devant le palais Brisnago. Mais les circonstances étaient changées; l'expérience m'ayant appris à quoi aboutit l'amour platonique, cette fois notre amour prendrait une autre direction... Cette fois, si elle ne répondait pas à mon premier baiser, je ne déserterais pas sans être revenu à la charge deux... trois... et quatre fois... et je saurais bien trouver des paroles et des moyens pour obtenir sûrement le baiser de la comtesse Savina, ce baiser que certainement elle ne voudrait pas me refuser, et je m'en réjouissais d'avance... comme l'Arabe mourant de soif au milieu des sables brûlants du désert, quand il pense à la fontaine rafraîchissante de l'oasis.

Je m'endormis vers le matin avec ces idées en tête, à l'heure où le crépuscule apporte un peu de calme à celui qui a passé une nuit agitée. Bientôt je fis des rêves d'abord confus; puis il me sembla voir distinctement la comtesse Savina à une fenêtre basse d'un palais, dans une rue déserte. Je la contemplais absorbé, en extase, quand elle me fit signe d'approcher. Arrivé sous le balcon, je lui envoyai un long baiser d'amour. Elle me regarda avec un sourire triste et disparut. Je restai ébloui à ma place, je ne sais combien de temps, sans perdre l'espoir de la revoir.

Elle reparut, vêtue de blanc, pâle, comme une fiancée qui attend l'époux pour la cérémonie nuptiale. Je joignis les mains pour lui adresser une prière, elle me regardait fixement, et je crus entendre ces mots : Je t'attends.

Je lui fis signe que j'allais revenir, et je me dirigeai je ne sais où pour prendre une échelle de corde. L'échelle avait à l'une de ses extrémités deux crochets, que je lançai sur le balcon. La comtesse Savina ne parut pas y prendre garde; elle attendait toujours, pâle et immobile. Je tremblais comme une feuille; l'échelle était fixée; je commençai à monter. A chaque degré qui me rapprochait du balcon, je distinguais plus clairement les traits de la comtesse. Ces yeux pleins de mélancolie me regardaient avec une expression affectueuse ; ses lèvres ébauchaient un triste sourire... et je montais toujours. J'arrivai si près d'elle que je vis son sein agité par les violentes émotions de son cœur... j'allais atteindre le balcon quand la corde se brisa tout à coup, et je fus précipité dans la rue...

Le choc violent me réveilla. J'essayai de me rendormir pour reprendre la suite du rêve... Impossible ! il ne voulait pas revenir !... Je me levai fort agité. Mon oncle, me voyant souffrant, s'aperçut que j'avais passé une mauvaise nuit.

« Pauvre Daniel ! me dit-il avec affection, tu penses toujours à la comtesse Savina !...

— Pas même en songe ! répondis-je, craignant presque qu'il pût découvrir les mystères de la nuit ; et j'ajoutai : Tout est fini.

— Oui, tout est fini, observa mon oncle, qui tenait à m'enlever toute espérance ; tout est fini et pour plusieurs raisons ; primo : parce que, bien ou mal mariée, elle appartient pour toujours à son mari ; secondo : parce qu'elle est honnête et surtout vertueuse, et que tout le monde le sait ; tertio : parce que si la nature t'a inspiré pour elle une violente passion, l'honneur veut que tu restes éloigné d'elle à tout prix, pour éviter les dangers qui pourraient augmenter ses chagrins et te rendre coupable des plus grands malheurs.

— Je répète que je n'y pense plus, repris-je, et que si j'étais assez fou pour y penser, je crois être un homme d'assez bon ton pour n'avoir jamais donné lieu de suspecter ma conduite. »

L'excellent vieillard feignit de se montrer satisfait de ma déclaration, mais je crois qu'au fond il y ajoutait peu de foi, et moi-même je n'étais guère convaincu qu'entre moi et la comtesse Savina tout fût fini.

## XVI

Le jour suivant, mon oncle partit pour les bains en me laissant entrevoir qu'il avait modifié ses idées sur mon compte. Cependant il se montrait toujours moins disposé à favoriser mon retour à Milan, et plus convaincu que jamais du peu de sincérité de ma guérison. Je cherchais à le faire revenir de ses préventions ; mais il m'écoutait avec une défiance inexorable, hochait la tête en signe de doute, et laissait errer sur ses lèvres un sourire de pitié. Je ne souhaite à personne d'avoir un chanoine pour juge en matière d'amour.

Après son départ, je commençai à ruminer mille projets plus absurdes les uns que les autres ; l'amour surexcite l'imagination comme les boissons alcooliques et amène la folie. Mais toute folie a ses intervalles lucides, ce sont les plus mauvais moments ; la raison qui entre dans un cerveau malade produit l'effet d'un rayon de soleil qui vient frapper les yeux de l'homme atteint d'une ophthalmie. Dans mes intervalles d'exaltation, j'étais heureux. Je me disais qu'un jeune homme avec du courage trouve mille voies ouvertes pour faire fortune ; il faut se remuer, chercher, abandonner la triste solitude, pour se jeter dans la foule et dans le courant social. Maudit soit le calme ; il vous tient toujours immobile à la même place et vous laisse mourir de faim. Dans la tempête au moins on éprouve de grandes émotions. La bourrasque submerge, ou jette les naufragés sur la plage. Dans le premier cas, les chagrins sont finis ; dans le second, on va se rompre les os sur un écueil, ou on aborde dans une île. Il vaut mieux mourir sur un écueil que dans le calme ; la mort la plus rapide est la meilleure. L'île pourrait être habitée par des cannibales, mais ce n'est pas certain ; en tout cas il est sûr que dans la société celui qui ne mange pas est

mangé, et par conséquent un pauvre diable ne risque rien
en tombant dans l'île au pouvoir des cannibales... Mais
l'île peut être fertile, renfermer des mines d'or, être pleine
de trésors. Alors on en fait la conquête, on tue les habitants, et on revient au pays couvert de gloire et chargé de
richesses !... Les richesses sont une puissance souveraine ;
avec les richesses on peut tout obtenir... Je reviendrais à
Milan dans un carrosse à quatre chevaux ; je deviendrais
l'ami du comte de Montegaldo, je jouerais mes trésors
pour obtenir d'être présenté à sa femme. Je serais l'ami
de la maison, celui en qui on a confiance ; et je pourrais
fuir avec la comtesse Savina, loin de l'Europe corrompue, loin de cette société vieillie et caduque qui radote inutilement pour légaliser ses désordres, pour réparer ses
misères, pour trouver une solution à tous ses démêlés !

Nous fuirions dans une île d'une beauté merveilleuse et
féconde comme Taïti ou Madère, d'un aspect enchanteur
comme le golfe de Naples......... nous recommencerions
l'histoire du paradis terrestre..... moins le serpent !

Ces rêves de mon esprit exalté étaient les moments les
meilleurs de ma vie ! un peu de poésie au milieu de la
prose de la vulgaire réalité.

Certainement non, je ne serais jamais allé chercher le
docteur Canziani pour me faire guérir avec ses drogues
du seul bonheur que je pouvais goûter... de mes rêves !

Les hommes graves diront que de pareilles pensées
étaient les divagations d'un esprit malade ; je crois au
contraire qu'elles étaient la seule consolation d'un malheureux. Mais les hommes graves ne sont souvent que
des vieillards radoteurs qui ont oublié leur jeunesse trop
légère.

Ce que généralement on appelle la raison me ramenait,
il n'est que trop vrai, à la vie positive..... au réalisme.
Alors s'évanouissaient les rêves riants. Pauvres songes
de la jeunesse ! qui nous font voir la vie plus belle qu'elle
ne l'est en réalité, qui nous font espérer des félicités
suprêmes qui n'existent pas sur la terre, qui nous font
croire à la gloire, à l'amour, à la poésie, à toutes les nobles
aspirations ! Et plus tard, on apprend que la vie est
pétrie d'un tout autre limon !.....

Songes vaporeux, dans le monde littéraire, vous n'êtes plus de mode !..... L'art a ses vicissitudes comme tous les caprices de la vie extérieure. Aujourd'hui à l'homme idéal succède le réaliste, ce qui n'est pas naturel, mais évident ; l'homme est réaliste à pied ou à cheval, en affaires, à table, au lit ; la femme suit le courant avec des faux cheveux, des talons hauts et des manches larges. Le positif en tout. Mais comment peut-on vivre quand dans la vie domine le néant, quand le tissu de l'existence est composé des trames de l'illusion et de la chaîne des songes ?..... Pour moi la vie idéale, intime, invisible est tout ; le positif, rien. Je sais qu'en supprimant le sentiment et la pensée, je serais un fantoche à la mode... mais je préfère passer pour un homme du temps jadis, entier et complet, et attendre que le monde rassasié de jouissances matérielles en revienne à goûter les délices du cœur.

Cependant, si j'avais voulu suivre le courant moderne, le réalisme ne m'aurait pas manqué. Hélas ! non..... et Rosa me le rappelait chaque fois que la vie de l'âme me le faisait oublier.

Le réalisme !..... il consistait pour moi dans le recouvrement mensuel de mon modique salaire qui, joint au revenu des pommes de terre, des châtaignes, des haricots, me servait à payer la farine du meunier, les factures ordinaires du boucher et du charcutier, et les notes extraordinaires du cordonnier et du tailleur.

Apprendre l'alphabet à des moutards idiots, donner des coups de chapeau à des idiots arrivés à l'âge mûr, vivre et faire société avec des montagnards rusés et matois, des artisans fourbes et vicieux, conduire sa barque au milieu des ambitieux, des roués, des hypocrites de toute condition, lutter contre l'égoïsme universel, se priver souvent du nécessaire, paraître jouir du superflu pour ne pas être humilié devant les voisins, et ne pas incommoder les amis en restreignant autant que possible les besoins nombreux et les idées multiples à la maigre dimension de la bourse : voilà le réalisme !..... Chacun a le sien, du hameau au bourg, de la ville à la capitale ; seulement les passions, les vices et les délits croissent proportionnellement au nombre des habitants et s'aggravent en raison directe du degré de civilisation. La représentation littéraire de ces plaies sociales est une mode qui a passé comme toutes les autres ; rien n'est nouveau sous le soleil ; seulement quand le bien, le beau et le simple deviennent fastidieux par un long usage, on cherche la nouveauté dans les turpitudes, dans le laid, dans le maniéré, et tout le monde est content.

Les meilleurs artistes ne sont pas à l'abri de cet égarement. Bernini sculpte les draperies flottantes de ses statues près des Vénus grecques et du Moïse de Michel-Ange. Après les orateurs, les académiciens ; après la guerre, la paix.

Je ne prétends appartenir à aucune école, à aucun système : je suis l'instinct qui me pousse à révéler sincèrement mes passions, à raconter avec la même candeur les événements et les pensées de ma vie. J'en reviens donc à mes rêves.

Ils s'évanouissaient souvent au choc de la réalité, mais il me restait toujours un grain d'espérance, comme une semence prête à germer au moment favorable.

A l'émotion qui me bouleversa dès la première nouvelle du mariage de la comtesse Savina, avait succédé le calme qui suit la tempête. Mes illusions étaient tombées comme les feuilles d'automne, et l'hiver avait envahi mon cœur. Quand la neige couvre la terre, on croit que la nature est morte ; mais avec les brises du printemps les germes assoupis se développent, et une nouvelle végétation commence. Le récit de mon oncle me dévoila le malheur de ce mariage et les conditions funestes qui rendaient si amère l'existence de l'épouse, et me fit l'effet de ces météores d'avril qui se résolvent en pluie féconde et réveillent la nature. Je sentis mon sang courir plus rapide dans mes veines, et mes espérances refleurir aux frémissements de mon cœur... Je confesse que de telles espérances étaient coupables ; d'après les principes qui la régissent, la société condamne toute violation de la propriété ; mais si la loi examinait à fond les titres de chaque droit de possession, elle découvrirait souvent qu'il a pour base l'usurpation frauduleuse, l'artifice et le vol.

Je préméditais d'enlever au voleur l'objet volé, et la nature m'aurait absous, parce qu'elle ne reconnaît que le droit de consentement réciproque, libre de toute pression sociale. Tant mieux pour la société qui était d'accord avec le chanoine décidé à défendre à tout prix les droits ecclésiastiques et civils, en reconnaissant la légalité des faits accomplis..... et tant pis pour moi!..

Pendant que je discutais en moi-même ces arguments, sous l'empire du plus vertigineux idéalisme, mon oncle, apôtre du réalisme le plus accentué, enlevait ses chaussettes rouges, dépouillait ses vêtements sacerdotaux, sa chemise et son tricot et, réduit au costume d'Adam, se plongeait dans le bain d'eau minérale de Bormio. De sorte que, tout en déplorant hautement mes inclinations naturelles et exigeant que je fusse esclave des devoirs sociaux, il n'en déposait pas moins sans aucun scrupule les vêtements sacrés et rentrait au sein de la nature pour recouvrer sa santé perdue.

Il est donc permis d'invoquer les Naïades et non Cupidon!... Réalisme incomplet....... Mon oncle se plongeant dans l'onde bienfaisante avec la volupté d'un païen, restait chrétien pour conspirer contre un pauvre neveu, qu'il jugeait grièvement atteint d'un mal secret des plus pernicieux, le condamnait à expier par la déportation des fautes non perpétrées, et faisait dépendre une existence entière d'un amour tacite, inconnu, inoffensif, innocent!

Tel était mon oncle!.... inflexible comme le destin, homme excellent au fond, mais chanoine jusqu'au bout des ongles!......

A son retour des bains il me signifia le décret d'exil de Milan et le domicile forcé en Valteline. Aucun raisonnement, aucune promesse ne purent le détourner de sa cruelle sentence. C'était un arrêt irrévocable. A cette condition seulement il m'assura son affection et sa protection, me menaçant de m'abandonner complétement si je faisais mine de m'émanciper. C'est alors que j'ai appris à connaître la liberté. On la définit de diverses façons; j'offre ma définition pour ce qu'elle peut valoir.

La voici! La liberté est un philtre composé d'or et de santé. Avec ce philtre, l'homme est libre dans tous les pays du monde ; sans lui, on peut croire qu'on est libre, mais on ne peut se mouvoir. Chacun crie, s'agite, combat et renverse un gouvernement despotique pour conquérir la liberté, puis, après avoir fondé la république, faute d'or ou de santé il se trouve plus esclave qu'auparavant. Que faire alors?.... La seule chose possible : baisser la tête et se résigner à son sort. C'est ce que je fis moi-même, faute de mieux. Mon oncle, pour me consoler et me récompenser de mon obéissance, me fit cadeau d'une petite somme d'argent pour me permettre de faire face aux besoins de l'hiver prochain ; j'en profitai pour payer mes dettes, m'habiller, et acheter une montre meilleure que celle que j'avais perdue au jeu pendant cette nuit mémorable où Bacchus me précipita dans les bras de Morphée sans me donner le temps de retrouver mon lit.

Le bon chanoine accompagna son cadeau d'un petit sermon, que cette entrée en matière me disposait à écouter favorablement.

« Daniel, me dit-il, si cet argent ne suffisait pas à te procurer le bien-être d'une vie commode, ne crains pas de m'écrire ; je suis disposé à faire tous les sacrifices qu'il est en mon pouvoir de faire, pour te voir heureux dans les limites permises par l'honnêteté. Tâche d'être sage et calme, recherche les distractions honnêtes, fais tous tes efforts pour corriger ton caractère capricieux, léger, irritable et fantasque...... et trop porté surtout à vouloir l'impossible. Habitue-toi à prendre le monde comme il est ; Dieu l'a créé ainsi dans ses impénétrables desseins, et les hommes s'efforcent en vain de le réformer ; l'homme est impuissant à modifier l'œuvre de Dieu ! Suis le droit chemin, ne convoite ni le bien ni la femme d'autrui, ne te fie pas à l'attrait du fruit défendu qui a perdu notre premier père ; contente-toi de ce que tu peux obtenir sans efforts, ni fraude, ni violence, ni mauvaise action. Celui qui dévie de la ligne droite pour courir les aventures ne trouve que précipices. Domine tes passions par la raison, ne les renferme pas dans ton sein, comme une mine dangereuse. Ne sois pas ambitieux, n'aspire pas à la conquête du veau d'or ; crois-en ma vieille expérience, tout est vanité sur la terre..... Vanité des vanités !...... En fin de compte les plaisirs permis sont les meilleurs, une chambre chaude l'hiver, fraîche l'été; un bon lit, une bonne cuisine, une cave bien fournie, et avec cela vivre dans une honnête tranquillité, en prenant toujours pour guide une conscience calme. »

Discours de chanoine ! me disais-je intérieurement, tout en l'écoutant avec une respectueuse attention. Je le remerciai de sa générosité présente et à venir, et lui promis de faire mon possible pour le contenter. Mais je voyais la vie tout à fait à l'opposé de lui.

Question de lentille !.... Je voyais les choses à travers le prisme de la jeunesse et lui à travers celui de la vieillesse.

Comme c'était le temps des vacances d'automne, je m'offris de l'accompagner jusqu'à Côme, mais il ne voulut accepter ma compagnie que jusqu'à Colico ; à notre arrivée en cet endroit il m'embrassa cordialement et me força à rétrograder. Je crois que chacun de nous avait réfléchi aux rencontres possibles sur les bateaux à vapeur du lac pendant la saison d'automne. Avec cette différence cependant qu'il se disait :

« Hélas !....... » et moi : Plût à Dieu !...... » En revenant je pensais aux délices que le monde m'offrait, et aux sévères conditions qui me forçaient à y renoncer. J'avais des ailes..... comme les poulets, que la nature a gratifiés de ces organes, comme pour leur permettre de s'élever au-dessus de l'homme, ce qui ne les empêche pas de se laisser prendre naïvement et mettre à la broche !

Je sentais au dedans de moi un bouillonnement de sensations diverses, de désirs confus, d'aspirations et de besoins contraires, et il me fallait renoncer à tout.

Amours sublimes et éthérés..... Baisers positifs et terrestres, idéalisme et réalisme..... Comtesse et meunière, tout m'était interdit.

La première était trop haut placée...... la seconde trop bas !..... et en somme le sort me condamnait à tourner autour de mon axe, toujours à la même distance du soleil et de la lune, perdu dans l'immensité de l'univers comme un bolide. J'étais assailli par une profonde mélancolie, elle s'élevait dans mon âme comme le brouillard d'automne qui dérobe les objets à la vue.

La vie a besoin d'un but; vivre pour le seul plaisir de vivre est la plus sotte chose du monde.

Je me promenais les mains dans les poches, le cigare à la bouche, le chapeau sur l'oreille et le nez en l'air, attendant qu'il tombât quelque chose du ciel pour rompre la monotonie de mon existence.

Après une longue attente, tomba enfin..... la neige. Parmi toutes les choses qu'on attend, les seules qui ne manquent jamais sont les saisons. Le monde tourne avec la scrupuleuse précision de mon oncle le chanoine, et à eux deux ils ont trouvé le secret de la variété dans la monotonie.

Les malheurs ne viennent jamais seuls, et quand tomba la neige et que les troupeaux furent ramenés dans les étables, je dus ouvrir l'école pour recevoir mes élèves. La neige et l'école me privèrent de mes promenades : grave inconvénient, parce que les jambes qui fonctionnent soulagent beaucoup un cerveau qui trotte, et quand elles sont contraintes de s'arrêter, il en résulte un défaut d'équilibre, l'esprit se fatigue et le corps se repose ; d'un tel trouble des fonctions physiques et morales naît comme conséquence naturelle, l'ennui, la mélancolie, la tristesse, le *spleen* des Anglais.

Après la leçon, je m'enfermais dans mon cabinet, j'ouvrais un livre, et je regardais par la fenêtre pour lire tout ce qui est écrit dans le firmament, dans les astres, dans l'espace. La solitude, le silence, le ciel nuageux, la terre recouverte de neige comme le cercueil d'une jeune fille du blanc tapis symbolique, assombrissaient mes pensées et m'accablaient de tristesse.

Je méditais sur la mort de la nature, et sur la probabilité d'une prochaine fin du monde, quand Rosa m'apporta une lettre de mon oncle qui m'apprit l'heureuse délivrance de la comtesse Savina, devenue mère d'un beau garçon. Encore du réalisme! le monde n'était pas près de finir.

« Le noble nouveau-né, m'écrivait mon oncle, promet merveilles, car, à peine venu au monde, il a assumé les fonctions de juge conciliateur. »

Je croyais que mon oncle était devenu fou ; bien au contraire, il voulait faire de l'esprit, car il continuait en ces termes : « Ainsi la seule apparition de ce rejeton a suffi pour faire évanouir tout dissentiment entre les époux, qui ont oublié leurs discordes passées et se sont réconciliés dans la joie de ce grand événement. Il y a eu des fêtes splendides, des dîners de famille, et une longue queue de carosses à la porte. » Et ici, avec un lyrisme déclamatoire, mon oncle me racontait les consolations maternelles qui compensent largement les chagrins d'une femme honnête : la noble mission d'élever un fils qui porte avec honneur un nom vénéré et contribue, grâce à l'héritage paternel, à l'illustration de la maison et à la gloire de la patrie. L'accouchement de la comtesse avait mis en veine mon oncle le chanoine, qui s'était déchargé en une seule fois de tous les lieux communs accumulés depuis tant d'années dans son cerveau et des sermons de carême de la cathédrale, avec accompagnement d'une véritable orgie de rhétorique. Sa lettre était toute fleurie de dilemmes, syllogismes, métaphores, tropes, pléonasmes, hyperboles, et de tout un luxe de figures de rhétorique pour persuader à son neveu d'abandonner la plus mince velléité d'affection pour une comtesse millionnaire, mariée à un débauché, qui se trouvait converti à une vie meilleure par l'intervention d'un juge conciliateur, d'un nouveau-né !... Il se répandait d'une façon prolixe sur la déplorable insanité de celui qui espère dans une faute ; sur l'infamie des attentats à la tranquillité et à l'honneur des familles ; sur la dépravation impardonnable de celui qui convoite la femme d'autrui !... et il concluait :

« La comtesse Savina est heureuse d'avoir obtenu de la Providence le don précieux d'un fils qui la console de tous ses chagrins, ramène le mari au foyer abandonné, et complète ainsi la famille, pour la défendre contre les les tentations du diable. »

Je pris la plume, et, pour réfuter la lettre de mon oncle, j'écrivis d'une seule haleine dix pages absurdes, pleines de sarcasmes, de cynisme, d'invectives, de blasphèmes contre l'amour et le mariage, la foi et la vertu, les nouveau-nés et la rhétorique, les femmes, les chanoines et le diable. Après les avoir relues, je les déchirai, et je les jetai au feu; ensuite, pour calmer mon exaspération, je ne trouvai rien de mieux à faire que d'allumer un cigare, et de courir à travers la neige respirer l'air pur de la montagne.

Le froid à six degrés au-dessous de zéro m'a toujours réussi comme calmant l'amour et contre la colère. Il ne faut pas oublier que l'addition de quelques verres de bon vin contribuait avantageusement à obtenir ce résultat. La glace et le vin, c'est-à-dire les deux extrêmes, m'ont servi d'antidote dans mes sottises. L'expérience m'avait enseigné la dose, et, tout en me mesurant la quantité de manière à éviter l'abus, elle m'avait laissé la persuasion qu'une bouteille de bon vin est un remède excellent contre les douleurs morales. En employant ce système, je ne suis pas mort de désespoir, et, le lendemain d'une dispute, j'étais encore debout. Qui sait combien de victimes du suicide auraient renoncé à leur projet funeste, si, au lieu de deux pistolets, elles avaient eu deux bouteilles! J'a-voue que le mariage de la comtesse Savina, puis son ac-couchement m'ont réduit deux fois au désespoir; cepen-dant je n'avais pas le droit d'espérer qu'elle demeurerait vieille fille, ou qu'elle n'aurait pas d'enfants; elle ne pou-vait ni courir en Valteline pour me demander la faveur de devenir ma femme, ni, une fois mariée, rester sans en-fants; ce qui était arrivé devait naturellement arriver: mais l'homme se désespère souvent non-seulement de ce qui lui arrive d'imprévu, mais encore des faits naturels ou sociaux qui sont dans l'ordre des choses. Celui qui joue est désespéré de perdre!... et plus nous nous mon-tons l'imagination, plus nous devons nous attendre à souffrir, parce que, outre les pertes positives qui peu-vent être considérables, nous aurons aussi à déplorer celles de nos illusions, de nos chimères et de nos rêves.

Mais l'espérance est une fleur bizarre de la vie, qui presque toujours se nourrit de vent, n'en subsiste pas moins, et nous console avec son parfum embaumé: sem-blable à certaines orchidées des régions tropicales qui, suspendues en corbeilles dans les serres, se nourrissent d'air et de vapeur, mais néanmoins s'épanouissent avec

orgueil et produisent des fleurs magnifiques et odorifé-
rantes. Mon oncle, avec le dévergondage de sa rhétorique,
avait essayé d'arracher mon orchidée, mais mon cœur
l'avait assurée contre les dangers de la grêle, et elle vivait
encore, quoique suspendue à un fil...

## XVII

Le temps, l'éloignement, le souffle continu des froids
aquilons du pôle, représentés par les lettres de mon oncle
le chanoine, qui profitait de toutes les occasions favorables pour me jeter une douche d'eau froide sur le dos,
finirent par éteindre presque entièrement la flamme qui
me consumait depuis les premiers jours de ma jeunesse.
Je contemplais avec tristesse les dernières étincelles qui
montaient au ciel, en songeant que, la flamme éteinte, la
lumière et la chaleur font défaut, et qu'il ne reste plus
que de la fumée, de la cendre et du charbon. Au dedans
de moi je sentais le vide, au dehors je ne voyais qu'obscurité; la vie me faisait l'effet d'un voyage nocturne dans
un ballon, sous un rideau de nuages qui cachaient les
étoiles. J'inaugurai la saison d'hiver dans cette disposition
d'esprit.

Un après-dîner, je me réchauffais au feu de mon foyer
solitaire, quand j'entendis frapper à la porte. Rosa accourut avec une lettre à la main. Agathe m'invitait au nom
de ses parents à passer la Noël avec eux, et ajoutait qu'il
y avait aussi place pour Rosa, Martino et Menica; personne ne devant rester seul en ce jour. Bitto, ayant toujours conservé l'habitude d'aller dîner à la maison Bruni,
n'avait pas besoin d'être invité. Cette invitation était un
hommage à l'école du village, représentée par ma petite
famille, composée du maître, de la bonne et du chien,
c'est-à-dire l'esprit et le cœur qui enseignent..... et la bête
qui écoute. Il y avait quelque temps que je n'avais passé la

journée dans cette excellente famille, et le jour de Noël j'arrivai chez eux, le cœur joyeux et reconnaissant de leur constante et si délicate amitié. Ils m'accueillirent comme un frère, avec une cordiale familiarité, et nous échangeâmes les souhaits les plus sincères pour le nouvel an.

Je les trouvai tous assis autour du feu ; ils se serrèrent pour me faire place.

« C'est ainsi que le foyer me plaît, dis-je, entouré de parents et d'amis, et non pas désert comme le mien. » La grosse bûche et les tisons crépitaient au fond de l'âtre, pendant qu'une oie de la plus belle venue rôtissait à la broche. Le calme rayonnait sur toutes ces figures ; la sérénité disposait à la bonne humeur.

M. Nicolas se moquait de Martino qui n'osait s'approcher du feu, de crainte que les étincelles produites par le crépitement du bois ne missent le feu à son bel habit d'hiver tout neuf, qui, destiné à le préserver du froid, l'obligeait, chose bizarre, à rester loin du feu. Ce qui prouve simplement que le but de ses patientes épargnes était manqué.

« Si tu avais un vieil habit, lui disait M. Nicolas, tu resterais près de nous à jouir du feu, au lieu d'être esclave de ton luxe ! » Martino riait comme un niais ; il était fort perplexe et se demandait avec angoisse s'il devait rester éblouissant avec ses habits neufs ou reprendre la liberté de ses mouvements avec ses guenilles, si bien qu'au lieu de se trouver heureux comme un prince, après avoir atteint le but de ses désirs, il se voyait aux prises avec un chagrin imprévu. Voilà la vie !... l'espérance est souvent plus belle que la réalité. L'orchidée, quand elle pousse, a l'air d'un phénomène, et quand on la prend dans la main, ce n'est plus qu'un oignon. Martino le sentait comme moi, mais ne savait comment le dire ; nous étions tous deux entêtés dans notre idée : lui de conserver ses habits neufs, moi mes vieilles illusions.

Cependant en ce moment la réalité pouvait suffire à tous nos besoins, et elle avait bien aussi son côté attrayant. Nous avions faim et ces exhalaisons gastronomiques qui nous chatouillaient le nerf olfactif étaient pleines de promesses. Cette douce chaleur, ce crépitement du feu, mis en parallèle avec la température extérieure et le désolant spectacle de l'hiver, nous réchauffaient les membres. Cette clarté éblouissante qui inondait la cuisine, qui brillait sur les chenêts et sur les cuivres luisants des parois, illuminait une scène de félicité intérieure. Autour du foyer s'étaient réunies les joies faciles et positives d'une bonne famille. Dans ce milieu si calme, je me sentais naître à une vie nouvelle. A l'exemple de ces animaux qui, arrivés à un certain degré de développement, changent de peau, de même je crois que l'homme, l'ardeur de sa première jeunesse passée, subit une crise qui modifie son organisme. J'étais évidemment arrivé à ce point, car je comprenais bien qu'il s'opérait en moi une transformation importante. Et c'est peut-être à cette époque de la vie que les maladies héréditaires commencent à manifester leurs graves symptômes. En effet, à mesure que je dépouillais le jeune homme, je me surprenais à ressentir les goûts de mon oncle le chanoine; l'amour de la paix... une chambre chaude, une bonne cuisine, une cave bien fournie... et une bonne femme!... ajoutais-je.

Mes goûts changeaient, l'idéalisme s'évaporait, et je commençais à apprécier les goûts modernes, à devenir apôtre du réalisme; je me demandais aussi comment il serait possible de se créer une petite famille comme celle que j'avais devant moi, simple, aisée, tranquille, honnête, heureuse! En reportant mes souvenirs sur mes prétentions antérieures, prétentions bien au-dessus de ma modeste condition, les habits de fête de Martino qui, à peine endossés, lui causaient une désillusion, me revenaient à l'esprit, et je disais en moi-même : Qui sait?... mon sort aurait pu être le même!... et qui tombe de haut se tue!

Il vaut mieux se contenter de peu, mais à bon escient. Aujourd'hui je me contenterais d'une existence rangée, conforme à mes moyens, sans luxe ni faste, sans perdrix aux truffes... Une femme modeste, une cuisine chaude et un poulet rôti!... voilà ma nouvelle ambition.

Cependant avec le réalisme je retombais dans mes rêves... parce que c'était un rêve pour moi que tout ce qui dépassait le montant de mon modique salaire et des maigres revenus de mes terres.

La base du réalisme est l'argent ; aussi, cette base me faisant défaut je retournais à l'idéalisme. Quoi qu'il en soit, ce soir-là le rôti n'était pas un songe !.., et la cuisine chaude non plus... ; pour ce qui est de la femme, on y pensera après dîner, me dis-je intérieurement. En attendant, je ne me lassais pas de contempler le tableau placé devant mes yeux, palpitant de vie dans les personnes et dans les choses ; tout s'agitait dans ce milieu fortuné, l'homme et la broche, on entendait un murmure confus de voix humaines et de marmites.

Je me figurais être M. Nicolas !... il me représentait le portrait de l'homme heureux. Réchauffé par la flamme de son bois, mis en bonne humeur par les émanations de sa cuisine, aimé de sa femme, de sa fille, entouré de ses amis, désaltéré par son vin, il n'avait rien à envier sur la terre !... Tout concourait à sa félicité. Moi, je n'avais rien, la maison était à mon oncle, l'école à la commune, et quand j'étais amoureux, ce n'était pas de ma femme ! Celle à qui j'aspirais ne pouvait même pas le devenir. Je ne possédais que les ennuis de l'éloignement, mes dettes... mes défauts et mon chien !... Celui-ci était bien à moi par l'affection réciproque qui nous unissait. Un chien, c'est peu de chose, mais j'étais plus heureux de dire « mon chien », que certaines femmes de dire « mon mari », certains ministres « mon ministère », certains souverains « mon trône ».

« Messieurs, la soupe est servie, » annonça Menica.

Je tombai, comme d'habitude, du haut des nuages où mon imagination m'avait transporté, pour retomber à la place qui m'était destinée à la table commune.

La salle à manger faisait plaisir à voir. La nappe et les serviettes resplendissaient de blancheur, les cristaux brillaient d'un éclat fulgurant à la lumière des bougies ; des assiettes d'anchois, de jambons, de beurre frais, de céleri garnissaient la table, et sur les étagères du buffet un dessert varié faisait cortége à un superbe *panettone* [1] de Milan, qui paraissait se faire gloire de son obésité, entre la moutarde et le nougat, comme en Chine le Fils du Ciel

---

1. Sorte de pâtisserie sèche particulière à la Lombardie.

entre deux mandarins. J'étais assis en face de M. Nicolas, entre Agathe et sa mère; Rosa nous servait; à la
cuisine Menica et Martino préparaient les plats, et Bitto
passait en revue ceux qu'on enlevait, en attendant sa part.

La transformation morale préparée par le temps et par
les désillusions et complétée à l'aspect de la paix domestique autour d'un foyer splendidement garni avait excité
mon appétit. Pareil au ver à soie qui, après avoir changé
de peau, mange avec voracité, je faisais honneur au
festin, d'accord avec mon oncle, parce que, quand on a la
conscience tranquille, l'estomac vide nous prédispose
favorablement à la noble fonction de réparer les pertes de
la nature. Le fumet des viandes et le bon vin délient la
langue, rendent l'esprit plus alerte et le cœur expansif et
gai. Cette agape fortunée fut joyeuse du commencement
jusqu'à la fin, et je m'en rappelle les plus minutieuses
particularités, parce qu'elle a marqué dans ma vie comme
une circonstance mémorable.

Ce jour-là, un voile me tomba des yeux et me permit de
découvrir ce qui jusqu'alors avait échappé à mes regards.

En causant avec Agathe, je remarquai pour la première
fois qu'elle avait des yeux d'une douceur angélique et
qu'une vive lueur illuminait sa pupille bleue et profonde
comme les eaux du lac. J'éprouvais intérieurement l'émotion de l'aveugle qui recouvre la vue, l'enthousiasme de
Colomb devant la terre inconnue, la joie de Galilée découvrant les trésors du ciel.

La foi éclaire les croyants, je me sentais converti à
l'adoration... des femmes blondes !

Comment n'avais-je jamais vu les fossettes si gracieuses
de cette peau blanche et rose ! Comment avaient échappé
à mon admiration ces traits délicats, cette mobilité du visage qui indique tous les mouvements de l'âme ? Comment n'ai-je jamais été frappé de ce rayon pénétrant qui
brillait dans ses yeux ? Comment pouvais-je la regarder
sans la voir, m'approcher d'elle sans ressentir cette secrète intuition qui révèle la beauté, effleurer sa robe sans
éprouver un délicieux frémissement au contact de sa
personne ? Mystères du magnétisme et de l'amour !...
Peut-être que les impressions reçues par les yeux restent

superficielles toutes les fois qu'une image fixée dans le cœur ne permet pas l'accès de nouveaux objets ; ou peut-être les émanations de l'âme offusquent-elles la vue, comme les vapeurs qui ternissent les vitres... Le fait est que, dans mes longues conversations avec Agathe, je n'avais pas remarqué ses charmes ni sa beauté calme et tranquille qui enfin se révélaient à mes yeux, surpris d'une si agréable découverte.

Ainsi, sans attendre les effluves printaniers, presque au milieu de l'hiver mon cœur s'ouvrait en serre chaude, comme une plante qui éclôt artificiellement, et renaissait à un nouvel amour... à cet anthropophage destiné à manger son semblable, déjà presque mort de faim.

Je passai quelques heures délicieuses et trop rapides en adoration devant ma découverte, l'âme en proie aux sensations et aux pensées tumultueuses qui m'avaient autrefois assiégé, avec l'inévitable désordre d'un change-ment de garnison ; aussi, avant de recommencer une nou-velle lutte, il me parut nécessaire de réorganiser la troupe.

Une causerie amicale sur des sujets insignifiants m'aida à préparer le terrain, et fut comme la préface en prose d'un nouveau volume de poésies.

En me parlant des désagréments de la saison, Agathe me demanda :

« Comment passez-vous les longues soirées d'hiver ?

— Dans l'ennui de la solitude, seul avec mon chien !

— Pourquoi ne venez-vous pas à la maison faire un peu de lecture ?

— Vous voulez donc que je vienne vous lire le *Savant jardinier ?*

— Non, non, fit-elle en riant ; ce livre, vous devez le lire seul, comme encouragement aux travaux des champs, comme calmant de certaines passions...

— Et comme somnifère, plus puissant, ajoutai-je, que l'opium !

— Combien en avez-vous lu jusqu'à présent ?

— Cinq pages.

— Cinq pages en plus d'un an !...

— Que voulez-vous? il ne peut m'entrer dans la tête.

— Vous avez donc la tête dure ?

— Oui, répliquai-je, mais pas le cœur... » Et je lui lançai un regard perçant comme une flèche. Elle en fut toute surprise, confuse et comme étourdie, car le sang lui monta au visage et elle devint toute rouge. Elle n'était pas habituée à de pareils coups d'œil ; elle baissa les yeux ; puis, après un instant de silence, elle reprit :

« Je vous assure que nous passons des soirées délicieuses, en excellente compagnie...

— Du docteur, du pharmacien et du curé ?

— Non, nous avons supprimé le tarot ; et les vieux amis fidèles à leur affection pour les cartes ont suivi les rois, les valets, les cavaliers et ont porté ailleurs leurs tentes. Maintenant ils, viennent nous faire quelques visites amicales, dans la journée, et nous laissent la soirée libre pour notre nouvelle compagnie.

— Mais quelle espèce de compagnie avez-vous trouvée au village ? Peut-être la race sauvage des montagnards avec le chapeau sur la tête et les sandales aux pieds.

— Vous vous trompez. Nous avons une société distinguée. Enfermés au salon avec le poêle bien chaud et une excellente lampe munie d'un abat-jour qui concentre la lumière sur la table ronde, nous évoquons les ombres des hommes illustres de tous les temps et de toutes les nations. Ils paraissent et disparaissent à nos ordres sans se faire prier. Ils nous racontent leurs voyages, leur histoire, les romans, les poésies, les événements les plus intéressants de tous les pays les plus civilisés du globe. Aussi les soirées d'hiver nous semblent courtes, parce qu'on va loin de la maison sans bouger ; des steppes de la Russie, des pampas de l'Amérique, des déserts de l'Afrique on fait une seule étape, et l'on trouve son lit.

— Très-bien !... J'ai pensé souvent aux délices de la lecture en commun, dans des conditions agréables ; mais ce désir, comme tant d'autres, est resté pour moi lettre morte... Et que lisez-vous ?

— Je vous l'ai dit, toutes sortes de bons livres... excepté toutefois les ennuyeux !

— Comme le *Savant jardinier*.

— Certainement, parce que ce sont des livres en-

nuyeux ceux dont on peut tirer parti par l'étude ; mais
on ne peut les admettre aux réunions du soir d'un cercle
de famille. Ils doivent se limiter à la chaire, au cabinet
de l'étudiant, mais pour être admis dans la société il faut
déposer la toge doctorale et revêtir l'habit du gentilhomme
qui se fait scrupule d'ennuyer les amis, de faire dormir
les femmes et les enfants.

— Et où trouvez-vous des livres ?...

— A Milan, à Florence, à Paris, à Turin. A mon retour de la pension, où une directrice intelligente m'avait
fait entendre qu'à l'école on apprend seulement à étudier,
mais qu'à la maison il faut compléter son instruction
par une lecture choisie, j'ai demandé à mon père d'introduire dans son budget domestique une somme annuelle
consacrée à la nourriture intellectuelle, nécessaire comme
la nourriture du corps. A quoi sert l'école, si l'éducation
ne continue pas ? En quelques années d'études peut-on
apprendre tout ce qu'on doit savoir ? On effleure à peine
les éléments des sciences les plus usuelles. Donc la lecture est le complément indispensable d'une bonne éducation, et il est étrange que chaque famille ne dépense pas
en livres une somme proportionnée à ses revenus. Cependant ces idées si naturelles parurent étranges à mon
père, qui n'avait jamais songé à acheter un livre et lisait
à peine un mauvais journal... et le calendrier. Comme
fille unique, et chérie de mes parents plus que je ne le
mérite, mon père acquiesça à ma requête, demanda aux
libraires leurs catalogues, et chaque mois nous fîmes l'acquisition des nouveautés intéressantes. Mon père me
disait l'autre jour que maintenant il lui semble impossible d'avoir pu vivre tant d'années sans livres, et sans
éprouver le besoin d'en avoir. Être privé de lire serait
maintenant pour lui le plus grand des sacrifices. La lecture du soir fait ses délices, et il lit même quand il est
seul, dans sa chambre et sous la tonnelle du jardin. Ce
délassement est nécessaire pour tout le monde, mais pour
celui qui habite la campagne il est aussi indispensable
que la lumière à celui qui marche la nuit.

— C'est vrai... vous avez toujours des idées justes qui
me frappent et me font admirer votre bon sens dans un

âge aussi tendre. Ah ! la lecture des bons livres, voilà
l'explication de l'énigme. Maintenant je ne serai plus surpris d'entendre sortir de votre bouche des opinions, des
conseils, des paroles, qu'on ne peut attendre de certaines
femmes d'un âge mûr, parce qu'après leur sortie de pension elles n'ont jamais lu que le journal de modes ! Aussi,
dans un village désert, vous êtes plus cultivée que beaucoup de dames des villes, qui vivent en société comme
les fleurs dans un bouquet, c'est-à-dire sans aliment substantiel, avec leurs corolles de couleurs variées sur une
tige de fil de fer, belles le soir au bal et au théâtre, et
fanées le lendemain. »

Agathe m'écoutait sans fausse modestie, tout en continuant à m'énumérer les plaisirs et les avantages de la
lecture, et concluait en m'invitant à assister à la lecture
du soir.

« J'y viendrai certainement, lui répondis-je avec reconnaissance, et je suis sûr que les soirées de cet hiver seront
plus belles pour moi que les jours d'été, plus utiles
qu'aucune autre étude, plus chères qu'aucune distraction
de la ville. » Elle me remercia d'un coup d'œil gracieux et
j'y répondis par un long regard affectueux et éloquent.
Nos yeux se rencontrèrent et restèrent quelque temps
comme rivés l'un à l'autre par une force irrésistible.

Moi qui en amour ne connaissais d'autre langage que
celui des yeux, je me reprochais intérieurement de n'avoir
pas su lire jusqu'à présent dans les yeux charmants
d'Agathe.

Il était presque minuit quand je quittai la maison Bruni
avec Rosa et Bitto.

Je respirais une de ces brises hivernales qui arrêtent
l'eau des cascades en les changeant en stalactites de
glace, et cependant je ne sentais pas le froid, tant mon
cœur avait chaud. En chemin Rosa me raconta que Beppo
allait mieux, qu'elle l'avait appris de sa femme qui était
venue pendant le dîner prendre un panier préparé par
Agathe, et chargé de bouillon, de pain, de viande, de vin,
sans compter les douceurs pour les enfants. Le pauvre
convalescent et sa famille ont célébré également la fête
de Noël ; mes hôtes avaient complété leur joie par un

acte de bienfaisance, car il n'y a que les égoïstes qui peuvent jouir de leurs biens sans en faire part aux malheureux. Pour rendre parfaite la félicité de toute âme bien née, il lui faut la satisfaction d'avoir allégé les peines des malheureux. Cette bonne journée fut suivie d'une nuit tranquille, et au matin je me réveillai prêt à espérer en des jours meilleurs.

Mes écoliers me trouvèrent gai, indulgent, et en profitèrent aussitôt pour se montrer indisciplinés et bruyants. Mais quand le cœur est content, les aspérités semblent lisses et les grimaces mêmes font rire.

Le soir je courus à la maison Bruni, et bientôt ce fut pour moi une bien douce habitude. S'il y avait du monde, j'en profitais pour causer avec Agathe; si la famille était seule, nous faisions la lecture en commun.

Je commençai à faire de nouvelles et importantes découvertes. En premier lieu, quand Agathe riait, elle entr'ouvrait ses lèvres fraîches comme des roses, et découvrait deux rangées de dents blanches qui étaient un vrai prodige de la nature; quand un rayon de lumière éclairait ses cheveux, on les voyait briller de reflets dorés, comme un champ d'épis mûrs; quand elle élevait le livre pour l'approcher de la lampe, les doigts de ses petites mains paraissaient transparents, tant sa peau était délicate; si elle se levait pour prendre un objet quelconque, son corps flexible se pliait avec la grâce d'une fleur agitée par le vent, et son petit pied mignon cheminait avec une telle légèreté qu'à peine il effleurait le plancher. Quand elle lisait des pages émouvantes, des actions généreuses, des faits qui honorent l'humanité, tous les muscles de son visage réflétaient les émotions de son âme avec une telle mobilité d'expression que je déplorais de n'être pas photographe, afin de pouvoir fixer sur le papier par une reproduction instantanée ces nuances fugitives.

Quelle magnifique image de l'âme sensible sous cette peau agitée d'un délicieux mouvement nerveux, sous cette contraction des muscles ravivée par l'éclair des yeux, ou adoucie par une larme!... En la regardant, je comparais son visage à ces poèmes qui nous révèlent de nouvelles beautés à chaque lecture, et je demeurais stupéfait de ne l'avoir pas comprise plus tôt. Réfléchissant ensuite à son attitude en face de moi, à ses attentions délicates, à son bon sens, aux vertus qui faisaient l'ornement de son noble caractère sous le voile d'une apparente simplicité, à son esprit sans prétention, à cette humeur égale et bienveillante, je commençais à me sentir sous le charme d'une sérieuse admiration, d'une affection respectueuse et je me prenais à concevoir des désirs et des espérances supérieurs à la pauvreté de ma condition.

Les Bruni n'étaient certes pas à comparer aux Brisnago : ils n'avaient ni millons ni luxe ; mais, vivant à la campagne dans une simplicité pleine d'aisance, avec ordre et économie, ils passaient leur temps agréablement, et comme Agathe était fille unique, belle, instruite, et en même temps excellente ménagère, elle avait le droit de trouver un mari, sinon plus riche, au moins aussi riche qu'elle et certainement dans une position plus élevée qu'un pauvre maître d'école de village, logé par charité dans la maison de son oncle le chanoine.

Cette fois mon amour raisonnait et calculait. L'amour fantastique à dix-huit ans mène aux étoiles, l'amour raisonnable après vingt ans conduit au mariage. Souvent le premier n'est qu'un rêve, une orchidée qui pousse et fleurit à l'air ; le second est un fait positif, qui a pour légitime conséquence la multiplication de l'espèce et entre dans le domaine du réalisme.

Un pauvre maître d'école de village, chargé d'instruire les ignorants, ne doit pas oublier que ses maigres émoluments le condamnent au célibat perpétuel, s'il ne trouve une femme plus riche que lui, ou qui au moins soit en état de gagner son pain. L'association de la pauvreté lui est interdite par le bon sens, et le bon sens lui conseille de ne pas augmenter le nombre des malheureux qui embarrassent le monde de leur misère, au grand désespoir de la société. Ces réflexions m'engageaient à préparer mon avenir avec sagesse ; et estimant mon éducation comme un fonds productif, ma profession comme un revenu, et mon oncle le chanoine comme un capital placé à intérêts, je prétendais avoir droit à une dot correspondante du côté de ma femme.

Ah ! cette fois mon espérance n'était pas une orchidée !
Je n'avais pas en tête des rêves fantastiques et je ne
m'exposais pas aux précipices. Je déposais ma semence
sur la terre et, en la cultivant suivant les règles du *Sa-*
*vant jardinier*, j'avais quelque raison d'attendre qu'elle
germât.

Qu'en adviendra-t-il ? me demandais-je à moi-même.
Un chêne ou une carotte ? Dieu veuille m'épargner le
sourire sardonique des chanoines !

# XVIII

J'étais un soir appuyé à mon balcon, en contemplation
devant la campagne, absorbé dans mon nouvel amour,
le cœur ouvert à l'espérance ; je pensais à l'or de sa chevelure, et, sans préjudice de la passion, un peu aussi à
l'or de la bourse paternelle ; et je me disais que la valeur matérielle et morale de la fille comme complément
devait constituer une famille heureuse. Je me berçais de
l'idée d'avoir enfin réussi à mettre d'accord le cœur et
la raison, quand je vis passer de loin les époux Bruni
sans leur fille. « Agathe sera seule à la maison, pensai-je
tout à coup ; saisissons l'occasion par les cheveux ; » et je
courus incontinent à la maison Bruni. En effet, Agathe
était seule ; mais elle ne me reçut pas dans le petit salon
comme d'habitude ; elle me conduisit à la cuisine avec
Menica et Martino. Pourquoi donc ne m'accueillait-elle
plus comme autrefois, avec l'intimité d'un frère ? A cette
demande que je m'étais faite intérieurement, ma conscience répondit aussitôt :

« C'est clair, tes regards amoureux lui ont révélé ta
passion. Tu as perdu les droits acquis, pour en gagner
d'autres avec un autre titre et dans des conditions différentes. »

Le commensal qui devient prétendant sort de la loi

commune, il doit se préparer à être accepté ou écon-
duit et renoncer à être traité comme familier de la maison. Satisfait de son attitude réservée, je me résignai
à mon destin, et je pris mes dispositions pour être bien
accueilli.

Par bonheur Menica allait et venait sans s'occuper de
notre conversation. Martino n'en comprenait pas un mot;
son intelligence très-bornée ne saisissait que les choses
les plus vulgaires. Bientôt Menica disparut, suivie de Martino, et nous restâmes seuls. Je m'assis devant le foyer,
et me réchauffai les mains, en parlant de choses indiffé-
rentes, les yeux fixés sur Agathe de la façon la plus tendre, pendant qu'elle restait debout occupée à rassembler
les tisons avec les pincettes et à dessiner des hiéroglyphes
sur la cendre. Comme elle était belle! Les nattes soyeuses
de sa blonde chevelure entouraient son front pur comme
un diadème : son œil limpide et profond brillait d'un
éclat tranquille, et les traits de son visage, d'une rare
finesse, s'harmonisaient avec un doux sourire qui révélait
la délicatesse des sentiments. Ses mouvements, légers et
flexibles, étaient exempts de coquetterie, et une sorte de
nonchalance naturelle leur imprimait un caractère indéfinissable de distinction.

Comparant toutes ses qualités avec mes nombreux
défauts et avec ma réputation d'homme à l'humeur
étrange, réputation confirmée par mon inconduite passée,
le courage me manquait pour lui exprimer de vive voix
ce que mes yeux lui avaient déjà dit.

Après quelque hésitation, je réfléchis qu'avant d'engager les hostilités par une déclaration imprudente, il était
préférable de sonder au préalable son opinion sur mon
compte, et tremblant déjà à l'idée de ce qu'elle allait répondre, je me tournai vers elle et lui dis avec un regard
suppliant :

« Agathe.... dites-moi franchement ce que vous pensez
de moi...

— Que vous êtes un homme comme il faut... mais un
peu fantasque; un homme intelligent, quoique paresseux... voilà tout.

— Je reconnais là votre indulgence.... Vous êtes bonne

autant que vous êtes belle, je voudrais vous ouvrir mon cœur.... vous dire que vous m'avez toujours inspiré de la sympathie.... mais que depuis quelque temps cette sympathie menace de faire des progrès.... et de me traîner...; mais je crains de perdre votre estime.... je n'ose espérer.... ni vous en dire plus long. »

Elle leva les yeux, me regarda en face sans sourciller, et m'encouragea par un regard qui voulait dire : « Je vous aime !.... »

Je lui répondis par ce langage des yeux qui ne trompe pas, dont le sens est compris à première vue, même par ceux qui ne savent pas lire, et qui signifie clairement : « Je vous adore! »

Nos yeux restèrent longtemps confondus dans un même regard, si longtemps qu'à la fin je me sentis comme fasciné ; elle baissa les paupières en devenant rouge comme une belle rose de mai. Transporté d'enthousiasme, je m'écriai :

« Merci... Agathe.... maintenant je suis heureux!

— Heureux de quoi? me demanda-t-elle d'un air qui me fit frissonner; et de quelle faveur me remerciez-vous? »

Je chancelai.... il me semblait que j'allais regarder au fond d'un précipice... le vide m'attirait.... mes cheveux se hérissaient... Je crois qu'elle eut peur, car elle mit une main sur mon genou, en me demandant avec inquiétude :

« Qu'avez-vous?

— Je me sens mourir !.... répondis-je.

— Mon Dieu!.... comment passez-vous si rapidement du bonheur à la mort? Allons!... remettez-vous... quel est le motif d'un pareil changement?...

— Vous, vous seule.

— Moi? mais que vous ai-je fait?

— Vous m'avez dit : Je vous aime, et puis vous avez feint de l'ignorer.

— Mais je n'ai jamais prononcé ces mots!

— C'est vrai, vous ne l'avez pas dit avec la bouche, mais avec les yeux... La bouche peut mentir; les yeux, jamais... Je sais lire dans les yeux mieux que dans les livres... et les vôtres m'ont dit : Je vous aime!... Pouvez-vous le nier ? »

Elle sourit avec malice, me regarda de nouveau avec la même expression, et me dit :

« Comme vous êtes expert dans la connaissance du langage secret de l'âme!... Vous l'avez donc souvent étudié?...

— Demande insidieuse! lui dis-je... Je répondrai sincèrement quand il en sera temps; mais maintenant le point important est de régler la question qui me tient suspendu entre la vie et la mort. Dites-moi, je vous en prie, quand j'ai traduit en langage vulgaire l'expression de vos yeux, me suis-je trompé?...

— Vous êtes traître comme un traducteur, me répondit-elle en riant.

— Per Bacco! une explication sincère vous coûte beaucoup, que craignez-vous donc?

— Vous avez deviné aussi cette fois. Oui, je crains mille choses. Il y a des paroles qui, dites une fois, décident du destin de la vie, et qu'on ne peut prononcer sans hésitation. Il faut y penser sérieusement; notre sort peut dépendre d'un seul mot; oui ou non peuvent signifier quelquefois une longue série d'années heureuses ou malheureuses; c'est le dé qui décide des joies ou des chagrins, non d'une personne, mais d'une famille et peut-être d'une longue génération! Il faut y penser sérieusement.

— Mais le cœur!....

— Ah! le cœur! c'est précisément le cœur léger qui pèse le plus lourdement sur tout et sur tous! Le cœur léger se laisse aller trop facilement à ses inclinations subites, ils traîne aux gémonies ceux qui le suivent, et les précipite avec lui dans un abîme de malheurs qui font de la vie domestique un enfer.... et parfois poussent au désespoir et au crime! Cela vous paraît facile de dire oui ou non quand il s'agit de la route à suivre dans notre pèlerinage sur cette terre, cependant c'est la décision la plus grave de la vie!....

— Mais l'amour est aveugle, observai-je.

— Il faut le guérir, répliqua-t-elle.

— Alors, d'après vous, il faut probablement envoyer

l'amour dans une maison de santé, où on soigne les maladies des yeux, ou bien encore à l'hôpital des aveugles pour lui apprendre à lire les écritures en relief et le mettre en apprentissage.

— Certainement, l'amour moderne doit être raisonné, modéré et prudent.

— Agathe, m'écriai-je, pour une jeune fille vous êtes trop positive.

— Il vous plairait mieux que je fusse poétique, accessible aux illusions, sensible aux flatteries? vous voudriez me voir rechercher l'homme idéal?....

— Non, je vous en prie, Agathe.... les hommes et les femmes à imagination fantastique ne se trouvent que dans les romans.

— Eh bien, nous sommes d'accord; l'amour antique n'est plus de notre temps, nous lui avons coupé les ailes, c'est vrai, mais nous l'avons guéri de sa cécité. Maintenant il suit sa voie, habillé à la moderne, et n'est plus si dangereux. C'est pour cela que toute femme honnête peut voyager seule à travers l'Europe, fréquenter les universités et les académies, sans cesser d'être respectée. Autrefois il n'en était pas ainsi. Cupidon se montrait partout. Cet enfant ailé, avec les yeux bandés, armé de flèches, d'un arc et d'un carquois, tirait au hasard sur les passants, et leur portait des coups meurtriers. Si vous le voyez encore de notre temps circuler dans le monde, pénétrer à la sourdine dans les maisons avec les ruses raffinées du contrebandier, avouez franchement que c'est un malfaiteur... ou un imbécile. Et alors gare à ses victimes!

— Je suis de votre avis.... même quand il s'agit de l'amour, il faut donner place à la raison, et mettre d'accord le cœur et le bon sens. Je l'ai fait aussi, et en vous offrant mon amour sincère et profond, je crois aussi pouvoir vous assurer que j'ai consulté la raison et les convenances. A moins que vous et vos parents ne me trouviez trop pauvre pour aspirer à votre main. Ce doute m'a fait hésiter longtemps à vous déclarer mon affection.

— Mes parents vous estiment et vous aiment, ils n'entendent certes pas me vendre au plus offrant, et je crois qu'il n'y a de vraiment pauvres que les paresseux.... et les ignorants. Celui qui étudie, travaille et a un bon capital dans la tête, n'est jamais pauvre.

— Vous n'êtes donc pas hostile à mes vœux et vous ne m'estimez pas indigne d'aspirer à votre main?

— Une vague appréhension me reste.... une crainte indéfinissable de périls inconnus.... je crains de n'avoir pas une influence suffisante pour fixer votre vie. Je vous le dis en toute sincérité, je n'aurais pas la force de survivre à la moindre désillusion.... j'entends me donner entièrement à celui qui pourra m'en promettre autant..... pour la vie.... pour l'éternité.... sans aucune espèce de restriction.... jusqu'à mon dernier soupir.... ou tout ou rien!... »

En parlant ainsi, ses yeux reflétaient une animation extraordinaire qui lui donnait une attitude d'énergique résolution. C'était un nouvel aspect de sa beauté. Fière comme une reine qui impose ses conditions à ses alliés, elle attendait une réponse brève et explicite comme sa sentence. Je ne la fis pas attendre longtemps.

« Vous aurez tout! répondis-je. Je vous le jure sur les cendres de ma mère!... »

Elle me tendit loyalement la main en disant :

« Je suis à vous pour la vie!

— Vous m'aimez donc véritablement?

— Oui, je vous aime... »

Nos regards se rencontrèrent et en dirent beaucoup plus long, parce qu'il n'existe en aucune langue des expressions pour traduire certains sentiments de l'âme. L'éloquence de l'amour est dans le silence.

Nous restâmes seuls jusqu'à la nuit et dans l'obscurité sans échanger une parole. J'avais pris une de ses mains dans les miennes, une secrète attraction avait réuni nos cœurs désormais fondus en un seul.

Menica rentra et alluma la lampe, Martino mit du bois dans le feu qui était presque éteint, et les époux Bruni, en revenant de leur excursion, nous trouvèrent assis côte à côte comme deux colombes dans leur nid.

Le lendemain j'écrivis une longue lettre à mon oncle, et je lui révélai mon amour pour Agathe, ainsi que mon intention de la demander en mariage s'il y consentait.

La lettre à peine partie, au souvenir du passé je commençai à concevoir des craintes à l'idée que le lyrisme de mes phrases pourrait produire un effet déplorable sur l'esprit positif de mon oncle.

Lui qui juge l'amour avec des chiffres, qui à la poésie d'une première affection opposait l'obstacle des millions, qui déployait toute sa rhétorique pour me démontrer qu'un malheureux n'a pas le droit d'admirer la beauté quand elle est jointe à la fortune, il rira certainement encore cette fois de ma nouvelle prétention.

Mais étais-je coupable si je ne savais pas trouver les perles dans les haillons, si, attiré par la beauté d'un visage et la grâce d'un sourire, je tombais dans le piége sans le voir ?...

Il est donc facile d'imaginer quelle fut ma surprise quand je reçus une lettre de mon oncle qui approuvait entièrement ma résolution, louait mon excellent choix, m'envoyait une recommandation pour M. Nicolas à l'effet d'appuyer ma demande avec des arguments décisifs et promettait de venir à la noce. Cependant mes pressentiments ne m'avaient pas trompé; l'arithmétique jouait son rôle; mais cette fois les calculs du bon vieillard n'étaient pas de nature à me faire rougir de ma position : bien au contraire ils tendaient à la rehausser. Il ne s'agissait plus d'une soustraction mais d'une multiplication. Reconnaissant la nécessité d'accueillir dignement une jeune femme habituée aux commodités de la vie, il m'allouait immédiatement l'argent nécessaire pour la nouvelle installation de la maison, pour les frais indispensables, et me gratifiait en outre d'un revenu annuel, pour mettre ma situation financère en harmonie avec celle de ma future.

Ces généreux procédés m'émurent jusqu'aux larmes, et me permirent de demander la main d'Agathe sans rougir. Un père affectueux n'aurait pas fait plus, et ma réponse fut ce qu'elle devait être, celle d'un fils reconnaissant, qui exprime sa gratitude dans un langage parti du cœur.

L'issue de ma demande fut telle que je pouvais le désirer. M. Nicolas se jeta à mon cou en me disant qu'à partir de ce moment il me considérait comme son fils ; sa femme m'embrassa avec la même affection, et Agathe, qui nous regardait avec une émotion contenue, me parut plus belle que jamais. Menica pleurait de notre bonheur, Martino, ne sachant s'il devait rire ou pleurer, restait indécis avec les yeux humides et la bouche souriante, comme les rochers de la montagne à l'aube d'un jour serein, quand ils sont humides de rosée et éclairés par le soleil.

L'époque du mariage fut fixée pour les vacances d'automne ; alors les époux seraient libres ; mon oncle ne serait pas obligé de faire le voyage exprès, puisqu'il devait s'arrêter au village après les bains ; en attendant il nous restait quelques mois pour mettre la maison en état et préparer le trousseau de la future.

Cet hiver passa rapidement, et fut un des plus heureux de ma vie. L'attente d'un bonheur certain donne plus de joie que le bien-être dont on jouit déjà, parce qu'à la plus douce réalité s'attache toujours une petite dose d'amertume. L'absolu n'existe que dans le cerveau de l'homme.

Nous faisions chaque soir de longues lectures en rapport avec l'état de nos cœurs. Nous lisions des romans dans lesquels la vie était une tempête, et où l'amour rencontrait toutes sortes d'obstacles avant d'arriver à son but ; la comparaison de ces existences tourmentées avec notre vie si calme nous faisait sentir d'autant plus le prix de notre pacifique condition; elle nous rendait du moins facile ce qui à des personnages héroïques coûtait des efforts surhumains.

Nos yeux se rencontraient souvent et nos cœurs étaient continuellement à l'unisson l'un de l'autre.

Au dehors notre mariage était devenu l'objet principal de toutes les conversations. On parlait de ma pauvreté, et on disait que M. Nicolas sacrifiait sa fille unique, en la donnant en mariage à un malheureux maître d'école. Les femmes racontaient mes prouesses au moulin et en profitaient pour tirer de fâcheux pronostics ; l'une rappelait ma fameuse nuit à l'auberge, ma passion prétendue pour le jeu et le vin ; une autre me dépeignait comme un homme sans ordre et sans jugement, et tous s'étonnaient de l'incroyable condescendance des Bruni.

Il suffit d'éprouver un bonheur en ce monde pour que les oisifs et les malveillants s'acharnent contre vous, fassent votre examen de conscience comme des juges d'instruction, comptent l'argent que vous avez en poche et vous habillent proprement. Dans la marmite sociale bout toujours l'antique ragoût des sorcières, composé de mille ordures, où sont mélangés les crapauds et les serpents, et toutes les impuretés qui empestent l'air. Il n'y a pas de remède à cela, il faut laisser la marmite bouillir sans couvercle, afin que la vapeur ne puisse se condenser et causer de grands malheurs en la faisant éclater.

Uguccione de Fagiola, qui avait été le premier à me traîner à l'auberge et à me mettre les cartes en main, était aussi le premier à me dénigrer avec sa langue de vipère. Il soutenait que tous les chanoines ont des neveux qui sont représentés sur leur chape de cérémonie par ces queues noires disséminées sur la peau de l'hermine, comme autant de taches !.... Celui qui était le fauteur principal de mes débauches devenait le propagateur le plus malveillant de toutes les injures. Les méchants sont toujours funestes ; il faut fuir leur contact. Ils vivent dans les lieux sombres et dans la fange comme les champignons vénéneux ; ce sont véritablement des champignons sociaux.

Uguccione avec l'orgue de l'église déchirait les oreilles des fidèles, et avec le venin de sa langue la peau des honnêtes gens. Il représentait à la perfection la médisance avec ses mille accents haineux et abominables. Au contraire le sonneur des cloches, à la nouvelle de mon prochain mariage, redoubla ses saluts, avec l'intention de redoubler le tapage des bronzes sacrés, le jour des noces, à la gloire et en l'honneur des époux... et de l'étrenne qu'il attendait en retour du vacarme dont il assourdirait le pays. C'était l'avidité personnifiée.

Ugolino Gonzaga mourait de jalousie en voyant un petit maître de village monter plus haut que lui qui croyait représenter la science médicale ; il ne pouvait digérer que le syllabaire l'emportât sur la thérapeutique. Il représentait le parti des envieux.

Le médecin blâmait le plus riche propriétaire du pays de descendre à une alliance avec un pauvre orphelin sans fortune, quand il aurait pu marier sa fille à un gentilhomme.

En somme, la médisance, l'avidité, l'envie, l'orgueil étaient en pleine floraison dans le petit village, unis à l'ignorance et aux préjugés qui en forment le fond.

Écœuré de tant de commérages vulgaires, irrité de toutes ces calomnies, de tant d'insinuations malveillantes accueillies par la tourbe des idiots, je m'écriai un jour :

« La nature est belle au village, mais elle serait plus réjouissante, si on pouvait détruire la race méchante des habitants ! » Puis, ramené peu à peu au calme et à la modération par le raisonnement et par le cœur, je repris :

« La détruire moralement, comme on détruit l'ignorance, par l'éducation, en transformant ces animaux sauvages en hommes raisonnables, honnêtes et civilisés. »

## XIX

L'amour et le dépit réveillèrent ma muse. Fasciné de nouveau, comme à Milan, par des rêves de gloire et par l'espoir de succès dramatiques, puisant des inspirations dans mon âme agitée de sentiments si divers, je repris la tragédie.

J'écrivais de longues tirades de vers à perdre haleine, je m'élançais dans les régions éthérées sur les ailes de l'hyperbole, je voyais les hommes en bas si petits, si petits, qu'ils me faisaient l'effet de fourmis autour de la fourmilière, et dans mon naïf orgueil je me flattais d'atteindre les étoiles. Enfin terminé, corrigé, mis au net, déclamé dans le silence du cabinet, mon *Lucchino Visconti* me parut un chef-d'œuvre. Désireux d'en faire une première épreuve, sans me faire connaître, je prétendis avoir reçu d'un ami de Milan le manuscrit d'une tragédie, et je priai Agathe de faire des invitations pour en donner lecture.

Il fut décidé que cette petite fête littéraire aurait lieu un dimanche ; on prépara des rafraîchissements, on invita les notables du village et des environs. Tous ceux qui, sans le savoir, m'avaient servi de modèle faisaient partie du public : le curé, le médecin et sa femme, le pharmacien, l'organiste, M. Nicolas, et par-dessus le marché mes collègues de l'arrondissement, les curés des paroisses voisines, les chapelains, les membres de la fabrique, les sacristains, les secrétaires de la commune et autres employés municipaux.

Le soir du jour fixé, je fis mon entrée, mon manuscrit sous le bras, et je trouvai toute la société réunie, qui m'attendait avec une grande, impatience. Le salon avait été disposé pour la circonstance ; les siéges formaient un demi-cercle autour d'une table couverte d'un tapis vert, et garnie d'une lampe et d'un verre d'eau. L'abat-jour concentrant la lumière sur le manuscrit laissait les auditeurs dans la pénombre et je ne les voyais pas. La lecture commença à huit heures et finit à dix. Tout entier à mon sujet, je déclamai avec passion, avec feu, donnant à mon intonation, suivant les passages, des accents pleins de douceur ou d'énergie. A la fin de chaque acte, je me reposais quelques instants ; aussitôt de bruyants applaudissements redoublaient mon courage.

La lecture finie, le battement des mains, le trépignement des pieds, les acclamations réitérées, les cris d'étonnement, les compliments emphatiques et enthousiastes témoignèrent de mon indiscutable triomphe.

« C'est un chef-d'œuvre !.... surprenant.... d'une beauté inénarrable.... disaient-ils en chœur. C'est un ouvrage destiné à un succès extraordinaire.... l'auteur est un génie .. plus grand qu'Alfieri !... »

On distribua les rafraîchissements : vins fins, pâtisseries, sandwichs, fruits, liqueurs, café, un véritable souper improvisé, mais abondant et délicat ; tout se consommait, disparaissait, dans des gosiers profonds comme des gouf-

fres; les tables, garnies d'excellents pâtés, étaient dépouillées comme les champs après le passage des saute-
relles. Uguccione de Fagiola, l'homme le plus mordant
du pays, n'avait pas le temps de critiquer la tragédie; la
médisance se tait quand la bouche est pleine.

La première explosion d'enthousiasme et d'appétit calmée, il se forma différents groupes d'après les conditions
et les habitudes des personnes, les uns pour digérer en
paix et tranquillité ce qu'ils avaient dévoré, les autres
pour émettre des sentences, quelques-uns pour écouter
modestement les opinions de juges plus compétents.

Le docteur, avec son air habituel d'importance, la main
dans les cheveux, la tête haute, se promenait la poitrine
en avant et fier comme un diplomate à un bal de cour,
ajustait de temps en temps son faux col, écoutait les conversations en laissant errer sur ses lèvres un sourire railleur, haussait les épaules en fredonnant et brûlait d'envie d'être invité à donner son avis.

Ce manége ne passa pas inaperçu, et, la collation terminée, les dernières miettes dévorées, les liquides absorbés jusqu'à la dernière goutte, il fut prié de toutes
parts de présenter une critique judicieuse et sage de ce
travail littéraire, en laissant de côté les opinions vulgaires
ou incompétentes, et de prononcer un jugement définitif
et sans appel. Après s'être fait prier quelque temps, après
avoir épuisé les fins de non-recevoir ordinaires de la
fausse modestie, il finit par céder courtoisement au vœu
général, et s'assit au milieu de l'auditoire comme un professeur qui va donner une leçon. Il commença par respirer bruyamment, prit gravement une prise, ferma les
yeux, se passa la main sur le front, sous prétexte de recueillir les idées renfermées dans les lobes de son cerveau, fit signe de faire silence, promena sur l'assemblée
un majestueux coup d'œil circulaire et commença en ces
termes :

« Messieurs.... et mesdames, c'est une chose difficile
et ardue de vouloir juger après une seule audition un
travail aussi important. Cependant voici sans réticence
mon opinion sur les principaux chapitres. Avant tout
cette production dramatique ne peut s'appeler une tragé-

die, dans le sens strict du mot, et d'après les traditions classiques. Si les anciens sont les maîtres de l'art, ils nous ont appris que toute pièce de théâtre qui ne finit pas par le fer n'a pas le droit de chausser le cothurne. »

Comme la majeure partie de l'auditoire ne comprenait absolument rien aux élucubrations savantes du docteur, par cela même elle les trouvait sublimes.

Pour les imbéciles, le sublime réside dans l'inconnu. Il continua avec une gravité magistrale :

« L'épée et le poignard sont les attributs ordinaires des héros de tragédie ; le poison est un procédé vulgaire, bon tout au plus pour les drames prosaïques des théâtres en plein vent. La tragédie veut du sang !.... du sang... et non des drogues !.... Lucchino empoisonné me fait l'effet d'un mari bonasse, victime d'un pharmacien ! »

A ces mots, de différents points de la salle partirent des éclats de rire étouffés ; le pharmacien frémissait ; Mme Pasquetta se démenait sur sa chaise comme sur un fagot d'épines. Satisfait de l'effet produit, le docteur sourit à son tour et reprit :

« L'intervention de la pharmacie me gâte la tragédie, la décoction fait mal au cœur, le tyran avec la colique devient ridicule. » Les rires reprirent de plus belle, et l'orateur dut subir une longue interruption.

Il cherchait en vain à retenir l'hilarité qui le gagnait lui-même, il ne réussissait qu'à attraper un hoquet malencontreux.

Enfin il parvint à rétablir le silence et reprit :

« Si le tyran est un nigaud, son frère, l'archevêque Giovanni, laissé à l'écart des affaires de l'État, fait l'effet d'un idiot !...

— C'est juste !.... dit le curé don Vincent Lizerio.

— Et Uguccione de Fagiola, ajouta le docteur, est un imbécile !...

— Certainement ! s'écria Tobie.

— Mais ce qui enlève à l'action toute dignité, ce qui fait tomber le fait principal au niveau des intrigues comiques de Polichinelle, c'est la stupidité du duc de Milan, qui ne s'aperçoit pas que sa femme le trahit. »

Mme Pasquetta devint pâle, le pharmacien rougit jusqu'au blanc des yeux ; le public n'osait respirer, le docteur poursuivit imperturbablement :

« Pour moi je déclare hautement que *Lucchino Visconti* ne mérite pas les honneurs de la tragédie, qui ne doit s'occuper que des héros.... ou des scélérats, et laisser de côté les imbéciles. Le héros trahi dans son honneur plonge son épée jusqu'à la garde dans le cœur du traître ! »

Mme Pasquetta fit un mouvement d'effroi, mais un regard rassurant du pharmacien parut la calmer. L'auditoire riait avec un ensemble des plus désopilants.

« Vous avez raison de rire, continuait le docteur, les maris trompés ne sont pas faits pour la tragédie, mais pour la comédie. Lucchino est une victime comme on en voit tant ! La femme infidèle le rend ridicule en le faisant mourir dans son lit avec l'aide d'un pharmacien, après avoir jeté dans la boue sa couronne ducale, et avoir mis sur sa tête la couronne... du martyre !... »

Cette fin fut accueillie par un rire général, inextinguible, convulsif ; on n'entendait que des gémissements étouffés et de véritables hurlements à ébranler la chambre et la maison ; le geste facétieux qui accompagna les derniers mots du docteur avait produit un effet irrésistible. Il fallait rire ou mourir.

Le critique eut un succès incomparablement supérieur à celui du tragédien ; à la tragédie promise avait succédé une farce non prévue : aussi le spectacle fut-il complet.

Le docteur savourait son succès avec ivresse, il représentait plus que jamais l'homme content de lui-même et répondait à ceux qui lui adressaient des compliments :

« Voilà, je suis comme ça !... je n'ai d'égards pour personne... qui me cherche me trouve... c'est ainsi que je comprends la critique... tant pis pour les victimes !.. Ce n'est pas un mérite... la franchise de mon caractère est un don de la nature. »

Ainsi finit joyeusement cette soirée, à la grande satisfaction des invités, et spécialement du docteur, qui en retournant chez lui, avec sa femme au bras, se réjouissait de son triomphe et répétait au pharmacien qui les accompagnait :

« Dites la vérité, Gaspard, ne trouvez-vous pas que j'ai fait une vraie débauche d'esprit?... Je ne veux pas de flatterie, mais vous avouerez que j'étais en veine. Voyez-vous, il faut des occasions favorables pour se faire connaître. J'étais né pour être orateur ! ce serait ma passion de tomber sur mes adversaires. Pauvre *Lucchino Visconti !* l'ai-je aplati !... C'est un fait positif, le temps des tragédies est passé ! »

Le lendemain, en entrant à la maison Bruni, M. Nicolas vint au-devant de moi en me disant :

« Je t'en prie, par charité, ne viens plus me lire des tragédies, si tu ne veux pas me faire mourir de rire... Mon Dieu ! depuis hier soir la rate me fait mal !... »

Je courus chez Agathe pour avoir son avis, que je n'avais pu lui demander la veille.

« J'aurais deux choses à faire observer à ce sujet, mais je ne puis t'en dire qu'une seule.

— Bien, voyons d'abord celle-ci.

— Tu es l'auteur de la tragédie.

— C'est vrai : Qui te l'a dit ?

— Je l'ai deviné. Maintenant je te connais, et quand on connaît l'arbre, on connaît le fruit.

— C'est une idée... horticole. Mais dans les lettres il n'en est pas ainsi : l'art copie la nature, on met en scène des êtres imaginaires qui n'ont aucun rapport avec le caractère de l'auteur.

— C'est possible, mais moi je découvre toujours l'auteur dans le livre, quel qu'en soit le genre.

— Tu crois donc qu'un auteur qui raconte une histoire de brigands, a dans l'âme quelque chose de la perversité de ses personnages ?

— C'est tout le contraire. Je crois précisément que les brigands d'un drame ont toujours quelque chose de l'auteur... qui les a mis au monde. Par exemple, un homme affable et doux est incapable non-seulement d'inventer, mais encore moins de copier exactement sur le vif des personnages violents et cruels : un esprit fier, exalté, ne créera pas des types délicats et mignons.

— Je pourrais te citer mille exemples qui contredisent cette opinion...

— En apparence, mais non en réalité... ce serait absurde ; il faudrait me prouver que dans un livre le caractère de l'auteur disparaît... L'homme ne voit que la surface, et quand il a une pomme dans la main, il ne se figure pas qu'un ver peut en dévorer l'intérieur. Le creuset qui doit fondre les âmes n'est pas encore trouvé, d'où il résulte qu'il n'est pas possible de découvrir ce qui se mêle à cette partie inconnue de l'homme. Cependant la nature a ses harmonies, et si on admet qu'on peut déduire du connu à l'inconnu que toute rose a ses épines comme tout limpide ruisseau a sa fange, on peut dire aussi que dans l'âme de l'homme le plus doux et le plus honnête se cache quelque point noir qui échappe à nos regards, comme dans l'âme de l'homme sombre se reflète quelque rayon de lumière.

— Il pourrait en être ainsi, mais dans le cas particulier de ma tragédie je ne vois qu'un mari tyran, un rival odieux, une femme infidèle, un amant hypocrite... Tu veux peut-être me faire figurer sous les traits de l'amant hypocrite ?...

— Je ne dis pas cela... nous le verrons dans la suite ; jusqu'à présent je ne puis te donner mon avis là-dessus.

— Mais où me vois-tu donc ?...

— Je te vois et ne te vois pas... je te comprends plutôt ; je crois t'apercevoir entre les lignes, derrière les points et les virgules. Tu cherches en vain à te cacher derrière une parenthèse... tu te mets un masque... mais je te connais, et je sens ton haleine.

— Ton œil inquisiteur me fait peur !

— Il n'est pas méchant..., rassure-toi.

— En tout cas, c'est une théorie tout à fait nouvelle.

— Eh bien, je demanderai un brevet d'invention avec le privilége exclusif pour dix ans.

— C'est compris... Maintenant revenons à la tragédie, et dis-moi franchement ton opinion.

— Ceci est la seconde partie... que je ne puis dire.

— Mauvais signe !... je vois qu'elle ne te plaît pas.

— Dispense-moi de la juger... je ne sais pas mentir... et je crains que ma sincérité ne me fasse du tort.

— Rien ne peut te faire de tort dans mon cœur ; au contraire, ta sincérité me sera agréable, comme une preuve nouvelle de la droiture de ton caractère.

— Eh bien ! puisque tu veux absolument que je te dise la vérité, je dois t'avouer que ta tragédie en général n'a pas plu...

— Mais les applaudissements ?

— A peu d'exceptions près, ils dormaient tous. Quand, à la fin d'un acte, on n'entendait plus le son de ta voix, ils se réveillaient et applaudissaient avec frénésie, pour faire croire qu'ils écoutaient. Les applaudissements les plus chaleureux, tu les as entendus à la fin ; ils signifiaient : « Enfin la corvée est finie, la collation va commencer. » Il est vrai de dire que les plus intelligents écoutaient, sans pouvoir cependant dissimuler leur fatigue ; à certaines allusions transparentes, ils riaient.

— Et le docteur ne les voyait pas rire ?

— Tu ne sais donc pas que le docteur ne voit rien ?...

— Mais dis-moi finalement ta propre opinion ?

— Ne t'occupe que de l'effet général... la tragédie a paru à tous mortellement ennuyeuse.

— Mais je ne fais aucun cas de ce public... idiot. Tu es plus intelligente qu'eux tous... et tu n'as pas dormi.

— Tu ne tiens donc pas compte de mon affection ? Chacun de tes travaux ne peut que m'intéresser beaucoup ; mais entre l'intérêt de l'affection... et une appréciation impartiale, sans prévention, il y a loin.

— Donc ton jugement impartial est que ma tragédie est ennuyeuse ?

— L'intrigue générale est monotone... il est inutile de se faire illusion. Néanmoins certains passages attirent l'attention. Par exemple, quand tu parles d'amour, il y a des expressions vraies, profondément senties, d'une inspiration sublime !... mais le reste est trop long, prolixe... en somme fastidieux.

— Je te remercie, j'apprécie la valeur de ta sincérité, et je saurai en tirer parti.

— Tu n'es pas fâché ?

— Moi, pas même en idée ; parlons d'autre chose. »

Aujourd'hui j'avoue que non-seulement j'étais vexé, mais qu'en moi-même j'avais pris Agathe pour un juge un peu impertinent, incapable de donner une opinion sérieuse sur un pareil travail. Je dissimulai la blessure de mon amour-propre outragé, et je pris mes mesures en secret pour trouver un juge compétent.

Ayant appris qu'il y avait à Sondrio en ce moment un impresario généralement estimé comme un homme expert non-seulement dans son art, mais aussi en littérature, je lui envoyai le manuscrit, en le priant de le lire et de m'en dire franchement son avis.

Peu de jours après, il me le renvoya avec une lettre des plus polies, mais sincère. Il me disait en peu de mots : « Je ne veux pas vous abuser, ni vous flatter ; ce serait vous faire un tort que vous ne méritez pas. On reconnaît en vous un jeune homme ingénu et honnête, enflammé d'une passion qui lui inspire des pensées élevées, des rêveries poétiques et quelques bons vers. Tout le reste ne vaut rien.

« Vous n'avez pas de dispositions pour le théâtre, vous en ignorez complétement l'art et tous les accessoires qui assurent le succès, et il vous manque l'étincelle qui éclaire le chemin. Abandonnez les pénibles efforts que vous coûterait une œuvre de ce genre, et rappelez-vous que la médiocrité s'épuise en vain pour arriver à la gloire, réservée au génie seul.

« Attribuez ma sévérité au désir de vous être utile. Une réticence indulgente qui vous laisserait dans le doute pourrait nuire à votre avenir. Il suffit quelquefois d'un mince rayon d'espérance pour nous maintenir dans le chemin de l'erreur.

« Croyant savoir nager, l'homme se noie ; au lieu de l'encourager à recommencer de nouveaux efforts, il vaut mieux le prendre de suite par les cheveux et le jeter sur le rivage. Votre travail révèle une intelligence richement douée de la nature. Tout homme intelligent et laborieux peut aspirer à un but qui le récompense de ses labeurs. Vous vous êtes trompé de route et vous êtes entré dans une forêt pleine d'embûches. Sortez de là, cherchez ailleurs votre voie et vivez heureux. »

La parole franche et honnête de ce brave homme fit évanouir entièrement les rêves de gloire et de fortune

chimériques qui avaient fait illusion à ma jeunesse e
épargna au public des théâtres ces ennuis auxquels il es
condamné souvent par l'obstination des médiocrités, qui
prenant leur ambition pour du génie, s'acharnent dan
des conceptions au-dessus de leurs forces pour ne recuei
lir que de honteux mécomptes.

Icares de la scène aux ailes attachées avec de la cire
qui, pour sortir du labyrinthe social, vont tomber dans l
mer dramatique, et qui préfèrent devenir des auteur
ennuyeux et sifflés que d'honnêtes charcutiers. Mais de
goûts et des couleurs il ne faut pas disputer.

Loin d'imiter cet exemple, je remerciai l'impresari
avec une vivacité égale à la sienne, et j'ai eu mille occa
sions de le bénir. Sans sa loyale franchise, qui sait d
combien de plaisirs, j'aurais été privé durant ma vie! d
combien d'agréables promenades matinales au milieu de
champs, de combien de bonnes lectures sur le canapé!..
pour mettre au monde une mauvaise tragédie, ou quelqu
affreux drame bon tout au plus pour endormir. — Bén
soit l'impresario qui m'a ouvert les yeux en m'interdi
sant l'accès de la scène !

Le voile qui me cachait la lumière étant tombé, je
reconnus la pénétration qui avait guidé Agathe dans sor
jugement; je lui fis franchement l'aveu de la coupable
défiance qui m'avait engagé à rechercher un autre juge
sans oublier le résultat obtenu, et je la priai de m'excuser
de mon orgueil insensé, en lui jurant que ma première
tragédie serait aussi la dernière...

« J'ai avalé un fier fiasco !... lui dis-je, et j'en suis
mort. Les petits flacons enivrent, les gros tuent d'un seul
coup. Si au moins je m'étais contenté de ton jugement !..
Mais la vanité se révolte contre les critiques sincères et
bienveillantes; l'orgueilleux s'obstine à se prendre pour
un génie, jusqu'à ce qu'un juge compétent lui dise claire
ment : « Tu es aveugle! » J'ai eu tort, et te remercie de
ta sincérité.

— J'ai préféré te dire hardiment la vérité, si dure qu'elle
ait pu te paraître, plutôt que de te tromper par un mensonge, » me répondit-elle; et après un instant de silence
elle reprit : « J'ai toujours pensé que la franchise doit être

la règle constante de ceux qui veulent vivre ensemble honnêtement et former une famille probe et loyale jusqu'au scrupule... Du reste, ajouta-t-elle, si tù manques de dispositions pour la littérature théâtrale, je te confesse pour mon compte que je n'en suis pas fâchée, et qu'il me semble, si j'en juge par les livres et les journaux, que derrière la scène on ne tient pas école de morale, et que le théâtre est dangereux pour la paix de la famille.

— Serais-tu par hasard jalouse ?

— Oui... je suis très-jalouse, je te le déclare : qui n'a pas peur n'aime pas. Je ne désire que ce que j'ai le droit d'obtenir, mais je n'admets pas de restrictions à mes droits : une affection loyale doit être payée de retour. La duplicité dans la vie domestique est un crime ; quand le cœur vient à vaciller, il vaut mieux le dire franchement et se séparer tout de suite ; je préfère la plus affreuse blessure à l'insulte d'une feinte caresse ; la mort ne me fait pas peur, mais l'outrage me tuerait !... Tout ou rien !... voilà ma devise... Si tu n'es pas de cet avis... il en est temps encore... tu peux chercher ailleurs une autre femme. »

Je lui baisai la main avec effusion, en lui disant :

« Je te jure sur l'honneur que je partage entièrement tes idées sur ce point. J'ai toujours détesté le mensonge, mais dans le mariage je le trouve odieux. Si le cœur sort de la maison, sortez avec lui... ; mais tuer par le ridicule celui qui porte votre nom, est plus cruel que de le tuer avec le couteau... Non, jamais !... Je te le jure, je te serai fidèle pour la vie... et si par hasard... chose impossible, mais je le dis pour te rassurer, je ne me sentais plus digne de toi, tu ne me verrais plus !... je saurais disparaître du monde... Je ne veux pas te demander en revanche si ton cœur sera constant.

— Mon cœur !... il est à toi pour toujours.

— Et pour ton amour je renonce à tout !...

— Non... ce serait de ma part une exigence injuste, et je ne l'accepte point. Si tu as une aptitude quelconque qui puisse te rendre utile à la société et à ta famille, je ne peux que l'encourager, et te souhaiter bon succès. La femme aimante partage avec le mari les chagrins et les

honneurs. Étudie, travaille, et si tu te sens une inclination pour les lettres, fais des livres...

— Je n'ai aucun goût pour ce genre de littérature. »

« Les succès du théâtre me souriaient par une sorte de
mirage éblouissant. Je me sentais électrisé à l'idée de la
foule applaudissant en masse, et je voyais dans un songe
délicieux l'éclat des lumières, les scintillements des pierreries sur les femmes élégantes, émues de mes accents.
Après le triomphe, la renommée porte le nom de l'auteur
d'un bout à l'autre du pays et raconte à tous cette núit
d'enthousiasme, qui a fait palpiter les cœurs de dix mille
spectateurs frémissants d'admiration.

« Le livre ne m'offre pas un attrait comparable.

« Après le dur labeur que sa composition a coûté, il se
présente modestement dans les vitrines des libraires,
confondu avec ses confrères de toutes les couleurs, quelquefois plus en vue que lui. La foule passe et n'y fait pas
attention. Qui regarde le pauvre livre?... Quelque rare
amateur de littérature à la bourse légère, avide de nouveautés; il voudrait bien en acquérir quelques-unes, si
l'estomac n'était pas plus exigeant que la cervelle, et le
restaurateur plus indispensable que le libraire. Le jour-
naliste ne parle que de ses amis, le critique vulgaire
n'examine que les livres qui lui sont offerts en cadeau;
l'artisan veut lire beaucoup, et trouve dans les bibliothèques populaires, comme dans les cuisines économiques,
de quoi satisfaire sa faim.

« Le riche a autre chose en tête! le luxe des livres est
le dernier de la maison; il vient après les meubles, la cuisine et l'écurie; j'excepte quelques familles distinguées
par une solide et complète éducation, et il y en a si peu!
Comment fera donc le pauvre livre pour se frayer un chemin dans la foule, pour se faire connaître, pour entrer
dans les familles, sur la table des désœuvrés, dans l'étude
du mari, et dans le salon de la dame?... Que veux-tu!...
c'est une loterie; pour réussir il faut avoir un bon numéro, mais il y a beaucoup d'appelés et peu d'élus.

« En attendant, les ouvrages nouveaux tombent comme
des avalanches sur le dos du livre délaissé qui attend un
lecteur, et le libraire, contraint de faire place aux nou-

veaux venus, le relègue dans les derniers rayons de la boutique, dans l'obscurité, sous la poussière et les toiles d'araignée. Il en sortira peut-être par le caprice d'un modeste bibliophile qui se contente le plus souvent de le conserver, sans le couper, dans ses collections, ou bien il sera mis en pièces par la voracité d'un rat effronté. En résumé, si les luttes de la scène me souriaient, la vie solitaire du livre m'épouvante. Il y en a trop, et je ne sais à quoi pourra servir un jour tant de papier noirci. Je bannis donc aussi les livres... c'est-à-dire les miens.

— Tu as tort de préférer la flamme à la cendre chaude du foyer. Elle est lumineuse comme un météore, mais elle éblouit plus qu'elle ne réchauffe : c'est une fièvre qui passe promptement, en échauffant les imprudents, en laissant quelquefois l'impression fugitive d'un nuage de fumée... et quand elle a disparu, l'air semble plus froid qu'auparavant.

« Au contraire la cendre chaude plus modeste n'éblouit pas, mais ne nuit pas, n'est pas incommode et sa douce chaleur réchauffe longtemps.... je veux dire par là que le succès d'un drame peut être éclatant, mais éphémère.

« Quelquefois un art subtil s'impose à la foule avide d'émotions violentes, mais cet effet, pour ainsi dire instantané, ne dure pas. Les lumières sont à peine éteintes, la foule qui a applaudi n'est pas encore dispersée, que déjà des pensées nouvelles l'assiégent, de nouvelles préoccupations l'absorbent, de nouveaux plaisirs la réclament. Du drame il ne reste qu'un fugitif souvenir, celui d'une heure perdue. — Le livre, au contraire, ne fait pas autant de tapage, il fuit même les lieux bruyants ; mais, modeste et tranquille, il va chercher celui qui l'accueille comme un ami.... Il raconte, instruit, repose des rudes travaux du jour, fait oublier les longues soirées d'hiver à la famille réunie, console le solitaire et l'abandonné, fait passer agréablement les nuits d'insomnie, distrait le malade de ses douleurs, le convalescent de l'ennui, fait sortir le prisonnier de sa cellule, aide le soldat à supporter la monotonie de la vie de garnison, fait oublier aux voyageurs les désagréments du voyage et réjouit le foyer domestique. Honoré des larmes, des sourires, des sympathies de ses amis, le livre les accompagne partout et souvent repose sous leur oreiller. Les impressions qu'il produit étant plus prolongées, sont beaucoup plus durables que celles du drame, et s'il a su mériter notre estime et notre reconnaissance pour les bonnes heures qu'il nous a fait passer, il est relié en peau avec tranches dorées comme un bijou précieux et conservé avec soin.

« Enfin le livre représente l'auteur qui se survit à lui-même ; c'est une partie de son âme qui reste sur la terre après sa mort ; c'est sa pensée qui vole à travers les âges en apportant aux générations à venir une voix du passé ! Daniel, conclut-elle, tu devrais faire un bon livre.

— Je préfère, répondis-je, passer la vie en paix à tes côtés, travailler pour la famille, content de me survivre dans mes enfants et de revivre dans l'éternité réuni à ma compagne.

— De sorte que tu pourrais un jour servir de modèle à l'auteur qui voudra écrire le type d'un mari parfait.

— Ceci n'est pas à craindre ! on n'écrit que la vie des hommes illustres.... et celle des coquins.

— S'il était possible d'écrire la vie de chacun, je crois que beaucoup de personnes tiendraient une conduite différente pour ne pas passer à la postérité comme de vilains meubles.

— Je ne le crois pas. La publicité des causes célèbres n'a pas empêché un seul assassinat. Quant au goût des lecteurs, il est certain que les crimes des assassins sont toujours préférés aux bonnes actions des honnêtes gens et lus avec un plus vif intérêt. Dans la vie sociale le galant homme est estimé, en littérature il est ennuyeux. Je suis convaincu que la vie véritablement heureuse d'un homme peut se raconter en une demi-page, en style épigraphique ou télégraphique. On dit : Heureuses les nations qui n'ont pas d'histoire ! je crois aussi qu'on peut dire : Heureuses les familles d'où le romanesque est exclu sous quelque forme qu'il se présente !

— C'est bien vrai !.... Le tourbillon des passions m'épouvante.... je préfère l'idylle.

— C'est un genre faux.... ennuyeux.... ridicule....

— Soit, mais bien souvent le faux est préférable au

vrai. Te rappelles-tu nos lectures sur la Révolution française ? Les scènes pastorales de Trianon étaient fausses
et me plaisaient tant !...... Marie-Antoinette habillée en
bergère distribuait le lait de ses laiteries, pêchait dans
l'Étang, lisait à l'ombre embaumée du parc, entre ses
enfants et son mari..... Une reine qui préfère les douceurs de la vie champêtre aux splendeurs du trône !....
c'est faux ! mais cette fable me plaisait. La prison, les insultes d'une populace sauvage, le procès, l'échafaud sont
vrais et m'ont fait frissonner.

— Prenons la vie comme elle vient, lui dis-je, sans y
amener des incidents par notre faute. Elle ne sera ni une
idylle ni un roman, mais elle aura des jours tantôt heureux et tantôt tristes comme c'est l'habitude..... ce sera
une vie naturelle et loyale.

— Cela me plaît ainsi, répondit-elle vivement. Nous
vivrons sans rechercher le roman ni l'idylle, mais nous
fuirons le mal avec fermeté, nous chercherons le bien
avec énergie et obstination, nous prendrons la vertu pour
guide de toutes nos actions.

— Et l'amour.... ajoutai-je.

— Nous sommes d'accord ; » et sur ces mots elle me
tendit avec un doux sourire une main que j'embrassai
avec une tendresse telle, qu'elle fut contrainte de la
retirer.

Nous avions souvent de longues conversations émail-
lées d'interminables discussions et les heures s'écoulaient
rapides, pendant que nous préparions à notre manière
notre avenir, cet avenir toujours incertain qui dépend en
grande partie d'événements supérieurs à notre volonté,
et nous réserve souvent des surprises imprévues.

## XX

Mon oncle arriva au mois de juillet et je lui fis avec joie l'accueil qu'il méritait.

Il y eut plusieurs grands dîners chez M. Bruni, avec force toasts et mille souhaits de bonheur pour les époux. Le bon chanoine s'arrêta quelques jours au village et passa une grande partie de son temps à examiner les nouvelles réparations de la maison, qu'il trouva de son goût; il me complimenta également sur mes dispositions pour le mariage prochain. Il devait être convaincu de la sincérité de ma conversion, cependant il ne manqua pas de me recommander d'être raisonnable, sérieux, posé, de me préparer à une vie positive et honnête, exempte de chimères et de rêves fantastiques.

Je n'avais pas besoin de pareils conseils; j'aimais Agathe tendrement, d'un amour plein d'estime, j'avais renoncé spontanément à toute idée qui n'avait pas de rapport direct avec ma future position, j'avais presque oublié le passé... Pourquoi donc me parler de chimères et de rêves fantastiques?... précautions absurdes!... En me parlant de ce que j'avais oublié, mon oncle me l'a remis en tête.

Le bon chanoine avec ses réticences irritait mon caractère, surexcitait mes nerfs, me faisait l'effet d'une mouche importune, ou d'un indiscret qui, avec un brin de paille, s'amuse à chatouiller le nez d'un dormeur! Je ne connais rien de pire! Quand un cheval marche tranquillement, laissez-le aller en paix; si vous le touchez avec le fouet, il devient furieux et vous jette dans le fossé!...

Il évitait de me parler de la comtesse Savina.

Mais de quoi avait-il peur?... mon prochain mariage devait le rassurer complètement. La moindre réflexion sur elle m'aurait trouvé indifférent, mais son silence provoquait mes soupçons et me faisait rêver.

Enfin mon oncle étant parti pour les bains de Bormio,

sans rompre le silence sur ce sujet, mon humeur s'en ressentit; cette défiance injuste m'exaspéra au plus haut degré, et pendant quelques jours il me fut impossible de cacher mon dépit à l'œil clairvoyant d'Agathe. J'essayai de me justifier à l'aide de raisons plus ou moins banales qui furent accueillies froidement, avec des marques non équivoques d'incrédulité; c'est ainsi que la vapeur légère s'élève du fond d'un marais, monte peu à peu et devient un nuage capable d'obscurcir même le soleil, s'il ne survient pas quelque brise pour la dissiper.

Les douces paroles de ma fiancée firent l'effet de la brise; en peu de temps, elles dissipèrent toute vapeur, et mon âme, éclairée par la lumière bienfaisante de ses regards, revint à la sérénité.

L'année scolaire étant terminée et tous mes préparatifs achevés, mon mariage fut définitivement fixé au retour de mon oncle.

Agathe manifesta le désir de partir aussitôt après la cérémonie, pour se préparer par quelques jours de recueillement à sa nouvelle existence.

Ses parents approuvèrent ce projet. Mon oncle nous proposa un voyage en Toscane, de crainte qu'il ne me vînt à l'idée de conduire ma femme à Milan. Je penchais pour Venise. Mes lectures m'avaient fasciné; je voyais cette ville de marbre sur les lagunes, couronnée de coupoles, entourée de navires, riche de monuments remarquables. Je songeais à la brune gondole qui me conduirait avec ma femme à travers ces canaux mystérieux, devant ces basiliques et ces musées où quatorze siècles d'indépendance et de gloire ont laissé des traces immortelles. Je pensais à la volupté de ces nuits éclairées par le reflet de la lune dans l'onde; j'entendais l'écho lointain des sérénades, je savourais d'avance les promenades sur la mer. et mon cœur palpitait d'admiration...

Mais le choix appartenait de plein droit à l'épouse. Sans hésiter un instant, elle choisit la Suisse...

Le matin du jour solennel, j'ouvris de bonne heure la fenêtre après une nuit d'insomnie, et je respirai avec délices l'air frais du matin. Il faisait un beau jour d'automne et il me paraissait étrange que la terre entière ne célébrât point mon bonheur. Les bergers allaient au pâturage avec les troupeaux; le bêlement des brebis se répercutait dans les échos de la vallée, avec le tintement des grelots des chèvres.

Les pauvres femmes s'acheminaient sur les montagnes avec la hotte sur les épaules, l'ouvrier se mettait au travail, chacun se livrait à sa besogne quotidienne.

Les habitudes ne changeaient que pour moi seul; je commençais une nouvelle existence.

Après avoir endossé mes habits de marié, je courus à la maison Bruni. Agathe était prête; la pâleur de son visage, la langueur de ses yeux, sa contenance embarrassée, redoublaient sa beauté. Le voile nuptial assuré sur ses épaules par une superbe couronne de fleurs d'oranger descendait sur sa robe blanche en entourant sa taille svelte et bien prise. Son regard humide de larmes demandait amour et tendresse. J'embrassai sa main en tremblant avec le respect de l'enfant qui embrasse la Madone. Elle me conduisit dans l'angle d'une fenêtre, me montra la médaille de ma mère qu'elle tenait sur son sein, en me disant d'une voix émue :

« Elle nous accompagne.., quand nous serons devant l'autel, ta mère nous regardera du haut des cieux... Daniel, prions-la ensemble de nous bénir. »

Mes yeux se gonflèrent de larmes.

De ce jour, je ne me rappelle avec précision que ce moment. Je sais que dans l'église je croyais voir ma mère au milieu des anges, et je priais l'Être suprême de purifier mon âme et de me rendre digne de l'épouse qu'il m'avait destinée. J'ai oublié le reste.

A notre départ, les larmes et les sanglots de la famille nous firent cortége; les parents ne pouvaient se détacher de leur fille; mon oncle, impatient, sa montre à la main, nous disait de nous presser, sous prétexte que la voiture nous attendait depuis longtemps, qu'il était tard, qu'il n'était pas prudent de se trouver au milieu des montagnes la nuit, et il ne parut heureux qu'après avoir fermé les panneaux de la voiture et fait signe au cocher de partir, tout en nous saluant avec la main, et nous souhaitant toutes les bénédictions du ciel...

De la Valteline, en traversant le Splugen, nous entrâmes dans le canton des Grisons. Agathe pleurait, je cherchais à la consoler sans pouvoir empêcher ses larmes de couler, soulagement nécessaire à la douleur qu'elle éprouvait de quitter ses parents et la maison paternelle où elle avait vécu jusqu'alors si heureuse. En regardant par la portière, je ne voyais que les roches arides suspendues menaçantes sur nos têtes et d'affreux précipices à nos pieds.

Je commençais ma vie matrimoniale au milieu du terrifiant spectacle de chaînes de montagnes nues et dépouillées, traîné à grand renfort de chevaux haletants qui montaient la côte rapide et difficile. Je mettais les Alpes entre le célibat et le mariage, décidé à défendre avec vigueur mon nouvel état contre les invasions de l'ancien. Hélas ! pensais-je, les Alpes n'ont pas été un rempart suffisant pour la patrie contre les étrangers, pourront-elles me sauver des piéges que les passions tendent à l'humanité ?... »

En tout cas je suis décidé à vaincre ou à mourir plutôt que de me rendre. Le charme qui s'échappait de toute la personne de ma femme fortifiait mes saintes résolutions. Celui qui a voyagé dans les régions sauvages de la Suisse avec une femme adorée à son côté, croira facilement à ma sincérité et à la joie pure de ma lune de miel. Les montagnes et les torrents ont une fin même en Suisse ; il en est de même des larmes aux yeux de l'épouse. Alors on revoit le soleil. La dernière gorge passée, disparaissent les rochers gigantesques, les neiges perpétuelles, les glaces éternelles et on découvre de riantes vallées de verdure, arrosées par de limpides ruisseaux avec leurs chaumières éparses, entourées de bois, et peuplées de troupeaux errants sur les gras pâturages.

Dans nos délicieuses pérégrinations par monts et par vaux, la luxuriante nature alpine excitait notre admiration et notre enthousiasme. Quand un site enchanteur attirait nos regards, nous voulions y aller à tout prix. On escaladait, on montait, et on arrivait exténués, mais contents, au but. Assis sur l'herbe, à l'ombre d'un chêne centenaire courbé sous le poids de ses épais rameaux, dans quelque site exposé aux rayons du soleil, devant ce splendide panorama des Alpes, on oubliait la terre, on respirait dans une atmosphère inaccessible aux misères humaines, où l'espace apparaissait infini comme le firmament. Le temps passait sans qu'on en eût conscience, et le soleil seul, descendant derrière les rochers, nous annonçait la fin prochaine d'un jour heureux, en nous rappelant qu'il fallait revenir au milieu des hommes, pour ne pas nous égarer la nuit dans les précipices.

Un jour entre autres, nous allâmes nous promener le long de la rive gauche du lac de Zurich.

Dans les faubourgs, de gracieuses villas bordent la route, garnies d'aristoloches, de vignes vierges, de capucines qui grimpent le long des terrasses, couronnent les galeries, entourent de festons les tonnelles, et tapissent les murs jusqu'aux corniches. Les jardins sont émaillés d'un nombre infini de fleurs des plus variées, artistement disposées dans d'élégantes corbeilles qui se détachent sur le fond vert d'émeraude des prairies, et sur le fond noir des bosquets touffus à l'ombre desquels se perdent de tortueux sentiers.

En admirant ces demeures champêtres, les eaux bleu céleste du lac, les flèches pointues des clochers qui dominent la vallée, et ces nuances innombrables de couleurs et de teintes harmonieuses, nous nous étions beaucoup éloignés de la ville et nous avions fait halte pour nous reposer près d'un délicieux petit paysage qui se mirait dans l'eau limpide du lac.

Assis sous un berceau rustique qui couvrait de son ombre le rez-de-chaussée d'une auberge, nous fîmes en plein air un petit déjeuner des plus simples, que notre robuste appétit nous fit trouver excellent. On ne voyait comme habitants du village que l'hôtesse et son chat, qui faisait sa sieste sous une table. Cependant ce lieu nous parut encore trop peuplé, et, notre collation terminée, nous allâmes plus loin chercher une solitude plus complète encore. Notre désir se trouva satisfait à la vue d'un saule pleureur, seul habitant d'un recoin solitaire, où l'eau léchait les cailloux à nos pieds. Le soleil brillait de tout son éclat, l'air était embaumé, l'aspect de la nature enchanteur. Le silence n'était interrompu que par le doux murmure des eaux qui se brisaient sur le rivage, et par le frémissement des feuilles agitées par le vent. Les oiseaux voltigeaient librement sur les buissons, cherchant leur nourriture sur les bords de l'eau, renvoyant aux échos d'alentour leurs joyeux gazouillements, pendant que la fauvette à tête noire faisait retentir l'air de ses modulations et que l'alouette entonnait un solo mélodieux en prenant son vol vers les régions célestes.

Les eaux étaient pures comme l'air, bleues comme le ciel, doucement agitées comme nos âmes à la contemplation de ce spectacle. Une sublime harmonie unissait nos sens et nos pensées à la nature extérieure. Nous ne pouvions rompre ce charme ni nous décider à abandonner ce site délicieux. Je manisfestai à ma jeune femme le trop-plein de mes émotions, elle me répondit :

« Tu m'exprimes très-bien les sensations de ton cœur et les pensées que t'inspire ce sublime spectacle. Si ton âme pouvait garder comme un trésor les impressions de ce jour, mon bonheur serait assuré. »

Elle ajouta en se tournant vers Zurich :

« La vie serait trop belle si elle pouvait s'écouler toujours ainsi, à contempler les merveilles de la nature, à aimer tendrement, à être aimé avec passion, devant ces montagnes, au milieu d'une verdure éternelle, sans nuages, à l'abri des orages de l'hiver. Cependant on peut être heureux dans des conditions plus simples et plus modestes. Le bonheur a sa source en nous-mêmes, il se répand dans le monde extérieur, l'embellit de ses rayons, mais la nature la plus enchanteresse n'a pas le pouvoir de réchauffer notre enthousiasme si le bonheur a fui notre foyer. Le sourire de la nature est une insulte aux larmes des malheureux ; les âmes satisfaites peuvent seules se réjouir à la vue de ce sourire, et, bien que favorablement disposées à admirer les spectacles les plus sublimes, elles savent aussi se contenter de plaisirs plus simples. Un petit coin de terre, embelli par nos mains, peut suffire à notre bonheur, si une affection constante nous conserve le calme du cœur. A cette condition, on supporte avec résignation les chagrins ; sans elle, les joies de ce monde n'existent pas pour nous. »

A Fribourg nous passâmes en tremblant sur le pont de fil de fer suspendu entre deux montagnes. « Fais attention, lui dis-je, j'ai le frisson en pensant que la rupture d'un fil pourrait nous précipiter dans l'abîme.

— Songe aussi, répliqua-t-elle, que le bonheur n'est suspendu qu'à un fil..... »

Dans le trajet de Lausanne à Genève, en passant près de Coppet, la conversation tomba naturellement sur Mme de Staël. Je témoignais mon admiration pour cette femme remarquable qui, sous le joug de Napoléon, fit rougir les hommes de leur basse servilité, eut le courage viril de protester contre la tyrannie et de convier les peuples à la liberté.

Comme Agathe m'écoutait en silence, sans oser me contredire, je la priai de me donner franchement son opinion.

« Je reconnais que Mme de Staël avait du génie, dit-elle ; mais, comme femme, elle m'est antipathique. Elle aimait le bruit et les fumées de la gloire ; moi, je préfère le silence et l'ombre du foyer domestique. Je n'ai pas de préjugés insensés sur les femmes de lettres, je ne dénie pas aux femmes le droit d'avoir du génie et de l'employer pour l'honneur de leur patrie ; les écrivains envieux peuvent seuls dire le contraire ; là où le génie brille, c'est un crime de l'éteindre. Je ne trouve pas étrange que la rose exhale son parfum ; mais comme la fleur embaume là où elle se trouve, de même, à mon avis, doit faire la femme. Nous avons l'exemple d'illustres femmes poëtes, excellentes mères de famille et épouses vertueuses.

Mme de Staël a mis pour condition à son mariage l'obligation pour son mari, qui était Suédois, de ne pas la contraindre à le suivre en Suède. Tu vois que ce n'est pas la femme de lettres qui me gâte la femme, mais la femme fantasque qui m'éloigne de la femme lettrée. »

A Genève, nouvelles discussions sur Rousseau. Nous étions parfaitement d'accord pour admirer le profond sentiment de la nature du philosophe, nous ne pouvions nous entendre sur ses autres qualités. Agathe me disait :

« Un homme qui met ses enfants à l'hôpital des Enfants-Trouvés n'a pas de cœur.

Tout en déplorant cette tache de sa vie, je le défendais en citant ses affections, indice d'une âme aimante.

« Trop de femmes!...... me répondait-elle, trop de femmes! Rousseau fut un jeune homme léger, et devint un vieillard insensé. Il en est toujours ainsi!...... Toute cause produit ses effets; l'homme, à l'âge mûr, suit les errements de la jeunesse; la vie est une chaîne, le premier anneau se soude au dernier; les habitudes de la vieillesse sont la conséquence naturelle et légitime des habitudes de la jeunesse; le jeune homme est la fleur, le vieillard est le fruit, l'homme reste toujours ce qu'il est; le serpent reste serpent, et l'oiseau qui a volé en naissant continue à voler jusqu'à la fin de ses jours!... »

Je me tus, et, concentré en moi-même, je réfléchis longtemps à ces paroles, dont le sens pouvait bien m'être appliqué.

Après avoir traversé le lac Majeur, nous arrivâmes à Côme, et nous fîmes un temps d'arrêt dans la Tremezzina pour nous donner le plaisir de quelques excursions dans les sites les plus pittoresques du Lario.

Enfin le besoin de repos nous fit hâter notre retour, et, à peine l'avions-nous annoncé, que nous étions rentrés au village un beau soir après le coucher du soleil.

Nos parents, qui nous attendaient sur la porte de leur cottage, se précipitèrent dans nos bras, pendant que Bitto, en proie à un paroxysme de joie, aboyait en courant du haut en bas de l'escalier, à travers les chambres et la rue, en sautant après les passants, et en se précipitant chez les voisins comme une bombe pour témoigner à sa manière sa bruyante satisfaction de notre heureux retour.

Rosa me raconta que, les premiers jours de notre départ, il refusait de manger, allait continuellement de la maison chez les Bruni, et, vers le soir, s'installait sur le seuil, les yeux fixés du côté où nous étions partis, et nous attendait tristement en poussant des gémissements plaintifs. Après notre retour, il ne quitta plus la maison à l'heure de midi; ses amis se trouvant réunis sous le même toit, tous ses désirs étaient satisfaits, et il vivait heureux.

L'automne fut employé par Agathe à compléter notre

installation et à faire exécuter des travaux de jardinage pour arranger le jardin suivant ses goûts.

Beppo, le pauvre émigré, était guéri, et pour lui donner du travail près de sa famille, nous le prîmes à la journée. Il passait tout son temps avec Martino à ravager le jardin de mes beaux-parents. Ma femme voulait embellir notre habitation avec des plantes robustes, susceptibles d'une prompte croissance ; aussi prenait-elle celles qu'elle avait cultivées avec tant de soin sur le domaine paternel. C'était un va-et-vient continuel de charrettes chargées d'arbres, d'arbrisseaux touffus, de fleurs, de terreau, de fumier, de vases et d'arrosoirs ; j'étais souvent obligé de me mettre de la partie, pour transplanter et travailler avec la bêche ou avec les mains, bien que je fusse encore un jardinier inexpérimenté.

Quand l'hiver nous força de rester enfermés, je trouvai ma petite demeure pleine de vie.

Agathe avait apporté ses canaris, qui chantaient à pleins poumons, un chat qui faisait le gros dos se frottait la tête avec ses pattes ou restait en contemplation sur le balcon, et de beaux pigeons qui becquetaient les miettes sur le plancher ou roucoulaient sur les portes. Elle avait fait un coussin bien moelleux pour Bitto, qui s'y prélassait dans une douce tranquillité en ronflant toute la journée et en se réveillant seulement pour exprimer sa satisfaction à sa maîtresse avec ses yeux pleins d'affection, chaque fois qu'elle passait près de lui.

Tout était propre, brillant, élégant. Des vases de tulipes, de jacinthes garnissaient la cheminée du salon, et pendant qu'au dehors la neige fouettait les vitres et que la tempête grondait, la cuisine bien réparée offrait un asile agréable, où s'élevait la flamme vive et crépitante des genévriers, et les fourneaux exhalaient une odeur appétissante. Les rayons de la bibliothèque s'étaient enrichis de nouveaux livres achetés en voyage, qui nous délassaient durant les heures tranquilles du soir. Quelques bons journaux nous mettaient en communication avec le monde extérieur, et nous persuadaient de plus en plus par leurs faits divers que la société est pleine d'embûches et de misères, que les joies bruyantes ne valent pas les douceurs d'une vie paisible, que les ambitions immodérées coûtent cher et souvent aboutissent à d'amères désillusions, que le vrai bonheur fuit la foule, et se cache de préférence dans les lieux solitaires.

Au moment du carnaval, nous lisions, en haussant les épaules, les relations des bacchanales populaires, des fêtes officielles, où la diplomatie banquetait, portait force toasts, et levait les jambes en cadence au son des violons et des violoncelles, dans l'intérêt des peuples...... qui pendant ce temps couraient par les rues masqués, déguisés en mendiants, en pierrots, en polichinelles, en arlequins et en paillasses. Les plus sages mettaient un nez postiche pour rire et faire rire. Nous riions comme eux...... de pitié. Les saturnales carnavalesques, avec la populace qui les accompagne, passaient devant nos yeux en gambadant, comme les danseuses sur la scène devant le roi et la reine. Le récit de ces amusements devant le sévère aspect des Alpes, dans un village silencieux, couvert de neige, nous produisait exactement le même effet qu'une relation médicale sur l'aliénation mentale, avec la description de tous les symptômes de la folie et des bizarreries étranges des aliénés. Au printemps il me fut permis d'admirer le résultat des travaux de l'automne, à l'aspect des premières feuilles qui produisirent un changement complet de décor. Au moment des transplantations, je n'avais vu que des rameaux effeuillés. La belle saison, les habillant de feuilles et de fleurs, transforma la maison et le jardin en un véritable Éden. Une belle glycine grimpait le long de la façade jusque sous le balcon du premier étage et parfumait l'appartement de l'odeur délicieuse de ses grappes violettes. Les poiriers du Japon étaient couverts de fleurs rouges ; les lilas et les cytises de fleurs blanches et jaunes. Les anémones, les muguets, les primevères ouvraient leurs boutons aux caresses du printemps. Les roses déployaient leurs magnifiques couleurs, la beauté de leurs formes, et embaumaient l'air. Toutes les plantes promettaient leurs dons de fleurs et de fruits, leur tribut de couleurs, d'aromes ou de saveurs exquises. Ce luxe de la nature me rendait le séjour de la maison plein de charmes.

Derrière une haie vive d'aubépines en fleurs, on entendait glousser, crier, aboyer, piauler. En s'approchant on voyait une troupe de jolis volatiles, oies, canards, poules et poussins qui grattaient le fumier, voltigeaient, becquetaient et couraient joyeusement ; un beau coq au plumage varié, fier comme Artaban, avec la crête et la barbe rouge, paraissait commander à tout ce petit peuple, et de temps en temps allongeait le cou pour faire retentir l'air de son cri aigu et sonore.

Un porc grognait dans son étable, montrait sa tête par le trou de sa mangeoire, y plongeait son groin et le relevait couvert de son qu'il engloutissait avidement, après en avoir éparpillé la moitié comme son confrère que j'avais vu le lendemain de mon arrivée à la maison Bruni.

De l'autre côté était le jardin autrefois plein d'orties et de ronces, maintenant tiré au cordeau, avec ses carrés remplis d'herbages et purgés des mauvaises herbes, avec ses plantes soigneusement sarclées, régulièrement disposées, entourées de vignes en espaliers, et bordées d'une lisière de fraisiers en fleurs. En somme le règne animal et le règne végétal rivalisaient pour nous promettre leurs meilleurs produits, et l'œil se reposait partout sur une abondance de biens de toutes sortes. Mais une plus joyeuse surprise m'attendait pour compléter la félicité intime du foyer domestique.

Un beau jour, Agathe émue m'annonça qu'elle éprouvait les premiers symptômes de la maternité. Elle commença aussitôt à donner tous ses soins au trousseau indispensable à l'heureux mortel attendu si impatiemment, comme le complément nécessaire de notre bonheur ; elle travaillait toute la journée à confectionner maillots, oreillers, brassières, chemises, jupons, bavettes, bonnets de dentelle et autres colifichets qui faisaient plaisir à voir.

Bientôt apparut un berceau piqué et disposé de façon à pouvoir bercer sans fatiguer le futur nouveau-né; c'était un cadeau des grands parents.

La poste royale porta à mon oncle la nouvelle qu'à son retour il trouverait la famille composée de trois personnages. Il me répondit tout de suite une lettre affectueuse pour m'informer qu'il se réservait la joie d'être parrain, de sorte que lettres, timbres-poste et facteurs étaient mis en mouvement par le fait d'un individu qui n'était pas encore venu au monde et n'en exerçait pas moins, par anticipation, une influence sociale et économique. Je ne dis rien de nos pensées : sera-ce un garçon ? sera-ce une fille ? Quel nom lui donnerons-nous ?..... et penchés sur le calendrier nous cherchions sur la liste des saints un prénom convenable. Son éducation, ses études, sa carrière future, nous préoccupaient déjà et nous donnaient du souci.

Sera-t-il notaire, ingénieur, médecin ou avocat ? Sera-t-il syndic, député, ministre ?..... Il était déjà presque ministre, qu'il n'était pas encore né !

Enfin un an environ après notre union, vint au monde, non pas un petit garçon, mais une jolie petite fille, que Monseigneur le révérend chanoine Don Giuseppe Carletti tint sur les fonts baptismaux, en lui donnant le nom de Giuseppina.

Chacun la trouvait belle, pour moi c'était un ange; je ne me rassasiais jamais de la regarder, en me réjouissant avec ma femme d'un si grand bonheur.

« Regarde, lui disais-je, regarde ses petites mains, l'ongle de son doigt mignon, sa petite bouche, et ce joli petit nez, et ces yeux si doux ! Comme elle est belle !..... comme elle dort tranquillement... sans remords ! »

Ma femme souriait avec amour, la conservait toujours près d'elle contre son sein, la regardait avec tendresse et la couvrait de baisers. Elle avait suspendu à son berceau la médaille de ma mère comme une bénédiction de la pauvre grand'mère morte, et quand l'enfant pleurait, elle la berçait pour l'endormir avec une douce chanson.

Lorsque après un long sommeil elle ouvrait ses petits yeux, elle rencontrait aussitôt le regard et le sourire de sa mère qui surveillait son repos et attendait son réveil. Alors elle l'appelait de cent noms divers, et la petite riait du sourire des anges.

Notre bonheur était parfait, et celui qui n'y croit pas n'a jamais eu d'enfants d'une femme adorée. Il est certain que le bonheur parfait sur la terre n'a que la durée de

l'éclair. Quand les enfants ne sont pas malades en naissant, ils font les délices de leurs parents jusqu'au moment
de la dentition. Avec elle, commencent les douleurs, qui
sont, sauf de courts intervalles, le cortége ordinaire de
notre vie. Pendant ses couches, ma femme me recommanda instamment de surveiller avec attention les
animaux, les plantes, pour qu'aux premiers la nourriture
ne fît pas défaut, et aux secondes les soins nécessaires à
leur entretien.

Je me rappelle qu'un jour, Rosa étant occupée ailleurs,
Agathe entendit un concert furieux dans la cour, et s'en
préoccupa vivement. Pour la tranquilliser, je descendis
au poulailler, et je constatai que la cause de ce vacarne
provenait du manque de vivres. Je remédiai incontinent
à ce malheur, et pendant que j'étais accroupi, complétement absorbé par la distribution de la polenta aux
poussins qui sautillaient autour de moi, en me prenant
la becquée des mains, j'entendis tout à coup rire à gorge
déployée du côté de la rue. Je levai la tête, et j'aperçus
le meunier Zaccheo qui, juché sur son âne, me regardait
en se tenant les côtes.

« Bonjour, Zaccheo, lui-dis-je, je suis heureux de vous
voir de si bonne humeur.

— C'est tout simple, répondit-il; quand je me rappelle
que vous vous êtes moqué de moi en me regardant donner
la bouillie à mon garçon, je ne me serais pas attendu à
vous voir aujourd'hui donner la pâtée aux poussins.

— Vous avez raison de rire; quand je me suis moqué
de vous, j'étais un imbécile, et je ne comprenais pas alors
qu'on doit rougir seulement lorsqu'on se rend coupable
d'une mauvaise action. »

L'âne et le meunier s'éloignèrent, le premier cheminant lentement sous le poids du second, qui continuait à
rire de sa découverte, tout en donnant de temps en temps
des coups de bâton à la malheureuse bête, pour la faire
avancer avec un peu moins de lenteur.

Je le suivis longtemps des yeux en réfléchissant intérieurement que mon jugement mûrissait, que les années
apportent le calme et la raison; je reconnaissais avec
impartialité mes torts envers le meunier..... et les

siens envers moi. Je n'aurais pas dû me moquer d'un père affectueux, et lui, il aurait dû épargner son sourire narquois à un bon mari.

Quiconque travaille honnêtement a droit d'être respecté, quelle que soit sa position sociale, maître d'école ou âne. Au moulin la meule et le meunier ne font que tourner ; le véritable ouvrier c'est l'âne, qui porte sur son dos d'abord le grain, et plus tard la farine, avec le poids du patron en plus sur les sacs. C'est pour cette raison que la taxe sur la farine, trouvée trop lourde par les contribuables, est trop douce pour les ânes, qui laisseraient volontiers au moulin, pour le compte du trésor, la plus grande partie de la farine et le meunier par-dessus le marché. Je rappelais souvent à mes élèves l'exemple de l'âne et du meunier, et je leur disais :

« Remarquez l'homme nonchalant qui pèse sur la bête laborieuse, et dites-moi franchement qui mérite l'éloge et qui mérite le blâme ? O jeunesse, imitez toujours l'âne : il vous offre l'exemple du travail, de la résignation, de l'obéissance !... tandis que le meunier représente l'égoïsme, la cruauté, l'oisiveté et la tyrannie sans pitié ! »

Quand Agathe m'entendait déclamer ces tirades humanitaires avec une emphase magistrale, elle prétendait qu'il me restait encore au fond du cœur un peu de la rancune produite par le fiasco du moulin. En cela elle se trompait ; c'était simplement l'instinct naturel qui m'a toujours inspiré une vive sympathie pour les ânes et un grand respect pour leur courage !...

## XXI

L'école était en pleine prospérité, par suite des bonnes maximes que j'inculquais aux écoliers ; je voyais bien qu'un père de famille est plus convenable pour la fonction de directeur de la jeunesse qu'un célibataire ; ses idées sont plus solides, sa moralité plus sûre, sa patience plus grande, son amour pour les enfants plus naturel et plus sincère. Le maître marié trouve aussi de plus grandes compensations à ses fatigues, parce qu'en rentrant au foyer domestique après les heures d'école, il se réjouit à la vue des enfants qui courent à sa rencontre, de sa femme qui lui sourit, du bon dîner qui l'attend; pauvre peut-être, mais consolé de sa pauvreté par la présence de ceux qu'il aime. Cependant certains pays civilisés qui ont supprimé les couvents, où le célibat volontaire trouvait en retour une famille de confrères, condamnent les pauvres maîtres, avec leurs chétifs émoluments, à vivre sans famille dans un célibat forcé.

Celui qui doit instruire les enfants et préparer ainsi les matériaux du futur édifice social, ne connaît que rarement le fondement de la société : la famille.

Sa pauvre condition l'a contraint à abandonner le toit paternel pour s'en aller au loin gagner le maigre morceau de pain qui suffit à grand'peine pour le faire vivre, et dans la plupart des cas le mariage lui est interdit par sa pauvreté. Il n'a jamais vu une femme aimée dans sa maison solitaire, il n'a jamais entendu les cris des petits enfants, si doux à l'oreille d'un père, ni le langage de l'affection autour de son triste foyer... il est aveugle, sourd et muet !... et il doit montrer la lumière aux enfants d'autrui, écouter leurs objections, et parler à des étrangers comme le ferait un père.

Dure condition et funeste au pays ! J'étais une des rares exceptions, et ma vie devenait toujours plus gaie en raison des soins affectueux d'une femme qui mettait toute sa joie dans l'amour de sa fille et de son mari, et employait toute sa journée à les rendre heureux. A mon retour de l'école, Agathe m'attendait sur la porte avec son enfant dans les bras, et lui apprenait à me faire fête. Je les embrassais, je prenais la petite avec moi pendant que sa mère préparait le déjeuner ou le dîner, et nous faisions un repas joyeux avec l'enfant sur les genoux, en riant de ses gentillesses, de ses mouvements mignons, de son sourire, de la grâce avec laquelle elle demandait à boire ou à manger. Après le dîner, la petite dansait sur la table, soutenue par sa mère, et je passais une heure sans m'en apercevoir à lui faire des grimaces ; c'était mon théâtre, j'étais bien loin des tragédies !...

Ma femme se plaisait à me faire d'agréables surprises. Un jour je trouvais sur le bureau de mon cabinet un beau bouquet de fleurs, une autre fois une petite pièce de drap artistement découpée pour essuyer les plumes, ou un petit plat délicat sur la table, ou une superbe assiette de fruits. Elle me faisait toujours comprendre par une attention délicate qu'elle pensait à moi même quand j'étais absent. Si elle avait de bonnes nouvelles à m'annoncer, elle venait au-devant de moi pour m'en faire part plus promptement ; elle n'oubliait aucun détail, parce que, disait-elle, tout doit être en commun dans la vie.

« Les melons sont bien venus ; les petits pois sont mûrs ; le magnolier est en fleurs, je t'attendais pour te les montrer. »

Un autre jour, il s'agissait de choses plus graves : il était né vingt poussins de vingt-deux œufs ; l'un d'eux s'était brisé, on ne savait pas pourquoi, l'autre s'était obstiné à ne pas s'ouvrir. C'était aussi la grand'mère qui avait envoyé à sa petite fille une magnifique dent de sanglier montée en argent, avec une petite clochette pour la mettre au cou. Ce cadeau fut un véritable événement !

Mais quand elle avait de mauvaises nouvelles à m'annoncer, elle me préparait peu à peu à les recevoir avec résignation, m'épargnait la secousse d'impressions trop vives, et me les rendait ainsi moins pénibles à supporter. Quelquefois elle me les laissait même ignorer, pour m'épargner des soucis inutiles, et défendait qu'on m'en parlât. Si, plus tard, je m'apercevais de quelque chose, et demandais ce qu'était devenu un dindon ou un vase de porcelaine que je ne voyais plus, on me répondait avec un ensemble touchant : « Oh !...... il y a longtemps qu'il est mort !....... il y a trois mois qu'il est cassé !....... » et c'était une question réglée. Il n'y avait pas de remède, et, puisque chacun en avait pris son parti, je n'avais plus qu'à faire de même.

Mais qui pourrait décrire avec exactitude l'enthou-

siasme du père et de la mère, à la première parole balbu-
tiée par leur enfant? quelle langue est plus éloquente
que celle du petit ange qui dit pour la première fois papa
et maman?

Celui qui n'a jamais entendu ce langage de ses propres
enfants, trouvera peut-être plus agréable et plus intéressant un discours de l'Académie. Quant à moi, je proteste
hautement contre une pareille hérésie. Et aussi, qui
pourra exprimer fidèlement l'effet produit sur les parents
par les premiers pas du petit bonhomme? Bien que le
poupon se dirige avec peine, les épaules soutenues par
les mains de la mère et avance le pied en hésitant, cependant elle s'écrie avec admiration :

« Voyez..... voyez comme il marche bien! »

La première dent qui pousse, encore presque invisible,
à peine sensible au toucher, est plus précieuse pour les
parents que la dent d'ivoire d'un éléphant apportée en
Europe par les caravanes à travers les steppes et les
déserts!

Ce sont les petites joies et les petites douleurs de la
vie domestique, mais malheureusement ces dernières ne
font qu'augmenter. C'est justement avec les douleurs de
la dentition que commencent les premières inquiétudes
et les premières terreurs. Souvent ces souffrances produisent la fièvre. Quand un enfant a la fièvre, la bonne
mère ne vit plus. A genoux devant le berceau, elle étudie
les mouvements, les regards, les gémissements les plus
légers, et les soupirs du petit malade; elle le recouvre
avec le plus grand soin, prend sa tête et ses joues en-
flammées, les embrasse et les inonde de larmes. Elle
donnerait sa vie pour le voir guéri, mais elle est impuis-
sante. Pour elle cette fièvre est le plus grand événement
du jour. Annoncez-lui la mort d'un homme illustre, la
perte d'une bataille, la chute d'un trône, elle n'y fait pas
attention, elle n'écoute pas et ne comprend rien; son
enfant est malade, elle attend avec angoisse la visite du
médecin, quand il est devant le berceau, elle lui raconte minutieusement les moindres symptômes découverts
ou entrevus par sa clairvoyance maternelle, et, les yeux
fixés sur le visage du docteur, elle tâche de découvrir

ses secrètes pensées, craint d'être trompée par compassion et voudrait deviner l'avenir.

Les maladies des enfants!.... voilà l'amère réalité qui empoisonne le bonheur des mères; voilà le premier écueil que rencontre la félicité conjugale. Combien d'angoisses, de tourments succèdent à l'improviste aux joies du berceau!....

Cependant ces douleurs communes servent à resserrer de plus en plus le lien sacré qui unit la famille.

Dans ces jours néfastes, quand ma Guiseppina tomba malade, au moment de la dentition, la désolation s'était appesantie sur la maison, et notre vie semblait suspendue.

Agathe ne quittait pas sa fille d'un instant, ni le jour ni la nuit; elle buvait à peine quelques gorgées de bouillon pour se soutenir, et quand un irrésistible sommeil l'obligeait à fermer les yeux, elle dormait la tête appuyée sur l'oreiller de la petite malade, en se réveillant au moindre bruit.

Ma belle-mère était venue pour nous assister et nous donner du courage, Menica aidait Rosa, Bitto ne quittait la chambre qu'à de rares intervalles; quant à moi, j'avais perdu la tête, et je n'étais qu'un embarras.

Le moindre gémissement de la petite nous jetait dans une mortelle inquiétude; si elle souriait, nos visages s'illuminaient comme l'horizon à l'apparition du soleil, et quand le mieux se prononça, ce fut une joie universelle. Giuseppina avait une robuste constitution; avec ses soins intelligents, sa mère aidait puissamment la nature et la science. Grâce à Dieu, notre fille nous fut conservée, et, passé les souffrances de l'enfance, elle grandit en bonne santé et devint vigoureuse au milieu de l'air pur et vivifiant des montagnes. Agathe la surveillait et l'élevait avec l'intelligence de l'amour maternel, et, sans mettre obstacle au besoin naturel des enfants de se mouvoir, de sauter, de courir, elle s'occupait en même temps du développement du corps, de l'esprit et du cœur. Elle ne répondait jamais à ses questions par des réflexions erronées qui laissent dans l'esprit des enfants un levain d'idées fausses et de préjugés. Elle lui expliquait

toutes choses avec vérité et précision, évitant seulement
ce qui déflore la candeur et l'ingénuité de l'enfance; elle
développait son intelligence, et tâchait de lui inspirer de
saines idées; elle cultivait dans son cœur les sentiments
nobles, délicats, qui nous habituent à penser à autrui
avant de songer à nous-mêmes, et à nous réjouir plutôt du
bonheur du prochain que du nôtre propre. Entourée d'affection et de soins, l'enfant grandissait ainsi en bonne
santé, avec des goûts simples, avec une éducation forte.

Lorsqu'elle commença à faire ses premiers pas, elle
s'accrochait aux poils de Bitto, se tenait solidement à
cet appui, tandis que lui allait de l'avant tout doucement, et l'aidait à marcher, visiblement préoccupé du
sentiment de sa responsabilité. Bitto fut le premier ami
de Giuseppina, et aussi le plus dévoué et le plus fidèle;
compagnon inséparable de son enfance, il fut en même
temps son protecteur et sa victime. Il la suivait partout
avec l'intention évidente de surveiller ses pas, et gare à
l'homme ou à l'animal qui l'approchait de trop près; il
le prévenait par un grognement significatif de passer au
large; personne ne se le faisait dire deux fois, et n'avait
envie de rire quand le gardien montrait les dents.

Quand le chien se couchait majestueusement en travers
de la porte, la petite allait s'asseoir sur son dos; il se
mettait en rond pour qu'elle fût placée plus commodé-
ment; il lui arriva souvent d'appuyer sa blonde tête
frisée sur le poil noir de son ami et de s'endormir tranquillement; il n'y avait pas à craindre que Bitto bougeât
tant que durait le sommeil. Quand elle ouvrait les yeux,
il la regardait avec affection, et si la petite pleurait, il lui
léchait le visage et les mains pour la consoler.

La vie intime et solitaire dispose naturellement aux
confidences. Nous causions avec ma femme du passé, des
parents morts, des jeux de l'enfance, de nos premières
connaissances, enfin nous voulions que rien ne restât
secret entre nous. Agathe me raconta les premières
années de sa vie, qui s'étaient écoulées comme celles de
notre Giuseppina, au milieu des caresses de ses parents
et des fleurs du jardin; son douloureux départ pour la
pension de Côme, ses jeux avec ses compagnes, les

amitiés, les jalousies de ce petit monde, les songes couleur de rose de la pensionnaire, le joyeux retour à la maison paternelle, les jours calmes passés près de sa mère, les occupations de la vie domestique, les plaisirs du jardin, les promenades, les lectures, les travaux de charité pour les pauvres, et enfin ma fatale apparition.

Il paraît que j'avais apporté avec moi de Milan un certain air qui avait produit l'effet des vents alizés sur la mer tranquille. J'écoutais avec une satisfaction naturelle la confession naïve des premiers troubles produits par ma présence dans cette âme pure. Ma froide indifférence lui inspirait pleine confiance, elle s'était laissée aller sans crainte et sans arrière-pensée à étudier l'intéressant phénomène de la chute d'un Milanais en Valteline. Mais il ne faut pas jouer avec le feu, mesdames!... Il est certain que l'amour intense qui brûlait dans mon cœur pour la comtesse Savina, produisait une chaleur latente qui parvint à émouvoir le cœur d'Agathe.

Je pourrais volontiers me comparer à un poêle inconscient de sa puissance calorifique.

Je parvins, par ces confidences, à découvrir que la sympathie d'Agathe pour moi fut d'abord combattue par ses parents, et je suis convaincu que c'est précisément ce qui contribua à développer cette passion naissante, parce que les filles d'Ève conservent toujours une préférence héréditaire pour le fruit défendu ; d'où il résulte souvent que l'opposition à un mariage fait l'effet d'un soufflet sur le feu de la forge et ravive la flamme.

Mes escapades fournirent de solides arguments aux époux Bruni pour me faire la guerre, mais Agathe me défendait, accusant les compagnons pervers qui m'entraînaient malgré moi sur la route du mal ; elle démontrait ainsi sans s'en douter que les mauvais sujets sont quelquefois plus heureux que les bons, même auprès des femmes honnêtes.

Les dissidences domestiques restèrent suspendues jusqu'au moment de ma déclaration d'amour, qui jeta de la paille sur le feu et fit éclater un incendie irrésistible. Les parents cédèrent parce que nous ne sommes plus au

temps des Capulet et des Montecchi ; les couvents étant
supprimés, Juliette ne trouvait plus le frère Lorenzo
pour lui administrer un soporifique, et les parents, voulant voir leur fille heureuse, lui permirent d'épouser son
Roméo, bien qu'il ne fût qu'un pauvre maître d'école de
village. D'ailleurs les prétentions d'Agathe étaient très-
modestes, elle n'avait qu'un seul désir : trouver un mari
qui ne fût point un grossier montagnard, et vivre auprès
de ses parents dans le village où elle était née, occupée
de son mari, de ses enfants, cultivant des fleurs, élevant
des animaux, et rendant tout le monde heureux, hommes
et bêtes. Elle était convaincue qu'il ne faut pas chercher
le bonheur loin de nous, mais en nous-mêmes, et que
partout les bonnes femmes font les bons maris, et *vice
versâ*. Je ne parle pas ainsi pour me vanter, mais elle
pouvait dire qu'elle avait gagné à la loterie, en épousant
un homme bien élevé, qui, outre sa qualité de Milanais
et de neveu d'un chanoine, n'était ni laid ni pauvre.

Moi aussi, à mon tour, je lui fis mes confidences les
plus franches et les plus sincères, sans restrictions men-
tales. Je lui racontai d'un bout à l'autre mon amour pour
la comtesse Savina, muet, mais profond comme le silence,
condensé comme l'eau bouillante dans la chaudière à
vapeur, alimenté par la flamme de deux yeux plus brillants que le soleil. Je ne lui cachai point mes ridicules
illusions sur l'amour et la gloire, et je ne lui fis aucun
mystère du bouquet de fleurs recueilli et du baiser repoussé ; en un mot, je lui racontai fidèlement mes folies,
les larmes versées, les inquiétudes, les espérances, les
désillusions et les douleurs qui furent les conséquences
de ces erreurs de jeunesse.

Agathe m'écoutait avec attention, me demandant toujours de nouveaux détails, et m'obligeant de déterrer les
particularités insignifiantes que j'avais à peu près oubliées depuis un aussi long espace de temps. Puis elle
se mettait à examiner tous les motifs qui pouvaient avoir
poussé la comtesse Savina à ramasser mon bouquet de
fleurs, à s'en montrer satisfaite, et ensuite à ne pas répondre à mon baiser. Elle analysait avec de subtils arguments le cœur de la jeune fille, et la jugeant par les

résultats, concluait en l'accusant de légèreté, d'ambition, de coquetterie. Froissé de l'injustice d'un pareil jugement, je défendais la comtesse, peut-être avec trop de chaleur; alors Agathe me regardait fixement et en pâlissant, et je me taisais.

Un autre jour, elle voulait une description exacte de la personne et des vêtements ; il me fallait lui expliquer comment elle se coiffait, lui décrire ses bijoux, ses couleurs préférées ; tout cela rappelait à mon souvenir bien des choses oubliées, et enfin de compte nous faisait souffrir l'un et l'autre.

J'en étais presque à me repentir d'avoir touché ce point douloureux ; peut-être commettais-je une imprudence en découvrant une mine qui n'avait pas éclaté, mais je regardais comme un devoir de conscience de n'avoir pas de secrets pour ma femme, à laquelle j'avais voué ma vie entière.

De même que le ciel ne peut rester toujours serein, et que sous les climats les plus doux on aperçoit quelquefois des nuages, de même la vie la plus honnête et la plus heureuse a aussi ses jours sombres. La jalousie vint troubler notre calme, une jalousie rétrospective, la pire de toutes, parce qu'il est impossible d'annuler le passé, et comme c'est une aveugle passion qui se nourrit de fantômes, qui prend ombrage du vide, la raison ne suffit pas à la calmer, ni à nous prémunir contre la méfiance de cette sorcière qui se elle-même, rouge et nous rend injustes et méchants. C'étaient de petites attaques nullement méritées, qui avaient pour résultat d'irriter mon caractère honnête, de troubler mon repos et de me mettre de mauvaise humeur.

Agathe, prenant notre enfant dans les bras, me disait :

« Ne te semble-t-il pas qu'elle ressemble à ta comtesse ?..... »

Ma comtesse !... cette parole m'irritait les nerfs, je répondais sur un ton aigre, et avec une ironie dédaigneuse.

« Voilà !... continuait-elle, on ne peut t'en parler sans te mettre en colère.

— Ce n'est pas parce que tu m'en parles que je suis fâché, mais bien parce que tu la traites avec injustice.

14

— Excuse-moi si je manque de respect..... à une coquette. »

Je prenais mon chapeau et m'enfuyais, avec l'intention de la laisser seule quelques heures pour lui infliger une punition et lui donner de l'inquiétude...; mais dix minutes après je venais l'embrasser, et lui trouvais les yeux rouges.

« Mon Dieu !... qu'as-tu donc aujourd'hui ? A quoi penses-tu de troubler ainsi notre vie honnête et tranquille ? Grâce au ciel, aucune douleur ne nous oppresse, aucun chagrin ne nous torture, et tu vas chercher une aiguille dans une botte de foin ! Pourquoi aller fouiller dans un passé lointain, disparu pour toujours !...

— Pour toujours !... qui t'assure que c'est pour toujours ? Sais-tu ce que te réserve l'avenir ? J'ai toujours entendu dire que le feu le plus dangereux est celui qui couve sous la cendre... la comtesse est encore jeune ; et d'ailleurs, que peut y faire l'âge ? les années passent également pour l'un et pour l'autre, par conséquent la situation reste la même. Les passions les plus violentes sont souvent les premières... Si elles se rappellent à notre bon souvenir, on éprouve un regret amer du passé ; c'est pour cela que je t'en veux !.....

— Je t'en supplie, laisse-moi tranquille, tu es injuste et un peu trop entêtée ! tu soupçonnes mon honneur, tu supposes l'impossible..... nous sommes en Valteline et la comtesse est à Milan..... ou peut-être ailleurs.

« Il n'y a que les montagnes qui ne se rencontrent pas.

— Tu finis par m'ennuyer... en voilà assez ! »

Elle baissait les yeux et se taisait, mais on sentait dans la chambre le froid de la Sibérie ; je n'y pouvais tenir et je reprenais le premier la conversation.

« Dis-moi, Agathe.... tu a donc perdu toute estime pour ton mari ?

— Non... mais....

— Mais quoi ?

— Que sais-je ? J'ai toujours une pensée douloureuse qui m'obsède, et que je cherche en vain à étouffer... ou au moins à garder pour moi seule...

— Quelle est cette pensée maudite ?

— Ce malheureux baiser !...

— Eh bien, ce baiser... quoi de si grave ? A cette époque je ne te connaissais pas, je n'avais pas encore vingt ans, j'étais un écervelé... mais libre de mes actions..... Je t'ai avoué que j'étais amoureux comme tous les jeunes gens de mon âge... et je ne crois pas avoir commis un crime irrémissible pour avoir envoyé un baiser à une jeune fille à plus de vingt mètres de distance! un baiser qu'elle ne m'a pas même rendu!

— On voit bien que tu en es encore affecté !...

— Loin de là, je te jure que cela m'est complétement indifférent !

— Elle ne pense peut-être pas comme toi et voudra payer sa dette! »

Pour ne pas me mettre en fureur, je fuyais précipitamment, en fermant la porte avec violence ; je courais ensuite à travers champs, décapitant avec mon bâton les fleurs qui levaient la tête au-dessus des autres, maudissant mon sort, le passé, le présent, et envoyant le monde au diable !

« Comment ! me disais-je, un mari fidèle, une femme vertueuse ! qui s'adorent, qui vivent honnêtement, sans soucis d'aucune sorte, ne peuvent être heureux ! Que diable ! le monde est donc une souricière, peuplée de rats enragés qui se dévorent entre eux !... Mais la loyauté n'est donc qu'un piége infâme pour tromper les nigauds ! » Et je poussais des soupirs qui menaçaient de se convertir en blasphèmes.

En pensant à ma situation, je me reportais à ce misérable baiser, un baiser en l'air, un enfantillage, une bulle de savon, évaporée depuis tant d'années ! Et cette niaiserie avait le pouvoir de me rendre malheureux ! mais pourquoi ?..... parce que ma femme m'aimait tellement qu'elle était jalouse même du passé !... C'était donc l'excès de mon bonheur qui me rendait malheureux ! C'était la douce source de l'amour qui empoisonnait mes jours, c'était le miel qui me semblait si amer ! C'était pour un baiser que je haïssais la vie ! Je revenais au domicile conjugal en proie à de sombres réflexions.

Je n'ai jamais pu longtemps bouder, j'ai toujours préféré la haine à la rancune, la mort aux tourments; c'est pourquoi, après la lutte, j'ai toujours été le premier à parler des préliminaires de la paix, et comme l'adversaire avait presque toujours consommé ses munitions et brûlé toute sa poudre, nous étions vite d'accord. Peu après le baromètre montait au beau, et le thermomètre indiquait une température moins froide. Mais les vicissitudes de la température et les phases de la lune exercent réellement une constante influence sur le caractère de la femme, et il m'était impossible de réaliser sous le toit domestique le bonheur de la paix perpétuelle rêvée par certains philosophes pour l'humanité entière.

Un rien suffisait à nous animer l'un contre l'autre; la moindre plaisanterie dégénérait en altercation, ou se terminait par des réflexions aigres-douces. Un jour, nous promenant dans le jardin, Agathe mit une fleur à la boutonnière de mon habit. Je la remerciai avec un baiser sur le front et elle me dit :

« Je te la donne à crédit, mais à condition que si l'autre paie, je la reprendrai.

— Que veux-tu dire ? répliquai-je avec aigreur, aucune femme ne me doit quoi que ce soit.

— C'est bon ! tu ne peux nier qu'on ne te doive un baiser !

— C'est une supposition fort étrange, à la vérité ; ta jalousie exagère singulièrement le droit des amoureux. Ils ne tiennent pas des écritures en partie double du doit et avoir de leurs passions, et ne peuvent exiger la liquidation de dettes oubliées depuis longtemps.

— Cependant je parie cent contre un que la comtesse a envie de te payer sa dette.

— D'abord, ceci est un outrage qui offense gratuitement une personne honnête, mais la jalousie n'y prend pas garde. En second lieu, je te répète, pour la millième fois, que la comtesse ne me doit rien ; je ne lui ai pas fait de lettre de change, et, en admettant qu'un baiser soit une lettre de change, elle ne l'a pas payé à l'échéance, je ne l'ai pas fait protester en temps utile, par suite j'ai donc perdu tout droit à réclamation. Suppose qu'elle a fait faillite et finissons-en.

— Je connais d'honnêtes gens qui ont fait faillite et sont allés ensuite chercher fortune en Amérique ; à leur retour ils ont satisfait intégralement leurs créanciers.

— Console toi, ce sont des cas si rares que tu n'as rien à craindre.

— Ce qui est rare n'est pas impossible ! »

Et après un long silence qui m'avait fait espérer la fin de ce pénible dialogue, elle poussa un profond soupir et reprit : « Les femmes ont une seconde vue et des pressentiments qui ne les trompent pas. Je sens en moi-même quelque chose qui me dit qu'un jour tu recevras un baiser de la comtesse Savina !..…

— Non.… mille fois non, elle ne voudra pas me le donner et je ne voudrais pas le recevoir ; nos cœurs sont séparés pour toujours, nous ne sommes plus libres, nous sommes honnêtes, nous avons des enfants et une famille que nous ne voudrions pas trahir, et des affections sacrées qui nous imposent des devoirs.…

— Les devoirs cèdent souvent aux passions..… qui sont plus fortes que la volonté. Un jour viendra !... »

Et elle levait le bras d'un air prophétique, quand je lui fermai la bouche d'une main et arrêtai de l'autre le geste menaçant, en lui disant :

« En voilà assez, Agathe ! Tu mets par trop ma patience à l'épreuve, et ton obstination dans une accusation injuste et irritante pourrait nous entraîner, malgré nous, à ce que nous devons et voulons éviter !... En voilà assez. »

Notre fille, avec son sourire séraphique, se montra au milieu des fleurs, comme un ange descendu du ciel pour calmer nos esprits, remplis d'amertume par le démon de la jalousie.

## XXII

Les années s'écoulaient avec les alternatives de joies et de douleurs dont se compose la vie, et notre Giuseppina était devenue une belle jeune fille, elle savait lire, écrire et compter. Sa mère et moi avions donné tous nos soins à son instruction ; mais il fallait la compléter, c'était pour nous un grave souci. Comme il n'était pas possible de la conserver au village, où les éléments nécessaires manquaient, il nous vint à l'idée de la placer au pensionnat de Côme, où sa mère avait été élevée d'une façon si remarquable. Mon beau-père écrivit, à ce sujet, à un de ses amis pour avoir de nouveaux renseignements, et il lui fut répondu que, la vieille directrice étant morte, l'établissement était depuis tombé en discrédit.

Il n'y fallait plus penser. Alors j'écrivis à mon oncle le chanoine, qui nous proposa immédiatement une excellente institution de Milan, dirigée par une dame de beaucoup de sens et de grand cœur. De plus il s'offrait généreusement d'aller voir souvent la jeune fille, de nous donner exactement des nouvelles de sa santé et de ses progrès. C'était pour nous un argument de grande valeur. Mais l'idée d'une séparation nous effrayait. Giuseppina était notre joie, et il y avait à craindre que la vie de recluse ne la rendît malade. Elle était habituée au grand air, et aimait beaucoup la liberté sans limites de la campagne. Pendant les courtes leçons que sa mère lui donnait, elle restait difficilement tranquille, et, aussitôt sa tâche remplie, elle courait après les papillons, suivie de Bitto, et disparaissait bien vite derrière les collines, en faisant retentir l'air de ses joyeuses chansons. Elle rentrait à la maison tout essoufflée, les bras chargés de fleurs cueillies sur les coteaux. Quand sa mère la grondait, elle répondait par des baisers qui ramenaient la

sérénité sur le visage maternel. Elle faisait les délices de
ses parents, elle était l'amie des enfants, la providence
des pauvres, la beauté du village ; son éloignement serait
pour tous une privation. Néanmoins il fallait y penser
sérieusement : elle avait atteint sa dixième année, sa belle
intelligence méritait d'être cultivée avec soin, et notre
affection trop indulgente manquait de l'énergie nécessaire pour tenir en bride son excessive vivacité. L'intérêt
de notre fille nous imposait ce sacrifice du cœur, et cependant on discuta longtemps la proposition de l'oncle.
La trop grande distance qui séparait Milan de la Valteline, était compensée par la valeur de l'institution et par
l'affectueuse surveillance d'un bon parent. Nous acquies-
çâmes donc à ce projet, et nos dispositions furent prises
pour conduire Giuseppina en pension, au commencement de novembre, à la rentrée des classes.

Agathe et moi nous devions l'accompagner, quand, dans
les derniers jours d'octobre, mon beau-père tomba dange-
reusement malade. Il fallut retarder le départ, en dépit
des objurgations de mon oncle qui nous écrivait lettres
sur lettres, pour nous engager à être exacts, en nous faisant remarquer que la directrice ne pouvait pas transiger
avec la règle de la pension, et que les exigences d'une
instruction méthodique ne permettaient pas de recevoir
de nouvelles pensionnaires passé la mi-novembre.

Le terme final approchait, et la maladie de mon beau-
père s'aggravait ; il n'acceptait que les soins de sa femme
et de sa fille, qui ne pouvaient le quitter. Nécessité fait
loi, il fallut donc me résoudre à accompagner seul Giuseppina à Milan.

Cette perspective me troubla fortement ; j'envisageai
avec une inquiétude terrible les ennuis que me causerait la jalousie de ma femme. Le fait est que je ne me
trompais guère ; elle commença bientôt, avec ses insinuations habituelles, à me manifester les plus absurdes
soupçons. Que faire ? J'aurais volontiers renoncé à ce
voyage, mais Agathe luttait entre le désir de le renvoyer
à l'année suivante, et la crainte de priver sa fille d'une
instruction indispensable ; l'âge de la jeune fille exigeait
d'ailleurs une surveillance de plus en plus difficile en

raison de la nécessité qui tenait ma femme au chevet de
son père malade ; de son côté, mon oncle nous écrivait
que, passé l'âge requis, notre fille ne serait plus reçue
à la pension ; elle-même voulait suivre sa destinée et se
livrer entièrement à l'étude ; aussi, prenant en considération ces raisons péremptoires, et conformément à l'avis
de mes beaux parents, il fut finalement décidé que Giuseppina entrerait en pension, et que moi seul irais l'accompagner. Je dus me résigner ; mais, quelques jours
avant le départ, les soupçons de ma femme s'accrurent au
point de me faire perdre toute patience. Je protestai avec
indignation contre cette injustice insensée ; les paroles
qui m'échappèrent dans mon irritation la persuadèrent
encore plus fortement, que j'avais cessé de l'aimer ; mon
dédain pour une pareille absurdité la confirma dans son
jugement. Elle était profondément convaincue que la
comtesse Savina m'aimait encore, et que je ne saurais
résister à la plus petite séduction ; mon récit, naïf et
imprudent, lui avait mis en tête que cet amour n'était
qu'assoupi, comme une plante qui, retardée dans sa floraison par les gelées d'un printemps rigoureux, ouvre
ses boutons dans une saison plus avancée, et n'en a pas
moins de parfum pour s'être épanouie tardivement. Elle
me soutenait que le premier amour est le seul vrai, le
seul sincère et durable, donnant pour preuve qu'elle
n'avait jamais aimé que moi seul.

« Tu n'admets donc pas qu'on puisse aimer deux fois ?
lui demandais-je.

— Non... répondait-elle en soupirant, le second amour
n'est que le remède du premier.

— Alors pourquoi m'as-tu épousé ?

— J'ai probablement fait une folie, résultat d'un premier amour qui en fait tant !... Ce sera peut-être mon
malheur... parce que je ne suis pas femme à survivre à
une trahison ; ne l'oublie pas !

— Tu n'as donc pas confiance en mon affection, en
mon honneur, en ma probité ?.

— Ce sont là de vaines paroles qui s'évaporent au
souffle des passions !... plus fortes que la volonté... surtout pour certains hommes... trop légers !

— Mais qu'as-tu donc à me reprocher ? »

Là-dessus elle remettait sur le tapis l'histoire de la meunière !...

« Eh bien, fais conduire ta fille par qui tu voudras ; moi, je reste ici. »

C'étaient alors de nouvelles scènes ; elle prétendait que je montrais ma faiblesse, et que je ne me sentais pas assez fort pour affronter le danger !

« Eh bien... je partirai ! »

Aussitôt elle disait qu'il était évident que mon séjour à Milan servirait à renouer le passé avec le présent. Elle ajoutait que si la comtesse et moi avions perdu la timidité de la jeunesse, nous avions en compensation gagné en expérience et en aplomb, que la femme devait avoir déploré l'excessive réserve de la jeune fille, et que certainement elle attendait la première occasion favorable pour se repentir de sa timidité. En résumé, je pouvais compter cette fois sur le baiser de la comtesse Savina !

J'étais intimement convaincu que ma femme avait tort ; ma conscience était forte de son honnêteté, et cependant ces injustes pronostics m'enflammaient de colère, j'accusais Agathe d'ingratitude, je la traitais de visionnaire, de femme acariâtre ! Au lieu de la calmer, mes reproches l'exaspéraient... et nous passions des nuits d'enfer !... Pendant que beaucoup de coquins dormaient en paix, nous, honnêtes tous les deux, liés par une affection loyale, sincère, mutuelle, avec une fille chérie qui cimentait notre union, nous étions agités par de cruelles discussions, et malheureux sans être coupables ! A force de jurer sur la médaille de ma mère, sur la vie de ma fille, je parvins enfin à modérer ses soupçons imaginaires et à rassurer un peu son cœur. En la voyant sinon plus raisonnable, du moins plus résignée, j'ajoutai tous les arguments favorables à ma cause, et dont le plus important était celui-ci : La comtesse Savina avait un mari, elle l'avait suivi au domicile conjugal, elle ne demeurait donc plus au palais Brisnago, et je n'irais certes pas la chercher au palais de Montegaldo, dont j'ignorais même la situation. De plus, je ne devais m'arrêter à Milan que le temps nécessaire pour compléter le trousseau de notre fille, et je reviendrais tout de suite à la maison ; si je ne la trouvais pas plus raisonnable, malgré notre sincère affection, je me jetterais dans le lac avec une pierre au cou pour en finir avec des tourments insipides, insupportables et immérités. Elle recommençait alors avec de nouveaux raisonnements, accompagnés de larmes et de sanglots, à protester de sa profonde affection, prétendant que ses inquiétudes en étaient la preuve la plus convaincante.

« Merci ! répliquais-je ; si ces scènes sont des preuves d'amour, je préfère la haine qui assure la paix. »

En effet, c'était bien l'amour d'une femme dévouée qui pesait sur mes épaules comme une charge de miel.

Le jour du départ arriva. Le pauvre grand-père, cloué sur son lit de souffrances par la maladie, ne pouvait se décider à nous laisser partir ; il tenait la petite serrée dans ses bras, comme s'il craignait de la quitter pour toujours ; il voulait encore un baiser, puis un autre, et encore une caresse dans ses cheveux, enfin, dans l'impuissance de commander à sa douleur, il retomba sur l'oreiller en sanglotant... et nous laissa partir.

La grand'mère nous accompagna dans l'antichambre, suffoquée par l'émotion ; elle embrassa plusieurs fois Giuseppina, la serra étroitement sur son sein, et retourna près du malade.

Agathe avait oublié les périls du mari pour s'occuper entièrement de la fille qui allait la quitter. Cette séparation déchirait cruellement son cœur ; néanmoins elle s'efforça de dissimuler sa douleur pour ne pas augmenter celle déjà trop forte de sa fille. Ce sont là de terribles moments, et celui qui se trouve en situation de les éviter, fait bien de garder ses enfants près de lui et de les élever à la maison sous la surveillance maternelle. Les mères de famille qui, sans absolue nécessité, mettent leurs filles en pension pour se délivrer d'un fardeau gênant, font encore mieux ; celles-ci ne peuvent que gagner au change. Après des recommandations réitérées, des baisers sans fin et bien des soupirs, Agathe nous accompagna jusqu'à la porte, et montant aussitôt dans la voiture qui nous attendait depuis longtemps, nous partîmes, pendant qu'on nous prodiguait les saluts, les signes de mains, et que l'on agitait des mouchoirs.

La jeunesse se résigne plus facilement que l'âge mûr ; l'aspect des pays pittoresques de la Valteline et ensuite le panorama enchanteur du lac de Côme calmèrent bien vite la douleur que Giuseppina venait d'éprouver et parvinrent à la distraire de ses douloureuses pensées.

Nous étions appuyés au parapet du bateau à vapeur ; je lui montrais les plus beaux sites des deux rives, les riants paysages, les splendides villas, et lui faisais remarquer avec une lunette les cimes remarquables de nos montagnes, déjà dans le lointain, couvertes par les premières neiges.

C'est un véritable plaisir de servir de guide aux enfants, dans leurs premières excursions, et surtout à ses propres enfants ; d'assister à leur continuel étonnement, de répondre à leurs questions naïves, d'observer leur surprise à la vue de tout ce qui les frappe. Quelques voyageurs étrangers, qui venaient en Italie pour la première fois, regardaient avec une sympathie marquée et une bienveillance à peine déguisée la petite Italienne vive et éveillée, qui, devant les œuvres de la nature et de l'art, montrait tant d'enthousiasme et une si précoce intelligence du beau. J'étais fier et heureux des premiers succès de ma fille, d'autant plus qu'ils faisaient honneur à la patrie.

A notre arrivée à Côme, je lui fis visiter la ville, et nous nous remîmes aussitôt après en voyage. Quand j'aperçus au loin la flèche aiguë du clocher de la cathédrale de Milan, je ressentis intérieurement une grande joie mêlée d'une sorte de terreur. J'étais heureux de revoir enfin mon pays, et cependant il me semblait que j'étais menacé d'un danger prochain. Il y avait plus de douze ans que je n'avais pu rentrer dans ma ville chérie, empêché d'abord par mon oncle, puis par ma femme, qui craignaient tous les deux de me voir de nouveau escalader le ciel. Ma folle jeunesse les épouvantait encore ; et, pour avoir osé, comme Prométhée, lever les yeux sur le feu céleste, j'étais condamné à perpétuité à rester attaché à une montagne, le cœur déchiré par un vautour.

Nous fîmes notre entrée à Milan dans la soirée, au

moment où on allumait le gaz. Le bruit des voitures, le mouvement plein de vie des rues, la beauté des magasins, l'élégance des femmes, le bruit des orgues, me troublaient l'esprit. Je croyais me réveiller d'un long sommeil pendant lequel j'aurais rêvé un mariage dans les montagnes et connu des personnages fantastiques, bizarres et impossibles !

La voiture nous traînait à travers ces rues qui me rappelaient la jeunesse et l'amour. Je prenais chaque femme qui traversait la chaussée pour la comtesse Savina. Les questions réitérées de ma fille me rappelèrent à la réalité; elle me manifestait son admiration à la vue de ce spectacle nouveau pour elle, de toutes ces belles rues larges et propres, de ce bourdonnement du monde élégant, si différent de nos sauvages montagnards du village.

Enfin la voiture s'arrêta à la porte de mon oncle. En tirant le cordon de la sonnette, je ne pus réprimer un mouvement de curiosité, et je donnai un coup d'œil à la dérobée au palais Brisnago.

Toutes les jalousies étaient closes.

Au son de ma voix, Véronique accourut précipitamment à notre rencontre, suivie de mon oncle qui m'ouvrit les bras, dans lesquels se jeta Giuseppina qu'il serra étroitement sur son cœur. Après avoir monté l'escalier, je reconnus toutes ces chambres pleines de mes souvenirs de jeunesse; ces meubles, ces tableaux me faisaient l'effet d'anciennes connaissances qui souriaient à mon retour.

Véronique ne se rassasiait pas de contempler ma fille et de la caresser.

« Comme elle est belle... et grande!... répétait-elle; je ne puis croire encore que ce soit votre fille ! »

Mon oncle me demandait des nouvelles d'Agathe, de sa mère, de la santé du pauvre grand'père, du curé, du docteur et de toutes ses connaissances.

Le souper fut servi dans la salle à manger où le chanoine, pendant le dîner, avait autrefois l'habitude de me demander compte de mes études pédagogiques et de mes occupations du jour. Après quelques heures consacrées à causer de mille choses, du voyage, de la pension, et du trousseau, nous quittâmes la table pour aller prendre un peu de repos. Mon oncle se retira dans sa chambre en nous souhaitant une bonne nuit.

Véronique m'annonça qu'elle conduisait Giuseppina dans une belle chambre à côté de la sienne, et me donna une lumière en me disant :

« Vous n'avez pas besoin que je vous montre votre chambre; bonne nuit, Daniel, dormez bien. »

J'embrassai ma fille, et, souhaitant à mon tour une bonne nuit à Véronique, je me retirai.

Je rentrais enfin dans ma modeste chambre d'étudiant après une longue absence, quand les accidents si divers de la vie avaient fixé ma destinée. Je fermai la porte, et m'arrêtai quelque temps sur le seuil, en contemplant avec un triste recueillement cet asile où s'était écoulée ma jeunesse, cette serre chaude où avaient fleuri les pensées de mon printemps: j'en fis ensuite le tour lentement comme les dévots dans les lieux saints, en regardant attentivement ces murs dont je savais par cœur les plus petites aspérités et les moindres anfractuosités, comme un moine connaît sa cellule, comme un prisonnier son cachot. Je découvrais encore les signes tracés avec le crayon ou la plume; j'observais avec non moins d'intérêt le petit lit de mes rêves juvéniles, le canapé des soupirs, des larmes, des illusions, la petite table de travail sur laquelle j'avais feuilleté tant de papiers, recueilli tant de conceptions, formulé tant d'idées; je reconnus encore les taches d'encre et me rappelai les accidents qui les avaient produites.

Je m'assis et réfléchis longtemps; absorbé dans le souvenir du passé, j'oubliais le présent, et les objets que je voyais faisaient disparaître à mes yeux ceux qui étaient éloignés; la distance obscurcit la vue comme les nuages.

En Valteline je croyais voir Milan caché derrière les montagnes, les lacs, les campagnes, loin, bien loin dans le pénombre du soir.

Dans ma petite chambre de Milan, la Valteline m'apparaissait à son tour comme enveloppée dans un rideau de brume, comme une chaîne de montagnes grises dans le fond d'un tableau.

Ces murs, ces meubles, cette fenêtre me parlaient

comme des amis qu'on n'a pas revus depuis longtemps, je les écoutais avec une religieuse attention.

En songeant au passé, on revit une seconde fois, et la nature nous pousse par un attrait instinctif et irrésistible à doubler ainsi notre existence.

Quand la fatigue et le sommeil fermèrent mes paupières, je me mis au lit et dormis profondément, mais les premiers rayons de l'aurore, glissant à travers les interstices des jalousies, me trouvèrent éveillé. Je sautai à bas du lit et aussitôt habillé, j'ouvris la fenêtre pour respirer l'air du matin.

Le palais Brisnago était toujours fermé, les plantes du jardin avaient grandi; tant mieux! je pouvais regarder franchement et sans scrupule. La fenêtre et le jardin me rappelaient naturellement le bouquet recueilli et le baiser repoussé, mais me disaient en même temps : « Tout est fini!... »

Et je songeais intérieurement : « Qui sait dans quel coin de Milan se trouve le palais Montegaldo?

Je devrais pourtant bien le savoir... pour en éviter le chemin, et ne pas offrir le moindre prétexte aux soupçons, à mon retour.

Agathe me demandera immédiatement : l'as-tu vue?... et je pourrai répondre : non seulement je ne l'ai pas vue, mais je ne suis pas même passé devant sa maison. Mais non... je ne dois pas parler ainsi... je dois ignorer sa demeure. Je ne pourrais jamais convaincre Agathe que j'ai cherché la place du palais Montegaldo, uniquement pour l'éviter. Dans le doute, la jalousie préfère croire au mal; elle a besoin de se tourmenter, et, si les motifs lui manquent, elle en invente. Elle n'ajoute pas foi à ce qui peut la calmer et donne créance à tout ce qui peut lui causer du chagrin; elle oblige les honnêtes gens à devenir hypocrites pour cacher la vérité... qui est souvent interprétée à faux!... quelle fatalité!...

Et si, malgré moi, je rencontrais la comtesse dans la rue? J'espère que cela n'arrivera pas! Milan est grand, et je puis très-bien éviter les lieux fréquentés par les dames.

Cependant ce palais fermé m'attristait : les vieux parents doivent être tous morts ! pensais-je, les meubles dispersés, les chambres nues et désertes. »

J'en étais là de mes réflexions, quand le grincement d'une jalousie me fit lever la tête. Une fenêtre du troisième étage du palais s'ouvrit lentement : « C'est un gardien... » me dis-je. Les jalousies restèrent à moitié closes pendant une demi-heure, puis furent levées d'un seul coup, et une femme vêtue de blanc apparut à mes yeux... c'était la comtesse Savina !

A première vue, je ne la reconnus point, la jeune fille s'était faite femme, à la fleur avait succédé le fruit. Elle était belle d'une autre beauté. Les traits étaient plus accentués, le regard était devenu grave et mélancolique, les formes s'étaient arrondies, et un certain abandon de la personne indiquait l'oppression de pensées douloureuses.

A peine la fenêtre ouverte, la comtesse s'arrêta un instant comme foudroyée à me regarder, peut-être comme moi, stupéfaite d'étonnement et se défiant de ses yeux. Je crus ensuite m'apercevoir, à une imperceptible contraction de son visage, qu'elle m'avait reconnu ; elle ferma la fenêtre et se retira lentement. Je rentrai dans la chambre ; je tombai sur le canapé, en proie à des émotions diverses, dans lesquelles cependant dominait un étrange effroi... effroi de ce fantôme qui me poursuivait avec une implacable fatalité... peur de moi-même... peur de nouveaux tourments, de nouveaux ennuis sous le toit conjugal. J'aurais voulu fuir tout danger, me soustraire au destin qui s'obstinait à me rendre victime de nouvelles complications, m'éloigner subitement de ce sortilége qui se faisait un jeu de la fermeté de mes intentions... mais comment aurais-je pu partir ?... Impossible ! il fallait baisser la tête devant le destin et lutter !

Alors je m'expliquai le motif de cette désolation excessive qu'avait montrée mon oncle à la nouvelle de la maladie de mon beau-père ! Il était trompé dans son espoir de me voir arriver à Milan avec ma femme. Cependant, comme j'étais avec Giuseppina, il paraissait plus confiant que d'habitude. Je réfléchissais à l'embarras de ma position, quand Véronique entra dans ma chambre. Je n'avais pas la force d'attendre longtemps l'explication de tous ces mystères, et je lui dis tout de suite, sans hésiter :

« Dites-moi franchement, Véronique, pour quelle raison la comtesse Savina de Montegaldo se trouve-t-elle au palais Brisnago ?

— Comment ?... vous n'en savez rièn ?

— Je n'en sais rien.

— Le comte de Montegaldo est mort, il y a environ trois ans, criblé de dettes. La comtesse a dû vendre le palais du mari pour satisfaire aux engagements qu'il avait contractés par son inconduite, et elle est revenue chez elle.

— Ainsi la comtesse est veuve ?

— Veuve..... et je la crois moins malheureuse que du vivant de son mari, qui lui en a fait voir de toutes les couleurs ! Figurez-vous un joueur... un coureur de filles... un dissipateur... enfin un débauché !

— Alors pourquoi l'avait-elle épousé ?

— Vous savez bien, les nobles ! Elle l'a épousé sans le connaître... il lui a été imposé par ses parents, parce qu'il était de vieille noblesse... en effet, c'est un beau nom, on le croyait riche... et il l'eût été sans ses folies.

— La comtesse a donc été malheureuse ?

— Très-malheureuse..... quelques mois après son mariage, on parlait déjà de divorce..... quand le fils naquit.

— Ah oui ! le juge conciliateur !...

— Que dites-vous ?

— Je dis que ce rejeton fit l'office de juge conciliateur, et rapprocha le mari de sa femme.

— Comme le galérien de son compagnon de chaîne, ajouta Véronique, en levant les épaules avec mépris. Bien ou mal, par égard pour la famille, ils restèrent ensemble jusqu'à sa mort.

— Et son fils est avec elle ?

— C'est la consolation de la mère ; un bon enfant ! La comtesse lui donne une éducation qui le préservera des habitudes de son père, et en fera un honnête homme.

— Dieu la protége ! » répondis-je.

Véronique me parla ensuite de ma femme, de son désir

de la connaître; ses éloges sur ma fille ne tarissaient pas,
je la remerciai de son affection si dévouée et des petits
cadeaux qu'elle ne manquait pas de m'envoyer chaque
année par l'intermédiaire de mon oncle, quand il se rendait aux bains. Pour se soustraire à mes démonstrations
de reconnaissance, elle se retira, sous prétexte de préparer
le déjeuner.

Resté seul, je me mis à réfléchir à ce qu'elle venait de
me raconter et à considérer les funestes résultats d'une
inclination de jeunesse, qui, bien qu'étouffée dans son
germe, n'en continuait pas moins à faire peser son influence sur la vie de deux personnes. Je me proposai d'éviter
avec beaucoup de soin un pareil destin à ma fille, en la
tenant renfermée assez longtemps à la pension et en me
promettant de la surveiller attentivement à son retour
dans la famille. En attendant, je devais songer à me surveiller sérieusement moi-même, pour éviter, non des
dangers impossibles, mais les occasions les plus innocentes qui pussent offrir le moindre prétexte à l'aveugle
jalousie de ma femme. Je pensais avec effroi au moment
terrible où je serais contraint de lui raconter l'apparition
imprévue de la comtesse Savina à la fameuse fenêtre!
Les déceptions de son union seront évidemment attri-
buées à son inclination pour moi; son état de veuvage
lui fera croire à d'imminents dangers, son retour à la
maison paternelle sera interprété comme un piége, son
innocente apparition comme une tentative de séduction.
Et dans le moindre détail elle trouvera des preuves!

Si je lui raconte tout cela, elle dira que je ne puis rien
taire, même avec elle, de ce qui me touche le cœur; si je
n'en parle pas, et qu'elle en ait connaissance par d'autres,
elle interprétera mon silence comme une preuve de ma
culpabilité!...

Que faire dans une position aussi embarrassante?...
c'était là un problème plus insoluble que la quadrature
du cercle!

Je fis ensuite des suppositions sur les probabilités
compromettantes : Si la comtesse m'aimait encore? Si elle
pleurait sur le temps de sa jeunesse, et si, désillusionnée
de la vie positive, elle voulait essayer d'une affection

sincère? Si, pour se venger des préjugés sociaux qui l'avaient condamnée à une union forcée, elle voulait réclamer les droits naturels qui nous poussent dans les bras de l'amour spontané? Qui sait?... peut-être se repent-elle de n'avoir pas répondu à ma marque d'affection !.....

Ma femme pourrait bien avoir raison, et sa prophétie se trouver justifiée ! Qui sait si la comtesse Savina ne veut pas me rendre mon baiser !.....

Je serais presque curieux d'en faire l'essai, pensais-je en moi-même, et ce ne serait pas une faute contre l'amour, mais une vengeance. Elle a refusé mon amour par orgueil, quand elle était libre de l'accepter. J'ai le droit de lui dire : « Tu le vois, ton refus t'a rendue malheureuse ! Tu t'en repens aujourd'hui !

— Oui, je m'en repens, et voici un baiser ! Eh bien, cette fois c'est moi qui ne l'accepte pas ; je ne suis plus libre, reprends ton baiser et que tout soit fini ! » Si je faisais cela ! Je me demandais aussi si un baiser pouvait, dans tous les cas, être considéré comme un crime....... Il me semblait que non. Et je me persuadais, par de subtils raisonnements, qu'il y a des baisers qui ne constituent pas une infidélité ; je pérorais avec la chaleur et l'éloquence de l'avocat qui s'efforce de prouver que les assassins sont d'honnêtes gens, et qu'on peut tuer un homme sans être coupable d'homicide, en méritant au moins les circonstances atténuantes..... et j'attendais la sentence du juge. Cette fois, le juge était ma conscience, et elle me disait d'un ton sévère : Tu es fou ! tu médites une trahison. Les assassins sont toujours des assassins.... et les baisers sont toujours des baisers..... quelquefois plus terribles que les assassins !..... Au même instant je me rappelais avoir promis devant l'autel d'être fidèle à ma femme ; j'avais juré sur la médaille de ma mère, et sur la vie de ma fille, de garder mon serment. Mon Dieu ! la vie de ma fille ! A la seule idée d'exposer à un danger la vie de cette enfant chérie, d'attirer la vengeance du ciel sur une tête innocente, de tuer d'un seul coup deux existences..... car Agathe serait morte si j'avais perdu Giuseppina ! mes cheveux se dressèrent sur ma tête, et je sentis les frissons de la fièvre. Je courus tout inquiet dans la chambre de l'enfant qui achevait de s'habiller, je crus voir Agathe avec son sourire et son regard, je l'embrassai tendrement sur le front, et, avec le calme de la conscience satisfaite, je me sentis fort contre le danger.

En rentrant dans ma chambre, j'écrivis une lettre affectueuse à ma femme; je lui parlais de notre fille et de mon vif désir de revenir dans notre paisible demeure.

Le même jour je me rendis à la pension avec mon oncle; informations prises, je vis qu'il manquait beaucoup de choses au trousseau de la nouvelle pensionnaire, et qu'il me fallait rester à Milan plus longtemps que je ne l'aurais désiré. J'écrivis de nouveau à Agathe pour lui annoncer ce retard inévitable et l'engager à prendre patience, parce que les ouvriers ne sont pas toujours exacts à remettre le travail qui leur est commandé.

En attendant, je m'occupai de faire les achats nécessaires, pendant que Véronique menait Giuseppina à la promenade. Je passais les heures libres à faire le tour de la ville pour visiter les nouvelles rues et à flâner dans les vieux quartiers pour me rappeler le temps d'autrefois. Je revenais me reposer sur le canapé de ma chambrette, et là je reconstituais ma jeunesse passée. La vieille habitude de m'appuyer à la fenêtre m'y ramenait souvent à mon insu; l'affection pour Agathe et la peur de la comtesse m'en éloignaient. Dans la crainte de me compromettre, je n'osais céder à la curiosité de contempler sur le visage de la veuve les changements produits par les années et les épreuves de la vie; il me semblait que c'était une faiblesse de céder comme de résister; aussi mes courts instants de repos étaient-ils troublés par une lutte constante, et ces jours passés à Milan après une longue absence, au lieu d'être pour moi un sujet de distraction, ne furent qu'un tourment continuel. Je succombais à la tristesse; tout me faisait ombrage, le moindre incident me paraissait recéler un danger.

Quand j'entendais ouvrir une fenêtre du palais Brisnago, je fermais rapidement les jalousies; quand je voyais un mouvement derrière les vitres, je me retirais précipitamment en baissant les rideaux; c'était une pantomime continuelle, qui n'était que trop visible et qui pouvait exciter les soupçons.

N'aurait-il pas mieux valu abandonner complétement la fenêtre ?

C'était là précisément la difficulté ; le proverbe dit avec raison que la langue remue quand la dent fait mal. Celui qui se propose de détourner le regard d'un objet quelconque, s'y trouve ramené par une irrésistible attraction. J'ignore le nom de cette force secrète qui me faisait pivoter dans l'espace, mais je me trouvais dans la même condition qu'une planète qui accomplit sa révolution autour de deux étoiles.

Pour déterminer mon orbite, il aurait fallu calculer les forces complexes qui luttaient entre elles. J'aimais Agathe sincèrement, elle avait tout l'avantage de l'attrait et le désavantage de la distance ; la comtesse Savina perdait son attrait en raison de mon honnêteté, mais la distance presque nulle qui me séparait d'elle lui donnait un grand avantage. Je crois que si l'homme était contraint de subir les lois qui régissent les astres, je serais tombé comme un bolide dans le palais Brisnago.

Par bonheur il n'en fut pas ainsi, et cette fois la prophétie de ma femme ne se réalisa pas ; le créancier fuyait la débitrice morose, qui, peut-être comme beaucoup de débiteurs, n'avait aucune envie de payer.

Cependant il n'en est pas moins vrai que, tant que vivent les débiteurs, et tant qu'ils sont solvables, on peut toujours les poursuivre, bien que certaines dettes qui passent aux arriérés, diminuent continuellement de valeur.

Ayant enfin installé ma fille à la pension, je résolus de partir immédiatement pour la Valteline, sollicité d'ailleurs par les lettres pressantes d'Agathe, qui m'annonçaient une aggravation dans l'état de mon beau-père.

J'avais un vif désir de revoir ma femme, de rentrer chez moi, de reprendre mes habitudes tranquilles ; mais je dois avouer avec la même franchise qu'au moment d'abandonner ma petite chambre, je me sentis une épine dans le cœur ! Pourquoi ? Demandez-le à celui qui peut connaître nos plus secrètes pensées !

Je ne me comprenais pas moi-même. Quel lien pouvait subsister encore entre moi et la maison Brisnago, si j'avais fui franchement le moindre rapport, effacé toute trace du passé éteint, tout levain qui pût menacer l'avenir ? Mystère incompréhensible ! Ma femme avait donc raison avec ses présages ? Je tentais en vain de faire disparaître entièrement les souvenirs de la jeunesse ; ni la probité, ni les intentions honnêtes, ni les affections de famille ne pouvaient m'assurer la paix de l'âge mûr.

Ce premier amour, si faible en apparence, résistait à toutes les vicissitudes de la vie, comme ces graines microscopiques, imperceptibles, qui, jetées une fois sur la terre, défient l'inclémence des saisons, et tôt ou tard viennent à germer.

L'épée de Damoclès était donc continuellement suspendue sur ma tête ; c'est en vain que j'espérais y échapper.

Ce baiser fatal était toujours écrit dans le livre de ma vie comme un compte à liquider ? J'avais renoncé fermement à toute prétention... je ne voulais rien... que pouvait-il rester dans mon cœur ? Il y a donc au monde quelque chose de plus fort qu'une volonté indépendante ?

Peut-être !... L'antique sagesse ne jugeait-elle pas inutiles les efforts de l'homme contre les arrêts du destin ?

## XXIII

A mon arrivée au village, je trouvai Agathe en larmes dans les bras de sa mère ; mon pauvre beau-père était à la dernière extrémité ; cependant il me reconnut, me sourit tristement, et me demanda d'une voix presque éteinte des nouvelles de Guiseppina. L'amour filial devant le lit d'un père mourant faisait taire tous les autres sentiments dans le cœur d'Agathe, qui me questionna peu sur Milan, sauf sur sa fille, et se contenta de ce qu'il me plut de lui dire.

Le docteur m'avertit que tout espoir de sauver M. Nicolas était perdu ; Agathe ne quittait plus la chambre du malade et lui prodiguait, ainsi que sa mère, les soins les plus affectueux.

Un matin, il voulut recevoir les derniers sacrements, entouré de tous les siens. Ce sont des moments solennels qui restent éternellement dans la mémoire.

Nous étions tous agenouillés autour du lit, les yeux mouillés de larmes. Quand le curé sortit de la chambre, le mourant nous fit approcher, et, d'une voix faible et entrecoupée, il prononça quelques paroles d'adieu :

« Je suis résigné, nous dit-il, bien qu'il me soit pénible de vous quitter et de ne plus vous voir sur cette terre ; je vous ai toujours aimés tendrement... j'étais heureux avec vous... Giovanna, oublie les défauts de mon caractère, et rappelle-toi seulement que mon cœur a toujours été avec toi. Daniel, je te recommande ma femme... et Agathe... sois-lui fidèle et aimez-vous bien. Agathe, tu as toujours été la joie de ma vie... tu parleras à notre fille de son pauvre grand'père... vivez unis et vous serez heureux. Je vous bénis tous et j'espère vous revoir dans l'éternité. »

Peu après commença son agonie, qui fut douce et sans souffrance. Vers le soir, au moment où le dernier rayon de soleil illuminait son pâle visage, il poussa le dernier soupir, comme un enfant qui s'endort.

Tout le village suivit le cercueil qui transportait au cimetière la dépouille mortelle du bon père de famille. Pendant que quelques dévots chantaient les prières des morts d'un air distrait, Bitto suivait le cortége dans une attitude de profonde tristesse.

Par son testament il avait institué Agathe héritière universelle de tous ses biens, en laissant à sa veuve une rente viagère ; il me donnait sa montre comme souvenir, et faisait quelques legs de moindre importance aux domestiques et à des parents éloignés.

L'héritage était supérieur de beaucoup à ce que pouvaient laisser supposer les habitudes simples de mon

beau-père. Nous étions riches ; l'administration de nos
biens réclamant mes soins les plus assidus, je renonçai à
l'école ; et, après avoir loué notre petite maison à mon
successeur, nous nous installâmes définitivement à la
maison Bruni, avec la pauvre veuve. Si je fus plus que
satisfait d'être débarrassé des ennuis de l'école, j'éprouvai par contre un amer regret de quitter la petite maison
qui rappelait à mon cœur de si doux souvenirs. Ma
femme recommanda chaleureusement les plantes au nouveau maître, et éprouva aussi un grand chagrin en quittant le toit où nous avions vécu si heureux.

Les affaires absorbèrent toute mon attention, et notre
vie prit une allure calme et uniforme comme la surface
d'un lac tranquille.

Les lettres de mon oncle et de Giuseppina nous rassu-
raient sur l'état de leur santé et nous renseignaient sur
les progrès de notre fille.

Chaque année nous faisions un voyage à Milan pour
voir Giuseppina, mais notre séjour était si court et si
rempli que je n'avais pas le temps de m'arrêter devant
les fenêtres du palais Brisnago... De sorte que le baiser
de la comtesse Savina restait toujours inscrit à son débit
sans qu'il me vînt à l'idée de le réclamer.

Les années s'écoulaient, et, bien que le cœur restât
toujours jeune, les cheveux blancs qui commençaient à
paraître, et les rides qui sillonnaient mon front, me promettaient un bon préservatif contre la jalousie ; d'ailleurs,
ma femme avait déposé ses soupçons et ne me parlait
plus de ma comtesse.

Je dis déposé et non éteint, et gare à celui qui, prévoyant l'avenir, lui aurait dit : « Un jour viendra où la
dette contractée à la fenêtre Brisnago sera payée....... le
baiser sera rendu à votre mari par la comtesse Savina ! »

Cependant il devait en être ainsi....

Mais qui peut prévoir l'avenir ?

L'éducation de notre fille était terminée, et nous étions
en train de faire nos préparatifs pour aller à Milan la retirer de la pension, quand une lettre pressante vint précipiter notre voyage. Notre médecin de Milan écrivait

que mon oncle avait été frappé d'une attaque d'apoplexie qui laissait peu d'espoir. Arrivés à un certain âge, nous sommes fréquemment exposés à ces douloureuses surprises. C'est la génération passée qui prend la route de l'éternité et nous fait apercevoir les bords du précipice. Pressés de recueillir le dernier soupir de ceux que nous aimons, les bateaux à vapeur et les chemins de fer nous semblent toujours trop lents. Malheureusement, quand nous arrivâmes à Milan, il était trop tard. Véronique nous reçut avec des sanglots en nous donnant la triste nouvelle de la mort du chanoine. A travers ses larmes, elle faisait l'éloge de son maître et concluait en disant :

« Il est mort exactement comme il avait vécu ; il a fermé les yeux pour le sommeil éternel à l'heure précise où il les fermait chaque soir pour s'endormir ! »

Le chapitre de la cathédrale l'honora de funérailles solennelles et je fis placer sur sa tombe une pierre commémorative pour rappeler son nom et ses vertus ; mais je ne pouvais me consoler de n'être pas arrivé à temps pour fermer les yeux de mon bienfaiteur, dont je conserverai le souvenir jusqu'à la fin de mes jours avec la plus vive reconnaissance. Institué son légataire universel, avec la seule charge de fournir une pension viagère à Véronique, je me suis trouvé encore cette fois plus riche que je n'aurais pu l'espérer. Le bon vieillard plaçait à intérêt ses économies en faveur de son neveu et avait accumulé un assez joli capital.

L'argent arrive presque toujours quand on n'en a pas besoin. Dans ma jeunesse, le cerveau rempli de rêves et d'illusions et le cœur affolé de désirs, j'avais les poches vides. Quand l'âge mûr arriva, me conseillant la sobriété en toutes choses, je me suis trouvé nager dans l'abondance. C'est une des nombreuses ironies de la vie !

Après la mort de mon oncle, je retirai Giuseppina de la pension et, d'accord avec Agathe, il fut décidé que nous passerions l'hiver à Milan pour régler les affaires de la succession. Ma belle-mère se résigna à nous attendre en Valteline, après avoir prié une parente éloignée, qui accepta de grand cœur, de venir lui tenir compagnie pendant notre absence.

Véronique pouvait vivre indépendante avec sa pension ; elle préféra rester avec nous, et nous nous installâmes dans la maison, ma femme et moi dans la chambre de mon oncle, et Giuseppina dans ma chambre d'étudiant.

La nature avait été prodigue de ses dons envers Giuseppina. Elle était gracieuse de formes et leste comme une petite fée. Elle avait les cheveux blonds, les yeux bleus, la peau blanche de sa mère ; mais le type s'était perfectionné, radouci, et présentait les traits réguliers d'un camée antique. Elle montrait beaucoup d'intelligence, avait l'humeur un peu bizarre de son père, avec quelques réminiscences des mouvements brusques du grand-père.

Les modistes et les couturières de Milan, dont le goût est exquis, avaient rehaussé les grâces naturelles de sa personne et mis en relief ses formes sveltes et légères. Le noir des vêtements faisait ressortir la délicatesse de son visage et donnait une certaine gravité à son air juvénile.

Quand je sortais avec ma femme et ma fille, on la regardait avec une sympathie et une admiration dont nous étions fiers.

L'hiver s'écoula tristement au milieu des soucis de la succession ; nous allions quelquefois visiter les monuments de la ville et faire de longues promenades. Le vide laissé dans la maison par la mort de mon excellent oncle m'avait plongé dans une profonde tristesse, et j'avais complétement oublié la comtesse Savina. Ma femme s'était associée à mon chagrin et paraissait avoir définitivement abandonné ses craintes et ses soupçons. Confiante dans mon honnêteté, elle me laissait tranquille. Toute sa tendresse s'était concentrée sur notre fille, dont la vivacité et l'espiéglerie enfantines adoucissaient notre affliction. Nous avions adopté des habitudes régulières et sédentaires, mais quand les brises du printemps nous apportèrent les effluves embaumés des premières violettes, la nostalgie de la montagne s'empara de nous. J'étais habitué depuis si longtemps à respirer l'air libre de la campagne, qu'à la fin cette réclusion dans les murs de la ville me devint insupportable, et puis les souvenirs, les habitudes, créent des besoins auxquels il est difficile de se soustraire.

Ma femme, encore plus que moi, aspirait au retour, désireuse d'embrasser sa vieille mère qui nous attendait avec patience, de revoir ses fleurs, ses arbres, les animaux qui réclamaient ses soins, et de se remettre aux occupations domestiques, auxquelles elle voulait initier sa fille. Les affaires pressantes avaient été expédiées, et nous commencions à ressentir les ennuis de l'oisiveté, ce qui nous faisait désirer plus vivement notre retour ; mais Giuseppina nous retardait toujours sous un prétexte quelconque.

Un jour elle voulait revoir le Musée ; une autre fois, monter sur la cathédrale ou visiter de nouveau quelque église ; se promener sur la place Castello jusqu'à l'arc de triomphe, ou bien encore faire le tour des remparts. Notre affection pour elle nous disposait aux concessions, et, heureux de nous sacrifier pour la contenter, nous étions devenus esclaves de ses caprices. Plusieurs fois, à la demande de nouveaux délais, je ne pouvais m'empêcher de lui marquer mon impatience.

« Comment ne désires-tu pas encore revoir ton pays ? et la bonne grand'mère qui t'attend et sera si heureuse de te serrer dans ses bras ?

— Au contraire, je le désire beaucoup, mais nous avons le temps, la vie est si longue !

— Qui t'a si bien renseignée là-dessus ?

— Je le comprends moi-même ; le temps ne passe jamais ; mais à toi ont-elles paru longues les six années que j'ai passées à la pension ? Elles m'ont semblé éternelles, à moi, qui étais enfermée en prison et loin de toi !...

— Mais aujourd'hui que tu es libre, que tu as vu trois ou quatre fois tous les monuments, les jardins, les promenades de Milan, tu n'es pas encore rassasiée de cette vie décousue, oisive, monotone ?

— Je la trouve délicieuse ! Je ne me fatiguerais jamais de Milan, je sens que j'ai du sang milanais dans les veines. Ce mouvement continuel, cette vie bruyante et variée me distraient au plus haut point. Chaque jour on est captivé par des choses nouvelles : les industries font une exposition permanente de leurs produits ; les rues sont animées, joyeuses ; tout se meut, sourit, marche, voltige; on sent qu'on fait partie d'une société intelligente, élégante, pleine de vie.

— Il faudra bien cependant un jour ou l'autre se résigner à partir.

— Ce n'est que trop vrai ! » concluait-elle avec un soupir, et en levant les yeux au ciel. Elle me suppliait alors si gentiment de lui accorder encore quelques jours, qu'il n'y avait pas moyen de lui résister. Sa mère, qui était la première victime de ses fantaisies, se faisait son avocat, et je cédais toujours, résigné à attendre indéfiniment.

Cependant je ne pouvais m'expliquer une pareille répugnance au retour, quand une catastrophe imprévue vint me révéler le secret de l'énigme. Un jour j'étais sorti seul de la maison, et je rentrais, le nez en l'air, regardant machinalement la fameuse fenêtre du palais Brisnago, lorsque, ô miracle ! je vois un bouquet de fleurs voltiger à travers la rue, et partir du palais Brisnago pour aller tomber sur la fenêtre de mon ancienne chambre.

Stupéfait, ahuri, je me sens assailli par mille pensées, et je crois rêver. Après tant d'années !... mon bouquet revient ! Que signifie ce mystère ? En proie à une agitation convulsive, je veux voir ce qui va arriver ; je choisis un endroit convenable pour observer ce qui se passe dans la chambre du palais... et j'aperçois avec surprise le fils de la comtesse Savina, le comte Saverio de Montegaldo, le juge conciliateur, qui envoie des baisers à ma fenêtre, avec un entrain à faire croire qu'il était devenu aveugle, et insensible à ce qui se passait autour de lui.

Je cours d'un bond du côté opposé, et je vois ma fille qui tenait le bouquet de fleurs à la main, le couvrait de baisers et les envoyait ensuite à son vis-à-vis !

Un nuage passa devant mes yeux, mes jambes trébuchèrent comme si j'avais senti la terre manquer sous mes pieds ; je dus m'appuyer au mur pour ne pas tomber. Jadis la comtesse s'était enfuie... maintenant ma fille reste, et renvoie les baisers... oh ! la coquette !... Il n'y a donc plus de retenue, de pudeur, de modestie, pas même dans les jeunes filles !... Je me rappelais ma timidité de jeune homme, mes hésitations ! Il est vrai que je n'avais pas été élevé dans un pensionnat de jeunes filles... Pauvres parents !

Je pris mon courage à deux mains, je rentrai, montai rapidement l'escalier, et, sans demander où était ma femme, je courus tout droit à ma chambre, dont j'ouvris la porte d'un coup de pied, et j'apparus à l'improviste devant ma fille.

Au bruit que je fis en entrant, le comte disparut, Giuseppina fit un bond et s'écria :

« Oh ! mon Dieu ! papa... tu m'as fait peur ! »

Elle était pâle, et d'une main comprimant les battements de son cœur, de l'autre elle tenait son bouquet dans une attitude en apparence impassible. Je la regardai fixement quelques instants, sans prononcer une parole; je fermai la porte, et lui dis d'un ton sévère :

« Giuseppina ! Je sais tout !

— Que sais-tu, papa ? me répondit-elle tranquillement.

— Comment ? tu oses encore te montrer insensible à la désolation de ton père ? après t'être laissé séduire par les cajoleries du comte de Montegaldo ?

— Je vois bien que tu ne sais rien ! me répondit-elle avec un calme imperturbable.

— Tu oses encore nier ?

— Certainement ! je dois nier ce qui n'est pas... ce n'est pas le comte Saverio qui m'a séduite, c'est moi qui ai séduit le comte Saverio ! »

Cette réponse audacieuse me parut d'un cynisme tellement révoltant que j'eus la tentation de lui donner un soufflet... Je fis deux pas en avant, le visage tellement bouleversé, qu'elle eut peur et recula. Je m'efforçai de me modérer, et, après avoir fermé les fenêtres et tiré les rideaux, à bout de forces, je me jetai sur une chaise en essuyant la sueur qui perlait sur mon front.

« Votre incroyable impudence rend une explication nécessaire, lui dis-je durement.

— Une explication... c'est facile... Les premiers jours que j'habitais cette chambre, je me levais de bonne heure comme c'est mon habitude, et je me mettais à broder sur le balcon. Le comte Saverio venait fumer son cigare à la fenêtre en face et me saluait poliment.

— Il te saluait !... et toi ?

— Et moi naturellement je répondais à son salut...

— On ne t'a donc pas appris, à ta pension, qu'une fille honnête ne répond pas au salut d'un homme qu'elle ne connaît pas ?

— On me l'a très-bien dit... mais on m'a appris aussi qu'il est impoli de ne pas répondre au salut d'une personne qu'on connaît. Or je connais le comte Saverio.

— Comment ! tu connais le comte Saverio ?

— Certainement... je le connais, et nous sommes même de vieux amis !

— Amis... depuis quand ?

— Depuis six ans ; c'est-à-dire depuis que nous sommes venus à Milan, quand tu m'as mis en pension.

— Mais alors tu avais dix ans... et lui à peu près douze... comment avez-vous fait connaissance ?

— Véronique, voyant que j'admirais par la fenêtre les arbres et les fleurs du palais, promit de me mener voir le jardin Brisnago, à la seule condition que je n'en dirais rien, pour lui épargner les reproches de mon oncle qui ne voulait pas avoir de relations avec ces voisins.

« Je jurai de me taire et j'ai tenu parole jusqu'à ce moment ! Quand tu sortais avec le chanoine, Véronique descendait faire la causette avec le portier, qui était son ami, et me laissait entrer dans le jardin.

« Je ne la voyais plus pendant de longs moments elle me disait qu'elle allait faire ses emplettes de ménage, et revenait me prendre plus tard.

« C'est là que j'ai connu Saverio ; il me faisait les honneurs de la maison en me guidant parmi ces belles plantes. Il me proposa aussi de sauter à la corde et de jouer à cache-cache ; nous nous sommes souvent bien amusés.

« Un jour, je revenais à la maison avec Véronique au moment où la comtesse Savina rentra. Elle descendait de sa voiture ; Véronique me dit de lui embrasser la main. Quand elle sut qui j'étais, elle m'embrassa, me caressa longtemps les cheveux, en me regardant avec bonté, et me trouva jolie. Elle m'inspira tout de suite une grande sympathie, et je la revis souvent avec plaisir à la pension où elle venait avec son fils voir une de mes compagnes, leur parente. Elle apportait toujours des bonbons pour moi, en disant : « Pauvre petite qui a ses parents si loin ! » Et la comtesse m'embrassait !... Mais qu'as-tu donc, papa, tu as les yeux tout rouges ?

— Moi ? tu te trompes ; je suis seulement douloureusement affligé de découvrir toutes ces intrigues qui finissent par un amour impossible !

— Impossible ! et pourquoi ! Si nous nous aimons, l'amour n'est pas impossible, il me semble !

— Enfin comment tout cela a-t-il fini ?

— Je te répète que j'ai fini par le séduire !

— Mais comment diable l'as-tu séduit ?

— La belle affaire ! Tu ne sais pas comment on s'y prend ? En restant assise à mon ouvrage. Il me regardait longtemps, j'avais l'air de ne pas le voir, et je le faisais attendre un peu... puis je levais la tête d'un air indifférent et je lui lançais un coup d'œil. Peu à peu je le regardai plus souvent... et plus longtemps.

— Toutes les mêmes ! » me dis-je intérieurement, et elle continua :

« Enfin un jour il me dit que je l'avais séduit !

— Comment... vous causiez donc à travers la rue ?

— Oh ! comment peux-tu supposer un pareil scandale ?..

— Mais alors ?

— Diavolo !..... nous nous écrivions.

— Comment ? vous aviez l'audace de vous écrire ?

— L'audace ? Pourquoi l'audace ? A quoi servirait d'avoir appris à écrire, si ce n'était pour exprimer nos pensées ? A quoi servirait la poste, si elle ne se chargeait de transporter les secrets de ceux qui ne peuvent se parler.

— Tu reçois donc ses lettres par la poste ?

— C'est le moyen le plus sûr et le plus économique.

— Ta mère ne lit donc pas tes lettres ?

— Tu voudrais qu'elle me fît un pareil outrage ! Nous ne sommes plus au temps de l'inquisition !... Maman me demande qui m'écrit..... je lui nomme une amie de pension qui m'écrit réellement, en mettant dans ses lettres, par complaisance, celles de Saverio.

— Jadis on n'aurait pas eu cet aplomb !... Les temps sont bien changés.

— Ils sont changés en bien, tu le sais..... et d'ailleurs tout le monde le dit !

— Mais enfin il ne t'est jamais venu à l'idée que ta conduite était blâmable ?

— Oh si ! j'y ai souvent pensé...

— Et alors ?

— Et alors j'ai résolu d'attendre conseil du temps, pour choisir avec maturité et en toute sécurité le parti à prendre.

— Avant de te laisser aller à une pareille aventure, n'aurait-il pas mieux valu penser à nous et consulter ta mère ?

— C'est vrai... c'est très-vrai.... je t'assure que je me le suis dit cent fois... mais que veux-tu ? cette maudite fenêtre..... je ne sais pas ce que cela signifie... c'est une attraction fatale... irrésistible, qui m'y conduisait, qui me forçait à tourner la tête... et alors je voyais Saverio de l'autre côté..... et j'oubliais tous les raisonnements !

— C'est une véritable fatalité ! » m'écriai-je en baissant la tête, et je restai longtemps enseveli dans une profonde méditation. On a dit que Napoléon ayant appris que, toutes les nuits, une sentinelle se suicidait dans la même guérite, la fit brûler, et qu'il n'y eut plus à déplorer de pareils malheurs en cet endroit. Il y a tant de mystères inexplicables dans la vie ! Si, après mon départ, mon oncle avait fait murer la fenêtre de ma chambre, ma fille, bien des années après, n'aurait pas été victime du même sortilége.

J'eus pitié d'elle et je lui dis :

« Si je n'étais pas ton père, je pourrais me moquer de ta légèreté, et te rire au nez ! Fille d'un pauvre maître d'école, tu aspires donc à devenir comtesse ? Rougis de ton orgueil, et résigne-toi à ton destin qui te condamne à ne pas regarder si haut ! Tâche de prendre du courage..... et renonce à cette première affection !....

— C'est trop tard, » me répondit-elle d'une voix solennelle.

D'un bond je me précipitai sur elle, je pris ses mains

dans les miennes, et, les yeux fixés sur les siens, je lui demandai avec angoisse :

« Pourquoi est-il trop tard ? dis-moi la vérité... tout de suite... toute la vérité... » Elle resta impassible et répondit tranquillement :

— Parce que mon premier amour sera aussi le dernier ! »

Je crus entendre la voix d'Agathe quand elle était jeune fille, et je retrouvai dans cette révélation mon cœur qui revivait en elle !

Après un instant de silence, je repris ma place et lui dis :

« Tu n'as donc jamais songé à la distance qui sépare ta modeste famille du noble héritier des Montegaldo?

— Oh ! papa, ce sont là de vieilles idées !

— Soit ! Et l'argent ?

— De l'argent, nous en avons aussi... tu disais l'autre jour que nous sommes riches.

— Oui, relativement à ma misère passée... ; mais en comparaison des Montegaldo et des Brisnago, nos revenus ne suffiraient pas à payer le foin de leurs chevaux.

— Tant mieux..... je serai sûre qu'il ne m'épousera pas pour ma dot !

— Quant aux qualités personnelles du comte Saverio, je ne les connais pas; mais je te fais remarquer qu'il est le fils d'un dissipateur, d'un débauché, qui a rendu sa femme malheureuse et laissé de lui-même un triste souvenir !

— Les enfants, répondit-elle gravement, ne sont pas responsables des torts de leurs parents. Saverio est un excellent garçon, il m'aime et sera mon mari !

— Ne t'y fie pas !... Quand les jeunes gens ont des intentions droites, ils se présentent aux parents. Je ne te dirai pas ce que je pense d'un jeune homme qui envoie des baisers par la fenêtre aux jeunes filles... ce sont des choses qu'on voit quelquefois... mais ce qui ne s'est jamais vu, c'est qu'une jeune fille honnête les accepte et les rende !

— Tu crois donc que le cas est nouveau ?

— S'il n'est pas nouveau, il ne doit pas être imité...

— A vingt pas de distance !... J'en ai eu l'absolution de mon confesseur, et tu ne seras pas plus sévère que lui !

— Je n'en sais rien, répondis-je brusquement ; mais, en attendant, prépare-toi à faire pénitence, parce que demain nous repartirons pour la Valteline. »

Je sortis de ma chambre et j'allai aussitôt raconter à Agathe ma découverte ; elle en fut foudroyée et s'écria :

« Maudite fenêtre ! Je savais bien qu'elle me serait fatale ! »

Elle courut incontinent chez Giuseppina, qui se jeta dans les bras de sa mère en pleurant.

Elles pleurèrent ensemble, pendant que je préparais tout pour le départ.

Le lendemain matin, laissant la maison à la garde de Véronique, nous étions en voiture avant le lever du soleil.

## XXIV

Le voyage fut triste. Giuseppina était pâle et soucieuse, Agathe désolée, moi mécontent et inquiet. Ma belle-mère, qui nous attendait et se réjouissait de notre retour, nous trouva tous accablés sous le poids d'une insurmontable tristesse. Elle en fut bien affligée, quoique sa petite-fille lui prodiguât les caresses les plus affectueuses. Giuseppina monta ensuite dans la chambre que sa mère lui avait préparée avec tant de soins délicats ; cette attention prévoyante l'émut profondément, elle courut aussitôt l'embrasser pour lui exprimer sa reconnaissance ; Agathe la serra convulsivement dans ses bras, toujours absorbée par l'idée que cette maudite fenêtre de Milan continuait à exercer son influence funeste sur notre famille et à empoisonner notre vie.

Une heure après notre arrivée, le souper était prêt ; nous nous assîmes autour de la table ronde de la salle à manger, mais la place vide du grand'père raviva notre douleur ; et Giuseppina, ne pouvant plus longtemps résister au chagrin qui l'oppressait, versa un torrent de larmes. Il fallut beaucoup de temps pour la calmer ; les sanglots l'étouffaient. Dans les jours les plus solennels de notre existence, le pain de la famille est souvent baigné de larmes, mais ces larmes cimentent les saintes affections et les souvenirs honorés.

Bitto, maintenant vieux et décrépit, se traîna lentement aux pieds de sa vieille amie, qu'il voyait plongée dans la douleur, lui mit le museau sur les genoux, et la regarda d'un air attendri, en ayant l'air de lui dire : « Je partage ton chagrin. »

Les premiers jours du retour au village furent donc plutôt tristes que gais ; et peut-être, si quelques années après notre mort, nous revenions en ce monde, nous aurions aussi plus de motifs de pleurer que de nous réjouir, même en ne tenant pas compte de l'accueil des héritiers !

Giuseppina reçut la visite de tous ses anciens amis : elle les accueillit avec une affectueuse politesse, mais après leur départ elle s'étonnait de les trouver si vieillis.

Le curé avait des cheveux blancs ; Tobie était chauve et presque un squelette ; le pharmacien était ridé, le médecin avait pris un embonpoint exagéré ; Pasquetta seule avait rajeuni ; le noir éclatant de ses cheveux avait acquis une nuance bleuâtre qui donnait à son teint mat une sévère beauté. En somme le village ne présentait pas à notre fille l'attrait que nous aurions désiré. Elle parlait continuellement des choses de Milan, du bon goût des dames, du luxe des voitures, de la vie qui animait la cité. Dans l'espoir de lui inculquer les goûts de sa mère, un jour je lui présentai le *Savant jardinier* en l'encourageant à le lire.

« Je le connais, me dit-elle avec un malin sourire ; je l'ai épousseté tant d'années sur ton bureau ! » Elle le feuilleta ensuite machinalement, et ayant trouvé un signet à la page dix, elle me le rendit.

« Je te prie de ne pas t'en priver, fit-elle, tu me le donneras quand tu l'auras fini. »

Je compris trop bien que, pour son malheur, elle avait beaucoup des goûts de son père. J'essayai, par de bons conseils, de l'engager à modérer les écarts de son imagination pour ne pas s'exposer à des désillusions, à éviter autant que possible d'apprendre la vie par expérience, à écouter les enseignements de celui qui en avait subi les dures leçons. Mais il n'y avait plus moyen de l'amener à se créer des habitudes simples et compatibles avec sa condition. Elle taillait, défaisait et refaisait continuellement ses robes neuves, pour les mettre à la mode du jour ; elle changeait sa coiffure d'après les indications du dernier journal de modes. Bientôt elle devint le modèle de la contrée, les dames des environs venaient au village pour voir et pour imiter la coupe de ses robes.

Elle donnait des conseils à ses amies, à ses voisines sur la manière de s'habiller, et on entendait de graves discussions sur les dimensions des jupons, des volants, sur l'ouverture des manches, sur les garnitures, les franges ; c'étaient des questions interminables sur la façon d'ajuster le nœud de la ceinture. Quelquefois Pasquetta donnait humblement son avis, ma fille souriait dédaigneusement, élevait des objections irréfutables, et déclarait avec un profonde conviction que telle mode était devenue impossible, que tel objet ne se portait plus.

« Mais pourquoi ? puisqu'il est si beau et fait tant d'effet ?

— Cela ne se porte plus ! » répondait ma fille d'un ton qui n'admettait pas de réplique.

Tout le cercle féminin qui l'écoutait, la regardait avec admiration. C'est ainsi que les jeunes gens imposent aux vieux les nouveaux usages. Ils apportent du collége à la maison et en société de nouvelles idées qui modifient les arts et les industries. Il en résulte des révolutions politiques, littéraires et artistiques qui bouleversent le monde avec de nouveaux systèmes, de nouvelles poésies ou de nouveaux vêtements, suivant les tendances des novateurs. Ce n'est pas que les choses nouvelles soient toujours meilleures que les anciennes, mais il faut se taire sous peine de s'entendre dire qu'on est devenu vieux.

Pendant que ma fille passait son temps à ces occupations frivoles, je réfléchissais sur l'incident de la fenêtre, et je me demandais avec inquiétude comment tout cela finirait. Ma femme, comme d'habitude, accumulait les soupçons et les craintes, en calculant toutes les conséquences d'une passion renfermée dans le cœur d'une jeune fille ; elle craignait qu'une idée fixe ne lui fît perdre de belles occasions de mariage, pour la condamner finalement à accepter plus tard un parti quelconque, si elle ne voulait pas rester fille.

Agathe évoquait le spectre de ma jeunesse, en voyant que ma fille me ressemblait par ses goûts et ses passions fantaisistes, et aussi par ses ambitions effrénées ; je les avais ressenties pour ma tragédie du moyen âge, elle les éprouvait pour la comédie... de la mode.

Je faisais mon possible pour lui démontrer que les conséquences de mes erreurs de jeunesse loin d'être désastreuses, ne m'avaient pas empêché de devenir bon mari, bon père, et aussi heureux que le comporte l'humaine destinée..... et la malignité féminine.

Elle s'adoucissait et avouait que je n'étais pas un mauvais homme, qu'après le mariage ma conduite avait été toujours irréprochable ; mais elle ne pouvait oublier la fatale influence de la fenêtre sur notre famille.

Il est de fait que cette fenêtre, depuis l'incident relatif à ma fille, nous causait un amer souci. Que faire ? Distraire l'enfant par un voyage ou attendre ? Lui parler ou se taire ? Après de longues discussions sur le parti à prendre, nous n'étions pas plus avancés qu'auparavant.

Les choses en étaient là, quand un beau matin le facteur me remit une lettre timbrée de Milan et d'une écriture inconnnue. Je l'ouvris et, courant à la signature, je lus : Savina Brisnago de Montegaldo !

C'était la première fois que je voyais son écriture ; aussi une émotion indéfinissable s'empara de tout mon être, et, pendant quelques instants, il me fut impossible de lire une seule ligne.

Enfin je pus parcourir le contenu de la lettre. La comtesse, dans les termes de la plus exquise politesse, me demandait la main de Giuseppina pour son fils, le comte Saverio.

Je courus chez Agathe et lui dis :

« Giuseppina m'a déclaré à Milan que son premier amour serait aussi le dernier. Tu vois qu'elle ne ressemble pas à moi seul : elle a les mauvaises qualités du père et les bonnes de la mère. Veux-tu la rendre heureuse et sortir de toute incertitude ? Eh bien, tu sais que le moyen de dénouer convenablement le nœud de toutes les passions d'amour se trouve dans le mariage. Si tu donnes ta fille en mariage au comte Saverio de Montegaldo, tout est fini pour le mieux dans le meilleur des mondes.

— C'est une belle découverte, mais comment peut-on en faire l'application ?

— En répondant favorablement à la demande de la comtesse Savina... » Et ce disant je lui remis la lettre.

Ma femme la lut rapidement, et en resta abasourdie... La première impression fut bonne, elle ne pensa qu'à sa fille... puis après, le passé lui revenant en mémoire, elle s'écria :

« Pauvres mères ! A combien d'abnégation êtes-vous contraintes quelquefois, pour assurer le bonheur de vos enfants ! » Elle se tut quelques instants et ajouta :

« Daniel, rends-moi justice, avoue que mes pressentiments étaient fondés..... je sentais que cette fenêtre devait m'enlever quelque chose ! J'aime mieux cependant qu'elle prenne ma fille et me laisse mon mari !..... Au moins nos querelles seront éteintes !

— Il fallait évidemment le juge conciliateur pour les terminer ; c'est un original venu à point pour accommoder les différends entre mari et femme. »

Nous appelâmes Giuseppina pour lui communiquer la nouvelle. Elle se montra très-joyeuse, mais non surprise.

« Seras-tu contente, lui dis-je, si, en envoyant à la comtesse notre consentement, nous invitons en même temps le fiancé à se présenter à la maison ?

— C'est inutile, répliqua-t-elle, il est ici depuis quelques jours.

— Grand Dieu ! m'écriai-je... je ne suis plus de ce siècle ! »

Le comte Saverio se trouvait en effet au village, où il s'était installé de son mieux à l'auberge, en attendant la lettre de sa mère et notre consentement. Pendant le jour il se tenait caché, et le soir il venait causer avec sa belle, au clair de la lune, quand tout le village dormait. Au signal convenu, Giuseppina ouvrait doucement les persiennes de sa chambre et s'appuyait à la fenêtre ; Saverio l'attendait, et ils passaient de longues heures, lui au milieu de la rue, et elle au balcon à deviser d'amour dans un duo charmant, en trouvant toujours de nouvelles variations sur le même motif.

Après avoir écouté le récit de ma fille, j'allai moi-même délivrer Saverio de sa prison et lui ouvrir ma maison. Ma femme et ma belle-mère l'accueillirent comme un fils. Il n'eut pas autant à se louer de Bitto, qui le reçut comme un voleur, en aboyant d'une façon hostile pour l'empêcher d'avancer. L'intervention de la fiancée calma sa colère ; il dut encore cette fois se résigner à la volonté de son amie ; ce qu'il ne fit pas sans mécontentement, en continuant à gronder pendant quelque temps sous la table et à regarder de travers celui qui venait enlever le trésor le plus précieux de la maison.

Je me retirai pour répondre à la comtesse Savina que, hautement honorés de sa demande, nous nous étions empressés d'accueillir le comte Saverio comme un fils, et que nous étions heureux de lui confier le bonheur de notre fille ; je terminai par de respectueuses expressions qui m'étaient inspirées par la circonstance. J'écrivis ainsi quatre pages, que j'allai soumettre au jugement de ma femme.

Elle lut attentivement ma lettre, en donnant de nombreux signes de désapprobation. « Cette phrase a un double sens, dit-elle... celle-ci est une évidente allusion au passé..... cette expression est trop sentimentale..... cette autre est peu respectueuse. » Elle trouvait encore d'autres phrases qui n'étaient pas absolument nécessaires, ni convenables, ni appropriées à la situation. Bref, toutes les amputations faites, il ne restait que quelques lignes et la signature. Il me fallut passer deux heures avec Agathe, pesant tous les mots, et je crois qu'aucun diplomate n'a jamais rédigé une dépêche qui décidait des destinées d'une nation, avec plus de précautions que ma femme pour accepter une simple demande en mariage.

Quelques mois après, les noces furent célébrées, et les époux partirent le même jour pour faire un voyage en Toscane.

Je passe sous silence l'histoire de la séparation pour ne pas en renouveler la douleur. Agathe en fut malade pendant plusieurs jours et eut beaucoup de peine à se remettre ; aussi, dès ce moment, elle commença à caresser l'idée de quitter le village, et de fixer notre demeure à Milan pour vivre près de notre fille. Mais deux graves obstacles s'opposaient à l'exécution d'un pareil dessein : l'âge avancé de ma belle-mère, qui n'aurait pas abandonné sans danger ses vieilles habitudes, et un fond persistant de jalousie qui conseillait à ma femme de me tenir toujours éloigné de la comtesse Savina.

Six mois après le mariage, les jeunes gens vinrent nous voir, et, dix mois après, Agathe recevait une lettre de Giuseppina qui la priait de se rendre à Milan pour assister à ses premières couches. Comme c'était la saison de la coupe des bois, il m'était impossible de quitter le pays ; aussi je dus me borner à accompagner ma femme jusqu'à Côme, où mon gendre l'attendait pour la conduire à Milan, et je revins en Valteline. La semaine suivante je reçus une lettre m'annonçant que la petite comtesse avait heureusement mis au monde une fille, et que l'accouchée et le poupon se portaient bien. Ma femme revint quelques jours après, avec de bonnes nouvelles de la jeune famille ; elle me raconta l'accueil courtois de la comtesse Savina, laquelle, ajoutait Agathe, « en dépit des années, est toujours une belle femme ! » Ce disant, elle se mordait la lèvre inférieure et me regardait avec des yeux étincelants, indice certain du réveil de ses soupçons jaloux à la vue d'une beauté, qui, bien que mûre, ne lui paraissait pas moins dangereuse. J'étais depuis longtemps habitué à son aveuglement et je n'essayais plus de le guérir ; mon unique but était désormais de fuir toutes les occasions susceptibles de jeter de l'huile sur le feu.

L'hiver suivant aurait passé tranquillement, si une perte douloureuse ne fût venu l'attrister ; le pauvre Bitto mourut de vieillesse. Depuis quelque temps la paralysie des jambes le confinait dans la cuisine, et nos soins assidus l'avaient seuls conservé jusqu'alors. A son dernier moment, il fixa son œil affectueux sur ses amis et expira.

Après avoir confessé franchement toutes nos faiblesses, je ne vois pas de motif de cacher les larmes que sa mort nous fit verser, ni d'oublier de mentionner la modeste mais décente sépulture que nous lui fîmes dans le jardin, en souvenir de sa fidèle amitié. Celui que ces procédés ne satisferont point, peut s'en plaindre à ces amis qui nous abandonnent dans le malheur, et à ceux qui ne sont pas capables de ressentir l'affection que nous inspirent les chiens.

Nos enfants vinrent deux fois en Valteline, en laissant leur fille à Milan avec sa nourrice ; je souhaitais vivement de la voir, mais les raisons habituelles d'affaires et de prudence m'empêchaient de satisfaire ce désir. La santé débile de ma belle-mère ne permettait pas à ma femme de s'éloigner de la maison, et je ne voulais pas aller seul à Milan, sans qu'un motif sérieux justifiât mon voyage. Je ne me sentais pas encore assez fort pour affronter un danger qui m'exposait à perdre pour toujours la paix domestique, et à compromettre l'honneur de deux familles. Mais l'occasion est venue me prendre par les cheveux et j'ai dû obéir. Une lettre pressante m'appelait à Milan ; il s'agissait de sauver ou de perdre un capital important ; ma femme elle-même dut m'engager à partir.

Je préparai ma malle en toute hâte, je pris congé de ma belle-mère malade et je m'acheminai vers la voiture qui m'attendait ; ma femme m'accompagna jusque sur la porte en me disant avec un profond soupir :

« Enfin tu pourras t'approcher pour la première fois de la comtesse Savina, la regarder dans les yeux, entendre le son de sa voix, lui serrer la main !

— Je suppose, répondis-je froidement, que tu ne vas pas me traiter en brigand ! Tu ne peux penser que j'oublierai nos enfants !

— Elle est si belle ! » répondit-elle en se montrant indifférente à toute autre considération. Puis, après un instant de silence, elle reprit :

« Enfin, va, que Dieu te bénisse ; personne en ce

monde ne peut échapper au sort qui lui est réservé ! Je
t'estime assez pour penser que si tu succombes, c'est que
la force qui te pousse est irrésistible. Va... et reviens
vite... qu'il soit décidé une bonne fois si je puis vivre en
paix les dernières années de ma vie..... ou si je dois mourir dans la douleur ! »

Il était inutile de discuter. Je l'embrassai sur le front,
elle me serra la main, et, en m'éloignant, je lus dans ses
yeux ce qu'elle n'osait me dire avec les lèvres. Je partis le
cœur ulcéré de cette persistante injustice, outré de cette
jalousie odieuse qui expose l'accusé à se compromettre
précisément par les sottises qu'il fait pour se sauver,
qui excite insensiblement l'innocent à commettre la faute
dont le bénéfice n'empire pas sa situation, et au contraire
la rend plus supportable ; en effet, les accusations jus-
tifiées sont toujours moins douloureuses que les fausses.

J'arrivai à Milan à la nuit tombante, triste, soucieux,
et tourmenté à l'idée de me trouver contraint de subir
l'intimité de la comtesse Savina. Mais cette fois je ne
pouvais m'enfuir.

Véronique, qui m'attendait, avait préparé ma chambre
et apprêté le souper. J'étais fatigué ; il était trop tard
pour me présenter au palais Brisnago ; je préférai me
coucher, en remettant la visite au lendemain. Je dormis
d'un sommeil fiévreux, agité de cauchemars, et je me levai
de bonne heure, la tête pesante et les idées confuses.

J'ouvris la fenêtre quand les portes du palais Brisnago
étaient encore fermées, et je m'assis devant la table pour
prendre des notes sur mes affaires. Mais cette chambre
bénie était imprégnée de souvenirs d'enfance qui me faisaient oublier le présent, en reportant toutes mes pensées vers le passé. Mon esprit était retourné, malgré
moi, au temps de ma jeunesse, à mes premiers rêves
d'amour, quand Véronique entra, en me disant qu'elle
avait déjà annoncé mon arrivée au palais Brisnago. Elle
me versa dans une tasse le café qu'elle venait d'apporter,
et pendant que je le buvais à petites gorgées, en proie à
l'hallucination de mes souvenirs, elle regardait par la
fatale fenêtre. Tout à coup je la vis se retourner rapidement :

« Vcnez... vite... dit-elle... la comtesse Savina vous envoie un baiser ! »

La tasse m'échappa des mains, je n'eus pas la force de me lever.

« Mon Dieu ! Qu'avez-vous ? fit-elle avec inquiétude.

— Laissez-moi... c'est une indisposition qui passera promptement... » Le cœur me battait, la tête me tournait, je voyais trouble.

Elle m'offrit de l'eau, je la repoussai.

« Ce n'est rien ! » balbutiai-je... Je commençais à me remettre... et peu après je me levai machinalement.

« Venez... venez donc! » répétait Véronique.

Je m'avançai en trébuchant, sans savoir où j'allais, et je m'appuyai à la fenêtre. Oh ! quel spectacle ! une jolie fillette, dans les bras de sa mère, m'envoyait un baiser.

C'était le premier baiser de la comtesse Savina... à son grand'père.

Absorbé dans mes pensées, j'avais complétement oublié que ma petite-fille portait le nom de sa grand'mère. C'est ainsi que la dette de la comtesse Savina de Brisnago fut acquittée par la comtesse Savina de Montegaldo, descendante directe de la première, héritière légitime et responsable des biens actifs et passifs de ses aïeux.

La question pendante ainsi réglée, les hallucinations qui m'avaient si longtemps contristé, disparurent. La lumière pure de la vérité éclairait le nombreux cortége d'années qui me rapprochait de la vieillesse, et le réjouissant aspect de l'innocence qui ouvrait la série de mes descendants, rétablit promptement dans mon esprit le calme de la raison. Je tirai un trait sur les comptes arrêtés, et je pus dès lors me présenter au palais Brisnago avec le seul titre de père, et en conséquence avec de pures et de saintes affections dans l'âme.

Ma fille et mon gendre se jetèrent dans mes bras avec leur fille, et quand la comtesse Savina entra dans la chambre, nous nous serrâmes la main au milieu de notre famille comme devaient le faire deux grands parents.

# XXV

Bien des années se sont passées depuis ce jour. Quelque temps après, ma belle-mère mourut en Valteline ; rien ne nous y retenant dès lors, nous sommes venus nous installer à Milan, après avoir affermé nos propriétés, dans la maison de mon oncle le chanoine, en face de nos enfants et de nos petits-enfants, dont le nombre s'est accru de deux garçons, Azzone et Daniel, et d'une petite fille appelée Agathe.

La pauvre comtesse est morte le mois passé.

Chargé par mon gendre de rechercher un document de famille, dans une armoire de sa mère, qu'il n'osait ouvrir pour ne pas faire saigner une trop récente blessure, je fouillais d'une main tremblante les papiers de la morte, quand me tomba sous les yeux un paquet attaché avec un cordon noir.

Je l'ouvris ; le bouquet de violettes et d'héliotropes avec la rose au milieu, que je lui avais jeté pendant ma jeunesse, glissa sur la table.

Desséché par les années, il n'avait pas cependant perdu tout parfum. Je le tins longtemps entre les mains, les yeux humides de pleurs. C'était mon dernier tribut au passé. Un bouquet de fleurs sèches, arrosé de larmes... voilà ce qui restait d'un premier amour !

Cependant ce bouquet, relique insignifiante pour les profanes, était pour mon cœur plein d'éloquentes révélations... J'y lisais la seconde partie du roman de ma vie... la plus intéressante, mais qui restera inconnue pour toujours... Elle ne m'appartient pas, c'est le secret d'un noble cœur que la mort a ravi... je n'ai pas le pouvoir de le faire revivre, ni le droit de profaner la mort par une inquisition posthume.

J'ai raconté seulement la partie qui me concerne, dans l'intérêt de mes petits-enfants.

En lisant un jour le récit du grand'père, ils pourront peut-être échapper aux illusions décevantes qui fascinent la jeunesse imprudente par des hallucinations en apparence inoffensives, mais qui quelquefois exercent une fatale influence sur la vie entière.

Puisse le ciel les préserver du plus petit danger, les rendre modestes et prudents dans leur jeunesse, toujours vertueux, sages et heureux, au milieu des travaux de leur état et dans la paix de la vie domestique!

Villa Saltore, 25 mai 1874.

FIN.

Coulommiers. — Typog. ALBERT PONSOT et P. BRODARD.

Mars 1877.

# CATALOGUE

DES

PUBLICATIONS

# GÉOGRAPHIQUES

DE

## LA LIBRAIRIE

## HACHETTE ET Cᴵᴱ

PARIS, BOULEVARD SAINT-GERMAIN, 79

LONDRES, 18, KING WILLIAM STREET, STRAND

# DIVISIONS DU CATALOGUE

I

# DICTIONNAIRES

## GÉOGRAPHIQUES

**Bouillet :** *Dictionnaire universel d'histoire et de géographie*, contenant : 1º l'histoire proprement dite; 2º la biographie universelle; 3º la mythologie; 4º la géographie ancienne et moderne. Ouvrage revu et continué par M. A. Chassang, inspecteur général de l'Université, recommandé par le conseil de l'instruction publique et approuvé par Mgr l'archevêque de Paris. Vingt-cinquième édition, avec un supplément. 1 volume de plus de 2000 pages, grand in-8, à deux colonnes, pouvant se diviser en deux parties, broché. 21 fr.

Le cartonnage en percaline gaufrée se paye en sus 2 fr. 75 c. ; la demi-reliure en chagrin, 4 fr. 50 c.

Voir pour l'*atlas* qui fait suite au Dictionnaire, page 18.

**Joanne** (A.) : *Dictionnaire géographique, administratif, postal, statistique et archéologique de la France, de l'Algérie et des colonies*, contenant pour chaque commune la condition administrative, la population ; la situation géographique, l'altitude ; la distance des chefs-lieux de canton, d'arrondissement et de département ; les bureaux de poste, les stations et correspondances des chemins de fer et le bureau de télégraphie ; la cure ou succursale ; l'indication de tous les établissements d'utilité publique ou de bienfaisance ; tous les renseignements administratifs, judiciaires, ecclésiastiques, militaires, maritimes ; le commerce ; l'industrie ; l'agriculture ; les richesses minérales ; la nature du terrain ; enfin les curiosités naturelles ou archéologiques ; les collections d'objets d'art ou de sciences ; avec la description détaillée de tous les cours d'eau, de tous les canaux, de tous les phares, de toutes les montagnes, et des notices géographiques, administratives, statistiques sur les 89 départements, une introduction sur la France, etc.; 2e édit., entièrement refondue, suivie d'un *supplément* contenant les communes qui ont cessé de faire partie du territoire français. 1 vol. grand in-8, à deux colonnes (2740 pages), broché. 25 fr.

Le cartonnage en percaline gaufrée se paye en sus 3 fr. 25; la demi-reliure en chagrin, 5 fr.

— *Petit Dictionnaire géographique de la France*, ouvrage abrégé du précédent; nouvelle édition. 1 vol. in-12. (*Sous presse.*)

**Meissas** et **Michelot :** *Dictionnaire de géographie ancienne et moderne*, contenant tout ce qu'il est important de connaître en géographie physique, politique, commerciale et industrielle, et les notions indispensables pour l'étude de l'histoire ; nouvelle édition. 1 volume grand in-8, contenant 8 cartes coloriées, broché. 7 fr. 50

Le cartonnage en percaline gaufrée se paye en sus. 1 fr. 50

**Vivien de Saint-Martin :** *Nouveau dictionnaire de géographie universelle*, contenant : 1º la Géographie physique; 2º la Géographie politique; 3º la Géographie économique; 4º l'Ethnologie ; 5º la Géographie historique; 6º la Bibliographie.

L'ouvrage formera deux magnifiques volumes in-4, format du *Dictionnaire de la langue française* de M. E. Littré, imprimés sur trois colonnes. Chaque volume contiendra environ 200 feuilles, soit 1600 pages.

La publication aura lieu par fascicules de 10 feuilles (80 pages). — Chaque fascicule se vendra 2 fr. 50 c. Il paraîtra au moins 6 fascicules par an à dater du 1er février 1877. — Le premier fascicule est en vente.

# II

# VOYAGES

**Abbadie** (Arnaud d') : *Douze ans de séjour dans la Haute-Ethiopie (Abyssinie).* Tome Ier. 1 vol. in-8. 7 fr. 50

**Agassiz** (M. et Mme) : *Voyage au Brésil*, traduit de l'anglais, par F. Vogeli et abrégé par J. Belin de Launay. 1 vol. in-18 jésus, avec 16 gravures et 1 carte. 2 fr. 25

*Le même ouvrage*, sans les gravures. 1 vol. 1 fr. 25

**Aunet** (Mme L. d') : *Voyage d'une femme au Spitzberg.* 1 vol. in-18 jésus, avec 34 vignettes. 2 fr. 25

*Le même ouvrage*, sans les vignettes. 1 vol. 1 fr. 25

**Baines** (Th.) : *Voyages dans le sud-ouest de l'Afrique*, traduits et abrégés par J. Belin de Launay. 1 vol. in-18 jésus, avec 22 gravures et 1 carte. 2 fr. 25

*Le même ouvrage*, sans gravures. 1 vol. 1 fr. 25

**Baker** (W.) : *Découverte de l'Albert N'yanza*, traduit de l'anglais par Gustave Masson. 1 vol. in-8, avec 8 gravures et 2 cartes. 10 fr.

*Le même ouvrage*, abrégé par J. Belin de Launay. 1 vol. in-18 jésus, avec 16 vignettes et 2 cartes. 2 fr. 25

*Le même*, sans les vignettes. 1 fr. 25 c.

— *Ismaïlia.* Récit d'une expédition dans l'Afrique centrale pour l'abolition de la traite des noirs, traduit par M. Vattemare. 1 vol. in-8, avec 56 gravures et 2 cartes. 10 fr.

**Baldwin** : *Du Natal au Zambèse.* 1861-1866. Récits de chasse. Traduction de Mme Henriette Loreau, abrégée par J. Belin de Launay. 1 vol. in-18 jésus, avec 24 gravures et 1 carte. 2 fr. 25

*Le même ouvrage*, sans les gravures. 1 vol. 1 fr. 25

**Bouyer** (Frédéric), capitaine de frégate : *la Guyane française*, notes et souvenirs d'un voyage exécuté en 1862-1863. 1 vol. in-4. tiré sur papier teinté, avec 100 gravures et 3 cartes. 10 fr.

**Burton** (le C.) : *Voyage aux grands lacs de l'Afrique orientale*, traduit de l'anglais par Mme H. Loreau. 1 vol. in-8, avec 37 vignettes dans le texte. 10 fr.

— *Voyages à la Mecque, aux grands lacs d'Afrique et chez les Mormons*, abrégés par J. Belin de Launay. 1 volume in-18 jésus, avec 12 gravures et 3 cartes. 2 fr. 25

*Le même ouvrage*, sans gravures. 1 vol. 1 fr. 25

**David** (l'abbé) : *Journal de mon troisième voyage d'exploration dans l'empire chinois.* 2 vol. in-18 jésus. 7 fr.

**Davillier** (le baron Ch.) : *L'Espagne.* 1 beau vol. in-4, avec 300 gravures sur bois, d'après les dessins de Gustave Doré. 50 fr.

**Deville** (L.) : *Excursions dans l'Inde.* 1 vol. in-18 jésus. 3 fr. 50

**Duruy** (Victor) : *Causeries de voyage : De Paris à Vienne.* 1 vol. in-18 jésus. 3 fr. 50

**Énault** (L.) : *Londres illustré.* 1 beau vol. in-4°, avec 150 gravures sur bois, d'après les dessins de Gustave Doré, et un plan. 50 fr.

— *Constantinople et la Turquie.* 1 vol. in-18 jésus. 3 fr. 50

**Forbin** (comte de) : *Voyage à Siam.* 1 vol. in-18 jésus. 50 c.

**Garnier** (F.) : *Voyage d'exploration en Indo-Chine.* 2 vol. in-4, contenant 158 gravures sur bois, avec un atlas in-folio cartonné, renfermant 12 cartes, 10 plans, 2 eaux-fortes, 10 chromo-lithographies, 4 lithographies à 3 teintes et 31 lithographies à 2 teintes. 200 fr.

**Gobineau** (comte de) : *Trois ans en Asie* (1856-1858). 1 vol. in-8. 3 fr.

**Gourdault** (J.) : *Voyage au pôle nord des navires* la Hansa *et de* la Germania, rédigé d'après les relations officielles. 1 vol. in-8, avec 80 gravures et 3 cartes. 10 fr.

— *L'Italie*, description de toute la péninsule depuis les passages alpestres exclusivement, jusqu'aux régions extrêmes de la grande Grèce. 1 magnifique vol. in-4, avec 400 gravures sur bois. 50 fr.

**Hayes** (Dr) : *La mer libre du pôle*, voyages et découvertes dans les mers Arctiques (1860-1861), traduit de l'anglais et accompagné de notes complémentaires par M. E. de Lanoye. 1 vol. in-8 avec 70 gravures et 3 cartes. 10 fr.

*Le même ouvrage*, abrégé par J. Belin de Launay. 1 vol. in-18 jésus, avec 14 gravures et 1 carte. 2 fr. 25

*Le même*, sans gravures. 1 fr. 25

— *La Terre de désolation*, excursion d'été au Groënland, traduit de l'anglais par J.-M.-L. Reclus. 1 vol. in-8, avec 43 gravures et une carte. 10 fr.

**Hepworth Dixon** : *La Russie libre*. Ouvrage traduit de l'anglais par Em. Jonveaux. 1 vol. in-8º avec 75 gravures et une carte. 10 fr.

— *La Conquête blanche*, ouvrage traduit de l'anglais, par H. Vattemare. 1 vol. in-8, avec 75 gravures sur bois. 10 fr.

**Hervé et de Lanoye** : *Voyage dans les glaces du pôle arctique*. 1 vol. in-18 jésus, avec 40 vignettes. 2 fr. 25

**Hübner** (le baron de) : *Promenade autour du monde;* nouvelle édition. 2 vol. in-18 jésus. 7 fr.

*Le même ouvrage*, illustré. 1 magnifique vol. in-4, avec 300 gravures sur bois. 50 fr.

**Hugo** (Victor) : *Le Rhin*. 3 vol. in-18 jésus. 10 fr. 50

**Humbert** (Aimé) : *Le Japon illustré*. 2 beaux vol. in-4, avec 500 gravures sur bois, 1 carte du Japon et 4 plans. 50 fr.

**Lacour** (Raoul) : *L'Égypte, d'Alexandrie à la seconde cataracte*. 1 vol. in-8, avec gravures sur bois et cartes d'Egypte et de Nubie. 7 fr. 50

**Lamartine** : *Voyage en Orient*. 2 vol. in-8, avec gravures sur acier. 15 fr.

*Le même ouvrage*, sans gravures. 2 vol. in-18 jésus. 7 fr.

**Lanoye** (Fr. de) : *Le Nil et ses sources*. 1 vol. in-18 jésus, avec 32 vignettes et cartes. 2 fr. 25

*Le même ouvrage*, sans vignettes. 1 vol. 1 fr. 25

— *La Sibérie*. 1 vol. in-18 jésus, avec 48 vignettes. 2 fr. 25

— *La mer polaire*, voyage de *l'Érèbe* et de *la Terreur*, et expédition à la recherche de Franklin ; 3e édition. 1 vol. in-18 jésus, avec 29 vignettes et des cartes. 2 fr. 25

**Laporte** (L.) : *L'Égypte à la voile*. 1 vol. in-18 jésus. 3 fr.

**Le Tour du monde**. (Voyez page 27.) *Table décennale du Tour du monde* (1860-1869). Brochure in-4. 1 fr.

**Lejean** (G.) : *Voyage en Abyssinie*. 1 vol. in-4 et atlas. 20 fr.

**Léouzon-Leduc** : *La Baltique*. 1 vol. in-18 jésus. 1 fr. 25

— *Les îles d'Aland*. In-18 jésus. 1 fr. 25

**Liégeard** (Stéphen) : *Vingt journées d'un touriste au pays de Luchon*. 1 vol. in-18 jésus. 3 fr. 50

**Livingstone** (David) : *Explorations dans l'intérieur de l'Afrique australe*. Ouvrage traduit de l'anglais par Mme H. Loreau. 1 vol. in-8, avec 45 gravures et 2 cartes. 10 fr.

— *Le dernier journal*, voyage au centre de l'Afrique (1866-1873), suivi du récit des derniers moments de l'illustre voyageur et du transport de ses restes. Traduit de l'anglais, par Mme H. Loreau. 2 vol. in-8, avec 45 gravures et 2 cartes. 20 fr.

**Livingstone** (David et Charles) : *Explorations du Zambèse et de ses affluents*, et découverte des lacs Chiroua et Nyassa (1858-1864). Ouvrage traduit de l'anglais par Mme H. Loreau. 1 vol. in-8º avec 47 gravures et 4 cartes. 10 fr.

— *Explorations dans l'Afrique australe,* abrégées par J. Belin de Launay. 1 volume in-18 jésus, avec 20 gravures et une carte. 2 fr. 25

*Le même ouvrage, sans gravures.* 1 vol. 1 fr. 25

**Mage** (le L.) : *Voyage dans le Soudan occidental* (Sénégambie et Niger, 1863-1866). 1 vol. in-8, avec 60 gravures d'après les dessins de l'auteur, et 8 cartes et plans.

Il ne reste plus que treize exemplaires sur papier de Chine du prix de 25 fr.

*Le même ouvrage,* abrégé par J. Belin de Launay. 1 vol. in-18 jésus, avec 16 gravures et 1 carte. 2 fr. 25

*Le même, sans gravures.* 1 fr. 25

**Marcoy** (Paul) : *Voyage à travers l'Amérique du Sud,* de l'océan Atlantique à l'océan Pacifique. Deux beaux vol. in-4, avec 626 gravures sur bois et 20 cartes. 50 fr.

— *Scènes et paysages dans les Andes.* 2 vol. in-18 jésus. 2 fr. 50

**Marmier** (X.), de l'Académie française : *Lettres sur le Nord;* 1 vol. in-18 jésus. 3 fr. 50

— *Un été au bord de la Baltique et de la mer du Nord.* 1 vol. in-18 jésus. 3 fr. 50

— *De l'Est à l'Ouest.* 1 vol. in-18 jésus. 3 fr. 50

**Milton et Cheadle :** *Voyage de l'Atlantique au Pacifique,* à travers le Canada, les montagnes Rocheuses et la Colombie anglaise. Ouvrage traduit de l'anglais par J. Belin de Launay. 1 vol. in-8, avec 22 vignettes et 2 cartes. 10 fr.

*Le même ouvrage,* abrégé, avec 16 gravures et 2 cartes. 1 vol. in-18 jésus. 2 fr. 25

*Le même, sans gravures.* 1 fr. 25

**Molinari** (M. D.-G.) : *Lettres sur les Etats-Unis et le Canada.* 1 vol. in-18 jésus. 3 fr. 50

**Moges** (le marquis de) : *Souvenirs d'une ambassade en Chine et au Japon.* 1 vol. in-18 jésus. 1 fr. 25

**Montégut** (Emile) : *Tableaux de la France : Souvenirs de Bourgogne.* 1 vol. in-18 jésus. 3 fr. 50

*En Bourbonnais et en Forez.* 1 vol. in-18 jésus. 3 fr. 50

**Mouhot** (Charles) : *Voyage dans les royaumes de Siam, de Cambodge et de Laos.* 1 vol. in-18 jésus, avec 28 gravures et une carte. 2 fr. 25

*Le même ouvrage, sans gravures.* 1 vol. 1 fr. 25

**Palgrave** (W. G.) : *Une année de voyage dans l'Arabie centrale* (1862-1863). Ouvrage traduit de l'anglais par E. Jonveaux. 2 vol. in-8, avec 1 carte et 4 plans. 10 fr.

*Le même ouvrage,* abrégé par J. Belin de Launay. 1 vol. in-18 jésus, avec 12 gravures et 1 carte. 2 fr. 25

*Le même, sans gravures.* 1 fr. 25

**Pascal** (L.) : *La Cange, voyage en Egypte.* 1 vol. in-18 jésus. 2 fr.

**Perron d'Arc :** *Aventures d'un voyageur en Australie.* 1 vol. in-18 jésus, avec 25 gravures. 2 fr. 25

*Le même ouvrage, sans gravures.* 1 vol. 1 fr. 25

**Perrot** (Georges) : *L'île de Crète, souvenirs de voyage.* 1 volume in-18 jésus. 1 fr. 25

**Pfeiffer** (Mme Ida) : *Voyage d'une femme autour du monde,* traduit de l'allemand par W. de Suckau. 1 vol. in-18 jésus, avec carte. 3 fr. 50

— *Mon second voyage autour du monde,* traduit de l'allemand par W. de Suckau. 1 vol. in-18 jésus, avec carte. 3 fr. 50

— *Voyage à Madagascar,* traduit de l'allemand par W. de Suckau, et précédé d'une notice sur Madagascar, par Fr. Riaux. 1 vol. in-18 jésus, avec carte. 3 fr. 50

— *Voyages autour du monde,* abrégés par J. Belin de Launay. 1 volume in-18 jésus, avec 16 gravures et une carte. 2 fr. 25

*Le même ouvrage, sans gravures.* 1 vol. 1 fr. 25

**Raynal** (F.-E.) : *Les naufragés, ou vingt mois sur un récif des îles Auckland,* récit authentique. 1 vol. in-8, avec 40 gravures, par A. de Neuville, et une carte. 10 fr.

**Rousselet** (L.) : *L'Inde des Rajahs. Voyages dans l'Inde centrale et dans les présidences de Bombay et du Bengale;* 2e édit. 1 beau vol. in-4, avec 517 gravures et 5 cartes. 50 fr.

**Schweinfurth** (G.): *Au cœur de l'Afrique.* Voyages et découvertes dans les régions inexplorées de l'Afrique centrale de 1868 à 1871. Ouvrage traduit de l'anglais, par Mme H. Loreau. 2 volumes in-8o, avec 150 gravures et 2 cartes. 20 fr.
*Le même ouvrage,* édition abrégée, par J. Belin de Launay. 1 vol. in-18 jésus, avec 16 gravures et 1 carte. 2 fr. 25
*Le même,* sans gravures. 1 fr. 25

**Simonin** : *Le monde américain,* souvenir de mes voyages aux Etats-Unis. 1 vol. in-18 jésus. 3 fr. 50

**Speke** : *Journal de la découverte des sources du Nil;* 1 vol. in-8, avec 3 cartes et 78 gravures d'après les dessins du capitaine Grant. 10 fr.
*Le même ouvrage,* édition abrégée par J. Belin de Launay. 1 volume in-18 jésus, avec 24 gravures et 3 cartes. 2 fr. 25
*Le même,* sans gravures. 1 fr. 25

**Stanley** (H.): *Comment j'ai retrouvé Livingstone,* traduit de l'anglais par Mme H. Loreau. 1 vol. in-8, avec 60 gravures et 5 cartes. 10 fr.
*Le même ouvrage,* édition abrégée, par J. Belin de Launay. 1 vol. in-18 jésus, avec grav. et cartes. 2 fr. 25
*Le même,* sans gravures. 1 fr. 25

**Taine** (H.): *Voyage aux Pyrénées;* 2e édit. 1 vol. in-8o, tiré sur papier dessins avec 350 vignettes d'après les teintés, de Gustave Doré. 10 fr.
*Le même ouvrage,* sans les vignettes. 1 vol. in-18 jésus. 3 fr. 50
— *Voyage en Italie.* 2 vol. in-18 jésus, qui se vendent séparément :
TOME I : *Naples et Rome.* 3 fr. 50
TOME II : *Florence et Venise.* 3 fr. 50
— *Notes sur l'Angleterre.* 1 vol. in-18 jésus. 3 fr. 50

**Thomson** (J.) : *Dix ans de voyage dans la Chine et l'Indo-Chine.* Ouvrage traduit de l'anglais, par A. Talandier. 1 vol. in-8, avec 50 gravures sur bois. 10 fr.

**Thomson** (W.) : *Les abîmes de la mer.* Récits des croisières du *Porc-Epic* et de *l'Eclair* et des résultats obtenus par les dragages faits à bord de ces navires en 1868, 1869, 1870. Ouvrage traduit de l'anglais par le Dr Lortert. 1 vol. in-8, avec 94 gravures. 15 fr.

**Trémaux** (P.) : *Voyage dans la Nigritie, au Soudan oriental et dans l'Afrique septentrionale.* Grand atlas de 51 planches in-folio, avec textes, cartes, etc. 120 fr.
— *Exploration archéologique en Asie Mineure,* comprenant les restes non connus de 40 cités antiques.
Formera 43 livraisons de 5 planches in-folio et texte. Les 10 premières livraisons sont en vente. Prix de chaque livraison. 10 fr.
— *Voyage au Soudan.* 1 vol. in-8. 4 fr.

**Vambéry** : *Voyages d'un faux derviche dans l'Asie centrale,* de Téhéran à Khiva, à Bokhara et à Samarcand, par le grand désert Turkoman. Ouvrage traduit de l'anglais par M. E.-D. Forgues. 1 vol. in-8, avec 34 gravures et une carte. 10 fr.
*Le même ouvrage,* abrégé par J. Belin de Launay. 1 vol. in-18 jésus, avec 18 gravures et une carte. 2 fr. 25
*Le même,* sans gravures. 1 fr. 25

**Varigny** (C. de): *Quatorze ans aux îles Sandwich.* 1 volume in-18 jésus. 3 fr. 50

**Wey** (Fr.): *Rome, descriptions et souvenirs ;* 3e édit. 1 beau vol. in-4, avec 340 grav. et un plan de Rome. 50 fr.
— *La Haute Savoie.* 1 volume in-18 jésus. 3 fr. 50

**Whymper** (E.): *Escalades dans les Alpes.* Ouvrage traduit de l'anglais par Ad. Joanne. 1 vol. in-8, avec 75 gravures d'après les croquis de l'auteur. 10 fr.

**Whymper** (Fr.): *Voyages et aventures dans l'Alaska.* Ouvrage traduit de l'anglais par M. Emile Jonveaux. 1 vol. in-8o, avec 37 gravures et 1 carte. 10 fr.

# III

# GÉOGRAPHIE

## ET

# OUVRAGES DIVERS

**Annuaire du club alpin français.**
Année 1875. 1 vol. in-8°, avec gravures et cartes.                18 fr.

**Cortambert**, *Voyage pittoresque à travers le monde*. 1 vol. in-8, avec 60 gravures.                5 fr.

**Daubrée** : *La mer et les continents*. 1 vol. in-18.                25 c.

**Desjardins** (Ernest), membre de l'Institut, maître de conférences à l'École normale supérieure: *Atlas géographique de l'Italie ancienne*, composé de 7 cartes et d'un dictionnaire de tous les noms qui y sont contenus, avec l'indication de leurs positions et les renvois aux cartes de l'atlas. In-folio, demi-reliure.                4 fr.

— *Table de Peutinger*, d'après l'original conservé à Vienne, précédée d'une introduction historique et critique, et accompagnée : 1° d'un index alphabétique des noms et de la carte originale avec les lectures des éditions précédentes ; 2° d'un texte donnant, pour chaque nom, le dépouillement géographique des auteurs anciens, des inscriptions, des médailles et le résumé des discussions touchant son emplacement ; 3° d'une carte de redressement, comprenant tous les noms à leur place et identifiés, quand cela est possible, avec les localités modernes correspondantes ; 4° d'une seconde carte rétablissant la conformité des indications générales de la table avec les connaissances présumées des Romains sous Auguste (*Orbis pictus d'Agrippa*). L'ouvrage complet formera 18 livraisons in-folio, du prix de 10 fr. Les 14 premières livraisons sont en vente.

La *Table de Peutinger*, dont l'original unique est conservé à la bibliothèque impériale de Vienne, est la copie faite au treizième siècle d'un document beaucoup plus ancien, remontant même, très-certainement, à l'époque de l'empire romain et à la période comprise entre Auguste et les fils de Constantin. Cette carte représente l'*Orbis Romanus*. La copie du treizième siècle est exécutée sur onze feuilles de parchemin. Elle représente les régions provinciales, les provinces, les peuples et le réseau des routes de l'empire au quatrième siècle, avec les distances qui les séparent, distances exprimées en lieues gauloises.

— *Géographie de la Gaule*, d'après la table de Peutinger. 1 vol. grand in-8, avec cartes.                25 fr.

— *Géographie historique et administrative de la Gaule romaine*. 4 beaux vol. in-8 jésus. Ouvrage contenant une carte d'ensemble de la Gaule romaine, des cartes, eaux-fortes et gravures en couleurs tirées à part, des bois et des zincs intercalés dans le texte. Tome premier. Introduction et géographie physique comparée; Époque romaine; Époque actuelle. 1 vol. grand in-8, avec cartes.                20 fr.

L'ouvrage comprendra quatre volumes qui seront vendus séparément, ainsi que la grande carte comparée de la Gaule romaine.
Le tome II paraîtra dans les premiers mois de 1877. Les tomes III et IV suivront de près.
(Voir page 30).

**Duval** (Jules): *Notre planète*. 1 vol. in-18 jésus.                3 fr. 50

— *Notre pays*. 1 vol. in-18 jésus. 1 fr. 25

**Himly** (Auguste) : *Histoire de la formation territoriale des États de l'Europe centrale.* 2 vol. in-8.       15 fr.
(Voir page 31).

**Longnon** : *Géographie de la Gaule au temps de Grégoire de Tours.* 1 vol. in-8, avec carte. (Sous presse).

**Maury** (Alfred), membre de l'Institut : *La terre et l'homme,* ou aperçu de géologie, de géographie et d'ethnologie générales. 1 vol. in-18 jésus.       5 fr.

**Reclus** (Élisée) : *La terre,* description des phénomènes de la vie du globe :
Première partie : *Les continents.* Un vol. grand in-8, avec 250 figures et 24 cartes tirées en couleur. 15 fr.
Deuxième et dernière partie : *L'océan, l'atmosphère, la vie.* Un vol. grand in-8, avec 230 cartes ou figures et 2 grandes cartes tirées à part en couleur.       15 fr.
— *Les phénomènes terrestres.* 2 vol. in-18 jésus :
I. *Les continents.* 1 vol.
II. *Les mers et les météores.* 1 vol.
Chaque volume séparément.       1 fr. 25
— *Nouvelle géographie universelle :* La terre et les hommes.
(Voir page 28.)

**Reclus** (Onésime) : *Géographie générale* (Europe; — Asie; — Océanie; Afrique; — Amérique; — France et ses colonies); nouvelle édition. 2 vol. in-12. (Sous presse.)

— *Géographie de la France, de l'Algérie et des colonies.* 1 vol. in-12. 3 fr. 50

**Strabon** : *Géographie,* traduction nouvelle par M. Amédée Tardieu, sous-bibliothécaire de l'Institut. Tomes I et II.
Prix de chaque vol.       3 fr. 50
L'ouvrage formera 3 volumes.

**Vivien de Saint-Martin** : *Atlas universel de géographie ancienne, moderne et du moyen-âge,* avec un texte analytique. Environ 110 cartes in-folio, gravées sur cuivre, par nos meilleurs artistes et publiées par livraisons. Chaque livraison composée de trois cartes et de notices.       6 fr.
(Voir page 22).

— *Histoire de la géographie* et des découvertes géographiques, depuis les temps les plus reculés jusqu'à nos jours. 1 vol. in-8 et atlas in-folio de 12 cartes en couleurs.       20 fr.

— *L'année géographique,* revue annuelle des voyages de terre et de mer, ainsi que des explorations, missions, relations et publications diverses relatives aux sciences géographiques et ethnographiques. Continuée depuis 1876, par MM. Maunoir et Duveyrier; 15 années (1862-1876), formant quatorze volumes in-18 jésus.
Chaque volume séparément.       3 fr. 50
Les années 1870-1871 ne forment qu'un volume.
(Voir page 29.)

# IV

# GUIDES ET ITINÉRAIRES

## POUR LES VOYAGEURS

Cette collection, qui comprend 100 volumes environ, est constamment tenue à jour et continuée sous la direction de M. **Adolphe Joanne.**

## I. GUIDES DIAMANT

POUR

### LA FRANCE ET L'ÉTRANGER

#### Format in-32 jésus.

Nouvelle série de guides portatifs, contenant dans un petit format tous les renseignements nécessaires aux voyageurs.

Chaque volume, élégamment cartonné en percaline gaufrée, est accompagné de cartes et de gravures.

#### FRANCE.

**Aix-les-Bains, Marlioz et leurs** environs, par *Ad. Joanne*. 1 vol. broché. 1 fr. 50
**Biarritz et autour de Biarritz,** par *Germond de Lavigne*. 1 vol. 2 fr. 50
**Bordeaux, Arcachon, Royan,** par *Ad. Joanne*, 1 vol. 2 fr. 50
**Boulogne, Calais, Dunkerque,** par *Michelant*. 1 vol. 3 fr.
**Bretagne,** par *Ad. Joanne*. 1 vol. 4 fr.
**Dauphiné et Savoie,** par le même. 1 vol. 7 fr. 50
**Dieppe et le Tréport,** par le même. 1 vol. 2 fr. 50
**France,** par le même. 1 vol. 6 fr.
**Hyères et Toulon,** par le même. 1 vol. 2 fr. 50

**Le Havre, Étretat, Fécamp,** Saint-Valery-en-Caux, par le même. 1 vol. 3 fr.
**Lyon** et ses environs, par le même. 1 vol. 3 fr.
**Marseille et ses environs,** par *Alfred Saurel*. 1 vol. 3 fr.
**Mont-Dore** (le) et ses environs, par *Louis Piesse*. 1 vol. 3 fr.
**Normandie,** par *Ad. Joanne*. 1 volume. 4 fr.
**Paris,** en français, par *Ad. et Paul Joanne*. 1 vol. 3 fr. 50
**Paris,** en anglais, par *Ad. Joanne*, 1 vol. 3 fr. 50
**Paris,** en espagnol, par le même. 1 volume. 3 fr.
**Paris,** en allemand, par le même. 1 volume. 3 fr.
**Pyrénées,** par *Ad. et Paul Joanne*, 1 vol. 5 fr.
**Stations d'hiver** (les) de la Méditerranée, par *Paul Joanne*. 1 volume. 3 fr. 50
**Trouville et les bains de mer du Calvados,** par *Ad. Joanne*. 1 vol. 3 fr.
**Vichy** et ses environs, par *Louis Piesse*. 1 vol. 2 fr. 50
**Vosges, Alsace et Ardennes,** par *Paul Joanne*. 1 vol. 5 fr.

ÉTRANGER.

**Bade et la Forêt Noire**, par *Ad. Joanne*. 1 vol.                3 fr.

**Baden** and the **Black Forest**, par le même. 1 vol.                3 fr.

**Belgique** et **Hollande**, par *A.-J. Du Pays*. 1 vol.                5 fr.

**Espagne** et **Portugal**, por *Germond de Lavigne*. 1 vol.                4 fr.

**Italie** et **Sicile**, par *A.-J. Du Pays*. 1 vol.                4 fr.

**Londres** et ses environs, par *L. Rousselet*. 1 vol.                5 fr.

**Paris à Vienne** (de), par *P. Joanne*, 1 vol.                4 fr.

**Rome** et ses environs, par *A.-J. Du Pays*. 1 vol.                5 fr.

**Spa** et ses environs, par *Ad. Joanne*. 1 vol.                2 fr. 50

**Suisse**, par le même. 1 vol.                6 fr.

# II. GUIDES ET ITINÉRAIRES

POUR

## LA FRANCE ET L'ALGÉRIE

**Format in-18 jésus.**

Chaque volume, cartonné en percaline gaufrée, est accompagné de cartes et de gravures.
(Voir aussi aux *Guides diamant*, p. 14.)

### GUIDES POUR PARIS ET SES
### ENVIRONS.

**Paris illustré**, par *Ad. Joanne*. 1 fort vol.                12 fr.

**Liste alphabétique** des rues de Paris. 1 vol.                60 c.

**Paris** (nouveau plan de), dressé par *A. Vuillemain*, et tiré en taille-douce sur une feuille grand monde.

Le plan seul.                1 fr. 50
Le plan en feuille, avec la liste alphab.   2 fr. 50
Cartonné, avec la liste alphabétique.    2 fr. 50
Collé sur toile et relié en percaline.   4 fr. 50

**Environs de Paris illustrés**, par *Ad. Joanne*. 1 vol.                9 fr.

**Versailles**, son palais, son jardin, son musée, ses eaux, les deux Trianons, par le même. 1 vol.                3 fr.

**Versailles** et les deux Trianons, extrait du précédent. 1 vol in-32.                1 fr.

**Le parc et les grandes eaux de Versailles**, extrait du précédent. 1 vol. broché.                50 c.

**Guide to Versailles**, by *Ad Joanne*, translated into english. With numerous illustrations and three plans. 1 vol.                3 fr.

GUIDES GÉNÉRAUX POUR

LA FRANCE.

ITINÉRAIRE GÉNÉRAL DE LA FRANCE, PAR AD. JOANNE :

I. **Paris illustré**. 1 vol.                12 fr.

II. **Environs de Paris illustrés**. 1 vol.                9 fr.

III. **Jura et Alpes françaises**, 1 vol.                15 fr.

IV. **Provence, Alpes maritimes, Corse**. 1 vol.                11 fr.

V. **Auvergne, Morvan, Velay, Cévennes**. 1 vol.                10 fr.

VI. **De la Loire à la Garonne**. 1 vol.                15 fr.

VII. **Pyrénées**. 1 vol.                12 fr.

VIII. **Bretagne**. 1 vol.                10 fr.

IX. **Normandie**. 1 vol.                10 fr.

X. **Nord**. 1 vol.                8 fr.

XI. **Vosges et Ardennes**. 1 volume.                11 fr.

**Guide du voyageur en France**, par *Richard*; 27e édition, entièrement refondue. 1 vol.                12 fr.

**Guide du voyageur dans la France monumentale**, par *Richard* et *E. Hocquart*. 1 vol.                9 fr.

GUIDES SPÉCIAUX POUR

UNE PROVINCE

OU POUR UNE VILLE.

**Pau, Eaux-Bonnes, Eaux-Chaudes** : bains, séjour, excursions. 1 vol. broché.                2 fr.

**Plombières**, par *Édouard Lemoine* et le docteur *Lhéritier*. 1 vol.                4 fr. 50

ITINÉRAIRES ILLUSTRÉS
DES CHEMINS DE FER FRANÇAIS

LIGNES DE L'EST :

**De Paris à Strasbourg**, par *Moléri*, 1 vol. 4 fr. 50

**De Strasbourg à Bâle**, par le même. 1 vol. broché. 1 fr.

**De Paris à Strasbourg et à Bâle**, par le même. 1 vol. 5 fr.

**De Paris à Mulhouse et à Bâle**, par *G. Héquet*. 1 vol. 4 fr. 50

LIGNES DE LYON
ET DE LA MÉDITERRANÉE :

**De Paris à Lyon**, par *Ad. Joanne*. 1 vol. 5 fr.

**De Paris en Suisse**, par Dijon, Dôle et Besançon, par le même 1 volume. Prix. 4 fr. 50

**De Dijon en Suisse**, par Dôle et Besançon, par le même. 1 volume, broché. 2 fr.

**De Lyon à la Méditerranée**, par *Ad. Joanne* et *J. Ferrand*. 1 volume Prix. 5 fr.

**De Paris à la Méditerranée**, comprenant de Paris à Lyon, par *Ad. Joanne*, et de Lyon à la Méditerranée, par *Ad. Joanne* et *J. Ferrand*. 1 fort vol. 9 fr.

LIGNES DU MIDI :

**De Bordeaux à Toulouse**, à Cette et à Perpignan, par *Ad. Joanne*. 1 vol. 4 fr. 50

**De Bordeaux à Bayonne**, à Biarritz, à Arcachon, à Saint-Sébastien, à Mont-de-Marsan et à Pau, par le même. 1 vol. 3 fr. 50

LIGNES DU NORD :

**De Paris à Boulogne**, à Saint-Valery, au Tréport, à Calais, à Dunkerque, à Lille, à Valenciennes et à Beauvais, par *Eugène Pénel*. 1 vol. Prix. 5 fr.

**De Paris à Bruxelles**, à Cologne, à Senlis, à Laon, à Dinant, à Givet, à Namur, à Luxembourg, à Liége, à Verviers, à Spa, à Trèves, à Maëstricht, par *A. Morel*. 1 vol. 3 fr. 50

LIGNE D'ORLÉANS ET PROLONGEMENTS :

**De Paris à Bordeaux**, par *Ad. Joanne*. 1 vol. 4 fr. 50

**De Paris à Nantes et à Saint-Nazaire** (par Orléans, Blois et Tours), par le même. 1 vol. 5 fr.

**De Paris à Nantes** (par le Mans, Sablé et Angers).
Voir plus loin *aux lignes de l'Ouest*.

**De Paris à Agen** (par Vierzon, Limoges et Périgueux), par *Célestin Port*. 1 vol. 5 fr.

**De Nantes à Brest**, à **Saint-Nazaire**, à **Rennes** et à **Pontivy**, par *Pol de Courcy*. 1 vol. 4 fr. 50

**De Poitiers à la Rochelle**, à **Rochefort** et à **Royan**, par *Ad. Joanne*. 1 vol. broché. 2 fr.

**De Paris à Sceaux et à Orsay**, par le même. 1 vol. broché. 1 fr. 25

LIGNES DE L'OUEST :

**De Paris à Rouen et au Havre**, par *Eugène Chapus*. 1 vol. 4 fr. 50

**De Paris à Rennes et à Alençon**, par *A. Moutié*. 1 vol. 4 fr. 50

**De Paris à Cherbourg**, par *L. Énault*. 1 vol. 4 fr. 50

**De Paris à Nantes** (par le Mans, Sablé et Angers), par *D. Moutié*, *E. L.* et *Ad. Joanne*. 1 vol. 4 fr. 50

**De Paris à Saint-Germain**, à Poissy et à Argenteuil, par *Ad. Joanne*. 1 vol., broché. 2 fr. 50

**De Rennes à Brest et à Saint-Malo**, par *Pol de Courcy*. 1 volume Prix. 4 fr. 50

GUIDE POUR L'ALGÉRIE.

Itinéraire historique et descriptif de l'Algérie, Tunis et Tanger, par *L. Piesse*. 1 vol. 12 fr.

# III. GUIDES ET ITINÉRAIRES

POUR

## LES PAYS ÉTRANGERS.

**Format in-18 jésus.**

Chaque volume, cartonné en percaline gaufrée, est accompagné de cartes, plans ou gravures.

(Voir aussi aux *Guides diamant*, page 10.)

### ALLEMAGNE ET BORDS DU RHIN.

**Itinéraire historique et descriptif de l'Allemagne du Nord**, par *Ad. Joanne :* comprenant Strasbourg, Bade, Carlsruhe, Heidelberg, Darmstadt, Francfort, Hombourg, Mayence, Wiesbade, Creuznach, Luxembourg, Trèves, Coblentz, Ems, Bonn, Cologne, Aix-la-Chapelle, Dusseldorf, Hanovre, Brunswick, Münster, Brême, Hambourg, Rostock, Schwerin, Magdebourg, Pyrmont, Gœttingen, Cassel, Gotha, Erfurth, Weimar, Kissingen, Cobourg, Bamberg, Iéna, Nuremberg, Leipzig, Berlin, Postdam, Stettin, Posen, Dantzig, Tilsitt, Kœnigsberg, Breslau, Dresde, Tœplitz. 1 vol. 12 fr.

**Les bords du Rhin illustrés**, par le même. 1 vol. 7 fr.

**Les trains de plaisir des bords du Rhin**, ou de Paris à Paris, par Strasbourg, Bade, Carlsruhe, Heidelberg, Mannheim, Francfort, Mayence, Coblentz, Cologne, Aix-la-Chapelle, Spa, Liége et Bruxelles, par le même. 1 vol. 4 fr.

### ANGLETERRE, ÉCOSSE ET IRLANDE.

**Itinéraire descriptif et historique de la Grande-Bretagne**, comprenant l'Angleterre, l'Ecosse et l'Irlande, par *Alphonse Esquiros.* 1 vol. 16 fr.

**Itinéraire descriptif et historique de l'Écosse**, par *Ad. Joanne.* 1 volume. 7 fr. 50

### HOLLANDE.

**Itinéraire descriptif, historique et artistique de la Hollande**, par *A. Du Pays.* 1 vol. 6 fr.

### ESPAGNE ET PORTUGAL.

**Itinéraire descriptif, historique et artistique de l'Espagne et du Portugal**, par *A. Germond de Lavigne.* 1 fort vol. 18 fr.

### EUROPE.

**Guide du voyageur en Europe**, par *Ad. Joanne.* 1 fort vol. 22 fr.

**Les bains d'Europe**, guide descriptif et médical des eaux d'Allemagne, d'Angleterre, de Belgique, d'Espagne, de France, d'Italie et de Suisse, par *Ad. Joanne* et le docteur *A. Le Pileur.* 1 vol. 10 fr.

### ITALIE.

**Itinéraire descriptif, historique et artistique de l'Italie et de la Sicile**, par *A.-G. Du Pays.* 2 forts vol. qui se vendent séparément :

*Italie du Nord.* 1 vol. 12 fr.
*Italie du Sud.* 1 vol. 15 fr.

**De Paris à Venise** ; notes au crayon, par *Charles Blanc.* 1 vol. br. 3 fr.

### ORIENT.

**Itinéraire descriptif, historique et archéologique de l'Orient**, par le docteur *Émile Isambert.* 2 forts vol. qui se vendent séparément :

*Grèce et Turquie d'Europe.* 1 vol. br. 22 fr., cartonné. 25 fr.
*Égypte, Syrie et Palestine.* 1 vol. (sous presse.)

**Trois ans en Judée**, par *Gérardy Saintine.* 1 vol. broché. 2 fr.

### SUISSE.

**Itinéraire de la Suisse**, du Mont-Blanc, de la vallée de Chamonix et des vallées du Piémont, par *Ad. Joanne.* 1 vol. 15 fr.

# V

# GÉOGRAPHIE DE LA FRANCE

## LIVRES ET ATLAS

**Belin de Launay**, inspecteur d'Académie : *Petite géographie de la France.* 1 vol. gr. in-18 de 36 pages, broché.                          15 c.

Le cartonnage se paye en sus 5 c.

**Cortambert** : *Petite géographie illustrée de la France,* à l'usage des écoles primaires; 4e édit. 1 vol. in-18, avec 75 vignettes et une carte, cartonné en percaline gaufrée.       80 c.

— *Notions élémentaires de géographie générale et notions sur la géographie physique de la France et de la Terre Sainte* (classe préparatoire du cours d'enseignement secondaire), 1 vol. in-12, avec vignettes, cart. 80 c.
*Atlas correspondant* (9 cartes). 1 vol. in-8, cartonné.     1 fr. 50

— *Géographie élémentaire de la France* (classe de Septième du cours d'enseignement secondaire). 1 vol. in-12, avec vignettes, cartonné.     1 fr. 20
*Atlas correspondant* (15 cartes). 1 vol. in-8, cartonné.     2 fr. 50

— *Géographie de la France* (classe de Quatrième du cours d'enseignement secondaire). 1 vol. in-12, avec vignettes, cartonné.     1 fr. 50
*Atlas correspondant* (23 cartes). 1 vol. in-8, cartonné.     3 fr. 50

— *Géographie de la France et de ses colonies* (classe de Rhétorique du cours d'enseignement secondaire). 1 vol. in-12, avec vignettes, cart. 3 fr.
*Atlas correspondant* (30 cartes). 1 vol. in-8, cartonné.     4 fr.

— *Géographie élémentaire de la France* (année préparatoire du cours d'enseignement spécial). 1 vol. in-12, cartonné.     90 c.
*Atlas correspondant* (12 cartes). 1 vol. in-8, cartonné.     2 fr. 50

— *Géographie agricole, industrielle, commerciale et administrative de la France et de ses colonies* (deuxième année du cours d'enseignement spécial). 1 vol. in-12, cartonné.     2 fr.
*Atlas correspondant* (22 cartes). 1 vol. in-8, cartonné.     4 fr.

**Heuzé**, adjoint à l'inspection générale de l'agriculture : *La France agricole,* notions générales sur le sol, le climat, les engrais, les instruments, les cultures, les plantes, les assolements, les animaux, les agriculteurs célèbres, les concours et les fermes-écoles des différentes régions agricoles de la France.

Chaque région forme un volume in-12 avec de nombreuses figures dans le texte et se vend séparément :

*Région du sud :* Pyrénées-Orientales, Aude, Hérault, Gard, Ardèche, Drôme, Vaucluse, Basses-Alpes, Bouches-du-Rhône, Var, Alpes-Maritimes. 1 vol., cartonné. 1 fr. 25

*Région du sud-ouest :* Ariége, Haute-Garonne, Hautes-Pyrénées, Basses-Pyrénées, Landes, Gers, Tarn-et-Garonne, Tarn, Lot, Lot-et-Garonne, Dordogne, Charente, Charente-Inférieure, Gironde. 1 vol., cartonné.     1 fr. 25

*Région de l'ouest :* Vendée, Loire-Inférieure, Côtes-du-Nord, Ille-et-Vilaine, Mayenne, Morbihan, Finistère, Maine-et-Loire, Deux-Sèvres, Vienne. 1 vol., cartonné. 1 fr. 25

— *Carte murale de la France agricole.* Voir page 25.

**Joanne** (Adolphe) : *Dictionnaire géographique, administratif, postal, statistique et archéologique de la France, de l'Algérie et des colonies :* 1 fort volume grand in-8, br.     25 fr.

— *Petit Dictionnaire géographique de la France*; ouvrage abrégé du précédent ; 2e édit. 1 vol. in-18 (sous presse).
Voir *Dictionnaires géographiques*, page 3.

— *Atlas de la France*, contenant 95 cartes tirées en quatre couleurs (1 carte générale de la France, 89 cartes départementales, 1 carte de l'Algérie, 4 cartes des colonies) et 94 notices géographiques, 1 vol. in-folio, cartonné.                40 fr.

Chaque carte séparément,                50 c.

— *Géographie des départements de la France*, contenant la liste complète des communes du département et un dictionnaire alphabétique des localités les plus remarquables.

Chaque département forme un volume in-12 cartonné, contenant des vignettes intercalées dans le texte, une carte en couleurs, et se vend séparément 1 fr.

En vente :

Aisne; Allier; Aube; Basses-Alpes; Bouches-du-Rhône; Cantal; Charente; Corrèze; Côte-d'Or; Deux-Sèvres; Doubs; Gironde; Haute-Saône; Indre-et-Loire; Isère; Jura; Landes; Loire; Loire-Inférieure; Loiret; Maine-et-Loire; Meurthe; Nord; Oise; Pas-de-Calais; Puy-de-Dôme; Rhône; Saône-et-Loire; Seine-Inférieure; Seine-et-Oise; Somme; Vienne.

En préparation :

Ain; Charente-Inférieure; Côtes-du-Nord; Dordogne; Finistère; Ille-et-Vilaine; Vosges.

— *Itinéraire général de la France*, 11 vol. :

*Paris illustré;* 3e édit. 1 vol in-18 jésus de 1191 pages, avec 442 vignettes et 15 plans, cartonné. 12 fr.

*Environs de Paris illustrés;* 2e édit. 1 vol. in-18 jésus de 722 pages, avec 245 vignettes, 4 cartes et 4 plans, cartonné.                9 fr.

*Le Jura et les Alpes françaises.* 1 volume in-18 jésus de 1144 pages, avec 21 cartes, 4 plans et 2 panoramas, cartonné.                15 fr.

*Provence, Alpes maritimes, Corse.* 1 vol. in-18 jésus de 626 pages, avec 15 cartes et 6 plans, cart. 11 fr.

*Auvergne, Morvan, Velay, Cévennes;* 2e édit. 1 vol in-18 jésus de 548 pages, avec 17 cartes, et 4 plans, cartonné.                10 fr.

*De la Loire à la Garonne.* 1 vol. in-18 jésus de 782 pages, avec 26 cartes et 10 plans, cartonné.        12 fr.

*Pyrénées;* 4e édition. 1 vol. in-18 jésus de 787 pages, avec 14 cartes, 1 plan, 8 panoramas et une projection de la chaîne des Pyrénées, cartonné.                12 fr.

*Bretagne;* 2e édit. 1 vol. in-18 jésus de 672 pages, avec 19 cartes et 7 plans, cartonné.        10 fr.

*Normandie;* 2e édit. 1 vol. in-18 jésus de 696 pages, avec 7 cartes et 4 plans, cartonné.        10 fr.

*Nord.* 1 vol. in-18 jésus de 444 pages, avec 7 cartes et 8 plans, cartonné.                8 fr.

*Vosges et Ardennes.* 1 vol. in-18 jésus de 764 pages, avec 14 cartes et 7 plans, cartonné.        11 fr.

— *France;* 3e édition. 1 vol. in-32, avec 8 cartes, cartonné.                6 fr.

Piesse (L.) : *Itinéraire historique et descriptif de l'Algérie*, comprenant le Tell et le Sahara; 2e édition; 1 vol. in-18 jésus, accompagné d'une carte générale de l'Algérie, d'une carte spéciale de chacune des trois provinces, et d'une carte spéciale de la Mitidja, cart.                12 fr.

Reclus (Élisée): *La France.* 1 vol. grand in-8 jésus, contenant une grande carte de la France, 10 cartes en couleur, 69 vues et types gravés sur bois et 234 cartes intercalées dans le texte, broché.                30 fr.

Reclus (Onésime) : *Géographie de la France, de l'Algérie et des colonies;* 2e édit. 1 vol. in-12, broché. 3 fr. 50

Richard : *Guide du voyageur en France;* 27e édit., entièrement refondue. 1 vol. in-18 jésus, cart.        12 fr.

## VI

# OUVRAGES D'ENSEIGNEMENT

### § 1. LIVRES.

**Ansart** (F.): *Petite géographie moderne ;* 36e édit., revue et corrigée par M. Ansart fils, ancien professeur d'histoire et de géographie. 1 vol. in-18, avec 30 vignettes, cart.    80 c.

**Belin de Launay**, inspecteur d'académie: *Petite géographie de la France.* 1 vol. grand in-18 de 36 pages, broché.    15 c.

**Brouard**, inspecteur général de l'enseignement primaire : *Leçons de géographie,* d'après les programmes du département de la Seine.— *Cours élémentaire.*— Livret de l'élève, pouvant servir en même temps de livre de lecture dans les petites classes. 1 vol. in-12, avec vignettes, cartonné.    75 c.
Livre du maître, pouvant en outre servir de livre de lecture dans les classes moyennes et supérieures. 1 vol. in-12, cartonné.    1 fr. 50
*Cours moyen* (sous presse).
*Cours supérieur.* Préparation au certificat d'études, aux examens d'élèves-maîtres et d'élèves-maîtresses, d'entrée aux écoles normales, etc. 1 vol. in-12, cart.    1 fr. 20

**Cortambert** : *Petite géographie illustrée du premier âge,* à l'usage des écoles et des familles ; 4e édit. 1 vol. in-18, avec 88 vignettes ou cartes, cartonné en percaline gaufrée. 80 c.
— *Petite géographie illustrée de la France,* à l'usage des écoles primaires ; 4e édit. 1 vol. in-18, avec 75 vignettes et une carte, cartonné en percaline gaufrée.    80 c.
— *Petite géographie,* à l'usage des écoles primaires ; 10e édit. 1 vol. in-18, avec 24 vignettes, cartonné.    60 c.
— *Petit cours de géographie moderne,* avec un appendice pour la géographie de l'histoire sainte ; 18e édit., 1 volume in-12, avec 63 vignettes, cartonné.    1 fr. 50

— *Le globe illustré,* géographie générale, à l'usage des écoles et des familles ; 4e édition. 1 vol. in-4, avec 130 vignettes, 16 cartes tirées en couleur, cartonné.    4 fr.
— *Petite géographie générale.* 1 vol. grand in-18 de 36 pages, br.    15 c.
—Nouveau cours complet de géographie, rédigé conformément aux programmes de 1874, à l'usage des lycées et des collèges. 12 vol. in-12, cartonnés, avec gravures dans le texte, accompagnés d'atlas correspondant aux matières enseignées dans chaque classe :
*Notions élémentaires de géographie générale et notions sur la géographie physique de la France et de la Terre Sainte* (classe préparatoire). 1 vol.    80 c.
*Géographie élémentaire des cinq parties du monde* (classe de Huitième). 1 vol.    80 c.
*Géographie élémentaire de la France* (classe de Septième). 1 vol. 1 fr. 20
*Géographie générale de l'Asie, de l'Afrique, de l'Amérique et de l'Océanie* (classe de Sixième). 1 volume.    1 fr. 50
*Géographie générale physique et politique de l'Europe,* moins la France (classe de Cinquième). 1 vol. 1 fr. 50
*Géographie de la France* (classe de Quatrième). 1 vol.    1 fr. 50
*Géographie de l'Europe* (classe de Troisième). 1 vol.    2 fr.
*Description particulière de l'Asie, de l'Afrique, de l'Amérique et de l'Océanie,* précédée d'un résumé de la géographie générale (classe de Seconde). 1 vol.    3 fr.
*Géographie de la France et de ses colonies,* précédée de notions générales de géographie (classe de Rhétorique). 1 vol.    3 fr.

*Résumé de géographie générale*, offrant particulièrement les changements territoriaux survenus depuis 1848 (classe de Philosophie). 1 volume.　　　　　　　　　2 fr.

*Éléments de géographie générale* (classe de mathématiques préparatoires). 1 vol.　　　　1 fr. 50

*Géographie générale* (classe de mathématiques élémentaires). 1 volume.　　　　　　　　　5 fr.

Voir pour les atlas, page 19.

— Cours de géographie, rédigé conformément aux programmes de l'enseignement spécial. 4 vol. in-12, cartonnés, accompagnés de pareil nombre d'atlas format in-8º :

*Géographie élémentaire de la France* (année préparatoire). 1 vol. 90 c.

*Géographie des cinq parties du monde* (1re année). 1. vol.　　　　1 fr. 50

*Géographie agricole, industrielle, commerciale et administrative de la France et de ses colonies* (2e année). 1 vol.　　　　　　　　　2 fr.

*Géographie commerciale des cinq parties du monde* (3e année). 1 volume.　　　　　　　　　　3 fr.

Voir pour les *atlas*, page 19.

— *Cours de géographie*, comprenant la description physique et politique, et la géographie historique des diverses contrées du globe ; 12e édition, illustrée de nombreuses vignettes. 1 vol. in-12, cartonné.　　4 fr.

**Erhard** : *Géographie* accompagnée de 11 cartes, in-12 oblong, cart. 1 fr. 25

**Fillias** : *Géographie de l'Algérie.* 1 vol. in-12, avec une carte, cart. 1 fr. 25

**Joanne** (Adolphe) : *Géographie des départements de la France*, avec la liste complète des communes du département et un dictionnaire alphabétique des localités les plus remarquables :

Chaque département forme un volume in-12 cartonné, contenant des vignettes intercalées dans le texte, une carte en couleurs, et se vend séparément 1 fr.

En vente :

*Aisne ; Allier ; Aube ; Basses-Alpes ; Bouches-du-Rhône ; Cantal ; Charente ; Corrèze ; Côte-d'Or ; Deux-Sèvres ; Doubs ; Gironde ; Haute-Saône ; Indre-et-Loire ; Isère ; Jura ; Landes ; Loire ; Loire-Infé-*

*rieure ; Loiret ; Maine-et-Loire ; Meurthe ; Nord ; Oise ; Pas-de-Calais ; Puy-de-Dôme ; Rhône ; Saône-et-Loire ; Seine-Inférieure ; Seine-et-Oise ; Somme ; Vienne.*

En préparation :

*Ain ; Charente-Inférieure ; Côtes-du-Nord ; Dordogne ; Finistère ; Ille-et-Vilaine ; Haute-Vienne ; Vosges.*

**Meissas** et **Michelot** : *Petite géographie méthodique*, à l'usage des jeunes enfants. 1 vol. in-18, cartonné. 60 c.

— *Géographie sacrée*, avec un plan de Jérusalem ; 6e édit. 1 vol. in-18, cartonné.　　　　　　　　　1 fr. 25

— *Tableaux de géographie*, 28 tableaux de 49 cent. de hauteur sur 34 cent. de largeur.　　　　　　　　3 fr.

— *Manuel de géographie*, reproduisant les tableaux. In-18, cartonné. 75 c.

— *Géographie ancienne*, comparée avec la géographie moderne ; 5e édit. 1 vol. in-12, cartonné.　　　2 fr. 50

— *Petite géographie ancienne*, comparée avec la géographie moderne ; 7e édit. 1 vol. in-18, cartonné. 1 fr.

— *Nouvelle géographie méthodique*, suivie d'un petit traité sur la construction des cartes ; 56e édit. 1 vol. in-12, cartonné.　　　2 fr. 50

**Pape-Carpantier** (Mme) : *Premières notions de géographie et d'histoire naturelle* (Cours d'éducation et d'instruction primaire ; 1re année préparatoire). 1 vol. in-18, cartonné. 75 c.

— *Géographie ; premières notions sur quelques phénomènes naturels* (2e année préparatoire). 1 vol. in-18, cartonné.　　　　　　　　　75 c.

— *Premiers éléments de cosmographie ; géographie* (période élémentaire). 1 vol. in-18, cartonné. 1 fr. 50

**Reclus** (Élisée) : *Nouvelle géographie universelle.* (Voir page 28.)

**Reclus** (Onésime) : *Géographie générale* (Europe ; — Asie ; — Océanie ; — Afrique ; — Amérique ; — France et ses colonies) ; 3e édit. 2 vol. in-12, (sous presse).

— *Géographie de la France, de l'Algérie et des colonies ;* 2e édit. 1 vol. in-12, br.　　　　　3 fr. 50

**Sardou** : *Abrégé de géographie commerciale et industrielle ;* 5e édit. 1 vol. in-12, broché.　　　　　4 fr.

## § 2. ATLAS.

**Bouillet** : *Atlas universel d'histoire et de géographie.* Ouvrage servant de complément au *Dictionnaire d'histoire et de géographie* du même auteur, et comprenant: 1. LA CHRONOLOGIE : la concordance des principales ères avec les années avant et après Jésus-Christ, et des tables chronologiques universelles; 2. LA GÉNÉALOGIE : des tableaux généalogiques des dieux et de toutes les familles historiques, et un traité élémentaire de l'art héraldique, qui comprend 12 planches coloriées; 3. LA GÉOGRAPHIE : 88 cartes de géographie ancienne et moderne, avec un texte explicatif indiquant les ressources et les divisions de chaque pays; nouvelle édition. 1 vol. grand in-8, broché.     **30 fr.**

Le cartonnage en percaline gaufrée se paye en sus 3 fr. 25 c.; la demi-reliure en chagrin, 5 fr.

*Le même ouvrage*, sans les 12 planches de l'art héraldique, br. 21 fr.

Le cartonnage en percaline gaufrée se paye en sus 2 fr. 75 c.; la demi-reliure en chagrin, 4 fr. 50 c.

**Cortambert** : *Petit atlas primaire,* composé de 15 cartes tirées en couleurs. Petit in-8, broché.     **50 c.**

— *Petit atlas élémentaire de géographie moderne,* à l'usage des écoles et des familles, composé de 22 cartes tirées en couleurs : 1. Planisphère ; 2. Europe physique; 3. Europe politique ; 4. France physique; 5. Chemins de fer de la France ; 6. France politique; 7. France par provinces ; 8. France agricole ; 9. France industrielle et commerciale ; 10. Algérie; 11. Colonies françaises ; 12. Iles Britanniques ; 13. Espagne et Portugal ; 14. Belgique et Pays-Bas ; 15. Europe centrale et Allemagne ; 16. Italie, Turquie, Grèce ; 17. Asie ; 18. Afrique ; 19. Amérique du Nord ; 20. Amérique du Sud ; 21. Océanie ; 22. Carte de l'histoire sainte. 1 vol. in-4, broché.     **90 c.**

Ouvrage adopté pour les écoles communales de la ville de Paris.

*Le même ouvrage*, accompagné d'un texte explicatif en regard de chaque carte. 1 vol. in-4, cart.     **1 fr. 10**

*L'Atlas*, sans texte, suivi d'une carte du département demandé. 1 fr. 15
*L'Atlas*, avec texte, suivi d'une carte du département demandé. 1 fr. 35

— *Petit atlas géographique du premier âge*, contenant 9 cartes coloriées : 1. Notions cosmographiques et géographiques; 2. Mappemonde ; 3. Europe; 4. Asie ; 5. Afrique ; 6. Amérique ; 7. Océanie ; 8. France physique ; 9. France par départements ; et précédé d'un texte explicatif. 1 vol. grand in-18, cartonné.     **80 c.**

— *Petit atlas de géographie moderne,* contenant 20 cartes , grand in-8°, imprimées en couleurs, savoir : 1. Cosmographie ; 2. Mappemonde et Termes géographiques; 3. Planisphère ; 4. Europe physique ; 5. Europe politique; 6. Asie physique et politique ; 7. Afrique physique et politique ; 8. Amérique méridionale et septentrionale ; 9. Océanie ; 10. France physique ; 11. France par anciennes provinces comparées aux départements actuels ; 12. France par départements ; 13. France : Versant de la mer du Nord ; 14. Versant de la Manche ; 15. Versant de la mer de France ; 16. Versant de la Méditerranée ; 17. Algérie ; 18. Colonies ; 19. Carte des chemins de fer de la France, de l'Allemagne et des pays limitrophes ; 20. France géologique. Grand in-8, cartonné.     **2 fr. 50**

Chaque carte séparément.     **15 c.**

— ATLAS A L'USAGE DES CLASSES DE GRAMMAIRE ET D'HUMANITÉS.

*Atlas* (petit) *de géographie ancienne,* composé de 16 cartes. 1 vol. grand in-8, cartonné.     **2 fr. 50**

*Atlas* (petit) *de géographie du moyen âge,* composé de 15 cartes. 1 vol. grand in-8, cartonné.     **2 fr. 50**

*Atlas* (petit) *de géographie moderne,* composé de 20 cartes. 1 vol. grand in-8, cartonné.     **2 fr. 50**

*Atlas* (petit) *de géographie ancienne et moderne,* composé de 36 cartes. 1 vol. grand in-18, cartonné.     **5 fr.**

*Atlas* (petit) *de géographie ancienne, du moyen âge et moderne,* composé de 51 cartes. 1 vol. grand in-8, cartonné.     **7 fr. 50**

Atlas (nouvel) *de géographie moderne,* contenant 66 cartes. 1 vol. in-4, cartonné. 10 fr.

Atlas complet de géographie, contenant en 98 cartes la géographie ancienne, la géographie du moyen âge, la cosmographie et la géographie moderne. 1 vol. grand in-4, cartonné. 15 fr.

Chaque carte séparément. 15 c.

— ATLAS DRESSÉS CONFORMÉMENT AUX PROGRAMMES DE L'ENSEIGNEMENT SECONDAIRE CLASSIQUE, format in-8, cartonnés :

Chaque carte séparément. 15 c.

*Classe Préparatoire* ( 9 cartes). 1 vol. 1 fr. 50
*Classe de Huitième* (10 cartes). 1 vol. 1 fr. 50
*Classe de Septième* (15 cartes). 1 vol. 2 fr. 50
*Classe de Sixième* (27 cartes). 1 vol. 4 fr.
*Classe de Cinquième* (20 cartes). 1 vol. 3 fr.
*Classe de Quatrième* (23 cartes). 1 vol. 3 fr.
*Classe de Troisième* (20 cartes). 1 vol. 3 fr. 50
*Classe de Seconde* (29 cartes). 1 vol. 4 fr.
*Classe de Rhétorique* (30 cartes). 1 vol. 4 fr. 50
*Classes de Philosophie, de Mathématiques préparatoires et élémentaires* (66 cartes).1 vol. in-4o. 10 fr.

— ATLAS DRESSÉS CONFORMÉMENT AUX PROGRAMMES DE L'ENSEIGNEMENT SECONDAIRE SPÉCIAL, format in-8, cartonnés :

*Année préparatoire* (12 cartes). 1 vol. 2 fr. 50
*Première année* (37 cartes). 1 volume. 6 fr.
*Deuxième année* (22 cartes). 1 volume. 4 fr.

Dubail et Guèze : *Cartes-croquis de géographie militaire,* dressées d'après les programmes de l'Ecole militaire ; à l'usage des sous-officiers de l'armée. 1 vol. in-4o composé de 16 cartes, avec texte. 5 fr.

Henry (Gervais), instituteur primaire à Paris : *Cartographie de l'enseigne-ment,* méthode pour apprendre la géographie de la France à l'aide de nouvelles cartes muettes à écrire :

1o Cartes des bassins physiques, format quart grand jésus : 1. Bassin du Rhin ; 2. Bassin de la Seine ; 3. Bassin de la Loire ; 4. Bassin de la Garonne ; 5. Bassin du Rhône.
Prix de chaque carte : en noir, 6 centimes ; coloriée, 10 centimes.
2o Carte d'ensemble des bassins physiques, format grand raisin : en noir, 30 cent. ; coloriée, 35 centimes.
3o Cartes des bassins politiques, format quart jésus ; comprenant les bassins du Rhin, de la Seine, de la Loire, de la Garonne et du Rhône. 5 cartes. Chaque carte en bistre, 6 centimes ; coloriée, 10 centimes.
4o Carte d'ensemble des bassins politiques, format grand raisin : en noir, 30 centimes ; coloriée, 35 centimes.
5o France physique écrite ; France politique écrite ; chaque carte, format grand raisin, coloriée, 60 centimes.
Ouvrage adopté pour les écoles communales de la ville de Paris.

Joanne (A.) : *Atlas de la France,* contenant 95 cartes (1 carte générale de la France, 89 cartes départementales, 1 carte de l'Algérie et 4 cartes des Colonies) tirées en 4 couleurs, et 94 notices géographiques et statistiques ; nouvelle édition, revue et complétée. 1 beau vol. in-folio, cart. 40 fr.

Chaque carte séparément. 50 c.

Meissas et Michelot : *Atlas.*

Ces atlas sont autorisés par le Conseil de l'instruction publique.

PETITS ATLAS FORMAT IN-OCTAVO.

A. *Atlas* (petit) *élémentaire de géographie moderne,* composé de 8 cartes écrites. 2 fr. 50
B. *Le même,* avec 8 cartes muettes (16 cartes). 3 fr. 50
C. *Atlas* (petit) *universel de géographie moderne,* composé de 17 cartes écrites. 5 fr.
D. *Le même,* avec 8 cartes muettes (25 cartes). 6 fr.
E. *Atlas* (petit) *de géographie ancienne et moderne,* composé de 36 cartes écrites, sur 30 planches. 9 fr.
F. *Le même,* avec 8 cartes muettes (44 cartes). 10 fr.
G. *Atlas* (petit) *universel de géographie ancienne, du moyen âge et moderne, et de géographie sacrée,* composée de 54 cartes écrites. 14 fr.

H. *Le même*, avec 8 cartes muettes (62 cartes). 15 fr.

*Atlas* (petit) *de géographie ancienne,* composé de 19 cartes écrites, sur 14 planches. 5 fr.

*Atlas* (petit) *de géographie du moyen âge* et des principales époques des temps modernes, pour servir à l'histoire de l'Europe depuis l'invasion des Barbares jusqu'à nos jours. 10 cartes écrites, précédées de notices historiques. 4 fr. 50

*Atlas de géographie sacrée.* 8 cartes écrites, sur 6 planches. 2 fr.

Chacune des cartes écrites séparément. 35 c.

### GRANDS ATLAS FORMAT IN-FOLIO.

A. *Atlas élémentaire pour la nouvelle géographie méthodique,* composé de 8 cartes écrites. 6 fr.

B. *Le même*, avec 8 cartes muettes (16 cartes). 11 fr. 50

C. *Atlas universel pour la nouvelle géographie méthodique,* composé de 12 cartes écrites. 10 fr. 50

D. *Le même*, avec 8 cartes muettes (20 cartes). 15 fr.

E. *Atlas universel pour la nouvelle géographie méthodique,* composé de 19 cartes écrites. 15 fr.

F. *Le même,* avec 8 cartes muettes (27 cartes). 21 fr.

Chaque carte séparément. 1 fr.

### CARTES MUETTES FORMAT IN-FOLIO.

*Cartes muettes complètes,* non coloriées, pour exercices géographiques sur la Mappemonde, l'Europe, l'Europe centrale, l'Asie, l'Afrique, l'Amérique, l'Océanie et la France. Chaque carte séparément, 20 c.

## § 3. CARTES MURALES.

### 1. GRANDES CARTES MURALES

#### Par *MM. Meissas* et *Michelot.*

Chaque carte est coloriée et accompagnée d'un questionnaire qui est donné gratuitement aux acquéreurs de la carte à laquelle il se réfère. Chaque questionnaire se vend en outre séparément, 30 c.

Les cartes en 16 feuilles ont 1 mètre 80 centimètres de hauteur sur 2 mètres 30 centimètres de largeur. Celles en 20 feuilles ont 1 mètre 80 centimètres de hauteur sur 2 mètres 80 centimètres de largeur.

Le collage sur toile avec gorge et rouleau se paye en sus: 1° pour les cartes en 16 feuilles, 12 fr.; 2° pour les cartes en 20 feuilles, 14 fr.

#### Géographie ancienne.

*Empire romain écrit.* 16 feuilles, 10 fr.

*Italie et Grèce anciennes écrites.* 16 feuilles, 10 fr.

#### Géographie moderne.

*Afrique écrite,* 16 feuilles, 10 fr.

*Amériques septentrionale et méridionale écrites.* 20 feuilles, 12 fr.

L'Amérique septentrionale, séparément, 12 feuilles, 8 fr.

L'Amérique méridionale, séparément, 8 feuilles, 6 fr.

*Asie écrite.* 16 feuilles, 10 fr.

*Europe écrite.* 16 feuilles, 9 fr.

*Europe muette.* 16 feuilles, 7 fr. 50

*France écrite par départements, Belgique et Suisse,* autorisée par l'Université. Nouvelle édition, où l'on a ajouté dans deux cartouches la division de la France en bassins et la division en gouvernements avant 1789. 16 feuilles, 9 fr.

*Mappemonde écrite.* 20 feuilles, 12 fr.

*Mappemonde muette.* 20 feuilles, 10 fr.

### 2. NOUVELLES GRANDES CARTES MURALES

#### Par *MM. Achille* et *Gaston Meissas.*

Ces nouvelles cartes imprimées en couleurs sur 12 feuilles jésus indiquent le relief du terrain. Elles mesurent 2 mètres de hauteur sur 2 mètres 10 de largeur.

Le collage sur toile avec gorge et rouleau se paye en sus, 12 fr.

*Europe muette* ou *écrite.* 15 fr.

*France muette* ou *écrite.* 15 fr.

### 3. PETITES CARTES MURALES ÉCRITES

#### Par M. *Achille Meissas.*

La *France,* l'*Europe,* l'*Asie,* l'*Afrique* et la *Palestine* ont 1 mètre de hauteur sur 1 mètre 30 centimètres de largeur; la *Mappemonde* a 1 mètre 10 centimètres de hauteur sur 1 mètre 70 centimètres de largeur; l'*Amérique* a 1 mètre de hauteur sur 1 mètre 95 centimètres de largeur. Ces cartes sont coloriées.

Le collage sur toile avec gorge et rouleau se

paye en sus : 1° pour la *France*, l'*Europe*, l'*Asie*, l'*Afrique* et la *Palestine*, 5 fr.; 2° pour la *Mappemonde* et l'*Amérique*, 7 fr.

*Afrique.* 4 feuilles jésus,      5 fr.

*Amériques* septentrionale et méridionale. 6 feuilles jésus,      6 fr.

*Asie.* 4 feuilles jésus,      5 fr.

*France* par départements, *Belgique et Suisse.* 4 feuilles jésus,    4 fr. 50

*Europe.* 4 feuilles jésus,      4 fr. 50

*Mappemonde.* 8 feuilles grand raisin,      6 fr.

*Palestine.* 4 feuilles jésus,      6 fr.

### 4. GRANDES CARTES MURALES

#### Par *M. Erhard.*

(M. Erhard a obtenu une médaille de 1re classe à l'Exposition du Congrès géographique tenu à Paris en 1875).

Ces cartes sont imprimées en couleurs sur 4 feuilles grand-monde, avec teintes graduées, et ont 1 mètre 60 centimètres de hauteur sur 1 mètre 78 de largeur. Elles indiquent par des teintes graduées le relief du sol et rendent facile l'étude de la géographie physique.

Le collage sur toile avec gorge et rouleau se paye en sus, 12 fr.

*France muette* ou *écrite*, d'après la carte oro-hydrographique, publiée sous les auspices du ministère de l'instruction publique, par la Commission de la topographie des Gaules,      20 fr.

*Europe muette* ou *écrite*, sous presse.

*Amérique du Nord muette* ou *écrite* en préparation.

### 5. PETITES CARTES MURALES

#### par *M. Ehrard.*

Ces cartes sont imprimées en couleurs avec teintes graduées et ont 90 centimètres de haut sur 1 mètre de large.

*France muette* ou *écrite*, réduction de la grande carte murale, du même auteur.      6 fr.

Le montage sur deux baguettes ainsi que l'étui en carton destiné à recevoir la carte se paye en sus, 3 fr.

Le collage sur toile avec gorge et rouleau se paye en sus, 4 fr.

*Europe muette* ou *écrite*, imprimée sur un seul morceau de toile et montée sur gorge et rouleau.   8 fr.

### 6. PETITES CARTES MURALES ÉCRITES

#### Par *M. E. Cortambert.*

Ces nouvelles cartes sont imprimées en couleurs sur un seul morceau de toile de 95 cent. de hauteur sur 1 mètre 20 cent. de largeur, et ne se vendent que montées sur gorge et rouleau. Prix de chaque carte.    7 fr.

*Europe, France, Palestine* (en vente).
*Asie, Afrique, Amérique du Sud, Amérique du Nord, Océanie, Planisphère* (en préparation).

### 7. CARTES MURALES MUETTES SUR TOILE NOIRE ARDOISÉE

#### Par MM. *A. Meissas* et *Suzanne.*

Ces cartes sont destinées à servir de cadre et de base aux démonstrations et tracés du professeur ou aux exercices qu'il fera faire par ses élèves sous ses yeux.

Les cartes de M. A. Meissas ont 1 mètre 10 centimètres de hauteur sur 1 mètre 70 centimètres de largeur.

La carte de M. Suzanne a 1 mètre 70 de hauteur sur 1 mètre 80 de largeur. Ces cartes se vendent montées sur gorge et rouleau :

*France*, par A. Meissas.      20 fr.

*Europe*, par A. Meissas.      20 fr.

*France*, par Suzanne.      35 fr.

### 8. CARTE MURALE HYPSOMÉTRIQUE DE LA FRANCE.

#### Par le *capitaine Prudent.*

Une feuille de 95 centimètres de hauteur sur 1 mètre 20 cent. de largeur.
Paraîtra en août 1877.

### 9. CARTE MURALE HYPSOMÉTRIQUE DE LA FRANCE.

Suivant la réforme géographique, par M. *Wacquez-Lalo*, avec la collaboration de MM. *Elisée* et *Onésime Reclus.*
Paraîtra en août 1877.

### 10. CARTE MURALE DE LA FRANCE AGRICOLE

#### par M. *G. Heuzé.*

Imprimée en couleurs sur quatre feuilles, ayant ensemble 1 mètre 10 centimètres de hauteur sur 1m.45 de largeur.      6 fr.

Le collage sur toile avec gorge et rouleau se paye en sus, 7 fr.

### 11. CARTE ROUTIÈRE ET ADMINISTRATIVE DU DÉPARTEMENT DU TARN

Dressée sous l'administration de M. Paul Lauras, préfet. 4 feuilles colombier tirées en couleurs, mesurant ensemble 1 mètre 20 centimètres de hauteur sur 1 mètre 65 centim. de largeur.   15 fr.

## VII

## PUBLICATIONS PÉRIODIQUES

## ATLAS UNIVERSEL

# DE GÉOGRAPHIE

### ANCIENNE, MODERNE ET DU MOYEN AGE

CONSTRUIT D'APRÈS LES SOURCES ORIGINALES ET LES DOCUMENTS ACTUELS, VOYAGES, MÉMOIRES, TRAVAUX GÉODÉSIQUES, CARTES PARTICULIÈRES ET OFFICIELLES

#### AVEC UN TEXTE ANALYTIQUE

## PAR M. VIVIEN DE SAINT-MARTIN

Président honoraire de la Société de géographie de Paris.

Environ 110 cartes in-folio

GRAVÉES SUR CUIVRE PAR NOS MEILLEURS ARTISTES SOUS LA DIRECTION DE M. Ét. COLLIN

### EXTRAIT DE LA PRÉFACE

L'Atlas universel de géographie se divise en trois grandes parties auxquelles se rapportent trois catégories différentes de documents :

1º Les divers États de l'Europe (sauf la Turquie, que l'on peut considérer, sous tous les rapports, comme un État extra-européen) et plusieurs contrées étrangères où la civilisation et la science européennes ont pénétré, possèdent aujourd'hui leurs grandes cartes topographiques levées par les procédés savants de la géodésie, et nous donnant l'image exacte du pays jusque dans ses moindres détails. C'est d'après ces grandes cartes officielles, ou d'après leur réduction immédiate à une échelle chorographique, que nos cartes de l'Europe ont été construites. Cette première division de l'Atlas, qui en est la section particulièrement importante au point de vue de la géographie politique et économique, comme au point de vue de la science positive, comprend trente-cinq feuilles ; elle forme le tiers de l'Atlas.

2º Les contrées en dehors de l'Europe, c'est-à-dire l'Asie, sauf l'Inde et quelques autres cantons ; l'Amérique moins les États-Unis et le Chili ; l'Afrique, moins l'Egypte et l'Algérie ; l'Australie, moins les colonies de l'Est. Toutes ces contrées ne nous sont connues que par les descriptions, les cartes partielles, les itinéraires des voyageurs, rattachés à un plus ou moins grand nombre de déterminations astronomiques, et aussi par un certain nombre de documents nationaux.

3° La géographie historique forme une troisième division tout à fait distincte. Des médailles et des inscriptions nouvellement découvertes ont apporté à la géographie classique un grand nombre de noms nouveaux, ou fixé la véritable forme et l'application de bien des noms déjà connus, en même temps que les cartes actuelles, plus précises et plus détaillées, donnent une base plus certaine aux identifications. Des découvertes que la science ne soupçonnait pas avant le siècle actuel, le déchiffrement des inscriptions pharaoniques, les inscriptions cunéiformes de la dynastie akhéménide, les textes sanscrits de l'antiquité brahmanique, ont fourni des éléments tout nouveaux à la géographie aussi bien qu'à l'histoire des temps antiques. Un nombre infini de travaux partiels, répandus dans les mémoires des sociétés savantes, dans des ouvrages spéciaux, dans les recueils épigraphiques ou numismatiques, ont fixé une foule de points ignorés ou douteux, sans parler des travaux considérables dont certaines régions du monde grec et romain ont été l'objet, la Gaule, notamment, l'Italie et la Grèce.

C'est un devoir pour nous de payer un juste tribut à M. Étienne Collin, l'artiste éminent qui depuis l'origine exécute ou dirige la gravure de ces cartes. Je n'ai pas à craindre, en exaltant la beauté de son travail, d'être démenti par quiconque aura vu quelques-unes de nos épreuves ; il en est, j'ose le dire, qui sont de véritables chefs-d'œuvre. Je noterai la Suisse, qui a paru déjà dans plusieurs grandes expositions ; notre France en quatre feuilles, l'Europe centrale également en quatre feuilles, etc., etc. ; — il faudrait tout citer. On peut affirmer que jamais la gravure topographique, à l'échelle d'un Atlas usuel, ne s'était élevée à cette perfection artistique.

---

### Mode et conditions de la publication.

*L'Atlas universel de géographie ancienne, moderne et du moyen âge* sera publié par livraisons. Chaque livraison contiendra trois cartes accompagnées de notices sur les documents qui auront servi à leur construction et se vendra 6 francs.

Il paraîtra au moins trois livraisons par an à partir du 1er février 1877.

Le prix de chaque carte prise séparément variera selon l'importance des frais de fabrication. — Ce prix, en aucun cas, ne sera inférieur à 2 fr. 50.

La première livraison **qui est en vente** comprend : une carte du ciel, la carte de la Turquie d'Europe et la carte de la région Arctique. Le prix de chacune de ces cartes séparément est de 2 fr. 50.

# NOUVEAU DICTIONNAIRE

DE

# GÉOGRAPHIE UNIVERSELLE

CONTENANT

## 1º LA GÉOGRAPHIE PHYSIQUE :

Description des grandes régions naturelles, des bassins maritimes et continentaux, des plateaux, des chaînes de montagnes, des fleuves, des lacs, de tous les accidents terrestres ;

## 2º LA GÉOGRAPHIE POLITIQUE :

Description circonstanciée de tous les États et de toutes les contrées du globe ; tableau de leurs provinces et de leurs subdivisions ; descriptions des villes et en particulier de toutes les villes de l'Europe ; vaste nomenclature de tous les bourgs, villages et localités notables du monde ; population d'après les dernières données officielles ; forces militaires ; finances, etc., etc.;

## 3º LA GÉOGRAPHIE ÉCONOMIQUE :

Indication des productions naturelles de chaque pays, de l'industrie agricole et manufacturière, du mouvement commercial, de la navigation, etc.;

## 4º L'ETHNOLOGIE :

Description physique des races ; nomenclature descriptive des tribus incultes ; études sur les migrations des peuples, la distribution des races et la formation des nations ;

## 5º LA GÉOGRAPHIÉ HISTORIQUE :

Histoire territoriale des États et de leurs provinces ; description archéologique des villes et de toutes les localités notables ;

## 6º LA BIBLIOGRAPHIE :

Indication des sources générales et particulières, historiques et descriptives ;

PAR

## M. VIVIEN DE SAINT-MARTIN

Président honoraire de la Société de géographie de Paris.

### EXTRAIT DE LA PRÉFACE

Le Nouveau Dictionnaire de Géographie universelle était attendu depuis longtemps. Son apparition sera saluée, dans le monde des sciences, comme un véritable événement. Cette œuvre dont on comprendra l'importance quand nous dirons qu'elle égalera en volume le Dictionnaire de la langue française de Littré, va combler une lacune qu'apprécieront tous ceux qui se sont occupés de géographie. Qu'on ne croie pas que ce soit là cependant un ouvrage uniquement destiné aux savants. Le nouveau Dictionnaire est une véritable encyclopédie géographique, ethnologique et statistique ; chacun de ses articles, dans son élégante concision, est le résumé de toutes les découvertes et de toutes les connaissances modernes ; on le lit avec un intérêt soutenu d'un bout à l'autre. Il nous suffira d'analyser le plan de l'ouvrage pour montrer que cette belle encyclopédie deviendra le complément indispensable de toutes les bibliothèques.

Le Nouveau Dictionnaire de Géographie universelle comprend :

La géographie détaillée de l'Europe, sous tous les rapports qui intéressent la statistique générale, particulièrement au point de vue politique, l'industrie, le commerce, les phénomènes physiques, les curiosités naturelles, et aussi les souvenirs historiques et archéologiques de toutes les époques ;

La description des contrées étrangères puisée aux sources originales, y compris les résultats de toutes les explorations contemporaines, jusqu'aux plus récentes, avec cette restriction, toutefois, que la pensée constante est de n'admettre que les faits bien constatés. Ainsi, les trois coordonnées géographiques, la latitude, la longitude et l'altitude, seront marquées pour tous les lieux notables où des observations directes les ont déterminées, en indiquant, autant que possible, le nom de l'observateur et la nature de l'observation.

Comme distribution et proportion des matières, on peut dire que les trois cinquièmes du Dictionnaire sont occupés par l'Europe, et les deux autres cinquièmes par les pays en dehors de l'Europe.

L'auteur n'a eu garde d'omettre les anciennes provinces de la France et leurs nombreux *pays*. Pour bien des parties du territoire, cette géographie locale des *pagi*, qui a ses racines au plus profond de notre histoire, est toujours en effet la géographie réelle et vivante, sous la froide nomenclature des divisions purement administratives.

Le nouveau Dictionnaire renferme deux des plus précieux éléments de la science géographique qui avaient été jusqu'ici très-négligés ou tout à fait omis dans tous les Dictionnaires antérieurs : ce sont l'*histoire géographique* et l'*ethnologie*. Pour nos Pays d'Europe, la géographie historique suit pas à pas le mouvement des races, la constitution des territoires, la formation et les mutations politiques des États. En dehors de l'Europe, elle expose la marche des explorations et le développement des études qui s'y rattachent ; elle dit ce que chaque époque et chaque explorateur ont ajouté, pour un pays donné, à l'étendue des notions acquises ou à leur précision. De même pour le côté ethnologique de la description du monde. On y a donné non-seulement une notice historique et descriptive des différentes races humaines prises dans leur ensemble, aussi bien que des nations ou des peuples qui ont eu leur rôle historique dans l'histoire ou qui y tiennent actuellement leur place, mais on a aussi relevé partout une nomenclature développée des tribus entre lesquelles se divisent les peuples demi-civilisés. N'est-il pas étrange, alors qu'on regarde comme important de n'omettre dans un Dictionnaire aucune localité qui a la moindre signification administrative, qu'on ne fasse aucune place à une nomenclature qui tient à l'homme même et qui a souvent tant d'applications scientifiques? A côté de la géographie usuelle, de la géographie des affaires et des intérêts, le Dictionnaire, on le voit, fait une place considérable à la géographie d'étude.

C'est dans la même pensée que, par une autre innovation qui sera grandement remarquée et fort appréciée, l'auteur a soigneusement indiqué à la suite des articles toutes les sources à consulter.

Nous venons de mentionner les articles généraux; le Dictionnaire leur attribue un espace relativement considérable. Là, en effet, est l'intérêt dominant et la plus grande somme d'instruction. On y développe fréquemment des faits particuliers, physiques ou ethnographiques, qui s'y trouvent placés dans leurs rapports naturels, soit entre eux, soit avec l'ensemble, et l'on évite par là, autant que possible, les morcellements qui sont à certains égards un inconvénient des Dictionnaires. Un bon système de renvois ne permet pas moins de retrouver sur-le-champ tel point particulier compris dans un article général.

Pour mener à bonne fin cette œuvre immense, M. Vivien de Saint-Martin a dû demander le concours de plusieurs savants déjà éprouvés dans des travaux analogues. Nous citerons : M. Louis Rousselet, géographe distingué et voyageur instruit, à qui l'on doit un ouvrage sur l'Inde d'une haute valeur, qui a accepté la tâche laborieuse de réunir, de coordonner et de réviser le manuscrit; M. Élisée Reclus, le savant auteur de *la Terre* et de la *Géographie universelle* en cours actuel de publication, qui s'est chargé de plusieurs parties des deux Amériques qui lui sont particulièrement connues; M. Onésine Reclus, lui-même auteur de plusieurs ouvrages très-remarquables et très-remarqués; M. Belin de Launay, un des professeurs distingués de l'Université; M. Meissas, auteur d'excellents livres d'éducation; M. Cahun, connu par des travaux sur les langues touraniennes, et un archéologue distingué, M. Anthyme Saint-Paul.

## Mode et conditions de la publication.

Le *Nouveau Dictionnaire de géographie universelle* formera deux magnifiques volumes in-4, même format que le *Dictionnaire de la Langue française de M. Littré*, imprimés sur trois colonnes Chaque volume contiendra environ 200 feuilles, soit 1600 pages.

La publication aura lieu par fascicules de 10 feuilles (80 pages). — Chaque fascicule se vendra 2 fr. 50 c. — Il paraîtra au moins 5 fascicules par an à dater du 1er février 1877. Le premier est en vente.

# LE
# TOUR DU MONDE

## NOUVEAU JOURNAL HEBDOMADAIRE DES VOYAGES
### PUBLIÉ SOUS LA DIRECTION DE M. ÉDOUARD CHARTON
#### ET TRÈS-RICHEMENT ILLUSTRÉ PAR NOS PLUS CÉLÈBRES ARTISTES

Les dix-sept premières années sont en vente (1860-1876).
Les années 1870 et 1871 ne formant ensemble qu'un seul volume, la
collection comprend actuellement seize volumes
qui contiennent plus de 9000 gravures

### Et comprennent :

Les voyages de MM. G. Doré et Davilliers en Espagne ; du capitaine Burton chez les
Mormons ; de M. Renan en Syrie ; de M. Mouhot dans les royaumes de Siam, du
Cambodje et de Laos ; de sir Baldwin dans l'Afrique australe ; du capitaine Speke
aux sources du Nil ; de M. de Mollins à Java ; de M. Ferdinand de Hochstetter à la
Nouvelle-Zélande ; de M. Charles Martins au Spitzberg ; de M. Arminius Vambéry
dans l'Asie centrale ; de Livingstone sur les rives du Zambèze ; de M. Aimé
Humbert au Japon ; de MM. Schlagintweit dans la Haute-Asie ; du vicomte
Milton de l'Atlantique au Pacifique ; de M. Mage dans le Soudan oriental ; du docteur J. J. Hayes à la mer libre du Pôle et au Groënland ; de M. Vereschaguine dans
le Caucase et à Samarkand ; de M. Francis Wey à Rome ; de M. et Mme Agassiz
au Brésil ; de M. A. Grandidier et de M. Rousselet dans l'Inde ; de MM. F. et
E. Whymper au territoire d'Alaska et dans les Alpes ; de M. Hepworth Dixon
en Russie ; de M. Fleuriot de Langle sur les côtes d'Afrique ; de M. Francis
Garnier en Indo-Chine ; de M. Wallace dans l'archipel de Malaisie ; de Stanley
à la recherche de Livingstone ; de M. de Varigny aux îles Sandwich ; de la
Germania et de la Hansa au pôle Nord ; du Dr Schweinfurth au cœur de
l'Afrique ; de M. Hayden dans le territoire du Montana et aux grands Gey-
sers d'Amérique ; de M. Keller Leuzinger sur l'Amazone et le Madeira ;
de sir Samuel White Baker dans l'Afrique centrale ; de M. Ch. Yriarte
dans l'Istrie et la Dalmatie ; de M. Pailhès dans l'archipel des Marquises ;
de MM. Rebatel et Tirant dans la régence de Tunis ; de M. J. Thomson en
Chine ; de M. de Lamothe au Canada ; des marins du *Polaris* dans les mers
du Pôle ; du colonel Warburton en Australie ; de M. Ch. Yriarte, dans la
Dalmatie et l'Herzégovine ; de M. A. Pailhès, aux îles Marquises et à Taïti ; de
M. Hepworth Dixon, dans les Etats-Unis ; de M. Francis Wey, dans la Toscane
et l'Ombrie ; de M. le vice-amiral Fleuriot de Langle, sur la côte d'Afrique ; de
M. T. Choutzé, à Pékin et dans le nord de la Chine ; de M. Th. Deyrolle,
dans le Lazistan et l'Arménie ; de M. Henri Belle, en Grèce ; des lieutenants
Payer et Weyprecht, au Pôle Nord (expédition du *Tegetthof*) ; de M. Kir-
chhoff, dans la vallée du Yosemiti.

### CONDITIONS DE VENTE ET D'ABONNEMENT

Un numéro comprenant 16 pages in-4°, plus une couverture réservée aux nouvelles géographiques, paraît le samedi de chaque semaine. — Prix du numéro : 50 centimes. — Les 52
numéros publiés dans une année forment 2 volumes qui peuvent être reliés en un seul. Prix de
chaque année brochée en un ou deux volumes, 25 francs. Prix de l'abonnement pour Paris et
pour les départements : un an, 26 fr. ; six mois, 14 fr. — Prix de l'abonnement pour les pays
étrangers qui ont adhéré à la convention de Berne : un an, 28 fr. ; six mois, 15 fr. — Les
abonnements se prennent à partir du 1er de chaque mois.
Table décennale du *Tour du Monde* (1860-1869), brochure in-4°, 1 fr.

# NOUVELLE
# GÉOGRAPHIE UNIVERSELLE
## LA TERRE ET LES HOMMES

PAR

### ÉLISÉE RECLUS

10 à 12 volumes grand in-8
qui seront publiés par livraisons

**EN VENTE :**

Tome I : **L'Europe méridionale** (*Grèce, Turquie, Roumanie, Serbie, Italie, Espagne et Portugal*), contenant 4 cartes tirées à part et en couleurs, 60 gravures sur bois et 200 cartes insérées dans le texte.

Tome II : **La France**, contenant une grande carte physique de la France, 10 cartes en couleurs, 69 vues et types gravés sur bois et 200 cartes insérées dans le texte.

Prix de chaque vol., br., 30 fr. ; richement relié avec fers spéciaux, tranches dorées, 37 fr.

**EN COURS DE PUBLICATION :**

## ALLEMAGNE, AUTRICHE-HONGRIE, SUISSE

**Mode et conditions de la publication.**

La *Nouvelle Géographie universelle* de M. Élisée Reclus se composera d'environ cinq cents livraisons, soit dix à douze beaux volumes grand in-8° qui contiendront environ 2000 cartes intercalées dans le texte ou tirées à part et plus de 800 gravures sur bois.

Chaque volume, comprenant la description d'une ou de plusieurs contrées, formera pour ainsi dire un ensemble complet et se vendra séparément.

Les souscripteurs, selon leurs ressources ou leurs études, pourront donc se procurer isolément les parties de ce grand ouvrage dont ils auront besoin, sans s'exposer au regret de ne posséder que des volumes dépareillés.

Chaque livraison, composée de 16 pages et d'une couverture, et contenant au moins une gravure et une carte tirée en couleurs, et généralement plusieurs cartes insérées dans le texte, se vend 50 centimes.

Il paraît régulièrement une ou deux livraisons par semaine depuis le 8 mai 1875.

# L'ANNÉE
# GÉOGRAPHIQUE

## REVUE ANNUELLE

DES VOYAGES DE TERRE ET DE MER
DES EXPLORATIONS, MISSIONS, RELATIONS ET PUBLICATIONS DIVERSES
RELATIVES AUX SCIENCES GÉOGRAPHIQUES ET ETHNOGRAPHIQUES

### 1862-1876

PAR

## M. VIVIEN DE SAINT-MARTIN

Président honoraire de la Société de géographie

CONTINUÉE DEPUIS 1876

PAR

## MM. MAUNOIR ET DUVEYRIER

FORMANT 14 VOLUMES IN-18 JÉSUS

à 3 fr. 50 cent. le vol.

Il paraît, depuis 1863, un volume au commencement de chaque année. Les années 1870-71 ne forment qu'un vol. La collection est à son quatorzième volume.

L'impulsion immense qui porte les nations de l'Europe vers l'exploration du monde et l'étude des peuples étrangers est, un des grands côtés, le plus grand peut-être, de la civilisation moderne. Il y a là un intérêt philosophique de l'ordre le plus élevé, en même temps qu'un intérêt pratique de tous les instants. S'il est une science vivante entre toutes, c'est la géographie ; nous serions bien heureux que la publication de l'*Année géographique* ait pu et puisse encore contribuer pour sa part à en populariser le goût de plus en plus, et à en relever l'étude affaiblie.

## VIII
## PUBLICATIONS NOUVELLES

# GÉOGRAPHIE HISTORIQUE
## ET ADMINISTRATIVE
# DE LA GAULE ROMAINE

PAR
## Ernest DESJARDINS
Membre de l'Institut
Maître de conférence (Géographie) à l'École normale supérieure

OUVRAGE CONTENANT :

Une grande carte d'ensemble de la Gaule romaine, des cartes, eaux-fortes et gravures en couleurs tirées à part, des bois et des zincs intercalés dans le texte. 4 beaux vol. in-8 jésus.

Chaque volume sera vendu séparément, broché : **20 francs.**

### Conditions de la publication.

Cet ouvrage comprendra quatre volumes, qui seront vendus séparément, ainsi que la grande carte comparée de la Gaule romaine.

Le tome 1er, qui vient de paraître, contient :

1° Une INTRODUCTION expliquant l'objet, le plan et les divisions du livre, et donnant l'énumération détaillée des sources auxquelles l'auteur a puisé. Ces sources comprennent les textes classiques, les monuments législatifs, les textes épigraphiques, la numismatique, les documents archéologiques et diplomatiques, et les publications géographiques antérieures, passées en revue par l'auteur avec des réflexions critiques sur leur valeur relative ;

2° La GÉOGRAPHIE PHYSIQUE DE LA GAULE ROMAINE, comprenant cinq parties : I. l'*Orographie* ou la description comparée des montagnes ; — II. l'*hydrographie intérieure* : fleuves, rivières et lacs ; — III. la *description détaillée des côtes anciennes et actuelles*, avec l'indication des changements survenus depuis l'époque romaine ; — IV. *le sol et le climat* au temps des Romains ; — V. *les productions :* les mines, la flore et la faune à l'époque romaine.

Il renferme, en outre, 17 planches tirées à part et 22 vignettes intercalées dans le texte. Les planches sont, pour la plupart, des cartes donnant, à l'aide de deux tirages de couleurs différentes, l'état ancien du pays comparé à l'état moderne ;

Le tome II paraîtra dans les premiers mois de 1877. Il comprendra la Géographie de la Gaule à l'arrivée des Romains, un rapide examen topographique des conquêtes de César et l'organisation administrative de la conquête romaine, provinces, cités, *pagi* (ou cantons), etc.

Les tomes III et IV suivront de près. Ils seront consacrés : 1° Le tome III, à l'étude de la topographie détaillée de la Gaule romaine, touchant les circonscriptions des cités et le régime particulier de chacune d'elles, les villes et *oppida*, les lieux historiques, *castella*, stations thermales, villas, etc.; le tome IV à l'étude détaillée du réseau des voies romaines, stations postales, bornes milliaires, etc.

# HISTOIRE

## DE LA

# FORMATION TERRITORIALE

## DES

# ÉTATS DE L'EUROPE CENTRALE

### PAR

## AUGUSTE HIMLY

Professeur de géographie à la faculté des lettres de Paris.

2 volumes in-8, brochés................. 15 francs.

### EXTRAIT DE L'AVANT-PROPOS

Le système territorial de l'Europe contemporaine est le résultat complexe d'une longue série de révolutions qui, créant et détruisant tour à tour les états, modifiant sans cesse leur assiette et leurs limites, ont abouti à donner à notre continent sa configuration politique présente.

Ramené continuellement par mon enseignement à la Sorbonne à étudier cette action et cette réaction incessantes de la géographie sur l'histoire et de l'histoire sur la géographie, j'ai entrepris, il y a bien des années déjà, d'écrire une *Histoire de la formation territoriale de l'Europe moderne*, qui, prenant comme point de départ la géographie physique des grandes régions européennes, retraçât sommairement, pour chaque état actuellement existant, son origine et la réunion successive de ses parties intégrantes, ses agrandissements et ses pertes territoriales dans le mouvement général de la politique européenne, sa situation présente enfin au triple point de vue de la géographie, de la politique et de l'ethnographie. Expliquer l'organisation territoriale de l'Europe contemporaine tant par les conditions inhérentes à la nature du sol que par les vicissitudes de l'histoire, mettre en saillie les grands faits géographiques et historiques, ethnographiques et statistiques qui ont eu pour résultante l'ordre de choses présent, en un mot commenter et illustrer la carte actuelle de notre continent, tel est le but que je m'étais proposé en commençant et que je me suis efforcé de ne jamais perdre de vue. Aussi, tout en remontant aux premières origines des états modernes et en étudiant d'âge en âge la suite complète de leurs transformations territoriales, ai-je cru devoir insister davantage sur les temps les plus rapprochés de nous et n'accorder un développement analogue aux événements des siècles plus reculés que pour autant que leurs conséquences se font sentir jusqu'aujourd'hui.

Je soumets aujourd'hui au public la *première partie* de cet ouvrage, consacrée aux états de l'Europe centrale. Les sept livres dont elle se compose, tout en se complétant mutuellement, ont chacun son sujet spécial : le premier donne un aperçu de la géographie physique de la région centrale du continent européen; le second est un essai de géographie historique générale, où j'ai tâché d'analyser les grandes époques historiques et géographiques du monde germanique depuis l'époque romaine jusqu'à nos jours; les cinq autres traitent de la géographie historique spéciale des différents états, — Autriche, Prusse, Petite-Allemagne, Suisse, Pays-Bas et Belgique, — qui constituent le groupe.

PARIS. — IMPRIMERIE E. CAPIOMONT ET V. RENAULT

rue des Poitevins, 6.

Librairie HACHETTE et Cie, boulevard Saint-Germain, no 79, à Paris

# ÉDITIONS A 1 FRANC 25 C. LE VOL.
## FORMAT IN-18 JÉSUS

## BIBLIOTHÈQUE DES MEILLEURS ROMANS ÉTRANGERS

**Ainsworth** (W. Harrisson) : Abigail. 1 v. — Crichton. 2 v. — Jack Sheppard. 2 v.

**Andersen** : Livre d'images sans images. 1 v.

**Anonymes** : César Borgia. 2 v. — Les Pilleurs d'épaves. 1 v. — Paul Ferroll. 1 v. — Violette. 1 v. — Whitehall. 2 v. — Whitefriars. 2 v. — Miss Mortimer. 1 v.

**Azeglio** (Massimo d') : Nicolas de Lapi. 2 v.

**Beecher-Stowe** (Mrs) : La Case de l'oncle Tom. 1 v. — La Fiancée du ministre. 1 v.

**Bersezio** (V.) : Nouvelles piémontaises. 1 v.

**Braddon** (miss) : OEuvres. 33 v. — Aurora Floyd. 2 v. — Henry Dunbar. 2 v. — Lady Lisle. 1 v. — La trace du Serpent. 2 v. — Le Cap. du Vautour. 1 v. — Le Secret de lady Audley. 2 v. — Le Testament de John Marchmont. 2 v. — Le Triomphe d'Eléanor. 2 v. — Ralph l'intendant. 1 v. — La Femme du Docteur. 2 v. — Le Locataire de sir Gaspard. 2 v. — L'Allée des Dames. 2 v. — Rupert Godwin. 2 v. — Le Brosseur du Lieutenant. 2 v. — Les Oiseaux de proie. 2 v. — L'Héritage de Charlotte. 2 v. — La Chanteuse des rues. 2 v. — Un fruit de la mer Morte. 2 v.

**Bulwer-Lytton** : OEuvres. 26 v. — Devereux. 2 v. — Ernest Maltravers. 1 v. — Le Dernier des Barons. 2 v. — Le Désavoué. 2 v. — Les Derniers jours de Pompéi. 1 v. — Mémoires de Pisistrate Caxton. 2 v. — Mon roman. 2 v. — Paul Clifford. 2 v. — Qu'en fera-t-il ? 2 v. — Rienzi. 2 v. — Zanoni. 1 v. — Eugène Aram. 2 v. — Alice ou les Mystères. 1 v. — Pelham. 2 v. — Jour et Nuit. 2 v.

**Caballero** (F.) : Nouvelles andalouses. 1 v.

**Cervantes** : Nouvelles. Trad. 1 v.

**Cummins** (miss) : L'Allumeur de réverbères. 1 v. — Mabel Vaughan. 1 v. — La Rose du Liban. 1 v.

**Currer Bell** (miss Brontë) : Jane Eyre. 2 v. — Le Professeur. 1 v. — Shirley. 2 v.

**Dickens** (Charles) : OEuvres. 27 v. — Aventures de M. Pickwick. 2 v. — Barnabé Rudge. 2 v. — Bleak-House. 2 v. — Contes de Noël. 1 v. — David Copperfield. 2 v. — Dombey et fils. 3 v. — La petite Dorrit. 2 v. — Le Magasin d'antiquités. 1 v. — Les Temps difficiles. 1 v. — Nicolas Nickleby. 2 — Olivier Twist. 1 v. — Paris et Londres en 1793. 1 v. — Vie et Aventures de Martin Chuzzlewit. 2 v. — Les grandes Espérances. 2 v. — L'Ami commun. 2 v.

**Dickens et Collins** : L'Abîme. 1 v.

**Disraeli** : Sybil. 2 v. — Lothair. 2 v.

**Douglas Jerrold** : Sous les rideaux. 1 v.

**Freytag** (G.) : Doit et Avoir. 3 v.

**Fullerton** (lady) : L'Oiseau du bon Dieu. 1 v. — Hélène Middleton. 1 v.

**Gaskell** (Mrs) : OEuvres. 8 v. — Autour du sofa. 1 v. — Marie Barton. 1 v. — Cranford. 1 v.

**Marguerite Hall** (Nord et Sud). 2 v. — Ruth. 2 v. — Les Amoureux de Sylvie. 2 v. — Cranford. Phillis. 1 v.

**Gerstaecker** : Les deux Convicts. 1 v. — Pirates du Mississipi. 1 v. — Aventures d'une colonie d'émigrants en Amérique. 2 v.

**Goethe** : Werther. 1 v.

**Gogol** (N.) : Taras Boulba. 1 v.

**Grenville Murray** (E. C.) : Le jeune Brown. 2 v. — La Cabale de boudoir. 2 v.

**Hacklænder** : Boutique et Comptoir. 1 v. — Le Moment du Bonheur. 1 v. — La vie militaire en Prusse. 4 séries.
Chaque série se vend séparément.

**Hall** (Cap. Basil) : Scènes de la Vie maritime. 1 v. — Scènes du Bord et de la Terre ferme. 1 v.

**Hauff** (W.) : Nouvelles. 1 vol. — Lichtenstein. 2 v.

**Hawthorne** (N.) : La Lettre rouge. 1 v. — Maison aux sept pignons. 1 v.

**Heiberg** (L.) : Nouvelles danoises. 1 v.

**Hildreth** : L'Esclave blanc. 1 v.

**Immermann** : Les Paysans de Westphalie. 2 v.

**James** : Léonora d'Orco. 1 v.

**Jenkin** (Mrs) : Qui casse paie. 1 v.

**Kavanagh** (J.) : Tuteur et Pupille. 2 v.

**Kingsley** : Il y a deux ans. 2 v.

**Kompert** : Nouvelles Juives. 1 v.

**Lawrence** : Maurice Dering. 1 v. — Guy Livingstone. 1 v. — Frontière et prison. 1 v. — L'épée et la robe. 1 v. — Honneur stérile. 1 v.

**Lennep** (J. Van) : Les Aventures de Ferdinand Huyck. 2 v.

**Lever** (Ch.) : Harry Lorrequer. 2 v. — L'Homme du jour. 1 v.

**Longfellow** : Drames et Poésies. 1 v.

**Ludwig** (O.) : Entre ciel et terre. 1 v.

**Mayne-Reid** : La Piste de guerre. 1 v. — Quarteronne. 1 v. — Le Doigt du Destin. 1 v. — Le Roi des Séminoles. 1 v.

**Melville** (G. J. Whyte) : Les Gladiateurs. 2 v. — Katerfelto. 1 v.

**Mügge** (Th.) : Afraja. 2 v.

**Pouohkine** : La Fille du Capitaine. 1 v.

**Smith** (J.-F.) : L'Héritage (Dick Tarleton). 1 v.

**Stephens** (miss A.-S.) : Opulence et Misère. 2 v.

**Thackeray** : OEuvres. 9 vol. — Henry Esmond. 2 v. — Histoire de Pendennis. 3 v. — Foire aux vanités. 2 v. — Le Livre des Snobs. 1 v. — Mémoires de Barry Lyndon. 1 v.

**Tourguéneff** : Mém. d'un seigneur russe. 1 v.

**Trolloppe** (A.) : Le Domaine de Belton. 1 v.

**Trolloppe** (Mrs) : La Pupille. 1 v.

**Wilkie Collins** : Le Secret. 1 v. — La Pierre de Lune. 2 v. — Mademoiselle ou Madame. 1 v. — Mari et Femme. 2 v. — La Morte vivante. 1 vol. — La Piste du crime. 2 v. — Lucile ! 2 v. — Cache-Cache. 2 v.

**Woel** : Les Filles de lord Oakburn. 2 v.

**Zschokke** : Le Château des Mousses. 1 v. — Le Créole d'A... 1 v.

www.ingramcontent.com/pod-product-compliance
Lightning Source LLC
Chambersburg PA
CBHW052002020726
47501CB00004B/972

Ensuite, des landes immenses, désertes, lamentables, s'étendent, couvertes parfois de hauts genêts épineux, de grises bruyères, pendant des lieues, jusqu'aux premiers arbres de cette forêt de Camors qui, clairsemée à son orée, va bientôt s'épaississant ; immense oasis, druidique asile après ces plaines monotones, sur lesquelles, de loin en loin, quelque moulin agite des bras immenses, éperdus, comme un appel suprême et désespéré dans la tourmente du vent.

Après avoir cheminé une demi-lieue sur la route qui traverse la forêt, on découvre sur la droite un château dont la construction, sans style défini, ne paraît pas ancienne. Une seule aile, après examen, indique une plus lointaine origine.

Ce manoir, qui ouvre les fenêtres de sa façade sur une large prairie bordée de peupliers en lisière de la forêt, s'adosse à une haute colline boisée qui forme éventail ; il est cerné de fossés, larges encore, mais que le temps a étrécis. A l'époque où nous nous reportons, ils offraient une sérieuse protection, autant par leur profondeur et leur disposition que par le hérissement d'inextricables masses d'ajoncs tressés d'épines et de ronces.

Contre la route, au haut d'une allée de chênes, une vaste tour crénelée, en ruine, mais dont la place indique l'empiétement sur le domaine féodal, et contre laquelle étaient accrochés les gonds rouillés d'une mauvaise grille en bois vermoulu et décoloré.

De l'intérieur de cette seigneuriale masure nous parlerons peu, car l'inventaire ne relèverait que des tentures, des rideaux dont on apercevait la trame sous les couleurs rongées, des meubles pourris ou délabrés comme les fenêtres, les portes, le balustre et les marches corrodées de l'escalier.

Le marquis de Pléoben, qui avait quarante-cinq ans en 1795, avait épousé en 1775 Anne-Marie de Houreux de Kerveno ; il avait eu d'abord un fils, qui ne vécut que quelques mois, puis une fille, Alix, qui a quinze ans ce matin de juin 1795 où nous la trouvons à genoux auprès de sa mère, dans une petite pièce du rez-de-chaussée, la seule qui contînt des meubles dont l'usage fût possible.

Le visage des deux femmes décelait un grand bouleversement mêlé de lassitude ; leurs yeux rougis, leurs paupières lourdes, attestaient des larmes, bien des larmes. Toute la nuit, en effet, elles avaient pleuré et prié, prié et pleuré encore : depuis huit jours le marquis de Pléoben avait disparu. Il avait assuré que son absence n'excéderait pas cinq jours ; jamais jusqu'alors il n'avait manqué à sa promesse.

Elles essayaient de se raisonner l'une l'autre, mais elles avaient la mort dans l'âme. On savait que les soldats républicains, les Bleus, témoignaient de dispositions hostiles en s'avançant vers eux par les landes de Grandchamp, qu'ils barraient le chemin, qu'ils avaient fait des prisonniers et fusillaient tous ceux qui leur paraissaient suspects, sans autre grief, sans autre forme de procès.

Pour la centième fois, Alix s'efforça de deviner le motif de ce retard.

« Le bateau ne sera pas arrivé au jour dit, ou bien père n'aura pas été là-bas à temps pour prendre sa part dans la cargaison, il aura dû attendre un autre envoi.

— En ce cas, objectait la marquise, il nous aurait fait prévenir par Le Pasgouet... Mais Le Pasgouet n'aura pas pu passer, ou bien... il aura beaucoup risqué.

— Si Le Pasgouet est à Hennebon, et si mon père est en rade... Monseigneur l'a retenu, peut-être...

— Ou la côte est gardée sur ce point, et les navires ont dû se porter sur Téviec.

— Tu sais bien que Le Pasgouet a été jusqu'à Pont-Louis...
autrement je serais moins inquiète... Hé non ! Le Pasgouet aura
appris la position avancée des Bleus ; alors mon père a été obligé
de tourner par Languadic. Enfin, pourquoi chercher ? pourquoi ?
fit la jeune fille sans parvenir à celer son découragement, puisque nous ne pouvons rien savoir. »

Les deux femmes retombèrent dans ce silence inquiet, baissè-
rent la tête ; puis leurs yeux levés suivirent dans l'azur le vol des
hirondelles.

La marquise de Pléoben n'avait jamais dû être jolie ; mais son
visage avait de l'expression et de la race ; son teint, très mat,
avait une certaine chaleur de coloration ; ses yeux, assez grands
et très noirs, avaient de l'éclat et de l'intelligence ; le visage était
d'un assez pur ovale, mais il s'angulait d'un nez assez court, en
bec d'aigle, accusant le pincement des lèvres très minces, sur de
jolies dents, la saillie fine du menton. Elle était grande, sans
beaucoup de grâce dans la tournure. On lui donnait son âge :
trente-cinq ans.

Alix était le portrait de sa mère, mais un portrait revu, corrigé, embelli. Ce qui était médiocre ou déparait la marquise devenait ravissant chez sa fille. Nous ne pouvons donner une meilleure idée de sa physionomie qu'en la comparant à ce buste de
Marie-Antoinette, si souvent reproduit, dont le modèle appartient
à la manufacture de Sèvres. La matité de son teint faisait ressortir de grands yeux noirs brillants et d'une bonté qui captivait.
Et ce menton, imparfait dans le visage de M^{me} de Pléoben, avait
un cachet de grâce espiègle que ne démentait pas, avant les
tristes événements qui se préparent, le caractère enjoué, rieur,
aimable de la jeune fille. Grande pour son âge, harmonieuse, la
taille souple et bien prise, elle était favorisée de tous les dons de

beauté et de cœur qui font aimer, et jusqu'à sa voix d'un timbre exquis justifiait l'attachement de tous.

A Brevay, commune sur laquelle était le château, comme

« Mère, dit-elle, je suis bien malheureuse! »

dans tout le canton, on l'adorait, et son sourire était un premier bienfait.

M^lle de Pléoben se leva, alla à la fenêtre, resta muette quelques minutes, puis revint s'agenouiller aux pieds de la marquise, posa contre la poitrine de sa mère sa mignonne tête aux cheveux châtains et soyeux.

« Mère, murmura-t-elle, câline et enveloppante, mais timide;

mère, je suis bien malheureuse... Depuis hier je voudrais vous
demander quelque chose.

— N'ai-je pas toujours été bonne, tendre pour toi, mon
enfant?

— C'est que, ma mère, si vous me refusiez, cela me ferait tant
de peine !

— Est-ce donc si difficile à accorder, ce que tu vas me demander, Alix ?

— Mère, le désir que j'ai vient de la première pensée qui
puisse nous venir, celle qui vous serait venue à vous-même il y a
bien peu de temps encore. »

Mᵐᵉ de Pléoben posa sa main sur le front de son enfant, dont
elle releva la tête. Ayant regardé longuement Alix dans les yeux,
elle répliqua :

« Chère petite, cette idée, je l'ai eue, en effet ; je l'ai chassée ;
elle m'a poursuivie, je l'ai chassée encore. Tu sais bien qu'après
cette discussion, le désaccord complet survenu entre ton père et...
*lui,* nous ne pouvons le revoir ouvertement, et encore moins
secrètement. Il n'est donc pas admissible de *leur* demander de
venir ici, et nous pouvons encore moins nous rendre chez eux.

— Mais vous, personnellement, vous n'avez eu aucun dissentiment avec le chevalier de Noyal.

— Ton père ou moi, n'est-ce point la même chose, et puis-je
aller contre sa volonté ?

— Mais si mon père n'a pas été juste, pourtant ?

— Tu ne dois pas dire cela, et je n'ai pas à apprécier les raisons qui ont dicté ses paroles.

— Ma mère ! ma mère ! s'écria la jeune fille avec élan, est-il
possible que cette fâcherie subsiste, qu'après avoir été si unis, ils
vivent maintenant en ennemis, si près l'un de l'autre, à présent

surtout que nul n'est plus sûr de vivre une heure, que la mort nous guette à... »

Elle s'arrêta net, très pâle, subitement effrayée d'avoir évoqué cette idée de mort qui les hantait plus cruellement encore depuis quelques heures.

« Ma mère chérie, reprit-elle, songez donc ; depuis que le chevalier était revenu de Paris, mon père et lui ne se quittaient pas ; vous et M^{me} de Noyal étiez toujours ensemble.

— Et toi, ajouta M^{me} de Pléoben avec un malicieux sourire où glissait un peu de tristesse, tu as passé des journées, des semaines, des années auprès d'Yvon de Noyal, comme s'il était ton frère. »

Les joues de la jeune fille se rosèrent un peu.

« Et je l'aime de tout mon cœur, fit-elle simplement.

— J'ai eu tort de vous laisser ainsi toujours trop près l'un de l'autre. »

Avec une ingénuité naturelle, Alix repartit :

« Pouviez-vous supposer, mère, que cette désunion régnerait un jour ?

— Avais-tu donc fait d'autres rêves, Alix ?

— Ce seul rêve de continuer à vivre ainsi à côté l'un de l'autre, unis comme nous vivions. Cette querelle m'a fait bien du mal.

— Tu as souffert de cette séparation ?

— Mais, ma chère mère, j'ai souffert de leur peine plus encore que de la mienne ; ils étaient si bons tous trois ! Comme mon père a parlé au chevalier ! Comme il a été dur, méchant ! Oui, père a été méchant, très méchant.

— Le marquis a des principes fort arrêtés ; mais, à vrai dire, Noyal a des théories qui se rapprochent trop de celles qui entraînent notre malheureux pays à sa perte ; pour un rien, il absoudrait les régicides. »

Et sur un geste de sa fille :

« Oh ! je le sais, et Dieu me garde de le contester, c'est le plus brave homme, le meilleur cœur de la terre ; mais pourquoi a-t-il attaqué la noblesse devant ton père ? pourquoi nous est-il revenu de Paris teinté de cette philosophie nouvelle, avec des idées de progrès, d'égalité, une charité chrétienne qui fait fausse route ? N'avait-il pas déjà à se faire pardonner par ton père, dont tu connais les opinions à ce sujet, cette fortune acquise dans le commerce colonial, lui, un Noyal ! Pourquoi faut-il qu'il vienne nous conter que la noblesse a été la cause initiale de tout, que c'est elle qui a renversé le pouvoir, qui a frondé outrageusement, et, ambitieuse, a été débordée à son tour par d'autres ambitions ? Ton père a cru que le chevalier prenait parti pour la canaille, car, à entendre M. de Noyal, c'est la noblesse de province qui, envieuse de la noblesse de cour, a imprimé le premier mouvement révolutionnaire. Franchement, ne sont-ce pas des théories absurdes ? Est-ce que nous songions à rien de semblable ?

— En Bretagne, non, mais ailleurs...

— Voilà que tu vas être de cet avis ! Non, ce sont là des idées subversives, malsaines, mon enfant. Ton père a raison ; ces messieurs Rousseau, Arouet, sont très blâmables.

— Le chevalier, argua faiblement Alix, assure que le feu roi Louis XV eut les premiers torts.

— Et il ajoute que l'infortuné roi Louis XVI fut coupable.

— De faiblesse, ma mère. Sa Majesté a péché par trop de bonté ; est-ce un si grave reproche ?

— Enfin, M. de Noyal a tort de défendre les gens qu'il défend.

— Il ne les défend pas, et c'est ce que mon père n'a pas voulu admettre ; il les explique.

— Et il les excuse ; parfois même il semble admirer quelques-

uns de ces bandits ; il leur trouve du talent, peuh ! du génie !
C'est trop fort !... Des monstres, tout uniment.

— Le chevalier admet la bonne foi, la sincérité de conviction
des révolutionnaires, conviction que beaucoup d'entre eux ont
payée de leur vie.

— Et c'est bien fait.

— Ma mère !

— Oh ! je pense tout comme ton père. Du premier au dernier,
du meneur à la brute qui danse autour de la guillotine et trempe
son mouchoir dans le sang, il n'y a pas de différence. Qu'ils se
nomment Mirabeau, Pétion, Danton ou Santerre, ce ne sont là
que des monstres, non moins que Marat et Robespierre, et que
cet infâme Carrier, le noyeur que Dieu maudisse et damne dans
la vie éternelle. Tiens, laissons ces misérables, à cette heure
surtout où nous avons de si sérieuses inquiétudes au sujet de ton
père ; n'est-ce pas à ces hordes d'envieux affamés que nous devons tous les malheurs qui nous menacent, qui nous atteignent,
peut-être ? »

Alix n'osa répliquer. Elle détourna la tête pour cacher les larmes qui mouillaient ses yeux. Après quelques minutes de silence,
la marquise reprit :

« Il est insensé, ce chevalier : « Le peuple souffrait ! La Révo-
« lution est un cri de douleur et d'affranchissement. » Ah ! la jolie
prospérité à cette heure !

— Est-ce bien ce que disait M. de Noyal ?

— Absolument.

— N'a-t-il pas autant que nous déploré les excès ?

— Bah ! de la belle façon : « Un flot trop longtemps contenu
« qui déborde et dévaste tout », voilà ce qu'il prétend.

— Le feu roi, assure-t-il, aurait dû comprendre son temps, ses

exigences, devancer le mouvement, au lieu de le suivre crainti-
vement, servilement, et de se déconsidérer ainsi.

— Des mots ! Plus vous offrez, et plus on exige.

— Encore est-il juste, sage, d'offrir quelque chose.

— « C'est humain ! » Allons, parle comme le chevalier ; je ne
te savais point tant conquise à ses idées.

— Le chevalier n'est-il pas le meilleur homme qui soit ?

— Bon, très bon, je ne le nie pas ; mais ses sottises ont exaspéré ton père ; et je crois qu'il ne lui pardonnera jamais d'avoir
plaidé la cause des conventionnels assassins.

— Soit, ma mère, j'admets que M. de Noyal ait eu tort ; mais
ne faut-il pas tenir compte de l'esprit qui le guide ?

— Son amour du prochain, sa sollicitude, son esprit de conciliation, qui persiste à dire : « Cédez, soumettez-vous à l'ordre de
« choses établi, aux décrets des représentants du peuple ! Aban-
« donnez-vous au courant ; plus tard, lorsqu'il sera moins fort, vous
« le remonterez ; les abus n'auront qu'un temps ; la sagesse, la mo-
« dération, reviendront. »

— C'est une douleur pour lui de voir s'entre-tuer des hommes
qui devraient combattre pour la même cause, aller au-devant de
l'ennemi qui menace les frontières.

— Marcher contre nos amis, ceux qui soutiennent les émigrés,
ceux qui veulent reconquérir nos droits, rétablir l'ordre, arracher
Louis XVIII des mains de ces criminels !

— Ceux qui se combattent ici chaque jour ne sont-ils pas les
enfants d'une même famille ?...

— Et ces Bleus, de pauvres diables qui obéissent à un ordre...
Ils ont femme, enfants, parents... Ah ! oui, c'est bien ainsi que
pense Noyal. Tiens, ce sont les philanthropes, les humanitaires
de son espèce, qui ont été cause de tous nos malheurs. »

« Madame la marquise a entendu ce coup de fusil? »

La marquise de Pléoben terminait à peine cette dernière phrase qu'un sifflement aigu et plaintif déchira l'air. Ce cri était celui de la chouette.

M<sup>me</sup> de Pléoben et Alix distinguèrent dans l'inflexion de ce sifflement convenu entre les chouans sa signification exacte.

La mère et la fille tressaillirent :

« Pied-de-Loup sait du nouveau.

— Oui, certainement. »

Toutes deux se dirigeaient vers la fenêtre lorsque la porte s'ouvrit brusquement. Une domestique apparut, la physionomie bouleversée, la respiration haletante.

« Madame la marquise a entendu ce coup de fusil ?

— Non, mais Pied-de-Loup a prévenu ; savez-vous quelque chose, Marthe ?

— On a tiré, assez loin d'ici ; nous avions déjà entendu, avec Louise, puis nous avions cru à des imaginations.

— Et ce coup de feu ?

— Ah ! dit une autre servante qui survenait, s'il a été tiré d'une retraite, bien sûr que ce n'est pas très loin, pour que nous l'ayons entendu si bien que ça.

— Savoir, dit Marthe.

— Mon Dieu ! ces armes ! murmura la marquise à l'oreille de sa fille, où les cacher ? Ton père ne m'a donné aucune instruction... Si c'étaient eux ! »

Elles ouvrirent la croisée, prêtèrent l'oreille quelques instants.

Un second sifflement perça l'air ; puis, de toutes parts, un faible hululement, plaintif et atténué, répondit.

« Ils sont tous à leur poste, les braves gars, dit la marquise.

— Mais que peuvent-ils faire contre tant d'hommes, si les républicains prennent le parti de venir jusqu'ici ? remarqua Alix.

— Rien, répliqua la marquise en pâlissant, rien, si ton père n'est pas au château avant eux. »

Elle eut un geste de découragement, et continua en passant la main sur son front :

« Et il ne revient pas !... Je ne saurai à qui distribuer ces armes, ces cartouches, continua tout bas M^{me} de Pléoben, et si je le dois, même. »

Elle tira de sa poche un petit objet en terre cuite, l'approcha de ses lèvres, souffla doucement; un ton enveloppé, très doux, pareil à celui de l'ocarina, s'en échappa. Alors, devant le château, à travers une des hautes broussailles qui couvraient le fossé, émergea une tête étrange, impressionnante. De longs cheveux tombaient sous un bonnet de drap enfoncé jusqu'aux sourcils, lesquels s'abaissaient, touffus et drus, sur des yeux ronds et vifs qui saillaient dans une grosse figure osseuse, aux pommettes accusées, aux maxillaires fuyants; le nez était écrasé, la bouche large; les lèvres épaisses découvraient de larges dents.

« Maîtresse ! appela-t-il.

— Quoi ? Que se passe-t-il, Pied-de-Loup ?

— Ils approchent, il faut vous ensauver.

— Comment le sais-tu ?

— Y a du bruit, là-bas. »

Il sortit un bras presque nu sous un semblant de manche tout en loques, et montrant du doigt, au-dessus des épines, la route, dans la direction de Pulvigné :

« Depuis hier soir, le sol parle; ce matin, il parle plus fort... Y a du gibier de couleur, par là, et pas tant loin.

— Mais les postes ?... Où sont-ils, eux, les gars ?

— Bien vrai que sur la grande ligne ils ne peuvent bouger, les Bleus sont dessus. On attend pour les prendre quasiment derrière.

— La plupart ne sont pas armés.

— Pas armés, ouah! dit Pied-de-Loup en grimaçant.

— Enfin, ils n'ont pas de fusils?

— Pas tous, pour ça non... Vous savez, Madame la marquise, ce que le maître avait... »

Alors émergea une tête étrange.

Il cligna de l'œil pour achever sa pensée :

« Que faire, Pied-de-Loup?

— Ah! voilà, n'en faudrait des... vous savez... maîtresse?... Avec ce qu'il faut dedans,... savez?...

— Combien de temps crois-tu que nous ayons devant nous?

— Dame! le temps que les Bleus dévalent la côte, peut-être ben, ou plus, s'ils ont de la prudence. »

3

La marquise se sentit frissonner : Pléoben avait toujours assuré que, dans l'état actuel des choses, jamais les soldats républicains n'oseraient s'aventurer au milieu de ces futaies, de ces halliers touffus, coupés de fossés impénétrables; que s'ils avaient
cette témérité, il se chargeait de les faire écharper du premier
au dernier, si nombreux fussent-ils.

« Et M. le marquis n'est pas revenu! soupira Pied-de-Loup, qui
avait eu la même idée que la marquise.

— Hélas! non!

— Ts! ts! Alors, alors... » fit-il en relevant son bonnet et en
se grattant la tête.

Il y avait toute une inquiétante réticence après ces mots, qui
exprimaient l'embarras dans lequel ils allaient être, réduits à se
battre sans commandement, par suite de l'absence du marquis.

Dans le lointain retentit une nouvelle détonation.

« Mon Dieu! » murmura la marquise.

Alix se signa, fit une courte prière.

M^me de Pléoben serra sa fille contre elle, la baisa au front.

Puis, comme l'heure d'une énergique résolution avait sonné,
elle parut s'affermir, sa voix eut un ton plus sec lorsque à cette
nouvelle demande de Pied-de-Loup :

« Quoi qu'il faut faire? »

Elle répondit :

« Armer les gars qui ne sont pas débordés. »

Alors ses yeux se portèrent vers la route. Quelques femmes
marchaient d'un pas pressé, chassées des différents coins de la
forêt, regagnant leurs maisons pour cacher et enfouir tout ce
qu'il leur serait possible de dissimuler.

Elles allaient, agitant les bras, parlant fort, émues, tremblantes à l'approche des soldats, inquiètes pour leurs hommes, pour

leurs fiots, qui, elles le savaient, avaient dû, à la première alerte, s'enfoncer dans les bois, les haies, prendre position, attendre, tuer ou mourir.

M^me de Pléoben restait perplexe. Elle prit un parti, cependant, sortit du château, marcha rapidement jusqu'au fossé en bordure de terrasse, où attendait toujours Pied-de-Loup.

« Mon gars, dit-elle, je crains d'être épiée ; au milieu de ces braves femmes, il suffit d'une seule... Je voulais te passer des armes pour que tu les distribues ; le marquis, pourtant, me l'a défendu...

— Défendu ! »

Et comme Alix survenait :

« Oui, n'est-ce pas, mon enfant, ton père nous a formellement prescrit...

— De ne révéler à personne que nous avions ces armes ; il nous faut pourtant les mettre en lieu sûr.

— Les mettre entre les mains des gars, au contraire, dit la marquise.

— N'est-ce point, remarqua Alix, exciter nos paysans à engager le combat ? »

M^me de Pléoben sentit dans ces mots l'influence que subissait encore sa fille.

« Engager le combat ! dit-elle avec force, se défendre, exterminer jusqu'au dernier de ces bandits. Est-ce que nous allons les trouver ? Pourquoi viennent-ils chez nous ?

— Ah ! c'est horrible ! horrible ! »

Et comme M^me de Pléoben réfléchissait, Alix reprit :

« Mais s'ils passent seulement, ma mère, s'ils n'attaquent personne, ne portent préjudice à qui que ce soit, s'ils se contentent uniquement d'occuper le pays, pourquoi ce massacre ?

— Pourquoi? pourquoi? »

La marquise, comme si la réponse devait lui être dictée par ce qu'elle apercevait au loin, recula de deux pas en poussant un cri déchirant; puis, voilant son visage de ses deux mains :

« Rodom! Rodom!

— Rodom! Où, ma mère?

— Il a passé là-bas, entre les peupliers.

— Rodom! seul! » répéta Pied-de-Loup avec stupeur.

Et bientôt, tandis que les yeux fouillaient de tous côtés, un grand chien de berger, au poil noir et rude, apparut sur le bord opposé de la prairie, s'enfonça dans un fossé, en ressortit, galopa à toute allure, glissa de nouveau dans une haie, disparut.

« Rodom! appela M^me de Pléoben.

— Laissez-le, maîtresse, il va ressortir là. »

Une minute ne s'était pas écoulée que Rodom montrait sa tête d'abord, prudemment, comme l'avait fait Pied-de-Loup, et à la place indiquée par celui-ci, puis, s'arc-boutant, parvenait au terre-plein, gagnait l'allée.

A quelques pas de la marquise, le chien s'arrêta, s'assit, suppliant et respectueux, et battant la queue.

Nous l'avons dit, l'arrivée de la bête causait de la stupeur. Rodom avait été recueilli tout petit, sur un chemin désert, par M. de Pléoben, et n'avait plus depuis quitté ce maître qui avait eu pitié de lui. Fabuleusement intelligent, obéissant à un regard, Rodom semblait avoir voué au châtelain un culte de reconnaissance. Son attachement avait pris, en certaines circonstances, le caractère d'un absolu dévouement; sur un geste, il se serait jeté dans une fournaise.

Le marquis, profitant du merveilleux instinct de l'animal, de son don de compréhension inouï, s'était attaché ce compagnon, qui le suivait dans les plus périlleuses entreprises, de lointaines excursions dont le lecteur va connaître bientôt le but.

Le retour de Rodom fut donc pour M^{me} et M^{lle} de Pléoben une angoisse nouvelle.

« Ça, c'est du mauvais ! fit Pied-de-Loup.

Le chien s'arrêta à quelques pas de la marquise.

— Seul ! murmura la marquise.

— Seul ! » répéta Alix.

Toutes deux se sentaient mourir d'inquiétude, en voyant se marquer plus distinctement le signe d'un malheur redouté depuis l'avant-veille, et que le raisonnement, non des pressentiments, les obligeait à accréditer. Et cependant, elles savaient le marquis si adroit à se tirer d'un mauvais pas, si habile à se dissimuler !

Si souvent il avait passé sans encombre au milieu de chemins gardés où tant d'autres eussent trouvé une mort certaine; il était si expert aux changes, qu'elles avaient cru pouvoir conserver encore bon espoir.

M^me de Pléoben se dit : « Il est perdu! » et Alix réprima le sanglot qui l'étranglait, en admettant le malheur rendu vraisemblable par le retour de Rodom.

Le gars dardait un regard perçant sur les deux femmes, qui, elles, n'osaient poser leurs yeux l'une sur l'autre, dans la crainte que leur douleur n'éclatât, voulant encore se rassurer mutuellement, mais ne trouvant rien à dire qui pût atténuer leur cruelle inquiétude.

Au rustaud, le bon sens dicta cette phrase :

« Ils ne le tiennent pas, allez, Monsieur le marquis.

— Tu crois? s'écrièrent la mère et la fille. Qui te fait croire?

— Je le vois aux yeux du chien, il n'a pas de peine.

— Pourquoi vient-il seul? demanda Alix.

— Si son maître était mort, Rodom ne serait pas revenu. »

La justesse de cette réflexion frappa M^me de Pléoben et Alix.

« Mais, objecta la marquise, il se peut que son maître ait été fait prisonnier, que le chien se soit trouvé séparé de lui, éloigné.

— Il se ferait tuer, maîtresse, plutôt que de se laisser séparer de lui sans un ordre.

— Il l'a peut-être reçu, cet ordre.

— Vous ne savez point qu'où passe M. le marquis, à cinquante arpents à la ronde, le chemin est battu et rebattu, que nul ne s'approche du chef, depuis que le pays est infesté, sans que le chef ait fait signe au chien qu'il le permettait. Si Rodom est ici, c'est qu'il y a une autre raison, sûr. »

Plusieurs coups de feu éclatèrent encore, mais sur la gauche, cette fois.

« Ah! ah! dit Pied-de-Loup, on tourne, à ce qu'il paraît.

— Ou bien on agrandit la ligne.

— C'est tant mieux, alors, s'ils n'osent pas venir tous par la route de crainte d'être étouffés; on leur fera mieux leur affaire un à un; pas malin, l'officier. »

Le calme avec lequel Pied-de-Loup parlait fit pâlir Alix; elle le savait pourtant l'homme le plus doux, le serviteur le plus honnête, ayant sous une épaisse enveloppe un cœur excellent; d'excellents sentiments, sous ce masque ingrat et ravagé; le jugement sain, malgré cet air abêti. Ils avaient éprouvé l'homme en diverses circonstances.

« Ah! réfléchit-elle, l'époque abominable où le meurtre semble un droit, et moins encore, l'acte le plus simple, le plus insignifiant! Pauvres gens! »

Elle fut arrachée à ses amères pensées par la voix de Pied-de-Loup :

« Mais on dirait qu'il a à vous parler, Rodom, Madame la marquise; c'te bête, comme y vous reluque! Parbleu! si y vient, c'est qu'il a quéque chose à raconter, pas vrai? Hé! parguienne! que nous n'avons guère d'esprit, faites excuse! Il doit porter quelque chose. Rodom! Rodom! Viens, mon fiot, viens à Pied-de-Loup, pauv' bête, va! Non, c'est pas ça, y bouge pas, c'est point à moi qu'il a affaire. Dites-y, vous, maîtresse, qu'il approche.

— Il ne m'obéira pas plus qu'à toi; tu sais bien que ce sauvage ne connaît que son maître.

— Tentez voir.

— Rodom! ordonna doucement, câlinement, M\ :sup:`me` de Pléoben; ici, mon bon chien, ici, allons! »

Et la bête, avec humilité, en rampant, s'avança.

Alix se baissa, voulut le caresser, s'en emparer. Un éclair passa dans les yeux du chien ; ses babines se retroussèrent, son poil se hérissa ; il recula, mais en se ramassant, comme prêt à bondir à la moindre tentative impérieuse.

« C'est décidément à la maîtresse qu'il veut parler, déclara le paysan, point à d'autres. »

A son tour, M^me de Pléoben tendit la main, et la bête de nouveau s'amadoua, s'approcha encore, s'étendit, soumise. Puis Rodom se redressa, bondit, tourna autour de la châtelaine, fit entendre un cri étouffé, alla à l'écart, revint.

« Mais suivez-le donc, Madame la marquise, il vous fait signe. »

Elle alla où le chien la conduisait, disparut derrière un massif, revint tenant à la main une boule grise, qu'elle déficela, puis déroula avec soin.

« Voilà, dit-elle, ce qu'il a laissé tomber de sa gueule, ce qu'il tenait caché.

— Je savais bien, moi, maîtresse, fit triomphalement le gars, qu'il avait à causer.

— De mon père ? fit Alix, anxieuse.

— Peut-être, répliqua la marquise, dont les mains s'étaient mises à trembler avec une telle nervosité qu'on ne pouvait distinguer aucun des mots, mal tracés avec un bout de charbon sur une toile grossière, arrachée, probablement, de l'aile d'un moulin.

— Comment a-t-il pu tenir ça caché sans s'étouffer? » remarqua le paysan.

Et pendant que les deux femmes s'efforçaient de lire ce qui était écrit, Rodom disparaissait dans un fourré, ressurgissait plus loin, franchissait une haie, s'enfonçait dans le bois.

« Fameuse bête ! brave chien ! disait Pied-de-Loup avec admiration ; je gage que le maître n'est pas bien loin et que Rodom va droit dessus.

— Non, pas bien loin, en effet, s'écria M^{me} de Pléoben, rayonnante ; il est là-haut, au bord de la plaine de Grandchamp, dans les bruyères... Oui, la forêt est cernée, il ne peut passer.

— Combien d'hommes, Madame la marquise ?

— Deux mille environ.

— Ah ! ah ! deux mille ! c'est bien du monde, ça, fit Pied-de-Loup, en grimaçant de ses grosses lèvres ; mais on en viendra à bout tout de même.

— Dieu soit loué mille fois, Alix, ton père est sain et sauf.

— Il ne dit rien autre, maîtresse ? Pour moi ?

— Il y a des mots que je ne puis lire. Alix, aide-moi donc... ici... Ah ! oui... ainsi, au soleil, par la transparence. Vois-tu, là, dis... et ensuite ? »

Alix parvint à lire lentement, et la froide cruauté de cet ordre la fit frémir d'horreur :

« Distribuez les armes, engagez l'action, que Pied-de-Loup agisse tout de suite. »

Pour la première fois, M^{me} de Pléoben eut pour sa fille un regard de dureté.

« Tu plains ces gens ? Mais ils nous tueraient tous sans pitié, malheureuse enfant ! Ils nous traitent en scélérats. Dieu te garde de tomber jamais dans les mains de ces hordes sauvages !... S'ils pouvaient prendre ton père, ils le brûleraient vif.

— Sommes-nous plus cléments, ma mère ? »

La marquise, cette fois, fronça le sourcil ; mais l'heure était aux actes.

Elle s'approcha de Pied-de-Loup :

4

« Rassemble tes hommes immédiatement, ceux qui sont autour de nous, » commanda-t-elle avec une intonation impérative qui surprit sa fille elle-même.

Ce fut d'abord le cri de chouette poussé par le gars, puis deux, puis dix, puis davantage encore qui de toutes parts se répondirent.

Plusieurs paysans sortirent des broussailles, des fossés; d'autres arrivaient par les chemins, par les layons du bois, hâtivement, fiévreusement, les yeux interrogateurs, faisant des gestes, le visage inquiet.

En moins d'un quart d'heure, dans la cour du château opposée à la terrasse où cette scène venait de se dérouler, plus de deux cents hommes s'alignèrent.

Cette troupe, qui n'avait pour armes que le *pen bas,* la fourche ou la faux, cette troupe vêtue d'innommables costumes, variés, étranges, d'une sordide pauvreté, formait le plus curieux ensemble que l'on pût voir.

La plupart de ces hommes portaient des chapeaux de feutre ronds, bordés, ornés de rubans; feutre et velours avaient perdu leur primitive couleur. De longs cheveux s'échappaient, couvraient les oreilles, tombaient sur le col, sur le dos. Çà et là, quelques toques de drap ou de tricot dont on retrouvait à peine la nuance. Des vêtements rapiécés ou troués gardaient dans leur coupe recherchée l'ancienne coquetterie du costume, bien ancienne, car vestes courtes à taille, gilets à bouton de métal ou ajustés en pourpoint, brodés sur la poitrine, manches à parements, brochages multicolores et déteints sur de larges bandes, s'effilochaient, se dépenaillaient à l'envi, marquaient une longue série de jours misérables après une lointaine élégance. Quelques-uns portaient des pantalons de toile, mais le plus grand nombre avaient des

culottes formées de pièces diverses, les jambes nues ou enveloppées dans des peaux de bête, des morceaux de drap. En général, des sabots rudimentairement taillés étaient la chaussure de
cette troupe.

Quiconque connaît la recherche apportée par le Breton dans
l'arrangement, dans la confection de son costume, la diversité
de la mode, qui varie selon le canton, peut se rendre compte de
l'état de dénuement dans lequel végétaient ces pauvres hères.

Cependant chacun se résignait sans murmurer. Le souci plus
grand de leur indépendance, qu'ils jugeaient menacée, la crainte
superstitieuse que violence ne fût faite à son clergé, et aussi
une terreur de la réquisition qui les enverrait à la frontière, loin
du sol natal, vers l'inconnu, captaient leurs esprits, les entêtaient
à la défense, les poussaient à une guerre à outrance, sans merci,
sans pitié contre ces hommes que le marquis de Pléoben n'avait
pas manqué de noircir, de charger de crimes, de montrer aux
gars comme des barbares capables des plus lâches attentats
comme des plus monstrueuses iniquités.

Bien autre, tout à fait opposée même avait été l'influence que
le chevalier de Noyal avait cherché à prendre sur l'esprit des
paysans de Brevay et des hameaux environnants.

L'entretien que nous avons rapporté entre M^{me} de Pléoben et
sa fille a déjà instruit le lecteur, qui a compris, du reste, que
M. de Noyal, voisin du marquis, était en complet désaccord d'o-
pinion avec ce chef de chouans.

Ce dernier lui eût encore pardonné, sans doute, en raison de
leur ancienne amitié, qui remontait à leur enfance, d'envisager
la Révolution d'une façon trop philosophique, sous un aspect de
revendication philanthropique, avec un fatalisme qu'il jugeait
subversif, paradoxal. Mais il y avait deux sérieux griefs, à la

vérité : l'un avoué, l'autre caché dans un mauvais repli de son cœur, et que le marquis n'ignorait peut-être pas.

Le grief avoué était justement ces discours de conciliation que le chevalier de Noyal avait fait entendre aux paysans afin qu'ils s'abstinssent de toute révolte, qui pouvait avoir pour eux des effets funestes, afin qu'ils se soumissent à des lois nouvellement décrétées, lesquelles, entre autres, exigeaient du prêtre le serment de fidélité à la constitution, ordonnaient l'appel sous les armes pour marcher contre l'étranger menaçant, pour la défense du pays, non point de la République, disait le chevalier, mais de la France.

« Votre guerre est impie, s'écriait-il, elle est fratricide ! Vous devriez être avec ces hommes que vous combattez, vous devriez vous unir contre l'ennemi commun, l'envahisseur.

— Que les régicides nous laissent en paix chez nous, qu'ils fassent soumission au Roi, et puis nous verrons, » disaient en substance les gars de Camors.

Le chevalier de Noyal n'était pas parvenu à ébranler ces convictions solidement ancrées et égoïstes. Aussi, devant l'inanité de ses tentatives, le marquis de Pléoben se fût-il montré moins susceptible si sa rancune n'eût porté sur un second point.

Pléoben était pauvre, très pauvre ; ses bois — seule ressource — rapportaient le strict nécessaire à la vie du château, vie précaire, ainsi que la description que nous en avons faite la peu laisser présumer. Or, Noyal était revenu de Paris, en 1788, après avoir amassé pendant quinze années de travail, dans des affaires commerciales que lui reprochait la morgue du châtelain, une belle fortune, qui lui avait permis de restaurer la vieille masure paternelle, de construire une large demeure carrée, en bonnes briques, de la meubler confortablement.

Ainsi, tandis que Brevay menaçait ruine, s'édifiait, presque somptueuse, de l'autre côté de la route, une importante maison, — la *Maison rouge,* comme on l'appelle encore aujourd'hui, — et qui, devant la misère voisine, annonçait la prospérité.

Sans que le marquis se l'avouât à lui-même, cette vue constante saignait son cœur.

Et il ne savait pas, ne devinait pas, Pléoben, que Noyal eût fait construire une bien autre demeure que celle-là, s'il n'avait rêvé l'union de son enfant Yvon avec Alix, d'un an plus jeune que ce fils. Or, l'argent qu'il n'avait pas dépensé, il souhaitait de l'employer un jour à la restauration du château de Brevay.

Au surplus, Pléoben avait dû, dans un moment de gêne, mettre en vente quelques arpents de terre, et c'était Noyal qui les avait acquis. Ah! il lui en avait coûté, de signer cette dépossession en faveur du chevalier!

Nous devions cette parenthèse au lecteur, pour la clarté du récit qui va suivre.

## II

Dans la cour du château, Pied-de-Loup avait rangé hâtivement les gars, examiné les fusils de ceux qui étaient armés
déjà ; puis, aidé de deux ou trois hommes, il avait descendu
d'un grenier contigu aux écuries toute une cargaison de fusils,
de carabines, de tromblons, apporté des cartouches, qu'il distribuait rapidement.

Les paysans écarquillaient les yeux ; leurs visages, déprimés
par les longs malheurs, pâlis, émaciés par la misère, s'éclai-
raient de la joie ressentie d'avoir enfin entre les mains ces armes
tant convoitées, ces fusils, ces munitions, avec lesquels il se sentaient forts, maintenant, comme invincibles.

Avec une ardeur et une vivacité grandes, Pied-de-Loup,
poussé par l'imminence du danger, fier aussi de la tâche et du
rôle qui lui incombaient en l'absence du chef, donnait à chacun
des instructions ; en une seconde, le gars rusé, l'habile chasseur
de la forêt de Camors avait conçu tout un plan de défense, donné
à celui-ci et à celui-là de multiples instructions. Tel homme devait occuper telle ligne, de tel point à tel point, en mettant bas

partout les échaliers ; tel autre gagnerait tel autre point, s'apla-
tirait dans les haies, s'enfouirait dans des touffes de fougères ou
d'épines ; ceux-là encore, en plus grand nombre, occuperaient
les fossés. Puis, cent hommes allaient s'espacer tout autour du
château, dans les tranchées d'enceinte. Nul d'entre eux ne devait
bouger avant un signal, qui ne serait donné qu'une fois l'ennemi
bien entré dans la forêt, et cela, sous quelque prétexte que ce
fût. Si l'un d'eux, aux lignes avancées, était pris, il devait défendre sa peau comme il le pourrait ; on ne lui porterait pas secours, afin de ne pas éparpiller les forces et de ne pas se faire
traquer ou massacrer sur un point découvert.

« Tout ça, c'est l'idée de M. le marquis que je vous conte là, »
disait Pied-de-Loup entre deux ordres, afin de leur donner plus
de valeur, s'assurer de l'obéissance.

Puis, il les expédia, par groupes, comptant les hommes.

« Non, pas toi ; dans l'autre tas, mon fiot. T'es trop grand
pour te cacher là ; le petit Guénic, oui, ça vaut mieux. »

Il dispersa ainsi ses hommes dans toutes les directions.

« Faites vite, hé ! Pas de bruit, pas de cri ; quand je chuine-
rai, le chuin d'attaque, la guerre ! hein ! Et de bon cœur, avec
de l'adresse ; vous viserez bien... Allez-y, c'est des Bleus. »

Et pendant que tous ces préparatifs s'opéraient, un prêtre,
le curé de Brevay, l'abbé Lavaure, donna la bénédiction, puis
se retira.

Pâle, tremblante pendant cette scène, Alix éprouvait une véritable torture d'horreur et d'effroi.

Elle regarda sa mère, la trouva autre, si différente de la
femme qu'elle avait toujours connue. La froide expression de
M$^{me}$ de Pléoben avait fait place à un air résolu, dur, presque méchant. La jeune fille en éprouva une peine profonde. Elle fit

Dans la cour du château, Pied-de-Loup avait aligné les gars.

quelques pas sous la grande allée de chênes qui aboutissait à
la grille ; et comme elle levait les yeux, au fond de la voûte de
vertes frondaisons, sur la Maison rouge, que, de cette place, on
découvrait en grande partie, elle vit à une fenêtre du premier
étage Yvon de Noyal qui suivait le départ des hommes vers les
places qui leur avaient été assignées, soit dans les bois, soit en
bordure des landes.

Quelques minutes, elle l'observa sans qu'il l'aperçût. Alors,
elle eut la rapide et claire ressouvenance de toutes les heures
qu'ils avaient passées auprès l'un de l'autre, pendant ces quatre
dernières années, leurs jeux, leurs travaux d'instruction, ces
journées entières qu'ils avaient été si heureux d'épuiser ensemble, dans la plus douce entente, dans le plus sincère attachement, unis par la meilleure affection, une fraternelle tendresse.
Elle se remémora la phrase que disait parfois le chevalier lorsque l'on faisait des projets : « A notre époque, il faut vivre vite,
aimer le présent ; car moins que jamais on n'est sûr de vivre
longtemps. »

La mort était dans l'air, autour d'eux, partout, au-dessus d'eux,
peut-être.

Est-ce que tout allait finir ?

Est-ce qu'elle l'avait vécue, toute sa vie, à elle, si courte ?

La mort ! Elle eut froid au cœur en songeant à tous ceux que
l'on tuait chaque jour. Son père était là-bas, en danger, contre
les lignes ennemies ; un hasard, une imprudence, pouvaient le
perdre ; et près d'elle, sa mère, décidée au combat, armant les
gens, approuvant les ordres de bataille, préparant le meurtre,
attendant avec fermeté la venue de ces hommes exaspérés, prêts
aux pires, aux plus cruelles représailles.

De nouveau, ses yeux allèrent vers Yvon ; cette fois, ils rencontrèrent ceux de son ami ; alors, il tendit vers elle des mains qui imploraient, qui disaient son angoisse. Il ne pouvait lui demander de venir auprès d'eux, de se réfugier dans leur maison, refuge incertain ; mais il lui indiqua le chemin de Baud, d'un geste brusque, nerveux, qui contenait la supplication de fuir par cette route restée libre.

« Et leur vie aussi est menacée ! » pensa M<sup>lle</sup> de Pléoben.

Aussitôt elle courut vers sa mère, lui prit les mains en sanglotant :

« Ma mère, partons, partons, dit-elle ; allons chercher M. et M<sup>me</sup> de Noyal et Yvon ; ils nous accompagneront ; le chevalier nous conduira en lieu sûr.

— Notre devoir est de rester ici et de nous résigner ; si je sens que le danger devient trop grand pour toi, j'aviserai ; les instructions de ton père sont formelles ; quelque peine et quelque inquiétude que j'éprouve, je ne saurais les transgresser. Allons nous asseoir sur la terrasse, devant le château. Si les Bleus se présentent, nous devons leur laisser supposer par notre calme qu'ils ne sont nullement menacés.

— Mais c'est un guet-apens abominable ! s'écria avec véhémence M<sup>lle</sup> de Pléoben.

— C'est l'embuscade, répliqua froidement la marquise ; nous nous défendons ; ils ont la force, le nombre, ils veulent nous imposer leur exécrable domination, prendre ce qui nous appartient, voler, piller, brûler, chasser nos prêtres, fermer nos églises, après avoir assassiné un roi de France ! Malheur à eux ! »

Alix n'osait plus regarder sa mère, tant il y avait de résolution farouche et de cruauté sur sa physionomie.

Mais elle sentit soudain les doigts de la marquise la serrer au bras, ses ongles entrer dans ses chairs.

Elle tressaillit.

« Vois! vois, Alix! dit M^me de Pléoben, dont la voix haletait.

— Où, ma mère? articula faiblement la jeune fille.

Elle l'observa sans qu'il s'en aperçût.

— Là, sur la gauche, à la lisière du bois, vois les branches s'agiter; écoute, regarde, entre les feuilles, au bout des peupliers, ce Bleu! ce Bleu!. Ils sont sur nous, les voilà!

— Je vous en prie, ma mère, venez, venez!

— Non, dit M^me de Pléoben, il faut rester. »

Cependant, ses lèvres tremblaient, et pour s'affermir contre l'émotion terrible qui la poignait, la marquise passa son bras sous celui de sa fille, qu'elle sentit chanceler; elle la morigéna à mi-voix, l'aida à faire quelques pas, s'approcha d'un banc, où toutes deux s'assirent, les jambes brisées.

« J'étouffe! je meurs, ma mère! » murmura Alix, qui perdait connaissance.

M^me de Pléoben l'attira à elle, appuya la tête de sa fille sur son épaule, la supplia de prendre courage.

« Ah! dit Alix, si faiblement que sa mère ne la comprit pas, que n'ai-je le courage de crier à ces pauvres gens de se sauver! »

Maintenant, sur la route qui obliquait après avoir longé les fossés du château, et que l'on découvrait du point de la terrasse où étaient les deux femmes pendant plusieurs centaines de mètres, la marquise vit apparaître une masse noire, compacte, qui occupait presque toute la largeur du chemin. Sur un plan plus éloigné, un homme, à cheval sans doute, dominait cette troupe, que l'on distinguait de seconde en seconde davantage.

Un clair rayon de soleil les illumina soudain, les canons des fusils brillèrent.

« Pied-de-Loup avait raison, ils sont très nombreux, » murmura la marquise.

Alix rouvrit les yeux, muette d'épouvante, se serra davantage contre sa mère; pourtant, ces soldats qui s'avançaient résolument sur la route lui causaient une terreur moindre que ces hommes isolés qu'elle voyait plus distinctement encore, à présent, s'agiter au milieu des branches, s'étageant derrière le rideau d'arbres, cernant les fossés d'enceinte extérieure qui bordaient la prairie.

Quelques soldats se dégagèrent complètement des branches, prirent position ; un officier passa devant eux.

« Halte ! » commanda-t-il d'une voix vibrante qui résonna au loin dans les bois.

Quelques soldats se dégagèrent complètement des branches.

Puis, à un autre officier que les deux femmes ne pouvaient voir et que leur masquait la partie droite du château, il cria :

« N'avancez pas davantage avant que le chef de demi-brigade soit là ; il ne faut pas s'y fier, c'est encore un pays à mauvaises surprises. »

Une voix répondit :

« Pour ce qui est de derrière nous, nous avons bien battu ;
mais ne nous fions pas à ces fossés-là. »

A un jeune lieutenant qui le rejoignait, le premier officier dit,
ne croyant pas que leurs voix parvenaient aux deux femmes :

« Il y a là des citoyennes qui ne prendraient pas si tranquillement le frais si elles savaient que les brigands veulent nous
sauter dessus. »

« Ton père avait raison, dit très bas la marquise sans changer
sa contenance paisible ; en nous voyant là, ils auront confiance
et vont tous tomber dans ce fond ; les nôtres vont l'avoir belle. »

Maintenant que Mˡˡᵉ de Pléoben avait entendu parler les officiers, la crainte instinctive de l'inconnu se dissipait. Elle n'éprouvait plus la même appréhension de ces hommes, que son père
se plaisait à représenter comme des sauvages cruels, implacables. Et sa compassion grandissait à l'égard de ces malheureux
soldats qui, obéissant à un ordre, marchant par devoir, pleins
de vie, allaient tomber dans quelques secondes, percés de coups,
des mains de ces braves et inoffensifs gars du pays, qui, eux-
mêmes, allaient, en engageant une lutte terrible, risquer leur vie
pour la défense d'une idée.

Alix, comme si elle oubliait soudain le danger que sa mère
et elle couraient au milieu de ces hommes, eut envie de s'échapper, de courir chez le chevalier de Noyal, de lui demander
d'intervenir, d'empêcher cette affreuse effusion de sang, si coupable, fratricide, selon ses propres expressions.

Mais que pouvait-elle, vraiment ? En était-il temps encore ?
Dans quelques minutes, l'œuvre fatale ne serait-elle pas con-
sommée ?

Cependant, la troupe, en ordre sur le chemin, avait rapidement franchi les quelques centaines de mètres qui la séparaient

du château, et dépassait la ligne occupée sur la lisière du bois par des chasseurs à pied.

« Alix, dit alors la marquise de Pléoben, très maîtresse d'elle maintenant, et sans se départir du calme abominable qu'elle s'imposait, tu vas suivre de point en point mes instructions. Je sais que tu vas vouloir te révolter : il est trop tard ; ta désobéissance ne servirait qu'à rendre le combat qui va s'engager plus meurtrier encore, à mettre en plus grand danger ton existence, la mienne. Ton père est signalé comme un des chefs les plus redoutables du parti royaliste ; le château va être fouillé, occupé. Il est convenu avec Pied-de-Loup que ton départ est le signal de l'attaque ; dès que tu seras rentrée dans la... »

Deux cris de femmes retentirent, arrêtèrent la fin de la phrase. Les servantes, qui étaient restées dans le château, selon les ordres de leur maîtresse, se précipitèrent dehors, coururent vers M^me de Pléoben. Mais la terreur qui les serrait à la gorge ne leur permettait pas d'expliquer que les Bleus avaient franchi les fossés derrière la ferme, gagné les étables, les granges, les fenils, les dépendances, se ruaient vers le château.

En quelques secondes, la maison, la terrasse, tout fut envahi. M^me et M^lle de Pléoben, les deux domestiques, se trouvèrent aussitôt enveloppées par les soldats.

Mais l'attitude altière, hardie de la châtelaine, la noblesse de son expression indignée, la dureté de son regard, arrêtèrent les plus décidés, au moment où déjà les mains se tendaient pour s'emparer d'elle, de sa fille, qu'elle tenait serrée contre sa poitrine.

« Que voulez-vous ? Que signifie cette violence ? De quel droit, pour quelle raison vous introduisez-vous chez moi, drôles ?

— Drôles ! fit un soldat, ah ! tu traites bien les défenseurs de

6

la République, la fière citoyenne, la belle ci-devant, et voilà une insulte qui pourrait te coûter gros.

— Ma mère ! gémit Alix en étreignant la marquise avec force, suppliante.

— Ah ! c'est ta maman, ma fillette ? reprit un autre soldat ; eh bien ! j'espère pour ton avenir que tu es mieux éduquée qu'elle ; je te conseille, car ça ne porte pas chance de nous recevoir sans honnêteté. »

Mais Alix n'écoutait plus. Elle venait d'apercevoir à vingt pas d'elle ce que seul un regard de chouan était capable de voir : distinctement, elle apercevait, à travers une épaisse tresse de lianes, d'ajoncs et de ronces, le visage de son père, visage menaçant, terrible, où flambaient ses yeux noirs, ardents, cruels.

Elle se sentit plus forte tout à coup contre cette horde brutale, qui, grossière maintenant, semblait décidée à leur faire un mauvais parti.

Sa compassion s'atténuait par le sentiment de la révolte contre la violence faite, de la défense de la fierté blessée.

Brusquement, elle fut arrachée des bras de sa mère.

« Assez d'attendrissement, mignonne ; voilà le chef de la demi-brigade ; on va s'expliquer. »

Les soldats reculèrent, formèrent la haie pour livrer passage à un homme d'une cinquantaine d'années, aux cheveux blancs et longs, au visage sabré de rides cruciales, mais dont les traits restaient, malgré le froncement des sourcils, empreints d'une grande bonté.

« Monsieur, dit la marquise, commandez le respect à ces hommes, je vous prie.

— Qui donc s'est permis une grossièreté ? qui s'est permis de porter la main sur une femme, une jeune fille, des gens sans

L'attitude altière de la châtelaine arrêta les plus décidés.

défense ? dit-il en promenant un regard ferme sur la troupe.
J'avais défendu...

— Mon commandant, répliqua un soldat, cette femme nous a
appelés « drôles ».

— Est-il vrai, citoyenne, que vous ayez employé une telle expression envers des soldats de la République ?

— Je suis la marquise de Pléoben, et non une citoyenne ; gardez
ce nom pour les mégères, les tricoteuses, les hyènes ; j'appelle
drôles et misérables les gens qui franchissent l'enceinte de mon
château, violent ma demeure.

— Vous êtes la marquise de Pléoben, interrompit le chef de
la demi-brigade, et vous vous étonnez de l'invasion de votre
demeure, de l'irritation de ces hommes, qui chaque jour voient
tomber à côté d'eux un des leurs, surpris, assassiné par l'un de
ces fauves blottis dans les halliers, dans les fossés, l'un des vôtres !
Nous savons que le ci-devant marquis de Pléoben est un de nos
plus irréconciliables ennemis, un de ceux que nous devons craindre le plus ; nous savons ses intelligences avec l'Angleterre, avec
l'Autriche, avec Pitt et Cobourg ; nous savons ses allées et venues
sur la côte ; nous le savons l'émissaire le plus acharné des Bour-
bons, une des âmes les plus fortes de l'insurrection. Pléoben est
de ceux que nous devons combattre avec le plus d'acharnement,
car il est une des créatures les plus fidèles du comte d'Artois, car
il mène les chouans contre nous, sans trêve ni merci, non point
sous le faux prétexte du maintien de leur culte, de la liberté des
prêtres, de l'indépendance du sol, mais pour le rétablissement
d'une monarchie que nous avons abolie.

— Vous êtes les assassins du roi Louis XVI...

— Nous sommes les soldats de la France contre l'invasion
de l'étranger, contre l'armée de déserteurs qui marchent avec

l'ennemi contre la patrie, contre les conspirations des alliés du marquis de Pléoben !.. et c'est pitié que la guerre que la Bretagne nous oblige à soutenir. »

Pendant que l'officier parlait, Alix jetait furtivement les yeux vers la place où elle avait vu son père; maintenant, le regard perçant de la jeune fille distinguait à travers les broussailles le canon d'un fusil, braqué dans la direction du chef de la demi-brigade.

Une violente émotion la saisit, en pensant que cet homme plein de foi, ce soldat convaincu, de qui la physionomie dénonçait la bonté et, en même temps, l'irritation chagrine que lui causait une telle guerre, allait tomber; une vive sympathie entra dans son cœur pour celui que, dans quelques secondes, la mort allait prendre.

« Eh bien ! dit railleusement la marquise, trouvez donc le marquis de Pléoben, si vous croyez que tel est son rôle. Mon enfant et moi sommes libres, je pense ?

— Votre enfant, Madame ! »

Et les yeux de l'officier tombèrent sur la gracile jeune fille, curieux d'abord, très doux, pleins d'intérêt ensuite.

« Emparez-vous donc de son père, si vous le pouvez, » reprit Mme de Pléoben.

La voix plus molle, le commandant murmura :

« Moi aussi, j'ai une enfant de cet âge, citoyenne; ne demandez-vous pas chaque jour ma mort ?

— Suis-je libre ? Ma fille est-elle libre ? interrogea de nouveau la marquise, toujours hautaine.

— J'ai le regret de vous répondre non, Mad... citoyenne. Jusqu'à ce que nos hommes aient fouillé les moindres coins et recoins, je dois m'assurer de vos personnes...

— Et, si vous ne trouvez rien de mieux, interrompit ironique-ment la marquise, nous garder en otage ?

— Il se pourrait; mais soyez d'avance certaine que vous serez traitées avec les plus grands égards, un absolu respect, si vous voulez bien n'opposer aucune résistance.

— Jusqu'à ce que nous expiions la hardiesse de l'un des nôtres, une de ses justes revendications.

— Je ferai tout au monde, citoyenne, pour que vous ne soyez pas ces victimes. »

M^me de Pléoben, qui jusque-là avait tenu Alix contre elle, l'éloi-gna subitement, plongea ses yeux dans les yeux de sa fille, comme pour lui dire que le moment était venu.

« Voulez-vous nous remettre entre les mains de vos gen-tilshommes, Monsieur ? dit la marquise avec une cinglante ironie.

— Jusqu'à nouvel ordre, citoyenne, vous êtes en effet prison-nières; cependant, si vous avez un requête à m'adresser...

— Une seule. De moi, vous ferez ce que bon vous semblera ; mais je vous prie de n'exercer aucunes représailles sur ma fille, *quoi qu'il arrive;* veuillez donner des ordres en conséquence. »

La façon délibérée et ferme dont la marquise avait parlé fit fris-sonner Alix. Elle attacha sur sa mère des yeux suppliants, et pen-dant que le chef de demi-brigade recommandait M^lle de Pléoben à deux soldats, rapidement, elle glissa à sa mère :

« Ne me quittez pas, je vous en conjure !

— Il le faut. » Et la marquise ajouta, la physionomie et le ton menaçants : « Prends garde ! »

Alix sentait ses jambes se dérober sous elle; elle pâlit affreu-sement; elle eut pourtant la force de dire :

« Monsieur, soutenez-moi... »

Elle s'appuya contre lui, le masqua de son corps, de telle façon
que son père ne pouvait faire feu sans l'atteindre.

Et, dans le bourdonnement confus qui anéantissait son cerveau,
elle pensa :

« Je voudrais sauver cet homme. »

« Alix ! cria la marquise, Alix ! »

Mais elle n'entendit ou ne voulut pas entendre.

A peine les deux femmes avaient-elles franchi la porte d'une
large pièce dévastée, — qui avait été en de meilleurs jours, jours
reculés, le salon d'honneur du château, — qu'un sifflement strident retentit, autre encore que les deux cris de chouette entendus le matin.

« Qu'est-ce que cela? s'écria le commandant en cherchant à
repousser Alix. Mais elle s'accrocha à lui.

— Ce n'est rien, murmura-t-elle.

— Si, un cri de ralliement. »

Et il voulut courir vers la fenêtre. La jeune fille se suspendit
plus fortement à son bras :

« Ils vont vous tuer ! » dit-elle très vite.

De toutes parts, au loin et très près, des centaines de siffle-
ments répondirent, et aussitôt des coups de feu se succédèrent.

« On assassine mes hommes ! » hurla le commandant en re-
poussant Alix.

Puis, courant vers la porte, il lui jeta comme un anathème :

« Malheureuse enfant ! qu'avez-vous fait? Je ne vous voulais
pas de mal. »

Il put entendre cette réponse :

« Je vous ai sauvé... peut-être. »

C'était, au dehors, une effroyable scène de carnage. Les Bleus
s'étaient précipités vers les fossés d'enceinte, les lardaient de

coups de baïonnette, cherchaient à y pénétrer, s'affaissaient, culbutaient, tombaient à la renverse ou sur le front, avant d'avoir pu atteindre un seul homme, décharger leur arme sur l'invisible ennemi qui les cernait, les accablait de mitraille.

De tous ceux qui s'étaient engagés sur le terre-plein du château, pas un Bleu ne semblait devoir échapper. La terreur était parmi ces infortunés soldats, qui couraient çà et là, cherchaient une protection, s'embusquaient derrière une poutre, un arbre, une borne, un pan de muraille, dans les granges, les écuries, l'étable, afin d'attendre l'attaque franche des chouans, qu'ils jugeaient inutile d'aller atteindre dans leurs repaires.

Sur la crête, au bord de la route de Pulvigné, dans le bois, les républicains surpris avaient succombé ou lâché pied. Devant eux, derrière eux, sur leur flanc, pleuvait une grêle de balles. La lutte immédiate était impossible contre des ennemis qu'ils ne voyaient point ; la fuite était la mort certaine.

Sur un ordre, en quelques minutes, toute la troupe qui se débandait se joignit, descendit, avança vers le château, se massa, criblant les haies de coups de feu jetés au hasard dans les buissons, à la place où traînait la fumée des dernières décharges, mais où les chouans se fussent bien gardés de demeurer après avoir tiré.

Ainsi, les républicains, pêle-mêle, criant et sacrant, se groupèrent vers le château, faisant l'impossible pour franchir l'enceinte du parc, pour concentrer leurs forces. Mais tout passage avait été en quelques secondes détruit ou gardé par les gars du marquis de Pléoben, le « lion de Camors », comme on l'appelait.

La moitié de la troupe régulière se trouvait prise ainsi dans le parc, contre le château, tandis que l'autre moitié, qui occupait la route ou qui était disséminée à travers bois, était arrêtée devant les routes ou les hautes haies, d'où la repoussait sans cesse un feu nourri, devant les fossés d'enceinte, impénétrables malgré les efforts opiniâtres, acharnés des Bleus, et contre lesquels tombait, à chaque coup tiré, visé juste, un des malheureux assaillants.

Le commandant courait d'un endroit à un autre, était partout, multipliait les ordres d'une voix sonore qui couvrait le crépitement incessant de la fusillade. Sans relâche, bravant mille fois la mort, il abandonnait l'abri d'une seconde, traversait la terrasse, franchissait les cours, apparaissait aux fenêtres du château, des communs, de la ferme, où il plaçait des hommes. C'était miracle qu'aucune balle ne l'eût encore atteint.

Cependant l'écrasement des Bleus était certain. Ils étaient tombés dans le piège que Pied-de-Loup avait tendu, conformément au plan souvent énoncé par le marquis de Pléoben, et ils allaient périr, jusqu'au dernier.

Pour les compagnies mêmes qui ne s'étaient pas engagées en dedans des fossés, la fuite était devenue hasardeuse, car la ligne des chouans s'était refermée sur leur arrière-garde ; dans les bois, un combat acharné avait été livré, corps à corps, la plupart du temps ; mais là aussi les chouans, habitués aux taillis, à l'enchevêtrement des branches et des épines, conservaient l'avantage, malgré l'infériorité du nombre. La troupe enserrée sur la route s'épuisait en un inutile effort, dans un désordre, une mêlée, un affolement indescriptibles, qui faisaient plus meurtrier encore sur ce point le feu des partisans.

Ces soldats-là eussent pu passer, continuer en avant, battre en retraite sur Baud ; mais ils devaient faire tendre tous leurs efforts à porter secours au chef de demi-brigade et aux trois cents hommes imprudemment engagés sur le terre-plein du château. Ils s'em-

poignaient corps à corps, tandis que d'autres, par grappes, s'en-
laçaient, s'étranglaient, s'étouffaient, ou tombaient d'un coup
de sabre, de bâton, de pistolet, au milieu d'une inconnaissable
mêlée.

« Mon père ! mon père ! » cria encore Alix.

Mais une voix retentissante comme un coup de canon couvrit
la clameur infinie, le bruit des détonations :

« Va-t'en ! va-t'en ! »

La marquise avait repris sa fille, la tirait en arrière. Près
d'elles, une balle siffla, brisa une vitre du côté des cours ; puis
une autre frappa l'embrasure, ricocha, tomba dans la pièce,
écrasée. Un soldat embusqué vint rouler à leurs pieds.

« Alix ! Alix ! mon enfant ! ma fille bien-aimée ! » suppliait
Mᵐᵉ de Pléoben, qui ne trouvait plus la force d'arracher la jeune
fille, dont les mains s'accrochaient désespérément au châssis de
la fenêtre.

Alors un soldat républicain sauta du dehors, la saisit brutalement ; elle recula sous la poussée violente de l'homme.

« Si le feu ne cesse immédiatement, vociféra-t-il, j'ai ordre de
vous tuer toutes deux. »

Il tomba à la renverse ; une balle partie du fossé venait de le
foudroyer.

Par la porte, cette fois, deux autres soldats arrivaient, enjoignant à la marquise, et ce sous peine de mort, de *faire taire* les
chouans.

Mᵐᵉ de Pléoben ne répondit pas, et serra sa fille contre elle.

« Nous tenons toujours la louve et son louveteau, vociféra l'un
des soldats.

— Mettons-les dehors, s'écria un autre, pour voir s'ils tireront
sur elles aussi, les brigands ! »

Déjà, ces deux hommes appréhendaient Alix et sa mère, les entraînaient brutalement, quand une attaque imprévue, impétueuse, rejeta à quelques pas les républicains.

« Yvon ! s'exclama Alix.

— Yvon ! Toi ici ! » fit M$^{me}$ de Pléoben.

Celui qui venait de délivrer les deux femmes, Yvon de Noyal, bien qu'il eût seize ans sonnés, paraissait encore un enfant, malgré sa taille élancée, tant était délicate et frêle, en apparence, sa constitution, tant étaient doux ses traits peu accusés encore, pur son regard, frais son teint sous de longues boucles blondes.

Cet être qui semblait débile, et qui avait toujours laissé douter d'une réelle volonté, de son énergie, révélait soudain à cette minute critique, devant le péril où il voyait Alix et la marquise, une nature pleine de courage, d'audace, d'abnégation. Car n'était-ce pas la mort qu'il bravait là ? Ses petites mains fines, ses bras fuselés, avaient trouvé, contre la violence faite à des personnes qu'il chérissait, une surprenante vigueur ; son visage s'était empreint, sous l'éclat d'un regard pénétrant, hardi, sous la crispation des traits, d'un aspect farouche, décidé à tout.

« Yvon ! toi ! mon enfant ! Comment as-tu pu arriver jusqu'ici ? » répéta M$^{me}$ de Pléoben.

Les hommes étaient revenus en quelques secondes de leur stupeur première ; ils jugeaient rapidement ce qu'ils avaient à craindre de ce nouvel ennemi.

Puis ils se jetèrent sur lui.

Yvon, secouru par les deux femmes, résista tout d'abord. Et quand, ayant repoussé celles-ci, les républicains se furent assurés du jeune homme, l'un d'eux appliqua sur sa tempe le canon d'un pistolet. Alix jeta un cri déchirant.

« Maintenant, le mignon ci-devant, dit celui qui le menaçait de son arme, si tu bouges, nous t'envoyons au paradis, chérubin.

— Ah! continua l'autre, la prise est bonne, c'est le petit du lion de Camors, le lionceau ; l'affaire devient meilleure. Le com-

Une balle venait de le foudroyer.

mandant ne veut pas de ces femmes comme otages : en voilà une, de sensiblerie! Maintenant, si les brigands ne cessent pas, ça leur coûtera leur rejeton.

— Ils vont cesser, s'écria M^lle de Pléoben en échappant à l'étreinte de sa mère. Grâce! grâce! attendez! je vous en supplie!... »

Et elle s'enfuit comme si elle s'envolait; sortit de la maison, se trouva sur la terrasse. Il pleuvait des balles. Elle courut vers la place où naguère, dans le fossé, elle avait vu son père, puis d'où était sortie sa voix. Elle appela. Des mots coupés, des interjections, des cris de chouan lui répondirent, qui l'avertissaient, la suppliaient de fuir. Autour d'elle, la mitraille tombait incessamment. Elle se retourna enfin, les bras battant l'air, affolée. Chaque seconde perdue consommait la perte d'Yvon. Sa mère, gardée prisonnière, lui adressait des appels déchirants :

« Alix ! Alix ! »

Une fumée compacte tourbillonna, enveloppa la jeune fille, l'aveugla. Suffoquée, étourdie, elle ferma les yeux, comme ivre, ne sachant pas. Puis, peu à peu, elle distingua un mur, des fenêtres où luisaient des canons de fusil, et plus loin, sur sa gauche, devant les dépendances, une longue barricade lui apparut, d'où un chef criait les commandements, donnait des ordres. Elle reconnut la voix du chef de demi-brigade. Les feux se croisaient au-dessus d'elle, près d'elle, et, distinctement, elle voyait à chaque seconde partir des coups de fusil derrière ces remparts de bottes et de fagots où les républicains s'étaient retranchés. Elle marcha vers eux, au mépris de la mort qui l'attendait à chaque pas, n'ayant d'autre pensée que de supplier le commandant en faveur d'Yvon.

Alix n'était plus qu'à dix mètres de la barricade, lorsqu'une exclamation vibrante déchira l'air ; et presque en même temps elle vit l'officier franchir le retranchement, courir à elle. Il la saisit dans ses bras, l'emporta comme il eût fait d'un enfant.

Mais à peine l'officier eut-il posé à terre la jeune fille, dans le château, qu'il chancela, poussa un sourd gémissement et s'abattit lourdement. Il ne fit plus un mouvement.

Tous s'étaient précipités vers le chef de demi-brigade : M^me de Pléoben, les soldats présents, Yvon, qui avait pu suivre la fin de cette scène tragique.

Après quelques minutes d'évanouissement, le commandant ouvrit les yeux, regarda autour de lui, serra les mains d'Alix· qui tenaient sa main :

« J'ai mon affaire, » dit-il tristement avec un lointain regard.

Et, après une pause, il ajouta :

« Vous m'aviez sauvé, Mademoiselle, je vous devais ce sacrifice de ma vie. Ah ! pourquoi êtes-vous venue là ? fit-il avec amertume. J'ai une fille, moi aussi. »

Ses joues s'empourprèrent, ses yeux s'illuminèrent, suivirent une forme imaginairement revue, puis se voilèrent de larmes.

Et sa parole, lente tout d'abord, se précipita, devint plus saccadée ; la fièvre le prenait, ardente. Il haletait.

« On se bat encore, toujours ! On se tue ! On s'égorge ! De braves gens tombent, des enfants, des pères... j'étais perdu ! je ne pouvais pas me rendre... On m'eût accusé de trahison, là-bas, où ils voient partout des traîtres... »

Il se tut. Alors, un des soldats qui tenaient Yvon s'avança et dit :

« Mon commandant, nous avions des otages...

— Ces citoyennes, et celui-ci, ce fils du ci-devant, » fit un autre.

Plus calme, après une courte réflexion, le chef de demi-brigade répondit :

« Pauvres enfants ! Ce sont là des crimes abominables, que ces représailles sur les femmes et les enfants ; ici, c'eût été un crime inutile ; le marquis de Pléoben est de ceux que rien au monde ne fait reculer ; il eût immolé jusqu'à ces jeunes êtres. Ah ! la guerre affreuse ! assez ! assez ! »

Un lieutenant entra :

« Assez ! répéta-t-il ; Larin, que l'on se rende, tout de suite, tout de suite... Vous vous feriez tuer inutilement jusqu'au dernier.

— Mourir pour mourir, mon commandant, mieux vaut lutter jusqu'à la fin ; ces paysans sont féroces, ils ne nous feront pas grâce.

— Portez mes ordres, » répliqua l'officier.

Et tournant les yeux vers Alix, qui s'était agenouillée auprès de lui, soutenait sa tête :

« Mademoiselle, vous intercéderez pour eux.

— Je vous jure, sur sainte Anne d'Auray, Monsieur, de faire tout au monde pour qu'ils aient la vie sauve.

— La mort, maintenant, me semblera moins cruelle. »

Il écouta quelques secondes, anxieux de l'exécution de ses ordres. Les coups de feu diminuèrent, s'espacèrent, un sifflement aigu traversa l'air, se répercuta au loin, fut répété, et la poudre se tut enfin.

Depuis plus d'une heure on se battait, et les pertes étaient considérables du côté des Bleus, qui laissaient sur le terrain plus de la moitié de leur effectif.

Des cris de victoire retentirent, firent vibrer l'air. Et tout bruit se tut.

Maintenant, une clameur lugubre montait dans ce premier silence, rumeur immense faite de malédictions, de prières, d'appels, de supplications, qui couvrait un murmure de douleur, de gémissements.

Le commandant n'entendit plus rien, perdit connaissance. Yvon et Alix s'étaient retirés dans une pièce voisine, tandis que M^mo de Pléoben prodiguait au blessé les premiers soins.

Dès que le signal de la cessation du combat avait été donné, les soldats qui ne se trouvaient pas pris dans une enceinte ou qui

n'étaient pas enserrés par la ligne des paysans avaient fui vers
Baud ou s'étaient jetés de l'autre côté de la route, dans la direction de Languadic. Ainsi, une grande partie de la troupe parvint
à s'échapper, tandis que ceux qui étaient cernés, blessés ou
indemnes, déposaient les armes, les rendaient.

## III

Alors, sur la gauche des prairies, au bord du fossé d'enceinte
qui longeait la forêt où avait eu lieu l'engagement le plus vif, un
homme dont l'aspect étrange impressionnait, apparut aux regards.
Sa stature était élevée, géante, son buste était large, sa muscu-
lature herculéenne. Ses traits sans lignes précises avaient de la
netteté, de la vigueur, une certaine beauté. Une épaisse arcade
sourcilière s'abaissait lourdement sur des yeux noirs, profonds,
brillants, ombrés de longs cils ; le regard comme la coupe du
front annonçaient une extrême audace, le maxillaire une inébranlable volonté, une ferme énergie, qu'achevaient d'affirmer deux
profondes rides partant de la racine du nez, s'élevant entre les
sourcils. Il n'avait ni barbe ni moustaches, et la lèvre inférieure
saillait, épaisse, mécontente. Ses longs cheveux noirs, touffus,
plantés dru, ressemblaient à une crinière. La voix avait le timbre dur et l'intonation grondeuse, impérative. Le costume qu'il
portait était celui du paysan breton. La culotte et les bas étaient
de laine noire ; la veste et le gilet étaient de drap brun. Mais ces
vêtements eussent fait peu différent le chef qui les portait du

reste de cette armée déguenillée, si sa prestance imposante, l'élégance du geste, la netteté du mouvement, l'aisance de la démarche, l'aristocratie du port de tête, ne l'eussent distingué.

Tel était celui qu'on avait surnommé le Lion de Camors ; tel était le marquis de Pléoben.

L'ensemble de cette physionomie n'était point sans avoir eu une grande part dans l'influence que ce seigneur de vieille race, dont le nom était connu dans la contrée de temps immémorial, avait prise sur les paysans de la forêt de Camors. D'intelligence un peu bornée, mais doué d'une certaine ruse, ayant reçu une suffisante instruction et s'exprimant avec facilité, il avait su exploiter avec autant d'habileté que de vigueur la révolte religieuse contre le pouvoir des intrus, au profit de ses convictions politiques, de ses menées royalistes.

Ni la victoire éclatante qu'il venait de remporter, ni le péril auquel les siens et lui-même échappaient, ne modifiaient l'expression sévère de son visage. Après avoir été terrible dans l'action, il était souverainement calme dans le triomphe, et il allait çà et là, se rendait un compte exact de la position, de la sécurité qu'il convenait d'avoir, de la méfiance qu'il devait observer, des précautions qu'il était bon de prendre, avec une placidité de fataliste, ou de conquérant blasé de succès.

Rodom, très grave aussi, suivait le marquis, tandis que celui-ci contemplait son œuvre avec une parfaite tranquillité, sans témoigner d'émotion devant les plus sanglants ni les plus tragiques spectacles, sans avoir un regard de pitié pour les malheureux qui gisaient ici et là, cruellement ou mortellement blessés, pour ces femmes de chouans, ces mères, ces épouses, ces filles, des enfants même, qui maintenant, comme sortis de terre après le combat, couraient de tous côtés, cherchant un des leurs, appelant, ou ayant trouvé, hélas! s'agenouillaient, pleuraient, se lamentaient, imploraient du secours.

Il y eut même des larmes de joie, de touchantes scènes qui eussent attendri le cœur d'un Néron ou d'un Caligula, et le marquis de Pléoben semblait raidi, plus hautain, ne sourcillait pas.

Tout à coup cependant, il ne peut réprimer un tressaillement. De la route, quelqu'un appela dans la direction du château :

« Yvon! Yvon! »

Il y avait une telle alarme dans cette voix, qu'une légère émotion colora les joues hâves du marquis de Pléoben. Mais, presque aussitôt, un autre sentiment passa sans doute en lui, car, cette fois, il abaissa, serra légèrement les sourcils : Yvon sortait du parc, accourait, rejoignait son père.

Car celui qui avait causé cet émoi était M. de Noyal.

« Avec elles ! » murmura le marquis de Pléoben.

Le chevalier de Noyal, que venait de rejoindre Yvon et qui tenait son fils longuement embrassé, devait former auprès du chef des gars de Brevay un étonnant contraste : masque de douceur à côté du masque brutal, masque de faiblesse à côté du masque de force, un corps petit auquel la timidité du mouvement donnait un aspect de précoce caducité.

Mᵐᵉ de Noyal était accourue, avait rejoint son mari, son enfant. Pléoben les suivit du regard. Il les vit se mêler à des prêtres, à des femmes, organiser des secours, relever les blessés; on commençait le transport à la Maison rouge.

Pléoben ne put retenir ce parallèle entre ces deux demeures voisines, qui représentaient, l'une la barbarie, et l'autre l'humanité.

Cette diversion à ce qui l'occupait n'avait duré que quelques secondes. Il continua à donner des ordres, plaça ses hommes, leur enjoignant de faire bonne garde et de recommencer le feu en cas de retour offensif.

Puis il se laissa couler dans un fossé, et quelques secondes après il reparut au milieu des arbres du parc, sans avoir laissé connaître la place par laquelle il était remonté.

Déjà, dans la cour du château, les soldats républicains avaient été désarmés et mis sous bonne garde.

Lorsque le marquis de Pléoben pénétra dans la pièce où le commandant, maintenant étendu sur une chaise longue, recevait les soins de M^me de Pléoben, il s'arrêta, l'œil durement fixé sur sa femme, la sommant du regard d'expliquer cette sollicitude. Et la phrase, qui eût dû être, après un tel désarroi, après cette émouvante scène, empreinte de tendresse, fut un reproche qu'accentuait encore le ton tranchant dont elle était formulée.

« Je crois, dit-il, que vous perdez la raison. Ou bien, êtes-vous simplement plus cruelle qu'il ne conviendrait ?

— Cruelle ?

— Ignorez-vous donc que si, parfois, nous pouvons faire grâce aux rebelles, qui pour la plupart obéissent à des ordres auxquels ils n'ont pas le pouvoir de se soustraire, nous ne pouvons donner quartier à leurs chefs, qui, eux, agissent librement ? »

La marquise baissa la tête ; elle savait toute réponse sans effet, comme toute supplication inutile.

Pléoben continua froidement, en couvrant de son regard perçant le prisonnier, qui, très faible, mais revenu à lui, écoutait le verdict de mort tomber de la bouche du marquis :

« Oubliez-vous soudain que tout officier rebelle au Roi doit payer de sa vie sa trahison ? Ah ! vous êtes pleine de bonté, vraiment, pour ces fauves qui nous égorgent et qui, une fois pris, se font moutons. Race de félons et d'assassins ! »

Le commandant trouva la force de se relever sous l'outrage.

« Nous châtions les coupables du crime de lèse-patrie, les insurgés contre les lois, les pillards, ceux qui conspirent contre la sûreté de l'État ; mais, nous autres, Monsieur, nous avons pitié des mourants. Je croyais que vous, chrétiens, qui vous dites martyrs de votre foi, qui vous embusquez, égorgez au nom de votre religion, vous offriez à votre proie les consolations des célestes espoirs au seuil de l'éternité, au nom de cette charité que vous vantez, la charité chrétienne ! »

L'officier avait prononcé ces paroles avec une hauteur et une dignité qui en imposèrent au marquis de Pléoben. Cependant, il s'efforça de réagir contre l'impression qui le poignait :

« Monsieur ! » s'écria-t-il d'une voix qui tonna dans la pièce dénudée.

Mais il se sentit sans force devant l'impuissance de cet homme épuisé. Il croisa les bras, laissa tomber sa tête sur sa poitrine. Pendant une minute, un silence de mort régna ; puis un doux enlacement le tira de ses réflexions. Alix était contre sa poitrine et élevait vers lui des yeux suppliants.

« Mon père ! fit-elle d'un ton de reproche, après la cruelle épreuve d'aujourd'hui... vous ne m'aimez donc pas !

— Vous m'avez désobéi, répondit-il d'une voix grave ; notre victoire eût pu, par votre faute, se changer en défaite... Que voulez-vous à votre père ?

— Je ne veux rien de vous, puisque vous ne m'aimez pas, répéta-t-elle avec toute la tendrese de son cœur.

— Non, je ne vous aime pas, c'est vrai ; vous n'êtes pas digne de moi.

— Alors, peu vous importe qu'un homme, un soldat, un brave, me voyant perdue, perdue sans espoir, ait sacrifié sa vie pour moi.

— Pourquoi êtes-vous venue là?

— Pour Yvon.

— Yvon !

— Yvon m'avait arrachée à eux, Yvon était prisonnier ; il allait mourir, j'ai voulu sa grâce... Celui à qui j'allais la demander m'a sauvée, mais a été cruellement blessé. »

Et, très bas, elle ajouta :

« Mortellement, je le crains.

— Un ennemi ! fit le marquis, et vous le « craignez ! »

En quelques mots, la jeune fille retraça la scène que nous venons de rapporter.

« Oui, termina-t-elle, celui qui m'a sauvée meurt pour moi : le voilà. »

Le marquis eut un haut-le-corps. Il fut pris d'une vive émotion. Son visage devint très pâle. Un cœur battait donc sous cette écorce qui semblait impénétrable ? Mais il se raidit contre ses impressions pour les mieux dissimuler.

« Que Dieu l'ait donc en sa sainte garde ! fit-il avec hauteur, d'un ton encore mordant.

— Mon père, vous pardonnerez à ces pauvres gens !

— As-tu perdu la raison, Alix ? Non, c'est impossible, impossible !

— Vous m'avez dit que la parole d'un Pléoben était chose sacrée.

— La parole d'un Pléoben ?... Que signifie ?...

— J'ai promis la vie, j'ai promis la liberté, j'ai juré sur sainte Anne d'Auray... Ne suis-je pas une Pléoben ?

— Malheureuse ! qu'as-tu fait ?... »

Il se laissa tomber dans un fauteuil avec une sorte d'accablement ; puis, après quelques moments d'immobilité et de mutisme, il s'avança vers le chef de demi-brigade :

« Monsieur, dit-il avec une déférence qu'il n'avait pas marquée jusqu'ici, je vous dois la vie de mon enfant ; votre vie m'est sacrée, guérissez ; votre blessure est de celles dont on guérit, et vous serez libre. » — Il ajouta amèrement : « Libre de me combattre encore, de marcher à la tête de l'armée révolutionnaire contre l'armée du Roi, de chercher à me faire prendre par vos hommes et à m'envoyer sans pitié à la guillotine, comme tous ceux que l'on assassine là-bas... Vous êtes soldat, vous obéissez, croyant être du côté de l'ordre, alors que vous servez des imposteurs, des révoltés.... »

Le commandant fit un mouvement, voulut parler ; la voix du marquis couvrit la voix très faible du républicain :

« N'importe ! ma fille a promis, je dois tenir ma promesse ; jamais on ne vit un Pléoben manquer à son serment. Vos hommes auront la vie sauve. Tous ils sont coupables du crime de lèse-majesté ; je devais les massacrer, les fusiller inexorablement ; je leur fais grâce, à la condition qu'ils feront serment de soumission. Et s'ils refusent, ils n'auront plus à compter sur ma miséricorde ; chacun d'eux me répondra de la vie d'un chouan.

— Des otages ?

— Oui.

— C'est leur mort que vous décrétez : la vie d'une centaine d'hommes n'est pas pour arrêter le gouvernement.

— Ce sera leur mort. Je ne puis rien de plus sans outrepasser mes droits, sans trahir les intérêt de la royauté, sans tromper, décourager mes hommes. Entendez leurs menaces, leurs cris...

— Leurs injures ! »

La marquise et M^{lle} de Pléoben sortirent de la pièce, afin de se rendre mieux compte des raisons du tumulte nouveau qui s'élevait autour du château.

« Leurs griefs, Monsieur, continua le marquis : ils ont souffert ; la misère, la faim, les affolent ; l'invasion de vos hordes les ruine, les mine ; ils sont en haillons, sans ressources, les sabots usés, pieds nus pour la plupart. Ils vous haïssent, au nom de la religion qu'ils défendent au prix de leurs souffrances, comme je vous hais, moi, pour vos abominables crimes. »

Mais comme les vociférations redoublaient au dehors, où l'on demandait que justice fût faite, le marquis s'approcha d'une fenêtre et, de sa voix tonnante, commanda :

« Silence, les gars ! »

Un long murmure de mécontentement succéda aussitôt aux bruyantes clameurs.

Le marquis se tourna de nouveau vers le blessé :

« Pensez-vous, Monsieur, que je pourrais, sans risquer de m'aliéner leur dévouement déjà si éprouvé, sans blesser leurs convictions...

— Oui, je comprends, fit l'officier avec une pointe de fine et habile ironie ; ces pauvres gens se battent pour leurs prêtres, pour l'indépendance de leur religion et de leur sol, et vous, Monsieur le marquis de Pléoben, vous vous servez d'eux pour la cause de la royauté.

— Le Roi est le représentant de Dieu sur la terre ; se battre pour son roi est se battre pour son Dieu. Les deux causes sont inséparables. Qui dit régicide dit athée, dit Judas.

— Louis XVI appelait sur le sol de France les ennemis de la patrie : c'est une faute grave ; cependant, sa condamnation à mort et surtout son exécution m'apparaissent comme une iniquité, un de ces excès où entraîne toute passion, l'un de ces excès où vous tombez aujourd'hui. Ne décrétez-vous pas aussi la mort immédiate ? Ne décidez-vous pas, par une de ces ruses indignes d'un

grand caractère, une mort prochaine ? Vos otages entraîneront
chez les républicains d'horribles représailles. Vous employez là
une arme bien dangereuse, une arme à deux tranchants. N'est-ce
pas bien assez déjà qu'entre enfants du même pays il y ait des
vainqueurs et des vaincus ? Faites au moins qu'il n'y ait ni bourreaux ni martyrs. Vous me dites que vous croyez en Dieu, Monsieur le marquis de Pléoben, et qu'en défendant la cause du roi,
c'est pour la cause de Dieu que vous combattez. Non. Rentrez en
vous-même, interrogez votre conscience, demandez-lui si vous
avez le droit d'être ainsi inexorable pour d'autres créatures de
Dieu, coupables, tout au plus, selon vos doctrines, d'erreur, ou
coupables d'obéissance, non point à une conviction, mais à une
force plus grande qui s'impose à eux : la loi, qui est l'expression
de la volonté de tout un peuple. Priez ce Dieu de vous inspirer,
si vous êtes sincère ; priez ce Dieu, dont le Fils, obéissant à un
ordre souverain, s'immola sur la croix pour la rédemption des
péchés, ce Dieu de pardon, ce Dieu des humbles et des persé-
cutés, l'Être suprême, miséricordieux sans doute pour les vaincus d'une guerre honnie comme pour les vaincus de la vie.

— Croyez-vous donc en Dieu, vous qui l'offensez ainsi ?

— Oui, je crois en un Dieu sublimement bon, infiniment grand,
qui, dans sa bienheureuse et céleste demeure, éclatante d'éternité, réprouve les ruines de ce temps, condamne cet orgueil toujours vivant au fond de notre misérable cœur, s'indigne de notre
méchanceté qui nous pousse à une guerre impie, criminelle. Élevons nos cœurs, Monsieur, et que la vision du moment formidable où nous rendrons compte de nos actes au Créateur de toutes
choses inspire nos pensées, nos résolutions. »

Le commandant était retombé, brisé après ce long effort, à
demi évanoui.

Et comme, troublé déjà, le marquis le regardait, le chef des Bleus murmura doucement :

« Ma fille ! ma fille bien-aimée ! »

« Sa fille ! » songea Pléoben.

Le royaliste s'avança vers le républicain, écarta l'uniforme, voulut se rendre compte de la gravité de la blessure, de sa place exacte. Mais il le fit avec sa rudesse naturelle, et arracha un tressaillement de douleur au prisonnier, qui porta rapidement sa main gauche à sa poitrine.

Du poing fermé de l'officier sortait un bout de papier.

Pléoben hésita.

Mais la défiante curiosité du chouan commandait une investigation qui pourrait servir à des actes ultérieurs.

« Qu'a-t-il donc là ? se demanda-t-il ; j'ai le devoir de l'apprendre. »

Le républicain avait perdu connaissance. Doucement, le marquis écarta les doigts, prit le papier.

Puis il eut un scrupule.

Cependant, il se persuada encore que cette feuille pouvait contenir une précieuse indication. Alors, sans tarder davantage, il la défroissa, l'étendit avec soin.

Ses yeux coururent au hasard des lignes, tracées d'une fine écriture de femme ; il trouva le commencement de la lettre, et ces mots lui serrèrent le cœur :

« Mon père chéri. »

Le marquis pâlit ; il sentit une profonde émotion l'envahir.

« Sa fille ! Il a une fille ! » pensa-t-il.

Aussitôt s'évoquèrent dans son esprit les discussions qu'il avait eues avec Noyal ; il se remémora les théories humanitaires du chevalier, ses plaidoyers en faveur des pauvres diables soumis à

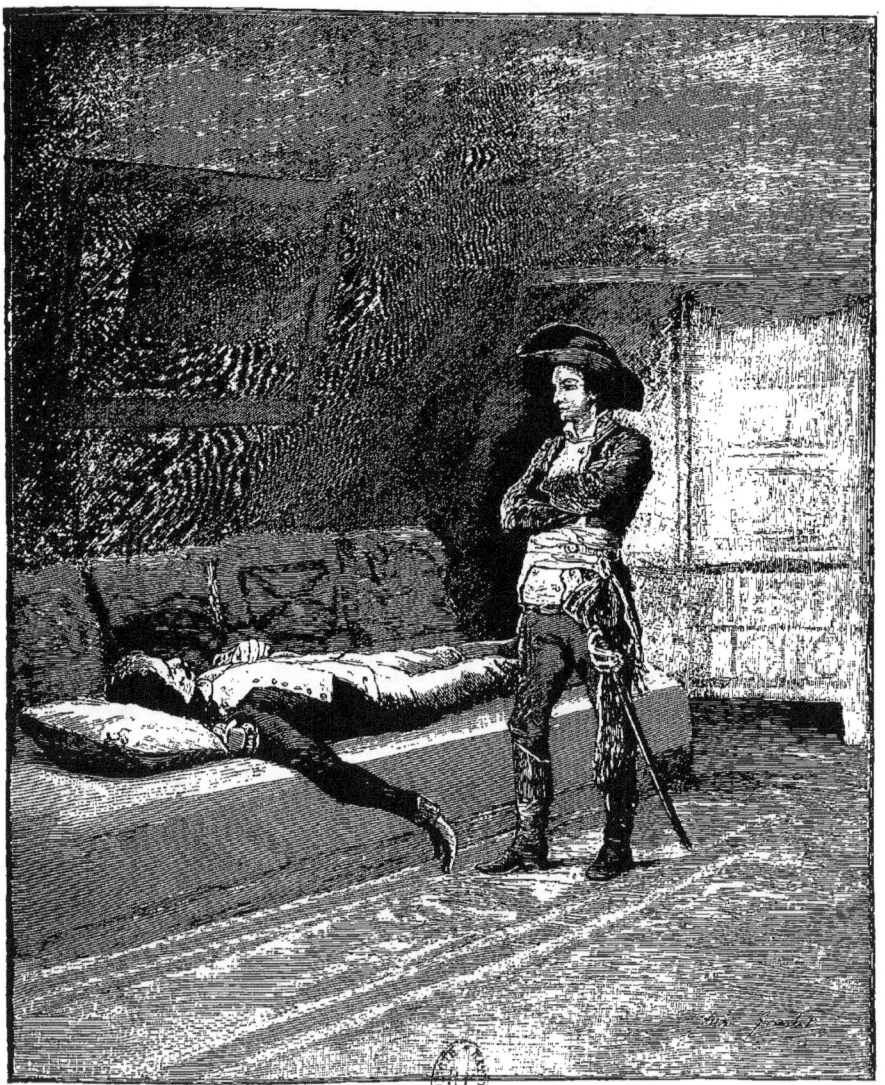

Le marquis le regardait...

une discipline, à une consigne, et qui, comme eux, avaient une famille, des enfants qu'ils adoraient, dont ils étaient aimés.

Alors, têtu, le chouan se ressaisit à ses émotions, rappela ses principes, et, les sourcils froncés, serra les poings, voulut savourer le triomphe de voir là abattu, mourant, cet ennemi qu'il devait détester, pour lequel il s'était promis d'être sans pitié.

Mais, malgré son vouloir, le cœur peu à peu l'emportait sur la tête, l'âme sur la raison ; une sympathie l'attirait vers cet homme qu'une heure auparavant il avait tenu au bout de son fusil, qu'il visait férocement, qu'il eût vu rouler à terre sans un soupir de regret, avec une satisfaction barbare, pareille à celle qu'il éprouvait jadis à culbuter un marcassin, à voir se traîner, agonisant, mortellement atteint, un solitaire ou une laie, au fond de la forêt de Camors. Maintenant, une sorte d'amour de ce prochain, naguère détesté, le prenait tout entier, l'attirait vers ce héros résigné d'une cause exécrée ; le soldat disparaissait, c'était un homme seulement, un *homme* qu'il avait devant lui, et en son être tombait lentement la parole du divin Rédempteur : « Aimez-vous les uns les autres. »

Pléoben voulut chasser encore cette sollicitude importune, s'arracher à cette attirance invincible. Mais il sentit dans sa main la lettre de l'enfant, et il eut la vision d'une jolie fillette à Alix semblable, dont le cœur battait en quelque coin de France pour cet homme qui ne reviendrait pas, peut-être, qui se mourait là, captif, entouré d'implacables ennemis, des enfants de France, eux aussi. Elle attendait, anxieuse, comme Alix avait dû l'attendre, lui, pendant cette absence prolongée. Et c'était le malheur qui se présenterait à sa porte, une désespérante nouvelle.

« Bah ! murmura-t-il, moi, ils m'auraient tué comme un chien, eux ! »

Et, après quelques secondes de réflexion, il murmura encore en hochant la tête :

« Il a sauvé mon enfant. »

De nouveau, il s'avança lentement vers l'officier. Sur le visage du commandant, visage pâle, inerte, glissait par instants un douloureux frisson ; puis sa tête oscilla légèrement, ses lèvres s'agitèrent ; aucun son ne sortit de sa bouche.

Pléoben lui prit doucement la main, ouvrit sans peine son poing crispé, replaça la lettre, ferma les doigts.

Alors, comme si de ce papier se dégageait un fluide magnétique, une mystérieuse essence, baume délicieux qui revivifiait toute la tendresse de l'âme de l'officier et y mettait une sereine et douce joie, son front assombri s'irradia, ses pommettes se teintèrent d'une légère rougeur, ses lèvres, livides déjà, se colorèrent, s'agitèrent, et cette fois prononcèrent distinctement :

« Alice ! »

« Alice ! » ne put s'empêcher de répéter le marquis, en reculant d'un pas.

Et comme si le blessé eût perçu cette exclamation, il redit avec plus de force, en tendant les bras :

« Alice ! Alice ! ma fille ! »

M. de Pléoben regarda autour de lui ; il était bien seul.

Un dernier combat se livrait en lui. Soudain, il alla au républicain, se pencha, le baisa au front. Des larmes s'échappèrent de ses yeux.

« Pauvre brave homme ! » dit-il.

Puis, nerveusement, il courut vers la fenêtre, appela d'une voix dure et vibrante :

« Garnier, Cournouic, Pied-de-Loup, quelqu'un ! Cherchez-moi l'abbé Lavaure pour cet homme-là.

— Peut-être bien qu'il est tard pour le repentir, remarqua un chouan.

— Tais-toi ! » riposta violemment le marquis.

Des hommes coururent vers l'église.

M<sup>me</sup> de Pléoben, en entendant la voix de son mari, était survenue :

« Il se meurt? demanda-t-elle.

— J'en ai peur, répliqua le marquis.

— Vous en avez...! »

Elle regarda son mari, fut frappée de l'étrangeté de sa physionomie. Mais, avec la véhémence qui décelait le trouble de cet homme si froid, si maître de lui d'habitude, il dit :

« Faites tout au monde pour que ce Bleu-là vive. »

Et il expliqua aussitôt, répondant au regard inquisiteur de M<sup>me</sup> de Pléoben :

« C'est un otage. »

## IV

Tandis que cette dernière scène se déroulait rapidement, Alix avait rejoint le chevalier et Yvon de Noyal. Tous trois prodiguaient en hâte aux blessés les soins que permettaient les très élémentaires connaissances médicales de M. de Noyal et ses ressources de pharmacie.

Toutefois le chevalier, en prévision du danger chaque jour menaçant, s'était procuré, en vue d'un engagement possible, quelques remèdes dont les effets heureux se firent souvent sentir. Aussitôt pansés, les blessés étaient dirigés sur la Maison rouge, où M^me de Noyal les recevait, continuait les soins.

D'autre part, trois prêtres apportaient à tous, sans distinction de parti, les secours de la religion.

Ces abbés, réfugiés au presbytère de Brevay, s'étaient mis sous la protection du marquis de Pléoben, et avaient évité ainsi les périls de la vie errante, dont le moindre était la déportation, ou des persécutions terribles encore, parfois, lorsque ces prêtres réfractaires tombaient entre les mains de troupes surexcitées par un combat ardent, un engagement meurtrier, une de ces surprises auxquelles les républicains étaient sujets avant d'avoir eu le temps de se mettre sur la défensive.

L'importance des scènes qui vont suivre ne nous permet pas de nous attarder à une description de cet émouvant tableau. Le lecteur en comprendra de lui-même, sans que nous insistions, et les attachants aspects, et parfois, hélas! les horreurs, les douloureuses et déchirantes situations. Nous ne signalerons pas davantage des actes de cruauté, des représailles isolées, des vengeances de plusieurs paysannes contre ceux qu'elles accusaient de la mort d'un des leurs.

On connaît, du reste, pour les avoir lus dans d'autres récits de cette terrible époque, les excès de brutale sauvagerie d'une population outrée des moyens violents employés pour porter atteinte à leur indépendance, à leurs droits, par des envahisseurs.

Mieux encore que les campagnes les plus acharnées de l'Ouest, la population de Brevay et toutes celles des bourgs environnants demeuraient inébranlables dans leur résistance contre la Révolution. En effet, de temps immémorial, les habitants de cette petite contrée étaient *sujets du Roi,* c'est-à-dire que le pays relevait directement de la couronne, n'était soumis à aucun droit féodal.

L'envahissement semblait donc aussi à leur esprit obtus comme un irréparable empiétement sur leurs prérogatives, l'abolition de ce qu'on avait considéré jusqu'alors comme un précieux privilège.

La question d'intérêt s'unissait encore aux convictions religieuses pour montrer comme des bandits ces hommes qui entendaient non seulement imposer, selon le bref de Pie VI, un *impur ramas d'erreurs et d'hérésies,* mais s'approprier au surplus leurs biens : leur masure, leur champ, leur verger, leur maigre bétail.

Bientôt, après le premier émoi, anathèmes et imprécations se perdirent dans un long chant d'allégresse : chant monotone, plaintif, sans rythme et sans mesure, qui, privé d'ensemble, ondulait mollement, se répercutait inégalement dans l'écho des bois.

Mais une judicieuse pitié mit un terme à ce triste chant, chant inhumain de victoire. La cloche de l'église ébranla l'air, vibra de toute sa volée; ensuite, lentement sonna le glas, jeta son appel à la prière, imposa le recueillement.

Tous s'agenouillèrent et se signèrent d'abord. Puis, ayant transporté les derniers blessés, ceux qui n'étaient pas placés aux avant-postes se dirigèrent vers la maison sainte. Les hommes avaient le front bas, les femmes les mains jointes. Tous priaient pour les gars tombés là, pour les blessés, pour les âmes qui s'envolaient vers Dieu, entrant, récompensées, dans le séjour des bienheureux.

L'église de Brevay était à cette époque une des plus pauvres du Morbihan. C'était une sorte de vaste grange couverte de chaume, dont les murs étaient faits de plâtre et de mortier ; l'abside seule était crépie à l'intérieur, ce qui, joint à la confection régulière de l'autel et du tabernacle, donnait au fond de l'église son caractère religieux.

Dès son retour au village natal, six années auparavant, le chevalier de Noyal avait fait encore construire de chaque côté du porche de cette rustique église deux hautes tours carrées en pierre, qui renfermaient deux cloches de bonne taille.

Le marquis de Pléoben craignait sans doute un retour offensif possible sur ce point; car, en quittant le commandant, il en inspecta rapidement les abords.

Les ordres qu'il avait donnés avaient été ponctuellement exécutés. Il trouva les hommes à leurs postes et acquit la certitude que d'autres paysans occupaient une première ligne plus avancée, et crieraient alerte, au besoin.

Il revenait donc de cette tournée sous bois et allait déboucher sur la route entre l'église et la propriété du chevalier de Noyal, lorsque la voix de celui-ci frappa son oreille.

Pléoben avait eu beaucoup de peine à se frayer un chemin jusque-là, à travers ces halliers épineux et touffus; il ne se souciait donc pas de rétrograder, et, d'autre part, il désirait éviter Noyal.

Il avait plus que jamais présentes à l'esprit, à cette heure, ses discussions avec le chevalier, et, encore sous l'impression de la scène douloureuse qui l'avait ému, le regard de cet homme si compatissant, si bon, si humain, lui était un pénible reproche.

Force lui fut donc d'entendre une conversation qu'il eût préféré ne pas écouter, d'en entendre plus encore qu'il n'eût voulu; car, contrairement à son attente, ceux qui parlaient restaient immobiles à cet endroit de la route.

« Monsieur le curé, disait le chevalier, vous savez que je suis un homme religieux; mais je trouve abominable le massacre de ces pauvres gens au nom de la religion chrétienne. Le Christ a donné le sublime exemple de la résignation. Persécuté, martyrisé, n'a-t-il pas jeté cette parole au monde : « Mon père, par- « donnez-leur, ils ne savent ce qu'ils font ? »

— Hélas! dit le prêtre, tout cela est bien affreux; mais nous devons donc nous soumettre, tout supporter sans protester?

— Pasteur, vous devez vous résigner, accepter plutôt la tyrannie des masses révolutionnaires, périr même sous leurs coups de folie, plutôt que de laisser votre troupeau s'immoler pour votre défense. Vous êtes quatre prêtres ici; tous, je vous honore et je vous aime; cependant, trouvez-vous juste que, pour le maintien de vos prérogatives, tant de braves gens qui ont charge de famille périssent parce que vous refusez le serment?

— Ah ! Monsieur le chevalier, je ne prêterai pas serment à ces bourreaux, à ces usurpateurs ; mais je donnerais ma vie pour ressusciter ceux qui sont tombés aujourd'hui, pour guérir ceux qui souffrent.

— Oui, je sais que vous êtes un grand cœur et un digne homme, l'abbé ; vous comprenez toute l'horreur de cette guerre ; mais ce que vous n'avez pas vu, jusqu'à cette heure, c'est qu'autour de votre étendard sacré se rangent des hommes qui pensent combattre pour leur foi, et sont le jouet des menées royalistes, obéissant, sans le savoir, par l'entremise d'un seul, aux ordres du comte d'Artois, créé surintendant du royaume, d'un royaume qui n'est plus. »

Le marquis eut beaucoup de peine à se contenir. La rage l'envahissait. L'idée seule d'être soupçonné d'espionnage le rendit maître de lui.

« Je n'ignore rien, » reprit le prêtre.

Il baissa la voix et continua :

« Les allées et venues du marquis, ses intelligences avec la flotte anglaise qui mouille devant Quiberon, me sont connues ; je sais que depuis des semaines, des mois, il arrive presque chaque nuit au château des fusils, des munitions ; ils parviennent dans des sacs de plâtre, de farine, de blé, cachés même dans nos voitures de fourrage ou de fumier. »

Le prêtre s'arrêta une seconde, puis demanda :

« Sincèrement, Monsieur le chevalier, êtes-vous républicain ?

— J'admets la République et j'aime le Roi ; je réprouve les conventionnels et je mésestime les royalistes, tous coupables de fautes graves, d'abus, de violences ; je hais le régime de la force, je condamne le meurtre, sous quelque forme qu'il se présente ; tuer un homme, quel qu'il soit, m'apparaît toujours comme un reste de barbarie, d'où qu'il vienne, d'Afrique, d'Asie ou d'Europe.

« Nous devons nous aimer, nous secourir ; je ne connais qu'un pouvoir : la raison, et qu'une religion : la fraternité. Toutes autres spéculations sont mensonges, vol ou crime ; l'homme n'a que deux devoirs : le travail et la bienfaisance : il doit puiser toute récompense et toute joie dans l'amour des siens, amour qu'il éprouve et qu'il inspire, et doit pouvoir offrir chaque jour à Dieu comme un hommage d'adoration. Tel est l'honnête homme à mes yeux : les autres sont des fous ou des criminels. Interrogez votre conscience, Monsieur l'abbé, à cette minute resplendissante de la communion où le Seigneur descend en vous ; elle vous répondra : « Notre-Seigneur Jésus-Christ a chassé les « marchands du temple. »

— Lamentable époque, Monsieur le chevalier, où il faut se défendre...

— Se défendre, oui, et non point attaquer ; donner quand même l'exemple de la modération. Les colères des peuples sont de peu de durée, quand elles ne trouvent pas de résistance ; il faut les subir patiemment quand on n'a pas eu l'esprit de les prévoir. Lutter contre elles est vouloir endiguer la mer pendant la tempête. Alors que la France retrouve peu à peu le calme, voyez où nous en sommes avec cette guerre civile cruelle et sanglante. Est-ce encore pour la défense de notre religion, de nos intérêts, de nos coutumes, pour notre hégémonie, que nous luttons ? Non. Ce n'est plus un secret pour personne que Georges Cadoudal, Cormatin, Mercier, Puisaye, Stofflet, sont soutenus aujourd'hui par l'Angleterre, qu'il ne s'agit plus aujourd'hui ni de la liberté du culte, ni de la défense du recteur. Pitt fomente

l'insurrection à l'aide de promesses suspectes, non pour imposer
en France le retour de Louis XVIII, mais uniquement pour déchirer notre pays par une interminable guerre civile.

— Le pensez-vous?

— La duplicité de l'Angleterre n'apparaît-elle pas clairement?
Pourquoi toujours différer le débarquement, alors que nos paysans
sont armés, alors que leurs chefs sont prêts? Pourquoi attendre,
donner le temps au gouvernement républicain d'envoyer des renforts, de se poster là, de surveiller le point menacé? La perfidie
est évidente, le but compréhensible.

« Croyez-vous donc que ce soit pour défendre la forêt de Camors,
Brevay ou son clergé, que les armes affluent ici? M'est avis qu'un
de ces jours le marquis ira rejoindre Cadoudal, lui amènera ses
troupes bien instruites, aguerries, plus habiles.

— Je le croyais.

— Oui, mais les promesses de l'armée rouge ne me disent rien
qui vaille. La Convention, furieuse des échecs successifs infligés
aux troupes républicaines depuis l'attaque de Grandchamp, a compris maintenant combien la trêve de la Mabilais était un leurre :
elle considère que la guerre est plus que jamais allumée, elle
connaît les menées de l'Angleterre et va prendre les mesures
les plus énergiques pour mettre un terme aux audacieuses expédi-
tions de Georges, de Lantivy-Kerveno, de Leissègues, de Jean Jan.
L'attaque inconsidérée de la demi-brigade qui a été écrasée ou
mise en fuite aujourd'hui est la preuve de la reprise ouverte des
hostilités. Jamais les républicains ne s'étaient aventurés ici; le
plan du gouvernement serait donc vraisemblablement de réduire
les forces morbihannaises avant leur réunion; ce n'était pas Brevay dont le général Hoche voulait s'emparer, car c'est un point
stratégique aussi dangereux qu'inutile à occuper; peu lui impor-

tent à cette heure quatre prêtres réfugiés et rebelles : c'est à Pléoben et à ses hommes qu'ils en veulent, afin de les empêcher de
se joindre à Cadoudal, qui entend balayer la côte de Vannes à
Lorient, favoriser ainsi le débarquement des troupes parties de
Portsmouth, et marcher ensuite sur Brest.

— Comment pouvez-vous savoir tout cela? demanda le curé.

— Comment? tonna la voix du marquis de Pléoben, qui apparut soudain, bondit sur la route, se campa dans l'altière attitude
de son imposante stature. Comment? répéta-t-il. Comment les
espions apprennent-ils ce qu'ils ont intérêt à savoir, hein, curé?

— Vous dites? fit le chevalier, stupéfait encore de la brusque
irruption du marquis, abasourdi de l'injure si grave et si inattendue que Pléoben lui jetait au visage.

— Je dis que vous êtes un espion et un traître!

— Monsieur le marquis! » s'écria le curé.

Noyal arrêta fixement les yeux sur Pléoben, et, très pâle, mais
la voix bien assurée et la parole lente, il répliqua :

« Monsieur le marquis de Pléoben, je n'ai pas la force de m'indigner, votre injure ne me cause que de la pitié ; car pour me
parler ainsi, car pour ne plus vous souvenir que nul plus que moi
n'est homme de cœur et d'honneur, il faut que vous ayez perdu
la raison.

— Ah! vraiment, la réponse, l'explication vous suffit! Il n'est
tels que les coquins pour parler de leur honneur. Est-ce donc
tout ce que vous avez à arguer pour votre défense?

— Je n'ai qu'à vous plaindre, Monsieur, et non à me défendre. Laissons cet homme, curé, et allons prier.

— Non, dit Pléoben hors de lui ; j'ai ma raison, et je vais vous
démasquer, Monsieur le chevalier. »

Il s'était placé devant eux, leur barrait le passage ; son aspect eût terrifié tout autre que M. de Noyal, qui, très calme, le regarda, les bras croisés, avec une grande dignité.

« Monsieur le marquis, dit le curé, les cloches sonnent pour la seconde fois.

Alors, s'adressant à l'abbé...

— Oui, j'entend aussi le glas... le glas, chevalier de Noyal, le glas qui convoque les fidèles à venir implorer Dieu pour ceux que vous avez tués... Je sais que je frappe juste, votre hypocrisie m'est maintenant connue; c'est vous, oui, bien vous qui avez si- gnalé mon absence aux Bleus, qui leur avez conseillé d'en pro- fiter pour s'emparer de Brevay, me croyant assez sot pour n'avoir pas pris toute précaution... Ah! vous savez où je vais? mes mar-

ches et contremarches vous sont connues? votre police vous instruit de la mission que m'a confiée M^{gr} le comte d'Artois, de mes
rapports avec Pitt, comme avec les chefs de la chouannerie!
« Comment pouvez-vous savoir tout cela? » vous a demandé l'abbé
Lavaure; je vous défie, oui, je vous défie de le dire... Vous vous
taisez ?

— Un homme comme moi ne se justifie pas...

— Tenez, tout vous accable, tout : pendant le combat vous
vous apercevez de la faute que vous avez commise, vous comprenez
la responsabilité qui vous incombe; alors vous jouez une suprême
partie : l'enjeu est la vie même de votre enfant; il faut sauver ce
qui reste de la troupe que vous avez naïvement attirée dans mon
piège, car vous avez servi mes intérêts en vous croyant à une autre dévotion. Alors vous envoyez Yvon...

— Yvon ! ne put s'empêcher de s'écrier le chevalier.

— Oui, Yvon, ne jouez pas l'ignorance, et Yvon parvient auprès
de ma fille; vous savez que ces enfants s'aiment, vous savez qu'Alix
est de celles qui se dévouent jusqu'à donner leur vie pour ceux qu'ils
aiment... Yvon est pris, il se donne pour mon fils; Alix le voit perdu,
et pour le délivrer, elle risque mille morts. Déjà, vous vous êtes
peu préoccupé du péril où vous les mettiez en attirant cette bande
d'assassins et de pillards, de la ruine qui va m'atteindre, moi qui
ai été votre ami, des crimes qui seront commis sur les enfants de
Brevay, de Thuir, d'Esson, de Camors... Ah! non; ces envahisseurs vont périr par votre faute; il convient de les secourir : ma
fille entravera mon action pour sauver cet ami d'enfance qu'elle
chérit comme un frère. Vous avez bien calculé; grâce à vous,
plus de cinq cents hommes, accablés sous la mitraille, prêts à se
rendre, parviennent à s'échapper. Puis, le combat fini, vous ap-
paraissez, vous prodiguez vos soins à ces bandits; vous les faites

transporter dans votre maison, oubliant de me consulter, moi
qui suis le seul maître, moi à qui ces hommes appartiennent. Votre œuvre, au surplus, ne se termine pas là ; vous cherchez, par
de fallacieux exposés de la situation, à abuser le pouvoir spiri-
tuel comme vous avez paralysé mon œuvre. Vous cherchez à obtenir ma magnanimité, non point en vous adressant à moi, mais
en désintéressant le clergé de la lutte commencée, soutenue pour
lui, puisque sa cause est désormais inséparable de celle du Roi.
Eh bien ! sachez qu'aujourd'hui l'Église me trouvera sourd à
ses prières miséricordieuses ; j'étais résolu au pardon ; je serai
maintenant implacable ; tous ces hommes pris les armes à la
main, tous ces usurpateurs vont mourir ; et leur sang retombera
sur vous, pour votre châtiment, faux philosophe, fourbe huma-
nitaire !

— Marquis de Pléoben, dit d'un ton ferme le chevalier, il est
des injures qui passent au-dessus de nous sans nous atteindre ;
pas une seconde vous n'avez vu mon front rougir. Ai-je entendu
ce que vous m'avez dit ? je ne m'en souviens plus ; non, je n'ai
pu vous entendre, car tout mon esprit et tout mon cœur ont
été sans cesse avec ces deux enfants qui viennent à nous,
l'un mon fils, l'autre votre fille, enfants que j'aime du même
amour, amour qui comble l'abîme que vous voulez mettre entre
nous.

— Ces enfants ne doivent plus se revoir, jamais, jamais ! A
dater de cette heure, considérez-moi comme votre ennemi ; je vous
épierai et je vous combattrai sans merci.

— Dieu vous éclairera, Monsieur le marquis, » fit le prêtre.

Pléoben laissa tomber sur l'abbé un regard glacial, pendant
que Noyal répondait :

« Vous pourrez me tuer, mais non me combattre ; vous me

trouverez toujours sans armes, la main tendue vers vous, aimante et secourable. »

Le marquis de Pléoben sépara brusquement Yvon d'Alix, et
l'entraîna sur la route vers l'église, tandis que le chevalier, son
fils et le curé les suivaient d'un pas rapide.

## V

Le glas, qui maintenant tintait, semblait revêtir une sonorité plus lugubre encore. Il rappelait aux principaux acteurs de cette scène que l'heure du recueillement était venue, après les dramatiques événements de la journée.

Les sentiments les plus divers agitaient tous ceux qui se trouvaient dans l'église, attendant l'office divin. Les uns priaient pour les morts, d'autres rendaient des actions de grâces, d'autres encore promettaient fidélité, dévouement, vengeance. Dans la travée des bancs de l'église étaient agenouillés les soldats républicains.

« Prie donc, chien maudit!

— Demande pardon au bon Dieu que tu as offensé.

— Fais le salut de ton âme. »

Et menaces, exhortations de ce genre, étaient murmurées de toutes parts.

Ces soldats semblaient abêtis, découragés ou épuisés, et leur consternation eût inspiré quelque pitié à tous autres qu'à ces gens au cerveau inculte et étroit, enserré dans une doctrine mesquine et intransigeante, et qui conservaient à l'égard de ces pauvres hères, de ces victimes innocentes des dissensions sociales, un mépris touchant à la répulsion, exécration voisine de l'horreur. Ils n'étaient pas seulement l'ennemi qui menace la vie, le foyer, les biens; ils étaient le vandale sacrilège qui profane les autels, brise le tabernacle, foule aux pieds l'hostie sacrée, souille le royaume de Dieu.

De chaque côté de la sainte table, dans le chœur, s'alignaient, à droite le banc du château, à gauche le banc de la Maison rouge.

M^me de Pléoben et M^me de Noyal y avaient déjà pris place lorsque le marquis et Alix d'un côté, le chevalier et Yvon de l'autre, rejoignirent les deux femmes.

Un grand silence se fit soudain, tout murmure cessa; les cloches de nouveau sonnèrent à grande volée; quatre prêtres sortirent de la sacristie, placée latéralement, s'avancèrent d'un pas religieux et solennel : le curé Lavaure, marchant le dernier, portait le saint ciboire.

Il passa dans l'église, bénit l'assistance, puis, l'un après l'autre, les paysans défilèrent, firent consacrer les armes avec lesquelles ils venaient de combattre. Des femmes se présentèrent ensuite, tenant les armes des blessés, de ceux qui avaient succombé, et dont, sur la demande du prêtre, elles prononçaient les noms à haute voix.

Alors ce furent de toutes parts et pleurs, et sanglots, et hautes oraisons, auxquels les officiants émus répondirent par des prières mêlées de larmes.

L'un des prêtres commença :

« Nous prierons d'abord pour André Garnier, Georges Durap, Aimé Laiguille, Pierre Karadec. »

Et bien d'autres noms suivirent, accompagnés d'un *De profundis*.

Ce fut dans l'église un sourd et triste bourdonnement, qui ajouta encore à ce qu'avait d'impressionnant, d'évocateur, la poignante cérémonie.

Tous s'étaient agenouillés.

Trois fois consécutives, le saint sacrifice de la messe fut célébré au milieu d'un grand recueillement. Et, les offices terminés, le curé Lavaure, ayant quitté la chasuble et passé l'étole, descendit les marches de l'autel, se plaça au milieu du chœur, devant la sainte table, et, avec onction, conseilla aux paysans de se joindre à lui pour demander au marquis de Pléoben la vie des prisonniers.

A vrai dire, la requête du digne homme n'était inspirée que

12

par l'ardente intervention qui avait élevé son âme à des sentiments de clémence et de pardon.

Mais M. de Pléoben y vit un empiétement de pouvoir suggéré par le chevalier de Noyal; alors, la colère qui grondait encore en lui éclata; son esprit autoritaire, sa rancune, jetèrent sur son cerveau un voile de sang; il oublia presque le caractère du lieu où il se trouvait; il mentit à la promesse qu'il avait faite à l'officier : « Vos hommes auront la vie sauve. » D'une voix forte, en jetant sur le chevalier un regard chargé de haine, qui terrifia Alix et Yvon, il déclara :

« On vient dire trois messes, Monsieur le curé; la première, pour le repos de l'âme des trépassés; la seconde, pour bénir ceux qui ont combattu, ceux qui continueront à offrir leur vie à Notre-Seigneur Jésus-Christ;... la troisième... »

Pléoben promena un dur regard sur les soldats républicains.

« La troisième ? demanda l'abbé Lavaure.

— La troisième? martela le chef des chouans de Camors, pour implorer le pardon de Dieu, sa miséricorde en faveur des rebelles qui vont, par la mort, expier leurs crimes. »

Cette réplique ne surprit point les gars; ils s'attendaient à cette réponse du châtelain, réponse conforme à leur tenace ressentiment.

Après un moment de stupeur parmi les Bleus, il y eut chez eux un mouvement spontané, unanime, de révolte, que dictait l'instinct. Une courte lutte s'engagea, dans laquelle les chouans surpris, ne pouvant faire usage de leurs armes, un peu gourds, au surplus, pour ce genre de combat, ne paraissaient point prendre nettement l'avantage, imposer la force du nombre.

Des cris s'élevèrent, des imprécations; un instant de tumulte indescriptible précéda une mêlée acharnée. On entendit des plaintes de blessés, des cris de femmes, des halètements douloureux, des râles d'hommes qu'on égorge, de terrifiants hoquets:

Le marquis s'était jeté au milieu de l'église pour mettre fin à ce carnage sacrilège dans le temple de Dieu, à ce massacre inattendu. Mais ses ordres n'étaient plus écoutés, tant était grand,

De nouveau les cloches sonnaient à grande volée.

ardent, l'acharnement entre ces hommes qui, roulant à terre, les uns sur les autres, ivres de fureur, assourdis, aveuglés, assommés, se ruaient, confondus, impitoyablement.

Les prêtres, le chevalier de Noyal, s'étaient, comme le marquis, jetés au milieu des combattants, et leurs efforts s'épuisaient en vain dans ce flot humain pareil à une mer déchaînée; la plupart de ces hommes allaient périr sans doute, lorsque des mar-

ches de la chaire partit une voix assez forte pour être entendue,
mais d'un son étrange, mystique, qui avait, par sa tonalité blanche, enveloppée, sans timbre, quelque chose de surnaturel; elle
prononça lentement :

« Vous vous dites les soldats de Jésus-Christ, et vous profanez
la maison du Seigneur. Arrière vous tous ! Faites silence, et vous,
marquis de Pléoben, est-ce ainsi que vous tenez vos promesses?
Avez-vous donc choisi ce saint lieu pour vous parjurer ? »

Ces quelques paroles avaient produit une impression de stupeur et de terreur sur cette masse hurlante, affolée, entraînée à
cette abominable tuerie. Chacun se releva, et les ennemis, debout,
demeurèrent confondus, fixèrent un regard hébété sur cet homme
si pâle et si défait, qui semblait s'être relevé de sa tombe pour
jeter l'anathème sur les impies, les profanateurs. Tous frissonnè-
rent; ces adversaires qui s'étaient combattus avec tant de bravoure,
ces paysans et ces soldats qui, quelques secondes auparavant,
roulaient les uns sur les autres et cherchaient avec une férocité
de fauves à s'entre-tuer, se serraient maintenant les uns contre
les autres, comme unis par la même crainte de ce spectre qui se
levait dans la mort même contre l'ignominie de ce combat ou-
trageant.

« A genoux ! » commanda le curé Lavaure, qui avait compris
aussitôt le parti qu'il devait tirer de ce moment de stupeur.

Et comme tous se prosternaient, comme les femmes, prises de
sanglots, murmuraient des prières, invoquaient les bienheureux,
imploraient sainte Anne d'Auray, le marquis de Pléoben, par une
prompte décision, s'avança vers le commandant et, la tête haute,
les yeux dans ses yeux, en étendant la main droite vers l'autel,
en signe de serment :

« Monsieur, dit-il, je prends Dieu à témoin de mes intentions.

Les paysans, l'un après l'autre, firent consacrer leurs armes.

— N'avez-vous pas annoncé, malgré les assurances que vous m'aviez données, l'exécution de ces otages ?

— Ces hommes sont libres.

— Libres !

— J'en avais décidé ainsi ; mais j'ai voulu, en annonçant la peine de mort, faire connaître à ceux qui m'entourent que nul n'a le droit ni de juger ni de combattre mes actes. Nommé chef des paysans de Camors par M. le surintendant du royaume, je suis seul et absolu maître de cette place ; quiconque s'insurgera, quiconque même sera convaincu d'opposition contre mon pouvoir, sera traité en ennemi, en rebelle, en félon, et subira les mesures que je croirai devoir prendre contre sa personne. »

Si certain qu'il fût pourtant de son autorité, le marquis n'osa adresser un reproche à l'abbé Lavaure ; mais il tourna la tête vers le chevalier, et, dans un besoin hâtif de se revancher de cette scène qui l'avait exaspéré, il continua :

« Monsieur de Noyal, c'est vous qui, par votre intrusion, avez provoqué ce désordre ; c'est à vous qu'il appartient de demander pardon au Seigneur de ce scandale inqualifiable ; vous devez compte de ce sang versé dans cette église, comme vous me devez compte, à moi, de paroles suspectes. »

Noyal regarda le marquis d'un air hautain ; celui-ci y vit un défi ; alors, le maître chouan ordonna à deux gars d'un hameau éloigné et qui ne connaissaient guère le chevalier, de s'emparer de lui. Puis, il lança à cet ancien ami, devenu le point de mire de sa colère, cette dernière injure :

« Celui-là sera mon prisonnier, mon otage. Si je peux montrer de la mansuétude à ceux qui me combattent ouvertement, je serai sans pitié pour ceux qui me font secrètement la guerre, de qui les desseins me paraissent ténébreux. Républicains, emportez

votre commandant. Faites qu'il vive, afin qu'il puisse aller dire
au sieur Hoche ce qu'est le marquis de Pléoben, lui assurer que
toute son armée ne fait pas peur aux gars de Camors... Et maintenant, Monsieur le curé, que l'église reste aux vrais fidèles.
Rendons gloire à la divine Providence qui a veillé sur nous, qui
nous a préservés, entonnons le *Te Deum.* »

Déjà, le chef de demi-brigade regagnait le château, soutenu
par deux de ses hommes, et les fidèles, devenus silencieux, se
recueillaient, lorsque des cris de chouans vinrent du dehors, répétés de proche en proche. Et, aussitôt, on perçut de lointaines
détonations, parties de différents points du demi-cercle d'avant-
garde formé sur les sommets qui dominaient Brévay et le château vers Camors, c'est-à-dire du côté opposé à celui où les troupes étaient apparues le matin.

« Aux armes, les gars! regagnez vite vos postes, » commanda
le marquis, en entraînant les paysans dehors.

Il lança dans diverses directions, avec des ordres différents,
plusieurs hommes qui l'entouraient, sorte d'état-major fait de gars
intelligents et éprouvés, sur lesquels il comptait particulièrement.

Il y eut un court moment de silence, pendant lequel on entendit
seulement des bruissements confus dans les branches, une sourde
résonance de pas sur la terre dure.

« Quittez les sabots! » cria le marquis.

L'ordre se transmit, sans doute, car en quelques secondes ce
bruit même cessa. Alors Pléoben s'étendit de tout son long, accola son oreille contre le sol, écouta longuement, puis, comme
se parlant à soi-même, il dit à voix presque basse :

« Comment se fait-il que Jean Jan ne m'ait pas fait prévenir
que les Bleus étaient sur Baud? Je me croyais gardé de ce côté;
les bandits ne sont pas bien loin; cependant, ils ne sont pas

Une mêlée acharnée se fit.

encore sur nous. Le vent porte, ces coups de feu sont environ à cinq ou six milles. Il se peut qu'il ne soient pas encore en deçà de Camors... Benjamin !

— Monsieur le marquis !

— Combien as-tu d'hommes?

— Peut-être bien deux cent cinquante.

— Ils n'ont pas donné aujourd'hui; ils ont tous des fusils et des cartouches?

— Ils sont munis, Monsieur le marquis; ils ont gardé leur côté comme vous aviez dit...

— Conduis-les à cinq cents mètres en avant sur Camors; monte, si tu peux, jusqu'à la croix des Aigles...

— Mais, objecta Benjamin, la place est bonne au Pré-Galant; les blés sont hauts, et il y a un mur qui garde la route... »

Pléoben fronça le sourcil et, d'un ton sec, répliqua :.

« As-tu peur, Benjamin?

— Oh! Monsieur le marquis! fit le paysan d'un air blessé.

— Obéis, alors...

— Toi, Le Gouéric, tu prendras la place de Benjamin avec tes hommes dans le Pré-Galant... Tu en as bien deux cents?

— Y en a vingt d'à terre... et je n'ai plus guère de cartouches.

— On t'en donnera au château, va!... Quant à toi, Le Foui-neur, dit le marquis en s'adressant à un troisième paysan, petit gars très jeune à l'air malin, saute sur la jument, monte la côte, et dès que tu auras vu où ils sont, reviens vite. »

Le Fouineur hésita.

« Eh bien? fit le chef.

— C'est, Monsieur le marquis, que la jument a été tuée.

— Ah! fit simplement le marquis, prends le poulain, alors... »

Pendant cette courte scène, les soldats de la demi-brigade restés valides, au nombre de cent environ, avaient repris, désarmés, sous la conduite de quelques chouans, le chemin de Grandchamp, soit dans la direction opposée à celle où un nouveau combat semblait s'engager.

Le marquis, en voyant les derniers d'entre eux disparaître à la courbe du chemin, éprouva un violent mouvement de colère contre le chevalier de Noyal, qu'il accusait d'avoir entravé toute son action.

« Sans lui, dit-il, ces hommes seraient en mon pouvoir, je pourrais imposer des conditions aux Bleus. La situation devient très menaçante si Jean Jan a été repoussé de Baud; il paraît que ce Hoche est un gaillard qui ne lâche pas le morceau; cette nouvelle attaque de l'autre côté est signe qu'il concentre ses forces sur la forêt de Camors pour m'écraser. Ils ont dû faire un faux mouvement ce matin... Et puis, maintenant, ils vont se tenir sur leurs gardes. Ils ne vont pas avancer bêtement, comme ils ont fait déjà. »

Le curé Lavaure rejoignit le châtelain au milieu de la route où celui-ci se tenait en observation, entouré de quelques paysans qui restaient près de leur chef, attendant des ordres.

« Hélas! Monsieur le marquis, fit le prêtre, en joignant les mains, cela va donc recommencer?

— Oui, curé, dit durement le chef; et cette fois notre partie est moins belle... Voyez-vous le résultat de votre immixtion? le voyez-vous?

— De mon immixtion! murmura l'abbé d'un ton consterné.

— De la vôtre ou de celle de ce chevalier maudit, s'écria le marquis. Il est notre mauvais génie, et peut-être autre chose en cette affaire. Notre compte n'est pas réglé, de lui à moi; je ne serais pas surpris de l'avoir fusillé avant ce soir. »

Le prêtre, d'une voix douce, presque suppliante, demanda :
« Pourquoi cette mésintelligence entre vous, ou plutôt pourquoi lui imputer à crime ce qu'il n'a fait que dans la plus louable intention ?

Pléoben accola son oreille contre le sol.

— Louables ! ses intentions !... Ah ! j'ai ouvert les yeux, et il faudra que cela me soit prouvé. Bref ! que ce soit sottise ou traîtrise, il n'en reste pas moins vrai que si l'action, admirablement engagée, tourne contre nous, c'est à lui que nous devrons notre échec, notre écrasement. Si l'on m'avait laissé maître de me montrer impitoyable pour ceux que je tenais sous mes griffes, si

l'on m'avait laissé exterminer les uns et faire mes otages des
autres, au lieu de faire de la sensiblerie et du chevaleresque vis-à-
vis de gueux qui nous fusillent comme des brigands, ou nous coupent le cou comme à des monstres quand ils peuvent s'emparer
de nous, la situation ne serait pas inquiétante.

« Tout est à recommencer contre des forces beaucoup plus
grandes, et je n'ai même pas cette ressource, si je sens le combat
indécis, d'imposer des conditions par des menaces de représailles. »

Le prêtre, qui lisait dans ces paroles le manque de sincérité,
objecta :

« Je comprends que vous ayez souci d'épargner la vie de nos
paysans ; pourtant, vous avez prévu ces attaques ; ils sont armés,
les gars, ils se trouvent dans les meilleures conditions de défense,
sur leur sol... »

Ici, le marquis ne put réprimer un mouvement d'humeur, laissa
voir toute sa pensée :

« Le sol ! le château ! le pays ! Ce n'est pas une solution, ça,
curé, de nous camper ici *ad vitam æternam.*

— Ah ! fit le prêtre, qui retrouvait dans ces paroles ce que
Noyal lui avait donné à entendre.

— Hé ! non ! C'est sur un autre terrain que je dois les combattre. »

Pléoben s'aperçut seulement alors, au regard du curé, que son
secret lui échappait. Maladroitement, il chercha à le ressaisir.

« C'est aisé à comprendre : les républicains nous savent ici, et
c'est ici qu'ils viennent nous combattre en masse. Pourquoi fixer
le théâtre de la guerre au milieu de tout ce que nous devons avoir
à cœur de sauvegarder ? Est-il prudent d'attirer ici ceux qui ont
tout intérêt à nous trouver séparés ?

— Séparés?

— Mais oui, séparés des autres corps royalistes.

— Royalistes! répéta le prêtre, pensif.

— Ici, continua Pléoben, ils nous combattent deux fois, car la

Le curé rejoignit le châtelain au milieu de la route.

vie de la femme, du vieillard, de l'enfant, sont en jeu; car femmes, maisons, châteaux, cabanes, récoltes, peuvent être brûlés, saccagés. Leur défaite contre les hommes peut être encore une victoire sur la famille, les choses. N'est-ce pas compréhensible? »

Le prêtre ne répondit pas; il restait décontenancé; ses dernières illusions sur le but de la guerre poursuivie par M. de Pléoben s'effondraient. Il n'avait pas prononcé les mots Dieu, église, clergé.

C'était donc vrai que cette guerre avait maintenant d'autres visées, celles qu'avait annoncées le chevalier de Noyal?

« Eh bien! curé, cela ne vous semble pas logique? fit le marquis d'un ton brutal, peu déférent.

— Qu'auriez-vous donc fait si vous n'aviez pas craint ce retour immédiat?

— Je serais parti ce soir pour rejoindre au plus vite Mercier et Lantivy-Kerveno au pont du Buis; ils attendent Cadoudal... Mais je vous en dis trop, curé, beaucoup trop...

— Ainsi, vous nous abandonneriez tous! fit le prêtre, inquiet des représailles qui seraient exercées peut-être avec fureur sur les villages de la forêt de Camors après une aussi longue résistance. Mᵐᵉ la marquise, Mˡˡᵉ Alix de Pléoben, ne craindriez-vous rien pour elles?... On brûlera votre château. Et puis, si vraiment vous ne redoutez rien, pourquoi ne point nous quitter sur l'heure, pourquoi ne point entraîner vos paysans par la route, les landes de Grandchamp, qui doivent être libres?

— Vous êtes un très bon prêtre et seriez un bien mauvais général, curé; il est trop tard pour partir, et c'est ce qui m'enrage; car, si je battais en retraite, ils viendraient tout de même ici, croyant m'y trouver, tandis que s'ils me savaient loin, ils dirigeraient la colonne qui nous menace vers d'autres points.

— La guerre a donc changé d'objectif?

— Il se pourrait, » dit le marquis d'un ton assez rude, en laissant étonné, à la même place, le prêtre, qui regarda le chef des chouans s'éloigner dans la direction du château.

Tout en parlant avec le prêtre, Pléoben avait songé soudain que le commandant, qui n'avait pu être transporté par suite de la gravité de sa blessure, serait utile au projet qu'il caressait de détourner la colonne républicaine de la forêt de Camors.

« Monsieur, dit-il d'un ton ferme en entrant dans la pièce où était étendu l'officier, surveillé, soigné par M^me et M^lle de Pléoben ; Monsieur, vous me devez la vie, la vie de vos hommes, leur liberté. Tout autre chef les eût livrés aux mains de ses gars ; vous pouvez reconnaître ma magnanimité. »

Le chef de demi-brigade se sentait, en ce moment, très affaibli ; il se remettait à peine d'une très longue syncope, il pensait ne pouvoir échapper aux conséquences d'une blessure dont la gravité lui apparaissait ; aussi, en entendant le marquis parler de sa propre vie dont il lui était redevable, et de la vie de ses hommes après le massacre de la matinée, leva-t-il sur le châtelain des yeux surpris ; puis, avec effort, il dit, désignant les deux femmes par un faible mouvement des doigts :

« Je rends grâces à Madame et à Mademoiselle de leurs soins et de leur compassion, et, quelque temps que j'aie à vivre encore, je leur en serai reconnaissant jusqu'au dernier soupir ; mais si je vous suis redevable de quelque chose, Monsieur, veuillez me donner l'occasion de m'acquitter envers vous sur l'heure. »

Le marquis de Pléoben était trop gravement préoccupé pour comprendre ce que ces quelques mots dits par l'homme qui avait sauvé sa fille, cachaient de virulente ironie et de hauteur méprisante.

Alix échangea avec sa mère un rapide regard, et la rougeur leur monta au front.

« Monsieur, dit Pléoben, il appartient à vous que je n'aie pas à me repentir de la clémence dont j'ai fait preuve : des troupes républicaines nous menacent ; elles ont profité de la concentration de mes forces pour occuper Camors ; sans doute, elles avancent et tomberont incessamment dans nos lignes ; le combat va

14

recommencer, plus terrible, plus acharné encore. J'entends cesser les hostilités.

— Il vous est facile de rendre les armes, » dit l'officier, qui entrevoyait déjà un piège du chouan.

Mais le marquis leva la tête altièrement.

« Rendre nos armes! » fit-il.

Et avec une intention cruelle à l'égard du chef de la demibrigade, il ajouta :

« Pourquoi ne pas me demander de rendre l'honneur?

— Alors, je ne comprends plus, dit l'officier, à moins... à moins que votre honneur ne prétende me faire complice d'une trahison. »

La riposte déconcerta le marquis; mais il se remit vite et répliqua :

« Ce n'est pas trahir que de dire la vérité. Je ne veux plus, je vous le répète, de combat sur ce terrain ; si vous consentez à demander deux heures, je m'engage, avant que ce temps soit écoulé, à ce que les hommes aient quitté la forêt de Camors ; mais je ne l'abandonnerai que contre l'engagement que pas un soldat républicain n'y pénétrera avant un mois. La proposition est simple, loyale ; elle évitera l'effusion de beaucoup de sang ; notre place est, vous venez d'en faire la sérieuse expérience, des plus meurtrières pour vos hommes, vous avez tout intérêt d'y souscrire des deux mains.

— Nous croyez-vous donc bien naïfs et bien mal informés? dit le commandant avec un morne sourire. N'avez-vous donc pas compris que notre attaque n'a d'autre but que d'anéantir vos forces avant que vous ne les joigniez à celles de Cadoudal? Ce n'est que pour cette raison que nous nous sommes aventurés dans cet endroit si dangereux pour nos hommes, après avoir différé cette incursion pendant des mois et des mois. »

Le lion de Camors secoua sa chevelure, poussa un rugissement de colère, leva les bras, comme pour abattre cet homme qui, dans sa faiblesse, semblait le narguer, lui, dans sa force.

« Si cependant je vous avais gardé en otage, au lieu de vous soigner en ami, je serais fort, à cette heure, pour imposer mes conditions. Prenez garde, Monsieur, et réfléchissez bien que la parole d'un homme, s'appelât-il le marquis de Pléoben, est peu de chose, et qu'on y peut faillir quand il s'agit de l'existence de braves gens, du respect des tabernacles, des intérêts du Roi.

— Des intérêts du Roi ! répliqua avec force le commandant.

— Des intérêts du Roi, oui ; le Roi est mort, vive le Roi ! s'écria le marquis. Vous avez tué un roi et vous n'avez pas pensé, usurpateurs, que la royauté ne peut mourir. Eh bien ! oui, c'est pour le Roi que je vais combattre maintenant. Prenez garde, Monsieur, car il est des gens envers lesquels on n'est pas tenu au respect de la foi jurée !

— Ah ! Monsieur, que ce parjure vous soit épargné ! Vous le voulez, je me rends à votre désir. »

Le commandant écrivit fébrilement, tendit le papier au marquis en prononçant lentement :

« Je vous rends votre parole. »

Pléoben lut hâtivement ceci :

« Vous savez notre défaite. Je suis prisonnier des chouans de Camors, je suis seul l'otage du marquis de Pléoben. Si vous avancez, je suis mort. Avancez donc, je vous en supplie, pour la France, pour la République.

« LIORAIS,

« Chef de la 53ᵉ demi-brigade. »

« A présent, dit le marquis en marchant vers la porte, ils s'arrêteront ; ils ne voudront pas sacrifier un de leurs chefs.

— A présent, reprit le commandant, les pires représailles vont commencer, et c'est vous qui l'aurez voulu, Monsieur le marquis de Pléoben ; ma vie était le salut de beaucoup des vôtres ; la troupe n'épargnera rien, ni femmes, ni enfants, ni vieillards, ni maisons, rien ; c'est le meurtre, le pillage, l'incendie, la dévastation.

— Monsieur ! s'écrièrent simultanément M<sup>me</sup> et M<sup>lle</sup> de Pléoben, qu'avez-vous fait ?

— J'ai refusé la trahison et j'ai recouvré mon indépendance.

— Si des excès sont commis, les chouans vous tueront, peut-être.

— Si je ne l'avais pensé, je n'eusse pu, sans mentir, me dire loyalement l'otage du marquis de Pléoben. Dieu m'est témoin que j'ai fait tout ce que ma dignité me permettait de faire pour arrêter le chef des chouans.

— Ah ! dit la marquise avec une profonde tristesse, est-ce que la paix est possible ! Il faut que l'un des partis succombe. »

Sans en déterminer absolument la raison, Alix avait été certaine, dès qu'elle avait aperçu le chevalier, qu'un grave conflit s'élevait entre eux, et que de ce choc nouveau naissait un plus sérieux dissentiment. Mais la scène qui s'en était suivie avait dépassé toutes ses prévisions. Les violences qui avaient clos la cérémonie religieuse avaient produit en elle une émotion moindre que les injurieuses paroles adressées à M. de Noyal par son père. Prisonnier ! gardé à vue ! traité en suspect, accusé de traîtrise et d'espionnage, le père d'Yvon !

Après les secousses de cette tragique matinée, il lui semblait que toutes choses étaient impossibles, qu'elle allait s'éveiller de ce rêve oppressant, cruel, et elle restait affaissée, l'esprit perdu en une sorte de coma, indifférente à ce que l'on disait devant elle, insensible au danger nouveau, les yeux vagues, égarés dans la haute pente des bois qui s'étageaient derrière le château, lorsque, soudain, elle tressaillit : le chevalier venait de passer devant la fenêtre, entre deux paysans. Puis, les dalles du vestibule résonnèrent, et les trois hommes pénétrèrent dans la pièce où, silencieux, atterrés, se tenaient M^me et M^lle de Pléoben, et Liorais.

« Madame la marquise, dit Noyal en s'inclinant avec respect, Anselme Outrier et Pagin-Garot viennent de recevoir l'ordre de me conduire ici afin de pouvoir rejoindre leur compagnie ; je suis donc votre prisonnier, fit-il avec une ironie tempérée par la tristesse de son regard.

— Chevalier, répondit la marquise après avoir fait signe aux paysans de se retirer, je n'ai pas le droit d'intervenir dans les ordres que donne mon mari ; mais croyez que mon ancienne amitié déplore de vous voir séparé de M^me de Noyal à une heure aussi critique.

— Marquise, je crois pouvoir espérer que ma maison sera épargnée et que M^me de Noyal est chez elle en lieu sûr. »

Et sur un regard étonné, presque soupçonneux, de M^me de Pléoben, il ajouta :

« N'est-ce pas la maison des blessés ? n'ai-je pas chez moi plus de quatre-vingts soldats républicains et vingt chouans auxquels ma femme, mon fils, mes serviteurs, prodiguent leurs soins ? »

Le contraste entre les deux demeures était si frappant, qu'il apparut presque comme un reproche à l'adresse de la châtelaine, qui répliqua :

« Je vous envie, chevalier, d'être à même de secourir ces malheureux. Que ne le puis-je comme vous ! mais leur vie serait trop exposée ici ; M. le chef de demi-brigade pourrait vous dire comme moi que sa présence même n'est pas une sauvegarde pour le château.

— Aussi, Madame la marquise, suis-je heureux, bien heureux d'avoir été conduit ici ; je l'eusse demandé en vain, et c'est une

grande joie de penser qu'en cas de danger votre prisonnier sera
près de vous pour votre sauvegarde, pour votre défense. »

Alix s'avança vers Noyal et lui tendit son front à baiser, tandis que, sans répondre, M^{me} de Pléoben arrêtait longuement ses
yeux dans ceux du chevalier. Elle savait, elle, de quelle bonté
et de quel dévouement était capable cet homme que le marquis
avait accablé d'odieuses insultes.

« On se bat, là-bas, bien loin, murmura le commandant.

— Oui, on se bat, dit Noyal. Le Fouineur est revenu ; il a
failli se faire pincer dans la forêt à mi-chemin de Camors ; les
Bleus occupent les bois sur une grande étendue, et les gars sont
obligés de se replier devant le nombre.

— Il y a là plus de quatre mille hommes, dit le commandant ;
les vôtres ne pourront pas tenir, cette fois. S'il n'y avait point
eu de faute commise, nous devions faire notre jonction ici ce
matin, et vous auriez été bien malmenés malgré vos retranchements. Vous m'avez été secourable, Madame de Pléoben, je vous
ai de la reconnaissance ; moi aussi je voudrais être utile en vous
donnant un bon conseil : fuyez d'ici.

— Je ne puis.

— Pour votre fille !

— Les instructions du marquis sont formelles.

— Il y va de la vie de votre enfant. »

M^{me} de Pléoben abaissa les paupières, et sa poitrine se gonfla
d'un long soupir :

« Je dois rester.

— Ainsi que je vous en ai déjà prévenue, la communication que
le chef des chouans m'a fait écrire a dû porter à son comble
l'exaspération des chefs comme celle des soldats, excédés de
cette guerre, outrés par ses continuelles surprises, les embus-

cades, les guets-apens, cette obsession de l'alerte, de l'égorgement à chaque minute, à chaque seconde.

— Que ne nous laissez-vous en paix!... »

Mais cette réponse de la marquise de Pléoben fut interrompue par une détonation formidable qui, ébranlant les vitres, se répercuta dans les bois avec une sinistre sonorité. Et ce coup de canon tiré à moins de mille mètres du château fut suivi d'un second; mais, cette fois, la détonation fut presque aussitôt accompagnée d'un coup sourd, d'un long craquement, d'un bruit d'effondrement.

« Ils tirent de la route sur la ferme de Bancelin, dit M^{me} de Pléoben avec une émotion qu'elle cherchait en vain à dissimuler.

— Madame, fit le commandant, qui s'était relevé et s'était asssis au bord du canapé, attendez-vous à ce que d'un moment à l'autre les boulets pleuvent autour du château et sur le château.

— Je suis prête à tout, Monsieur, dit héroïquement la marquise.

— Même à sacrifier votre enfant? répliqua le commandant en couvrant Alix d'un affectueux regard.

— Ma fille! fit M^{me} de Pléoben en serrant Alix dans ses bras... Non, vous avez raison, cette immolation excède mes forces maintenant; j'ai trop souffert ce matin, il faut qu'elle parte.

— Venez donc, ma mère, s'écria Alix; le chevalier nous mettra tous quatre en lieu sûr.

— Je suis l'otage du marquis de Pléoben, dit le chef de demi-brigade.

— Je ne puis partir d'ici qu'à la dernière extrémité, dit la marquise; s'*il* était blessé, s'*il* avait besoin de moi!

— Je resterai donc, fit Alix.

— Je t'ordonne de partir, de suivre le chevalier...

— Pour la première fois de ma vie, ma mère, je vous désobéirai. »

Et se jetant à son cou :

« Non, je vous en supplie, ne m'obligez pas à vous abandonner ici. »

M. de Noyal ne laissa pas M^{me} de Pléoben faire une nouvelle injonction, plus impérative encore, et usant d'un stratagème qu'il croyait propre à servir l'ardente ambition qu'avait Alix d'arracher sa mère au danger :

« Je suis votre prisonnier, Madame ; car pour rien au monde je ne voudrais laisser supposer à M. de Pléoben que j'ai profité de ce désarroi pour m'affranchir du pouvoir arbitraire dont il a usé à mon égard, et auquel je me serais arraché par la force si je ne tenais à ce qu'il eût un jour, de lui-même, le regret de sa méchante action. Je ne partirai pas d'ici sans vous.

— Nous resterons donc, » dit avec une froide énergie la marquise de Pléoben.

Pendant ce dialogue, le bruit de la fusillade, lointain tout d'abord, se rapprochait de plus en plus, devenait plus menaçant de seconde en seconde. On entendait même, par instants, des clameurs et des cris.

« Madame, dit le commandant toujours aux aguets, réfléchissez bien, car dans un quart d'heure il sera peut-être trop tard pour sortir d'ici. »

Tout à coup, de la place où elle était assise, et d'où elle pouvait suivre dans sa longueur le petit chemin qui rejoignait la métairie, la marquise vit venir en courant un homme qu'elle reconnut aussitôt.

« Le Gouéric ! dit-elle en sursautant. Lui ici ! »

Le paysan entra haletant, hagard, comme éperdu, et demanda,

15

étranglé par la course rapide, autant sans doute que par l'émotion reflétée sur son visage :

« Le maître, le chef, le marquis?

— Mais il est là-bas!...

— Où?

— Avec vous.

— Non.

— Avez-vous bien appelé, sifflé? »

L'homme promena un large geste de gauche à droite, l'étendit de sa poitrine vers l'horizon, courut vers la fenêtre, fit entendre par trois fois consécutives le cri de la chouette.

C'était, la marquise et Alix le savaient, le signal convenu pour appeler le chef des chouans.

« Peut-être ne peut-il l'entendre. »

Le gars hocha la tête, et son expression signifia que le silence du marquis devait avoir une tout autre cause.

« Tu crois qu'il est blessé, mort?

— Ou pris, » répondit le chouan.

Cela signifiait la même chose, on le sait.

Pleins d'angoisse, les deux femmes et le chevalier n'osèrent se regarder.

Puis, la gorge serrée par un sanglot qu'elle contenait, M^{me} de Pléoben parvint à demander, sans trahir devant sa fille son appréhension :

« Vous êtes battus, débordés? »

Le Gouéric avait eu le temps de reprendre haleine; il répondit :

« Dans le haut, sur la ferme à Mayou, écrasés, massacrés; Kéridec a pu s'en échapper; au Pré-Galant, hachés, perdus. »

A ce moment, un boulet ébranla l'air, tomba sur le château

avec un fracas terrible ; puis, des coups partirent, des balles sifflèrent, se perdirent çà et·là avec un son mat.

« Tout est fini! » dit la marquise avec un geste de désespoir.

Le paysan entra.

Les chouans échappés au carnage avaient, apparemment, abandonné les lignes intenables, les places qu'ils avaient résolu d'occuper, et s'étaient concentrés dans les fossés du château, qui, le
matin, les avaient faits maîtres de la situation, et l'on put croire
un moment que le combat de nouveau tournait à leur avantage,
grâce à cette situation inexpugnable d'où ils continuaient à atten-

dre l'ennemi, sans qu'ils pussent être atteints autrement que par hasard, au jugé.

Ce léger espoir fut de courte durée. Les républicains, plus sûrs de leurs mouvements, demeurés à l'extérieur de l'enceinte, maîtres des bois et de la route et libres de prendre position, avaient été placés rapidement aux extrémités des fossés, des haies et des routes, et de cette façon pouvaient cribler ces retraites dans toute leur longueur.

Serrés contre le chevalier, M^{me} de Pléoben et Alix suivaient de la fenêtre les phases de ce sanglant combat, qui touchait à sa fin.

« Tout est perdu, bien perdu ! murmura la marquise.

— Mon pauvre père ! »

La fusillade devint peu à peu moins nourrie, puis les détonations cessèrent tout à fait.

Les chouans de Camors subissaient une défaite complète ; quelques-uns avaient pu gagner les bois, d'autres s'étaient rendus, mais le plus grand nombre avait péri dans ce meurtrier engagement. D'ailleurs les Bleus, poussés à bout, ne faisaient pas merci, et n'épargnaient guère que les blessés. Toute la population avait disparu, semblait s'être terrée.

Cette fois, on n'entendit plus les gémissements des gars, car les chouans préféraient mourir dans leurs cachettes que d'implorer le secours des républicains, de la part desquels ils craignaient plutôt de nouvelles violences. Ce ne fut donc que le tumulte d'hommes excités par le combat, les cris, les commandements des chefs, qui succédèrent à ce bruit immense de combat.

Les deux femmes et Noyal restaient tremblants, stupides, comme s'ils ne comprenaient plus, comme pétrifiés par ce qu'avait de tragique, après ce drame, cet arrêt des hostilités qui était pour tant de braves gens un verdict de mort, une funèbre et silencieuse sentence.

Ils se reconquirent ensuite ; mais ils n'osaient se parler, dans la crainte où ils étaient de se révéler leurs affligeantes pensées.

« Rodom ! s'écria le chevalier en voyant apparaître sur le bord du fossé le chien du marquis. Blessé ! »

L'animal eut la force de se hisser sur le terre-plein, puis il s'affaissa en poussant un hurlement plaintif, pour ne plus se relever.

« Sans le marquis ! » réfléchit M^{me} de Pléoben.

Mais, en même temps, elle se souvint du message apporté le matin par le chien, elle pensa qu'il s'était peut-être traîné jusque-là dans le même but.

Elle allait donc s'élancer dehors, lorsque le bras de Noyal, sur lequel elle était appuyée, serra son bras ; et, ayant suivi la direction du regard du chevalier, elle aperçut, au milieu d'une dizaine de soldats qui s'avançaient vers le château, la silhouette géante du lion de Camors, de qui la tête dépassait celle des autres hommes. Il luttait encore, cherchait à s'arracher aux mains des soldats, malgré les entraves, et ses invectives couvraient leurs clameurs.

« Chrétien ! murmura la marquise.

— Mon père ! » fit Alix dans un cri déchirant.

Il était vivant ; mais cette capture n'était-elle point pour le chef des chouans un arrêt de mort !

La journée était très avancée déjà ; un lourd nuage noir s'étendit sur la terre, le jour s'obscurcit soudain.

Les deux femmes s'approchèrent de la fenêtre, attendirent, et tout à coup Alix dit à mi-voix à sa mère, réprimant l'éclat du bonheur né dans une pensée :

« Ma mère! ma mère! il est sauvé : le commandant nous défendra, obtiendra sa vie. »

Elles reculèrent, regardèrent dans la chambre; mais leurs yeux ne distinguèrent rien dans le jour encore plus assombri de la pièce par les profondes embrasures.

La marquise appela assez bas :

« Monsieur! »

Et elle reprit plus fort :

« Monsieur Liorais! »

Comme elle ne recevait pas de réponse, elle supposa aussitôt que le commandant avait entendu leur exclamation, qu'il avait été au-devant du prisonnier afin de le protéger contre la brutalité des républicains.

Alix avait eu la même idée que M$^{me}$ de Pléoben, car elle dit :

« Mère, nous n'avons rien à redouter pour lui... Le commandant est bon, il sait avec quelle compassion nous avons traité les républicains après le combat de ce matin; nous l'avons soigné comme les nôtres, mieux encore, s'il est,... c'est... »

Un bruit de lutte violente, devant le château, l'interrompit. Les républicains avaient resserré les liens du marquis pour s'assurer plus complètement de sa personne; ils le traînaient, le poussaient, le portaient avec peine.

« Laissez-moi, misérables! vociférait-il, misérables, qui combattez en lâches, en traîtres; ce n'est pas par la force, par la supériorité de vos troupes que vous nous avez vaincus, que vous avez tué mes pauvres gars, que vous m'avez pris. Honte à vous! Ces chouans descendus de Camors, entrés dans nos lignes, étaient de faux chouans, des hommes à vous, déguisés; jamais vous n'auriez eu raison de nous, eussiez-vous été cent mille, sans le déguisement de ces soldats qui ont pu se mêler ainsi aux nôtres,

Le lion de Camors luttait encore.

les surprendre. C'est l'assassinat et non la guerre. Ah! cria-t-il avec plus de colère encore, s'il reste un chouan, un seul, un vrai chouan, un gars de Camors dans ce château, qu'il me venge, qu'il me venge par la mort d'un homme, d'un chef de cette horde maudite! »

Le chevalier de Noyal avait enjambé la fenêtre, exhortait le marquis au calme, sans être entendu, et Pléoben terminait à peine cette phrase, lorsque, du côté opposé à celui où était le chef des chouans, une lueur fulgurante éclaira soudain les dépendances du château.

« Le feu! le feu! clamèrent les deux femmes, terrifiées... Commandant! Monsieur Liorais!... ayez pitié! au secours!... »

Leur appel se perdit dans le tumulte, comme le cri qu'elles poussèrent en se retournant et en apercevant, à la clarté de l'incendie, au milieu de la pièce, étendu, livide, rendant le sang par la bouche, le chef de demi-brigade!

L'effort qu'il avait fait, sans doute, à un moment indéterminé de cette scène tumultueuse, avait produit un épanchement interne, auquel il avait succombé sans qu'on pût lui porter secours.

Les deux femmes se précipitèrent sur lui, essayèrent de le soulever, de l'appuyer contre leurs genoux, l'appelèrent désespérément.

« Mort! » firent-elles avec une explosion de douleur et d'effroi.

Et au même moment, la double porte du vestibule se brisa plutôt qu'elle ne s'ouvrit, sous la poussée violente des hommes qui entouraient Pléoben.

Les soldats républicains marquèrent un court arrêt, au seuil de la vaste pièce, au milieu de laquelle, à l'intense clarté de l'incendie qui irradiait cette partie du salon, ils aperçurent les deux femmes tenant contre elles le corps du chef de demi-brigade.

Après quelques secondes de stupeur et d'indécision, ils crurent comprendre le sens de ce dramatique spectacle, et plusieurs soldats se précipitèrent vers le groupe, écartèrent furieusement Alix et sa mère, tandis qu'un autre républicain, un lieutenant, saisissant l'infortuné commandant, mettant sa main sur son cœur, s'écria :

« Il vient de mourir ! On vient de tuer cet homme !

— C'est elles ! c'est elles ! Elles l'ont tué ! A mort ! à mort ! »
Et ce cri fut cent fois répété.

« A mort ! à mort !

— Nous ! nous ! nous avons... ! dirent les deux femmes, qui, dans l'explosion de la douloureuse révolte que leur causait une aussi injuste accusation, ne sentaient pas les mains brutales qui serraient, meurtrissaient leurs bras.

— Oui ! vous ! vous ! A mort ! à mort ! les tigresses ! »
Pléoben s'était tu. Il ne se défendait plus.

Toute son exaltation, en un instant, s'était effondrée devant ce fait inattendu dont il comprenait toutes les conséquences terribles pour les pauvres femmes.

Et il restait là, pétrifié, les lèvres hébétées, les yeux fous, plus livide qu'un mort, à regarder cet officier qu'il s'était pris à aimer, qu'il eût défendu même, et qu'on accusait ces deux infortunées créatures, si pleines de tendresse, de sentiments si élevés, d'avoir assassiné. Elles ! achever un mourant ! Elles ! la marquise et Alix de Pléoben ! Infamie !

Les invectives les plus injurieuses partaient de tous côtés ; et Pléoben les entendait à peine, n'en saisissait plus la portée, dans le bourdonnement confus de son cerveau.

« Non ! put-il s'écrier enfin ! Vous mentez, coquins ; vous mentez, misérables ; je le jure sur Dieu même !

— Les louves vous ont obéi quand vous leur avez commandé de vous venger par la mort d'un des nôtres.

— Oui, oui, vociférèrent les hommes ; à mort ! les fauves, le lion, la lionne, leur fille, les égorgeurs !

Il avait succombé sans qu'on pût lui porter secours.

— Horde maudite ! » cria Pléoben, dont la voix de tonnerre abattit la clameur.

A ce moment, des soldats s'écartèrent, livrèrent passage à deux hommes, qui s'avancèrent au milieu du cercle tracé autour de Liorais ; l'un était le général Brunier, qui commandait la division, le second était le chevalier de Noyal.

« A mort ! à mort les chouannes !

— Silence ! » ordonna l'officier.

Cet ordre fut accompagné d'un bruit sourd qui ébranla le sol ;

puis une lueur plus intense inonda la pièce pendant quelques
secondes, s'atténua, reprit. Le feu continuait son œuvre; il y
eut un court désarroi; et lorsque le calme fut rétabli :

« Soldats, fit le général, vous avez fait vaillamment votre devoir ; les chouans de Camors, longtemps rebelles et imprenables,
sont morts ou prisonniers, vaincus enfin. Il convient d'apporter
de la modération dans notre justice. Si vos griefs sont fondés,
j'y ferai droit ; mais je réprouve les excès. Vous avez abattu,
incendié tout ce qui s'opposait à notre passage. Tous ceux qui ont
été pris les armes à la main seront punis de mort. Mais nous devons nous souvenir que, depuis le 9 thermidor, la Révolution
est entrée dans une voie de modération et même de clémence.
N'outrepassons donc point les droits que nous concède la force,
en frappant à tort et à travers, injustement. Cherchons au contraire à gagner l'estime et la confiance de ceux qui nous mécon-
naissent et qui refusent, par de perfides influences, les bienfaits
de la Révolution. »

Et regardant tour à tour les deux groupes où l'on gardait les
prisonnières :

« Pourquoi avez-vous arrêté ces femmes ? Pourquoi les mal-
traitez-vous ? »

Un soldat s'avança :

« Mon général, ces citoyennes sont des ci-devant; l'une est la
femme, l'autre est la fille de ce brigand...

— Ce ne sont point là des crimes. De quoi les accusez-vous ?
Quelle part ont-elles prise dans la rébellion ?

— Elles ont assassiné le commandant !

— Oui ! oui ! oui ! crièrent les soldats.

— Voici le citoyen Noyal, sur le compte de qui j'ai les renseignements les plus favorables, qui s'est abstenu de prendre parti

dans cette guerre, et qui, de plus, a fait donner chez lui les soins
les plus empressés, les plus dévoués à tous les blessés sans distinction, le citoyen Noyal, connu dans toute la contrée pour sa bienfaisance inépuisable, pour ses sentiments d'humanité, pour ses
idées libérales...

— Cet homme était bien leur allié, leur complice, » pensa Pléoben, en jetant sur le chevalier un mauvais regard.

— Eh bien ! le citoyen Noyal déclare que ces deux femmes ont
eu les plus grands égards pour le commandant, qui, blessé ce
matin, a dû à leurs soins de vivre tout le jour.

— J'étais là, sur la route, ce matin, dit un soldat, et c'est cette
petite-là — il montra Alix — qui est venue, qui l'a attiré hors
du retranchement pour...

— Quelle infamie ! s'écria la marquise.

— Ce brigand leur a crié de le tuer comme nous arrivions ici,
dit un autre soldat.

— Sur le Christ ! que je sois damné dans l'éternité, vociféra
le marquis ; jamais je n'aurais voulu qu'on attentât à la vie d'un
blessé.

— Il ne craint pas la mort.

— La mort n'est pas un châtiment assez grand pour lui.

— Nous ne pouvons venger les nôtres, tombés là-bas, que sur
les siens.

— Vengeance ! A mort !

— Voici, dit un soldat qui n'avait point parlé jusque-là, le
papier que le colonel Rouet avait à la main, au moment où il a
été tué.

— Lisez ! lisez ! cria-t-on de toutes parts :

« Je suis prisonnier des chouans, l'otage du marquis de Pléo-

« ben. Si vous avancez, je suis mort. Avancez donc, je vous en prie, « pour la France, pour la République.

« LIORAIS,

« Chef de la 53ᵉ demi-brigade. »

— Il était leur otage !

— Elles l'avaient menacé !

— Elles ont exécuté leurs menaces !

— Elles l'ont assassiné ! »

La voix du général parvint à faire cesser la confusion des voix au milieu de laquelle on percevait ces courtes phrases.

Et sur une interrogation de l'officier, un homme répondit :

« Quand nous avons forcé la porte, elles tenaient encore leur victime.

— Le commandant venait d'expirer. »

Un soldat traversa la pièce, attira l'une après l'autre Mᵐᵉ de Pléoben et Alix dans la lumière de l'incendie.

« Elles ont toutes deux, déclara-t-il, avec un calme dont la froideur parut plus cruelle encore, elles ont les mains couvertes de sang. »

Les deux femmes poussèrent en même temps un cri de déchirement et de terreur ; elles oscillèrent comme si elles allaient tomber.

« Madame la marquise de Pléoben, tonna la voix du marquis, et vous, ma fille, haut la tête devant la canaille, devant leur infâme accusation. »

En entendant ces mots, une exclamation s'éleva de tous côtés ; des poings s'abattirent sur Pléoben ; il y eut un moment de désordre, pendant lequel le général dit au chevalier, n'étant entendu que de lui :

« Ils insultent ces hommes, je ne peux plus rien pour eux : je deviendrais suspect et m'aliénerais mes soldats : je perdrais leur obéissance.

— Au nom de ceux des vôtres que j'ai arrachés à la mort, général ! dit Noyal, suppliant.

— Tout ce que je puis est de reculer leur supplice jusqu'à demain. »

Au milieu des coups et des injures stoïquement supportés, le marquis n'avait pas perdu de vue le chevalier : l'attitude de celui-ci, son entente avec un ennemi, cet entretien à voix basse, étaient une confirmation nouvelle, absolue, de ses soupçons.

Et comme Noyal s'avançait vers M^me de Pléoben et Alix pour leur adresser une parole d'encouragement et d'espoir, leur dire un mot qui les soutînt dans cette cruelle situation, le marquis gronda :

« Éloignez, repoussez ce traître, ce fils de Judas !

— Le lion de Camors rugit encore, dit un soldat ; le lion de Camors ne rugira plus longtemps. »

Cependant, sans répondre à l'invective du marquis, et comme s'il ne l'eût pas entendue, Noyal s'approcha d'Alix, afin d'exaspérer Pléoben et de gagner par les injures mêmes la confiance des républicains.

« Alix ! cria le marquis, je te défends de répondre à cet homme. »

La jeune fille avait sur les lèvres un mot d'adieu pour Yvon, mais elle ne le prononça pas.

Cependant, le feu avait contourné les dépendances, gagné une aile du château. Des bouffées de fumée entraient dans la pièce. Le général venait d'être appelé du côté de l'église, où une poignée de chouans enfermés se défendaient encore. Puis on transporta dehors le corps du commandant. Alors ce fut un indescriptible tumulte, une bousculade.

— Allons! finissons-en! nous n'allons pas nous embarrasser plus longtemps de ce gibier-là.

— Ils ne faisaient pas tant de façons pour nous, dit un autre soldat.

— Bah! ils sont bien ici.

— T'en tiens pour eux, alors, toi?

— Mais non, ça va flamber tout à l'heure. Si ça leur plaît, les ci-devant auront le choix de mourir dans leur lit.

— Et puis tirer sur des femmes, moi, j'aime pas ça. »

Le chevalier avait eu un frisson d'épouvante; puis, son visage s'éclaira comme d'une divine inspiration. Cette expression de physionomie n'avait pas échappé à M. et M<sup>me</sup> de Pléoben, à Alix; mais ils l'interprétèrent, comme on pense, de différente façon.

« Allons, allons, dit M. de Noyal, après avoir échangé avec la mère et la fille un rapide regard d'intelligence, il ne faut pas être cruels, ce n'est pas digne de Français. Non, ce n'est pas parce que les chouans ont incendié à Grandchamp une maison où des républicains étaient enfermés qu'il faut employer ces moyens...

— Vous êtes leur ami, malgré tout, vous, dit un soldat, et votre minois ne me dit rien, à moi; allons, hop! les camarades, ça commence à sentir le roussi, la fumée nous..., m'est avis de ... »

Mais un lourd nuage de fumée envahit la pièce, suffoqua celui qui parlait. Il se fit en une seconde une obscurité complète. Depuis quelques minutes — l'imminence du danger donne aux seuls hommes fortement trempés ce don de prévoir — Pléoben et Noyal songeaient à cette extinction complète de la clarté, qui

s'affaiblissait de plus en plus à mesure que l'incendie, après avoir
dévoré les bâtiments situés sur le derrière du château et reliés
par les dépendances du fond de la cour qui touchaient aux ailes,
avait gagné le château même. Le feu ne trouvait plus d'aliment
extérieur, mais il avait atteint, dans ce coin inhabité de la vaste
demeure, de vieux meubles cassés, des étoffes poussiéreuses et
hors d'usage. Puis, sans doute, les cloisons s'étaient éventrées,
et la fumée en pression, trouvant soudain un échappement, s'était
engouffrée avec cette violence dont les deux hommes attendaient
le salut.

« Sauve qui peut! » s'écria le chevalier, en se précipitant dans
le nuage opaque dont les deux femmes étaient environnées.

Son irruption avait été si brusque, si brutale et si bien calculée, que les hommes, surpris au moment où, aveuglés, étouffés,
l'instinct les poussait à s'enfuir, laissèrent aussitôt le champ
libre à M. de Noyal, qui se trouva maître des deux femmes. Il
parvint à les retenir, malgré une brève résistance des soldats d'a-
bord, malgré leurs efforts, à elles, pour se sauver au milieu de
leurs ennemis, qui, pris de panique couraient vers la porte.

Elles se débattirent, poussèrent des cris, puis se turent, suf-
foquées.

Noyal les attira à lui, les saisit à plein corps, les étreignit;
elles l'accablèrent de coups; mais ses bras les enserraient comme
d'irrésistibles étaux, et il les porta vers la pièce voisine, s'éloignant du feu, du côté opposé au vestibule, par où les soldats
avaient gagné la cour et la terrasse. Il brisa une porte d'un coup
de pied, déposa les deux femmes à terre, referma aussitôt
afin d'arrêter la fumée.

« Restez là, et je vous sauverai, dit-il; pas un cri, ou vous êtes
perdues. »

17

Elles comprirent alors; cet homme qui les avait portées là était le chevalier.

Au dehors une voix cria :

« Attention, les hommes ! Les chouans sont dedans. Gardez bien toutes les issues.

— Chrétien ! put appeler faiblement la marquise.

— Mère ! murmura Alix.

— Silence ! dit Noyal, je veux le sauver aussi, mais il ne faut pas qu'il sache à qui il a affaire, car il ne me suivrait pas. »

Pendant cette scène, qui n'avait pas duré une minute, Pléoben, qui, à coups de tête, à coups d'épaule, en secouant sa masse herculéenne, s'était dégagé des Bleus, avait sauté vers la place où naguère étaient sa femme et sa fille.

D'une voix rauque, il avait prononcé une fois leur nom. Maintenant, étranglé, étouffé presque, il marchait à pas pressés, ralentis par ses entraves.

« Par là ! » pensa-t-il ; et il alla vers la fenêtre. Une pointe de baïonnette l'arrêta ; et il perçut le commandement que nous avons rapporté.

La mort ! La mort partout ! s'il cherchait à fuir ou s'il restait. Une angoisse terrible le saisit. En une seconde, toute sa vie passa devant lui, ceux qu'il aimait. Il chancela en exhalant un cri rauque.

Il sentit alors des bras qui l'enveloppaient, et il eut cette dernière vision de la mort, qui prenait son corps, tandis que son âme s'envolait vers Dieu. Puis, tout s'abîma.

Et lorsqu'il recouvra ses sens, des mains déliaient les cordes qui retenaient ses mains, ses pieds étaient dégagés des entraves. Il ne savait plus où il était, mais il avait conscience qu'il vivait, que sa femme, sa fille, lui parlaient bas, couvraient son visage de baisers.

« Venez, dit une voix qu'il ne connaissait pas, venez vite !

— Où suis-je ? dit-il.

— Tais-toi, au nom du Ciel, dit M^{me} de Pléoben, obéis ! »

Ils se prirent la main. Noyal tenait une main de la marquise, qui donnait l'autre à sa fille ; Pléoben suivait avec une docilité passive d'enfant, né sachant plus, n'ayant d'ailleurs d'autre faculté que de comprendre qu'il existait, qu'il n'était plus au pouvoir de ses ennemis, qu'une providentielle intervention cherchait à le sauver.

Il se rappelait, cependant, que dans l'aile droite du château se trouvait un étroit escalier de pierre, escalier effrité, abandonné, qui communiquait avec les caves, caves inemployées, où nul ne pénétrait jamais.

Tout à coup, il se révolta ; il accusa l'inconnu qui les conduisait de les avoir menés là pour rendre le supplice plus affreux.

« Qui es-tu ? dit-il.

— Un chouan qui vous aime, » dit une voix, que les deux femmes ne reconnurent plus pour être celle de Noyal.

Alors, seulement, elles comprirent que le marquis n'eût jamais consenti à le suivre.

Ils marchèrent lentement, avec mille précautions, car l'obscurité était grande.

« Où me conduis-tu ? dit Pléoben.

— Chut ! répondit très bas le chevalier en déguisant toujours sa voix, on peut nous entendre par ce soupirail, là... »

En effet, on percevait distinctement le parler des hommes, qui, sans doute, restaient baïonnette en avant contre les fenêtres.

« Je crois qu'y a pas besoin de tant de précautions, disait un homme, ils y sont bien ! Et qu'ils y restent donc. Adieu !

— Ma foi ! dit un autre, j'aurais pas voulu que ça soit exprès, mais puisque c'est fait, tant pis! Mourir comme ça ou autrement, puisque leur affaire était dans le sac, à ces ci-devant... »

Mais une voix éclata :

« Qu'est-ce que vous faites là? Où sont les prisonniers?

— Ils sont restés dans le château, mon général, répondit un officier; les hommes ont été pris de panique; et il n'y a pas eu moyen de rentrer, la fumée était suffocante...

— Ah! reprit le général, et je vous fais mon compliment, capitaine. Mais cela ne se passera pas ainsi; coûte que coûte, il faut qu'on rentre. Tenez, par l'aile, ici, brisez-moi ces fenêtres-là. »

Effectivement, un bruit de vitres que l'on cassait, puis un bruit de pas au-dessus de leur tête annonça aux fugitifs que l'ordre était exécuté. Mais les hommes avaient été obligés de reculer, de regagner la fenêtre aussitôt, probablement, car cette phrase du général arriva dans les caves :

« Il n'y a pas moyen?... Donnez-lui de l'air, ça ne sera rien. Ah! nom d'un nom! »

Le feu devait continuer rapidement son œuvre dans le château, car un officier commanda :

« Reculez-vous, vous autres, le toit peut s'écrouler. »

Revenu de son étourdissement premier, le marquis retrouvait sa volonté; il se demandait qui était cet inconnu, pourquoi il les avait conduits dans cet endroit, si ce n'était pour faire durer plus longtemps leur supplice.

« Mais lui, il mourrait aussi, » réfléchit-il.

Ils avançaient lentement, très lentement, en suivant un mur. La lenteur de Noyal était involontaire, et c'était sans en avoir la curiosité qu'il avait entendu les commandements que nous venons de rapporter. Une inquiétude terrible s'emparait de lui; il craignait d'avoir marché trop vite au début, et d'avoir dépassé la porte, qu'il cherchait à tâtons. Le chevalier commençait donc

« Brisez-moi ces fenêtres-là, » disait le général.

à s'émouvoir, le feu faisait de rapides progrès. Son cœur se
serra ; un flot de fumée venait de le frapper au visage.

M<sup>me</sup> de Pléoben, sans doute, comprit son angoisse, car il sentit sa main presser violemment la sienne.

« Enfin qui êtes-vous ? où nous conduisez-vous ? s'écria le marquis, dont l'exaspération semblait grande.

— Je suis, dit le chevalier en contrefaisant toujours sa voix, celui qui vient de vous sauver, celui qui vous sauvera encore ; je suis un envoyé de Dieu. »

Ce fut prononcé très bas, sur un ton uniforme et mystérieux, qui remua jusqu'au fond de son être le croyant convaincu, le Breton mystique, confiant en l'intervention miraculeuse de la Providence.

Il était sur le point de porter la main vers cet homme, afin de le contraindre à parler. Il s'arrêta, respectueux, presque craintif, doutant presque que cette voix fût une voix humaine, que l'être qui avait parlé fût tangible. Toutes les circonstances de cette journée, ces secousses répétées, la détente nerveuse après les immenses fatigues que Pléoben s'était imposées depuis plusieurs jours, cette sensation de l'éveil dans la vie, après le premier sommeil dans la mort, expliqueront au lecteur cet état d'âme particulier en lequel flottait l'insurmontable et énergique volonté de notre héros.

Il se tut donc, s'abandonna comme à un rêve dans une sorte d'inconscience du péril, dans l'incurie des chances comme des moyens de salut.

Après d'interminables instants d'anxiété, le chevalier de Noyal rencontra une fine main qui le saisit, l'entraîna. Il faillit pousser un cri de joie, tant avait été grande sa terreur de perdre, plus irrémédiablement encore qu'en les laissant aux mains des républicains, ceux qu'il voulait arracher à la mort.

Le père avait reconnu aussitôt la main de son fils.

« Ne parle pas, » lui souffla-t-il à l'oreille, en le pressant contre lui.

Yvon eût d'ailleurs été incapable de prononcer un seul mot, tant était forte son émotion, tant son cœur était plein aussi d'al-

L'incendie faisait son œuvre sinistre.

légresse, en retrouvant son père sain et sauf, en train d'arracher à la mort Alix, le marquis et la marquise.

Yvon avait dû rester auprès de M^me de Noyal pendant l'entrée des troupes, puis, dès qu'il avait vu que sa mère ne courait aucun danger, il s'était dirigé vers le château par un souterrain dont son père et lui connaissaient seuls l'existence. C'était par ce chemin qu'il avait pu arriver le matin auprès d'Alix et de sa mère.

La nuit était venue déjà lorsqu'il s'était avancé sur la route pour savoir dans quelle situation étaient les châtelains, il était arrivé au moment où, à la clarté des flammes, il avait aperçu devant les fenêtres les soldats cernant, la baïonnette menaçante, le château incendié. Il avait pensé alors, qu'usant de représailles, les républicains faisaient périr le chef ennemi et les siens, d'une mort cruelle.

De crainte d'attirer des soupçons prompts à s'éveiller, il n'avait pu, aussi rapidement qu'il l'eût voulu, gagner la secrète communication.

C'est ainsi que le père et le fils se rencontraient au moment où l'un espérait à peine arriver à temps, et où l'autre désespérait de gagner le couloir qui aboutissait en un coin abandonné du château, à une cavité basse qui, toujours, avait paru sans issue à ceux qui l'avaient explorée. Le couloir, ils le suivaient maintenant d'un pas plus rapide, plus décidé, poursuivis au surplus par la fumée qui gagnait les sous-sols.

A cette minute où il se sentait dans cet antre, où, cédant à l'attirance de sa fille, il dut se mettre à genoux pour passer sous cette voûte basse, croyant en toucher bientôt le fond et continuant cependant à avancer encore, le marquis se prit à douter de la réalité de ce qui était : une oppression pénible serra sa poitrine ; il se débattit, chercha le réveil. Mais tout autour de lui la terre l'enserrait, un relent d'humidité frappa son odorat, et la main qui étreignit plus fortement sa main le rappela au sentiment de son existence, de cette lutte nouvelle pour la vie.

« Venez ! » murmura une voix, qu'il ne reconnut pas pour celle de sa fille.

Et la mignonne main qu'il tenait pressa sa main, entraîna le lourd corps de Pléoben, parvint à faire passer ses larges épaules dans un endroit exigu où sans aides, et dans l'incognition du lieu, il n'aurait pas eu la force de se faire place, ni la décision nécessaire pour avancer.

« Ah ! fit-il, la gorge rauque, angoissée, je comprends, bandits ! vous eussiez trouvé la mort trop douce, et vous nous martyrisez, vous nous ensevelissez vivants, vous voulez pour nous une lente agonie, nous faire mourir mille fois... Soit ! quel que soit le supplice, je le supporterai comme vous, Anne-Marie, comme toi, Alix, mes bien-aimées, car c'est pour notre Dieu et notre Roi !

— Chrétien ! au nom du Ciel, prononça dans un halètement Mᵐᵉ de Pléoben, ce n'est pas au supplice que nous allons, mais à la liberté ! Encore un peu de patience et de courage, et vous êtes sauvé... Écoutez ces bruits de pas au-dessus de nous, ce sont les Bleus... Mais ne parlez plus, on pourrait nous entendre, et tout serait perdu. »

Le conduit s'élargissait un peu. Pléoben respira fortement, reprit confiance, et de plus rassurantes conjectures glissèrent sur cet esprit où s'était abattu un instant comme un vent de folie.

Alors revint toute sa virile énergie et sa décision, après cette courte dépression. Ce retour à la complète raison se trahit, se dénonça par un sourd appel de tendresse à ceux qu'il chérissait et qu'avec un héroïsme de preux il exposait à la mort, qu'il sacrifiait presque comme il se dévouait lui-même à sa foi politique et religieuse ; toute sa tendresse s'épandit dans ces deux mots murmurés : .

« Alix ! parle-moi, dit-il. »

« Anne-Marie ! Alix !

— Mon ami ! mon père ! » répondirent doucement deux voix.

La main que le marquis croyait être celle de sa fille se dégagea subitement ; il voulut la ressaisir, attirer à lui son enfant, se convaincre de la réalité en la sentant bien à lui, près de lui ; mais ses mains battirent le vide, et presque aussitôt une bouffée d'air frais le frappa au visage. L'obscurité était toujours complète, mais la voûte s'était élargie au point qu'il pouvait se tenir droit sur les genoux et étendre les mains.

Alors, des bras le saisirent doucement, l'attirèrent, l'étreignirent ; de chauds baisers, longs et répétés, couvrirent son visage, des baisers et des larmes.

« Ma femme ! ma fille ! » dit-il.

Mais près de lui la voix inconnue — car Noyal la fit encore méconnaissable — dit très bas :

« Si vous voulez que votre femme et votre fille soient sauvées, il faut les quitter ici ; vous connaissez le pays, et pourrez prendre des chemins où elles ne vous suivraient pas. Libre, maître de vos mouvements, je suis sûr de vous ; vous parviendrez à Carnac, où sont les hommes de Puisaye, d'Hervilly et de Cadoudal ; si *elles* vous suivent, vous êtes perdu ; si vous restez ici, demain vous serez pris, car fermes, haies et fossés seront fouillés. Gagnez donc au plus tôt les landes de Grandchamp. Vous passerez d'autant plus facilement que l'on vous croira enfoui sous les décombres du château.

— Je ne puis les abandonner sans savoir qui les garde, qui veillera sur elles. »

Et sa pensée inquisitrice associa à cette voix étrange, mystérieuse, la mignonne main qui n'était pas celle d'Alix.

« Si vous l'appreniez, ce serait votre mort à tous trois, prononça l'énigmatique personnage.

— Je vous en prie, je vous en supplie, partez ! dirent les deux femmes.

— Soit ! fit le marquis, obéissant par un sentiment de superstition à cette injonction dans laquelle il y avait comme un ordre de la Providence. Anne-Marie, Alix, il m'a été dit que je vous quitterais ici, je me soumets à l'Être qui commande ma destinée. »

Il les embrassa encore tendrement :

« Que dois-je faire maintenant? demanda-t-il.

— A cette place, dit la voix, nous sommes sous la douve qui borde la route. Tâtez au-dessus de vous. N'y a-t-il pas une pierre ?

— Oui, en effet, dit le marquis, sa froideur, sa rugosité...

— Arc-boutez-vous de toutes vos forces ; cette pierre doit se soulever et vous livrer passage. Agissez sans violence, pour ne pas être entendu. »

Le marquis tendit les muscles progressivement ; la pierre résista ; alors il chercha à l'ébranler par un coup très sec ; cette fois, un mouvement se produisit, de la terre tomba sur lui ; il venait de briser la couche de glaise qui scellait les bords de la large dalle. Puis, le géant se ramassa sur lui-même, appliqua de nouveau son dos, fit une nouvelle levée.

« Je ne peux pas, murmura-t-il. Chut! dit-il aussitôt, on a marché, là... »

Entre la pierre et la terre, un trou venait de se former, large comme la main ; des ténèbres du souterrain, la voûte d'épines et de branches apparut dans la clarté incandescente de l'incendie.

« Les Bleus ne peuvent pas être dans les fossés, ce ne peut être qu'un chouan, » remarqua, toujours très bas, le marquis.

Et par l'ouverture, il imita, comme un murmure, le cri de la chouette, mais d'une tonalité si douce, si enveloppée, que nul autre que l'homme qui guettait ce mouvement surprenant du sol n'eût pu l'entendre.

Les fugitifs perçurent au-dessus de la voûte un frôlement léger, puis M. de Pléoben aperçut la face brutale de Pied-de-Loup, qui, inquiète, sondait prudemment la place où le tremblement d'abord et l'appel ensuite s'étaient produits. Il eut un hululement imperceptible.

Le cœur du marquis sursauta d'une joie immense en apercevant près de lui ce brave et intelligent auxiliaire, ce dévoué serviteur.

« C'est moi, ton maître, le marquis, mon vieux Pied-de-Loup, souffla plutôt que ne dit Pléoben.

— Vous! vous! »

Et l'homme eut un frémissement d'épouvante; car il croyait mort le chef des chouans; et il pensa qu'il revenait de l'autre monde.

Pléoben comprit son bouleversement; en toute autre circonstance, cette aventure l'eût égayé; mais l'heure était grave; aussi reprit-il avec la même prudence :

« N'aie pas peur, mon gars, approche, l'oreille basse... Ton maître est bien vivant, il ne revient ni du ciel ni de l'enfer; il s'est enfui du château par un souterrain, et tu es sur la trappe; alors je ne peux pas la lever, entends-tu?

— Voulez-vous que je vous aide?

— Non, va-t'en ! »

Sa tête, sa poitrine, s'engagèrent dans le trou lumineux.

Et s'adressant à sa femme, dont il prit et baisa une dernière fois la main :

« Anne-Marie, — dit-il, avec ce ton d'enthousiasme qu'il avait aux minutes de grands espoirs, — Dieu est avec nous ; j'ai douté de sa bonté, et je lui en demande pardon. Oui, Dieu est avec nous, Dieu nous bénit ; je vous confie à celui qu'il nous a envoyé pour nous arracher aux flammes, à celui qui m'a mené à cette place, où j'ai retrouvé le plus brave et le plus sûr de mes gars. Alix ! ton père te chérit et te quitte plein de confiance désormais. Prie pour ton père, pour la cause qu'il défend, comme ton père priera pour ta mère et pour toi. »

Il s'arc-bouta de nouveau, fit une vigoureuse poussée ; et sa tête, sa poitrine, disparurent dans le trou lumineux formé à la place de la large dalle. Pied-de-Loup la maintenait pendant que le marquis se dégageait, et la laissa retomber lentement, avec mille précautions, pour ne pas éveiller l'attention des lignes de sentinelles postées tout le long des fossés.

Le danger était grand encore ; mais, vrais chouans, vrais trappeurs, chasseurs experts, connaissant les moindres sentiers, les moindres accidents de terrain, les deux hommes avançaient à tout petits pas, sans qu'ils entendissent eux-mêmes la plus sourde foulée de leurs pieds.

Cependant, il fallait franchir, pour se jeter dans les halliers, une place découverte pendant une quinzaine de mètres, glisser, au moment où ils s'y attendraient le moins, entre des soldats républicains placés à l'affût. Les chouans se postèrent donc au bord de cette profonde clairière, coude à coude, attendant un de ces courts affaissements de flammes qui se produisent dans les incendies.

A une certaine secousse, ils bondirent hors de leur cachette,

prompts et agiles comme des jaguars, frôlèrent les soldats, s'enfoncèrent dans les bois par où les républicains étaient
arrivés le matin, dans la direction des landes de Grandchamp.

Dix coups de feu retentirent, jetés au jugé dans ces bois touffus, presque impénétrables à cet endroit, et au milieu desquels,
pareils aux cerfs, ces hommes s'enfonçaient à toute vitesse, sautant par-dessus les ronces, se coulant entre les branches, avec
une sûreté, une décision, qui défiaient toute poursuite.

« Rien? demanda le marquis.

— Rien! répondit Pied-de-Loup. Et vous, maître?

— Non plus! mais les bandits m'ont manqué de peu, une balle
m'a sifflé à l'oreille. »

Les deux hommes, après avoir couru encore quelque temps,
s'arrêtèrent pour reprendre haleine.

Ils tombèrent dans les bras l'un de l'autre.

« Mon maître! dit Pied-de-Loup.

— Mon ami! » dit le chef des chouans, dont les multiples
émotions de la journée avaient amolli la rude enveloppe.

Les républicains qui avaient tiré sur les fugitifs étaient furieux
d'avoir été surpris, d'avoir laissé forcer la ligne.

L'un d'eux assura :

« C'est le lion de Camors qui a passé là, j'en jurerais.

— Le lion de Camors est là-bas, répondit un autre, en montrant le château qui flambait toujours, dont la vieille bâtisse
s'effondrait rapidement; s'il n'y a que lui pour te tuer, m'est
avis que tu vivras vieux comme Mathieu Salé.

— N'empêche que moi je ferais tout de même garder les bords
de la forêt. »

Les deux chouans n'étaient pas hommes à se laisser prendre

ainsi ; une demi-heure plus tard, ils avaient franchi la lisière des bois de Camors, et s'enfonçaient au milieu de ces landes infinies, dans lesquelles ils allaient, en se dissimulant habilement, en jetant leur coup d'œil d'aigle au loin, avancer rapidement vers le but.

## VII

M<sup>me</sup> et M<sup>lle</sup> de Pléoben prêtèrent pendant quelques secondes une oreille attentive aux bruits du dehors; puis, n'ayant rien entendu d'inquiétant, le chevalier et Yvon guidèrent de nouveau les deux femmes dans cette traversée souterraine.

« Où nous conduisez-vous maintenant? demanda la marquise.

— Chut! répondit Noyal, pas si haut! nous allons passer sous la vieille tour, et les pierres pourraient bien répercuter nos voix. »

Quelques secondes plus tard, après avoir dû ramper encore une fois dans l'étroit conduit, sans lumière, sans air, dans un oppressement où l'on se sentait mourir, ils purent se mettre debout tous quatre.

« Ah! la citerne! chez vous! murmura M<sup>me</sup> de Pléoben; je comprends. »

Et, serrant les mains du chevalier et d'Yvon :

« Braves amis! dit-elle. Chez vous!

— Oui. »

Au-dessus d'eux, un ciel de tempête roulait dans le vent des nuages de feu. Après les pénibles suffocations qu'elles venaient de subir, l'air, bien que chargé de fumée, leur semblait léger et doux ; et dans l'unique pensée de ce salut inespéré, elles restaient en une sorte d'indifférence au sujet du désastre.

En leur esprit, le château où elles avaient failli trouver la mort était encore l'ennemi ; elles ne se disaient pas, en voyant ces rouges lueurs, en aspirant cette âcre senteur de brûlé, que c'était l'antique demeure familiale des Pléoben, la maison où tant d'années s'étaient écoulées, qui s'anéantissait.

Avec une agilité de chat, et sans qu'on entendît ses pieds se poser sur les pierres en saillie, Yvon sortit du puits, explora tout autour de lui ; le potager était désert. Alors, auprès d'une futaie contiguë au jardin, le jeune homme releva une échelle, la porta, la descendit.

L'escalade ne fut plus qu'une affaire de quelques secondes.

Le chevalier conduisit rapidement les deux femmes à un certain point du parc où M^me de Noyal les attendait.

Alors eut lieu entre ces cinq personnages une de ces explosions de tendresse, de ces effusions émues dont pourraient seuls avoir idée ceux qui auraient traversé une telle crise.

Puis M^me de Noyal donna aux femmes deux robes, des fichus de paysannes, des coiffes.

« Votre maison est occupée ! dit la marquise ; mais on peut nous reconnaître !

— Non, ne craignez rien, il n'y a guère que des blessés et quelques hommes par-ci par-là. Vous entrerez par la buanderie ; prenez aussitôt n'importe quel gros ouvrage... Et puis on n'a pas de soupçons, puisque vous êtes mortes... Approchez... dans la lumière... voyons... oui, abaissez les bandeaux, cela vous change tellement... »

Le chevalier et Yvon se retirèrent à l'écart pour laisser M^me et M^lle de Pléoben se vêtir.

« Ainsi, dit cette dernière, ils nous croient vraiment brûlés vifs !

— Oui, et le général était ici quand on est venu lui dire que vous étiez restés dans le château... Il a été dans un état de fureur !...

— Mais n'a-t-il pas commandé aux hommes de nous sauver des flammes ?

— Et il a été obéi... les soldats n'ont pu pénétrer... Ce que voyant, le général s'est élancé lui-même ; mais il est tombé d'asphyxie, et c'est heureux qu'il n'ait pas péri.

— Il est donc absolument certain de notre mort ?

— Absolument. »

Tout en continuant à parler à voix très basse, les deux femmes mettaient le costume qui leur avait été apporté, et elles achevaient leur déguisement, lorsque retentirent des coups de feu.

La marquise serra le bras de M$^{me}$ de Noyal ; les trois femmes ne parlèrent pas. Toutes trois prêtèrent l'oreille. Après un silence qui leur parut long, ces paroles se firent entendre :

« Qu'est-ce encore ?... Sur qui a-t-on tiré ?... Pourquoi ?... demandait-on de l'autre côté du mur, sur la route.

— Paraît, capitaine, que c'est deux chouans qui ont forcé la ligne.

— Et, dit un autre, il y a un homme qui assure comme ça qu'un était le lion de Camors.

— Celui qui a vu le lion de Camors est un fier lapin qui a de bons yeux et qui ira loin, répliqua l'officier d'un ton railleur ; enfin, ils les ont manqués, voilà.

— A moins qu'ils ne les aient blessés.

— Oh ! ce n'est pas probable, mon capitaine ; j'en viens, fit une voix, et si vous les aviez entendus détaler !... »

M^{me} de Pléoben et Alix étaient renseignées; elles savaient que le marquis avait pu passer entre les troupes qui les enserraient.

« Ah! Julie, dit la marquise à M^{me} de Noyal, Dieu a veillé sur nous, Dieu nous protège. Votre mari, votre fils, ont été les instruments de sa divine volonté. C'est pour être les exécuteurs de ses desseins qui les a créés si bons et si braves, qu'il a donné au chevalier cette élévation du cœur qui le place au-dessus de toute épreuve, cette force d'âme qui lui permet de rendre le bien pour le mal, selon la parole du Seigneur. A genoux, mon amie, et prions. »

M^{me} de Pléoben avait dit ces quelques mots avec une émotion vive. De longues larmes coulaient de ses yeux. Il n'y avait, à cette minute, plus rien de l'altière, froide et implacablement cruelle femme qui le matin attendait les républicains sur la terrasse du château, obéissait ponctuellement aux instructions de son mari, sans qu'on pût lire sur son visage l'intime révolte contre la perfidie. Elle était maintenant la femme aimante; son cœur battait les ineffables battements de la calme et pure tendresse, de la reconnaissance.

Toutes trois s'agenouillèrent, et, les mains croisées sur la poitrine, leurs yeux levés, leurs regards avec leurs pensées traversèrent les nuées rouges, montèrent vers le ciel de l'infini, cette demeure céleste éternellement d'azur et d'or.

Le chevalier et Yvon s'étaient rapprochés; tous deux se tenaient debout, recueillis, le chapeau à la main. C'était, après cette dramatique et néfaste journée, un touchant spectacle que celui de ces deux femmes qui cherchaient dans la prière un soulagement aux sensations violentes, et qui, dans des actions de grâces, oubliaient les désastres pour ne se souvenir que des bienfaits de la Providence, de sa divine intervention.

## VIII

Les choses se passèrent comme l'avaient prévu les deux Noyal.
Sous leur déguisement, M<sup>me</sup> de Pléoben et sa fille purent pénétrer
dans la maison sans être reconnues ni inquiétées. Il n'y avait
d'ailleurs que des blessés, qui se souciaient peu du sort des châtelains. La marquise et Alix furent conduites dans une chambre
sur un point reculé de la vaste demeure, où elles dormirent d'un
lourd sommeil.

Le lendemain matin, vers neuf heures, Alix descendit au jardin. Yvon, ne voulant pas laisser son amie en proie à de tristes
pensées, guettait sa venue ; et lorsqu'elle se fut enfoncée dans le
petit bois, il la rejoignit, lui prit la main, parla d'un ton enjoué,
comme si rien ne se fût passé, comme si les événements de la
veille n'avaient été qu'un mauvais rêve, dont il fallait effacer la
pénible impression.

« Non, mon cher Yvon, dit la jeune fille, ne prends pas tant
de peine pour éloigner les tristes souvenirs d'hier. Je ne sais si
tu éprouves ce que j'éprouve : il me semble, à moi, que j'ai vieilli
de plusieurs années en cette seule journée.

— Oui, dit Yvon, il me semble que je ne vois plus la vie comme je la voyais avant-hier, il me semble que je comprends ce que je ne comprenais pas.

— Et que ces choses graves de la veille donnent de la gravité aux choses du lendemain. J'entendais sans cesse parler de cette guerre autour de nous, de ces préparatifs, des combats possibles, de la venue des républicains; mais, tout en tremblant un peu, je m'étais tellement habituée, depuis tant de mois, à ces menaces perpétuelles, j'avais fini par les envisager un peu comme on envisage les histoires qu'on lit dans les livres. Hélas ! maintenant, nous ne sommes que trop convaincus de la réalité de tout cela. Quelle journée ! quel drame ! Au réveil, il m'a fallu regarder par une fenêtre notre pauvre vieux château en cendres pour me rendre compte que c'est bien vrai.

— Tu as vu les blessés?

— J'ai passé dans les chambres.

— Tu aurais dû éviter ce spectacle.

— Oui, c'est bien triste aussi; mais, à présent, je suis heureuse de l'avoir fait; cela m'a prouvé une fois encore ce que je pensais hier en voyant se débattre contre la mort ce pauvre commandant, que ton père avait bien raison, que cette guerre est bien cruelle, bien impie. Ils sont là, côte à côte, ces ennemis, réconciliés par la souffrance... Ah ! fit-elle, cela ne va donc pas finir ! Ils vont donc se battre encore, là-bas, où mon père est allé ! Et il est loin, maintenant, seul ! Pourquoi est-il parti? pourquoi n'est-il pas resté avec nous? N'auriez-vous pu le cacher ici?

— Peut-être. Mais il n'y eût pas consenti. S'il avait su qui nous étions, dans le souterain, il eût encore accusé mon père. En tout cas, il n'eût rien voulu lui devoir, et il se fût livré plutôt que d'accepter rien de nous; il vous eût livrées, même, ta mère

et toi. Et puis, se serait-il soumis à cette inaction ? M<sup>me</sup> de Pléoben a fait preuve d'une grande présence d'esprit en obéissant
aveuglément à mon père, quoiqu'il lui en coûtât de se soumettre
à cette séparation, de le voir partir, entrer dans ces fossés cernés,
er un tel péril.

— C'est vrai, il le fallait, dit Alix. Et crois-tu qu'il soit en
sûreté à présent ? »

Le jeune homme marqua une hésitation.

« Je veux savoir toute la vérité, Yvon, ce serait mal de me
tromper.

— En effet, cela ne servirait qu'à t'alarmer inutilement ; il
vaut donc mieux que tu saches le danger que court le marquis.
Mon père est certain maintenant qu'il rejoindra sans encombre
à Carnac les chefs morbihannais qui préparent le débarquement
des troupes anglaises et royalistes dans la baie de Quiberon.

— Ah ! dit la jeune fille, comme il va être loin de nous ! Il
va se battre, assurément, et nous ne saurons rien de lui. Qui
donc nous donnera de ses nouvelles ? Qui donc le soignera s'il
est blessé ? Qui donc lui tendra encore une main secourable, s'il
est pris par les républicains ?

— Moi ! » dit une voix qu'elle reconnut bien, celle du chevalier
de Noyal. La jeune fille ne l'avait pas entendu venir, et cette réponse secrètement et ardemment désirée avait produit un sursaut
d'autant plus fort en elle.

— Vous ! vous ! s'écria Alix, en mettant sa tête contre la poitrine du chevalier, et en tendant son front au baiser.

— C'est une bien grave et bien généreuse résolution, dit
M<sup>me</sup> de Pléoben, qui était venue avec le chevalier à la rencontre
des jeunes gens.

— Mon père ! vous allez partir ? dit Yvon ému.

20

— Nous partirons tous deux, mon enfant. »

Le visage de l'ami d'Alix s'éclaira d'une indicible joie.

« Ah! merci, merci, dit-il, vous avez compris mon plus profond désir. »

Le chétif enfant semblait grandi, plus fort, avoir tout à coup dépouillé sa frêle enveloppe, tant il y avait de mâle énergie, de courage dans son attitude, tant il y avait d'élévation de sentiment dans ses yeux, sur son front volontaire.

« Quand partirons-nous? dit Yvon.

— Demain ou après-demain, » répondit le chevalier.

Instinctivement, il baissa la voix :

« Les affaires des républicains vont mal du côté d'Auray et de Vannes; ils manquent d'hommes; ils ne pourront garder cette position, on les rappelle; ils seront avant peu obligés d'évacuer Brevay. Ils ont, paraît-il, commis une grosse faute en venant ici; et c'est pourquoi le marquis aurait voulu avoir pris le large avant leur arrivée; mais quand la route de Grandchamp a été libre, il était trop tard, le général Brunier était sur eux. Celui-ci m'a dit tout à l'heure : .

« M'avoir envoyé ici pour égorger une poignée de paysans, « quand nous sommes si menacés sur la côte par des forces con- « sidérables! Il n'est que temps que nous rappliquions là-bas, car « nos affaires se gâtent. » Pour moi, continua Noyal, ils vont déguerpir ce soir ou demain matin, car le temps presse.

On prétend que lorsqu'on parle du diable on en voit la queue; quand on parle du général, on en voit le plumet.

Alix n'était pas revenue de la stupeur et de la première inquiétude que lui causait l'annonce du départ d'Yvon; elle était encore pâle, tremblante, à l'idée d'exposer ainsi la vie de son ami, et elle n'avait pu prononcer une parole de crainte ou de gratitude,

lorsqu'elle aperçut le général Brunier qui s'avançait lentement
vers eux en lisant. Il leva la tête, fit signe de la main au chevalier qu'il avait à lui parler.

« Retenez donc ces braves femmes. »

« Julie, dit le chevalier à sa femme, de façon à être entendu, emmenez-les ; montrez-leur ce qu'elles ont à faire au
potager. »

Et il arrondit de grands gestes avec les bras, parlant moins fort,
puis disant très bas :

« Allez, mais n'ayez pas l'air de vous sauver. »

Cependant le général avait avancé encore de quelques pas, et
il fixait sur le groupe un regard perçant :

« Dites donc, citoyen Noyal, s'écria-t-il, retenez donc ces braves
femmes, que je leur demande un renseignement..

— Elles ne comprennent guère le français, dit le chevalier, ce
sont des Bretonnes bretonnantes ; moi-même, elles ne me comprennent souvent que par signes, car j'ai un peu perdu ma langue
natale à Paris. »

Noyal s'était rapproché du général tout en lui répondant, pendant que les deux femmes s'en allaient lentement à côté de
M<sup>me</sup> de Noyal dans la direction opposée.

« C'est précisément ce que je cherche, dit le général ; je veux
me rendre compte de l'impression que feraient sur elles certains
mots que j'ai retenus.

— Lesquels ?

— Vous ne les comprendriez peut-être pas, après avoir habité
si longtemps Paris, » fit le général avec un sourire malicieux.

Et il appela :

« Madame de Noyal, ne me fuyez donc pas ainsi ; ces servantes
m'intéressent. »

Les trois femmes durent s'arrêter et obéir au général, sous
peine d'éveiller son attention, si toutefois il n'avait été instruit
déjà. L'émoi était grand. Noyal croyait avoir deviné que le
général était au courant de la présence de la marquise, de M<sup>lle</sup> de
Pléoben chez lui, du déguisement sous lequel elles se cachaient.
Néanmoins, il ne crut pas prudent d'échanger un seul regard d'intelligence. Peut-être se trompait-il, par cette continuelle appréhension qui lui faisait voir un danger partout pour leurs amies.

Elles s'arrêtèrent donc, rebroussèrent chemin doucement vers
l'officier, qui s'avançait en les dévisageant.

. Puis, quand il fut près de M^me et de M^lle de Pléoben, il arrêta
alternativement ses yeux sur la mère et sur la fille, longuement,
et son visage devenu grave s'éclaira d'une expression de bonheur.

« Vous vivez! dit-il, vous avez échappé à l'horrible mort à
laquelle quelques brutes vous avaient livrées ou abandonnées! Ce
m'est une grande joie. Dans de pareils moments, après de tels
combats, les hommes perdent la tête ; est-ce l'odeur de la poudre
qui les grise? est-ce l'action? est-ce la colère? mais c'est avec
peine que je reste maître d'eux. Vous êtes sauvées, enfin ; je l'espérais, quand on m'a assuré que le chef des chouans s'était
échappé ; j'en suis certain à présent ; ne me faites pas l'injure de
nier, de me dire que ce n'est pas à la marquise et à M^lle de Pléoben que je parle.

— Monsieur, répondit avec fermeté la marquise, je suis en effet
celle que vous dites. Vous m'avez reconnue, je me rends ; il ne
me faut point un grand courage pour le faire, car j'ai compris
dès les premiers mots que vous avez dits hier que vous n'étiez pas
de ceux qui se vengent sur les femmes ; j'ai compris que vous
vouliez nous arracher à ces hommes et que vous ne pouviez le
faire sans compromettre votre autorité. Je sais ce que vous avez
fait pour nous sauver des flammes, que vous avez risqué la mort.
Ce n'est donc pas pour nous livrer que vous êtes ici, car vous ne
seriez pas venu seul ; je puis donc, sans m'abaisser à une supplication que je trouverais indigne de moi, vous jurer sur la tête de
mon enfant que je n'ai pas porté la main sur le commandant
Liorais, que j'ai tenté mon possible pour le faire vivre. Je ne vous
demande pas votre clémence, mais je tiens à votre estime.

— Je vous estime et je vous admire, dit l'officier. Le citoyen
Noyal n'a pas eu besoin de me parler pour que je sache, en vous
voyant, que vous n'êtes pas de celles qui achèvent les blessés,

mais que vous êtes de celles qui pansent leurs blessures. Non,
vous l'avez compris, ce n'est pas pour savoir de vous où est Pléoben que j'ai insisté pour vous parler, ce n'est pas pour vous confondre, mais c'est pour m'assurer de votre existence, pour vous
dire que vous avez à accomplir une œuvre de réparation.

— De réparation !

— Oui. Le commandant Liorais a écrit la longue lettre que
voici et qui vous concerne presque tout entière. Ne vous a-t-il
pas dit qu'il laissait une fille, qui restait seule au monde ?

— Oui, dit Alix, il m'a bien parlé d'elle. »

M$^{me}$ de Pléoben prit la lettre que lui tendait le général, la lut
rapidement.

« Alix, dit-elle, ce malheureux qui est mort pour te sauver me
confie son enfant ; Alix, Dieu te donne une sœur, que tu devras
aimer de toute ton âme. »

## IX

Bien qu'ayant plusieurs heures d'avance, le marquis de Pléoben et Pied-de-Loup avaient eu grand'peine à arriver à Carnac. Les détours qu'ils avaient dû faire dans les landes, puis le repos qu'ils avaient été obligés de prendre, avaient permis aux républicains de surveiller la route que le chef des chouans avait dû prendre, s'il était vrai qu'il fût vivant. Le bruit contraire était parvenu à Georges Cadoudal; celui-ci avait compté sur les hommes de Pléoben : force lui avait été d'attaquer Carnac sans eux. Le marquis arrivait au lendemain de cette victoire, seul, ou du moins sans ses troupes, l'air défait, les vêtements en lambeaux, mais gardant encore dans les yeux cette farouche énergie qui avait fait donner par le fils du laboureur au châtelain de Brevay ce surnom de « lion de Camors ».

Cadoudal avait vingt-cinq ans; il était également un homme de constitution athlétique, mais il était de plus forte corpulence, sinon de plus large carrure, de plus majestueuse envergure — si l'on peut s'exprimer ainsi — que le marquis.

Les deux chefs restèrent quelques secondes l'un en face de

l'autre comme s'ils cherchaient à lire dans leurs yeux leurs mutuelles pensées.

Les succès, l'habitude du commandement, n'avaient pas altéré la robuste simplicité de Cadoudal, et il n'oubliait pas, au lendemain d'une importante victoire, les égards et la déférence qu'il devait au chef des armes d'une des plus anciennes familles de Bretagne.

Il attendit donc que le marquis parlât, et il écouta avec un vif intérêt le récit que fit Pléoben de la journée heureuse au début, néfaste ensuite, due uniquement, malgré le nombre de la division républicaine, à la traîtrise des faux chouans.

« Monsieur le marquis, dit Cadoudal, votre œuvre ne reste pas moins des plus utiles à notre parti, et c'est un grand service que vous nous avez rendu en attirant les républicains dans la forêt de Camors. Si la colonne qui vous a attaqué n'avait eu cet objectif, il est probable qu'elle se serait portée vers Châteaulin, pour entraver la marche de Lantivy-Kerveno et de Leissègues; peut-être les aurais-je trouvés ici hier, et n'eussé-je pu tenir contre une troupe assez forte, pour attendre la demi-brigade Roman, dont les neuf cents hommes m'ont causé, en venant à la rescousse, quelque inquiétude. Le colonel Roman a repris le chemin d'Auray, où il n'a pas dû parvenir sans peine. Vous arrivez au moment du débarquement de l'armée émigrée. Le comte d'Hervilly, qui commande les troupes expéditionnaires, doit arriver ici. Nous avons onze mille fusils à distribuer à l'armée royaliste. Il est regrettable pour notre parti que vous arriviez si tard, car nos six divisions sont déjà formées, placées sous les ordres d'Allègre, Jean Jan, Mercier La Vendée, Lantivy, Saint-Régeant, et de votre serviteur. Ces divisions sont partagées en trois brigades, sous le commandement des généraux de Tinténiac, comte de Boisberthelot et vicomte de Vauban.

— Ainsi, dit le marquis, que cette mise à l'écart froissait, et qui s'étonnait que le surintendant du royaume, le comte d'Artois, n'eût pas songé tout d'abord à lui confier une brigade, ainsi, je n'ai aucun commandement. On me fait sentir cruellement que l'on oublie trop vite les absents, même quand ces absents ont donné des preuves de leur dévouement.

— Monsieur le marquis, dit Cadoudal, on vous croyait mort.

— Il était facile d'attendre encore...

— Le temps presse, chaque heure de retard est une faute. Il faut qu'avant huit jours tout le pays soit à nous. Votre désir de le servir prouve que vous aimez le Roi. C'est lui prouver bien davantage votre attachement que de ne susciter à ce moment aucune difficulté, aucune discorde, d'abandonner toute compétition. L'un de nous peut tomber d'un moment à l'autre, je ne doute pas que vous ne soyez désigné pour le premier commandement vacant. Tous seraient heureux et fiers de servir sous vos ordres. Mais, au nom de notre cause, ne créez pas de difficultés. Restez avec moi, nous combattrons ensemble; évitons tout ce qui peut être un germe de discorde. Déjà, je conçois de graves inquiétudes au sujet de d'Hervilly et de Puisaye; je crains que par les contestations qui s'élèvent entre eux un temps précieux ne soit consumé dans l'inaction. L'antagonisme des chefs peut gagner les soldats. Je sens aussi maintenant que l'enthousiasme qui existait hier est moins grand. D'un côté, d'Hervilly est soutenu par les émigrés, qui ont foi en sa grande expérience et en ses talents militaires, et ils n'aiment pas Puisaye, qui est, pour eux, un général parvenu sans avoir aucune notion de l'art de la guerre. D'autre part, M. le comte Joseph de Puisaye a pour lui les Morbihannais, les gens de l'intérieur, qu'il entraîne par sa parole aisée, chaude, par la politesse de ses formes.

24

— Je n'aime pas le ton hautain de d'Hervilly, dit Pléoben, sans remarquer, dans une superbe ignorance de soi-même, que ce qu'il reprochait au général royaliste était le propre défaut de son altière nature.

— Nous ne devons pas discuter nos chefs, si nous ne voulons pas que l'indiscipline et le manque de cohésion se produisent dans nos rangs.

— Ce n'est pas mon avis, » dit le marquis.

Cadoudal se connaissait en homme; il savait, sa susceptibilité une fois écartée, quel soldat admirable, courageux jusqu'à la témérité, résistant, habile à se tirer des plus mauvais pas, était le marquis. Il l'avait vu à l'œuvre au Mans, pendant la retraite de la Loire, à Savenay, et il avait, pour la franchise de son caractère, sa droiture, la sensibilité de cœur dont il devinait la dissimulation sous une brutalité impulsive, pour sa loyauté, une grande admiration. Aussi Georges — c'est ainsi qu'on appelait plus communément le héros de Kerleano — s'efforça-t-il d'apaiser la rancune du lion de Camors, de lui persuader qu'il lui serait un aide puissant pour maintenir en bon ordre, entraîner, diriger des troupes peu instruites et peu aguerries aux combats réguliers.

« Si j'étais seul ici, Georges, dit le marquis, je pourrais accepter le rôle effacé que vous me proposez; mais j'ai avec moi un homme devant lequel je ne puis déchoir. Cet homme est mon second, c'est lui qui dirigeait mes gars. »

Et il lui conta ce que le lecteur sait déjà de Pied-de-Loup.

« Monsieur le marquis, dit Cadoudal, tout être obéit encore et toujours; l'homme qui se croit le plus libre, le plus indépendant, obéit à la nature, comme le roi même exécute les ordres de Dieu. Il n'est, dans notre armée de paysans, qu'un esprit qui dirige, qu'une voix qui parle au nom de tous. Cette voix est la mienne aujourd'hui, à moi l'enfant des champs; elle sera la vôtre demain, à vous seigneur de vieille et haute race. Nous marchons tous ensemble, unis dans l'amour d'une même religion, enfants d'une même famille. Allons! Monsieur le marquis, élevons

Cadoudal lui tendit la main.

notre cœur à la hauteur des circonstances et combattons désormais à côté l'un de l'autre, comme nous avons combattu déjà, égaux devant la mort. »

Georges n'attendit pas la réponse du marquis; il ouvrit la porte de la chaumière et appela :

« Pied-de-Loup! »

Le paysan de Brevay s'avança, l'air maladroit, les gestes gourds, bien différent de l'homme agile, aux manières aisées, qu'il était naguère.

Cadoudal lui tendit la main, et avec un ton de bonhomie franche qu'accompagnait le bon sourire de sa belle et sereine physionomie, il dit :

« Pied-de-Loup, je suis un paysan, comme toi; M. le marquis de Pléoben me fait l'honneur de marcher à mon côté. Tu te mettras sur le même rang que nous; il n'y a ici que des soldats de Dieu et du Roi. »

## X

On était au 30 juin, et le temps pressait, car Hoche, qui de Vannes s'était transporté sur Auray et avait été repoussé par le général du Boisberthelot, avait fait demander au général Chérin, son chef d'état-major à Rennes, de lui envoyer à marches forcées six mille hommes, six pièces de canon et six obusiers. Il requérait aussi des secours à Nantes et en Normandie. L'inaction dans laquelle se consumaient les royalistes parut à Georges une faute grave, faute qui était imputable au désaccord existant entre d'Hervilly et Puisaye. Les royalistes avaient eu, sur la côte, quelques succès dont ils ne profitaient pas. De plus, les insurgés maugréaient ; ils avaient supporté tout le poids de la campagne ; d'Hervilly persistait à leur refuser l'artillerie dont ils étaient complètement dépourvus. Il était juste, alors, que les troupes payées et les émigrés donnassent enfin de leur personne. Sur les représentations de Puisaye, d'Hervilly parut trouver juste que l'on mît *Loyal-Émigrant* et *Royal-Louis* comme têtes de colonne, avec dix mille insurgés en première ligne. Sur les ordres de ce dernier, M. de Vauban prit position à trois quarts de lieue en avant du quartier général. Mais il dut se replier devant Hoche, qui, grâce aux renforts de troupes de toutes armes et d'une nombreuse artillerie, fut en état de le suivre. M. de Vauban ne put se maintenir et dut reculer encore vers Carnac, où il se trouva au centre, Georges Cadoudal sur sa gauche, à Sainte-Barbe, d'Allègre au Mont-Saint-Michel.

Les chouans s'attendaient à une marche en avant. Les pauvres gens étaient pleins de bonne volonté, de courage, d'abnégation; d'Hervilly se répandit en invectives contre eux, déclara qu'on ne pouvait faire la guerre avec de pareilles troupes, qu'il n'exposerait pas à une défaite celles qui lui étaient confiées, que le mieux, en ce cas, était de reprendre la mer, où le gouvernement britannique et le comte d'Artois feraient parvenir leurs ordres.

Cadoudal et le marquis de Pléoben né cherchèrent pas à cacher leur colère lorsqu'ils apprirent que les troupes soldées étaient entrées dans la presqu'île.

« Les monstres, dit Georges, auraient dû être engloutis par la mer avant d'être arrivés à Quiberon. »

Pléoben se souvint alors des paroles de Noyal, du rôle double et perfide dont le chevalier accusait l'Angleterre, et il s'indigna à la pensée que le comte de Provence et le comte d'Artois étaient dupes de la politique anglaise, qui, sous le couvert de fourbes sympathies, sous prétexte de vouloir servir la cause royale, ne cherchaient que l'agitation et la ruine. Cette idée que l'on s'était moqué de lui, qu'il n'avait été, à son insu, qu'un pantin, qu'on avait abusé de son dévouement, de sa foi, que l'on avait raillé sa crédulité, et que c'était pour servir de bas complots contre son pays qu'il avait risqué la vie de sa femme, de sa fille, qu'il avait envoyé à la mort ces pauvres paysans de Camors, le mit hors de lui. Quoi ! c'était pour servir les abjectes menées d'un Pitt que

le deuil, la dévastation, la misère, étaient maintenant à Brevay,
que des femmes, des mères, des enfants, pleuraient, que la marquise de Pléoben, que sa fille, étaient sans foyer, que son château
était en cendres ! Et il avait passé des jours et des nuits pour armer des troupes dont les pourvoyeurs mêmes voulaient la défaite !

L'exaspération de Pléoben fut telle que, n'eût été la certitude
d'un nouveau massacre, il n'eût rien fait pour empêcher les
chouans de se débander et de fuir. Au surplus, des femmes, des
enfants, des vieillards, envahissaient, désespérés, la campagne
inoccupée par les républicains, venaient demander protection aux
chouans et aux émigrés, maudissaient ceux-ci, les accusaient de
trahison. Ces paysans traînaient avec eux ce qu'ils avaient pu
sauver de leur chaumière, chassaient devant eux leurs bestiaux.

Sur les ordres de Vauban, d'Allègre se replia sur lui, et ils rejoignirent Georges à Sainte-Barbe. Déjà l'ennemi commençait à
se former, à une courte distance et dans une mauvaise position.
Cadoudal sortit du village, examina les chances qu'il y avait de
le repousser ; et comme il revenait auprès de M. de Vauban,
celui-ci lui dit :

« Réunissons ce que nous avons de meilleur, attaquons sur
l'heure ; nous battrons l'ennemi, nous le poursuivrons, cela
sauvera Sainte-Barbe, et peut-être la presqu'île et l'armée.

— Je ne puis, répondit Georges, et je ne veux pas attaquer ;
mes gens sont furieux, découragés ; ils ne consentiraient pas à
se battre, ils sont indignés des troupes de ligne, et de n'être en
rien aidés. Pourquoi et pour qui donc sont venus tant de secours
de l'Angleterre, si l'on ne veut pas s'en servir ? Je me reproche
bien d'avoir protégé cette descente, qui ne tend à rien moins
qu'à faire écraser le parti par le système destructeur que l'on a
adopté.

— Je ne crois pas à ce découragement, » dit M. de Vauban.

Pléoben l'interrompit avec force :

« Croirez-vous à mon découragement, à moi qui ai été un des plus ardents défenseurs de la cause? Monsieur de Vauban, l'Angleterre se joue de nous. Les émigrés que vous nous demandez de protéger devraient être au milieu de nous. Pourquoi ont-ils été s'enfermer dans la presqu'île, si ce n'est pour avoir bientôt le prétexte, lorsqu'ils auront assisté, en spectateurs désintéressés, à notre écrasement, de reprendre la mer? C'est assez que nous soyons des victimes, nous ne voulons pas être des sots.

— Qu'allez-vous donc faire? demanda d'Allègre.

— Nous avons deux lieues de sable à traverser, répondit Cadoudal, je crains que l'ennemi n'ait de la cavalerie : je pense que nous devons opérer une retraite immédiate et précipitée, une retraite à qui marchera le plus vite jusque dans les forts de la presqu'île.

— Je vous supplie, Georges, réfléchissez bien avant de prendre une pareille détermination, dit M. de Vauban.

— Toute offensive est pour l'instant impossible, répliqua Pléoben d'un air sombre.

— La retraite est nécessaire, inévitable, ajouta Cadoudal avec une fermeté qu'il y avait peu d'espoir d'ébranler.

— Mais que va devenir cette multitude de vieillards, d'infirmes, de blessés, de femmes, d'enfants? Votre armée sera obligée de les laisser derrière elle, de les abandonner corps et biens à l'ennemi. »

Cette raison parut faire impression sur Georges; il réfléchit longuement :

« Que pouvons-nous pour eux? dit le marquis; une attaque ou une résistance de notre part ne les sauveraient pas. Elles ne serviraient qu'à faire anéantir nos hommes, tandis que tous ces pauvres hères inoffensifs trouveront peut-être grâce devant les Bleus, qui d'ailleurs ne s'occuperont pas d'eux et courront à notre poursuite.

— Je ne suis pas de cet avis, reprit Georges ; il faut, au contraire, exécuter une retraite en règle, protéger à tout prix ceux qui sont venus se mettre sous notre garde. C'est nous qui avons voulu la résistance, c'est nous qui avons voulu la guerre : nous n'avons pas le droit d'abandonner ceux des nôtres qui en sont victimes. »

M. de Vauban se rendit à cette idée et ordonna la retraite. Elle s'opéra avec un ordre surprenant, un calme admirable, dont se fussent enorgueillies les meilleures troupes de ligne. L'ennemi était toujours à une demi-portée de fusil des chouans, et les décharges ne cessaient pas un instant de part et d'autre. Parfois des collisions se produisaient, les chouans devaient repousser les attaques à la baïonnette.

On jugera de la lenteur avec laquelle l'armée s'avançait lorsque nous aurons dit que plus de dix mille individus des deux sexes entravaient la marche de ses colonnes et le mouvement de ses soldats. Les cris des bestiaux se mêlant à ceux des enfants et des femmes redoublaient la confusion dans cette masse errante, fluctuante, amalgame étrange d'êtres terrifiés et consternés, de bêtes épouvantées, des choses les plus diverses, charriées, traînées, portées, objets modiques, dans ce pêle-mêle, ce grouillant tohu-bohu ; les imprécations de vieillards harassés agonisant de fatigue, les pleurs d'enfants qui se couchaient, refusaient d'aller plus loin, insouciants de la mort qui passait, fauchait au milieu d'eux, dans la trouée, le fracas d'un boulet.

La route de Quiberon franchissait à gué un petit bras de mer

22

qui coupe au-dessous de Sainte-Barbe la falaise de Plouharnel, et descendait directement sur la plage au sortir du bourg
de ce nom. Les habitants de Plouharnel affluèrent en masse et
traversèrent le gué de Saint-Guenhaël afin de se mettre sous la
protection des chouans. Le marquis de Pléoben, au milieu du
bataillon d'Auray qui se dévouait pour sauver ces malheureux,
fit preuve du plus audacieux courage, de la plus admirable énergie que puisse avoir un homme. Puis, cette tâche accomplie à
souhait, le marquis se porta à la suite du commandant Glain
aux moulins de Kergonnan, à l'est de Sainte-Barbe. Retranchée
dans les moulins et derrière quelques clôtures, la petite troupe
arrêta sous un feu incessant la poursuite de l'ennemi, jusqu'à ce
que les fugitifs aient eu le temps de s'écouler et de gagner un
peu de terrain.

Pléoben n'était plus le chef intransigeant que nous avons vu ;
il était le soldat libre, qui allait partout où il y avait un danger
plus grand à courir, une position à sauvegarder, une entreprise
périlleuse à tenter. Il courait çà et là, ardent et violent, acharné
à abattre comme à arrêter les poursuivants, rapide et décidé
dans ses mouvements, infatigable, bondissant d'un point à un
autre avec une étonnante souplesse, habile, après avoir attaqué,
à se jeter de côté, à éviter les ripostes après avoir porté à l'arme
blanche des coups terribles.

Toutefois Pléoben ne se prodiguait pas ainsi sans discerne-
ment ; il n'allait pas à l'aventure, frappant à tort et à travers ;
mais il courait aux points menacés, avivait l'action des chouans,
revenait auprès de Cadoudal, le consultait, repartait avec son
fidèle Pied-de-Loup, qui ne le quittait pas, et montrait dans les
combats à découvert, nouveaux pour lui, une âme de héros.

Ce courage parfois téméraire devait être néfaste au marquis.

Les chouans durent repousser les attaques à la baïonnette.

Cadoudal rejoignit Pléoben et lui dit :

« Les Bleus voient que cette poursuite est inutile et que nous allons arriver, malgré leurs attaques, au fort de Penthièvre ; je serais curieux de savoir ce qui se passe sur la plage opposée, et que nous ne pouvons surveiller d'ici ; je crains qu'ils ne nous gagnent par là, et qu'ils ne nous tombent sur le côté. Qu'en pensez-vous, Monsieur le marquis ?

— Je vais m'assurer de cela, dit Pléoben.

— Avec une centaine d'hommes ?

— Non, je préfère aller tout seul, avec Pied-de-Loup.

— Vous avez raison, ces hommes ne seraient qu'un embarras, ils nous nuiraient plus qu'ils ne nous serviraient ; je vais surveiller un passage dangereux pendant que vous explorerez notre gauche. »

Les deux hommes partirent.

La presqu'île de Quiberon forme encore, à l'endroit où se trouvaient le marquis et son second, un large plateau aride et désolé ; des fossés coupent les champs incultes, peu profonds il est vrai, mais offrant encore une protection. Ils parvinrent à s'y dissimuler et à avancer en se baissant assez pour échapper aux regards.

La plage s'enfonce en rapide contre-bas lorsqu'on retrouve la mer sur ce versant, et pendant sept ou huit cents mètres un escarpement peu élevé, mais absolument vertical et qu'il est impossible de gravir, encaisse la grève.

Les deux hommes avançaient sans rien voir de suspect, et comptaient arriver en rampant jusqu'au bord de la plage, lorsque, ayant redressé la tête avec précaution et jeté un coup d'œil au-dessus d'un talus qu'ils devaient franchir, ils aperçurent un point noir, mouvant, qui semblait glisser à ras de terre. Ils observèrent attentivement pendant quelques minutes. Alors, le point grandit,

s'allongea, et ils virent se profiler jusqu'à mi-corps la silhouette
d'un paysan.

« Un chouan ! dit très bas le marquis. Est-ce que Georges
a cru que nous ne suffirions pas ? ajouta-t-il en fronçant le
sourcil.

— Pourquoi est-il là ? demanda Pied-de-Loup.

— C'est justement ce que je voudrais bien savoir.

— Mais il avance en suivant la côte... Pourquoi regarde-t-il de
temps à autre par ici ?

— Ah ! fit le marquis comme frappé d'une idée soudaine...
Mais non, Georges n'est pas homme à envoyer quelqu'un avec moi
sans me prévenir... ce gars-là ne vient pas d'où nous venons...
attends donc ; si c'était encore un de ces faux chouans qui nous
ont perdus, là-bas...

— Tonnerre ! murmura Pied-de-Loup en serrant les poings ; et
dans ses yeux passa un éclair de rage.

— Parbleu ! la manœuvre se devine. Ce drôle-là trotte à côté
des Bleus. Il est là pour surveiller, empêcher une surprise ;...
mais regarde donc dans le noir, plus sur notre gauche, ne vois-tu
pas encore quelque chose qui grouille ?

— Ah ! si c'en est !... les canailles.

— Que veux-tu que ça soit, Pied-de-Loup ?

— Vous êtes sûr qu'y en a pas des nôtres qui battent en retraite de ce côté ?

— Sûr.

— Alors je vais leur sauter dessus.

— Tu ne vas pas faire la buse, et tu vas m'écouter. Si tu dépêches au diable tout droit ces gaillards-là, ça causera du bruit,
et nous ne ferons que la moité de notre besogne. La belle avance
pour les autres, là-bas, quand nous aurons donné l'éveil à ceux-ci,

au lieu de tâcher de les prendre dans leurs filets. C'est bien, la force, mais il faut être malin aussi, quelquefois.

— D'accord, mon maître, cependant...

— Il n'y a pas de cependant. Nous allons prendre la ligne de ces hommes-là, et les suivre, en les imitant, comme si nous étions avec eux. Quand le moment sera venu de les culbuter, je te ferai signe. »

Ils s'écrasèrent de nouveau, continuèrent à avancer et s'engagèrent dans les fossés où naguère avait passé celui des chouans suspects qu'ils avaient aperçu le premier.

« Tâchons de le rattraper, sans qu'il nous entende, dit Pied-de-Loup.

— Non pas, non pas, il faut nous assurer s'il n'y a pas de la fraude par là aussi, sur la plage, ou si ce sont des Bleus ; car assurément ce n'est pas pour herboriser que ces citoyens — comme ils disent — se promènent avec ces airs inquiets. »

Ils firent quelques pas, observèrent le terrain, et, parvenus à un endroit où le sol s'enfonçait sous des ajoncs marins, ils glissèrent hors de leurs cachettes, s'aplatirent, rampèrent comme des chats jusqu'au bout de la muraille calcaire : la plage était déserte, aucun pas n'était marqué sur le sable. Sur leur gauche, la grève s'étendait du côté du fort de Penthièvre, calme et déserte, tandis que sur leur droite elle s'enfonçait, disparaissait derrière un amas de rochers.

« Rien, dit Pied-de-Loup.

— Écoute ! » fit le marquis en lui pressant le bras.

Il fallait avoir vraiment l'ouïe d'une extraordinaire sensibilité pour percevoir, au milieu du bruit des vagues, le froufroutement qu'apportait le vent.

« Oui, répondit Pied-de-Loup, l'oreille tendue, il y a quelque chose. »

Et de l'index il désignait le point qui échappait à leur vue.

Mais ils n'eurent pas le temps de faire des conjectures, car une minute ne s'était pas écoulée qu'ils voyaient apparaître à deux cents mètres d'eux une bande de paysans armés qui allaient sans ordre, au pas de course.

« Des *cent-sols !* murmura Pléoben ; je m'en doutais. »

Le marquis n'avait pas eu de peine à reconnaître des faux chouans, par cette raison simple qu'ils portaient des cocardes blanches, des scapulaires et des sacrés-cœurs, et que, cette ruse ayant été reconnue par les royalistes, on avait ordonné aux paysans de supprimer les premiers insignes et de dissimuler sous leurs vêtements les objets sacrés. Ces *cent-sols,* ainsi appelés à cause du montant journalier de la paye, n'étaient pas des soldats républicains déguisés; ils étaient recrutés dans la lie des villes et des faubourgs; ils étaient la plupart du temps chargés de commettre des méfaits qu'on attribuait ensuite aux insurgés.

« La cocarde ! fit Pied-de-Loup.

— Les cheveux courts ! » remarqua Pléoben.

C'était en effet le plus grand des signes; car ces hommes n'avaient pas eu le temps de laisser pousser leurs cheveux jusqu'aux épaules, comme les portait alors tout paysan breton.

Une colère immense, à peine contenue, grondait en ces deux chouans contre ces misérables qui, par le pillage, l'assassinat, faisaient peser sur les rebelles la responsabilité d'actes infâmes.

Le marquis et Pied-de-Loup ne pouvaient point ne pas se souvenir que ces profanateurs de temples, ces suppôts de la Terreur qui appropriaient leurs ruses à la nature même de l'insurrection, avaient causé leur défaite, leur écrasement à Brevay. Et, en une seconde, ils envisagèrent toutes les conséquences du déloyal stratagème de ces brigands.

Tous deux eussent agi sagement en rejoignant aussitôt Cadoudal afin de le prévenir du piège dont on le menaçait; car au train dont cette troupe marchait, il était certain qu'elle atteindrait le fort Penthièvre avant la longue et lente colonne d'Hervilly.

« Il faut les arrêter, dit le marquis.

— Oui.

Ils couchèrent en joue et visèrent chacun leur homme.

— Comment? interrogea Pléoben, qui cherchait à envisager encore les conséquences de l'impulsion à laquelle il résistait.

— Tirer dessus, donc, » fit Pied-de-Loup.

C'était insensé. Que pouvaient-ils contre cette troupe composée de plus de cinq cents hommes, incapables, il est vrai, de les atteindre avant d'avoir fait un détour, ce que sans doute elle n'essayerait pas, mais que n'interrompraient pas dans sa course les quelques coups de feu tirés par les deux chouans de Brevay.

23

Pourtant, une envie de tuer quelques-uns de ces drôles dominait leur jugement, un besoin de vengeance qui allait s'assouvir dans le meurtre.

Le lion de Camors laissa entendre comme un sourd et féroce grognement.

« Allons! » fit Pied-de-Loup pour inciter son maître ·

Ils couchèrent en joue, visèrent chacun leur homme. Les coups de feu partirent presque en même temps. Deux faux chouans tombèrent foudroyés. Mais le marquis et le paysan n'eurent pas le temps de s'applaudir du résultat; en hâte ils rechargèrent leurs armes, tandis que la troupe, surprise d'abord, après un brusque mouvement de stupeur, s'arrêtait net, faisait face, épaulait, cherchait les invisibles ennemis qui les attaquaient. La fumée trahissait la retraite d'où les coups de feu étaient partis. Des balles sifflèrent au-dessus de Pléoben et de Pied-de-Loup, s'aplatirent sur le rocher, contre eux. La place n'offrait aucune sécurité; cependant, ils tirèrent encore, et de nouveau deux hommes s'abattirent.

Alors s'éleva dans la bande des malfaiteurs une clameur furieuse, tandis qu'ils préparaient leurs armes avec une fiévreuse précipitation.

Pour la troisième fois, Pléoben tira; mais il ne vit point s'il avait atteint celui qu'il visait, car un coup de feu venait de retentir derrière lui. Il leva la tête pour se retourner et faire face : alors une balle l'atteignit au sommet du front: il tomba le visage contre le sol en poussant un gémissement. ·

Pied-de-Loup avait bondi en arrière. Il se rappelait maintenant que des hommes étaient dans les fossés; tous deux les avaient oubliés! Il courut à toutes jambes, tomba sur celui qui s'était hasardé là, après une courte lutte l'abattit à coups de crosse,

revint au marquis, l'attira en arrière en le faisant glisser sur la
terre pour éviter les balles qui passaient au-dessus d'eux, à ras de
l'arête de la falaise. Ce ne fut que l'affaire de quelques secondes.
Pied-de-Loup souleva la tête du lion de Camors ; le sang coulait
des cheveux par une large blessure.

« Mon maître, dit-il, c'est moi, c'est moi ! Pourquoi ne pas
être repartis ? A quoi ça nous sert d'avoir tué cinq hommes !...
Ah ! nous en aurions mis en bas bien davantage. Seigneur Jésus !
miséricorde, mon bon maître ! »

Le gars de Brevay restait désolé, anéanti, à côté du marquis,
ne sachant que faire pour panser sa blessure, se demandant où il
pourrait trouver du secours, quand le marquis rouvrit les yeux,
yeux voilés sous des paupières alourdies et qui semblaient chercher à voir.

Il reconnut son fidèle lieutenant, lui serra la main.

« Ah ! mon maître, vous vivez ! dit Pied-de-Loup.

— Où suis-je blessé, mon brave ? Ah ! fit-il en portant la main
à son front, là ! Pied-de-Loup, c'est une blessure mortelle.

— Possible que ce n'est rien.

— Rien !... je ne puis bouger, dit le marquis après un effort.
Va ! il faut se résigner... aujourd'hui ou demain, ne devons-nous
pas tous finir ainsi ?

— Les gueux ! les gueux ! s'écria Pied-de-Loup, en tendant le
poing dans la direction de la plage.

— Ah ! oui ! Et ils vont, ils vont... Écoute, mon brave gars, il
faut absolument prévenir d'Hervilly et Georges.

— Je ne puis vous laisser ainsi.

— N'importe ! murmura le marquis d'une voix à peine intelli-
gible, et puis tu reviendras... Aide-moi à aller jusqu'à un endroit
où je pourrai mourir en paix. »

Mais le marquis restait inerte. Pied-de-Loup dut, en rassem-
blant toutes ses forces, traîner le chef jusqu'au bord d'un fossé,
et là, il parvint à le charger sur ses épaules et à le porter à
quelques centaines de mètres, dans un endroit abrité. Le paysan
le plaça là du mieux qu'il put, interrogea, mais le marquis ne
répondit plus.

« Il respire encore, dit le paysan en s'agenouillant devant son
maître et en faisant une courte prière... Quand je reviendrai, il
sera mort! »

Et le pauvre garçon s'en alla, le cœur douloureusement serré,
accomplissant l'ordre qui lui était donné, par devoir, avec un
profond découragement, une indifférence de toutes choses, de la
vie même, qui lui devenait odieuse.

« C'est moi! c'est moi! se disait-il en courant à perdre haleine,
c'est moi qui l'ai poussé à tirer. »

Cependant, après quelques minutes, le marquis avait repris
connaissance.

Très faible, abattu, mais avec la nette perception des événements, il songeait, en suivant des yeux les compacts nuages blancs
qui roulaient sur l'azur profond du ciel; et il évoquait dans ce
rêve éveillé le souvenir de ceux qu'il chérissait et qu'il ne rever-
rait plus.

Il se parlait de ces derniers jours, et l'image du commandant
passa dans sa vision, ressuscita la scène où cet officier jetait, au
terme de la vie, un regard dans le passé, comme il le faisait à
présent, envoyait à son enfant, à sa fille, un adieu désolé, dans
un besoin de suprême expansion, disait sa tendresse à ceux-là
mêmes qui l'arrachaient à elle pour toujours.

« Alice! Alice! murmura-t-il, ses yeux se sont fermés sans la
voir, comme mes yeux vont se fermer bientôt. »

Sa pensée s'attacha, sans doute, à ce souvenir et fit vibrer la bonté d'âme étouffée sous la brutalité de sa nature et l'enthousiasme de ses convictions, car il dit dans un gémissement :

« Ah! sainte Anne d'Auray! je vous demande de vivre, non seulement pour ma fille, mais aussi pour la fille de cet homme; intercédez pour moi auprès dù Dieu tout-puissant, de Notre-Sei-

Pied-de-Loup le traîna au bord d'un fossé.

gneur Jésus-Christ, et je fais serment de recueillir cette enfant, de la garder, de l'aimer comme si elle était mienne. »

Le marquis avait à peine fini cette courte invocation à la sainte miraculeuse qu'il tressaillit; il sentit passer une ombre sur lui, et il eut cette impression qu'il n'était plus seul, qu'un être humain, ennemi ou ami, était près de lui; il eut peur, de la seule peur qu'il eût jamais éprouvée de sa vie; une crainte mystique, une appréhension des forces invisibles, des choses surnaturelles et

divines. Il sentit une main se poser sur son front, il ferma les
yeux, prononça faiblement :

« C'est toi, Pied-de-Loup?

— Non, souffla une voix.

— Qui es-tu?

— Je suis la Providence! »

Le marquis de Pléoben éprouva un doux battement de cœur,
et une ineffable joie entra en lui :

« La grâce! » murmura-t-il en se signant.

Et tandis qu'il priait avec ferveur, des doigts écartaient ses
cheveux, passaient sur sa douloureuse blessure comme une
caresse, dissipaient la pesanteur de ce coup de massue qui l'avait
anéanti, qui avait comme broyé le crâne.

Et aussitôt un apaisement complet entra en lui, une joie d'exister, un triomphe de l'instinct vital. Et de son âme s'éleva un
hymne sans paroles, de sublimes accords, une harmonie d'ar-
changes, qui montaient vers le Seigneur. Et ses yeux clos contem-
plèrent, dans une sereine et radieuse clarté, d'intenses rougeurs,
la vierge votive dont il avait invoqué le secours. La sainte qu'il
voyait n'avait ni nimbe, ni couronne, ni ses pompeux atours : elle
avait revêtu le costume d'une paysanne pauvre, et son fin visage,
autour duquel glissaient des boucles sous le large capot noir
des Morbihannaises, adorablement joli, était l'image adouci
d'une figure ressouvenue, et sa curiosité inquiète le distrayait
de l'adoration.

Quand il revint à lui, il était dans une basse et étroite excava-
tion de rocher, assez élevée néanmoins pour pouvoir s'y tenir à
genoux et assez large pour contenir trois hommes de front.

Le marquis n'eut pas aussitôt présents à l'esprit les derniers
événements, et il se demanda longuement, dans une demi-tor-

peur, où il était, et comment il était venu là, ce que Pied-de-Loup faisait près de lui, dans cette immobilité, replié sur lui-même, la tête entre les poings.

Machinalement, Pléoben passa la main sur son front ; la blessure instruisit son souvenir. Mais il n'osa interroger aussitôt, encore sous l'impression de la céleste extase, par crainte respectueuse d'approfondir le mystérieux et miraculeux secours.

« Mon gars, dit-il enfin très bas, qu'y a-t-il? Où sommes-nous? Qu'est-il arrivé?

— Mon maître, dit le paysan, après avoir frémi au son de cette voix, mon bon maître, vous ne mourrez pas. »

Et il baisa la main du marquis, la garda entre les siennes :

« Où suis-je? Qui m'a porté ici? Pourquoi suis-je ici? Suis-je prisonnier?

— Non. Vous êtes à l'abri des recherches, tranquillisez-vous.

— Explique-moi tout, tout, dit Pléoben, oppressé, avec un énervement qui décelait sa faiblesse.

— Vous avez oublié?

— Non. Je me souviens jusqu'au moment où tu es parti ; mais après...

— J'ai vu le général Georges, je l'ai prévenu, puis je suis revenu tout de suite.

— J'étais ici? Qui t'a conduit?

— Un homme, un mendiant que j'ai trouvé à la place où je vous ai laissé.

— Un mendiant!

— Oh! je crois bien... il avait des guenilles... »

Un soupçon traversa l'esprit du blessé :

« Probablement un pillard, un de ces oiseaux de proie qui volent les morts... Regarde si j'ai ma bourse. »

Pied-de-Loup fouilla dans la ceinture du marquis, ne trouva rien.

« Tu vois, mon gars, c'était un corbeau.

— Eh bien! fit Pied-de-Loup, il a été bien osé de m'attendre, car si je m'étais aperçu, je l'aurais remercié à ma manière... Mais non, dit le chouan après avoir réfléchi, y a quelque chose que nous ne comprenons pas... pourquoi qu'il vous aurait porté ici?

— Peut-être pour me livrer vivant, toucher de l'argent des Bleus.

— Ah! bien, je comprends, maintenant, pourquoi qu'il m'a recommandé que vous ne quittiez point d'ici, qu'y avait un général terrible qui ne faisait pas de... comment qu'il a dit?

— De quartier.

— C'est ça.

— Son nom?

— Cru... Cru...

— Crublier, dit le marquis; c'est en effet l'homme le plus cruel. Ah! il en a fait! Mon gars, si nous tombons entre ses mains, notre compte est bon.

— Et pas moyen de vous transporter...

— J'aurais peut-être la force de me traîner avec ton aide...

— Essayons... »

Le chouan souleva son chef, l'aida à s'agenouiller.

Le marquis se sentit étourdi, s'accrocha au cou de son second.

« Ah! je n'irais pas loin, murmura-t-il.

— Je pourrais bien vous porter encore.

— Et où? Le pays est découvert, nous sommes loin du fort Penthièvre... Les Bleus seraient sur nous tout de suite... mais ici, c'est une autre chanson, nous allons mourir de faim.

— A moins qu'on ne fouille dans les rochers... et même, si

le mendiant ne nous vend pas, les gueux nous mettront la main dessus.

— Pour ça non, car ce n'est pas de ce côté que les royalistes ont passé, et il n'y a pas de raison pour les rechercher ici. »

Ils restèrent quelques secondes à réfléchir. Malgré la disparition de sa bourse, le marquis conservait un doute. Les circonstances qui avaient accompagné son évanouissement forçaient son examen : si même sa religiosité entendait séparer l'intervention miraculeuse de cet homme suspect qui l'avait dépouillé, il n'en restait pas moins indéniable qu'un pansement lui avait été fait, qu'un être humain avait été l'intermédiaire de Dieu, après la fervente prière qu'il avait adressée à Notre-Dame d'Auray.

« Pied-de-Loup! est-ce que ce mendiant était seul? demanda-t-il après s'être remémoré avec peine, depuis le début, les diverses phases, confuses maintenant, de sa vision.

— Non, en effet, dit Pied-de-Loup, j'oubliais... Quand je suis arrivé près de vous, il y avait une femme.

— Une jeune fille?

— Ça se peut.

— Tu n'as donc pas remarqué son visage?

— Non; j'étais si inquiet après vous que je n'y ai point fait attention. »

A ce moment, le marquis se sentit très faible et dut s'étendre de nouveau.

Comme Pied-de-Loup l'aidait à s'allonger doucement, le marquis sentit sous son coude un objet qui le gênait. Le chouan y porta la main et, à sa grande surprise, retira la bourse de M. de Pléoben, qui devait avoir glissé de sa ceinture.

« Il ne m'a donc pas volé!

— Alors, fit le gars, le visage joyeux, répondant à l'idée de

24

son maître, s'il ne vous a pas volé, pourquoi le soupçonner de vous vendre?

— Attends! peut-être a-t-il pris quelques écus sans oser me dépouiller complètement.

— Il faut qu'on ait touché à cette bourse pour qu'elle se promène là. »

Le marquis défit les cordons de ce petit sac de cuir gris que l'on dénomme communément aujourd'hui « peau de chamois ».

« Combien que vous aviez, Monsieur le marquis?

— Soixante-dix livres environ, en écus de trois et de six livres, et des sols. Tiens, Pied-de-Loup, compte, dit le marquis, dont, depuis quelques instants, l'état paraissait s'aggraver.

— Mais vous aviez de l'or! fit le chouan en retirant les pièces de la bourse.

— Non, pas d'or.

— Rappelez-vous bien, Monsieur le marquis.

— Pas d'or.

— Cependant, en voici, et des belles pièces bien reluisantes.

— Hein!

— Je dis, voilà de l'or, et pas mal: il y a ici vingt louis. »

Le marquis s'assura, d'un regard, que le chouan ne le mystifiait pas, et il retomba en arrière, ne comprenant plus, se demandant s'il avait son jugement, si cette blessure au front ne lui faisait pas perdre la raison.

Le marquis n'avait pas observé le calme absolu auquel il eût dû se contraindre; le mal semblait empirer, une fièvre ardente s'emparait de lui. Pied-de-Loup restait consterné après l'espoir qu'il avait eu d'une rapide et complète guérison. M. de Pléoben avait soif, et il n'avait rien à mettre sur ses lèvres. Le jour tombait déjà; la perspective de rester toute la nuit près de son maître, sans apporter un soulagement à cette souffrance, parut inacceptable à Pied-de-Loup. Il fallait chercher du secours.

Il rampa hors de la retraite et aperçut à une courte distance, adossée aux rochers, une femme qui regardait la mer avec fixité.

« Est-ce que ce serait elle, celle qui était là avec le marquis ? pensa-t-il. Ma foi ! probable. »

Il s'avança, non sans précaution ; mais il n'avait pas fait cinq pas qu'il vit celle vers qui il marchait lever la main, lui faire signe de ne pas aller plus loin, de se cacher. Il se recula brusquement dans une cavité, à l'entrée de la grotte, où il se blottit. Alors elle vint vers lui en se dissimulant de son mieux.

Elle se glissa contre le chouan, et, très bas, sans qu'il pût voir sa figure sous le large capot rabattu :

« Les Bleus sont là-haut, sur la plaine, au milieu de la presqu'île ; j'en ai entendu passer là, sur le bord, au-dessus de ma tête. Heureusement qu'on ne voit plus grand'chose, sans cela...

— Ils vous auraient mis la main dessus. »

Elle étendit le bras dans la direction de la mer, montra une barque qui dansait à l'ancre sur la mer agitée.

« Eh bien ? dit Pied-de-Loup.

— Il viendra bientôt, quand la nuit sera complète.

— Et ensuite ?

— Il prendra le blessé, le transportera sur cette île.

— Qui est cet homme ? Pourquoi fait-il cela ?

— Son nom importe peu. Sache seulement que sa mission est au-dessus de notre curiosité, c'est-à-dire que ni ton chef, ni toi, ni personne, ne devez chercher à savoir.

— Et si je ne veux pas que vous emportiez mon maître ?

— Il mourra.

— Vous le tuerez? Vous le livrerez? fit le chouan, dont les dents se serrèrent.

— Non ; mais nous n'aurons aucun moyen de le secourir ici ; la blessure est dangereuse, sa vie est suspendue à un fil.

— Et qui me dit que vous ne cherchez pas à prolonger son existence pour le livrer vivant contre une somme d'argent? »

Elle étendit un doigt dans la direction des champs occupés par les républicains :

« Pourquoi ne pas agir tout de suite, en ce cas?

— Vous n'êtes pas des chouans?

— Non.

— Qui êtes-vous?

— Des malheureux qui plaignent et secourent les malheureux.

— Vous êtes des religieux chassés des couvents?

— Non.

— Vous êtes des malheureux, et pourtant c'est vous qui avez mis cet argent dans sa bourse.

— Je n'ai pas à te répondre.

— Vous avez donc une raison cachée? »

Elle ne répondit pas à cette question et dit :

« Écoute, le gars, il ne faut dans ton esprit ni indécision ni scrupule ; tu dois te fier à nous aveuglément. Aimes-tu assez ton chef pour ne jamais lui divulguer, quoi qu'il arrive, le secret que je vais te confier ?

— Un secret?

— Oui, un secret dont la révélation serait sa mort, car il se ferait tuer plutôt que d'accepter un service de celui qui veut lui sauver la vie. Jure-moi sur l'Évangile de te taire toujours, de faire ce que nous t'ordonnerons, et tout ce qui peut être tenté pour arracher un homme à la plus périlleuse situation sera tenté.

— Et si je refuse ?

— Notre pouvoir cesse, c'en est fait de *lui !*

— Pourquoi dois-je avoir confiance en vous ? Qui m'assure de votre dévouement ?

— Nous risquons notre vie à chaque minute, ici.

— Pour lui, ou pour vos intérêts ?

— Pour lui.

— Qui me le prouve ? n'est-ce pas un otage que vous voulez livrer afin de réduire les chouans à la soumission ? fit l'entêté Breton.

— Le gars, je vais finir par douter de votre intelligence et par penser que le marquis de Pléoben est en fâcheuses mains.

— Vous le connaissez ?

— Qui ne connaît le lion de Camors !

— Alors, je vous soupçonne, plus que jamais...

— Fort bien ; donc ne comptez plus sur nous. Nous nous éloignerons, mon père et moi. Si vous vous tirez de ce mauvais pas, je vous engage à mettre un cierge à sainte Anne d'Auray. Vous n'avez ni remède, ni nourriture, ni eau ; la marée montante vous chassera de cette grotte. Je ne vous donne pas quatre heures pour que vous soyez entre les mains des Bleus, ou noyés. Et moi, j'irai à la marquise de Pléoben, à sa fille ; je leur dirai que j'ai offert au sieur Pied-de-Loup de sauver le marquis, et que l'entêtement, la sottise de son second ont causé le malheur.

— Mais qui êtes-vous? répéta le chouan.

— Jure sur le Calvaire de ne jamais parler. C'est ta seule chance de salut. »

Le Breton hésita quelques secondes, mais il pensa à l'extrémité à laquelle ils étaient réduits, et se décida :

« Eh bien ! oui, là ! Dieu m'est témoin que c'est pour le bien ;

je jure, sur le Calvaire, de ne jamais rien dire, si vous ne m'avez pas trompé.

— Vois-tu? fit la paysanne en montrant le large.

— Oui. Il y a un homme qui pêche, quoi! Il ne se fait point de tourment, celui-là.

— Et vois-tu ce point noir contre la barque? »

Pied-de-Loup finit par apercevoir dans l'obscurité ce que l'inconnu désignait.

« Oui, répondit-il enfin.

— Il y a là un homme qui attend que la nuit soit venue pour monter dans cette barque, et pour s'approcher avec la marée.

— Comment a-t-il pu aller là? demanda-t-il.

— Il y a plus de deux heures qu'il s'est mis à la mer et qu'il a nagé dans ces fortes vagues, à travers des courants, pour gagner cette embarcation. Cet homme qui vient de risquer tant de fois la mort, qui va la braver encore, et celui qui t'a amené ici auprès du marquis de Pléoben, celui que tu as menacé lorsque tu l'as trouvé dans le fossé à la place où tu avais laissé ton chef, cet homme est celui que le lion de Camors croit son ennemi, croit un traître, et qu'il hait...

— C'est...

— Le chevalier de Noyal.

— Le chev!... » fit Pied-de-Loup abasourdi, en relevant la tête de la paysanne pour voir si elle ne se jouait pas de lui. »

Mais il faillit pousser un cri, mit sa main devant sa bouche, murmura :

« Monsieur Yvon! »

La violente stupéfaction le fit trembler. Il se remit assez vite; sa physionomie prit de nouveau cette expression d'inquiétude et de méfiance qu'il avait depuis le commencement de cette scène.

« C'est-y point pour vous venger de lui que vous êtes ici ? dit le gars. C'est étonnant qu'il l'a tant maltraité, votre père, et que tout de même M. le chevalier lui veut du bien. Hum ! savoir, j'ai promis de rien dire si vous ne m'aviez pas trompé. Car le marquis, pour sûr, qu'il le déteste, le chevalier, et que ce n'est pas l'envie qui lui a manqué de le clouer au mur, avec toutes ses idées nouvelles, qui sont suspectes, comme on dit.

— Ah ! mon pauvre Pied-de-Loup, répliqua Yvon, nous l'adorons, ton maître ; sache que la plus grande tendresse nous unit à lui, malgré les injures que lui suggère la passion de parti.

— Il vous déteste bien, lui.

— Et c'est pourquoi nous ne pouvons laisser savoir qui nous sommes, pourquoi nous devrons l'abandonner à tes soins après l'avoir mis en lieu sûr, car il finirait par nous reconnaître ; pourquoi nous l'avons surveillé pas à pas dans cette retraite, au milieu de ces paysans épouvantés ; pourquoi nous avons dû nous cacher de lui, user de subterfuges, l'engager à partir par l'issue du fossé, le soir où, par le souterrain, nous avons arraché les Pléoben aux flammes qui dévoraient le château.

— C'est vous ! dit Pied-de-Loup.

— Ce souterrain, nous savions seuls, mon père et moi, qu'il existait, ou plutôt qu'il avait existé, et pendant des mois, des nuits entières, nous avons travaillé tous deux à le dégager, prévoyant depuis le commencement de l'insurrection qu'un jour viendrait où cette issue pourrait être utile. Et c'est quand mon père a voulu lui révéler l'existence de cette communication entre les deux maisons qu'est survenue cette brouille, et quelques jours après la catastrophe. Et maintenant, Pied-de-Loup, as-tu confiance en nous ?

— Comme dans le bon Dieu, » répondit le chouan.

# XI

De temps à autre, cette conversation que nous avons rapportée
tout d'un trait, pour ne pas en couper l'intérêt par des diversions,
cette conversation avait été interrompue par de courtes visites,
des soins au blessé, qui, après un pansement fait par Yvon, semblait dormir plus calme, bien que le pouls indiquât encore une
forte fièvre.

Cependant, la nuit était venue tout à fait, une nuit obscure
sous les lourds nuages noirs qui enténébraient la terre. La mer
montait rapidement, plus forte qu'elle n'avait été tout le jour.

Après l'inquiétude qu'Yvon avait eue en voyant son père gagner
le large à la nage pour atteindre ce bateau, une autre anxiété le
poignait maintenant. Il ne croyait pas que le pêcheur, que son
père avait dû soudoyer, pourrait, dans cette obscurité, se diriger
vers le point indiqué par M. de Noyal, et il redoutait qu'il n'é-
chouât à la côte, ne fût aperçu et pris par les soldats républicains.
Ce qui était en somme favorable à la fuite par mer, le bruit des
flots, l'obscurité, rendait, d'autre part, la tâche difficile.

Les minutes parurent des heures au fils du chevalier et au

25

chouan ; ils sentaient que l'eau les gagnait, et que si la situation se prolongeait, non seulement ils seraient battus eux-mêmes par les hautes vagues contre les écueils et la basse falaise, mais que la barque, en s'approchant trop près, risquerait de s'y briser.

Pléoben restait dans la même immobilité : un coma coupé de brusques sursauts, de paroles incohérentes, de vagues plaintes.

Yvon et Pied-de-Loup résolurent de le tirer de cet enfoncement, afin d'être prêts à le transporter vers un endroit où la plage formait une échancrure plus grande.

Ils étaient parvenus, non sans quelque peine, à extraire le marquis de ce refuge, lorsqu'un flot monta jusqu'à eux, glissa jusqu'à la cheville, atteignit le marquis de Pléoben avant qu'ils eussent eu le temps de le soulever de terre. Mais son poids était tel que force leur fut, après que l'eau eut accompli sa retraite, de le déposer un instant sur le sable.

Le moment était critique ; les choses s'aggravèrent encore lorsque le marquis, tiré de sa torpeur par l'impression de fraîcheur que l'eau lui avait communiquée, laissa entendre, de sa voix sonore, quelques plaintes inarticulées.

La barque n'arrivait pas, le danger augmentait à chaque minute. Pied-de-Loup et Yvon étaient braves, ils l'avaient prouvé l'un et l'autre ; cependant, une peur insurmontable les saisit. Dans ce noir profond qui les entourait il y avait d'un côté des hommes armés, prêts à les abattre, de l'autre ce gouffre mugissant qui les menaçait de son impérieuse, inéluctable force.

Ils mirent Pléoben debout, passèrent ses bras inertes autour de leur cou, entourèrent sa taille, tâchèrent de le faire marcher : ce fut en vain ; ils le supplièrent de se taire, il semblait ne pas les entendre. Tout à coup, il les étreignit, à les étouffer, et comme une révolte monta en lui. On eût dit qu'il voulait s'échapper,

mais que ses jambes étaient incapables de le porter. De sa gorge
sortit un son rauque, vibrant ; une vague venait de se briser près
d'eux, et elle déferlait longuement, montait en bouillonnant jusqu'à la taille.

« Misérables !... Ils me noient, dit-il. Alix ! Alix ! ma fille ! »

Alix ! Ce nom fut pour Yvon comme un talisman magique qui
lui rendait toute sa vaillance, qui rappelait en lui les ardentes résolutions d'affronter et de vaincre tous les dangers, d'être fort,
d'être décidé, de juger avec sang-froid dans les plus périlleuses
circonstances ; l'image de la jeune fille passa devant lui, et il se
sentit une insurmontable énergie, une immense audace après ce
moment de défaillance.

Alors, comme si Dieu récompensait cet élan d'amour qui pa-
roxisait sa tendresse et son dévouement, devant lui, à quelques
pas, se dressa une forme sombre qui surgissait de l'eau, et une
voix, qu'Yvon reconnut aussitôt pour celle de son père, dit :

« C'est vous ? c'est toi, Yvon ?

— Oui.

— La barque ne peut approcher : les premières vagues se
refermeraient dessus, ou la jetteraient sur le sable... Allons, du
courage !

— J'en ai ! aidez-moi à le soulever...

— Misérables ! » vociféra de nouveau le marquis, haletant,
tâchant de se débattre.

Pour qui sait combien sont difficiles à franchir ces hautes vagues qui se referment sur le bord lorsque la mer est mauvaise,
les trois hommes accomplirent pour sauver M. de Pléoben un
héroïque exploit. Tantôt leurs pieds touchant le sol leur donnaient un court point d'appui, tantôt le sable fuyait et de hautes
montagnes d'eau arrivaient sur eux, menaçantes, terribles, insur-

montables, se repliaient, les submergeaient, les roulaient tous quatre comme de minces épaves.

Le marquis avait jeté encore quelques cris déchirants ; puis il s'était abandonné comme une masse.

Ce fut grâce à cette inertie même qu'il fut possible à ses sauveteurs d'atteindre la barque, où l'on parvint à le hisser.

Pendant que ces hommes luttaient ainsi, à quelques pas derrière eux sur la terre, des soldats avaient crié : « Qui vive ? » Les fugitifs ne les avaient pas entendus, dans le mugissement du vent, le bruit de l'Océan. Ces soldats appartenaient, comme Yvon en avait prévenu Pied-de-Loup, à la brigade de Crublier, et, selon les ordres de celui-ci, ils ne tergiversaient pas, heureux de se revancher des misères qu'ils subissaient sur tout ce qui leur paraissait suspect. Et ces hommes avaient braqué leurs armes vers ces formes flottantes, indécises. Ils croyaient que des chouans abordaient là et guettaient le moment favorable pour ne pas les manquer. Aussi, lorsqu'ils se rendirent compte que ces ennemis supposés avaient gagné cet autre point noir, plus grand, déchargèrent-ils quelques coups de feu, dont de hautes lames, autant que la fluctuation, garantirent la barque et ceux qui l'occupaient.

Le chevalier et Yvon étaient tombés épuisés à côté du marquis et cherchaient néanmoins à lui prodiguer leurs soins, tandis que Pied-de-Loup et le pêcheur, pendus sur les rames, gagnaient le large aussi vite qu'ils le pouvaient contre la marée montante.

Les deux hommes virent encore la lumière de coups de feu que l'on tirait sur eux, mais le bruit des décharges parvint à peine à leurs oreilles.

« C'est égal, dit le pêcheur, qui respira lorsqu'il fut à quelque distance, on m'a donné cinq beaux louis d'or pour venir là ; c'est la vie de mes p'tiots pour toute une année, mais je crois qu'on me

donnerait le double pour retourner que j'accepterais pas... sûr
que non. J'pense ben que vous ne devez pas être de bons chrétiens, pour vous ensauver comme ça...

Ils gagnèrent le large.

— Comment ! pas de bons chrétiens? fit Pied-de-Loup indigné...

— Hé non, car faut avoir fait un pacte avec le diable et l'avoir
dans le corps...

— Ah ! si c'est comme ça que tu le dis, répliqua le chouan, va
bien, car...

— Tais-toi donc, Pied-de-Loup, interrompit le chevalier ; la
joie de le tirer d'affaire te rend la langue trop longue.

— Oh ! fit le pêcheur, y a pas de mystère, je vois bien qui vous
êtes, et pour sûr que, vous auriez eu une tête de Bleu, que je serais pas venu, tenez, pour dix fois autant. Moi, je ne me fourre
pas là dedans, mais je suis pas pour ceux qui s'en viennent chez
nous à seule fin de nous faire la loi et de nous défendre de prier
le bon Dieu. »

Pendant que les deux gars échangeaient leurs opinions en ra-
mant dans la direction de l'île Téviec, Noyal et Yvon donnaient
des soins au marquis de Pléoben, dont l'état d'extrême abattement
était bien pour susciter de graves inquiétudes. Tout ce que l'on
pouvait faire afin de le protéger avait été fait ; ils étaient parvenus à le maintenir constamment au-dessus de l'eau ; cependant il
avait fallu réagir contre un commencement d'asphyxie. Puis on
lui avait glissé entre les lèvres un cordial ; enfin sa blessure avait
été pansée.

Noyal envisageait sans appréhension, maintenant, la possibilité
que le marquis le reconnût. Le déguisement et, ainsi que nous
disons aujourd'hui, « la tête » qu'il s'était faite, rien n'avait résisté
à sa hardie entreprise. Barbe et haillons avaient été emportés ou
rejetés, de même qu'Yvon portait à présent son ordinaire costume de garçon, dont il était vêtu sous ses oripeaux de fille.

Ce ne fut qu'assez tard dans la nuit, lorsque la mer se fut
calmée, que les passagers purent aborder l'île de Téviec, presque
déserte à cette époque, et où il n'y avait que trois ou quatre
cabanes de pêcheurs.

C'est dans celle du propriétaire de la barque que l'on transporta le marquis et qu'on l'étendit sur une sorte de grabat, en un puant taudis.

C'était là que devait ou mourir ou guérir le fier châtelain de Brevay, le chef altier des chouans. L'existence offre de ces contrastes en de moindres aventures.

Il convient peu à l'intérêt de ce récit de prolonger les phases diverses que présenta le mal dont la robuste constitution de M. de Pléoben devait triompher.

Un long délire succéda à cette sommaire installation, et il donna lieu à la seule scène qui mérite d'être rapportée.

A ce moment, le chevalier n'espérait pas que le marquis échapperait à la mort; son état semblait empirer d'heure en heure, et il restait auprès de l'infortuné, abîmé dans un sombre chagrin, tenant contre lui son fils, de qui les larmes coulaient lentement, tandis que leur esprit allait du triste spectacle de cet homme agonisant à ceux que Pléoben, sans doute, ne devait plus voir,

« Nous avons fait tout ce que l'on pouvait faire, mon père, et ce n'a pas été assez pour le sauver. »

Et la tête baissée, comme si leur pensée, leur âme, n'étaient qu'une, ils songeaient avec douceur, dans le chagrin qui les accablait, qu'un devoir très cher leur incomberait désormais : la femme, la fille de cet homme qu'ils avaient en vain cherché à rendre à leur affection.

Contre le feu vacillant qui éclairait par moments la pièce d'incertaines et mornes lueurs, Pied-de-Loup, couché sur le sol, s'était endormi, brisé de fatigue.

Le chevalier tressaillit soudain. Il venait de sentir une forte pression au bras qu'il appuyait sur la couche où gisait M. de Pléoben.

Il releva brusquement la tête, et ses yeux rencontrèrent dans la pénombre ceux de l'homme qui le haïssait.

Noyal put croire un instant que le marquis recouvrait la raison, qu'il y allait avoir entre eux une explication, et il craignit, non point pour lui, mais pour cet homme, qu'une secousse nouvelle pouvait tuer... Pléoben parla :

« Ah! fit-il, la voix sourde, les yeux brillants de fièvre, vous êtes le prêtre... le prêtre... vous êtes le curé Lavaure; comment avez-vous pu être à... à Quiberon?... Ils ont brûlé l'église, brûlé le château... restez près de moi... et qu'ils viennent!.. je suis fort... je suis la mort... et ils ne peuvent m'atteindre, le spectre! Tous! je vais les faucher... ma femme, ma fille, seront libres... oui, elles sortiront du souterrain... Noyal ne leur fera plus peur... Noyal qui voulait me tuer... tuer la marquise... prendre ma fille, ah! ah! la voler... pour son fils, qui l'aime... ah! ah!... ma fille! épouser un Noyal, un des assassins du Roi, malédiction!... Prêtre, tu es dans la vie, et moi je suis dans la mort... J'ai vu sainte Anne d'Auray, et elle m'a conseillé... Yvon!... Il a les traits de la Vierge pour cacher son âme de jacobin... Je le déteste, son sang perfide de septembriseur... il veut égorger Louis XVII... Les élus de Dieu m'ont révélé les crimes des hommes... Prêtre, gardez ma fille de ces hommes... C'est ma volonté dernière... jamais une Pléoben n'épousera un Noyal, je ne le veux pas... jamais, jamais, jamais! »

La tête du marquis se souleva un instant; il prononça ces mots avec force, puis retomba. Il ne parla plus.

« Ainsi, pensa Yvon, telle est sa volonté absolue, il l'impose dans son délire même. S'il meurt, une infranchissable barrière est entre Alix et moi, de par la résolution dernière de son père; jamais, peut-être, il ne fléchira... Mais il va mourir, hélas! et je devrai m'éloigner d'elle pour toujours! »

Dans les dispositions hostiles où restait le marquis, il eût été dangereux pour sa vie même qu'il les trouvât auprès de lui s'il reprenait connaissance. Tous deux, le cœur serré, jugèrent prudent de s'éloigner. Ils restèrent dans l'île, le jour suivant, chez un autre pêcheur ; Pied-de-Loup vint leur apporter des nouvelles du blessé. D'heure en heure le malade reprenait des forces, montrait une lucidité plus grande, de la curiosité au sujet de son transport dans l'île, une surprise extrême de ce que son second lui révélait sans dire plus qu'il ne fallait, laissant à cette aventure, à ce sauvetage, un côté merveilleux qui enthousiasmait le marquis, contribuait à son rétablissement.

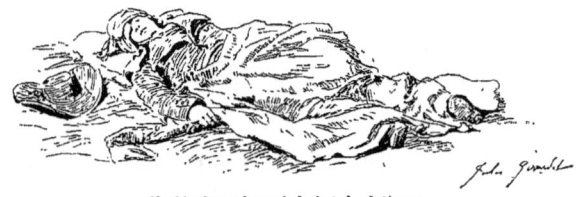

Il s'était endormi, brisé de fatigue.

« Un miracle, mon bon Pied-de-Loup ! »

Devant cette situation, pensant qu'il serait néfaste de brusquer les choses, Noyal et Yvon jugèrent bon de laisser Téviec, et ils se firent débarquer entre Sainte-Barbe et Plœemel, sur un point inoccupé. Mais ils devaient attendre là ; ils continueraient à surveiller — lourde et périlleuse tâche, comme on a vu — ce chef que rien, croyaient-ils, ne devait lasser.

Ils étaient près de se tromper. Le marquis de Pléoben avait, nous l'avons dit, une nature fougueuse, ardente, brave, courant même au danger ; mais, homme sincère dans son exagération même, il voulait se sentir suivi, encouragé, aimé par ceux auxquels il se dévouait corps et âme. Or, pendant la retraite de Quiberon, il avait compris à l'attitude de Georges un décourage-

ment; il avait partagé sa colère contre la défection dont ils
étaient victimes, et, comme le héros de Kerléano, il avait éprouvé
l'incertitude du sol sous ses pas. Cependant, il ne s'était pas
rebuté aussitôt; il s'était, au contraire, vaillamment comporté,
s'était dépensé avec une passion qu'eût seul pu lui envier son
illustre compagnon d'armes, Cadoudal, lequel fut, on le sait,
admirable de jugement, de cœur et d'abnégation pendant cette
retraite.

Pendant les quelques jours qu'il mit à retrouver assez de santé
pour supporter de nouvelles fatigues, le maître chouan eut le
loisir de réfléchir à la fâcheuse équipée dans laquelle on les
avait engagés à la légère. Ne valait-il pas mieux continuer, en
s'unissant autrement qu'on n'avait fait, la guerre de fossé, de
bois, de landes, dans laquelle ils s'étaient montrés presque toujours invincibles, ou plutôt irréductibles, au lieu d'épuiser leurs
forces en rase campagne, pour protéger le débarquement d'é-
migrés dont le seul souci paraissait être de rester à l'abri de
tout danger, au large, et de promettre ce qu'ils étaient incapables de tenir?

« Ce damné chevalier avait-il donc raison quand il parlait de
duperie, de la perfidie du ministère anglais? »

Il doutait. Et le doute, pour un homme comme Pléoben, était le
début du découragement.

Ce qu'il vit par la suite l'écœura bien davantage encore.

Il avait fait passer un mot à Georges, dans lequel il lui demandait avis, s'il valait mieux venir le rejoindre ou s'il pouvait rendre des services à sa cause en se dirigeant sur un autre point.
Cadoudal lui répondit que l'absence de commandement les laissait
dans le désordre et la confusion, que tout le monde était accablé
de lassitude et d'épuisement, qu'ils étaient acculés, sans vivres,

à l'extrémité de la presqu'île. Enfin, Cadoudal désespérait que
l'on sortît vainqueur de cette lutte, si l'on n'opérait pas une
diversion à l'intérieur. Il avait conseillé à Puisaye et à d'Hervilly
de faire débarquer deux corps de troupes entre Sarzeau et Sous-
signo : ces troupes devaient attaquer les derrières de l'armée de
Hoche, tandis que lui ferait reculer ceux qui occupaient les positions de Sainte-Barbe, où s'étaient retirées les troupes qui les
avaient poursuivis.

Ce plan ayant été adopté, Georges pensait que Pléoben devait
le guetter aux environs de Sainte-Barbe, qui, comme on sait,
gardait l'entrée de la presqu'île.

Le marquis et Pied-de-Loup descendirent donc la nuit non loin
de ce village, à peu près où avaient débarqué quelques jours auparavant Noyal et Yvon.

Les deux chouans se trouvèrent là dans une grande indécision,
car ils couraient un inutile danger en s'approchant de Sainte-
Barbe, et d'autre part ils ne voulaient pas s'en écarter.

Or, tandis que, dans une position abritée, Pléoben réfléchissait
au parti qu'il convenait de prendre, Pied-de-Loup s'avançait dans
le pays pour se procurer des vivres.

A son retour, il confia joyeusement à son chef qu'il avait trouvé,
à quelques centaines de mètres de là, près de Sainte-Barbe, une
cahute de pêcheurs tout à fait perdue dans l'enfoncement des
dunes et où ils pourraient se cacher tout le jour.

La vérité était que le chevalier guettait l'arrivée de Pléoben
et qu'il avait circonvenu Pied-de-Loup, dont la confiance lui était
maintenant acquise. La pauvre petite maison avait été achetée
pour une somme relativement élevée à de pauvres marins, et
Noyal était parvenu à se procurer ailleurs des vêtements ; il avait
aussi acheté l'indispensable barbe à un homme du pays et s'était

collé sur le visage ses longs postiches gris, tandis que son fils revêtait de nouveau la jupe et coiffait le capot.

A son insu, le marquis se trouva avec ceux qu'il considérait comme des ennemis.

Pendant la journée, le chevalier et Yvon disparaissaient; ils prétextaient la pêche, et les deux chouans restaient inactifs, tandis qu'ils se coulaient le soir dans les champs, guettaient l'arrivée des troupes de Quiberon.

Une nuit, vers deux heures et demie du matin, Pléoben perçut un bruit insolite.

« Je crois que les voilà, dit-il à Pied-de-Loup, le cœur battant à la pensée de se retrouver valide et prêt au combat au milieu des hommes de son parti.

— Hé! là! les gars, ne tirez pas sur le lion de Camors, » dit-il sans élever la voix; et il ajouta, pour forcer la récognition, quelques-uns de ces monosyllabes familiers aux Bretons. Il y eut un court émoi au milieu de ces soldats qui avançaient avec précaution et que tout inquiétait, puis il y eut pour le maître chouan de Brevay un élan de sympathie, qui se donna cours discrètement par d'autres onomatopées intraduisibles.

Après avoir marché encore un peu, l'avant-garde pénétra dans le camp de Sainte-Barbe sans avoir été reconnue. Une des vedettes républicaines, placée entre cette avant-garde et la tête d'une des colonnes royalistes, donna l'éveil en tirant un coup de fusil.

L'ennemi surpris se mit à courir dans toutes les directions, sauf dans celle des assaillants, en criant : « Allons-nous-en, nous ne pouvons pas tenir ici. » Les chouans chargèrent aux cris de : « Vive le Roi! » Mais ils ne furent pas secondés : un peloton ennemi formé à la hâte arrêta leur poursuite par un feu de file bien nourri.

Faute d'appui, l'attaque fut manquée, et les chouans durent battre en retraite sans pensée de retour prochain.

Pléoben se joignit à Cadoudal pendant la retraite, qui se fit en bon ordre. Les deux chouans ne se dissimulaient pas, le premier

Faute d'appui, l'attaque fut manquée.

son découragement, le second son mécontentement contre Puisaye et contre d'Hervilly.

« Il nous reste un espoir, dit Georges, c'est que l'on place deux mille cinq cents hommes sous les ordres de Tinténiac, de nos meilleurs hommes, que nous conduirons, Mercier, d'Allègre, vous et moi ; nous partirons sur des chaloupes du port Haliguen et nous nous ferons transporter dans la presqu'île de Rhuys ; il

faut que nos hommes aient l'uniforme rouge, afin de figurer des
soldats anglais, et agir ainsi sur l'imagination des populations
bretonnes. En même temps, deux mille cinq cents autres de nos
soldats, confiés à Jean Jan et à Lantivy-Kerveno, descendront au
nord de Lorient et débarqueront à l'embouchure de la rivière
de Quimperlé. Nous devons battre le pays, soulever les royalistes hésitants, les attacher à notre cause en leur montrant à
quelle déchéance les républicains veulent les conduire, et nous
irons faire notre jonction à Baud pour menacer les derrières de
Hoche, tandis que les émigrés l'attaqueront de front du côté de
la presqu'île. »

Ce plan ranima l'enthousiasme chancelant du marquis de
Pléoben. Le nom de la petite ville de Baud avait produit sur
lui un effet magique. L'avenir lui apparut triomphal. Il se vit
traversant les campagnes, entraînant au milieu de ses troupes
une population transportée par l'exemple de leur foi, de leur
attachement à la cause du Roi ; il se vit entrant à Baud, touchant enfin le sol de cette forêt de Camors où il avait régné en
maître souverain et inexpugnable, passant triomphalement au
milieu de ces arbres, de ces halliers, de ces ronces qui, pour
lui, avaient une âme ; il crut entendre déjà les échos des bois
résonner des chants d'allégresse et de victoire ; il envisagea ce
retour magnifique au milieu des siens, cette reconquête de Brevay, d'où il avait dû fuir en loup traqué après le désastre, cette
éclatante revanche qui rendait à son orgueil blessé et pouvoir,
et prestige, et honneurs ; cette réparation, ce témoignage de sollicitude accordé à ses braves paysans, obscurs héros, pauvres
victimes, et, au-dessus de tous ces sentiments, l'amour des siens
qu'il allait retrouver sains et saufs, la haine de Noyal qu'il allait,
des hauteurs où il se plaçait, confondre, écraser de son dédain.

Quelques jours après la retraite de Quiberon, Georges, d'Allègre, Mercier et Pléoben s'embarquèrent avec deux mille cinq cents hommes à bord d'un chasse-marée ; ils furent escortés par une chaloupe canonnière, commandée par M. Smith, lieutenant de la marine anglaise. Le général Tinténiac était à la tête de l'expédition ; il avait donné sa parole à Puisaye d'être à Baud le 14, et, le 16, d'attaquer le camp de Sainte-Barbe avant le lever du soleil. Le marquis ne doutait pas que Tinténiac ne fût fidèle à sa promesse.

Ils débarquèrent au fort Saint-Jacques, dans la presqu'île de Rhuys. Les troupes qui la défendaient furent obligées de se replier sur Sarzeau.

Alors arrivèrent du comité royaliste de Paris des dépêches qui ordonnaient la modification des plans arrêtés.

Le marquis de Pléoben entra dans une violente colère, et Georges argua que le Roi, qui était à Vérone, n'aurait pu, à l'heure dite, tout prévoir de si loin. Des émigrés assuraient qu'au château de Coëtlogon des dames étaient chargées de remettre à Tinténiac d'importantes dépêches. On se dirigea sur Josselin. En chemin, l'armée fut rejointe par Saint-Régeant, qui amenait trois ou quatre cents hommes.

Après deux journées de marche et plusieurs engagements, — les royalistes conservèrent l'avantage, — ils parvinrent à Coëtlogon, sur la lisière des Côtes-du-Nord et du Morbihan. Le château de Coëtlogon est entouré de bois épais. Tinténiac et son état-major y furent reçus par trois dames qui l'habitaient, M^{me} et M^{lle} de Guémissac, et M^{lle} Quintin de Kercadiou. Aux alentours, les chouans faisaient bonne garde.

Au milieu du repas, les royalistes furent attaqués par la colonne du général Crublier. Tinténiac perdit la vie dans ce combat, emportant le secret des instructions qu'il avait reçues.

Le marquis de Pléoben avait conçu en ce chef une grande confiance; il admirait sa bouillante intrépidité. Tinténiac avait juré d'être à Baud le 14, et il ne semblait pas au maître chouan de Brevay qu'il pût manquer à sa parole. La mort de Tinténiac porta à Pléoben un coup terrible. Sombre, découragé, le visage défait, souffrant encore de sa récente blessure, le royaliste était assis sur le bord d'un fossé à côté de Pied-de-Loup, le soir de la mort de Tinténiac, lorsque des hommes de sa compagnie amenèrent devant lui deux mendiants, l'un très vieux, l'autre presque un enfant encore. Ces deux pauvres hères étaient accusés d'avoir facilité la fuite de plusieurs soldats républicains, que l'on avait faits prisonniers, en leur jetant des cordes qui leur avaient permis de s'évader.

Pléoben éprouvait à ce moment de vives douleurs à la tête; il leva distraitement les yeux sur les mendiants, et laissa retomber son visage entre ses poings.

« Reconnaissez-vous avoir fait cela? demanda-t-il d'un ton las, ennuyé.

— Oui, dit le vieux.

— Pourquoi l'avez-vous fait?

— Par humanité. »

Pléoben, en entendant ce mot, eut un léger tressaillement. Il sonnait à son oreille d'étrange façon, parlait à son souvenir, lui rappelait d'autres heures, des heures de foi, d'espérance, d'enthousiasme.

De nouveau, il regarda le mendiant, et les yeux de cet homme lui causèrent un indicible émoi.

Mais il se raidit contre le trouble qu'il éprouvait et, le ton plus rude, il reprit :

« Qu'entends-tu par humanité?

Des hommes amenèrent devant lui deux mendiants.

— L'amour de son prochain, qui est l'amour de Dieu. »

Cette fois, le royaliste se demanda s'il avait son jugement, si la blessure dont il souffrait ne l'hallucinait pas de nouveau ; cette phrase n'était-elle pas celle déjà entendue dans une autre bouche ? cette voix, ces yeux n'étaient-ils pas... ? Du vieillard, son regard tomba sur le jeune homme, dont il croyait retrouver les traits sous la poussière et le noir qui les recouvraient.

Pléoben eut peur d'être fou ; il ne voulut pas donner aux hommes le spectacle de l'hébétude qu'il redoutait ; il demanda :

« C'est ton fils ?

— Oui.

— De quel pays es-tu ?

— De la Bretagne.

— La Bretagne est grande ;... de quel village ?

— De Brevay.

— Tu veux te moquer... Prends garde ! je suis de Brevay,... tu le sais, et je ne te connais pas ; dis la vérité.

— J'ai dit la vérité.

— Tu n'as pas l'accent breton ; non, tu n'es pas de ce pays, tu es ici pour nous espionner, tu es un homme de Crublier.

— Je ne suis l'homme de personne.

— Pourquoi es-tu avec nous ?

— J'étais avec vous à Quiberon, j'étais avec vous à Sainte-Barbe, j'étais avec vous à Carnac.

— Tu as une raison pour nous suivre.

— Secourir les blessés.

— Tu te dis guérisseur, sans doute, pour dépouiller les cadavres. Et s'adressant aux chouans : Fouillez la besace de cet homme. »

On étala à terre tout ce qui s'y trouvait ; il y avait du pain, de l'eau, une boîte de pharmacie, une trousse de chirurgie.

« Ainsi tu saignes les malades, et tu fais évader les prisonniers. Quel est ton but?

— La fraternité.

— Quels beaux mots! Humanité! Fraternité! Tu pourrais ajouter la liberté, puisque tu te permets de la donner à ceux que nous prenons. Ajoutes-y l'égalité, et tu auras débité tout le beau manuel des parfaits égorgeurs. Non, non, vieux drôle, je vois clair, et tu ne m'en conteras pas; les objets que tu as là ne sont pas ceux d'un guérisseur... Ces flacons, ces boîtes, portent la marque de Paris... Précaution inutile que tu as prise de tremper tout cela dans je ne sais quoi pour donner un air de vieillerie.

— Ma besace est tombée à la mer, dit le vieillard en regardant Pied-de-Loup.

— Tu as volé ces objets?

— Non.

— On te les as donnés?

— Non.

— Tu les a achetés?

— Oui.

— Avec quoi? Tu tends la main.

— Jamais.

— De quoi vis-tu?

— Je n'ai pas à répondre.

— Ah! tu n'as pas à répondre? Eh bien! moi, je vais te le dire : tu vis de l'argent que te donne l'ennemi pour surprendre nos secrets, dévoiler nos plans.

— Si je voulais surprendre vos secrets et dévoiler vos plans, je n'aurais pas besoin d'être au milieu de vous.

— Qu'entends-tu par là? demanda avec curiosité le marquis, que le parler bref et énigmatique du vieillard intriguait, dont le

son de voix perçu dans le chevrotement lui causait une pénible
et douce impression.

— N'ai-je pas le pouvoir de deviner ce qui se passe loin de
moi, de voir ce que mes yeux ne voient pas?

— Guérisseur, sorcier et devin, tu es complet. Ah! tu me
prends pour un simple gars, et tu espères m'en conter. Mon
brave, tu aurais mieux fait de choisir une autre voie, la seule
qui eût pu te mériter un peu de clémence, à toi et à ton fils,
car tu es très vieux, et il est très jeune. Mais tu te moques, tu te
joues de nous...

— Quelle voie? interrogea le prétendu devin.

— Avouer, avouer tout, te retourner contre ceux qui t'ont
envoyé.

— Trahir!

— Ah! tu avoues donc.

— Non, car je n'ai rien à avouer; je veux dire que si j'étais à
nos ennemis, ce serait trahir; mais je ne suis pas plus à eux qu'à
vous, je ne suis à personne, je suis le frère de tous les hommes.

— Comme l'assassin Marat était l'ami du peuple.

— C'était son journal qui était intitulé ainsi.

— Tu es instruit?

— Je sais tout, le passé, le présent, l'avenir.

— Tu es un homme étrange, on t'aurait brûlé au moyen âge.

— Depuis, les hommes sont devenus plus sages : vous ne me
brûlerez pas, vous, vous allez me fusiller.

— Certes! dit le marquis, car je commence à croire que tu es
un fier chenapan, qu'il n'y a pas seulement en toi un espion, ce
qui serait assez, mais un vieux rôdeur à qui le vagabondage ne
doit pas être inconnu. »

Le marquis s'efforçait en vain de réagir; le regard de cet

homme planté sur lui continuait à lui causer une indéfinissable sensation.

« Ma conscience est pure, dit le vieillard.

— Ta conscience ! Et tu ne sais donc pas que tu offenses Dieu en prévoyant l'avenir, en prétendant deviner ce qui se passe loin de toi ?

— Si je le devine, pourtant, c'est que Dieu le permet.

— Raisonner ainsi est impie, gronda le marquis.

— Mettez-moi à l'épreuve.

— On va te mettra à l'épreuve du courage, et voir si tu raisonneras mieux avec un peu plus de plomb dans la tête. »

Le jeune homme serra la main de son père, qui lui répondit par une légère pression.

« Non, fit le vieillard, car vous ne devez pas, vous ne pouvez pas me tuer.

— Te prétends-tu immortel aussi ? On va te prouver le contraire tout à l'heure, dit avec humeur Pléoben, que l'assurance de cet homme énervait et étonnait en même temps. »

Le prisonnier martela un à un ces mots :

« Vous qui croyez aux miracles, Monsieur le marquis, pourquoi ne croyez-vous pas que certaines créatures peuvent être les intermédiaires de la volonté de Dieu ? »

Pléoben sourit ironiquement de la prétention qu'exprimait le bonhomme sordide d'accomplir sur la terre la mission divine qu'il n'accordait, lui, qu'au Roi, qu'à quelques-uns d'entre ceux qui se dévouaient à la défense du trône.

« Pourquoi ne croyez-vous pas que Notre-Seigneur Jésus-Christ, né dans une étable, protecteur des humbles, puisse remettre aussi l'accomplissement de ses desseins à un miséreux couvert de haillons ? Lorsque vous alliez périr dans les flammes du châ-

teau de Brevay, avez-vous demandé à cet inconnu qui vous avait
porté dans l'aile du château, pendant qu'il vous entraînait vers le
souterrain, lui avez-vous dit : « Inconnu, toi qui viens pour me
« sauver, toi qui accomplis un ordre du Très-Haut, quelle est ton
« enveloppe terrestre? Es-tu de ces infâmes loqueteux qui pâlis-
« sent sans gîte au bord des routes? »

— Quoi!... tu sais...?

« Ou bien, continua l'homme, es-tu le descendant d'une haute
« lignée, couvert de brocart, de soie et d'or? »

— Comment sais-tu? » répéta le marquis, remué jusqu'au fond
de son être.

Le vieillard ne répondit pas à cette question formulée dans un
éclat de voix qui paraissait une menace nouvelle, et il reprit
après une pause :

« Vous avez une foi entière pourtant; vous avez laissé à cet
être occulte, à cette main mystérieuse celles que vous aimez, et
votre croyance en l'intervention de Dieu est telle que pas un jour
vous n'avez douté que votre femme et votre fille n'eussent un
asile sûr au fond de cette forêt envahie par l'ennemi. »

Le marquis éleva une main tremblante.

« Je t'ordonne de...

— Je vois où elles sont, continua le vieillard d'une voix uniforme, les yeux perdus dans le lointain : elles sont chez l'homme
qui a repoussé les soldats dans le salon de Brevay pour vous délivrer, chez l'homme qui vous a entraîné hors de chez vous par ce
chemin que seul il connaissait, seul avec ce fils qui, ayant substi-
tué sa main à celle de votre fille, vous a fait passer cet étroit conduit où, l'esprit perdu, vous vous sentiez mourir. Vous avez obéi à
cette voix comme à la voix de Dieu même; cette voix vous a
ordonné de fuir, et vous avez fui; elle vous a dit d'aller combattre

pour votre cause, et vous n'avez pas hésité ; elle vous a promis le salut de M^me la marquise et de M^lle de Pléoben, et vous l'avez crue ! »

Le marquis était très pâle ; son cœur battait à se rompre ; les lèvres entr'ouvertes, il dévisageait cet homme.

« Parle ! parle ! dit-il.

— Écartez de nous ces soldats, » fit le vieillard.

Et lorsque les chouans furent à une distance d'où ils ne pouvaient plus entendre, le vieillard demanda :

« Que voulez-vous que je dise ?

— Où sont ma femme, ma fille ?

— Elles sont à Brevay.

— Chez qui ?

— Je vois le vieux château incendié, une route ; de l'autre côté, une vaste demeure, une maison en briques, neuve.

— Elles sont chez M. de Noyal ! fit le lion de Camors en se redressant soudain comme mû par un ressort ; c'est faux, vous mentez ! Dans quel but mentez-vous ? Qui êtes-vous ? »

Le vieillard porta les yeux vers la place où M. de Pléoben avait été blessé, tandis que d'une voix douce, chantante et mystique, le jeune homme murmura :

« Je suis la Providence.

— Je suis, continua le vieux, pendant que le marquis, les yeux perdus dans les dernières lueurs du soleil couchant, s'interrogeait, appelait sa raison, éperdu, serrait Pied-de-Loup contre lui, je suis celui en qui vous avez refusé de croire, celui que vous avez insulté, et celui qui vous aime, malgré vous ; je suis celui qui vous a repris à vos ennemis, au feu, à la mort, celui qui est venu à vous quand, au seuil de l'agonie, vous imploriez sainte Anne d'Auray, dans un fossé de la presqu'île de Quiberon...

— Sainte Anne ! fit le marquis, le regard arrêté sur les boucles blondes et les yeux de l'adolescent...

— Je suis celui qui vous a transporté à Téviec, je suis le prêtre à qui vous avez confié ces dernières volontés qu'Alix de Pléoben ne devait jamais épouser Yvon de Noyal; je suis le pêcheur qui vous abrita à Sainte-Barbe; je suis enfin celui que vous avez accusé d'espionnage après l'avoir, un jour, accusé de trahison, celui qui donnerait son sang pour vous, et que vous haïssez, vous, héros d'une guerre fratricide, moi, partisan d'une autre cause, celle d'une famille qui succombe sous le fléau de ces dissensions intestines, la patrie !

— Vous êtes...? fit Pléoben d'un air hagard.

— Ohé! les gars, saisissez-vous de nous, s'écria l'homme; vous qui combattez pour la religion du Christ, punissez-nous donc d'aimer notre prochain comme nous-mêmes pour l'amour de Dieu. Ohé! les gars, nous sommes des espions et des traîtres; armez donc vos fusils, et que votre justice se fasse. Un Noyal qui n'a pas l'honneur n'a pas le droit de vivre.

— Noyal ! »

Ce nom passa dans le cerveau de Pléoben comme en la tourmente d'un vent de folie.

La nuit était presque venue, et il vit comme dans une brume épaisse ces deux hommes qui se plaçaient sur l'autre bord du chemin, faisant face aux chouans qui les visaient déjà, attendaient l'ordre du chef.

« Monsieur le marquis, fit Pied-de-Loup en se jetant aux genoux de son maître; Monsieur le marquis, ayez pitié, vous ne comprenez plus, revenez à vous; ils vous ont sauvé, sauvé, entendez-vous? et vous allez les laisser mourir; ils ont sauvé M^me la marquise, M^lle Alix.

28

— Anne-Marie ! Alix ! »

Toute la physionomie de Pléoben, bouleversée, abêtie par tant d'épreuves successives, s'éclaira soudain. De son cœur monta à son cerveau comme le baume de bienfaisantes et lénifiantes pensées ; à sa raison chancelante revint l'exact sentiment de toutes choses.

« Noyal! Yvon ! soyez bénis tous deux, mon ami, mes chers enfants, » s'écria-t-il en courant vers eux les bras grands ouverts.

Il les étreignit longuement, mais il ne put prononcer un mot de plus, tant la violence de ses impressions, cette réaction de sa tendresse vers ces héroïques bienfaiteurs, anéantissaient en lui le pouvoir de dire son infinie reconnaissance, sa joie, le douloureux regret de son injustice.

## XII

Pendant que Georges Cadoudal allait camper à Grandchamp, Pléoben prenait le chemin de Brevay, en compagnie du chevalier, d'Yvon et de Pied-de-Loup.

Ce serait épiloguer inutilement et revenir sur des faits que nous avons longuement retracés, que de conter leurs entretiens.

Au lieu de les suivre sur la route, nous les devancerons donc, et nous arriverons avant eux à la Maison rouge.

Près d'un mois s'était écoulé depuis le départ du marquis. Une fois seulement, pendant tout ce temps, la marquise avait eu des nouvelles de son mari par une lettre que Noyal avait adressée à sa femme et dans laquelle il racontait la retraite de Quiberon, disait la blessure de Pléoben, le transport à l'île Téniec, la guérison.

Mais on comprendra de reste que l'inquiétude était grande à la Maison rouge, inquiétude sur laquelle d'ailleurs chacune des femmes évitait d'insister, afin d'épargner d'inutiles et pénibles alarmes.

Les républicains avaient emporté leurs blessés en évacuant

Brevay pour jeter leurs forces du côté de la presqu'île ; les chouans avaient été renvoyés chez eux au fur et à mesure de leur convalescence ; la maison avait donc retrouvé un calme apparent, qui contrastait avec l'état de surexcitation dans lequel nous avons laissé le petit village de la forêt de Camors.

L'abbé Lavaure avait pu sortir à temps de l'église avec les autres prêtres et gagner une retraite sûre dans un fossé, au fond d'un hallier touffu, et, le pays délivré, il était sorti de sa cachette, avait regagné son modeste presbytère, qui avait quelque peu souffert de la bataille.

Chaque jour le curé prenait ses repas à la table de M<sup>me</sup> de Noyal; sa présence, l'animation de son esprit, ses confortantes paroles, ses exhortations, dissipaient la lourde tristesse, l'anxiété dont les trois femmes souffraient en secret. Un soir, après le souper, Alix prit le prêtre à part :

« Monsieur le curé, dit la jeune fille, nos préoccupations nous rendent égoïstes et oublieux de nos devoirs, et je veux vous demander conseil.

— Parlez, mon enfant.

— Vous avez lu, n'est-ce pas, cette lettre du commandant Liorais nous priant de protéger l'enfant qu'il laisse seule au monde et sans ressources.

— Je l'ai lue, et je pense que votre père n'hésitera pas... Mais enfin, c'est la fille d'un républicain, et vous savez comme moi en quelle exécration il a tout ce qui est d'eux.

— Oui, Monsieur le curé, mais il ne s'agit pas ici complètement de la volonté de mon père, ou du moins, pour la première fois, dois-je la transgresser, user de tout pour forcer son consentement; car ce serait un crime de ma part de ne pas employer toute mon énergie à satisfaire le vœu de celui qui est mort pour moi. C'est à moi, à mon cœur que cette lettre s'adresse, et je sens à chaque minute comme l'âme de ce pauvre homme autour de moi, qui parle à mon âme, me supplie. Je connais bien le caractère de mon père : sa violence, son emportement apparents ne sont souvent qu'un moyen de dissimuler l'attendrissement qui

Alix prit le prêtre à part.

le gagne. Il a horreur de tout ce qui ressemble à de la faiblesse, et il s'insurge contre ses bons mouvements, il brise ses élans du cœur, parce qu'il croit toute sensibilité néfaste au rôle qu'il s'est tracé. Vous vous souvenez comme il était autre jadis et comme sa nature s'est transformée depuis les premiers souffles de la Révolution ; sa colère a soutenu son ardeur ; son activité autant que son dévouement à la cause religieuse et royale ont paru étouffer en lui tout sentiment d'affection, mais il est bon...

— Oui, chère Alix, très bon, bon jusqu'à l'abnégation et au
sacrifice.

— Je crains qu'il ne veuille pas entendre parler d'Alice Liorais
et que, par principe d'abord, parce que cette enfant lui rappelle-
rait de tristes souvenirs ensuite, il ne refuse de prendre chez lui
la fille du républicain.

— Que faire alors?

— Eh bien! voici ce que j'ai pensé. Si, lorsque mon père
reviendra, comme j'en prie Dieu, il trouvait ici Alice Liorais, il
serait désarmé.

— Mademoiselle de Pléoben, dit le prêtre en riant, vous
êtes bien femme! Mais votre ruse part d'un si bon sentiment
qu'on ne saurait ne point y applaudir et vous encourager à son
exécution.

— Merci, Monsieur le curé, et c'est justement de votre aide
que j'ai besoin.

— Ma complicité, vous voulez dire.

— Votre complicité, soit, répliqua la jeune fille avec un sourire délicieux d'espièglerie et de malice. Vous savez qu'à la lettre
du commandant était joint un sauf-conduit permettant d'arriver
sans danger à Montgermont.

— Près de Rennes.

— Oui. Or, voici en quoi vous pouvez me rendre service. Ma
mère, à qui j'ai parlé de ce projet et qui a fini par l'approuver,
m'a dit de m'adresser à vous. A qui croyez-vous, Monsieur le curé,
que je doive confier cette mission? Le Gouéric est un des plus
énergiques et des plus sûrs de nos paysans, il a montré beaucoup
de courage et d'intelligence; mais il est bien jeune, et il se peut
que la femme qui a la garde de cette jeune fille refuse de la lui
confier. Ma mère et moi avons été mises par des républicains dans

des circonstances trop tragiques pour qu'ils aient oublié notre
visage ; nous pourrions être reconnues.

— Allons, fit le prêtre, ayez donc confiance en mon dévouement, et parlez-moi franchement : vous désirez que j'aille chercher cette enfant.

— Vous, Monsieur le curé ! vous !

— Certes, ne songez-vous pas à moi ?

— J'y ai songé, mais j'ai pensé que ce serait vous exposer à
un grand danger, malgré ce sauf-conduit.

— Mademoiselle Alix, les bonnes actions n'ont de prix que
lorsqu'il en coûte quelque chose. »

Le prêtre partit pour Montgermont. Sa tâche se doublait de
la pénible nécessité d'apprendre à la jeune fille la mort de son
père ; il lui dit les circonstances dans lesquelles il avait péri, ne
lui cacha rien de ce que le lecteur sait déjà.

Après trois jours d'absence, M. Lavaure revint à Brevay
avec Alice Liorais. Elle n'était pas régulièrement jolie, mais sa
physionomie était sympathique et bonne, l'expression de ses
grands yeux éveillés, très douce. Elle plut à Alix de Pléoben.
Les deux jeunes filles, sans parler, et comme si elles s'étaient
toujours connues, tombèrent dans les bras l'une de l'autre et
demeurèrent plusieurs minutes enlacées, en pleurant.

Au bout de quelques jours d'intimité, une grande amitié était
née entre Alix et Alice. Elles avaient tant et tant de choses à se
dire ! Puis elles allaient d'un endroit à un autre, des ruines du
château à la tombe du commandant, de l'église, où elles priaient
longuement, à la demeure d'un blessé ou d'un nécessiteux, et les
journées, ainsi, coupées encore par des soins de ménage dans
lesquels elles aidaient M^{me} de Noyal, s'écoulaient rapidement.

M^{lle} de Pléoben avait aussi confié à Alice Liorais sa profonde affection pour Yvon de Noyal, ce qui était, à vrai dire, d'un mot qu'elle n'employait pas, son amour. Et leurs entretiens couraient ainsi des regrets aux craintes, des craintes aux espoirs de lendemains meilleurs.

Un dimanche de la fin de juillet, il y avait environ une quinzaine de jours que M$^{lle}$ Liorais était à Brevay, M$^{me}$ de Noyal et M$^{me}$ de Pléoben descendaient lentement la route en revenant de la grand'messe, lorsqu'elles virent au loin, tournant le coude de la route de Grandchamp, quatre cavaliers qui s'avançaient vers elles.

Émues, elles marquèrent un temps d'arrêt, craignant que ce ne fût le commencement d'un détachement républicain.

« Mais c'est le marquis ! s'écria M$^{me}$ de Pléoben.

— C'est le chevalier ! dit M$^{me}$ de Noyal, mon fils !

— Mon père ! Yvon ! murmura Alice.

— Ensemble ! »

Le lecteur peut juger aisément de la surprise et de l'émoi que causa cette vue. La stupéfaction était telle que les excellentes femmes n'osaient en croire leurs yeux, cherchaient encore une explication qui ne fût pas conforme à leur unanime désir.

Yvon, en apercevant sa mère, avait mis son cheval au galop ; il arriva près d'elle avec une aisance suffisante pour confirmer la nouvelle de la complète réconciliation.

Au milieu de cette joie qui débordait de tous les cœurs et dont nous n'avons pas besoin d'énumérer les multiples causes, Alix de Pléoben n'avait pas oublié Alice Liorais. Elle n'avait, bien exprès, pas voulu quitter le bras de son amie en présentant son front à son père.

« Quelle est cette jeune fille ? demanda le marquis en arrêtant longuement son regard sur la fille du commandant.

— Mon père, dites bonjour à ces paysans qui accourent pour

vous saluer, répliqua Alix, et je vous répondrai quand nous serons seuls. »

Et lorsqu'ils furent rentrés dans la maison de Noyal, Alix entraîna son père dans le parc en tenant Alice de l'autre main.

« Mon enfant, dit le marquis simplement, tu vas me faire un grand discours, prendre des détours, chercher à m'attendrir ; je crois que tu gâches ton temps.

— Père ! dit la jeune fille.

— Hé oui, fit-il, je crois avoir compris maintenant. Noyal m'a dit cette histoire ; cette petite est bien...

— M$^{lle}$ Liorais.

— Oui ; je n'ai certes point pardonné aux républicains, et je ne suis diantre pas disposé à faire la paix avec eux : je suis venu vous embrasser, mais je reprendrai la conversation avec ces gueux un de ces jours... Cadoudal est à Grandchamp, et je continuerai à marcher avec lui... Que veux-tu ! il le faut, nous n'allons pas nous laisser dévorer tout vivants... Le comte d'Artois va débarquer d'un moment à l'autre, il faut que nous soyons prêts à le soutenir !

— Où veut-il en venir ? pensa Alix.

— Mais enfin, vous, mon enfant, dit-il d'un ton rude à M$^{lle}$ Liorais, vous êtes maintenant et pour toujours en dehors de tout ceci ; votre père était un honnête homme dont je respecte la mémoire... Je l'ai admiré, car il a été stoïque... il y a des hommes dont on exalte le courage et qui ne sont pas morts avec cette bravoure... Sa loyauté égalait sa bonté... enfin, il m'aurait plu s'il avait été des nôtres... mais je lui garde de la reconnaissance... Sa volonté sera pour moi un devoir sacré ; vous serez plus qu'un enfant que l'on a recueilli, vous serez ma seconde fille, et vous vous aimerez toutes deux comme deux sœurs.

29

— C'est ainsi que nous nous aimons déjà, Monsieur le marquis, dit Alice.

— Voyons, avouez-moi, reprit la voix sans douceur du marquis,
qu'en vous persiste un sentiment de malaise que vous ne pouvez
vaincre; eh bien! je l'ai deviné et je tiens à le dissiper; votre
père n'est pas mort d'une balle de mes gars. Pied-de-Loup, dont
ma fille a dû vous parler, avait arrêté le tir du fossé en voyant
Alix courir sur la terrasse; c'est une balle des siens qui l'a frappé
au moment où il se retournait en saisissant M<sup>lle</sup> de Pléoben. Maintenant, mon enfant, vivez en paix au milieu de nous, et prenez
ma main sans arrière-pensée. »

La jeune fille s'inclinait déjà pour baiser la main du marquis
de Pléoben, mais celui-ci ne lui en laissa pas le temps, et attirant
à lui la fille du républicain en même temps qu'Alix, il posa brusquement ses lèvres au front de chacune d'elles, et s'éloigna.

« N'avais-je pas raison, dit Alix à sa compagne, de t'assurer
qu'il cache sous sa rudesse une âme bonne et compatissante? »

# DEUXIÈME PARTIE

## I

Il faut bien se pénétrer de l'état d'esprit dans lequel on vécut en France pendant la Révolution, et particulièrement en Bretagne au temps des guerres de la chouannerie, pour comprendre qu'au milieu des menaces incessantes qui pesaient sur l'heure prochaine, nombre de gens, et de ceux qui avaient le plus sujet d'inquiétude, vécurent dans une sérénité relative, savourant avec une surprenante philosophie la minute présente, dans une sorte d'insouciance de cette mort continuellement suspendue au-dessus des têtes. On jouissait avidement de l'instant de calme, de bonheur qui était offert, et l'on abandonnait à Dieu l'avenir du jour même, comme nous lui abandonnons l'avenir dans un temps indéterminé et lointain.

La vie fut aussi douce, aussi charmante, aussi heureuse dans la demeure des Noyal qu'elle pouvait l'être à une telle époque.

Les intimités s'étaient reformées plus grandes, plus affectueuses, plus tendres qu'elles n'avaient jamais été auparavant. Il n'y avait entre eux qu'un enfant de plus, Alice, qui avait su aussitôt se faire aimer de tous.

Le marquis n'avait pas jugé opportun de retourner auprès de Cadoudal. Il avait beaucoup réfléchi, et le grain de méfiance tombé en lui à Quiberon avait germé rapidement au milieu des dissensions des chefs, des intrigues, des promesses menteuses auxquelles il avait assisté. C'était Puisaye soupçonné, d'Hervilly en disgrâce, Pontbellanger qui usurpait le commandement, le comte de Vauban qui annonçait toujours l'arrivée sur le sol morbihannais de Monsieur, frère du Roi.

Pléoben, suivant en cela aussi les conseils de Noyal, résolut d'attendre l'accord dans le pouvoir et la cohésion des troupes ; il se décida à rester à Brevay, où l'on remettait en état l'aile gauche du château qui avait presque entièrement échappé à la destruction, et où il réorganisait rapidement sa troupe de paysans, disséminés par la défaite de juin.

L'automne passa ainsi, coupé de temps à autre par de courts engagements sur la lisière de la forêt. Puis, en décembre, Georges le fit convoquer avec ses hommes pour se rendre à l'embouchure de la Vilaine, où il devait se joindre à dix ou douze mille royalistes. Cette expédition échoua piteusement.

L'indignation éclata parmi les Morbihannais ; ils accusèrent l'entourage de Monsieur d'avoir arrêté l'élan qui portait le fils de France vers les armées royalistes. Le marquis partagea ce sentiment, conçut même de l'animadversion et se promit de ne plus tendre ses efforts qu'à la défense seule de la forêt de Camors.

Cependant, Louis XVII mourait ; la France royaliste criait : « Le Roi est mort, vive le Roi! » Georges réorganisait l'armée morbihannaise, et le général de Charette faisait parvenir des instructions prescrivant de proclamer solennellement Louis XVIII. De plus, on enjoignait de se procurer sous les huit jours cinq chevaux bridés et sellés pour le service de l'armée, de fournir sous le même délai cinq cavaliers des plus braves et des plus ardents, armés et équipés; de surveiller tellement les routes que les courriers escortés de neuf à dix personnes ne pussent plus passer; faire tout avec tant de prudence et de circonspection qu'on n'attaquât jamais à coup sûr, et que cela n'eût pas l'air de renouvellement d'hostilité en grand.

Pléoben ne suivit ces ordres qu'en ce qui concernait l'occupation du chemin de Vannes à Baud par la forêt de Camors. Il y eut de fréquentes escarmouches, des convois furent arrêtés; pas un voyageur ne pouvait passer sans être interrogé, et tout personnage suspect devait rétrograder; mais le marquis ne prit pas autrement part à la campagne de 1796.

Après fructidor, le lion de Camors se réveilla rugissant et terrible; il n'attendait plus qu'un signe pour se lever de nouveau.

Un matin, vers la fin d'octobre 1797, il reçut une communication du comité royaliste; ce qu'il lut le fit trembler de colère et d'indignation. Il fit aussitôt appeler auprès de lui la marquise, sa fille, Alice, ses amis de Noyal, l'abbé Lavaure, Pied-de-Loup, Le Gouéric et quelques autres chouans. Il les reçut d'une façon solennelle et glaciale. Une grande pâleur couvrait son visage, un cerne accusé donnait à ses yeux plus d'éclat et de dureté; le maître chouan était redevenu en quelques minutes l'homme altier à l'air féroce que nous avons décrit au début de cette histoire. Tous tremblèrent en le voyant ainsi, comme à l'approche de nouveaux malheurs qui allaient fondre sur eux.

« Noyal, dit-il, je vous demande de ne point chercher à m'arrêter dans la décision que j'ai prise et dont vous connaissez le motif. Vous avez remarqué que j'ai suivi beaucoup de vos avis, que je me suis conformé à nombre de vos conseils; aujourd'hui

toute modération est impossible ; les gredins osent pousser l'outrage et la provocation jusque dans ses dernières limites. Vous
avez vu que depuis fructidor nous sommes entrés dans un nouveau genre de Terreur, que l'on déporte sans merci, que l'on
envoie nos prêtres mourir sur les pontons. Une ignoble police a
succédé à l'armée qui nous combattait : la situation des partisans est devenue intolérable dans notre pays. Écoutez ce qu'écrit
le ministre de la police Sotin : « La République a été longtemps
« placée sur le cratère d'un Vésuve. Nous l'avons comblé avec
« des cadavres ou avec des chaînes dont nous avons chargé d'in-
« dignes bras. La contre-révolution est anéantie à Paris. C'est à
« nous qu'il appartient de l'étouffer en Bretagne... » Je passe,
dit Pléoben, mais écoutez ceci : « Citoyens administrateurs, vous
« n'ignorez certes pas à quels ennemis vous avez affaire. Il faut
« les mitrailler sans scrupules, les arrêter au premier soupçon
« que vous concevrez, et les faire disparaître si bon vous
« semble... »

En lisant cette dernière phrase, la voix du marquis enfla à
éclater :

« Oui, s'écria-t-il, c'est une nouvelle Terreur ; vous vouliez la
pacification, Noyal, vous y croyiez, et eux, voyez-vous, ils veulent
encore et toujours l'assassinat. Mon parti est pris. Je ne sais ce
que les autres vont faire, mais moi, j'ai cinq cents hommes décidés et bien armés. Nous abattrons ce que nous pourrons. Malheur
à eux !

— Malheur à eux ! répétèrent Pied-de-Loup et Gouéric,
entraînés par l'accent d'indignation de leur chef.

— Mon cher Noyal, reprit le marquis en abaissant la voix, si
je vous ai prié de venir, ce n'est pas uniquement pour vous confier
ceci, ni pour vous remercier à ce moment, qui est sans doute un

des derniers que je passerai avec vous. Depuis longtemps nous
nous sommes compris ; depuis longtemps les Noyal et les Pléoben
ne sont qu'une seule famille, unis par ces deux enfants. Yvon,
Alix, donnez-vous la main, ce sont vos fiançailles, de courtes et
de hâtives fiançailles. »

Les deux jeunes gens se regardèrent sans bouger, interloqués,
émus, rougissants.

« Noyal ! continua Pléoben, mettez, je vous prie, la main de
ma fille dans celle de votre fils, et marchons vers l'église, où
Monsieur le curé va les bénir. »

Et comme le chevalier hésitait :

« Mon ami, ces enfants sont jeunes, bien jeunes, pour se fian-
cer déjà. Cette nouvelle guerre va peut-être devenir épouvantable, fatale ; dans quelques jours, quelques heures, qui sait ?
beaucoup d'entre nous ne seront plus ; laissez-moi cette consolation dernière, si je vois venir la mort, de penser que l'union de
nos deux noms aura consacré l'union de nos cœurs, et que ces
deux mains que j'ai mises l'une dans l'autre, je les ai scellées
l'une à l'autre pour toujours. »

Le chevalier s'avança vers son fils, le prit par la main, le conduisit vers la marquise de Pléoben, devant qui le jeune homme
mit un genou à terre, tendit son front, puis, s'étant relevé, il alla
vers Mlle de Pléoben, s'agenouilla, lui baisa respectueusement la
main. Ce fut fait avec une simplicité qui causa à tous une vive
émotion.

Ils sortirent ensuite, se dirigèrent lentement et sans ordre vers
l'église de Brevay.

Yvon et Alix éprouvaient une joie étrange, faite de tristesse, de
mélancolie, d'une sorte de poésie de l'au-delà. De funestes pressentiments s'appesantissaient sur eux, mais en même temps une

mystique clarté descendait en leur âme, et il leur était doux de
penser qu'ils allaient se promettre solennellement devant Dieu,
pour la vie et dans l'éternité, que la mort ne les séparerait plus,
qu'un jour une seule tombe les réunirait, où ils dormiraient côte
à côte les heures qu'ils auraient dû passer ensemble sur la terre,
qu'ils seraient assemblés dans le séjour sans fin des bienheureux, dans le royaume de Dieu.

Leurs cœurs l'un l'autre s'écoutaient, se répondaient, se prenaient dans une même et idéale pensée, et ils marchaient vers
l'autel, silencieux, ne cherchant pas à dire les choses adorables,
pures et saintes, si élevées qu'aucune parole ne peut les exprimer.

Les fiançailles célébrées avec la plus entière simplicité et
un caractère entièrement religieux, ils s'acheminèrent vers la
maison de Noyal sans que rien d'autre que le recueillement
dénonçât la pieuse cérémonie qui venait de s'accomplir.

Les cloches qui tant de fois avaient sonné l'alarme taisaient
leur carillon de fête, et paysans, paysannes, s'écoulaient lentement hors de l'église, muets, respectueux de la volonté du châtelain, qui ne désirait aucune protestation bruyante, se remémo-
rant les fiançailles du marquis de Pléoben, qui avaient été un
événement dans toute la contrée.

L'affreux temps de désolation, de misère et de mort, où la vie,
toujours, semblait s'ouvrir sur un tombeau !

Les Noyal et les Pléoben passèrent toute la journée ensemble.

Le soir, comme le marquis, la marquise, leur fille et Alice allaient
se retirer, le chef des chouans prit le chevalier à part et lui dit :

— Je partirai demain, mon cher Noyal ; je vous conjure, cette
fois, de me laisser absolument libre, afin de ne pas entraver mon
action par l'inquiétude que votre présence me ferait concevoir ;

Il s'agenouilla et lui baisa la main.

restez auprès des nôtres; si je suis blessé ou pris, vous ferez alors votre possible pour me secourir; si je meurs, tâchez d'avoir mon corps afin que je sois dans la terre sainte de Brevay.

— Je me conformerai à votre désir, répondit Noyal; je ne pourrais, en effet, m'attacher maintenant, à vous sans vous nuire ; partez donc seul; toutes vos volontés seront exécutées. »

Les deux hommes s'embrassèrent; ils s'étaient compris.

Pléoben, assagi maintenant par les années de lutte, était encore prêt à sacrifier sa vie. Mais la foi aveugle des premiers jours de la Révolution ne le poussait plus à exposer la vie de ceux qui lui étaient chers. Il laissait sa femme, sa fille et Alice sous la protection du chevalier, et il allait seul au péril, maintenant avec le bonheur de penser que son entreprise n'exposait pas les siens.

Le marquis de Pléoben, ayant pour lieutenant Pied-de-Loup et Gouéric, avec environ cinq cents hommes, quitta Brevay à la fin d'octobre 1797. Cette campagne devait durer deux années pleines, presque sans trêve ni repos : guerre de fossés ou batailles rangées, le marquis de Pléoben courut sans cesse vers les points les plus menacés, à côté des plus vaillants chefs de la chouannerie. Il vit tomber Guillemot, Jean Jan, Bonfils et l'Invincible, Le Gouéric et tant d'autes braves plus obscurs; il fut blessé en deux combats. Cadoudal apporta de Londres, en juin 1798, de mauvaises nouvelles : M. de Béhague, vieillard impotent, qui avait autrefois commandé Belle-Isle, avait été nommé généralissime de la Bretagne : Pléoben en conçut une grande fureur; mais rien n'arrêta son élan, son insurmontable énergie. Il vint, à plusieurs reprises, passer secrètement quelques heures à Brevay, et il repartit aussitôt.

La campagne de 1799 fut glorieuse pour les Morbihannais. La Russie était entrée dans la coalition étrangère, les républicains

avaient presque complètement abandonné le pays; encore un
effort, et ceux qui restaient allaient être exterminés; mais le
18 brumaire vint arrêter le cours de ces succès; le pouvoir
militaire allait détruire le pouvoir civil; c'était le coup le plus
terrible qui pût être porté à la chouannerie. Deux partis se
dessinaient parmi les royalistes : celui de la paix et celui de la
guerre. Pléoben se joignit à celui de la guerre, qui avait à sa tête
Cadoudal, Frotté et Mercier. Ils refusèrent de croire à la bienveillance de Bonaparte à l'égard des chouans; ils virent une four-
berie, un piège, et ils furent confirmés dans cette opinion par
une proclamation aux départements de l'Ouest, datée de nivôse,
violemment injurieuse pour les princes. Bonaparte offrait des
concessions.

« Non! non! firent Mercier, Bourmont, Pléoben. » Et Cadoudal s'écria : « Reprenons les armes! »

Georges, en dépit du parti de la paix qui le combattait sourdement, et des intrigues de Paris qui créaient d'autres désac-
cords, rouvrit les hostilités; il apprit que Bonaparte avait le désir de l'écraser et qu'il envoyait sur lui l'armée du maréchal
Brune. Vannes était bloqué par les royalistes. Mais le 21 janvier,
le général Harty entraîna cinq mille hommes hors de la ville,
que le général voulait approvisionner, dans la fertile vallée du
Loc, qui commence presque aux portes de Vannes.

Grandchamp domine toute la vallée. Locmaria et Locqueltas en
gardent le flanc. Georges pensa arrêter la garnison de Vannes; il
plaça ses troupes pendant la nuit du 22 au 23 septembre, décidé
à attaquer au petit jour.

Il faisait presque nuit encore lorsque l'action commença. Le
marquis de Pléoben avait appuyé son bataillon au village de
Talhouët, sur la gauche de Rohu. Il montra dès le début de la

bataille une bravoure qui était de la témérité ; on eût dit vraiment qu'il cherchait la mort et que la mort ne voulait pas de lui. Il voulait vivre, pourtant, pour rentrer chez lui victorieux, le pays délivré enfin.

Cette bataille eût pu être le prélude d'autres succès, mais Sol de Grisolles, qui avait ordre de marcher sur Locmaria, refusa d'avancer, prétextant la pacification et l'acceptation de d'Autichamp , de Suzannet et de Châtillon. A cette nouvelle, Audran et du Chemin mirent l'arme au pied. Georges, Saint-Hilaire et Pléoben firent de véritables prodiges pour parer à cette défection.

Pléoben se trouva séparé de Georges, de Rohu et de Saint-Hilaire, avec cent cinquante hommes qui luttaient encore faiblement, mais qui refusaient d'opérer une rapide retraite afin de tourner les républicains et de rejoindre les autres chouans. Leur épuisement était si grand que la plupart d'entre eux tombaient sans blessure aux mains de l'ennemi. Le marquis fut atteint en deux endroits, d'un coup de sabre à l'épaule et d'une balle au bras.

Seul, ou presque seul, avec Pied-de-Loup et quelques autres, désespérant de rallier ses hommes, il battit en retraite du côté de Pluvigné. Son but était de gagner la forêt de Camors, de s'y cacher, d'y prendre du repos et d'aviser à ce qu'il devrait faire.

Sa stature géante, pareille à celle de Cadoudal, avait fait croire à quelques républicains que c'était le général morbihannais, leur plus intransigeant adversaire, qu'ils avaient devant eux. Aussi s'acharnèrent-ils à la poursuite du marquis de Pléoben, prirent des mesures immédiates pour barrer de tous côtés les passages sur les chemins qui çà et là coupaient les landes où le lion de Camors s'était jeté.

Celui-ci collait son oreille contre terre, entendait de tous côtés les pas des chevaux. A aucun prix il ne voulait, au jour, se trou-

ver dans la lande; il avait faim; puis un insurmontable désir
le prenait de parvenir à ces bois qui étaient déjà un peu sa
demeure. Il avait à faire quatorze kilomètres de marche, en cou-
pant au plus court, et chaque pas était maintenant un danger.
La traversée des routes signalait sa présence, mettait sur sa trace.
Mais il allait, allait, les mains, les jambes, le visage déchiré par
les ronces, suivi de Pied-de-Loup, dans une sorte de sommeil,
d'hypnose qui, plus que jamais, faisait jouer avec le danger.

Tout à coup, Pied-de-Loup trébucha, tomba, ne se releva pas,
assommé par la fatigue.

« Maître, gémit-il, je ne peux plus, je ne peux plus! Donnez-
moi à manger, à boire, et je vous suivrai encore; je n'ai plus de
forces.

— Mais tu sais bien que je n'ai rien.

— Alors, laissez-moi ici et fuyez.

— Bien. Adieu! alors,...

— Pardon! mon maître, pardon de vous abandonner; je ne
peux pas! »

Le marquis continua sa marche; mais un remords le prit de
laisser là ce serviteur fidèle qui tant de fois avait été à la mort
à son côté. Il rebroussa chemin, revint à Pied-de-Loup, qu'il
trouva anéanti par un profond sommeil. Et comme il regardait
autour de lui, il aperçut non loin, à la clarté de la lune, le
moulin où il s'était caché une fois déjà, d'où il avait écrit à la
marquise.

« Pied-de-Loup, viens, dit-il en secouant le chouan, relève-toi;
nous allons peut-être trouver une croûte de pain chez Jardet. »

C'était le nom du meunier, un vieillard de quatre-vingts ans.

L'homme ne répondit pas. Pléoben s'était mis à genoux pour
le relever. Il se sentit étourdi, une sueur froide mouilla son front,

inonda ses tempes, ses blessures faillirent lui arracher un cri. Il voulut se tenir debout, ses jambes refusèrent de le servir. Il défaillait.

« Si j'avais une goutte d'eau, pensa-t-il, je crois que j'irais

Pléoben s'était mis à genoux pour le relever.

encore. Je ne veux pas mourir là, je ne veux pas qu'ils aient la joie de savoir qu'ils m'ont tué. Ah! je perds trop de sang, trop, je n'irai pas jusqu'à la forêt. »

Pourtant il rassembla son courage, se traîna à genoux, sur sa main restée libre, parvint au moulin après d'incroyables efforts. C'était une imprudence à laquelle le poussait l'état extrême dans lequel il se trouvait. Il frappa doucement, appela :

« Jardet, c'est moi, le marquis. »

Il poussa la porte, et il lui sembla qu'elle cédait peu à peu, mal close, traînant sur le sol.

A ce moment, il entendit du bruit derrière lui ; il se retourna et vit trois soldats qui le tenaient en joue. Prompt comme l'éclair, il saisit son pistolet, voulut faire feu. Il avait oublié qu'il n'avait plus de munitions ; alors, le héros qu'il était trouva encore la force de se relever d'un bond, pendant que cette pensée traversait son esprit : « Ils ne tirent pas, ils n'ont plus de cartouches non plus. » Mais au même instant la porte du moulin s'était ouverte... Pléoben allait fuir, des mains s'abattirent sur lui : en quelques secondes, il fut terrassé.

« Achevez-moi donc ! Tuez-moi donc, bandits ! s'écria Pléoben, que les souffrances torturaient.

— Non, non, mes enfants, dit un officier, gardez-vous-en bien, je crois que nous tenons Cadoudal ; amenez donc le vieux pour voir s'il le connaît. »

On plaça le père Jardet devant le marquis.

« Sais-tu qui est ce chouan, l'ancien ? » demanda le soldat.

Le meunier se taisait, hébété, en voyant étendu à ses pieds ce chouan qu'il pensait invincible.

« Parle ! bonhomme, commanda Pléoben, ils te tueraient.

— C'est le lion de Camors ! » bégaya le vieillard.

## II

Au petit jour, Pied-de-Loup fut tiré de son sommeil par un bruit de voix. Il resta immobile quelques minutes à écouter, puis il lui sembla reconnaître celle du marquis. Il leva la tête avec prudence, et aperçut à une centaine de mètres de lui, sur la route, le marquis, marchant entre des soldats républicains, qu'il dépassait de toute la tête.

Son premier mouvement fut de se saisir de son fusil. Mais, comme son chef, il ne lui restait plus un grain de poudre ni une balle.

Il réfléchit qu'il ne pourrait être d'aucun secours, et que le premier soin à prendre était de s'assurer de l'endroit où l'on conduisait le prisonnier.

L'infortuné Pied-de-Loup, la mort dans l'âme, des larmes aux yeux, se reprocha d'avoir, par son manque d'énergie, causé la capture de son maître. Il put, en se rapprochant de la route, saisir que l'on conduisait M. de Pléoben à Grandchamp. Il vit de tous côtés dans cette direction des soldats de la division Harty qui occupaient la lande, et jugea qu'il ne pourrait jamais rejoin-

dre de ce côté Cadoudal, qu'il voulait prévenir. Il lui fallait donc
atteindre la forêt de Camors pour contourner les positions ennemies. Là, il gagnerait Brevay, préviendrait la marquise et le chevalier de Noyal, qui aviseraient aussitôt, lui dicteraient ce qu'il
avait à faire.

Il arriva au château dès la première heure, méconnaissable,
tant la faim et la fatigue avaient bouleversé ses traits, déjà naturellement tourmentés. En le voyant, seul, dans cet état, M^{me} de
Pléoben comprit qu'un malheur était arrivé. On savait déjà à
Brevay la bataille du Pont-du-Loc, la défaite de Cadoudal, la
déroute d'une partie des troupes. Quelques chouans en fuite
étaient rentrés au village, avaient assuré que le marquis devait
se retirer dans la forêt. Tous s'étaient réunis et avaient passé
la nuit soit à prier, soit à faire des conjectures sur le retour
du marquis, les causes qui le pouvaient retarder. Le second
de Pléoben raconta en détail leur fuite dans les ténèbres, s'accusa. La consternation était grande. La capture de Pléoben,
c'était la mort !

« Comment le délivrer ? demandait-on.

— Je ne sais qu'un moyen, dit Yvon : arriver auprès de lui...

— Lui apporter un costume qui lui permette de s'évader, fit
la marquise.

— Non, Madame, dit Yvon ; son visage, sa taille, sa carrure, sont
trop reconnaissables, aucun déguisement ne le servirait. Ce n'est
que par un coup de violence qu'il sortira de là. Il est désarmé, on
ne se méfie pas, il faut lui porter des armes.

— Mon Dieu ! fit Alix, mais il est blessé...

— S'il a encore un souffle de vie, dit le chevalier, il se déga-
gera ; vous savez quelle énergie il a ; Yvon a raison, c'est l'unique
moyen.

— Mais comment arriver à lui ? demande l'abbé Lavaure.

— Ai-je beaucoup changé, interrogea Yvon, depuis le temps
où le costume de fille m'empêchait d'être reconnu du marquis?

Le marquis marchait entre deux soldats.

— Non, tu as un léger duvet sur les lèvres qu'il est facile de
faire disparaître, mais tes traits n'ont point changé; tu as
grandi...

— Je serais donc une grande fille ; les soldats me trouveraient
gentille et me courtiseraient ; s'il était quelques soldats galants,
je parviendrais peut-être auprès du prisonnier. »

Nous avons dit que le courage et le dévouement étaient les
vertus dominantes de l'époque ; nous n'étonnerons donc point le
lecteur en lui rapportant que la proposition d'Yvon, malgré la
légitime émotion qu'elle soulevait dans tous les cœurs, la terreur
qu'elle inspirait à Alix de Pléoben, fut étudiée et acceptée sans
que la question de danger fût une seule fois soulevée.

Yvon, dûment déguisé, arriva à Grandchamp vers dix heures
du matin ; mais il n'y entra pas comme quelqu'un qui vient du
dehors ; il parut flâner dès les premières maisons, s'appuyant à
un mur, traversant lentement la route, piétinant çà et là, ga-
gnant avec patience du terrain, jusqu'au moment où il parvint à
la place de l'Église.

Ainsi, il n'avait pas éveillé l'attention des soldats, devenus soupçonneux dans ce pays de continuelles surprises. Il s'accouda contre le mur d'un puits, se mit à bayer aux corneilles.

Des soldats passaient, se mettaient aux fenêtres, ne paraissaient pas le remarquer. Puis, ayant observé patiemment, une
maison dans laquelle des officiers entraient et dont ils sortaient
fréquemment attira son regard ; il pensa :

« Le marquis de Pléoben est sérieusement blessé ; ils n'ont donc
pas dû le fusiller, d'autant qu'ils espèrent sans doute le faire parler. On le soigne ; il faut découvrir le médecin du régiment, suivre ses allées et venues. »

Mais le hasard le servit à souhait : la porte d'une ferme sise
sur la place du marché s'ouvrait, et il vit, dans la cour, des hommes dont le bras replié gonflait la tunique sous la manche pendante, d'autres qui avaient le crâne ceint de bandages, et il avait

pu remarquer, dans le fond, auprès des granges, des factionnaires debout, l'arme sur l'épaule.

« S'il est là, au milieu de tant de monde, se dit avec tristesse
Yvon, ce sera bien difficile. »

Un soldat s'approcha du puits, descendit le seau à plusieurs

Un soldat s'approcha du puits.

reprises, emplit six hautes cruches de grès. Ensuite il mit trois
anses dans chaque main; mais le poids était excessif.

« Tiens ! la fille, dit-il à Yvon, aide-moi, hein ! »

Celui-ci prit un air stupide, simula de ne pas bien comprendre. Alors le Bleu s'exprima par gestes. Yvon lui obéit, saisit
deux cruches et le suivit.

Une grande émotion l'envahit quand il entra dans la cour de

la ferme, car il s'assura aussitôt que c'était bien là que l'ambulance avait été formée. Le sol du vaste hangar n'était plus qu'une immense litière sur laquelle étaient étendus d'un côté les soldats républicains, de l'autre les chouans qui étaient tombés blessés dans le combat de la veille. Yvon couvrit cette dernière partie d'un rapide coup d'œil : le marquis de Pléoben n'était pas là.

Alors, ayant déposé les cruches, nonchalamment, il fit mine de s'éloigner.

« Attends donc, l'enfant, puisque tu n'as rien à faire, dit le soldat en appuyant sa main sur le bras d'Yvon; et, s'adressant au médecin qui passait près d'eux : M'est avis, major, que cette fille-là pourrait nous donner un coup de main. »

Le médecin dévisagea une seconde Yvon; l'examen le rassura, car il répondit affirmativement.

Cela contentait médiocrement le fiancé d'Alix, qui comptait porter ailleurs ses investigations. Cependant, il parut se soumettre de bonne grâce.

« Occupe-toi des paysans, dit le soldat; moi, c'est le diable, ils ne me comprennent pas. »

Et comme Yvon n'avait pas l'air de bien l'entendre, le républicain souligna par gestes qu'il fallait leur offrir à boire et à manger, tremper les bandages dans l'eau pour rafraîchir les plaies.

Yvon allait simuler un manque complet d'entendement, lorsque, au milieu des blessés, une tête qui émergeait et le regardait curieusement attira son attention : c'était un des gars de Camors, Le Fouineur, avec qui nous avons déjà fait connaissance. Cet homme pouvait lui fournir quelques renseignements : le fils du chevalier commença à s'acquitter de sa tâche avec plus d'intel-

ligence, alla de celui-ci à celui-là, arriva auprès du Fouineur, à
qui il parla très bas sans agiter les lèvres.

« Tu me reconnais ?

— Je crois...

— Je suis Yvon de Noyal... ne bouge pas... je vais tâcher
d'en délivrer quelques-uns ; tu n'es blessé qu'à la mâchoire, bon...
Sais-tu où est le marquis ?

— Là, à côté, dans la vacherie ; deux soldats devant la
porte. »

Yvon retint une exclamation joyeuse, maintint l'impassibilité
de son visage volontairement abêti.

« Peux-tu marcher ?... oui... Tu pourrais tirer encore... parfait... Connais-tu cette ferme ?

— Oui, j'ai travaillé ici, voilà cinq ans...

— Y a-t-il une autre sortie ?

— Sur le verger... l'étable a une porte de l'autre côté, ça doit
être gardé... Faut que le maître soit tout prêt... A la nuit, je me
glisserai jusqu'à la poutre, la dernière, et j'atteindrai le grenier...
j'y avais bien pensé déjà... mais comment le prévenir ? et puis il
est ligoté... faut arriver à le délier.

— Ses blessures ?

— Il est encore solide...

— Je te glisse des armes dans la paille : deux pistolets et un
couteau à sanglier.

— Oui, mais, autant que possible, pas de bruit ; c'est trop
gardé. Dites au maître d'avoir l'œil à la lucarne qui est au-dessus de l'étable, dans le milieu. »

Le soldat cria :

« Hé ! la fille ! A l'eau et rondement, hein ! »

Yvon se fit répéter l'ordre et se dirigea d'un pas indolent, ennuyé, vers la citerne qui était au milieu de la cour. de la ferme.

« Mais non, pas là ; sotte, tu vois bien qu'il n'y a plus de corde. Tonnerre ! qu'elle est bête, celle-là ! »

Le jeune homme, à son retour du puits, passa encore entre les chouans, leur prodigua des soins.

Un sergent l'interpella :

« Hé ! la belle enfant... tu es jolie, tu sais, beaucoup trop pour le vilain museau de tous ces brigands-là... Ah ! c'est bien de la bonté de reste que de les soigner... Ma foi ! c'est plus juste que ça soit toi qui fasses cette besogne-là que nous. C'est moi qui les laisserais s'en aller *ad patres,* cette race-là. »

Il s'arrêta une seconde et reprit :

« Tu n'as pas vu le plus beau, la bête féroce, le lion de Camors, là, le ci-devant ; va donc voir un peu s'il ne trépasse point, car paraît que ça serait dommage : on veut le garder en cage pour l'apprivoiser à coups de balles dans les flancs. »

Yvon sentit son cœur se serrer, fixa l'homme d'un air d'incompréhension et ne bougea pas. Alors, il vint la prendre par le bras, écarta les factionnaires, la poussa dans l'étable en criant à Pléoben :

« Dis donc, vieux, voilà une duchesse qui vient te rendre visite. »

La porte se referma ; aveuglé par le jour éclatant du dehors, le jeune homme ne vit rien tout d'abord. Puis, un mouvement se produisit dans la paille, non loin de lui ; il porta le regard de ce côté et distingua une longue masse noire ; et il vit ensuite nettement le visage du marquis de Pléoben. Ses yeux le fixaient avec acuité. Le fils du chevalier s'approcha vivement, se mit à genoux, dit très vite :

« Je vais vous dégager les poignets. »

« Oui, je suis Yvon ; voici des armes, des cartouches, là, contre vous, dans la paille.

— Malheureux ! ta vie...

— Chut !... pas de temps à perdre... Le Fouineur est là, parmi les blessés ; surveillez cette trappe lorsque la nuit sera venue ; il va tâcher de vous faire sauver par là.

— Tu ne vois donc pas qu'ils m'ont attaché? fit le marquis avec un éclair de rage dans les yeux.

— Je vais vous dégager les poignets, vous couperez au dernier moment la corde des pieds.

— Non, car ils examinent les liens chaque fois qu'ils viennent.

— Je serai ici vers huit heures et demie... Pensez-vous que vous aurez la force?

— Pour leur échapper, fit le marquis avec une farouche énergie, je me relèverais de mon tombeau. »

Tout en parlant, Yvon avait mis à nu les blessures, les pansait de son mieux. Un lieutenant entra, suivi des deux factionnaires, s'arrêta quelques secondes, remarqua :

« Les femmes sont gardes-malades de naissance. »

Pléoben gémit, moitié en breton, moitié en français :

« Va-t'en, mauvaise fille du démon, renégate ! tu sers nos ennemis, honte sur toi ! »

Yvon sortit en courbant le dos, comme si ces imprécations lui faisaient peur, alla vers les autres blessés, prévint Le Fouineur.

« Quand tu me verras ressortir de l'étable... »

La fin de cet après-midi lui parut interminable. Il craignait qu'ayant assez de ses services, il ne fût congédié par les soldats.

Vers huit heures, Yvon entra, avec une cruche d'eau, dans l'étable.

« Le moment est venu, coupe les entraves des mains, fit Pléoben fébrilement... Mais toi... vas-tu fuir avec nous ? »

Le danger était grand, et le marquis ne désirait pas que le fiancé d'Alix le suivît.

« Non, je vous serais un embarras. Le temps que Le Fouineur soit près de vous, j'aurai fui sur la route... Mieux vaut ne pas nous attendre, ce serait trop risqué ; gagnez comme vous le pourrez la forêt, je ferai de même ; je serai au rond-point des Arvors.

— Mon cher marquis ! mon père !... êtes-vous fort ?

— Oui.

— Au revoir. »

Yvon sortit d'un pas traînant, avec une lourdeur de brute.

Le Fouineur parvint au grenier comme il l'avait dit, et, grâce à une échelle, le marquis put aussitôt le rejoindre. Ils se glissèrent de bâtiment en bâtiment, par les réserves, jusqu'à un point où ils durent sauter. Des coups de feu retentirent derrière eux ; mais ils avaient gagné les champs, fuyaient par les routes connues du Fouineur, tandis que les républicains se trouvaient entravés par les haies.

Et lorsqu'ils furent loin, hors du premier danger, ils s'arrêtèrent pour reprendre haleine :

« Yvon n'aurait point passé où nous avons passé, dit le marquis.

— Il a eu tout le temps de prendre une grande avance. »

Lorsqu'ils furent au point où ils devaient rencontrer Yvon, ils imitèrent en vain leur cri de ralliement.

Ils attendirent longtemps, puis, inquiets, se dirigèrent sur Brevay. Yvon n'était pas arrivé.

Pléoben trouva une corde...

La nuit, la journée, se passèrent dans la plus douloureuse anxiété, dans les larmes. Le lendemain, les troupes avaient évacué Grandchamp, étaient rentrées à Vannes. On s'informa, sans obtenir le moindre indice. L'armée des chouans était désorganisée. Et puis, à quoi une attaque eût-elle servi ? Qu'eût-on appris ? Ils se débattirent dans ce vide, dans l'ignorance complète de ce qui avait pu se produire : mort ? prisonnier ? Plus d'un mois se passa ; toutes les enquêtes, tous les efforts restèrent inutiles.

Vers la fin de juillet, un chouan condamné à la déportation et qui avait pu se sauver à la nage en se jetant du bateau qui le conduisait à l'île de Ré apporta la fatale nouvelle de la mort d'Yvon : retenu par un soldat au moment où il sortait de la ferme, il n'avait pu se mettre à l'abri avant le moment où l'alarme avait été donnée. Reconnu, arrêté, il avait été envoyé à Bonaparte. Celui-ci, n'ayant pu obtenir les révélations qu'il attendait du libérateur de Pléoben, l'avait fait fusiller.

« Comment peux-tu savoir cela ? demanda Noyal, atterré, voulant douter encore.

— On nous a lu la chose.

— Mais s'il a été condamné, il est si jeune, peut-être lui a-t-on fait grâce, » remarqua Pléoben, dont la voix tremblait de sanglots, en tenant sa fille contre lui. Et ce nom : « Yvon ! Yvon ! » courait de bouche en bouche dans des éclats de douleur.

Quelques jours s'écoulèrent encore, et une lettre anonyme ainsi conçue parvint au chevalier de Noyal :

« Citoyen Noyal, tu étais un homme sage ; tu as fiancé ton fils à la fille du brigand de Camors. Honte et malheur à toi ! Ton fils a payé aux républicains un peu du mal que le ci-devant marquis leur a fait. Ton fils est mort, il a expié les crimes du père de sa future. En voulant t'allier à nos ennemis, tu as signé ta

perte, la perte des tiens. Ta maison va être rasée, tes biens con-
fisqués. Le Pléoben n'est plus en état de défendre la forêt. Dans
quelques jours des troupes reprendront Brevay. Fuyez donc, c'est
encore le conseil d'un ami. Tu trouveras ci-inclus un double de
l'acte de décès d'Yvon Noyal. »

Le papier qui était joint à l'horrible feuille où se lisait le
triomphe insolent d'une haine inconnue portait le cachet de
la préfecture de Vannes et contenait la déclaration de la mort
d'Yvon, fusillé à Paris le 5 juillet 1800, sur l'ordre de Bonaparte.

Alors un homme que nul n'avait jamais connu se dressa en
Noyal. Une fureur froide, maîtresse de ses pensées, fit de cet être
si bon un être qui exigeait du sang; ce n'était plus, comme celle
du marquis de Pléoben, une haine de parti qui veut la mort de
tous ceux qui menacent ou combattent, cette rage aveugle qui
fauche sans merci ceux qui obéissent comme ceux qui comman-
dent; mais une visée unique, vers un seul, le maître responsable
des fautes et des cruautés commises.

Bonaparte apparaissait alors aux partisans de Bretagne comme
l'épée impitoyable qui abat tout ce qui se met en travers de sa
route, comme un soldat sans âme pour qui la vie du prochain
n'est qu'un hochet sans prix, l'homme dont aucun pitoyable sentiment ne fait tourner la tête sur le chemin de la gloire, nouveau
Néron capable de porter la mort pour assouvir une rancune,
distraire une colère. Noyal crut donc à la véracité du document
qui lui était communiqué; tous s'anéantirent dans le plus affreux
chagrin qui fût jamais; le remords accabla Pléoben; mais M. de
Noyal releva la tête, regarda au loin, aperçut l'homme de ven-
démiaire et de brumaire, l'homme que sa philosophie avait presque deviné, attendu, le génie que son esprit large, libéral, éclec-

tique, devait admirer, et qu'il regardait maintenant comme le
monstre dont il voulait abattre la tête. Peu lui importaient ces
innocents soumis à une consigne, esclaves d'un ordre. Il voulait
écraser le cerveau même d'où était tombée avec indifférence
la parole de mort prononcée contre un être inoffensif, adoré,
que le mobile même de son action eût dû faire aimer de celui
qui avait été son meurtrier, son bourreau.

33

III

Quelques jours plus tard, une brigade républicaine entrait sans coup férir dans la forêt de Camors. Toute résistance eût été impossible et n'eût servi qu'à faire tuer les rares paysans échappés sans blessure à la bataille du Pont-du-Loc. Le marquis, très affaibli encore, eût été incapable de reprendre le commandement.

Du reste, leur but était ailleurs, le même, au château et à la Maison rouge, comme le malheur qui les frappait. Ils n'avaient qu'un sentiment, qu'une pensée, qu'une âme, unique pour tous : la vengeance ; qu'un ennemi : le premier consul.

« Ce n'est pas les soldats qu'il faut atteindre, c'est le vrai coupable, le pouvoir, qu'il faut châtier. »

Noyal était transfiguré ; il n'était plus le petit homme doux et calme ; son visage s'était empreint de hardiesse et de volonté ; dans ses yeux fixes et pensifs luisait comme une pointe d'acier aiguisé. Aucune larme ne les mouillait [plus. Sa parole était devenue tranchante, comme son regard était acéré.

Il souffrait ; mais sa souffrance, muette, enfermée au milieu

des cris de douleur, des sanglots, des torrents de pleurs, se tra-
duisait par de subites, de marmoréennes pâleurs, des crispations
haineuses des maxillaires. Ses gestes semblaient une menace à
un invisible ennemi. L'homme soumis, débonnaire, imposait un
esprit de domination. Pléoben l'écoutait, ne discutait, ne raisonnait pas les projets du chevalier. La défaite du Pont-du-Loc et la
mort d'Yvon avaient coup sur coup porté une rude atteinte au
chef des chouans de Camors. On eût dit qu'il sentait que son empire, qui était celui de la force, était fini, que le maître suprême
qui étendait sur la France la fascination de son génie condamnait au silence les armes des partisans, tuait l'insurrection ouverte, ne permettait plus que la mise en mouvement de forces
secrètes. Les intérêts, les revendications du parti royaliste ne
pouvaient pas être soutenus; les vengeances personnelles ne pouvaient plus être assouvies que par l'exécution d'un projet homicide habilement préparé, audacieusement exécuté.

Nous nous garderons bien de faire languir ce récit en étudiant
plus longuement l'ascendant que Noyal prit sur Pléoben, en rela-
tant l'affliction de M^me de Noyal, d'Alix, de la marquise, avec
quelle énergie, quel désir d'action elles acceptèrent les résolutions nouvelles du chevalier.

« Alice, dit M^me de Pléoben à M^lle Liorais, tu sais notre
secret, ce que nous allons faire; nous avons eu le devoir de
t'aimer, nous n'avons pas le droit d'exposer ta vie. M. le curé
va te conduire chez une ancienne amie à moi qui habite la
Mayenne. Je n'ose pas espérer que nous revenions jamais dans ce
pays que nous allons quitter. Si l'un de nous survit à cette entreprise, tu seras son premier souci. Mais je crois que nous devons
nous dire adieu. M. de Noyal a pourvu à ton avenir; sois courageuse, mon enfant, comme nous, et crois en Dieu !

— Quand partez-vous, Madame la marquise? dit Alice Liorais
en fondant en larmes.

— Dans une heure. Nous avons été avertis que ce soir Brevay
serait occupé. La route de Baud est libre. Deux voitures de poste
vont nous conduire à Pontivy. Nous nous séparerons là.

— Madame, j'aurais voulu partager les dangers que vous allez
courir.

— Tu es une bonne enfant, nous t'aimons bien; mais c'est
impossible.

— Que va-t-il donc se passer? qu'allez-vous donc faire? s'écria
la jeune fille; ne puis-je donc pas rester avec vous? fit-elle en
entourant de ses bras le cou de Mᵐᵉ de Pléoben.

— Non, répondit celle-ci. Le seul courage que je te demande
de me prouver est d'éviter autant que tu le pourras toute émotion
à Alix, déjà si atteinte. »

Alice Liorais fit route avec Alix, le marquis et la marquise jusqu'à Pontivy, où M. et Mᵐᵉ de Noyal, qui étaient venus dans la
même voiture que le curé Lavaure, cédèrent leur place à la jeune
fille. Pied-de-Loup conduisait la première charrette. Le Fouineur
devait mener le prêtre et la fille du commandant à Laval.

Le voyage s'accomplit sans difficultés jusqu'à Pontivy. Ces
routes n'étaient pas surveillées à ce moment ; toute l'attention de
la police se concentrait sur les côtes, pour empêcher les commu-
nications avec l'Angleterre. Tâche peu aisée.

Ensuite, grâce aux relais que l'on trouva partout sur cette route,
les Pléoben et les Noyal gagnèrent rapidement la forêt de Lorges et arrivèrent à Launay chez les demoiselles Mascle, qui com-
muniquèrent la correspondance royaliste, le mot d'ordre reçu
de Londres.

« Mais comment avez-vous pu arriver jusqu'ici sans être ar-

rêtés? dit une des demoiselles. Mercier La Vendée a été tué à
Loudéac.

— Mercier tué! s'écria Pléoben.

— Oui, il a voulu rentrer dans le Morbihan. Il s'est arrêté pour
prendre du repos à Fontaine-aux-Anges ; il a été cerné par des
gendarmes de Loudéac.

— Il rentrait dans le Morbihan, et nous en sortons, remarqua
Noyal.

— Vous vous dirigez vers la mer, usez de prudence, reprit
M$^{lle}$ Mascle. Je vais vous fournir des costumes de ce pays; les deux
hommes prendront la blouse ; je sais où vous acheter un vieux
chariot et un cheval. Vous enfouirez sous des feuilles sèches
ce qui vous est indispensable; ainsi vous pourez continuer votre
route jusque chez les dames Savage, à Saint-Quay, où vous vous
ferez reconnaître. Leur maison est au bord de la mer; elles vous
feront embarquer pendant la nuit; mais soyez bien circonspects,
le pays est dangereux. Où avez-vous laissé votre charrette?

— En pleine forêt, à deux kilomètres d'ici ; nous ne voulions pas
attirer l'attention sur nous, et nous sommes venus par les bois.

— Il faut tout abandonner; je me charge de renvoyer les chevaux aux relais et de cacher le reste. Monsieur de Noyal, il faut
aller appeler votre homme.

Il y eut un mouvement de surprise en voyant Pied-de-Loup
entrer.

» La charrette a été suivie, et je n'ai eu que le temps de me
sauver pour vous prévenir que nous sommes recherchés. Il faut
nous esquiver pendant qu'on nous attend là-bas pour nous pincer.

— Ah! je comprends, dit une des demoiselles ; ces gens-là se
doutent qu'il y a dans la forêt de Lorges un point de repaire, et
ils vous ont laissés entrer sans difficulté pour mieux découvrir le

pot aux roses. Il y avait peut-être longtemps que vous étiez suivis sur la route.

— Ce que je puis assurer, dit Pied-de-Loup, c'est qu'ils ne
savent pas où vous êtes passés.

— Habillons-nous vite et filons par la forêt et les champs, dit

Pied-de-Loup conduisait la première charrette.

Noyal; Pied-de-Loup nous rejoindra à Quintin; nous monterons
dans le chariot si nous ne voyons rien de suspect. »

Ils marchèrent plusieurs heures en se dissimulant habilement,
grâce aux conseils de Pléoben.

« Ah ! maître, dit Pied-de-Loup lorsqu'ils retrouvèrent le
chouan, vous avez été heureux! J'ai passé au milieu d'une troupe
de cinquante drôles, à la sortie de la forêt. »

Ce fut le seul incident du voyage. Ils arrivèrent la nuit chez les dames Savage, qui facilitèrent leur embarquement après leur avoir donné des nouvelles de Londres et leur avoir annoncé l'état d'abattement de la chouannerie sur tous les points de la Bretagne.

A Londres, Noyal et Pléoben fréquentèrent les comités, examinèrent maints complots auxquels il ne fut jamais donné suite. Le chouan n'ajoutait plus foi aux promesses de l'Angleterre, et le chevalier constatait chaque jour l'apathie plus grande, le désintéressement des émigrés, parmi lesquels un nombre assez considérable semblait vouloir se rallier au nouveau gouvernement que s'était donné la France.

« Il n'y a que Cadoudal qui ait encore aujourd'hui l'énergie de frapper un coup terrible, qui retentisse et foudroie comme un coup de tonnerre, dit un jour Noyal, lassé à la longue de l'incertitude qu'il sentait partout autour de lui.

— Il est retourné dans le Morbihan, il combat encore, répliqua Pléoben, repris du désir de lutte, et à qui cette inaction pesait. Pied-de-Loup, mon gars, si nous retournions là-bas, qu'en dis-tu ?

— Tous les efforts de Cadoudal sont vains, repartit Noyal. Ah ! s'il pouvait venir ici, je crois que nous nous comprendrions.

— Ne pouvons-nous rien tous deux ? demanda le marquis, prêt à tenter tout ce que déciderait son ami.

— Il faudrait beaucoup de cœurs, de dévouements comme les vôtres, la même audace, le même mépris de la mort ; car ce que je caresse est d'une telle hardiesse que l'exécution en paraît, après examen, absolument impossible. Mon ami, ne m'interrogez pas, car la pensée seule de la réalisation de mon plan me bouleverse d'une joie féroce. »

On évitait de prononcer le nom de Bonaparte devant le chevalier, tant l'évocation du premier consul causait de désordre
dans tout son être.

Telle était l'expectative fiévreuse, désolée, pleine de haine, dans
laquelle vivait le chevalier de Noyal au milieu de la consternation
des siens, lorsque parvint à Londres, à la fin de décembre 1800,
la nouvelle de l'attentat dirigé contre Bonaparte, de l'explosion
de la machine infernale dans la rue Saint-Nicaise, par laquelle
le premier consul se rendait à l'Opéra. On sut que l'engin avait
l'apparence d'une de ces voitures de porteurs d'eau, et qu'elle
était remplie de poudre et de mitraille.

Pléoben suivit l'effet que produisait cette nouvelle sur le visage
de Noyal, et, y ayant trouvé une marque de profond mécouten-
tement, il alla à lui, serra sa main.

« Ah ! s'écria le chevalier, je n'aurais pas cru Georges capable
d'une lâcheté !

— Ce n'est pas lui, ce n'est pas lui ! s'écria avec véhémence le
marquis.

— Cependant tout le monde le dit.

— Ce n'est pas lui ! reprit Pléoben plein de colère ; lui, il eût
marché sur le Corse, en plein jour, le visage découvert, l'arme à
la main, demandant une existence contre la sienne. »

Noyal regarda avec étonnement le chouan de Brevay ; c'était
la pensée initiale de son projet qu'il venait de traduire là, ce
plan de combattre Bonaparte loyalement, en pleine rue, à armes
égales, non en lâches conspirateurs, en assassins.

Quelques mois plus tard, une réponse que Cadoudal, lorsqu'il
revint à Londres, fit au chevalier de Noyal, confirma l'assertion
du marquis.

« Je n'ai été pour rien dans ce complot, et je le réprouve de

34

toutes mes forces. Je savais en effet, quand Saint-Régeant a quitté
la Bretagne, qu'il avait l'intention d'agir. Il était libre, je n'avais
pas le droit de m'opposer à ses desseins; mais je n'ai pu m'y as-
socier, ignorant ses moyens. Il n'avait pas l'ordre de se défaire
du premier consul. Ce n'est qu'à Paris qu'il a connu l'existence de
la machine de l'ingénieur Chevalier; d'ailleurs, mon innocence
est tellement prouvée que Bonaparte s'est écrié, devant ceux qui
accusaient notre parti : « On ne me fera pas prendre le change : il
« n'y a eu ni chouans, ni émigrés, ni ci-devant nobles, ni ci-devant
« prêtres. Je connais les auteurs et saurai les atteindre. » Mais,
ajouta Cadoudal, Saint-Régeant a dérangé tous mes plans, et moins
que jamais je me sens en mesure d'agir.

— Ainsi, dit Noyal, si je vous devine bien, le projet que je
nourrissais était le vôtre, et Pléoben en avait le sentiment sans
avoir reçu de confidence, et tous trois nous pensons que les Romains ne peuvent être vaincus que dans Rome.

— Nous ne vaincrons la Révolution que dans Paris, répliqua
Georges; c'est là que nous devons transporter la résistance, ou
plutôt, l'attaque.

— Quel est exactement votre projet? demanda Noyal.

— Nous devons attaquer le premier consul et son escorte, en
plein jour, sur un lieu favorable au combat, égal pour tous; nous
devons nous emparer de sa personne et mettre à l'instant même
à sa place, à titre provisoire, un chef capable pour commander la
force publique et maintenir l'ordre; nous proclamerons ensuite
Louis XVIII.

— Avez-vous soumis au Roi votre plan?

— J'entends qu'il reste étranger à cette conspiration.

— Cependant, vous avez prié M. de Guilhermy d'en écrire à Sa
Majesté?

— Oui, mais M. le comte des Cars m'a reçu comme on reçoit le fils d'un meunier, c'est-à-dire comme il ne me convient pas d'être reçu, et, depuis, j'ai trouvé, ce que je préfère, toute facilité de traiter avec Monsieur et avec les Anglais. Son Altesse royale prend la tête de l'entreprise. »

Le chevalier de Noyal entendit cette confidence avec une joie âpre et immense. Il voyait des chefs puissants marcher dans la voie qu'il avait méditée, et il se complaisait à penser qu'avec de tels alliés la réussite de ses ambitions était assurée. On croyait en effet pouvoir compter sur Moreau, qui venait de se brouiller avec Bonaparte, et principalement sur Pichegru, à qui l'on n'avait pas encore soumis le plan adopté.

Cependant, les semaines et les mois passaient dans une anxieuse attente ; à certains jours, on considérait comme imminente la mise à exécution. Georges Cadoudal ne voulait emmener avec lui que des paysans bas bretons qui lui eussent obéi aveuglément, tandis que des personnages qui recevaient de haut le mot d'ordre lui imposaient de prendre des gens plus considérables, qu'il était impossible de faire marcher sans leur dire où ils allaient.

L'année 1802 et la moitié de 1803 s'écoulèrent dans ces tergiversations, ces tiraillements, ces indécisions.

Enfin, le premier débarquement sur les côtes de France fut fixé au 21 août 1803.

Au commencement de ce mois, Mme de Pléoben, Alix et Mme de Noyal quittèrent l'Angleterre avec une mission secrète à Paris. Munies de passeports qui portaient de faux noms, elles pénétrèrent en France par le Luxembourg et louèrent un appartement rue du Bac, non loin de la Seine. C'est là que les conjurés qui recevaient le mot d'ordre de Londres se réunissaient et prenaient toutes mesures nécessaires pour préparer l'exécution de cette

entreprise, qui était une des plus audacieuses qui eussent jamais
été conçues.

Le moment décisif approchait. Les trois femmes attendaient
avec émotion, mais aussi avec la plus grande fermeté, que l'heure
sonnât. Un regard dans le passé, vers l'enfant disparu, les laissait
braves et implacables. Elles savaient que l'œuvre qu'elles perpé-
traient était la semence de mort, qu'elles s'avançaient vers le
gouffre qui peut-être allait les engloutir tous, contre cette force
immense qu'était l'amour de la nation pour le génie du nouveau maître, de l'invincible soldat d'Égypte et d'Italie. Leur résolution, nourrie d'ardente haine contre le meurtrier d'Yvon, demeurait irrévocable.

Le nom du vainqueur de Marengo les faisait toujours frémir
d'indignation, et toutes trois eussent sans trembler commandé le
bourreau de cet homme; elles attendaient avec impatience le
moment où, selon la volonté de Pitt, il serait livré vivant à l'Angleterre; la mort leur semblait un châtiment bénin de son crime,
et elles envisageaient avec une exaltation qui était presque du
bonheur le moment où, comme l'avait déjà décidé le ministre anglais, Bonaparte l'expierait dans une éternelle captivité sur l'aride
rocher de Sainte-Hélène [1].

Pourtant, le glorieux soldat les attirait, les fascinait; un désir
les poussait à voir le premier consul; elles voulaient fixer dans
leur exécration même les traits de celui qui, injuste et cruel, avait
fait payer à un innocent, presque enfant encore, la résistance
des royalistes, qui avait lâchement assouvi sa rancune.

Elles se raisonnèrent, se combattirent et finirent par céder à
cette curiosité. Elles se rendirent au champ de Mars, assistèrent

---

1. Sainte-Hélène était le lieu désigné d'ores et déjà pour la détention de ce
grand captif.

à une revue, revinrent bouleversées. Mais ce n'était pas la vue du premier consul qui leur avait causé cette impression, car leurs regards avaient été aussitôt détournés de lui par un officier de sa suite qui portait l'uniforme des guides. Sa silhouette, aussitôt disparue dans un tourbillon de soldats et de poussière, les avait frappées par la ressemblance qu'elle offrait avec celle d'Yvon.

Elles se serrèrent le bras, poussèrent un cri ; un tremblement les saisit.

Mais le général et son escorte étaient loin déjà, et elles demeurèrent comme pétrifiées à la même place, sans voix, s'interrogeant des yeux.

Derrière eux, des gens parlaient, dont la conversation attira leurs esprits, malgré la stupeur qui les frappait. Dans ce groupe, un homme pérorait, disait des noms de généraux et d'officiers d'un grade moins élevé. Il avait l'air et le ton d'un vieux soldat. Elles écoutèrent, avides, puis se rapprochèrent, ayant toutes trois sur les lèvres la même demande et n'osant la formuler.

« Pouvez-vous me dire, finit par prononcer Alix, la voix tremblante, comment se nomme ce petit officier des guides qui était dans l'état-major du premier consul ?

— Attendez, fit l'homme en dévisageant la jeune fille d'un air malicieux ; celui qui a un visage très fin, qui est joli, quoi, avec de belles et longues boucles qui entourent son visage, ah ! celui-là, c'est un petit bonhomme dont les jeunes filles raffolent, une coqueluche, comme on dit. »

Alix, sa mère et M<sup>me</sup> de Noyal sentaient leur cœur bondir d'impatience.

L'homme s'arrêta, les yeux fixes, sur une broche qu'Alix portait à son cou et qui était faite d'une large miniature représentant Yvon à quatorze ans.

« M'est avis, ma jeune citoyenne, que vous voulez vous gausser de moi, reprit en accentuant son sourire narquois celui que la fille du marquis avait interpellé.

— Mais non, dit celle-ci défaillante, et que sa mère avait prise sous le bras, s'attendant maintenant à une foudroyante révélation.

— Mais non, mais non ! ts ! ts ! enfin, vous êtes si mignonne qu'on peut vous laisser vous moquer d'un vieux soldat... Mais faudrait pas que ça soit un homme qui se permette ça, tudieu !

— Oh ! Monsieur, fit Alix en s'avançant et prenant les mains de l'inconnu, je vous en conjure, abrégez ce supplice ; vous ne voyez pas que je souffre horriblement ! »

Elle était livide, et sa lèvre inférieure s'agitait d'un mouvement convulsif.

« Ah çà ! ah çà ! je vous fais tant de peine, ma pauvre petite ? Ma foi, comprends pas ; vous savez bien qui est ce beau ci-devant-là, puisque vous avez son portrait sous le menton.

— C'est... ? c'est... ? demanda la jeune fille, qui s'attendait, malgré l'impossibilité de la réponse, à entendre prononcer le nom de son fiancé.

— Voyons, c'est Eugène Beauharnais... Ah ! bien ! saisi... on avait son petit coup au cœur sans connaître le nom du tourtereau.

— Eugène Beauharnais ! vous êtes sûr ?

— Parbleu ! faut vraiment venir de sa province pour ne pas connaître le fils de la citoyenne Joséphine Bonaparte. Ici, ce petit-là, c'est le loup blanc, et puis le soldat l'aime, parce qu'il est brave comme il n'y en a pas. »

Les trois femmes s'éloignèrent, abîmées de désespoir après ce court moment d'espérance.

« Nous sommes insensées, remarqua M^me de Pléoben ; comment pouvons-nous nous arrêter à une telle pensée ?

— Pauvre enfant ! » fit M^me de Noyal.

Alix se tut, envisagea de nouveau avec une morne indifférence la mort qui les guettait, comme une délivrance, comme la fin de leur peine.

# IV

Par suite d'événements imprévus, Georges dut différer son embarquement. Il retrouva Pléoben, Noyal et sept autres conjurés
venus séparément à Hastings, afin de ne pas éveiller l'attention
en quittant Londres tous ensemble. Pitt avait remis à Cadoudal
un million en lettres de change, que celui-ci portait dans sa
ceinture, et il lui avait spécifié qu'il ne fallait pas frapper à mort
Bonaparte. Après quelques jours de retard, ils mirent enfin
à la voile et arrivèrent en vue du Tréport. La brume était assez
épaisse ; ils prirent le clocher d'une église pour le mât d'un navire et rebroussèrent chemin, longèrent la côte et finirent par
trouver dans cette falaise une issue mystérieuse, qui leur avait été
signalée par des contrebandiers. Des affidés prévenus par ceux-ci
combinèrent l'escalade.

La nuit était venue lorsque le capitaine Wright, qui commandait
le cutter *Vencego,* les fit débarquer sur les rochers qui bordent la
falaise de Biville, très haute en cet endroit. Ils trouvèrent l'échelle
qu'on leur avait préparée. Elle était trop courte ; il y eut un moment d'émoi, et l'on agita la question de gagner la vallée de Criel.

« C'est impossible, nous serions pris, » dit un des conjurés, Hermely, qui connaissait le pays.

Mais, tandis que l'on discutait sur la façon de gagner les gîtes établis sur la côte, Pléoben, qui s'entêtait à vouloir gravir le précipice, trouva une corde. Il tira, l'éprouva, sentit que quelqu'un au haut du rocher la mouvait à dessein.

« Il n'y a pas de piège, » dit le marquis.

Il poussa un sifflement strident, auquel répondit celui de Pied-de-Loup, qui était parti longtemps à l'avance pour tout préparer.

Ils s'attachèrent en longue grappe à ce câble, se hissèrent à la force des bras. Cadoudal monta le dernier; mais, secouée par un vent violent, la corde, qui n'était plus maintenue, se balança, jeta à plus d'une reprise le chef de la conspiration contre des rochers. Il lui fallut le plus grand courage pour résister à la douleur, et il était très meurtri quand il rejoignit ses compagnons.

Ils gagnèrent successivement tous les gîtes qui avaient été établis sur la route de Paris. Ils arrivèrent par Aumale à Saint-Leu-Taverny. Là, Cadoudal trouva d'Hozier, qui, déguisé en cocher, le conduisit, tandis que Pléoben et Noyal se dirigeaient lentement vers Paris, vêtus en rouliers, le premier conduisant un haquet chargé de tonneaux, le second un fardier. Les autres se dispersèrent également.

Avant de quitter ses compagnons, Georges leur avait dit :

« J'ignore le sort qui nous est réservé; mais je suis sûr d'avance que si l'un ou plusieurs de nous tombaient entre les mains de l'usurpateur, ils subiraient leur destinée avec courage et discrétion.

Septembre était commencé quand Pléoben et Noyal arrivèrent à Paris.

Ils trouvèrent leurs femmes et Alix encore sous le coup de

l'émotion qu'elles avaient ressentie. Elles crurent que le dénouement était proche, que l'action allait être immédiate; il leur tardait qu'il en fût ainsi. Cette attente fut encore déçue.

Le comte d'Artois ne semblait pas vouloir tenir la promesse qu'il avait faite de venir se mettre à la tête de la contre-révolution; on se défiait de Pichegru, qui ne s'accordait pas avec Moreau, et surtout de celui-ci, qui, le coup porté, avait mission d'aller à Boulogne, de se mettre à la tête de l'armée, de la ramener sur Paris.

Certains royalistes l'accusaient de fomenter l'insurrection pour son propre compte, et de chercher à se mettre à la place de Bonaparte.

L'automne et la plus grande partie de l'hiver continuèrent l'inaction. Puis, des délations commencèrent à se produire; Fouché s'empara vite de la conspiration. Moreau fut arrêté, puis Pichegru. Georges était menacé, traqué.

Les Pléoben et les Noyal n'espéraient plus; ils voyaient clairement que tout était perdu et s'attendaient à être arrêtés d'un moment à l'autre, lorsqu'un soir, vers neuf heures, — c'était exactement le 9 mars, — une main frappa assez fort à la porte de l'appartement.

« Qui est là? demanda Noyal.

— Ouvrez! ouvrez! »

Les deux hommes armèrent leurs pistolets, prêts à la défense.

« Qui va là?

— Le Fouineur. Ouvrez vite!

— Le Fouineur! »

Ils reconnurent le parler breton du gars, lui livrèrent passage.

« Eh bien?

Toi ici!

— Qu'y a-t-il? »

L'homme reprit haleine et dit :

« Cadoudal!... pris!...

— Pris? arrêté?... oh!

— Cadoudal? qui t'a dit? Parle! parle donc!

— Georges Cadoudal?

— Oui, Georges, Georges, arrêté. »

Le chouan promena sur les assistants des yeux hagards.

« Voilà... pour vous faire comprendre... Je vous ai cherchés en Angleterre, j'ai fini par comprendre que vous étiez à Paris. Il y a quinze jours que je cours dans les rues du matin au soir... Rien... Tout à l'heure j'étais sur la place Saint... Saint-Étienne; on m'avait assuré que Georges était par là... quand je le vois de loin, Cadoudal, au coin d'une petite rue... Le général montait en cabriolet avec deux autres personnes... Je cours... mais, au même moment, deux hommes qui ont l'air de sortir de la muraille se précipitent sur lui. Ses compagnons le dégagent, la voiture part au grand trot, descend une rue, tourne, tourne encore, est-ce que je sais! Ces hommes et puis d'autres couraient, couraient, couraient... mais moi je courais plus fort qu'eux... Je rejoins le général, je pousse un cri de chouette, je parle breton et je lui crie, toujours dévalant, que je suis un homme à vous, s'il me veut pour le défendre... Mais je n'avais pas d'armes... je ne pouvais pas grand'chose... Les autres le rattrapaient... Alors il s'est vu pris, m'a crié : « Préviens le lion, 40, rue du Bac. » Le lion, le marquis, quoi, compris...

— Mais Cadoudal? demandèrent anxieusement Pléoben et Noyal.

— Il avait à peine fini qu'un homme se suspend à la tête du cheval... Georges le tue d'un coup de pistolet, puis il saute à terre, en blesse un autre qui tombe, se relève, s'élance après, frappe d'un bâton sur la tête! Ils étaient vingt après le général.

— Et tu n'as pas pu le défendre?

— J'ai pas essayé, à cause de vous... Fallait vous avertir.... et me voici. »

Il y eut un moment de consternation générale; l'arrestation du chef breton leur causait une grande affliction.

Le Fouineur attendait, voulant parler, ne sachant comment annoncer l'autre nouvelle qu'il apportait.

« Oui, c'est triste, un homme si brave, et puis, si vous saviez, il y a bien autre chose. »

Il jeta un regard inquiet sur chacun et tira de son vêtement un pli cacheté.

« Qu'est-ce que cela? demanda Noyal.

— Ça, c'est pour vous, et pour M<sup>lle</sup> Alix, et pour tous, quoi! mais je ne puis vous le donner, ce papier-là, avant de vous avoir confié quelque chose qui va vous donner un coup.

— Quoi donc? fit-on de toutes parts.

— Eh bien! faut être fort.

— Fort?

— Oui, à cause que j'ai vu...

— Tu as vu?

— Un revenant.

— Un revenant? s'écrièrent-ils simultanément.

— Oui. Et même que j'ai eu une peur, oh! mais une peur à en mourir! »

Alix se leva, frémissante, les mains tendues, convulsivement agitées.

« Mademoiselle Alix, faut être raisonnable, dit le chouan; nous, nous avons peur des morts, et c'est pas beau. Les morts qu'on a aimés, et sur qui qu'on a rien à se reprocher, il ne faut pas en avoir d'effroi.

— Je t'en conjure, parle, parle! dit Alix.

— Oui, parle, répétèrent les autres, gagnés par la nervosité de la jeune fille.

— Voilà l'histoire : je rentrais de la charrue, je passais devant la Maison rouge, et puis, comme toujours, je pensais à tout de jadis, à la guerre, à l'incendie du château ; je me demandais comme ça pourquoi que les Bleus n'avaient pas dévasté aussi la maison du chevalier après qu'on a su que...

— Que...?

— Que M. Yvon avait délivré le marquis... Enfin, d'une chose à l'autre, je pense à ce pauvre M. Yvon... C'était la nuitée, voilà qu'en pensant à lui, je regarde sur la terrasse et qu'il m'apparaît!... Faites excuse que je vous dis ça... »

Alix se laissa tomber dans un fauteuil, ses jambes ne le portaient plus. Le gars continua :

« Alors, je veux m'ensauver, alors il m'appelle, et je cours, je cours. Ah ! çà, j'ai jamais eu peur des vivants, mais les revenants, ça me secoue ; comme je m'ensauvais, je rencontre M. le curé.

— M. Lavaure ?

— Mais non, il est à Questembert, à cette heure... mais le nouveau.

« — Où donc que tu cours, qu'il me dit? »

« Je m'arrête, je lui demande de me bénir, je n'avais plus ni voix ni salive, finalement, je lui raconte.

« — Grand benêt, qu'il me dit, faut pas avoir de ces idées-là. »

« Il me prend par le bras, m'emmène à la Maison rouge. Il n'y avait plus personne...

— Plus personne !

— A la terrasse ; mais je lève les yeux et je le vois, M. Yvon,

« Je regarde sur la terrasse, et il m'apparaît. »

à la fenêtre de sa chambre, tenez, comme je l'avais vu un jour du fossé, regardant vers le château, la première fois que les Bleus sont venus. »

Le souvenir de cet échange de pensées entre Yvon et elle-même remua profondément la jeune fille.

« Va, va donc, dit Alix, les mains étendues, crispées, tremblantes.

— Il souhaite le bonjour, comme ça, de la main, à M. le curé, qui ôte son chapeau, tandis que moi, je me cramponnais...

« — Monsieur le curé, dit-il, il est bien temps que vous veniez « à mon secours, car je mets en fuite tous nos gars, et j'ai beau- « coup de choses à demander...

— Le Fouineur, dit le chevalier, exaspéré, et ne doutant pas un instant que le paysan n'eût subi des désordres cérébraux et ne déraisonnât.

— Il a été halluciné, dit la marquise.

— Ma mère ! ma mère ! pourquoi alors me laissez-vous torturer ainsi ? s'écria Alix.

— Parguienne ! je vous comprends, vous ne me croyez pas. Eh bien ! là, vrai, aussi vrai que le général Georges vient d'être arrêté, aussi vrai que je vous cherche depuis un mois à Londres, à Paris ; aussi vrai que j'aime le bon Dieu et la sainte Vierge, je vous jure sur sainte Anne d'Auray que j'ai vu, non point un revenant, mais M. Yvon, vivant, bien vivant dans un bel uniforme, et la preuve, tenez, la voilà. »

Tous fixaient le papier que le chouan tendait et n'osaient le prendre, les hommes un peu par incrédulité, M<sup>me</sup> de Pléoben parce qu'elle ne voulait pas laisser supposer à sa fille que cela pût être possible, M<sup>me</sup> de Noyal et Alix parce qu'elles sentaient à un égal degré que si ce pli ne renfermait pas la confirmation de la nouvelle qu'apportait le gars, elles allaient tomber mortes, là, sur l'heure. Toutes deux, cependant, avancèrent, tendirent une main décolorée, et de leur bras libre elles s'enlacèrent, se sou-

tinrent l'une l'autre : aucune suscription n'était tracée, mais les
cachets étaient aux armes de Noyal. Elles les brisèrent, dépliè-
rent fébrilement le papier : l'écriture d'Yvon leur apparut. Elles
poussèrent un cri qui était, en même temps, comme un immense
déchirement de joie et de douleur.

« Vivant ! vivant ! vivant ! dirent-elles.

— Vivant ! répétèrent les autres, stupéfaits.

— Tu l'as bien vu, bien vu ? tu me jures que c'était lui ?

— Ah ! que j'aille en enfer si je mens ! » répliqua le chouan
avec un intraduisible accent de sincérité.

Mais elles n'écoutaient plus, et elles lurent, pendant que les
trois autres personnages de cette scène, les yeux avides, dévoraient le contenu de la missive :

« Mes bien-aimés parents, ma bien-aimée Alix,

« Quoi ! vous-mêmes vous me croyez mort ! J'existe ! Depuis
des mois, des années, vous n'attendez plus des nouvelles de moi,
quand, moi, à chaque heure, à chaque minute, j'espère un mot
qui m'apprenne enfin votre retraite. Avec quelle précaution vous
vous êtes cachés pour vous dérober à toutes investigations !
Longtemps j'ai cru, moi aussi, avec la douleur que vous ima-
ginez, que c'était fait de vous, que quelque sbire infidèle avait
attenté à vos jours. Mais j'estime qu'il vaut mieux, pour le plus
complet éclaircissement, reprendre les faits dès le début.

« Lorsque, après avoir quitté le marquis de Pléoben dans l'étable de Grandchamp, je voulus sortir de la ferme, un soldat me
retint, par simple taquinerie, me persuada que je devais passer
la nuit auprès des blessés. Je sentais que je perdais un temps

36

précieux ; pourtant, je ne devais pas m'enfuir brusquement, sous
peine de donner l'alarme. Je m'éloignais, cependant, lorsque les
coups de feu retentirent. On cria aux armes. Les portes de la
ferme furent immédiatement closes. Je cherchai à profiter du
désarroi, je courus de tous côtés sans trouver d'issue libre. On
remarqua aussitôt la coïncidence du départ du marquis de Pléoben avec mon entrée récente dans l'étable. On trouva une arme
sur moi, je dus avouer. Ce fut miracle si je ne fus pas fusillé.
Bref, je fus détenu dix jours à Vannes, puis envoyé au général
Bonaparte. J'ai su depuis que le but du premier consul était de
m'obliger à révéler tout ce que je pouvais savoir des relations
avec l'Angleterre, avec les princes. Lorsque le général Bonaparte m'aperçut, son visage marqua une surprise qui me frappa.

« — Ton nom ? me demanda-t-il.

« — Yvon de Noyal.

« — Pourquoi as-tu fait évader le chouan Pléoben ?

« — Je suis le fiancé de sa fille, M$^{lle}$ Alix de Pléoben.

« — Tu es fiancé, à ton âge ! Tu n'as pas vingt ans.

« — Il n'y a plus d'âge, aujourd'hui que chaque minute est une
« minute de grâce. »

« Le général fronça le sourcil et me dit :

« — Tu parais connaître le sort qui t'attend.

« — Oui, la mort. »

« Ma réponse fut si ferme qu'elle étonna et contraria en même
temps le consul ; je m'en aperçus.

« — Ainsi, reprit-il, tu n'éprouves aucune douleur de laisser
« derrière toi ceux que tu aimes, sans doute, puisque tu t'es sa-
« crifié pour eux ? »

« — Je ne meurs pas volontairement, et je me soumets, répli-
« quai-je.

« — Mais si tu montres tant d'abnégation, de courage et de phi-
« losophie pour toi, es-tu capable d'une force d'âme semblable
« pour eux-mêmes ?

« — Pour eux-mêmes ? Je ne comprends pas.

« — Tu n'ignores point que la chouannerie est écrasée ; encore
« quelques jours, et nous aurons purgé le pays des brigands qui
« l'appauvrissent.

« — C'est, ripostai-je, du mot de brigands que les chouans
« désignent les soldats républicains. »

Le regard du premier consul pénétra en moi avec une telle
force que je me sentis trembler. Je commençai à perdre ma
belle assurance et je fus honteux à ce moment de me sentir si
faible. J'ai su, dans la suite, que la fascination opérée par cet
homme s'était étendue sur bien d'autres, et de mieux trempés
que moi, de plus aguerris. Néanmoins, quelque chose de bon, de
caressant, passa dans ce regard. A ce moment, la porte s'ouvrit
devant une femme très élégante, dont la grâce majestueuse me
frappa ; c'était M^{me} Bonaparte.

« — Eugène ! » s'écria-t-elle avec surprise.

« Le premier consul sourit. Mais elle était déjà revenue de
son erreur.

« N'est-ce pas ? ainsi, à contre-jour, on dirait ton fils ; non, ce
« prisonnier représente un jeune chouan dont le procès est ins-
« truit et jugé.

« — Et... ? demanda-t-elle.

« — Je voudrais qu'il obtînt son pardon, mais le jeune homme
« n'en prend pas le chemin.

« — Que doit-il faire ?

« — Me dire ce qu'il sait des relations avec l'Angleterre.

« — Je ne sais rien.

« — De savoir, c'est pourtant la seule chance de salut qu'il y
« ait pour toi et les tiens.

« — Les miens ! »

« Ce cri m'échappa et je le regrettai d'abord. Mais le général
s'en empara :

« — Oui, les tiens, penses-tu donc que cette évasion mette un
« terme à leur détresse ? D'un moment à l'autre, tous seront entre
« nos mains, ton père, ta fiancée, ta mère. La forêt de Camors
« est cernée. Je te préviens que l'on sera sans pitié. »

« J'avais été brave pour moi, mais la pensée que vous alliez être
pris, massacrés, me bouleversa à un tel point que je me jetai aux
genoux du consul et l'implorai. Ma faiblesse vous semblera coupable, sinon extraordinaire ; vous jugerez que j'aurais dû accepter votre martyre plutôt que de me soumettre à cette humiliation.
Peut-être ne l'aurais-je fait devant aucun autre homme au monde,
mais un inexplicable mouvement s'agitait en moi, je me sentais
attiré, l'esprit captivé ; on eût dit que de cet être se dégageait
une mystérieuse essence qui me grisait. Et ce n'était pas le prestige de ses victoires, de ses triomphes, qui anéantissait ma volonté,
mais le seul charme de sa personne, une indicible influence.
J'eus le sentiment que cet homme était tellement au-dessus de
moi, au-dessus de nous tous, que je n'éprouvai pas plus de honte
à lui confier l'amour que j'avais pour vous, mon infinie tendresse,
que je n'en aurais eu à le dire à mon père même. Plus tard, vous
me comprendrez mieux, comme je me comprends aujourd'hui
après m'être interrogé d'abord avec étonnement. Oui, je l'avoue,
j'ai intercédé pour vous. Oh ! pardonnez-moi, pardonnez-moi, je
vous aime tant ! J'ai offert ma vie, j'ai demandé la vôtre.

— Le malheureux ! murmura Pléoben.

— Quel ascendant cet homme a-t-il donc sur tous ? » fit le
chevalier de Noyal.

Alix continua la lecture :

« Mes prières ont touché le consul : il a pris ma vie, il m'a
accordé la vôtre. J'ai juré de le servir contre l'Étranger, il m'a
promis de vous laisser sortir de France librement. Je vous ai
écrit alors, je vous ai dit que si vous persistiez à vous attarder à
Brevay dans une résistance impossible, il ne me restait plus,
prisonnier de ma parole, qu'à demander à l'ennemi la mort que
vous avait donnée l'armée que je sers. J'ai appris avec joie que
vous aviez passé sains et saufs à l'étranger ; j'ai cru que la modération de mon père l'avait emporté sur les implacables résolutions de l'un des chefs du parti vaincu, le marquis de Pléoben.
Et cette lettre, vous ne l'avez pas reçue ! Une âme abjecte, livrée
aux plus basses passions, un ministre de la police qui avait fait
de la poste aux lettres un moyen d'espionnage, a violé le secret
de cette correspondance, l'a supprimée, l'a remplacée, pour l'a-
mour du mal, par une nouvelle qui devait vous exaspérer en
vous désespérant, vous pousser à une insigne folie, vous livrer
plus sûrement à ceux qui étaient devenus les plus forts et que
vous alliez sans doute vous acharner en vain à combattre. Mais
Dieu se plaît parfois à déjouer les desseins perfides. La douleur
sur laquelle le drôle comptait pour s'emparer plus sûrement de
vous, pour satisfaire son inassouvissable cruauté, la douleur vous
a éloignés. Vous avez recherché loin une sombre et paisible retraite ; vous vous êtes dit en regardant Alix que c'était assez d'un
de vos enfants. Le consul avait eu pitié de moi ; le marquis de
Pléoben ne devait-il pas avoir pitié d'elle, et pour elle, l'affligée
tant chérie, renoncer à une lutte impossible et fatale ?

— Dieu ! fit M^me de Noyal.

« Oui, je vis, ma mère ; je vis, Alix ; je vis, mes chers parents ;
j'étais à Ulm, à Gênes, à Marengo. Les guerres de parti sont bien
tristes toujours, mais surtout si on les compare aux radieux
triomphes des armes françaises. Je n'ai pas combattu avec la République, Monsieur le marquis, j'ai combattu avec la France
pour la France. En l'aimant, en la défendant, c'est encore pour
vous tous que j'ai combattu auprès du glorieux soldat que vous
méconnaissez encore peut-être et que vous devez admirer. J'ai
été blessé en le protégeant, et cette blessure, que Bonaparte a
pansée lui-même, m'est chère.

« Je vous écris dans cette maison où nous entrevîmes le bonheur
au milieu du malheur, où nos cœurs ont battu les mêmes angoisses et les mêmes joies. Je vous écris de cette maison dont le
consul vient de me permettre pour la première fois l'accès. J'ai
promis une fortune à ce gars de Brevay s'il parvenait à vous
joindre, à vous remettre cette lettre où vous trouverez toute ma
tendresse, tout mon espoir en votre pardon et en votre amour.

« Yvon de Noyal.

« P. S. Je dois retourner sans retard à Paris ; il est question de
graves événements, d'un complot contre le général Bonaparte,
complot dans lequel seraient impliqués les généraux Pichegru
et Moreau. »

A l'allégresse immense qu'avait causée cette missive et dont
nous avons renoncé à traduire les effets au début de cette lecture,

s'étaient mêlées de multiples et diverses sensations, qui avaient été exprimées par de courtes exclamations, un rapide échange de regards.

Il y avait de la stupeur, un cruel pressentiment chez tous, de la désolation chez le chevalier de Noyal, dont en une seconde toute la haine s'effondrait, se changeait en un généreux élan vers celui qui avait fait de son fils un soldat, qui l'avait conduit à côté de lui à la victoire, qui avait payé de ses soins son dévouement, tandis qu'une colère terrible grondait en Pléoben contre cet enfant, son allié, le fiancé de sa fille, qui avait servi l'usurpateur, lui infligeait, à lui, le fervent royaliste, l'affreuse humiliation d'une grâce demandée à un ennemi honni, méprisé, qu'il avait rêvé de tenir à ses pieds, de livrer à l'Angleterre, à Pitt, qui le traiterait en criminel, en forçat, ce maître-voleur de la France ! Et Cadoudal était pris ! Tout espoir s'anéantissait... Tout espoir ? Non... Il irait, lui, seul, jouer sa vie contre la vie du Corse imposteur ; il l'attaquerait, lui, seul, comme depuis tant de mois, tant d'années, il en avait eu la rageuse ambition.

Commandés par des pensées différentes, Pléoben et Noyal se dirigèrent vers la porte.

« Où allez-vous? se dirent en même temps les deux hommes, se fixant dans les yeux.

« Je vais chercher mon enfant, dit le chevalier.

— Je vais tuer votre Bonaparte, dit le marquis, délivrer Cadoudal.

— Mon père ! mon père ! s'écria Alix en se jetant au cou du marquis, lui barrant le passage ; Yvon est vivant, Yvon va être rendu à notre affection ; votre vengeance, vos représailles tombent ; Yvon sera ici dans une heure, si nous le faisons prévenir de notre demeure.

— Yvon ! que m'importe ! » dit le chouan avec un accent farouche.

Et il appela :

« Pied-de-Loup ! Le Fouineur ! suivez-moi ! Cadoudal est prisonnier ; mais je suis là. Vive le Roi ! Mort au consul !

— Vous ne sortirez pas, ou vous passerez sur mon corps, s'écria le chevalier. Tuez-moi donc d'abord si vous voulez passer. Avant votre roi, il y a votre fille ! Avant votre roi, il y a mon fils ! Assez de sang ! assez ! assez ! assez !

— Je passerai. Laissez-moi ! laissez-moi !

— Mon père ! mon père ! dit Alix en s'accrochant désespérément au marquis ; si vous m'aimez, je vous en supplie, ne condamnez pas ma vie à un éternel désespoir ; nous pouvons être heureux encore après tant de souffrances... Yvon viendra, vous lui pardonnerez et l'aimerez... Yvon, mon fiancé que j'aime, comprenez-moi, et qui va m'être rendu, dont le retour fera joyeuse notre existence torturée depuis tant d'années... Vous ne voulez pas être le bourreau de votre enfant... Vous êtes bon, vous me chérissez... Je dois être dans votre cœur avant tout autre, moi, votre fille... Vous ne devez pas avoir le courage de me vouer au malheur !...

— Il est une cause sainte qu'il nous faut servir toujours et quand même, devant laquelle nous devons nous effacer ; rien au monde ne doit nous arrêter dans l'accomplissement de notre mission...

— Au nom du Ciel !...

— Mon honneur et ma fidélité sont au-dessus de ma tendresse... Ne vous aimais-je pas comme aujourd'hui, quand je risquais votre vie à Brevay ? Ah ! vous faiblissez tous, vous êtes las de la lutte, ses conséquences vous effrayent... moi, je ne

faillirai pas à ma tâche. Ils ont arrêté Moreau, Pichegru,
Georges, il reste le marquis de Pléoben... Cet homme ou moi :
l'un de nous deux doit périr. »

Le chouan fit un violent effort pour se dégager de l'étreinte
des trois femmes et du chevalier ; celui-ci seul put résister une
seconde ; mais il succomba, fut jeté à terre, tomba en travers de
la porte. Un cri partit de toutes les poitrines, et des mains s'agrip-
pèrent aux vêtements du marquis. Tout effort pour le retenir était
vain. Brutalement, il attira Noyal, enjamba son corps, ouvrit la
porte sur le vestibule. Mais à ce moment, du pallier arriva un
tumulte de voix, le bruit de pas nombreux, d'une masse d'hommes qui envahissaient la maison. Brutalement, plusieurs coups
furent frappés.

Noyal, en une seconde, avait compris.

Il s'était relevé, voulait aller ouvrir, pensant que toute résistance était une faute.

Les trois femmes restèrent muettes, debout, glacées d'effroi.
Puis la marquise dit :

« Fuyez, Chrétien ! fuyez, Noyal !

— Fuir ! » dirent-ils tous deux avec une intonation différente
de surprise.

Le chevalier essaya de passer ; mais le marquis, maintenant,
barrait la porte de sa masse inébranlable.

On entendit dans un court instant de silence le bruit d'une
gachette qu'on arme.

« Pléoben, vous n'allez pas tirer ! dit Noyal.

— Je me défendrai, répliqua le marquis d'un ton froid et
résolu. Tonnerre ! Pied-de-Loup qui n'est pas ici ! A moi, Le
Fouineur, et vise bien ! »

Alors les femmes se jetèrent sur le gars de Brevay pour para-

37

lyser son action, tandis que le chevalier cherchait à attirer en
arrière le robuste géant.

Puis, une seconde après, quelqu'un, au dehors, cria :

« Enfoncez la porte !

— Cette voix ! » firent en même temps M<sup>me</sup> de Noyal et Alix.

Dans une violente poussée, les deux battants de la porte cédèrent, et, au moment où apparaissaient des hommes, des soldats,
dans la claire lueur de torches, un coup de feu retentit, et la
détonation résonnait encore que ce nom fut crié simultanément
par les Pléoben et les Noyal :

« Yvon ! »

C'était Yvon de Noyal, cet officier qui commandait, et il venait
d'être frappé de la balle que la fureur aveugle du marquis avait
jetée au hasard. Il put dire à ses hommes : « Ne tirez pas ! » et
tomba à la renverse. De sa gorge s'échappa une sourde et douloureuse exclamation.

« Yvon ! fit sourdement le marquis.

— Yvon ! répéta Alix d'une voix stridente.

— Mon fils ! mon fils ! articulèrent dans un gémissement M. et
M<sup>me</sup> de Noyal, en se précipitant en avant, et le chevalier ajouta :
Pléoben, qu'avez-vous fait ! »

Rapides comme l'éclair, les soldats s'étaient jetés dans l'appartement, s'étaient, avec une compréhensible brutalité, emparés de
tous. Ce fut un indicible mouvement autour de cet indicible émoi,
au milieu des cris, des appels, des sanglots, des gémissements,
des imprécations, toute une confusion de colère et de désolation, une angoisse affreuse dans cette impossibilité de se faire
comprendre. Pléoben, terrassé par dix hommes, gisait, le cerveau anéanti par l'acte qu'il venait de commettre. Le chevalier,
M<sup>me</sup> de Noyal, Alix, la marquise, retenus prisonniers, tendaient

Il put dire à ses hommes : « Ne tirez pas! » et tomba...

les bras vers la place où était tombé Yvon, imploraient, ne parvenant point à expliquer leur étrange état à ces soldats furieux, qui les écoutaient à peine, les insultaient.

Un policier entra :

« Voilà, dit-il, encore quelques-uns des assassins que le sieur d'Artois entretient à Paris. »

Et s'adressant à des soldats :

« Quel est celui qui doit être rendu personnellement responsable de la mort de cet officier ? »

Un soldat désigna le marquis.

Mais Alix, M. et M^{me} de Noyal demandèrent avec terreur :

« Mort ? Il est mort ?

— Hé ! cela vous intéresse bien ! Les bêtes féroces !... Ce n'est pas le premier consul, vous savez, et à moins... »

Alix l'interrompit :

« Monsieur, je suis M^{lle} de Pléoben ; je suis la fiancée de l'officier qui vient de tomber là.

— Monsieur, je suis sa mère...

— Allons ! vous vous moquez de moi, » dit le policier en jetant un regard défiant sur les deux femmes, mais surpris cependant.

D'une pièce voisine, qui était la chambre à coucher de M^{me} de Noyal, un vibrant appel s'éleva, se fit entendre distinctement à travers la porte close :

« Ma mère ! mon père ! Alix ! »

Spontanément, tous trois s'élancèrent, échappèrent presque à leurs gardiens dans un brusque mouvement.

On les retint pourtant.

« Voilà qui est extraordinaire, dit l'officier de police en suivant la mimique désespérée des trois personnages, en écoutant les mots de tendresse qui partaient du lit où l'on avait étendu le blessé.

— Mais, Monsieur, s'écria la marquise avec véhémence, vous êtes donc sans âme, pour douter encore ? »

Le policier hésita quelques secondes et dit, en désignant M^lle de Pléoben et M^me de Noyal :

« Sergent, vous pouvez conduire ces femmes auprès du lieutenant. »

Il n'avait pas fini de parler que la porte de la chambre s'ouvrait et qu'Yvon apparaissait debout, marchant soutenu par deux soldats.

Jamais il ne fut donné à personne d'assister à une scène plus émouvante, plus déchirante. Toutes les expressions de tendresse et les embrassements et les baisers furent prodigués avec une envolée d'amour, de joie et d'angoisse qui touchait au délire, à la folie.

La mère écarta la chemise de son enfant : une large ecchymose bouffissait les chairs à la place du cœur ; elle frémit de tous ses membres ; mais avec un pâle sourire le jeune homme dit :

« Tranquillisez-vous, la balle n'a pas pénétré ; elle s'est écrasée sur le portrait d'Alix, sur le boîtier ; la commotion m'a fait évanouir : l'image m'a protégé, l'être aimé m'a déjà guéri. »

Pendant cette scène, que le lecteur imagine mieux que nous n'aurions le pouvoir de la retracer sans altérer le sublime mouvement d'âme qui se dégageait de la violence même du drame, le marquis de Pléoben, tenu à l'écart, gardé à vue, pieds et poings liés, éprouvait la plus ardente contrition qui puisse élever un cœur, ouvrir la pensée à de plus saines, de plus humaines réflexions.

Il se croyait délaissé là, irrémédiablement perdu dans l'affection des siens, et cette affection lui devenait plus chère qu'elle ne lui avait jamais été ; il la pleurait en pleurant le meurtre qu'il croyait encore avoir commis; l'émotion l'avait gagné, envahi, et son amour pour les siens s'imposait plus grand qu'à aucune minute de sa vie il ne l'avait senti, se plaçait au-dessus, bien au-dessus de tout autre attachement; il s'accusait, blâmait sa raison d'avoir sacrifié, dans la défense de ses principes, des existences qu'il avait le devoir de sauvegarder et qu'il avait exposées à la mort, plus encore : à un avenir de tourments, de douleurs.

Toute sa bonté, victorieuse des haines, accablait sa brutalité, les excès de sa nature, trop généreuse et trop noble, ne sachant mesurer les transports d'un dévouement qui le menait sans cesse au plus coupable oubli des siens.

« Assez de sang! avait dit Noyal; assez de peines, de tourments, pour ces êtres aimés! »

Hélas! son rôle était fini, sa condamnation était certaine; chaque minute était un pas vers le supplice qui l'attendait! Mais il espérait fermement qu'ils seraient indemnes, eux; il s'attacherait à assumer toute responsabilité, à les mettre hors de cause.

La mort ne pouvait pas effrayer un tel homme; pourtant, en jetant sa pensée vers l'avenir, un regret de la vie passa en lui; il songea à la peine que sa fin causerait, aux joies si douces et si pures qu'il pouvait trouver encore au milieu de cette verte et riante forêt, dans ce cadre imaginairement revu où s'étaient écoulées des heures tragiques après des heures de félicité. Et ce ressouvenir du pays natal clama en son être la plus tendre incantation; elle couvrait d'une tendre affection ceux qui étaient tout, vraiment, et dont il s'était arraché, qu'il avait impitoyablement, égoïstement meurtris, dans l'égarement des passions de parti. Le chrétien murmura le nom du Seigneur, le royaliste appela d'une voix indécise, qu'étouffait le sanglot :

« Anne-Marie! mes enfants! et vous, mes amis! »

Tous s'approchèrent, Alix et Yvon s'agenouillèrent.

« Ah ! Monsieur le marquis, dit ce dernier, vous me pardonnez !

— Mon enfant, je te demande pardon ! »

Ces paroles, tombant des lèvres de cet homme si rude, si inflexible, si altier, furent prononcées à mi-voix et vibrèrent comme un éclat de tonnerre dans le cœur de chacun.

Les soldats, stupéfaits depuis le commencement de cette scène, assistèrent à ce surprenant spectacle de l'officier qui les commandait baisant au front le prisonnier, l'homme compromis dans un complot contre le premier consul.

Il y eut une courte rumeur, aussitôt réprimée par cette phrase du marquis de Pléoben :

« Maintenant, je subirai mon sort sans faiblir. Je vous demande de montrer de la résignation. Yvon, tu diras au général Bonaparte que j'ai voulu attenter à sa liberté, seulement.

— Il ne mentira pas, dit Noyal.

— Non, je ne mentirai pas, répliqua fièrement Yvon, qui s'était relevé ; j'exécuterai fidèlement les ordres qui m'ont été donnés. Soldats ! restez ici ; vous me répondez de ces prisonniers. J'espère en la clémence du premier consul. »

Le policier n'osa rien objecter à la décision de l'officier qui faisait partie de l'escorte de Bonaparte.

Yvon de Noyal sortit, appuyé au bras de deux soldats.

. Presque toute la nuit s'écoula dans une attente cruelle. D'heure en heure, pourtant, Yvon envoyait un mot pour expliquer le retard : vu la gravité des événements, Bonaparte passait la nuit en conseil.

Le premier espoir des captifs s'affaiblissait dans l'attente, et la certitude de l'inanité des efforts d'Yvon les envahissait.

En effet, au matin, ils furent transportés à la préfecture de police, où ils furent interrogés par le préfet Dubois et par Thuriot, juge au tribunal criminel. La déclaration du marquis de Pléoben fut celle que Cadoudal avait faite la veille : leur but était d'attaquer le premier consul à forces égales, avec des armes pareilles à celles de l'escorte et de la garde, et de proclamer Louis XVIII.

« Cependant, dit Thuriot, vous avez tiré sur un officier.

— Il a tiré sur moi, son enfant, dit Yvon en faisant irruption dans la salle, en jetant sur la table du préfet un ordre d'élargissement signé du premier consul.

— Oui, sur mon enfant, s'écria le lion de Camors, et c'est à lui que j'appartiens désormais; en échappant à votre justice, je me soumets à la sienne.

— Mon père, je vous demande de ne pas faire de moi un parjure : j'ai promis sur l'honneur que vous renonceriez pour toujours à combattre.

— Oui, répliqua Pléoben avec une mélancolie où se mêlait de la la lassitude, Noyal, vous avez raison : elle est impie, horrible, cette guerre, où des frères s'entr'égorgent, où un père tue son fils. »

# ÉPILOGUE

Cadoudal refusa la grâce que lui offrait le premier consul ; il subit la peine de mort avec courage. Le fier royaliste n'avait pas eu pour le fléchir les influences qui agirent sur le marquis de Pléoben.

« Il était, a raconté son neveu, assisté de l'abbé de Kéravenen, qui fut, sous la Restauration, curé de Saint-Germain des Prés, et qui lui prodiguait les secours spirituels, que le condamné recevait avec une sincère ferveur. Il lui faisait réciter la salutation angélique : « Je vous salue, Marie, pleine de grâce... Sainte Marie, mère de Dieu, priez pour nous, pauvres pécheurs, maintenant... » Et Georges s'arrêtait. « Continuez, dit le prêtre : et à l'heure de notre mort. — A quoi bon ? dit Georges ; l'heure de la mort n'est-ce pas maintenant ? » Et il se livra au bourreau.

Yvon de Noyal se ressentit longtemps de la plaie contuse que lui avait faite le coup de feu du père d'Alix, et fut contraint d'abandonner l'armée.

Nous quittons les héros de cet épisode par une belle matinée d'un dimanche d'avril 1804, où, après avoir prié pour les morts dans la petite église de Brevay, une foule émue accompagne de ses chants une messe d'actions de grâce. Ils sont là, recueillis et l'âme haute, au milieu des survivants de ces luttes dont tous conservent un orgueilleux souvenir. Alice Liorais adresse à la mémoire de son père la pensée d'une union qui se réalisera bientôt.

La France renaît glorieuse, fécondée du sang des martyrs; les regards se portent sereinement vers l'Océan pacifié. Le Morbihan se soumet à cette souveraineté nouvelle de l'Empire proclamé, et dans cette prospérité qui sera éphémère flue un calme bienfaisant, cette sensation longtemps perdue, le bonheur d'être bon, d'oublier la mort si longtemps entrevue à chaque pas, de croire, le matin, au jour sans fin, le soir au lendemain radieux; de goûter les joies des heures présentes, de s'abandonner à toutes les tendresses du cœur, d'aimer après avoir haï, d'attendre un avenir après avoir désespéré.

FIN

SOCIÉTÉ ANONYME D'IMPRIMERIE DE VILLEFRANCHE-DE-ROUERGUE
Jules Bardoux, Directeur.

# LES ABIMES

## LES EAUX SOUTERRAINES, LES CAVERNES

### LES SOURCES, LA SPÉLÆOLOGIE

Explorations souterraines effectuées de 1888 à 1893 en France, Belgique, Autriche et Grèce

AVEC LE CONCOURS DE MM. G. GAUPILLAT, N.-A. SIDÉRIDÈS, W. PUTICK, E. RUPIN, PH. LALANDE
R. PONS, L. DE LAUNAY, F. MAZAURIC, P. ARNAL, J. BOURGUET, etc.

Avec 4 Phototypies et 16 Planches hors texte, — 100 Gravures d'après des Photographies et des Dessins
de G. VUILLIER, L. DE LAUNAY et E. RUPIN, — et 200 Cartes, Plans et Coupes.

### PAR A.-E. MARTEL

Un volume grand in-4o de 580 pages, broché. **20 fr.** | Relié amateur, 1/2 chagrin, tranches dorées. **28 fr.**

# Bébé qui Chante

### Paroles et Musique de L. XANROF, Dessins de E. COTTIN

Un magnifique album in-4o contenant 18 grandes grav. en couleurs et 18 chansons
avec encadrement colorié, relié toile, **10 fr.**

## LE LION DE CAMORS

*Épisode des guerres de la Chouannerie*
(1795-1804)

### PAR L. DE CATERS

Illustrations de J. GIRARDET

Un beau volume in-8o jésus, broché . . . . . **10 fr.**
Relié toile, tranches dorées . . . . . **13 fr.**

## LES APPRENTIS DE L'ARMURIER

### PAR Arthur DOURLIAC

Illustrations de Adrien MOREAU

Un beau vol. in-8o jésus, broché . . . . . . **10 fr.**
Relié toile, tranches dorées . . . . . . . . **13 fr.**

# LA LIGUE DE SOUABE

## PAR W. HAUFF

Traduction de Aug. LAVALLÉ. Illustrations de A. CLOSS.

Un volume grand in-8o pittoresque, broché . . . . . . . . . . . . **3 fr. 90**
Relié toile, tranches dorées . . . . . . . . . . . . . . . . . . . . **6 fr. 25**

## La Caverne Blanche

### PAR E. DUPUIS

Illustrations de DESSERTENNE

Un volume in-8o jésus, broché . . . . . . . **2 fr. 90**
Relié toile, tranches dorées . . . . . . . . **4 fr. 50**

## GIROUETTE, TURLUR & CIE

### PAR François DESCHAMPS

Illustrations de E. CAUSÉ, G. CAIN, WAGREZ, etc.

Un volume petit in-4o, broché . . . . . . **2 fr. 75**
Relié toile, tranches dorées . . . . . . . . **4 fr. 75**

## LES AVENTURES DE GROS PÉPIN

ET DE

### SON AMI L'HARICOT

### PAR GEOFFROY

Un album in-4o, illustré, cartonné . . . . . . **3 fr.**

## NOIRE ET BLANC

PAR

### Gaston VANNESSON

Illustrations de CORTAZZO

Un volume petit in-4o, broché . . . . . . . **1 fr. 90**
Relié toile, tranches dorées . . . . . . . . **4 fr. ›**

# Histoire générale des Beaux-Arts

## PAR Roger PEYRE

PROFESSEUR AGRÉGÉ D'HISTOIRE AU COLLÈGE STANISLAS

Un volume in-12, contenant un grand nombre d'illustrations d'après les œuvres les plus célèbres, broché. **6 fr. 50**
Relié toile, tête rouge . . . . . . . **7 fr. 50**

# LES CENT JOURS

## Drame Historique en Cinq Actes, en Prose

### PAR Édouard NOËL

Un volume in-8o, broché . . . . . . . . . . . **7 fr. 50**

Il a été tiré de cet ouvrage, 50 Exemplaires sur papier de Hollande, numérotés à la main . . . . . . **25 fr.**

www.ingramcontent.com/pod-product-compliance
Lightning Source LLC
Chambersburg PA
CBHW052002020726
47501CB00004B/974